„BÜCHER SIND WIE FALLSCHIRME.
SIE NÜTZEN UNS NICHTS, WENN
WIR SIE NICHT ÖFFNEN."

Gröls Verlag

Redaktionelle Hinweise und Impressum

Das vorliegende Werk wurde zugunsten der Authentizität sehr zurückhaltend bearbeitet. So wurden etwa ursprüngliche Rechtschreibfehler *nicht* systematisch behoben, denn kleine Unvollkommenheiten machen das Buch – wie im Übrigen den Menschen – erst authentisch. Mitunter wurden jedoch zum Beispiel Absätze behutsam neu getrennt, um den Lesefluss zu erleichtern.

Um die Texte zu rekonstruieren, werden antiquarische Bücher von Lesegeräten gescannt und dann durch eine Software lesbar gemacht. Der so entstandene Text wird von Menschen gegengelesen und korrigiert – hierbei treten auch Fehler auf. Wenn Sie ebenfalls antiquarische Texte einreichen möchten, finden Sie weitere Informationen auf www.groels.de

Viel Freude bei der Lektüre wünscht Ihnen das Team des Gröls-Verlags.

Adressen

Verleger: Sophia Gröls, Im Borngrund 26, 61440 Oberursel

Externer Dienstleister für Distribution & Herstellung: BoD, In de Tarpen 42, 22848 Norderstedt

Unsere „Edition | Werke der Weltliteratur" hat den Anspruch, eine der größten und vollständigsten Sammlungen klassischer Literatur in deutscher Sprache zu sein. Nach und nach versammeln wir hier nicht nur die „üblichen Verdächtigen" von Goethe bis Schiller, sondern auch Kleinode der vergangenen Jahrhunderte, die – zu Unrecht – drohen, in Vergessenheit zu geraten. Wir kultivieren und kuratieren damit einen der wertvollsten Bereiche der abendländischen Kultur. Kleine Auswahl:

Francis Bacon • Neues Organon • **Balzac** • Glanz und Elend der Kurtisanen • **Joachim H. Campe** • Robinson der Jüngere • **Dante Alighieri** • Die Göttliche Komödie • **Daniel Defoe** • Robinson Crusoe • **Charles Dickens** • Oliver Twist • **Denis Diderot** • Jacques der Fatalist • **Fjodor Dostojewski** • Schuld und Sühne • **Arthur Conan Doyle** • Der Hund von Baskerville • **Marie von Ebner-Eschenbach** • Das Gemeindekind • **Elisabeth von Österreich** • Das Poetische Tagebuch • **Friedrich Engels** • Die Lage der arbeitenden Klasse • **Ludwig Feuerbach** • Das Wesen des Christentums • **Johann G. Fichte** • Reden an die deutsche Nation • **Fitzgerald** • Zärtlich ist die Nacht • **Flaubert** • Madame Bovary • **Gorch Fock** • Seefahrt ist not! • **Theodor Fontane** • Effi Briest • **Robert Musil** • Über die Dummheit • **Edgar Wallace** • Der Frosch mit der Maske • **Jakob Wassermann** • Der Fall Maurizius • **Oscar Wilde** • Das Bildnis des Dorian Grey • **Émile Zola** • Germinal • **Stefan Zweig** • Schachnovelle • **Hugo von Hofmannsthal** • Der Tor und der Tod • **Anton Tschechow** • Ein Heiratsantrag • **Arthur Schnitzler** • Reigen • **Friedrich Schiller** • Kabale und Liebe • **Nicolo Machiavelli** • Der Fürst • **Gotthold E. Lessing** • Nathan der Weise • **Augustinus** • Die Bekenntnisse des heiligen Augustinus • **Marcus Aurelius** • Selbstbetrachtungen • **Charles Baudelaire** • Die Blumen des Bösen • **Harriett Stowe** • Onkel Toms Hütte • **Walter Benjamin** • Deutsche Menschen • **Hugo Bettauer** • Die Stadt ohne Juden • **Lewis Caroll** • *und viele mehr....*

Kosmos
Band III
1850
Entwurf
einer physischen Weltbeschreibung
von
Alexander von Humboldt

Inhalt

Specielle Ergebnisse der Beobachtung
in dem
Gebiete kosmischer Erscheinungen

Einleitung.

Zu dem Ziele hinstrebend, welches ich mir nach dem Maaß meiner Kräfte und dem jetzigen Zustande der Wissenschaften als erreichbar gedacht, habe ich in zwei schon erschienenen Bänden des *Kosmos* die Natur unter einem zwiefachen Gesichtspunkte betrachtet. Ich habe sie darzustellen versucht zuerst in der reinen Objectivität äußerer Erscheinung; dann in dem Reflex eines, durch die Sinne empfangenen Bildes auf das Innere des Menschen, auf seinen Ideenkreis und seine Gefühle.

Die Außenwelt der Erscheinungen ist unter der wissenschaftlichen Form eines allgemeinen *Naturgemäldes* in ihren zwei großen Sphären, der uranologischen und der tellurischen, geschildert worden. Es beginnt dasselbe mit den Sternen, die in den fernsten Theilen des Weltraumes zwischen Nebelflecken aufglimmen; und steigt durch unser Planetensystem bis zur irdischen Pflanzendecke und zu den kleinsten, oft von der Luft getragenen, dem unbewaffneten Auge verborgenen Organismen herab. Um das Dasein eines gemeinsamen Bandes, welches die ganze Körperwelt umschlingt; um das Walten ewiger Gesetze und den ursachlichen Zusammenhang ganzer Gruppen von Erscheinungen, so weit derselbe bisher erkannt worden ist, anschaulicher hervortreten zu lassen: mußte die Anhäufung vereinzelter Thatsachen vermieden werden. Eine solche Vorsicht schien besonders da erforderlich, wo sich in der tellurischen Sphäre des Kosmos, neben den dynamischen Wirkungen bewegender Kräfte, der mächtige Einfluß *specifischer Stoff-Verschiedenheit* offenbart. In der siderischen oder uranologischen Sphäre des Kosmos sind für das, was der Beobachtung erreichbar wird, die Probleme, ihrem Wesen nach, von bewundernswürdiger Einfachheit; fähig, nach der Theorie der Bewegung, durch die anziehenden Kräfte der Materie und die Quantität ihrer Masse einer strengen Rechnung zu unterliegen. Sind wir, wie ich glaube, berechtigt die kreisenden Meteor-Asteroiden für Theile unseres Planetensystems zu halten; so setzen diese allein uns, durch ihren Fall auf den Erdkörper, in Contact mit erkennbar ungleichartigen Stoffen des Weltraumes. Ich bezeichne hier die Ursach, weshalb die irdischen Erscheinungen bisher einer mathematischen Gedankenentwickelung minder glücklich und minder allgemein unterworfen worden sind als die, sich gegenseitig störenden und wieder ausgleichenden Bewegungen der Weltkörper, in denen für unsere Wahrnehmung nur die Grundkraft gleichartiger Materie waltet.

Mein Bestreben war darauf gerichtet, in dem *Naturgemälde der Erde* durch eine bedeutsame Anreihung der Erscheinungen ihren ursachlichen Zusammenhang ahnden zu lassen. Es wurde der Erdkörper geschildert in seiner Gestaltung, seiner mittleren Dichtigkeit, den Abstufungen seines mit der Tiefe zunehmenden Wärmegehalts, seiner electro-magnetischen Strömungen und polarischen Lichtprocesse. Die Reaction des Inneren des Planeten auf seine äußere Rinde bedingt den Inbegriff vulkanischer Thätigkeit, die mehr oder minder geschlossenen Kreise von Erschütterungswellen und ihre, nicht immer bloß dynamischen Wirkungen; die Ausbrüche von Gas, von heißen Wasserquellen und Schlamm. Als die höchste Kraftäußerung der inneren Erdmächte ist die Erhebung feuerspeiender Berge zu betrachten. Wir haben so die Central- und Reihen-Vulkane geschildert: wie sie nicht bloß zerstören, sondern Stoffartiges erzeugen, und unter unseren Augen, meist periodisch, fortfahren Gebirgsarten (Eruptions-Gestein) zu bilden; wir haben gezeigt, wie, im Contraste mit dieser Bildung, Sediment-Gesteine sich ebenfalls noch aus Flüssigkeiten niederschlagen, in denen ihre kleinsten Theile aufgelöst oder schwebend enthalten waren. Eine solche Vergleichung des Werdenden, sich als Festes Gestaltenden mit dem längst als Schichten der Erdrinde Erstarrten leitet auf die Unterscheidung geognostischer Epochen; auf eine sichere Bestimmung der Zeitfolge der Formationen, welche die untergegangenen Geschlechter von Thieren und Pflanzen, die Fauna und Flora der Vorwelt, in chronologisch erkennbaren Lebensreihen umhüllen. Entstehung, Umwandlung und Hebung der Erdschichten bedingen epochenweise wechselnd alle Besonderheiten der Naturgestaltung der Erdoberfläche; sie bedingen die räumliche Vertheilung des Festen und Flüssigen, die Ausdehnung und Gliederung der Continental-Massen in horizontaler und senkrechter Richtung. Von diesen Verhältnissen hangen ab die thermischen Zustände der Meeresströme, die meteorologischen Processe in der luftförmigen Umhüllung des Erdkörpers, die typische und geographische Verbreitung der Organismen. Eine solche Erinnerung an die Aneinanderreihung der tellurischen Erscheinungen, wie sie das *Naturgemälde* dargeboten hat, genügt, wie ich glaube, um zu beweisen, daß durch die bloße Zusammenstellung großer und verwickelt scheinender Resultate der Beobachtung die Einsicht in ihren *Causalzusammenhang* gefördert wird. Die Deutung der Natur ist aber wesentlich geschwächt, wenn man durch zu große Anhäufung einzelner Thatsachen der Naturschilderung ihre belebende Wärme entzieht.

So wenig nun in einer, mit Sorgfalt entworfenen, objectiven Darstellung der Erscheinungswelt *Vollständigkeit* bei Aufzählung der Einzelnheiten beabsichtigt worden ist, eben so wenig hat dieselbe erreicht werden sollen in der Schilderung des Reflexes der äußeren Natur auf das Innere des Menschen. Hier waren die Grenzen noch enger zu ziehen. Das ungemessene Gebiet der Gedankenwelt, befruchtet seit Jahrtausenden durch die treibenden Kräfte geistiger Thätigkeit, zeigt uns in den verschiedenen Menschenracen und auf verschiedenen Stufen der Bildung bald eine heitere, bald eine trübe Stimmung des Gemüths; bald zarte Erregbarkeit und bald dumpfe Unempfindlichkeit für das Schöne. Es wird der Sinn des Menschen zuerst auf die Heiligung von Naturkräften und gewisser Gegenstände der Körperwelt geleitet; später folgt er religiösen Anregungen höherer, rein geistiger Art. Der innere Reflex der äußeren Natur wirkt dabei mannigfaltig auf den geheimnißvollen Proceß der Sprachenbildung, in welchem zugleich ursprüngliche körperliche Anlagen und Eindrücke der umgebenden Natur als mächtige mitbestimmende Elemente auftreten. Die Menschheit verarbeitet in sich den Stoff, welchen die Sinne ihr darbieten. Die Erzeugnisse einer solchen Geistesarbeit gehören eben so wesentlich zum Bereich des Kosmos als die Erscheinungen, die sich im Inneren abspiegeln.

Da ein reflectirtes Naturbild unter dem Einfluß aufgeregter schöpferischer Einbildungskraft sich nicht rein und treu erhalten kann; so entsteht neben dem, was wir die *wirkliche* oder *äußere* Welt nennen, eine *ideale* und *innere Welt*: voll phantastischer, zum Theil symbolischer Mythen; belebt durch fabelhafte Thiergestalten, deren einzelne Glieder den Organismen der jetzigen Schöpfung oder gar den erhaltenen Resten untergegangener Geschlechter entlehnt sind. Auch Wunderblumen und Wunderbäume entsprießen dem mythischen Boden: wie nach den Edda-Liedern die riesige Esche, der *Weltbaum* Yggdrasil, dessen Aeste über den Himmel emporstreben, während eine seiner dreifachen Wurzeln bis in die „rauschenden Kesselbrunnen" der Unterwelt reichtVergl. über den Weltbaum *Yggdrasil* und den rauschenden (tobenden) Kesselbrunnen *Hvergelmir* die *Deutsche Mythologie* von Jacob *Grimm* 1844 S. 530 und 756; wie *Mallet, Northern Antiquities* 1847 p. 410, 489 und 492.. So ist das Nebelland physischer Mythen, nach Verschiedenheit der Volksstämme und der Klimate, mit anmuthigen oder mit grauenvollen Gestalten gefüllt. Jahrhunderte lang werden sie durch die Ideenkreise später Generationen vererbt.

Wenn die Arbeit, die ich geliefert, nicht genugsam dem Titel entspricht, den ich oft selbst als gewagt und unvorsichtig gewählt bezeichnet habe; so muß der Tadel der Unvollständigkeit besonders den Theil dieser Arbeit treffen, welcher das geistige Leben im Kosmos, die in die Gedanken- und Gefühlswelt reflectirte äußere Natur, berührt. Ich habe mich in diesem Theile vorzugsweise begnügt bei den Gegenständen zu verweilen, welche in mir der Richtung lang genährter Studien näher liegen: bei den Aeußerungen des mehr oder minder lebhaften Naturgefühls im classischen Alterthum und in der neueren Zeit; bei den Fragmenten dichterischer Naturbeschreibung, auf deren Färbung die Individualität des Volkscharakters und die religiöse, *monotheistische* Ansicht des *Geschaffenen* einen so wesentlichen Einfluß ausgeübt haben; bei dem anmuthigen Zauber der Landschaftmalerei; bei der Geschichte der physischen Weltanschauung: d. i. bei der Geschichte der in dem Laufe von zwei Jahrtausenden stufenweise entwickelten *Erkenntniß des Weltganzen*, der Einheit in den Erscheinungen.

Bei einem so vielumfassenden, seinem Zwecke nach zugleich wissenschaftlichen und die Natur lebendig darstellenden Werke darf ein erster, unvollkommener Versuch der Ausführung nur darauf Anspruch machen, daß er mehr durch das wirke, was er *anregt*, als durch das, was er zu *geben* vermag. Ein *Buch von der Natur*, seines erhabenen Titels würdig, wird dann erst erscheinen, wenn die Naturwissenschaften, trotz ihrer ursprünglichen *Unvollendbarkeit*, durch Fortbildung und Erweiterung einen höheren Standpunkt erreicht haben: und wenn so beide Sphären des einigen Kosmos (die *äußere*, durch die Sinne wahrnehmbare: wie die *innere*, reflectirte, geistige Welt) gleichmäßig an lichtvoller Klarheit gewinnen.

Ich glaube hiermit hinlänglich die Ursachen berührt zu haben, welche mich bestimmen mußten dem allgemeinen *Naturgemälde* keine größere Ausdehnung zu geben. Dem dritten und letzten Bande des *Kosmos* ist es vorbehalten vieles des Fehlenden zu ergänzen, und die Ergebnisse der Beobachtung darzulegen, auf welche der jetzige Zustand wissenschaftlicher Meinungen vorzugsweise gegründet ist. Die Anordnung dieser Ergebnisse wird hier wieder die sein, welcher ich nach den früher ausgesprochenen Grundsätzen in dem Naturgemälde gefolgt bin. Ehe ich jedoch zu den Einzelheiten übergehe, welche die speciellen Disciplinen begründen, darf es mir erlaubt sein noch einige allgemeine erläuternde Betrachtungen voranzuschicken. Das unerwartete Wohlwollen, welches meinem Unternehmen bei dem Publikum in weiten Kreisen, in- und außerhalb des Vaterlandes, geschenkt worden ist, läßt mich doppelt das Bedürfniß fühlen mich noch einmal auf das bestimmteste über den Grundgedanken des ganzen Werkes und über Anforderungen auszusprechen, die ich schon darum nicht zu erfüllen versucht habe, weil ihre Erfüllung nach meiner individuellen Ansicht unseres empirischen Wissens nicht von mir beabsichtigt werden *konnte*. An diese rechtfertigenden Betrachtungen reihen sich wie von selbst historische Erinnerungen an die früheren Versuche den Weltgedanken aufzufinden, der alle Erscheinungen in ihrem Causalzusammenhange auf ein einiges Princip reduciren solle.

Das Grundprincip meines Werkes über den *Kosmos*, wie ich dasselbe vor mehr als zwanzig Jahren in den französischen und deutschen zu Paris und Berlin gehaltenen Vorlesungen entwickelt habe, ist in dem *Streben* enthalten: die Welterscheinungen als ein Naturganzes aufzufassen; zu zeigen, wie in *einzelnen Gruppen* dieser Erscheinungen die ihnen gemeinsamen Bedingnisse, d. i. das Walten großer Gesetze, erkannt worden sind; wie man von den Gesetzen zu der Erforschung ihres ursachlichen Zusammenhanges aufsteigt. Ein solcher Drang nach dem *Verstehen* des Weltplans, d. h. der Naturordnung, beginnt mit Verallgemeinerung des Besondren: mit Erkenntniß der Bedingungen, unter denen die physischen Veränderungen sich gleichmäßig wiederkehrend offenbaren; er leitet zu der denkenden Betrachtung dessen, was die Empirie uns darbietet: nicht aber „zu einer Weltansicht durch Speculation und alleinige Gedankenentwickelung, nicht zu einer absoluten Einheitslehre in Absonderung von der Erfahrung". Wir sind, ich wiederhole es hier, weit von dem Zeitpunkt entfernt, wo man es für möglich halten konnte alle unsere sinnlichen Anschauungen zur Einheit des Naturbegriffs zu concentriren. Der sichere Weg ist ein volles Jahrhundert vor Francis Bacon schon von Leonardo da Vinci vorgeschlagen und mit wenigen Worten bezeichnet worden: cominciare dall' esperienza e per mezzo di questa scoprirne la ragione. In vielen

Gruppen der Erscheinungen müssen wir uns freilich noch mit dem Auffinden von empirischen *Gesetzen* begnügen; aber das höchste, seltener erreichte Ziel aller Naturforschung ist das Erspähen des *Causal-Zusammenhanges* selbst. Die befriedigendste Deutlichkeit und Evidenz herrschen da, wo es möglich wird das Gesetzliche auf mathematisch bestimmbare Erklärungsgründe zurückzuführen. Die physische *Weltbeschreibung* ist nur in einzelnen Theilen eine *Welt-Erklärung*. Beide Ausdrücke sind noch nicht als identisch zu betrachten. Was der Geistesarbeit, deren Schranken hier bezeichnet werden, großes und feierliches inwohnt, ist das frohe Bewußtsein des Strebens nach dem Unendlichen: nach dem Erfassen dessen, was in ungemessener, unerschöpflicher Fülle das Seinde, das Werdende, das Geschaffene uns offenbart.

Ein solches durch alle Jahrhunderte wirksames Streben mußte oft und unter mannigfaltigen Formen zu der Täuschung verführen, das Ziel erreicht, das Princip gefunden zu haben, aus dem alles Veränderliche der Körperwelt, der Inbegriff aller sinnlich wahrnehmbaren Erscheinungen erklärt werden könne. Nachdem lange Zeit hindurch, gemäß der ersten Grundanschauung des hellenischen Volksgeistes, in den gestaltenden, umwandelnden oder zerstörenden Naturkräften das Walten geistiger Mächte in *menschlicher* Form verehrt worden war; entwickelte sich in den physiologischen Phantasien der *ionischen Schule* der Keim einer wissenschaftlichen Naturbetrachtung. Der Urgrund des Entstehens der Dinge, der Urgrund aller Erscheinungen ward, nach zwei RichtungenDie wichtige Verschiedenheit dieser naturphilosophischen Richtungen, τρόποι, ist klar angedeutet in *Aristot. Phys. auscult.* I, 4 pag. 187 Bekker. (Vergl. *Brandis* im *Rhein. Museum für Philologie* Jahrg. III. S. 105.), aus der Annahme concreter, stoffartiger Principien, sogenannter *Natur-Elemente:* oder aus *Processen* der Verdünnung und Verdichtung; bald nach mechanischen, bald nach dynamischen Ansichten, abgeleitet. Die, vielleicht ursprünglich indische Hypothese von vier oder fünf stoffartig verschiedenen Elementen ist von dem Lehrgedichte des Empedocles an bis in die spätesten Zeiten allen Naturphilosophemen beigemengt geblieben: ein uraltes Zeugniß und Denkmal für das Bedürfniß des Menschen, nicht bloß in den Kräften, sondern auch in qualitativer Wesenheit der Stoffe nach einer Verallgemeinerung und Vereinfachung der Begriffe zu streben.

In der späteren Entwickelung der ionischen Physiologie erhob sich Anaxagoras von Klazomenä von der Annahme bloß bewegender Kräfte der Materie zu der Idee eines von aller Materie gesonderten, ihre *gleichartigen* kleinsten Theile entmischenden *Geistes*. Die weltordnende Vernunft (νοῦς) beherrscht die *continuirlich fortschreitende* Weltbildung, den Urquell aller Bewegung und so auch aller physischen Erscheinungen. Durch die Annahme eines centrifugalen *Umschwunges:* dessen *Nachlassen*, wie wir schon oben erwähnt, den Fall der Meteorsteine bewirkt; erklärt Anaxagoras den scheinbaren (ost-westlichen) himmlischen Kreislauf. Diese

Hypothese bezeichnet den Ausgangspunkt von *Wirbel-Theorien*, welche mehr denn zweitausend Jahre später durch Descartes, Huygens und Hooke eine große kosmische Wichtigkeit erhielten. Ob des Klazomeniers *weltordnender Geist* die Gottheit selbst oder pantheistisch nur ein geistiges Princip alles Naturlebens bezeichnet, bleibt diesem Werke fremd.

In einem grellen Contraste mit den beiden Abtheilungen der ionischen Schule steht die, das Universum ebenfalls umfassende, mathematische Symbolik der *Pythagoreer*. Der Blick bleibt einseitig geheftet in der Welt sinnlich wahrnehmbarer Naturerscheinungen auf das Gesetzliche in der Gestaltung (den fünf Grundformen); auf die Begriffe von Zahlen, Maaß, Harmonie und Gegensätzen. Die Dinge spiegeln sich in den Zahlen: welche gleichsam eine „nachahmende Darstellung" (μίμησις) von ihnen sind. Die grenzenlose Wiederholbarkeit und Erhöhung der Zahlen ist der Charakter des Ewigen, der Unendlichkeit der Natur. Das Wesen der Dinge kann als Zahlenverhältnisse, ihre Veränderungen und Umbildungen können als Zahlen-Combinationen erkannt werden. Auch Plato's Physik enthält Versuche alle Wesenheit der Stoffe im Weltall und ihrer Verwandlungsstufen auf körperliche Formen und diese auf die einfachsten (triangularen) Flächen-Figuren zurückzuführen. Was aber die letzten Principien (gleichsam die Elemente der Elemente) sind, sagt Plato in bescheidenem Mißmuth, „weiß Gott allein, und wer von ihm geliebt wird unter den Menschen." Eine solche *mathematische* Behandlung *physischer* Erscheinungen, die Ausbildung der Atomistik, die Philosophie des Maaßes und der Harmonie, hat noch spät auf die Entwickelung der Naturwissenschaften eingewirkt; auch phantasiereiche Entdecker auf Abwege geführt, welche die Geschichte der physischen Weltanschauung bezeichnet. „Es wohnt ein fesselnder, von dem ganzen Alterthume gefeierter Zauber den einfachen Verhältnissen der Zeit und des Raumes inne: wie sie sich in Tönen, in Zahlen und Linien offenbaren." Vergl. *Gruppe über die Fragmente des Archytas* 1840 S. 33.

Die Idee der *Weltordnung* und *Weltregierung* tritt geläutert und erhaben in den Schriften des Aristoteles hervor. Alle Erscheinungen der Natur werden in den *physischen Vorträgen* (Auscultationes physicae) als bewegende Lebensthätigkeiten einer allgemeinen Weltkraft geschildert. Von dem „unbewegten Beweger der Welt" hängt der Himmel und die Natur (die tellurische Sphäre der Erscheinungen) ab. Der „Anordner", und der letzte Grund aller sinnlichen Veränderungen muß als ein Nicht-Sinnliches, von aller Materie Getrenntes betrachtet werden. Die *Einheit* in den verschiednen Kraftäußerungen der Stoffe wird zum Hauptprincipe erhoben, und diese Kraftäußerungen selbst werden stets auf Bewegungen reducirt. So finden wir in dem Buche *von der Seele*Vergl. *Aristot. de Anima* II, 7 pag. 419. In dieser Stelle ist die Analogie mit dem Schalle auf das deutlichste ausgedrückt; aber in anderen Schriften hat Aristoteles seine Theorie des Sehens mannigfach modificirt. So heißt es *de Insomniis* cap. 2 p. 459 Bekker: „Es ist offenbar, daß das Sehen, wie ein Leiden, so auch eine Thätigkeit ist; und daß das Gesicht nicht allein von der Luft (dem Mittel) etwas erleidet, sondern auch in das Mittel einwirkt." Zum Beweise wird angeführt, daß ein neuer, sehr reiner Metallspiegel unter gewissen Umständen, durch den darauf geworfenen Blick einer Frau, schwer zu vertilgende Nebelflecken erhält. (Vergl. damit *Martin, études sur le Timée de Platon* T. II. p. 149–163.) schon den Keim der *Undulations-Theorie* des Lichtes. Die Empfindung des Sehens erfolgt durch eine Erschütterung, eine Bewegung des Mittels zwischen dem Gesicht und dem gesehenen Gegenstande: nicht durch Ausflüsse aus dem Gegenstande oder dem Auge. Mit dem Sehen wird das *Hören* verglichen: da der Schall ebenfalls eine Folge der Lufterschütterung ist.

Aristoteles, indem er lehrt, durch die Thätigkeit der denkenden Vernunft in dem Besondern der wahrnehmbaren Einzelheiten das Allgemeine zu erforschen, umfaßt immer das Ganze der Natur, und den inneren Zusammenhang nicht bloß der Kräfte, sondern auch der organischen Gestalten. In dem Buche über die Theile (Organe) der Thiere spricht er deutlich seinen Glauben an die Stufenleiter der Wesen aus, in der sie von niederen zu höheren Formen aufsteigen. Die Natur geht in ununterbrochenem, fortschreitendem Entwickelungsgange von dem Unbelebten (Elementarischen) durch die Pflanzen zu den Thieren über: zunächst „zu dem, was zwar noch kein eigentliches Thier, aber so nahe mit diesem verwandt ist, daß es sich im ganzen wenig von ihm unterscheidet." In dem Uebergange der Bildungen „sind die Mittelstufen fast unmerklich."*Aristot. hist. Animal.* lib. IX cap. 1 pag. 588 lin. 10–24 Bekker. Wenn im Thierreiche unter den Repräsentanten der vier Elemente auf unserer Erde einige fehlen: z. B. die, welche das Element des reinsten Feuers darstellen, so können vielleicht diese Mittelstufen im Monde vorkommen (*Biese, die Philos. des Aristoteles* Bd. II. S. 186). Sonderbar genug, daß der Stagirite in einem anderen Planeten sucht, was wir als Mittelglieder der Kette in den untergegangenen Formen von Thier- und Pflanzenarten finden! Das große Problem des Kosmos ist dem Stagiriten die Einheit der Natur. „In ihr", sagt er*Aristot. Metaphys.* lib. XIII cap. 3 p. 1090 lin. 20 Bekker. mit sonderbarer Lebendigkeit des Ausdrucks, „ist nichts zusammenhangslos Eingeschobenes wie in einer schlechten Tragödie."

Das naturphilosophische Streben alle Erscheinungen des *einigen* Kosmos Einem Erklärungs-Principe unterzuordnen ist in allen physikalischen Schriften des tiefsinnigen Weltweisen und genauen Naturbeobachters nicht zu verkennen; aber der mangelhafte Zustand des Wissens, die Unbekanntschaft mit der Methode des Experimentirens, d. h. des Hervorrufens der Erscheinungen unter bestimmten Bedingnissen, hinderte selbst kleine Gruppen physischer Processe in ihrem Causalzusammenhange zu erfassen. Alles wurde reducirt auf die immer wiederkehrenden Gegensätze von Kälte und Wärme, Feuchtigkeit und Dürre, primitiver Dichtigkeit und Dünne; ja auf ein Bewirken von Veränderungen in der Körperwelt durch eine Art innerer Entzweiung (Antiperistase), welche an unsere jetzigen Hypothesen der entgegengesetzten Polarität, an die hervorgerufenen Contraste von + und – erinnert. Die vermeinten Lösungen der Probleme geben dann die Thatsachen selbst verhüllt wieder, und der sonst überall so mächtig concise Styl des Stagiriten geht in der Erklärung meteorologischer oder optischer Processe oft in selbstgefällige Breite und etwas hellenische Vielredenheit über. Da der Aristotelische Sinn wenig auf *Stoff-Verschiedenheit*, vielmehr ganz auf *Bewegung* gerichtet ist; so tritt die Grundidee, alle tellurischen Naturerscheinungen dem Impuls der Himmelsbewegung, dem Umschwung der Himmelssphäre zuzuschreiben, wiederholt hervor: geahndet, mit Vorliebe gepflegt"Durch die Bewegung der Himmelssphäre wird alles Veränderliche in den Naturkörpern, werden alle irdische Erscheinungen hervorgerufen." *Aristot. Meteorol.* I, 2 p. 339 und *de gener. et corrupt.* II, 10 p. 336., aber nicht in absoluter Schärfe und Bestimmtheit dargestellt.

Der Impuls, welchen ich hier bezeichne, deutet nur die *Mittheilung* der Bewegung als den Grund aller irdischen Erscheinungen an. Pantheistische Ansichten sind ausgeschlossen. Die Gottheit ist die höchste „*ordnende* Einheit: welche sich in allen Kreisen der gesammten Welt offenbart, jedem einzelnen Naturwesen die Bestimmung verleiht, als absolute Macht alles zusammenhält."*Aristot. de Coelo* lib. I cap. 9 pag. 279, lib. II cap. 3 pag. 286, lib. II cap. 13 pag. 292 Bekker (vergl. *Biese* Bd. I. S. 352–357). Der Zweckbegriff und die teleologischen Ansichten werden nicht auf die untergeordneten Naturprocesse: die der anorganischen, elementarischen Natur, angewandt; sondern vorzugsweise auf die höheren Organisationen der Thier- und Pflanzenwelt. Auffallend ist es, daß in diesen Lehren die Gottheit sich gleichsam einer Anzahl von *Astralgeistern* bedient, welche (wie der Massenvertheilung und der Perturbationen kundig) die Planeten in den ewigen Bahnen zu erhalten wissen.*Aristot. Meteorol.* XII, 8 p. 1074, zu welcher Stelle eine denkwürdige Erläuterung im Commentar des Alexander Aphrodisiensis enthalten ist. Die Gestirne sind nicht seelenlose Körper, sie sind vielmehr als handelnde und lebendige Wesen zu betrachten (*Aristot. de Coelo* lib. II cap. 12 p. 292). Sie sind das Göttlichere unter dem Erscheinenden, τὰ θειότερα τῶν φανερῶν (*Aristot. de Coelo* lib. I cap. 9 p. 278 und lib. II cap. 1 p. 284. In der kleinen Pseudo-Aristotelischen Schrift *de Mundo*, in welcher oft eine religiöse Stimmung vorherrscht (von der erhaltenden Allmacht Gottes cap. 6 pag. 400), wird der hohe Aether auch göttlich genannt (cap. 2 pag. 392). Was der phantasiereiche *Kepler* im *Mysterium cosmographicum* (cap. 20 p. 71) "bewegende Geister, animae motrices" nennt: ist die verworrene Idee einer Kraft (virtus), welche in der Sonne (anima mundi) ihren Hauptsitz hat, nach den Gesetzen des Lichts in der Entfernung abnimmt und die Planeten in elliptischen Bahnen umtreibt. (Vergl. *Apelt, Epochen der Gesch. der Menschheit* Bd. I. S. 274.) Die Gestirne offenbaren dabei das Bild der Göttlichkeit in der sinnlichen Welt. Des kleinen, Pseudo-Aristotelischen, gewiß stoischen Buches *vom Kosmos* ist hier, trotz seines Namens, nicht Erwähnung geschehen. Es stellt zwar, naturbeschreibend und oft mit rhetorischer Lebendigkeit und Färbung, zugleich Himmel und Erde, die Strömungen des Meeres und des Luftkreises dar; aber es offenbart keine Tendenz die Erscheinungen des Kosmos auf allgemeine physikalische, d. h. in den Eigenschaften der Materie gegründete, Principien zurückzuführen.

Ich habe länger bei der glänzendsten Epoche der Naturansichten des Alterthums verweilt, um den frühesten Versuchen der Verallgemeinerung die Versuche der neueren Zeit gegenüberzustellen. In der Gedankenbewegung der Jahrhunderte, welche in Hinsicht auf die Erweiterung *kosmischer Anschauungen* in einem anderen Theile dieses Buches. geschildert worden ist, zeichnen sich das Ende des dreizehnten und der Anfang des vierzehnten Jahrhunderts aus; aber das *Opus majus* von Roger Bacon, der *Naturspiegel* des Vincenz von Beauvais, die physische Geographie (*Liber cosmographicus*) von Albert dem Großen, das *Weltgemälde (Imago Mundi)* des Cardinals Petrus de Alliaco (Pierre d'Ailly) sind Werke, welche, so mächtig sie auch auf Zeitgenossen gewirkt haben, durch ihren Inhalt nicht dem Titel entsprechen, den sie führen. Unter den italiänischen Gegnern der Aristotelischen Physik wird Bernardino Telesio aus Cosenza als der Gründer einer rationellen Naturwissenschaft bezeichnet. Alle Erscheinungen der sich passiv verhaltenden Materie werden von ihm als Wirkungen zweier unkörperlichen Principien (Thätigkeiten, Kräfte), von *Wärme* und *Kälte*, betrachtet. Auch das ganze organische Leben, die „beseelten" Pflanzen und Thiere, sind das Product jener ewig entzweiten Kräfte: von denen vorzugsweise die eine, die Wärme, der himmlischen; die andere, die Kälte, der irdischen Sphäre zugehört.

Mit noch ungezügelterer Phantasie, aber auch mit tiefem Forschungsgeiste begabt, versucht Giordano Bruno aus Nola in drei Werken: *De la Causa, Principio e Uno; Contemplationi circa lo Infinito, Universo e Mondi inumerabili;* und *De Minimo et Maximo;* das Weltganze zu umfassen. In der Naturphilosophie des Telesio, eines Zeitgenossen des Copernicus, erkennt man wenigstens das Bestreben die Veränderungen der Materie auf zwei ihrer Grundkräfte zu reduciren: „welche zwar als von außen wirkend gedacht werden", doch ähnlich sind den Grundkräften der Anziehung und Abstoßung in der dynamischen Naturlehre von Boscowich und Kant. Die kosmischen Ansichten des *Nolaners* sind rein metaphysisch; sie suchen nicht die Ursachen der sinnlichen Erscheinungen in der Materie selbst: sondern berühren „die Unendlichkeit des mit selbstleuchtenden Welten gefüllten Raumes, die Beseeltheit dieser Welten; die Beziehungen der höchsten Intelligenz, Gottes, zu dem Universum." Mit geringem mathematischen Wissen ausgerüstet, war Giordano Bruno doch bis zu seinem furchtbaren Martertode ein enthusiastischer Bewunderer von Copernicus, Tycho und Kepler. Zeitgenosse des Galilei, erlebte er nicht die Erfindung des Fernrohrs von Hans Lippershey und Zacharias Jansen: und also auch nicht die Entdeckung der „kleinen Jupiterswelt", der Venus-Phasen und der Nebelflecke. Mit kühner Zuversicht auf das, was er nennt lume interno, ragione naturale, altezza dell' intelleto: überließ er sich glücklichen Ahndungen über die Bewegung der Fixsterne, die planetenartige Natur der Cometen und die von der Kugelform abweichende Gestalt der Erde.*Bartholmèß* T. II. p. 219, 232 und 370. Ueber die große *Himmelsbegebenheit* des plötzlich (1572) in der

Cassiopea auflodernden neuen Sternes hat Bruno die einzelnen Beobachtungen sorgfältig zusammengestellt. Seine naturphilosophischen Beziehungen zu zweien seiner calabresischen Landsleute, Bernardino Telesio und Thomas Campanella, wie zu dem platonisirenden Cardinal Nicolaus Krebs aus Cusa sind in neueren Zeiten vielfach geprüft worden. Auch das griechische Alterthum ist voll von solchen uranologischen Verheißungen, die später erfüllt wurden.

In der Gedankenentwickelung über kosmische Verhältnisse, deren Hauptformen und Haupt-Epochen hier aufgezählt werden, war Kepler, volle 78 Jahre vor dem Erscheinen von Newton's unsterblichem Werke der *Principia Philosophiae Naturalis*, einer mathematischen Anwendung der Gravitations-Lehre am nächsten. Wenn der Eklektiker Simplicius bloß im allgemeinen den Grundsatz aussprach: „das Nicht-Herabfallen der himmlischen Körper werde dadurch bewirkt, daß der Umschwung (die Centrifugalkraft) die Oberhand habe über die eigene Fallkraft, den Zug nach unten"; wenn Johannes Philoponus, ein Schüler des Ammonius Hermeä, die Bewegung der Weltkörper „einem primitiven Stoße und dem fortgesetzten Streben zum Falle" zuschrieb; wenn, wie wir schon früher bemerkt, Copernicus nur den allgemeinen Begriff der *Gravitation*, wie sie in der Sonne als dem Centrum der Planetenwelt, in der Erde und dem Monde wirke, mit den denkwürdigen Worten bezeichnet: gravitatem non aliud esse quam appetentiam quandam naturalem partibus inditam a divina providentia opificis universorum, ut in unitatem integritatemque suam sese conferant, in formam globi coeuntes: so finden wir bei Kepler in der Einleitung zu dem Buche *de Stella Martis* zuerst *numerische* Angaben von den Anziehungskräften, welche nach Verhältniß ihrer Massen Erde und Mond gegen einander ausüben. Er führt bestimmt Ebbe und Fluth als einen Beweis an, daß die anziehende Kraft des Mondes (virtus tractoria) sich bis zur Erde erstrecke; ja daß diese Kraft, „ähnlich der, welche der Magnet auf das Eisen ausübt", die Erde des Wassers berauben würde, wenn diese aufhörte dasselbe anzuziehen. Leider gab der große Mann zehn Jahre später, 1619: vielleicht aus Nachgiebigkeit gegen Galilei, welcher Ebbe und Fluth der Rotation der Erde zuschrieb, die richtige Erklärung auf, um in der *Harmonice Mundi* den Erdkörper als ein lebendiges Unthier zu schildern, dessen wallfischartige *Respiration*, in periodischem, von der Sonnenzeit abhängigen *Schlaf* und *Erwachen*, das Anschwellen und Sinken des Oceans verursacht. Bei dem mathematischen, schon von Laplace anerkannten Tiefsinne, welcher aus einer von Kepler's Schriften hervorleuchtet, ist zu bedauern, daß der Entdecker von den drei großen Gesetzen aller planetarischen Bewegung nicht auf dem Wege fortgeschritten ist, zu welchem ihn seine Ansichten über die Massen-Anziehung der Weltkörper geleitet hatten.

Mit einer größeren Mannigfaltigkeit von Naturkenntnissen als Kepler begabt und Gründer vieler Theile einer mathematischen Physik, unternahm Descartes in einem Werke, das er *Traité du Monde*, auch *Summa Philosophiae* nannte, die ganze Welt der Erscheinungen: die himmlische Sphäre und alles, was er von der belebten und unbelebten irdischen Natur wußte, zu umfassen. Der Organismus der Thiere, besonders der des Menschen, für welchen er eilf Jahre lang sehr ernste anatomische Studien gemacht, sollte das Werk beschließen. In der Correspondenz mit dem Pater Mersenne findet man häufige Klagen über das langsame Fortschreiten der Arbeit und über die Schwierigkeit so viele Materien an einander zu reihen. Der *Kosmos*, den Descartes immer *seine Welt* (son Monde) nannte, sollte endlich am Schlusse des Jahres 1633 dem Druck übergeben werden: als das Gerücht von der Verurtheilung Galilei's in der Inquisition zu Rom, welches erst vier Monate später, im October 1633, durch Gassendi und Bonillaud verbreitet wurde, alles rückgängig machte und die Nachwelt eines großen, mit so viel Mühe und Sorgfalt vollendeten Werkes beraubte. Die Motive der Nicht-Herausgabe des Kosmos waren Liebe zu friedlicher Ruhe im einsamen Aufenthalte zu Deventer, wie die fromme Besorgniß unehrerbietig gegen die Decrete des heiligen Stuhles wider die planetarische Bewegung der Erde zu sein. *Lettres de Descartes au P. Mersenne* du 19 Nov. 1633 et du 5 Janvier 1634 (*Baillet* P. I. p. 244–247). Erst 1664, also vierzehn Jahre nach dem Tode des Philosophen, wurden einige Fragmente unter dem sonderbaren Titel: *Le Monde ou Traité de la Lumière* gedruckt. Die lateinische Uebersetzung führt den Titel: *Mundus sive Dissertatio de Lumine ut et de aliis Sensuum Objectis primariis. S. R. Descartes, Opuscula posthuma physica et mathematica* Amst. 1704. Die drei Capitel, welche vom Lichte handeln, bilden doch kaum ein Viertel des Ganzen. Dagegen wurden die Abschnitte, welche ursprünglich zu dem Kosmos des Descartes gehörten: und Betrachtungen über die Bewegung und Sonnenferne der Planeten, über den Erd-Magnetismus, die Ebbe und Fluth, das Erdbeben und die Vulkane enthalten; in den dritten und vierten Theil des berühmten Werkes *Principes de la Philosophie* versetzt.

Der *Kosmotheoros* von Huygens, der erst nach seinem Tode erschienen ist, verdient, trotz seines bedeutungsvollen Namens, in dieser Aufzählung kosmologischer Versuche kaum genannt zu werden. Es sind Träume und Ahndungen eines großen Mannes über die Pflanzen- und Thierwelt auf den fernsten Weltkörpern, besonders über die dort abgeänderte Gestalt des Menschengeschlechts. Man glaubt Kepler's *Somnium astronomicum* oder Kircher's ecstatische Reise zu lesen. Da Huygens schon, ganz wie die Astronomen unserer Zeit, dem Monde alles Wasser und alle Luft versagte, so ist er über die Existenz des *Mondmenschen* noch verlegener als über die Bewohner der „dunst- und wolkenreichen" ferneren Planeten.

Dem unsterblichen Verfasser des Werkes *Philosophiae Naturalis Principia mathematica* gelang es, den ganzen uranologischen Theil des Kosmos durch die Annahme einer einigen, alles beherrschenden Grundkraft der Bewegung in dem Causal-Zusammenhange seiner Erscheinungen zu erfassen. Newton zuerst hat die physische Astronomie zu der Lösung eines großen Problems der Mechanik, zu einer mathematischen Wissenschaft erhoben. Die Quantität der Materie in jeglichem Weltkörper giebt das Maaß seiner anziehenden Kraft: einer Kraft, die in umgekehrtem

Verhältniß des Quadrats der Entfernung wirkt und die Größe der Störungen bestimmt, welche nicht bloß die Planeten, sondern alle Gestirne der Himmelsräume auf einander ausüben. Aber das Newtonische, durch Einfachheit und Allgemeinheit so bewundernswürdige Theorem der *Gravitation* ist in seiner kosmischen Anwendung nicht auf die uranologische Sphäre beschränkt, es beherrscht auch die tellurischen Erscheinungen in zum Theil noch unerforschten Richtungen: es giebt den Schlüssel zu periodischen Bewegungen im Ocean und in der Atmosphäre; zu der Lösung von Problemen der Capillarität, der Endosmose, vieler chemischer, electro-magnetischer und organischer Processe. Newton"Adjicere jam licet de spiritu quodam subtilissimo corpora crassa pervadente et in iisdem latente, cujus vi et actionibus particulae corporum ad *minimas   distantias* se   mutuo *attrahunt* et   contiguae   factae cohaerent.". *Newton, Principia Phil. Nat.* (ed. Le Seur et Jacquier 1760) Schol. gen. T. III. p. 676. Vergl. auch *Newton, Opticks* (ed. 1718) Query 31 p. 305 und 353, 367 und 372. (*Laplace, Syst. du Monde* p. 384) selbst unterschied schon die *Massen-Anziehung*, wie sie sich in den Bewegungen aller Weltkörper und in den Phänomenen der Ebbe und Fluth äußert, von der *Molecular-Anziehung*, die in unendlich kleiner Entfernung und bei der innigsten Berührung wirksam wird.

Auf diese Weise zeigt sich unter allen Versuchen, das Veränderliche in der Sinnenwelt auf ein einziges Grundprincip zurückzuführen, die *Lehre von der Gravitation* als der umfassendste und kosmisch vielverheißendste. Allerdings lassen sich, trotz der glänzenden Fortschritte, welche in neueren Zeiten in der Stöchiometrie (in der Rechenkunst mit chemischen Elementen und in den Volum-Verhältnissen der gemengten Gas-Arten) gemacht sind, noch nicht alle physikalischen Theorien der Stofflehre auf mathematisch bestimmbare Erklärungsgründe zurückführen. Empirische Gesetze sind aufgefunden, und nach den weitverbreiteten Ansichten der Atomistik oder Corpuscular-Philosophie ist manches der Mathematik zugänglicher geworden; aber bei der grenzenlosen Heterogeneität der Stoffe und den mannigfaltigen Aggregations-Zuständen der sogenannten Massentheilchen sind die Beweise jener empirischen Gesetze noch keinesweges aus der Theorie der *Contact-Anziehung* mit *der* Gewißheit zu entwickeln, welche die Begründung von Kepler's drei großen empirischen Gesetzen aus der Theorie der *Massen-Anziehung* oder *Gravitation* darbietet.

Zu derselben Zeit aber, in der Newton schon erkannt hatte, daß alle Bewegungen der Weltkörper Folgen einer und derselben Kraft seien, hielt er die Gravitation selbst nicht, wie Kant, für eine Grundkraft der Materie; sondern entweder für abgeleitet von einer, ihm noch unbekannten, höheren Kraft: oder für Folge eines „Umschwunges des Aethers, welcher den Weltraum erfüllt, und in den Zwischenräumen der Massentheilchen dünner ist, nach außen aber an Dichtigkeit zunimmt." Die letztere Ansicht ist umständlich in einem Briefe an Robert Boyle"I suppose the rarer aether within bodies and the denser without them." *Operum Newtoni* Tomus IV. (ed. 1782 Sam. Horsley) p. 386, mit Anwendung auf die Erklärung der von Grimaldi entdeckten Diffraction oder

Lichtbeugung. Am Schlusse des Briefes von Newton an Robert Boyle vom Febr. 1678 p. 394 heißt es: "I shall set down one conjecture more which came into my mind: it is about the cause of gravity......" Auch die Correspondenz mit Oldenburg vom December 1675 beweist, daß der große Mann damals den Aether-Hypothesen nicht abgeneigt war. Nach diesen sollte der Stoß des *materiellen* Lichtes den Aether in Schwingung setzen; die Schwingungen des Aethers allein, welcher Verwandtschaft mit einem Nerven-Fluidum hat, erzeugten nicht das Licht. S. über den Streit mit Hooke *Horsley's* Ausgabe T. IV. p. 378–380. (vom 28 Febr. 1678) entwickelt, welcher mit den Worten endigt: „ich suche in dem Aether die Ursach der Gravitation". Acht Jahre später, wie man aus einem Schreiben an Halley ersieht, gab Newton diese Hypothese des dünneren und dichteren Aethers gänzlich auf.*Brewster, life of Sir Isaac Newton* p. 303–305. Besonders auffallend ist es, daß er neun Jahre vor seinem Tode, 1717, in der so überaus kurzen Vorrede zu der zweiten Auflage seiner Optik es für nöthig hielt bestimmt zu erklären, daß er die Gravitation keinesweges für eine *Grundkraft* der Materie (essential property of bodies) halteDie Erklärung, not to take gravity for an essential property of bodies, welche Newton im second Advertisement giebt, contrastirt mit den Attractions- und Repulsions-Kräften, welche er allen Massentheilchen (molécules) zuschreibt, um nach der Emissions-Theorie die Phänomene der Brechung und Zurückwerfung der Lichtstrahlen von spiegelnden Flächen „*vor* der wirklichen Berührung" zu erklären. (*Newton, Opticks* Book II Prop. 8 p. 241 und *Brewster* a. a. O. p. 301.) Nach *Kant* (s. die *metaphysischen Anfangsgründe der Naturwissenschaft* 1800 S. 28) kann die Existenz der Materie nicht gedacht werden ohne diese Kräfte der Anziehung und Abstoßung. Alle physischen Erscheinungen sind deshalb nach ihm wie nach dem früheren Goodwin Knight (*Philos. Transact.* 1748 p. 264) auf den Conflict der zwei Grundkräfte zurückzuführen. In den atomistischen Systemen, die Kant's dynamischen Ansichten diametral entgegengesetzt sind, wurde nach einer Annahme, welche besonders durch Lavoisier sich weit verbreitete, die Anziehungskraft den discreten starren Grundkörperchen (molécules), aus denen alle Körper bestehen sollen; die Abstoßungskraft aber den *Wärmestoff-Atmosphären*, welche die Grundkörperchen umgeben, zugeschrieben. In dieser Hypothese, welche den sogenannten *Wärmestoff* als eine stetig ausgedehnte Materie betrachtet, werden demnach zweierlei Materien, d. i. zweierlei Elementarstoffe, wie in der Mythe von zwei Aether-Arten (*Newton, Opt.* Query 28 p. 339), angenommen. Man fragt dann, was wiederum jene Wärme-Materie ausdehnt? Betrachtungen über die Dichtigkeit der molécules in Vergleich mit der Dichtigkeit ihrer Aggregate (der ganzen Körper) leiten nach atomistischen Hypothesen zu dem Resultate: daß der Abstand der Grundkörperchen von einander weit größer als ihr Durchmesser ist.: während Gilbert schon 1600 den Magnetismus für eine aller Materie inwohnende Kraft ansah. So schwankend war der tiefsinnigste, immer der Erfahrung zugewandte Denker, Newton selbst, über die „letzte mechanische Ursach" aller Bewegung.

Es ist allerdings eine glänzende, des menschlichen Geistes würdige Aufgabe, die ganze Naturlehre von den Gesetzen der Schwere an bis zu dem Bildungstriebe in den belebten Körpern als ein organisches Ganzes aufzustellen; aber der unvollkommene Zustand so vieler Theile unseres Naturwissens setzt der Lösung jener Aufgabe unüberwindliche Schwierigkeiten entgegen. Die Unvollendbarkeit aller Empirie, die Unbegrenztheit der Beobachtungssphäre macht die *Aufgabe*, das Veränderliche der Materie aus den Kräften der Materie selbst zu erklären, zu einer *unbestimmten*. Das Wahrgenommene erschöpft bei weitem nicht das Wahrnehmbare. Wenn wir, um nur an die Fortschritte der uns näheren Zeit zu erinnern, das unvollkommene Naturwissen von Gilbert, Robert Boyle und Hales mit dem jetzigen vergleichen, wir dazu der mit jedem Jahrzehend zunehmenden Schnelligkeit des Fortschrittes gedenken; so erfassen wir die periodischen, endlosen Umwandelungen, welche allen physikalischen Wissenschaften noch bevorstehen. Neue Stoffe und neue Kräfte werden entdeckt werden. Wenn auch viele Naturprocesse: wie die des Lichts, der Wärme und des Electro-Magnetismus, auf Bewegung (Schwingungen) reducirt, einer mathematischen Gedankenentwickelung zugänglich geworden sind; so bleiben übrig die oft erwähnten, vielleicht unbezwingbaren Aufgaben von der Ursach chemischer Stoff-Verschiedenheit: wie von der scheinbar allen Gesetzen entzogenen Reihung in der Größe, der Dichtigkeit, Achsenstellung und Bahn-Excentricität der Planeten; in der Zahl und dem Abstande ihrer Satelliten, in der Gestalt der Continente und der Stellung ihrer höchsten Bergketten. Die hier beispielsweise genannten räumlichen Verhältnisse können bisher nur als etwas thatsächlich in der Natur Daseiendes betrachtet werden. Sind die Ursachen und die Verkettung dieser Verhältnisse noch nicht ergründet, so nenne ich sie darum aber nicht zufällig. Sie sind das Resultat von *Begebenheiten* in den Himmelsräumen bei Bildung unseres Planetensystems, von geognostischen Vorgängen bei der Erhebung der äußersten Erdschichten als Continente und Gebirgsketten. Unsere Kenntniß von der Urzeit der physikalischen Weltgeschichte reicht nicht hoch genug hinauf, um das jetzt Daseiende als etwas Werdendes zu schildern.

Wo demnach der Causal-Zusammenhang der Erscheinungen noch nicht hat vollständig erkannt werden können, ist die Lehre vom Kosmos oder die physische *Weltbeschreibung* nicht eine abgesonderte Disciplin aus dem Gebiet der Naturwissenschaften. Sie umfaßt vielmehr dieses ganze Gebiet, die Phänomene beider Sphären, der himmlischen und der tellurischen; aber sie umfaßt sie unter dem einigen Gesichtspunkte des Strebens nach der Erkenntniß eines Weltganzen. Wie „bei der Darstellung des Geschehenen in der moralischen und politischen Sphäre der Geschichtsforscher nach menschlicher Ansicht den Plan der Weltregierung nicht unmittelbar erspähen, sondern nur an den Ideen erahnden kann, durch die sie sich offenbaren"; so durchdringt auch den Naturforscher bei der Darstellung der kosmischen Verhältnisse ein inniges Bewußtsein, daß die Zahl der welttreibenden, der gestaltenden und schaffenden Kräfte keinesweges durch das erschöpft ist, was sich bisher aus der unmittelbaren Beobachtung und Zergliederung der Erscheinungen ergeben hat.

A.
Ergebnisse der Beobachtung aus dem uranologischen Theile der physischen Weltbeschreibung

Wir beginnen wieder mit den Tiefen des Weltraumes und den fernen Sporaden der Sternschwärme, welche dem telescopischen Sehen als schwach aufglimmende *Nebelflecke* erscheinen. Stufenweise steigen wir herab zu den um einen gemeinschaftlichen Schwerpunkt kreisenden, oft zweifarbigen *Doppelsternen*; zu den näheren Sternschichten, deren eine unser Planetensystem zu umschließen scheint; durch dieses Planetensystem zu dem luft- und meerumflossenen *Erdsphäroid*, das wir bewohnen. Es ist schon in dem Eingange des *allgemeinen Naturgemäldes* angedeutet worden, daß dieser Ideengang dem eigentlichen Charakter eines Werkes über den Kosmos allein angemessen ist: da hier nicht, den Bedürfnissen unmittelbarer sinnlicher Anschauung entsprechend, von dem heimischen, durch organische Kräfte auf seiner Oberfläche belebten, irdischen Wohnsitze begonnen und von den scheinbaren Bewegungen der Weltkörper zu den wirklichen übergegangen werden kann.

Das *uranologische* Gebiet, dem *tellurischen* entgegengesetzt, zerfällt bequem in zwei Abtheilungen: von denen die eine die *Astrognosie* oder den *Fixsternhimmel*, die andere unser *Sonnen-* und *Planetensystem* umfaßt. Wie unvollkommen und ungenügend eine solche Nomenclatur, die Bezeichnung solcher Abtheilungen ist, braucht hier nicht wiederholt entwickelt zu werden. Es sind in den Naturwissenschaften Namen eingeführt worden, ehe man die Verschiedenartigkeit der Objecte und ihre strengere Begrenzung hinlänglich kannte. Das Wichtigste bleibt die Verkettung der Ideen und die Anreihung, nach der die Objecte behandelt werden sollen. Neuerungen in den Namen der Gruppen, Ablenkung vielgebrauchter Namen von ihrer bisherigen Bedeutung wirken entfremdend und zugleich Verwirrung erregend.

α. Astrognosie (Fixsternhimmel)

Nichts ist ruhend im Weltraum; auch die Fixsterne sind es nicht: wie zuerst Halley an Sirius, Arcturus und Aldebaran darzuthun versuchte, und die neuere Zeit unwidersprechlich bei vielen erwiesen hat. Der helle Stern im Ochsenhüter Arcturus hat in den 2100 Jahren (seit Aristyllus und Hipparch), die er beobachtet wird, um drittehalb

Vollmond-Breiten seinen Ort verändert gegen die benachbarten schwächeren Sterne. Encke bemerkt, „daß der Stern μ in der Cassiopeja um 3½, der Stern 61 des Schwans um 6 Vollmond-Breiten von ihrer Stelle gerückt erschienen sein würden, wenn die alten Beobachtungen genau genug gewesen wären, um es anzuzeigen". Schlüsse, auf Analogien gegründet, berechtigen zu der Vermuthung, daß überall fortschreitende und auch wohl rotirende Bewegung ist. Der Name *Fixstern* leitet auf irrige Voraussetzungen: man mag ihn in seiner ersten Deutung bei den Griechen auf das *Eingeheftet-Sein* in den krystallenen Himmel; oder nach späterer, mehr römischer Deutung auf das *Feste, Ruhende* beziehen. Eine dieser Ideen mußte zu der anderen führen. Im griechischen Alterthum, wenigstens hinaufreichend bis Anaximenes aus der ionischen Schule oder bis zu dem Pythagoreer Alcmäon, wurden alle Gestirne eingetheilt in *wandelnde* (ἄστρα πλανώμενα oder πλανητά) und in *nicht wandelnde*, feste Sterne (ἀπλανεῖς ἀστέρες oder ἀπλανῆ ἄστρα). Neben dieser allgemein gebrauchten Benennung der Fixsterne, welche *Macrobius* im *Somnium*   *Scipionis* durch Sphaera aplanes latinisirt*Macrob. somnium Scip.* I, 9–10; stellae inerrantes bei *Cicero de natura deorum* III, 20., findet sich bei Aristoteles mehrfach (als wolle er einen neuen terminus technicus durchführen) für Fixsterne der Name *eingehefteter* Gestirne, ἐνδεδεμένα ἄστρα statt ἀπλανῆ.Die Hauptstelle für den technischen Ausdruck ἐνδεδεμένα ἄστρα ist *Aristot. de Coelo* II, 8 p. 289 lin. 34, p. 290 lin. 19 Bekker. Es hatte diese Veränderung der Nomenclatur schon früher bei meinen Untersuchungen über die Optik des Ptolemäus und seine Versuche über die Strahlenbrechung meine Aufmerksamkeit lebhaft auf sich gezogen. Herr Professor Franz, dessen philologische Gelehrsamkeit ich oft und gern benutze, erinnert, daß auch *Ptolemäus* (*Syntax*. VII, 1) von den Fixsternen sagt: ὥσπερ προσπεφυκότες, wie angeheftet. Ueber den Ausdruck σφαῖρα ἀπλανής orbis inerrans bemerkt *Ptolemäus* tadelnd: „in so fern die Sterne ihre Abstände stets zu einander bewahren, können wir sie mit Recht ἀπλανεῖς nennen; in so fern aber die ganze Sphäre, in welcher sie gleichsam angewachsen ihren Lauf vollenden, eine eigenthümliche Bewegung hat: ist die Benennung ἀπλανὴς für die Sphäre wenig passend." Aus dieser Wortform sind entstanden: bei Cicero sidera infixa coelo; bei Plinius stellas, quas putamus affixas; bei Manilius astra fixa, ganz wie unsere *Fixsterne.Cicero de natura deorum* I, 13, *Plin.* II, 6 und 24; *Manilius* II, 35. Die Idee des *Eingeheftet-Seins* leitete auf den Nebenbegriff der Unbeweglichkeit, des *fest an einer Stelle Bleibens;* und so wurde das ganze Mittelalter hindurch, in lateinischen Uebersetzungen, die ursprüngliche Bedeutung des Worts infixum oder affixum sidus nach und nach verdrängt, und die Idee der Unbeweglichkeit allein festgehalten. Den Anstoß dazu finden wir schon in der sehr rhetorischen Stelle des *Seneca* (*Nat. Quaest.* VII, 24) über die Möglichkeit neue Planeten zu entdecken: "credis autem in hoc maximo et pulcherrimo corpore inter innumerabiles stellas, quae noctem decore vario distinguunt, quae aera minime vacuum et inertem esse patiuntur, quinque solas esse, quibus exercere se liceat; *ceteras stare, fixum et immobilem populum?* Dies stille, unbewegliche Volk ist nirgends zu finden.

Um die Hauptresultate wirklicher Beobachtung und die Schlüsse oder Vermuthungen, zu welchen diese Beobachtungen führen, bequem in Gruppen zu vertheilen, sondere ich in der *astrognostischen Sphäre* der Weltbeschreibung von einander ab:

1. die Betrachtungen über den *Weltraum und was ihn zu erfüllen scheint;*
2. das *natürliche* und *telescopische Sehen*, das *Funkeln* der Gestirne, die *Geschwindigkeit des Lichts* und die *photometrischen Versuche* über die *Intensität des Sternenlichtes;*
3. die *Zahl, Vertheilung* und *Farbe* der Sterne; die *Sternhaufen* (*Sternschwärme*) und die *Milchstraße*, welche mit wenigen Nebelflecken gemengt ist;
4. die *neu-erschienenen* und die *verschwundenen Sterne*, die periodisch *veränderlichen;*
5. die *eigene Bewegung* der Fixsterne, die problematische Existenz *dunkeler Weltkörper*, die *Parallaxe* und gemessene *Entfernung einiger Fixsterne;*
6. die *Doppelsterne* und die Zeit ihres *Umlaufs* um einen gemeinschaftlichen Schwerpunkt;
7. die *Nebelflecke*, welche in den *Magellanischen Wolken* mit vielen Sternhaufen vermischt sind; die schwarzen Flecken (Kohlensäcke) am Himmelsgewölbe.

I.

Der Weltraum, und Vermuthungen über das, was den Weltraum zwischen den Gestirnen zu erfüllen scheint.

Man ist geneigt die physische Weltbeschreibung, wenn sie von dem anhebt, was die fernsten Himmelsräume zwischen den geballten Weltkörpern ausfüllt und unseren Organen unerreichbar bleibt, mit den mythischen Anfängen der Weltgeschichte zu vergleichen. In der unendlichen Zeit wie im unendlichen Raume erscheint alles in ungewissem, oft täuschendem Dämmerlichte. Die Phantasie ist dann zwiefach angeregt, aus eigener Fülle zu schöpfen und den unbestimmten, wechselnden Gestalten Umriß und Dauer zu geben. Ein solches Geständniß kann genügen, denke ich, um vor dem Vorwurf zu bewahren, das, was durch unmittelbare Beobachtung oder Messung zu einer mathematischen Gewißheit erhoben worden, mit dem zu vermischen, was auf sehr unvollständige Inductionen gegründet ist. Wilde Träume gehören in die Romantik der physische Astronomie. Ein durch wissenschaftliche Arbeiten geübter Sinn verweilt aber gern bei solchen Fragen, welche, in genauem Zusammenhange mit dem dermaligen Zustande unseres Wissens, wie mit den Hoffnungen, welche dieser Zustand erregt, schon von den ausgezeichnetsten Astronomen unserer Zeit einer ernsten Erörterung werth gehalten worden sind.

Durch den Einfluß der Gravitation oder allgemeinen Schwere, durch Licht und strahlende Wärme stehen wir, wie man mit großer Wahrscheinlichkeit annehmen kann, in Verkehr nicht bloß mit unserer Sonne, sondern auch mit allen anderen leuchtenden Sonnen des Firmaments. Die wichtige Entdeckung von dem Widerstande, welchen ein, den Weltraum füllendes Fluidum einem Cometen von fünfjähriger Umlaufszeit meßbar entgegensetzt, hat sich durch die genaue Uebereinstimmung der numerischen Verhältnisse vollständig bewährt. Auf Analogien gegründete Schlüsse können einen Theil der weiten Kluft ausfüllen, welche die sicheren Resultate einer mathematischen Naturphilosophie von den Ahndungen trennt, die auf die äußersten, und darum sehr nebeligen und öden Grenzen aller wissenschaftlichen Gedankenentwickelung gerichtet sind.

Aus der Unendlichkeit des Weltraums, die freilich von Aristoteles bezweifelt ward, folgt seine Unermeßlichkeit. Nur einzelne Theile sind meßbar geworden; und die, alle unsere Fassungskraft überschreitenden Resultate der Messung werden gern von denen zusammengestellt, welche an großen Zahlen eine kindliche Freude haben, ja wohl gar wähnen durch staunen- und schreckenerregende Bilder physischer Größe den Eindruck der Erhabenheit astronomischer Studien vorzugsweise zu erhöhen. Die Entfernung des 61ten Sterns des Schwans von der Sonne ist 657000 Halbmesser der Erdbahn; und das Licht braucht etwas über 10 Jahre, um diese Entfernung zu durchlaufen: während es in 8' 17",78 von der Sonne zur Erde gelangt. Sir John Herschel vermuthet nach einer sinnreichen Combination photometrischer SchätzungenSir John *Herschel, outlines of Astronomy* 1849 § 803 p. 541., daß Sterne des großen Ringes der Milchstraße, die er im 20füßigen Telescop aufglimmen sah, wären es neu entstandene leuchtende Weltkörper, an 2000 Jahre gebraucht haben würden, um uns den ersten Lichtstrahl zuzusenden. Alle Versuche solche numerischen Verhältnisse anschaulich zu machen scheitern entweder an der Größe der Einheit, wodurch sie gemessen werden sollen, oder an der Größe der Zahl aus den Wiederholungen dieser Einheit. Bessel sagte sehr wahr: daß „die Entfernung, welche das Licht in einem Jahre durchläuft, nicht anschaulicher für uns ist als die Entfernung, die es in zehn Jahren zurücklegt. Dazu verfehlt ihren Zweck jede Bemühung eine Größe zu versinnlichen, welche alle auf der Erde zugänglichen weit überschreitet." Die unsere Fassungskraft bedrängende Macht der Zahlen bietet sich uns in den kleinsten Organismen des Thierlebens wie in der Milchstraße der selbstleuchtenden Sonnen dar, die wir Fixsterne nennen. Welche Masse von Polythalamien schließt nicht nach Ehrenberg eine dünne Kreideschicht ein! Von der microscopischen Galionella distans enthält ein Cubikzoll nach diesem großen Naturforscher in der 40 Fuß hohen Bergkuppe des Bilmer Polirschiefers 41000 Millionen Einzelthiere. Von Galionella ferruginea enthält der Cubikzoll über 1 Billion 750000 Millionen Individuen.*Ehrenberg* in den *Abhandl. der Berl. Akad.* 1838 S. 59, in den *Infusionsthieren* S. 170. Solche Schätzungen erinnern an den Arenarius (ψαμμίτης) des Archimedes; an die Sandkörner, welche den Weltraum ausfüllen könnten. Mahnen am Sternenhimmel die Eindrücke von nicht auszusprechenden Zahlen und räumlicher Größe, von Dauer und langen Zeitperioden den Menschen an seine Kleinheit, an seine physische Schwäche, an das Ephemere seiner Existenz; so erhebt ihn freudig und kräftigend wieder das Bewußtsein, durch Anwendung und glückliche Selbstentwickelung der Intelligenz schon so Vieles und so Wichtiges von der Gesetzmäßigkeit der Natur, von der siderischen Weltordnung erforscht zu haben.

Wenn die Welträume, welche die Gestirne von einander trennen, nicht leer, sondern mit irgend einer Materie gefüllt sind: wie nicht bloß die Fortpflanzung des Lichtes, sondern auch eine besondere Art seiner Schwächung, das auf die Umlaufszeit des Enckischen Cometen wirkende *widerstehende* (hemmende) *Mittel*, und die Verdunstung zahlreicher und mächtiger Cometenschweife zu beweisen scheinen; so müssen wir aus Vorsicht gleich hier in Erinnerung bringen, daß unter den unbestimmten jetzt gebrauchten Benennungen: *Himmelsluft, kosmische* (nicht selbstleuchtende) *Materie,* und *Welt-Aether,* die letzte, uns aus dem frühesten süd- und west-asiatischen Alterthume überkommen, im Lauf der Jahrhunderte nicht ganz dieselben Ideen bezeichnet hat. Bei den indischen Naturphilosophen gehört der Aether (âkâ'sa) zum *Fünfthum* (pantschatâ); d. h. er ist eins von den fünf Elementen: ein Fluidum unendlicher Feinheit, welches das Universum, das ganze Weltall, durchdringt: sowohl der Anreger des Lebens als das Fortpflanzungsmittel des *Schalles.* Âkâ'sa ist nach Wilson's Sanskrit-Wörterbuch: the subtle and aetherial fluid, supposed to till and pervade the Universe, and to be the peculiar vehicle of life and sound. Das Wort âkâ'sa (*leuchtend, glänzend*) kommt von der Wurzel kâ's, leuchten, in Verbindung mit der Präposition â. Das Fünfthum aller Elemente heißt pantschatâ oder pantschatra; und der *Todte* wird sonderbar genug *erlangtes Fünfthum habend* (prâpta-pantschatra), d. i. in die fünf Elemente aufgelöst, genannt. So im Text des *Amarakoscha, Amarasinha's* Wörterbuchs." (Bopp.) – Von den fünf Elementen handelt *Colebrooke's* vortreffliche Abhandlung über die Sânkhya-Philosophie in den *Transact. of the Asiat. Soc.* Vol. I. Lond. 1827 p. 31. Auch Strabo erwähnt schon nach Megasthenes (XV § 59 pag. 713 Cas.) des alles gestaltenden fünften Elements der Inder, ohne es jedoch zu nennen. Etymologisch bedeutet akâ'sa nach Bopp „*leuchtend, glänzend,* und steht demnach in seiner Grundbedeutung dem Aether der Griechen so nahe, als *leuchten* dem *brennen* steht."

Dieser Aether (αἰθήρ) war nach den Dogmen der ionischen Naturphilosophie, nach Anaxagoras und Empedocles, von der eigentlichen, gröberen (dichteren), mit Dünsten gefüllten Luft (ἀήρ), die den Erdkreis umgiebt „und vielleicht bis zum Monde reicht", ganz verschieden. Er war „feuriger Natur: eine reine Feuerluft; hellstrahlend *Empedocles* v. 216 nennt den Aether παμφανόων, hellstrahlend, also selbstleuchtend., von großer Feinheit (Dünne) und ewiger Heiterkeit." Mit dieser Definition stimmt vollkommen die etymologische Ableitung von *brennen* (αἴθειν): die später sonderbar genug als Vorliebe für mechanische Ansichten, wegen des beständigen

Umschwunges und *Kreislaufes*, von Plato und Aristoteles wortspielend in eine andere (ἀεὶ θεῖν) umgewandelt wurde. Der Begriff der Feinheit und Dünne des hohen Aethers scheint nicht etwa Folge der Kenntniß reiner, von schweren Erddünsten mehr befreiter *Bergluft*, oder gar der mit der Höhe abnehmenden Dichte der Luftschichten gewesen zu sein. In so fern die Elemente der Alten weniger Stoff-Verschiedenheiten oder gar Einfachheit (Unzerlegbarkeit) von Stoffen als *Zustände der Materie* ausdrücken, wurzelt der Begriff des hohen Aethers (der feurigen Himmelsluft) in dem ersten und normalen Gegensatze von *schwer* und *leicht*, von *unten* und *oben*, von *Erde* und *Feuer*. Zwischen diesen Extremen liegen zwei *mittlere Elementar-Zustände:* Wasser, der schweren Erde; Luft, dem leichten Feuer näher.*Aristot. de Coele* IV, 1 und 3–4 pag. 308 und 311–312 Bekker. Wenn der Stagirite dem Aether den Namen eines fünften Elements versagt, was freilich *Ritter* (*Geschichte der Philosophie* Th. III. S. 259) und *Martin* (*études sur le Timée de Platon* T. II. p. 150) läugnen; so ist es nur, weil nach ihm dem Aether, als Zustand der Materie, ein Gegensatz fehlt. (Vergl. *Biese, Philosophie des Aristoteles* Bd. II. S. 66.) Bei den Pythagoreern ward der Aether als ein fünftes Element durch den fünften der regelmäßigen Körper, das aus 12 Pentagonen zusammengesetzte Dodecaëder, vorgestellt (*Martin* T. II. p. 245–250).

Der Aether des Empedocles hat als ein den Weltraum füllendes Mittel nur durch Feinheit und Dünne Analogie mit dem Aether, durch dessen Transversal-Schwingungen die neuere Physik die Fortpflanzung des Lichtes und alle Eigenschaften desselben (doppelte Brechung, Polarisation, Interferenz) so glücklich nach rein mathematischer Gedankenentwickelung erklärt. In der Naturphilosophie des Aristoteles wird dazu noch gelehrt, daß der ätherische Stoff alle lebendigen Organismen der Erde, Pflanzen und Thiere, durchdringe; daß er in ihnen das Princip der Lebenswärme, ja der Keim eines seelischen Principes werde, welches unvermischt mit dem Körper die Menschen zur Selbstthätigkeit anfache.Siehe die Beweisstellen gesammelt bei *Biese* Bd. II. S. 93. Diese Phantasien ziehen den Aether aus dem höheren Weltraum in die irdische Sphäre herab; sie zeigen ihn als eine überaus feine, den Luftkreis und starre Körper continuirlich *durchdringende* Substanz: ganz wie den schwingenden Licht-Aether bei Huygens, Hooke und den jetzigen Physikern. Was aber zunächst beide Hypothesen des Aethers, die ältere ionische und die neuere, von einander unterscheidet: ist die ursprüngliche, wenn auch von Aristoteles nicht ganz getheilte, Annahme des Selbstleuchtens. Die hohe Feuerluft des Empedocles wird ausdrücklich *hellstrahlend* (παμφανόων) genannt; und bei gewissen Erscheinungen von den Erdbewohnern durch Spalten und Risse (χάσματα), die in dem Firmamente sich bilden, in Feuerglanz gesehen.

Bei dem jetzt so vielfach erforschten innigen Verkehr zwischen Licht, Wärme, Electricität und Magnetismus wird es für wahrscheinlich gehalten, daß, wie die Transversal-Schwingungen des den Weltraum erfüllenden Aethers die Erscheinungen des Lichts erzeugen, die thermischen und electromagnetischen Erscheinungen auf analogen Bewegungsarten (Strömungen) beruhen. Große Entdeckungen über diese Gegenstände bleiben der Zukunft vorbehalten. Das *Licht* und die, von diesem unzertrennliche, *strahlende Wärme* sind für die nicht selbstleuchtenden Weltkörper, für die Oberfläche unseres Planeten eine Hauptursach aller Bewegung und alles organischen Lebens. Selbst fern von der Oberfläche, im Inneren der Erdrinde, ruft die eindringende Wärme *electro-magnetische Strömungen* hervor: welche auf Stoff-Verbindungen und Stoff-Zersetzungen, auf alle gestaltende Thätigkeit im Mineralreiche, auf die Störung des Gleichgewichts in der Atmosphäre, wie auf die Functionen vegetabilischer und animalischer Organismen ihren anregenden Einfluß ausüben. Wenn in Strömungen *bewegte* Electricität magnetische Kräfte entwickelt, wenn nach einer früheren Hypothese von Sir William Herschel die Sonne selbst sich in dem Zustande „eines perpetuirlichen Nordlichts" (ich würde sagen eines *electro-magnetischen Gewitters*) befände; so wäre es nicht ungeeignet, zu vermuthen, daß auch in dem Weltraume das durch *Aetherschwingungen* fortgepflanzte *Sonnenlicht* von electromagnetischen Strömungen begleitet sei.

Seitdem diese Stelle des Kosmos, in welcher „ein mit Sicherheit sich offenbarender Einfluß der Sonnenstellung auf den Erd-Magnetismus" bezweifelt wird, gedruckt worden ist, haben die neuen und trefflichen Arbeiten von Faraday einen solchen Einfluß erwiesen. Lange Reihen magnetischer Beobachtungen in entgegengesetzten Hemisphären (z. B. Toronto in Canada und Hobarttown auf Van Diemens Land) zeigen, daß der Erd-Magnetismus einer jährlichen Variation unterliegt, welche von der relativen Stellung der Sonne und Erde abhängt.

Unmittelbare Beobachtung der periodischen Veränderung in der Declination, Inclination und Intensität hat freilich bisher in dem Erd-Magnetismus bei den verschiedenen Stellungen der Sonne [s. nebenstehenden Zusatz] oder des uns nahen Mondes keinen Einfluß mit Sicherheit offenbart. Die magnetische Polarität der Erde zeigt nicht Gegensätze, welche sich auf die Sonne beziehen und welche die Vorrückung der Nachtgleichen bemerkbar afficirt. Nur die merkwürdige drehende oder schwingende Bewegung des ausströmenden Lichtkegels des Halley'schen Cometen, welche Bessel vom 12 zum 22 October 1835 beobachtete und zu deuten versuchte, hatte diesen großen Astronomen von dem Dasein einer *Polarkraft:* "von der Wirkung einer Kraft überzeugt, welche von der Gravitation oder gewöhnlichen anziehenden Kraft der Sonne bedeutend verschieden sei: weil diejenigen Theile des Cometen, welche den Schweif bilden, die *Wirkung einer abstoßenden Kraft des SonnenkörpersBessel* a. a. O. S. 186–192 und 229. erfahren." Auch der prachtvolle Comet von 1744, den Heinsius beschrieben, hatte bei meinem verewigten Freunde zu ähnlichen Vermuthungen Anlaß gegeben.

Für minder problematisch als die electro-magnetischen Phänomene im Weltraum werden die Wirkungen der *strahlenden Wärme* gehalten. Die Temperatur des Weltraums ist nach Fourier und Poisson das Resultat der Wärmestrahlung der Sonne und *aller Gestirne*, vermindert durch die Absorption, welche die Wärme erleidet, indem sie den „mit Aether" gefüllten Raum durchläuft. Dieser *Sternenwärme* geschieht schon bei den Alten (bei Griechen und RömernUeber die wärmende Kraft der Sterne s. *Aristot. Meteor.* I, 3 pag. 340 lin. 28; und *Seneca* über die Höhe der Schichten des Luftkreises, welche das Minimum der Wärme haben, in *Nat. Quaest.* II, 10: „superiora enim aëris calorem vicinorum siderum sentiunt...") mehrfach Erwähnung: nicht bloß weil nach einer allgemein herrschenden Voraussetzung die Gestirne der Region des feurigen Aethers angehören; sondern weil sie selbst feuriger Natur*Plut. de plac. Philos.* II, 13., ja nach der Lehre des Aristarch von Samos Fixsterne und Sonne Einer Natur sind. In der neuesten Zeit ist durch die zwei großen französischen Mathematiker, welche wir eben genannt, das Interesse für die ohngefähre Bestimmung der Temperatur der Welträume um so lebhafter angeregt worden, als man endlich eingesehen hat, wie wichtig diese Bestimmung wegen Wärmestrahlung der Erdoberfläche gegen das Himmelsgewölbe für alle thermischen Verhältnisse, ja man darf sagen für die ganze Bewohnbarkeit unseres Planeten ist. Nach der *analytischen Theorie der Wärme* von Fourier ist die Temperatur des Weltraums (des espaces planétaires ou célestes) etwas unter der mittleren Temperatur der Pole: vielleicht selbst noch unter dem größten Kältegrade, welchen man bisher in den Polargegenden beobachtet hat. Fourier schätzt sie demnach auf -50° bis -60° Cent. (40° bis 48° Réaum. *unter* dem Gefrierpunkte). Der *Eispol* (pôle glacial), Punkt der größten Kälte, fällt eben so wenig mit dem Erdpole zusammen als der Wärme-Aequator (équateur thermal), der die wärmsten Punkte aller Meridiane verbindet, mit dem geographischen Aequator. Der nördliche Erdpol ist, aus der allmäligen Abnahme der Mittel-Temperaturen geschlossen, nach Arago -25°: wenn das Maximum der im Januar 1834 im Fort Reliance (Br.62° 46') von Capitän Back gemessenen Kälte -56°,6 (-45°,3 Réaum.) war. Die niedrigste uns bekannte Temperatur, welche man bisher auf der Erde überhaupt wahrgenommen hat, ist wohl die zu Jakutsk (Br. 62° 2') am 21 Januar 1838 von Neveroff beobachtete. Der in allen seinen Arbeiten so genaue Middendorff hatte die Instrumente des Beobachters mit den seinigen verglichen. Neveroff fand die Kälte des genannten Tages -60° Cent. (-48° R.)

Zu den vielen Gründen der Unsicherheit eines numerischen Resultats für den thermischen Zustand des Weltraums gehört auch der, daß man bisher nicht vermag das Mittel aus den Temperatur-Angaben der Eispole beider Hemisphären zu ziehen: da wir mit der Meteorologie des Südpols, welche die mittleren Jahres-Temperaturen entscheiden soll, noch so wenig bekannt sind. Die Behauptung Poisson's: daß wegen der ungleichen Vertheilung der wärmestrahlenden Sterne die verschiedenen Regionen des Weltraums eine sehr verschiedene Temperatur haben, und daß der Erdkörper während der Bewegung des ganzen Sonnensystems, warme und kalte Regionen durchwandernd, von außen seine innere Wärme erhalten habe*Poisson, théorie mathématique de la Chaleur* p. 438. Nach ihm hat die Erhärtung der Erdschichten von dem Centrum angefangen, und ist von diesem zur Oberfläche allmälig fortgeschritten; § 193 p. 429 ; hat für mich eine sehr geringe physikalische Wahrscheinlichkeit.

Ob der Temperatur-Zustand des Weltraumes, ob die Klimate der einzelnen Regionen desselben in dem Lauf der Jahrtausende großen Veränderungen ausgesetzt sind, hängt vorzüglich von der Lösung eines von Sir William Herschel lebhaft angeregten Problemes ab: sind die Nebelflecke fortschreitenden Gestaltungs-Processen unterworfen, indem sich in ihnen der *Weltdunst* um einen oder um mehrere Kerne, nach Attractions-Gesetzen, verdichtet? Durch eine solche Verdichtung des *kosmischen Nebels* nämlich muß, wie bei jedem Uebergange des Gasförmigen und Flüssigen zum Starren, Wärme entbunden werden. Wenn nach den neuesten Ansichten, nach den wichtigen Beobachtungen von Lord Rosse und Bond, es wahrscheinlich wird, daß alle Nebelflecke: selbst die, welche durch die größte Kraft der optischen Instrumente noch nicht ganz *aufgelöst* wurden, dicht zusammengedrängte *Sternschwärme* sind; so wird der Glaube an diese perpetuirlich anwachsende Wärme-Erzeugung allerdings etwas erschüttert. Aber auch kleine starre Weltkörper, die in Fernröhren als unterscheidbare leuchtende Punkte aufglimmen, können zugleich ihre Dichte verändern, indem sie sich zu größeren Massen verbinden; ja viele Erscheinungen, welche unser eigenes Planetensystem darbietet, leiten zu der Annahme, daß die Planeten aus einem dunstförmigen Zustande erstarrt sind, daß ihre innere Wärme dem Gestaltungs-Processe der geballten Materie ihren Ursprung verdankt.

Es muß auf den ersten Anblick gewagt erscheinen, eine so grausenvoll niedrige *Temperatur* des *Weltraums*, welche zwischen dem Gefrierpunkt des Quecksilbers und dem des Weingeistes liegt, den bewohnbaren Klimaten des Erdkörpers, dem Pflanzen- und Thierleben, wenn auch nur mittelbar, *wohlthätig* zu nennen; aber um die Richtigkeit des Ausdrucks zu begründen, braucht man nur an die Wirkung der Wärme-Ausstrahlung zu denken. Unsere durch den Sonnenkörper erwärmte Erdoberfläche und der Luftkreis selbst bis zu seinen obersten Schichten strahlen frei gegen den Himmelsraum. Der Wärmeverlust, den sie erleiden, entsteht aus dem thermischen Unterschiede des Himmelsraums und der Luftschichten, aus der Schwäche der Gegenstrahlung. Wie ungeheuer würde dieser Verlust sein, wenn der Weltraum, statt der *Wärme*, welche wir durch -60° eines Quecksilber-Thermometers nach Centesimal-Graden bezeichnen, eine viel niedrigere, z. B. -800°, oder gar eine mehrere tausendmal geringere Temperatur hätte!

Es bleibt uns übrig noch zwei Betrachtungen über das Dasein eines den Weltraum füllenden Fluidums zu entwickeln: von denen die eine, schwächer begründete, auf eine *beschränkte Durchsichtigkeit* des Weltraumes; die andere, auf unmittelbare Beobachtung gestützt und numerische Resultate liefernd, sich auf die regelmäßig verkürzte Umlaufszeit des *Enckischen Cometen* bezieht. Olbers in Bremen und, wie Struve bemerkt, achtzig Jahre früher Loys de Cheseaux in Genf*Traité de la Comète de*

1743, avec une Addition sur la force de la Lumière et sa Propagation dans l'éther, et sur la distance des étoiles fixes; par *Loys de Cheseaux* (1744). Ueber die Durchsichtigkeit des Weltraums von *Olbers* in *Bode's Jahrbuch* für 1826 S. 110–121; Struve, *études d'Astronomie stellaire* 1847 p. 83–93 und Note 95. Vergl. auch Sir John *Herschel, outlines of Astr.* § 798. machten auf das Dilemma aufmerksam: es müsse, da man sich in dem unendlichen Weltraume keinen Punkt denken könne, der nicht einen Fixstern, d. i. eine Sonne, darböte, entweder das ganze Himmelsgewölbe, wenn das Licht vollständig ungeschwächt zu uns gelangte, so leuchtend als unsere Sonne erscheinen; oder, wenn dem nicht so sei, eine *Lichtschwächung* im Durchgang durch den Weltraum angenommen werden, eine Abnahme der Licht-Intensität in stärkerem Maaße als in dem umgekehrten Verhältniß des Quadrats der Entfernung. Indem wir nun einen solchen den ganzen Himmel fast gleichförmig bedeckenden Lichtglanz, dessen auch Halley nach einer von ihm verworfenen Hypothese gedenkt, nicht bemerken; so muß, nach Cheseaux, Olbers und Struve, der Weltraum keine vollkommene und absolute Durchsichtigkeit haben. Resultate, die Sir William Herschel aus Stern-Aichungen und aus sinnreichen Untersuchungen über die raumdurchdringende Kraft seiner großen Fernröhre gezogen, scheinen zu begründen: daß, wenn das Licht des Sirius auf seinem Wege zu uns durch ein gasförmiges oder ätherisches Fluidum auch nur um $1/800$ geschwächt würde; diese Annahme, welche das Maaß der Dichtigkeit eines lichtschwächenden Fluidums gäbe, schon hinreichen könnte die Erscheinungen, wie sie sich darbieten, zu erklären. Unter den Zweifeln, welche der berühmte Verfasser der neuen *outlines of Astronomy* gegen Olbers und Struve aufstellt, ist einer der wichtigsten, daß sein zwanzigfüßiges Telescop in dem größten Theile der Milchstraße, in beiden Hemisphären, ihm die kleinsten Sterne auf *schwarzem Grunde* projicirt zeigt.

Einen besseren und, wie schon oben gesagt, durch unmittelbare Beobachtung begründeten Beweis von dem Dasein eines *widerstandleistenden*, hemmenden Fluidums; *Laplace, essai philosophique sur les Probabilités* 1825 p. 133; *Arago* im *Annuaire du Bureau des Long.* pour 1832 p. 188, pour 1836 p. 216; John *Herschel, outlines of Astr.* § 577. liefern der *Enckische Comet* und die scharfsinnigen, so wichtigen Schlußfolgen, auf welche derselbe meinen Freund geleitet hat. Das hemmende Mittel muß aber von dem alles *durchdringenden* Lichtäther verschieden gedacht werden: weil dasselbe nur Widerstand leisten kann, indem es das Starre nicht durchdringt. Die Beobachtungen erfordern zur Erklärung der verminderten Umlaufszeit (der verminderten großen Axe der Ellipse) eine *Tangentialkraft*, und die Annahme des widerstehenden Fluidums gewährt diese am directesten. Die größte Wirkung äußert sich in den nächsten 25 Tagen vor dem Durchgange des Cometen durch das Perihel, und in den 25 Tagen, welche auf den Durchgang folgen. Der Werth der Constante ist also etwas verschieden, weil nahe am Sonnenkörper die so dünnen, aber doch gravitirenden Schichten des hemmenden Fluidums dichter sind. Olbers behauptete, daß das Fluidum nicht in Ruhe sein könne, sondern rechtläufig um die Sonne rotire; und deshalb müsse der Widerstand gegen *rückläufige* Cometen, wie der Halley'sche, ganz anders sein als gegen den *rechtläufigen* Enckischen Cometen. Die Perturbations-Rechnungen bei Cometen von langem Umlaufe und die Verschiedenheit der Massen und Größen der Cometen verwickeln die Resultate, und verhüllen, was einzelnen Kräften zuzuschreiben sein könnte.

Die dunstartige Materie, welche den Ring des Thierkreislichtes bildet, ist, wie Sir John Herschel *Outl. of Astr.* § 556 und 597. sich ausdrückt, vielleicht nur der dichtere Theil des cometen-hemmenden Fluidums selbst. Wenn auch schon erwiesen wäre, daß alle Nebelflecke nur undeutlich gesehene, zusammengedrängte Sternschwärme sind; so steht doch wohl die Thatsache fest, daß eine Unzahl von Cometen durch das *Verdunsten* ihrer bis 14 Millionen Meilen langen Schweife den Weltraum mit Materie erfüllen. Arago hat aus optischen Gründen sinnreich gezeigt "En assimilant la matière très rare qui remplit les espaces célestes, quant à ses propriétés réfringentes, aux gas terrestres, la densité de cette matière ne saurait dépasser une certaine limite, dont les observations des étoiles changeantes, p. e. celles d'Algol ou de β de Persée, peuvent assigner la valeur." *Arago* im *Annuaire* pour 1842 p. 336–345., wie die veränderlichen Sterne, welche immer weißes Licht und in ihren periodischen Phasen nie eine Färbung zeigen, ein Mittel darbieten könnten die obere Grenze der Dichtigkeit zu bestimmen, welche dem Welt-Aether zuzuschreiben ist, wenn man denselben in seinem Brechungsvermögen den gasförmigen irdischen Flüssigkeiten gleich setzt.

Mit der Frage von der Existenz eines ätherischen Fluidums, welches die Welträume füllt, hängt auch die, von Wollaston so lebhaft angeregte, über die Begrenzung der Atmosphäre zusammen: eine Begrenzung, welche in *der* Höhe statt finden muß, wo die specifische Elasticität der Luft mit der Schwere ins Gleichgewicht kommt. Faraday's scharfsinnige Versuche über die Grenze einer Quecksilber-Atmosphäre (über die Höhe, welche an Goldblättchen niedergeschlagene Quecksilberdämpfe in luftvollem Raume kaum zu erreichen scheinen) haben der Annahme einer bestimmten Oberfläche des Luftkreises, „gleich der Oberfläche der Meere", ein größeres Gewicht gegeben. Kann aus dem Weltraum sich etwas gasartiges unserem Luftkreise beimischen und meteorologische Veränderungen hervorbringen? Newton *Newton, Princ. mathem.* T. III. (1760) p. 671. „Vapores, qui ex sole et stellis fixis et *caudis cometarum* oriuntur, incidere *possunt* in atmosphaeras planetarum....." hat die Frage meist bejahend berührt. Wenn man Sternschnuppen und Meteorsteine für planetarische Asteroiden hält, so darf man wohl die Vermuthung wagen: daß mit den Strömen des sogenannten November-Phänomens, wo 1799, 1833 und 1834 Myriaden von Sternschnuppen das Himmelsgewölbe durchkreuzten, ja *Nordlicht-Erscheinungen* gleichzeitig beobachtet wurden, der Luftkreis etwas aus dem Weltraum empfangen hat, das ihm fremd war und electro-magnetische Processe anregen konnte.

II.

Natürliches und telescopisches Sehen. – Funkeln der Gestirne. – Geschwindigkeit des Lichtes. – Ergebnisse aus der Photometrie.

Dem Auge, Organ der Weltanschauung, ist erst seit drittehalb Jahrhunderten, durch künstliche, telescopische Steigerung seiner Sehkraft, das großartigste Hülfsmittel zur Kenntniß des Inhalts der Welträume; zur Erforschung der Gestaltung, physischen Beschaffenheit und Massen der Planeten sammt ihren Monden geworden. Das erste Fernrohr wurde 1608, sieben Jahre nach dem Tode des großen Beobachters Tycho, construirt. Schon waren nach einander durch das Fernrohr die Jupiterstrabanten, die Sonnenflecken, die sichelförmige Gestalt der Venus, der Saturnsring als *Dreigestaltung* eines Planeten, telescopische Sternschwärme und der Nebelfleck der Andromeda entdeckt: als sich erst 1634 dem um die Längen-Beobachtungen so verdienten französischen Astronomen Morin der Gedanke darbot, ein Fernrohr an die Alhidade eines Meßinstruments zu befestigen und den Arcturus bei Tage aufzusuchen. Die Vervollkommnung der Theilung des Bogens würde ihren Hauptzweck, größere Schärfe der Beobachtung, gänzlich oder doch großentheils verfehlt haben, wenn man nicht optische Werkzeuge mit astronomischen Instrumenten in Verbindung gebracht, die Schärfe des Erkennens mit der des Messens in Verhältniß gesetzt hätte. Die Micrometer-Vorrichtung von seinen Fäden, im Brennpunkt des Fernrohrs ausgespannt, welche der Anwendung des letzteren erst ihren eigentlichen und zwar einen unschätzbaren Werth gab, wurde noch sechs Jahre später, erst 1640, von dem jungen, talentvollen Gascoigne erfunden.

Umfaßt, wie ich eben erinnert habe, das *telescopische* Sehen, Erkennen und Messen nur 240 Jahre unseres astronomischen Wissens; so zählen wir: ohne der Chaldäer, der Aegypter und der Chinesen zu gedenken, bloß von Timochares und Aristyllus an bis zu den Entdeckungen von Galilei, mehr als neunzehn Jahrhunderte, in denen Lage und Lauf der Gestirne mit *unbewaffnetem Auge* beobachtet worden ist. Bei den vielen Störungen, welche in dieser langen Periode, unter den Völkern, die das Becken des Mittelmeers umwohnen, der Fortschritt der Cultur und die Erweiterung des Ideenkreises erlitten hat: muß man über das erstaunen, was Hipparch und Ptolemäus von dem Zurückweichen der Aequinoctial-Punkte, den verwickelten Bewegungen der Planeten, den zwei vornehmsten Ungleichheiten des Mondes und von den Sternörtern; was Copernicus von dem wahren Weltsysteme, Tycho von der Vervollkommnung der practischen Astronomie und ihren Methoden *vor Erfindung des telescopischen Sehens* erkannt haben. Lange Röhren: deren sehr wahrscheinlich sich schon die Alten, mit Gewißheit die arabischen Astronomen bedienten, zum Absehen an Dioptern oder Spaltöffnungen; konnten allerdings die Schärfe der Beobachtung etwas vermehren. Abul-Hassan spricht sehr bestimmt von der Röhre, an deren Extremitäten die Ocular- und Objectiv-Dioptern befestigt waren; auch wurde diese Vorrichtung auf der, von Hulagu gegründeten

Sternwarte zu Meragha benutzt. Wenn das Sehen durch Röhren die Aufsuchung von Sternen in der Abenddämmerung erleichterte, wenn die Sterne dem bloßen Auge durch die Röhre früher sichtbar wurden als ohne dieselbe; so liegt, wie schon Arago bemerkt hat, die Ursach darin, daß die Röhre einen großen Theil des *störenden* diffusen Lichts (die rayons perturbateurs) der Luftschichten abhält, welche zwischen dem an die Röhre angedrückten Auge und dem Sterne liegen. Eben so hindert die Röhre auch bei Nacht den Seiten-Eindruck des schwachen Lichtes, welches die Lufttheilchen von den gesammten Sternen des Firmaments empfangen. Die Intensität des Lichtbildes und die Größe des Sternes nehmen scheinbar zu. Nach einer viel emendirten und viel bestrittenen Stelle des Strabo, in welcher des Sehens durch *Röhren* Erwähnung geschieht, wird ausdrücklich „der erweiterten Gestalt der Gestirne", irrig genug als Wirkung der Strahlenbrechung gedacht.

Licht, aus welcher Quelle es kommen mag: aus der Sonne, als Sonnenlicht, oder von den Planeten reflectirt, aus den Fixsternen, aus faulem Holze, oder als Product der Lebensthätigkeit der Leuchtwürmer; zeigt dieselben Brechungs-Verhältnisse. Aber die prismatischen Farbenbilder (Spectra) aus verschiedenen Lichtquellen (aus der Sonne und Fixsternen) zeigen eine Verschiedenheit der Lage in den dunkeln Linien (raies du spectre), welche Wollaston 1808 zuerst entdeckt und deren Lage Fraunhofer 12 Jahre später mit so großer Genauigkeit bestimmt hat. Wenn dieser schon 600 dunkele Linien (eigentliche *Lücken*, Unterbrechungen, fehlende Theile des Farbenbildes) zählte, so stieg in der Arbeit von Sir David Brewster (1833) die Zahl der Linien bei den schönen Versuchen mit Stickstoff-Oxyd auf mehr als 2000. Man hatte bemerkt, daß zu gewissen Jahreszeiten bestimmte Linien im Farbenbilde fehlten; aber Brewster hat gezeigt, daß die Erscheinung Folge der verschiedenen Sonnenhöhe und der verschiedenen Absorption der Lichtstrahlen beim Durchgang durch die Atmosphäre ist. In den Farbenbildern, welche das *zurückgeworfene* Licht des Mondes, der Venus, des Mars und der Wolken giebt, erkennt man, wie wohl zu vermuthen stand, alle Eigenthümlichkeiten des Sonnenspectrums. Dagegen sind die dunkeln Linien des Spectrums des Sirius von denen des Castor oder anderer Fixsterne verschieden. Castor zeigt selbst andere Linien als Pollux und Procyon. Amici hat diese, schon von Fraunhofer angedeuteten Unterschiede bestätigt, und scharfsinnig darauf aufmerksam gemacht, daß bei Fixsternen von jetzt gleichem, völlig *weißen* Lichte die dunklen Linien nicht dieselben sind. Es bleibt hier noch ein weites und wichtiges Feld künftigen Untersuchungen geöffnet, um das sicher Aufgefundene von dem mehr Zufälligen, von der absorbirenden Wirkung der Luftschichten, zu trennen.

Einer anderen Erscheinung ist hier zu erwähnen, in welcher die specifische Eigenthümlichkeit der Lichtquelle einen mächtigen Einfluß äußert. Das Licht glühender fester Körper und das Licht des electrischen Funkens zeigen große Mannigfaltigkeit in der Zahl und Lage der dunkeln Wollaston'schen Linien. Nach den merkwürdigen Versuchen von Wheatstone mit Drehspiegeln soll auch das Licht der *Reibungs-*

Electricität eine mindestens im Verhältniß von 3 zu 2 (das ist um volle 20980 geographische Meilen in Einer Zeitsecunde) größere Geschwindigkeit haben als das Sonnenlicht.

Das neue Leben, von dem alle Theile der Optik durchdrungen worden sind, als zufällig das von den Fenstern des Palais du Luxembourg zurückstrahlende Licht der untergehenden Sonne den scharfsinnigen Malus (1808) zu seiner wichtigen Entdeckung der Polarisation leitete; hat: durch die tiefer ergründeten Erscheinungen der doppelten Brechung, der gewöhnlichen (Huygenschen) und der farbigen Polarisation, der Interferenz und der Diffraction, dem Forscher unerwartete Mittel dargeboten: directes und reflectirtes Licht zu unterscheiden in die Constitution des Sonnenkörpers und seiner leuchtenden Hüllen einzudringen, den Druck und den kleinsten Wassergehalt der Luftschichten zu messen, den Meeresboden und seine Klippen mittelst einer Turmalin-PlatteSur l'effet d'une lame de tourmaline taillée parallèlement aux arêtes du prisme, servant, lorsqu'elle est convenablement située, à eliminer en totalité les rayons réfléchis par la surface de la mer et mêlés à la lumière provenant de l'écueil. S. *Arago, Instructions de la Bonite* in dem *Annuaire* pour 1836 p. 339-343. zu erspähen, ja nach Newton's Vorgange die chemischeDe la possibilité de déterminer les pouvoirs réfringents des corps d'après leur composition chimique (angewandt auf das Verhältniß des Sauerstoffs zum Stickstoff in der atmosphärischen Luft, auf den Wasserstoff-Gehalt im Ammoniak und im Wasser, auf die Kohlensäure, den Alkohol und den Diamant) s. *Biot* et *Arago, mémoire sur les affinités des corps pour la lumière,* März 1806; auch *Mémoires mathém. et phys. de l'Institut* T. VII. p. 327-346 und mein *mémoire sur les réfractions astronomiques dans la zone torride* in dem *Recueil d'Observ. astron.* Vol. I. p. 115 und 122. Beschaffenheit (Mischung) mehrerer SubstanzenExpériences de Mr. *Arago* sur la puissance réfractive des corps diaphanes (de l'air sec et de l'air humide) par le déplacement des franges in *Moigno, Répertoire d'Optique* mod. 1847 p. 159-162. mit ihren optischen Wirkungen zu vergleichen. Es ist hinlänglich die Namen Airy, Arago, Biot, Brewster, Cauchy, Faraday, Fresnel, John Herschel, Lloyd, Malus, Neumann, Plateau, Seebeck . . . . zu nennen: um eine Reihe glänzender Entdeckungen und die glücklichsten Anwendungen des neu Entdeckten dem wissenschaftlichen Leser ins Gedächtniß zu rufen. Die großen und genialen Arbeiten von Thomas Young haben diese wichtigen Bestrebungen mehr als vorbereitet. Arago's Polariscop und die beobachtete Stellung farbiger Diffractions-Fransen (Folgen der Interferenz) sind vielfach gebrauchte Hülfsmittel der Erforschung geworden. Die *Meteorologie* hat auf dem neu gebahnten Wege nicht minder gewonnen als die *physische Astronomie.*

So verschieden auch die Sehkraft unter den Menschen ist, giebt es doch auch hier für das unbewaffnete Auge eine gewisse Mittelstufe organischer Fähigkeit, die bei dem älteren Geschlechte (bei Griechen und Römern) dieselbe wie heut zu Tage war. Die Plejaden geben den Beweis dafür, daß vor mehreren tausend Jahren wie jetzt Sterne, welche die Astronomen 7ter Größe nennen, dem bloßen Auge bei mittlerer Sehkraft unsichtbar blieben. Die Plejadengruppe besteht: aus einem Stern 3ter Größe, Alcyone; aus zwei 4ter, Electra und Atlas; dreien 5ter: Merope, Maja und Taygeta; zweien 6ter bis 7ter, Plejone und Celaeno; einem 7ter bis 8ter, Asterope; und vielen sehr kleinen telescopischen Sternen. Ich bediene mich der jetzigen Benennung und Reihung: denn bei den Alten wurden dieselben Namen theilweise anderen Sternen beigelegt. Nur die erstgenannten sechs Sterne 3ter, 4ter und 5ter Größe wurden mit Leichtigkeit gesehen. Quae septem dici, sex tamen esse solent; sagt Ovidius (*Fast.* IV, 170). Man hielt eine der Atlas-Töchter, Merope: die einzige, die sich mit einem Sterblichen vermählt, für schaamvoll verhüllt, auch wohl für ganz verschwunden. Sie ist wahrscheinlich der Stern fast 7ter Größe, welchen wir Celaeno nennen; denn Hipparch im Commentar zu Aratus bemerkt, daß bei heiterer mondleerer Nacht man wirklich sieben Sterne erkenne. Man sah dann Celaeno; denn Plejone, bei gleicher Helligkeit, steht dem Atlas, einem Stern 4ter Größe, zu nahe.

Der kleine Stern *Alcor*, unser *Reuterchen*, welcher nach Triesnecker in 11' 48" Entfernung von Mizar im Schwanz des großen Bären steht, ist nach Argelander 5ter Größe, aber durch die Strahlen von Mizar überglänzt. Er wurde von den Arabern Saidak, der Prüfer, genannt: weil, wie der persische Astronom Kazwini sagt, „man an ihm die Sehkraft zu prüfen pflegte". Ich habe Alcor mit unbewaffnetem Auge, trotz der niedrigen Stellung des großen Bären unter den Tropen, jeden Abend an der regenlosen Küste von Cumana und auf den 12000 Fuß hohen Ebenen der Cordilleren in großer Deutlichkeit: nur selten und ungewisser in Europa und in den trockenen Luftschichten der nord-asiatischen Steppen erkannt. Die Grenze, innerhalb deren es dem unbewaffneten Auge nicht mehr möglich ist zwei sich sehr nahe stehende Objecte am Himmel von einander zu trennen, hängt, wie Mädler sehr richtig bemerkt, von dem relativen Glanze der Sterne ab. Die beiden mit α Capricorni bezeichneten Sterne 3ter und 4ter Größe werden in gegenseitiger Entfernung von 6½ Minute ohne Mühe als getrennt erkannt. Galle glaubt noch bei sehr heiterer Luft ε und 5 Lyrae in 3½ Minute Distanz mit bloßem Auge zu sondern, weil beide 4ter Größe sind.

Das *Ueberglänzen* durch die Strahlen des nahen Planeten ist auch die Hauptursach, warum die Jupiterstrabanten: welche aber nicht alle, wie man oft behauptet, einen Lichtglanz von Sternen 5ter Größe haben, dem unbewaffneten Auge unsichtbar bleiben. Nach neueren Schätzungen und Vergleichung meines Freundes, des Dr. Galle, mit nahe stehenden Sternen ist der dritte Trabant, der hellste, vielleicht 5ter bis 6ter Größe: während die anderen bei wechselnder Helligkeit 6ter bis 7ter Größe sind. Nur einzelne Beispiele werden angeführt, wo Personen von außerordentlicher Scharfsichtigkeit: d. h. solche, welche mit bloßen Augen schwächere Sterne als die 6ter Größe deutlich erkennen, einzelne Jupiterstrabanten ohne Fernrohr gesehen haben. Die Angular-Entfernung des dritten, überaus hellen Trabanten ist vom Centrum des Planeten 4' 42"; die des vierten, welcher nur ¹/₆ kleiner als der größte ist, 8' 16": und alle Jupitersmonde haben, wie Arago behauptet, zuweilen auf gleicher Oberfläche ein intensiveres Licht als der Planet; zuweilen erscheinen sie dagegen auf dem Jupiter als graue Flecken, wie neuere Beobachtungen gelehrt haben. Die überdeckenden Strahlen und Schwänze, welche unserem Auge als von den Planeten und Fixsternen ausgehend erscheinen, und seit den frühesten Zeiten der Menschheit in bildlichen Darstellungen, besonders bei den Aegyptern, die glänzenden Himmelskörper bezeichnen (Hassenfratz erklärt sie für Brennlinien, intersections de deux caustiques, auf der Krystallinse), haben mindestens 5 bis 6 Minuten Länge.

„Das Bild der Sterne, die wir mit bloßen Augen sehen, ist durch divergirende Strahlen vergrößert; es nimmt durch diese Ausdehnung auf der Netzhaut einen größeren Raum ein, als wenn es in einem einzelnen Punkte concentrirt wäre." Der Nerveneindruck ist schwächer. Ein sehr dichter Sternschwarm, in welchem die einzelnen Sterne alle kaum 7ter Größe sind, kann dagegen dem unbewaffneten Auge sichtbar werden, weil die Bilder der vielen einzelnen Sterne sich auf der Netzhaut über einander legen und daher jeder sensible Punkt derselben, wie bei einem concentrirten Bilde, verstärkt angeregt wird." „L'image *épanouie* d'une étoile de 7ème grandeur n'ébranle pas suffisamment la rétine: elle n'y fait pas naître une sensation appréciable de lumière. Si l'image *n'était point épanouie* (par des rayons divergents), la sensation aurait plus de force, et l'étoile se verrait. La première classe d'étoiles invisibles à l'oeil nu ne serait plus alors la septième: pour la trouver, il faudrait peut-être descendre alors jusqu'à la 12ᵉ. Considérons un groupe d'étoiles de 7ᵉ grandeur tellement rapprochées les unes des autres que les intervalles échappent nécessairement à l'oeil. *Si la vision avait de la netteté*, si l'image de chaque étoile était très petite et bien terminée, l'observateur apercevrait un champ de lumière dont chaque point aurait l'*éclat concentré* d'une étoile de 7ᵉ grandeur. L'*éclat concentré* d'une étoile de 7ᵉ grandeur suffit à la vision à l'oeil nu. Le groupe serait donc visible à l'oeil nu. Dilatons maintenant sur la rétine l'image de chaque étoile du groupe; remplaçons chaque point de l'ancienne image générale par un petit cercle: ces cercles empiéteront les uns sur les autres, et les divers points de la rétine se trouveront éclairés par de la lumière venant simultanément de plusieurs étoiles. Pour peu qu'on y réfléchisse, il restera évident qu'excepté sur les bords de l'image générale, l'aire lumineuse ainsi éclairée a précisément, à cause de la superposition des cercles, la même intensité que dans le cas où chaque étoile n'éclaire qu'un seul point an fond de l'oeil; mais si chacun de ces points reçoit une lumière égale en intensité à la lumière concentrée d'une étoile de 7ᵉ grandeur, il est clair que l'épanouissement des images individuelles des étoiles contiguës ne doit pas empêcher la visibilité de l'ensemble. Les instruments télescopiques ont, quoiqu'à un beaucoup moindre degré, le défaut de donner aussi aux étoiles un *diamètre sensible et factice*. Avec ces instruments, comme à l'oeil nu, on doit donc apercevoir des groupes, composés d'étoiles inférieures en intensité à celles que les mêmes lunettes ou télescopes feraient apercevoir isolément. *Arago* im *Annuaire du Bureau des Longitudes* pour l'an 1842 p. 284.

Fernröhre und Telescope geben leider, wenn gleich in einem weit geringeren Grade, den Sternen einen unwahren, *facticen* Durchmesser. Nach den schönen Untersuchungen von William HerschelSir William *Herschel* in den *Philos. Transact.* for 1803 Vol. 93. p. 225 und for 1805 Vol. 95. p. 184. Vergl. *Arago* im *Annuaire* pour 1842 p. 360–374. nehmen aber diese Durchmesser ab mit zunehmender Stärke der Vergrößerung. Der scharfsinnige Beobachter schätzte den scheinbaren Durchmesser von Wega der Leier bei der ungeheuren Vergrößerung von 6500 mal noch zu 0",36. Bei terrestrischen Gegenständen bestimmt außer der Beleuchtung auch die *Form* des Gegenstandes die Größe des kleinsten Sehwinkels für das unbewaffnete Auge. Schon Adams hat sehr richtig bemerkt, daß eine dünne lange Stange viel weiter sichtbar ist als ein Quadrat, dessen Seite dem Durchmesser derselben gleich ist. Einen Strick sieht man weiter als einen Punkt, auch wenn beide gleichen Durchmesser haben. Arago hat durch Winkelmessung der von der Pariser Sternwarte aus sichtbaren fernen *Blitzableiter* den Einfluß der Gestaltung (des Umrisses der Bilder) vielfältigen Messungen unterworfen. In der Bestimmung des kleinstmöglichen optischen Sehwinkels, unter welchem irdische Objecte dem bloßen Auge erkenntlich sind, ist man seit Robert Hooke, der noch streng eine volle Minute festsetzte, bis Tobias Mayer, welcher 34" für einen schwarzen Fleck auf weißem Papiere forderte, ja bis zu Leeuwenhoek's Spinnfäden (unter einem Winkel von 4",7 bei sehr gewöhnlicher Sehkraft sichtbar), immer vermindernd fortgeschritten. In den neuesten, sehr genauen Versuchen Hueck's über das Problem von der Bewegung der Krystallinse wurden weiße Striche auf schwarzem Grunde unter einem Winkel von 1",2; ein Spinnenfaden bei 0",6; ein feiner glänzender Drath bei kaum 0",2 gesehen. Das Problem ist gar nicht im allgemeinen numerisch zu lösen: da alles von den Bedingungen der Gestalt der Objecte, ihrer Erleuchtung; ihres Contrastes mit dem Hintergrunde, von dem sie sich *abheben*; der *Bewegung* oder Ruhe und der Natur der Luftschichten, in denen man sich befindet, abhängt.

Einen lebhaften Eindruck machte es nur einst, als auf einem reizenden Landsitze des Marques de Selvalegre, zu Chillo (unfern Quito): wo man den langgestreckten Rücken des Vulkans Pichincha in einer, trigonometrisch gemessenen, horizontalen Entfernung von 85000 Pariser Fuß vor sich ausgestreckt sieht; die Indianer, welche neben mir standen, meinen Reisebegleiter Bonpland, der eben allein in einer Expedition nach dem Vulkan begriffen war, als einen weißen, sich vor schwarzen basaltischen Felswänden *fortbewegenden* Punkt früher erkannten, als wir ihn in den aufgestellten Fernröhren auffanden. Auch mir und dem unglücklichen Sohn des Marques, Carlos Montufar (später im Bürgerkriege hingeopfert), wurde bald das weiße sich bewegende Bild bei unbewaffnetem Auge sichtbar. Bonpland war in einen weißen baumwollenen Mantel (den landesüblichen Poncho) gehüllt. Bei der Annahme der Schulterbreite von 3 bis 5 Fuß: da der Mantel bald fest anlag, bald weit zu flattern schien, und bei der bekannten Entfernung ergaben sich 7" bis 12" für den Winkel, unter welchem der bewegte Gegenstand deutlich gesehen wurde. Weiße Objecte auf schwarzem Grund werden nach Hueck's wiederholten Versuchen weiter gesehen als schwarze Objecte auf weißem Grunde. Der Lichtstrahl kam bei heiterem Wetter, durch dünne Luftschichten von 14412 Fuß Höhe über der Meeresfläche, zu unserer Station in Chillo, das selbst noch 8046 Fuß hoch liegt. Die ansteigende Entfernung war 85596 Fuß oder 3⁷/₁₀ geographische Meilen; der Stand von Barometer und Thermometer in beiden Stationen sehr verschieden: oben wahrscheinlich 194 Lin. und 8° C., unten nach genauer Beobachtung 250,2 Lin. und 18°,7 C. Das Gaußische, für unsere deutschen trigonometrischen Messungen so wichtig gewordene Heliotrop-Licht wurde, vom Brocken aus auf den Hohenhagen reflectirt, dort mit bloßem Auge in einer Entfernung von 213000 Par. Fuß (mehr als 9 geogr. Meilen) gesehen: oft an Punkten, in welchen die scheinbare Breite eines dreizölligen Spiegels nur 0",43 betrug.

Die Absorption der Lichtstrahlen, welche von dem irdischen Gegenstande ausgehen und in ungleichen Entfernungen durch dichtere oder dünnere, mit Wasserdunst mehr oder minder geschwängerte Luftschichten zu dem unbewaffneten Auge gelangen; der hindernde Intensitätsgrad des *diffusen* Lichtes, welches die Lufttheilchen ausstrahlen, und viele noch nicht ganz aufgeklärte meteorologische Processe modificiren die Sichtbarkeit ferner Gegenstände. Ein Unterschied der Lichtstärke von ¹/₆₀ ist nach alten Versuchen des immer so genauen Bouguer zur Sichtbarkeit nöthig. Man sieht, wie er sich ausdrückt, nur auf *negative* Weise wenig lichtstrahlende Berggipfel, die sich als dunkle Massen von dem Himmelsgewölbe abheben. Man sieht sie bloß durch die Differenz der Dicke der Luftschichten, welche sich bis zu dem Objecte oder bis zum äußersten Horizont erstrecken. Dagegen werden auf *positive* Weise stark leuchtende Gegenstände: wie Schneeberge, weiße Kalkfelsen und Bimsstein-Kegel, gesehen. Die Entfernung, in welcher auf dem Meere hohe Berggipfel erkannt werden können, ist nicht ohne Interesse für die praktische Nautik, wenn genaue astronomische Ortsbestimmungen für die Lage des Schiffes fehlen. Ich habe diesen Gegenstand an einem anderen Orte bei Gelegenheit der Sichtbarkeit des Pics von Teneriffa umständlich behandelt.

Das Sehen der Sterne *bei Tage* mit bloßem Auge in den Schächten der *Bergwerke* und auf sehr *hohen Gebirgen* ist seit früher Jugend ein Gegenstand meiner Nachforschung gewesen. Es war mir nicht unbekannt, daß schon Aristoteles behaupte, Sterne werden bisweilen aus Erdgewölben und Cisternen wie durch Röhren gesehen. Auch Plinius erwähnt dieser Sage: und erinnert dabei an die Sterne, die man bei Sonnenfinsternissen deutlichst am Himmelsgewölbe erkenne. Ich habe in Folge meines Berufs als praktischer Bergmann mehrere Jahre lang einen großen Theil des Tages in den Gruben zugebracht und durch tiefe Schächte das Himmelsgewölbe im Zenith betrachtet, aber nie einen Stern gesehen; auch in mexicanischen, peruanischen und sibirischen Bergwerken nie ein Individuum aufgefunden, das vom Sternsehen bei Tage hätte reden hören: obgleich unter so verschiedenen Breitengraden, unter denen ich in beiden Hemisphären unter der Erde war, sich doch Zenithal-Sterne genug hätten vortheilhaft dem Auge darbieten können. Bei diesen ganz negativen Erfahrungen ist mir um so auffallender das sehr glaubwürdige Zeugniß eines berühmten Optikers gewesen, der in früher Jugend Sterne bei hellem Tage durch einen Rauchfang erblickte."We have ourselves heard it stated by a celebrated Optician, that the earliest circumstance which drew his attention to astronomy, was the regular appearanee, at a certain hour, for several successive days, of a considerable star, through the shaft of a chimney." John *Herschel, outlines of Astr.* § 61. Die Rauchfangkehrer, bei denen ich nachgeforscht, berichten bloß, aber ziemlich gleichförmig: „daß sie bei Tage nie Sterne gesehen, daß aber bei Nacht ihnen aus tiefen Röhren die Himmelsdecke ganz nahe und die Sterne wie vergrößert schienen." Ich enthalte mich aller Betrachtung über den Zusammenhang beider Illusionen. Erscheinungen, deren Sichtbarkeit von dem zufälligen Zusammentreffen begünstigender Umstände abhängt, müssen nicht darum geläugnet werden, weil sie so selten sind.

Dieser Grundsatz findet, glaube ich, seine Anwendung auch auf das von dem immer so gründlichen Saussure behauptete Sehen der Sterne mit bloßen Augen bei hellem Tage am Abfall des Montblanc, auf der Höhe von 11970 Fuß. "Quelques-uns des guides m'ont assuré", sagt der berühmte Alpenforscher, "avoir vu des étoiles en plein jour; pour *moi je* n'y songeois pas, en sorte que je n'ai point été le témoin de ce phénomène; *mais l'assertion uniforme des guides ne me laisse aucun doute sur la réalité. Il faut d'ailleurs être entièrement à l'ombre, et avoir même au-dessus de la tête une masse d'ombre d'une épaisseur considérable, sans quoi l'air trop fortement éclairé fait évanouir la foible clarté des étoiles."* Die Bedingungen sind also fast ganz dieselben, welche die Cisternen der Alten und der eben erwähnte Rauchfang dargeboten haben. Ich finde diese merkwürdige Behauptung (vom Morgen des 2 August 1787) in keiner anderen Reise durch die schweizer Gebirge wiederholt. Zwei kenntnißvolle, vortreffliche Beobachter, die Gebrüder Hermann und Adolph Schlagintweit, welche neuerlichst die östlichen Alpen bis zum Gipfel des Großglockners (12213 Fuß) durchforscht haben, konnten nie Sterne bei Tage sehen, noch haben sie die Sage unter den Hirten und Gemsjägern gefunden. Ich habe mehrere Jahre in den Cordilleren von Mexico, Quito und Peru zugebracht und bin so oft mit Bonpland bei *heiterem Wetter* auf Höhen von mehr als vierzehn- oder funfzehn-tausend Fuß gewesen, und nie habe ich oder später mein Freund Boussingault Sterne am Tage erkennen können: obgleich die Himmelsbläue so tief und dunkel war, daß sie an demselben Cyanometer von Paul in Genf, an welchem Saussure auf dem Montblanc 39° ablas, von mir unter den Tropen (zwischen 16000 und 18000 Fuß Höhe) im Zenith auf 46° geschätzt wurde.*Humboldt, essai sur la Géographie des Plantes* p. 103. Vergl. auch mein *Voyage aux Régions équinoxiales* T. I. p. 143 und 148. Unter dem herrlichen, ätherreinen Himmel von Cumana, in der Ebene des Littorals, habe ich aber mehrmals und leicht, nach Beobachtung von Trabanten-Verfinsterungen, Jupiter mit bloßen Augen wieder aufgefunden und deutlichst gesehen, wenn die Sonnenscheibe schon 18° bis 20° über dem Horizont stand.

Die sonderbare Erscheinung des *Sternschwankens* ist ganz neuerlich (20 Januar 1851) Abends zwischen 7 und 8 Uhr am Sirius, der nahe am Horizont stand, auch in Trier von sehr glaubwürdigen Zeugen beobachtet worden. S. den Brief des Oberlehrers der Mathematik Herrn *Flesch* in *Jahn's Unterhaltungen für Freunde der Astronomie.*

Es ist hier der Ort wenigstens beiläufig einer anderen optischen Erscheinung zu erwähnen, die ich, auf allen meinen Bergbesteigungen, nur Einmal: und zwar vor dem Aufgang der Sonne, den 22 Junius 1799 am Abhange des Pics von Teneriffa, beobachtete. Im Malpays, ohngefähr in einer Höhe von 10700 Fuß über dem Meere, sah ich mit unbewaffnetem Auge tief stehende Sterne in einer wunderbar schwankenden Bewegung. (S. nebenstehenden Zusatz) Leuchtende Punkte stiegen aufwärts, bewegten sich *seitwärts* und fielen an die vorige Stelle zurück. Das Phänomen dauerte nur 7 bis 8 Minuten, und hörte auf lange vor dem Erscheinen der Sonnenscheibe am Meerhorizont. Dieselbe Bewegung war in einem Fernrohr sichtbar; und es blieb kein Zweifel, daß es die Sterne selbst waren, die sich bewegten. Gehörte diese Ortsveränderung zu der so viel bestrittenen *lateralen* Strahlenbrechung? Bietet die wellenförmige Undulation der aufgehenden Sonnenscheibe, so gering sie auch durch Messung gefunden wird, in der lateralen Veränderung des bewegten Sonnenrandes einige Analogie dar? Nahe dem Horizont wird ohnedies jene Bewegung scheinbar vergrößert. Fast nach einem halben Jahrhundert ist dieselbe Erscheinung des *Sternschwankens:* und genau an demselben Orte im Malpays, wieder vor Sonnenaufgang, von einem unterrichteten und sehr aufmerksamen Beobachter, dem Prinzen Adalbert von Preußen, zugleich mit bloßen Augen und im Fernrohr beobachtet worden! Ich fand die Beobachtung in seinem handschriftlichen Tagebuche; er hatte sie eingetragen, ohne, vor seiner Rückkunft von dem Amazonenstrome, erfahren zu haben, daß ich etwas ganz ähnliches gesehen. Auf dem Rücken der Andeskette oder bei der häufigen Luftspiegelung (*Kimmung,* mirage) in den heißen Ebenen (Llanos) von Südamerika habe ich, trotz der so verschiedenartigen Mischung ungleich erwärmter Luftschichten, keine Spur *lateraler* Refraction je finden können. Da der Pic von Teneriffa uns so nahe ist und oft von wissenschaftlichen, mit Instrumenten versehenen Reisenden kurz vor Sonnenaufgang besucht wird, so darf man hoffen, daß die hier von mir erneuerte Aufforderung zur Beobachtung des *Sternschwankens* nicht wieder ganz verhallen werde.

Ich habe bereits darauf aufmerksam gemacht, wie lange *vor* der großen Epoche der Erfindung des *telescopischen Sehens* und seiner Anwendung auf Beobachtung des Himmels, also *vor* den denkwürdigen Jahren 1608 und 1610, ein überaus wichtiger Theil der Astronomie unseres Planetensystems bereits begründet war. Den ererbten Schatz des griechischen und arabischen Wissens haben Georg Purbach, Regiomontanus (Johann Müller) und Bernhard Walther in Nürnberg durch mühevolle, sorgfältige Arbeiten vermehrt. Auf ihr Bestreben folgt eine kühne und großartige Gedankenentwickelung, das System des Copernicus; es folgen der Reichthum genauer

Beobachtungen des Tycho, der combinirende Scharfsinn und der beharrliche Rechnungstrieb von Kepler. Zwei große Männer, Kepler und Galilei, stehen an dem wichtigsten Wendepunkt, den die Geschichte der messenden Sternkunde darbietet; beide bezeichnen die Epoche, wo das Beobachten mit *unbewaffnetem Auge*, doch mit sehr verbesserten Meßinstrumenten, sich von dem *telescopischen Sehen* scheidet. Galilei war damals schon 44, Kepler 37 Jahre alt; Tycho, der genaueste messende Astronom dieser großen Zeit, seit sieben Jahren todt. Ich habe schon früher erwähnt, daß Kepler's drei Gesetze, die seinen Namen auf ewig verherrlicht haben, von keinem seiner Zeitgenossen, Galilei selbst nicht ausgenommen, mit Lob erwähnt worden sind. Auf rein empirischem Wege entdeckt, aber für das Ganze der Wissenschaft folgereicher als die vereinzelte Entdeckung ungesehener Weltkörper: gehören sie ganz der Zeit des *natürlichen Sehens*, der *Tychonischen Zeit*, ja den Tychonischen Beobachtungen selbst an: wenn auch der Druck der *Astronomia nova, seu Physica coelestis de motibus Stellae Martis* erst 1609 vollendet; und gar das dritte Gesetz, nach welchem sich die Quadrate der Umlaufzeiten zweier Planeten verhalten wie die Würfel der mittleren Entfernung, erst in der *Harmonice Mundi* 1619 entwickelt wurde.

Der Uebergang des *natürlichen* zum *telescopischen* Sehen, welcher das erste Zehntheil des siebzehnten Jahrhunderts bezeichnet und für die *Astronomie* (die Kenntniß des Weltraumes) noch wichtiger wurde, als es für die Kenntniß der *irdischen Räume* das Jahr 1492 gewesen war, hat nicht bloß den Blick in die Schöpfung endlos erweitert; er hat auch, neben der Bereicherung des menschlichen Ideenkreises, durch Darlegung neuer und verwickelter Probleme das mathematische Wissen zu einem bisher nie erreichten Glanze erhoben. So wirkt die Stärkung sinnlicher Organe auf die Gedankenwelt, auf die Stärkung intellectueller Kraft, auf die Veredlung der Menschheit. Dem Fernrohr allein verdanken wir in kaum drittehalb Jahrhunderten die Kenntniß von 13 neuen Planeten, von 4 Trabanten-Systemen (4 Monde des Jupiter, 8 des Saturn, 4, vielleicht 6 des Uranus, 1 des Neptun), von den Sonnenflecken und Sonnenfackeln, den Phasen der Venus, der Gestalt und Höhe der Mondberge, den winterlichen Polarzonen des Mars, den Streifen des Jupiter und Saturn, den Ringen des letzteren, den inneren (planetarischen) Cometen von kurzer Umlaufzeit: und von so vielen anderen Erscheinungen, die ebenfalls dem bloßen Auge entgehen. Wenn unser *Sonnensystem*, das so lange auf 6 Planeten und einen Mond beschränkt schien, auf die eben geschilderte Weise in 240 Jahren bereichert worden ist, so hat der sogenannte *Fixsternhimmel* schichtenweise eine noch viel unerwartetere Erweiterung gewonnen. Tausende von Nebelflecken, Sternhaufen und Doppelsternen sind aufgezählt. Die veränderliche Stellung der Doppelsterne, welche um einen gemeinschaftlichen Schwerpunkt kreisen, hat, wie die eigene Bewegung aller Fixsterne, erwiesen, daß Gravitations-Kräfte in jenen fernen Welträumen wie in unseren engen planetarischen, sich wechselseitig störenden Kreisen walten. Seitdem Morin und Gascoigne (freilich erst 25 bis 30 Jahre nach Erfindung des Fernrohrs) optische

Vorrichtungen mit Meßinstrumenten verbanden, haben feinere Bestimmungen der Ortsveränderung in den Gestirnen erreicht werden können. Auf diesem Wege ist es möglich geworden mit größter Schärfe die jedesmalige Position eines Weltkörpers, die Aberrations-Ellipsen der Fixsterne und ihre Parallaxen, die gegenseitigen Abstände der Doppelsterne von wenigen Zehentheilen einer Bogen-Secunde zu messen. Die astronomische Kenntniß des *Sonnensystems* erweiterte sich allmälig zu der eines *Weltsystems*.

Wir wissen, daß Galilei seine Entdeckungen der Jupitersmonde mit siebenmaliger Vergrößerung machte, und nie eine stärkere als zweiunddreißigmalige anwenden konnte. Einhundert und siebzig Jahre später sehen wir Sir William Herschel bei seinen Untersuchungen über die Größe des scheinbaren Durchmessers von Arcturus (im Nebel 0",2) und Wega in der Leier Vergrößerungen benutzen von 6500 mal. Seit der Mitte des 17ten Jahrhunderts wetteiferte man in dem Bestreben nach langen Fernröhren. Christian Huygens entdeckte zwar 1655 den ersten Saturnstrabanten, Titan (den 6ten im Abstande von dem Centrum des Planeten), nur noch mit einem zwölffüßigen Fernrohr; er wandte später auf den Himmel längere bis 122 Fuß an; aber die drei Objective von 123, 170 und 210 Fuß Brennweite, welche die Royal Society von London besitzt und welche von Constantin Huygens, dem Bruder des großen Astronomen, verfertigt wurden, sind von letzterem, wie er ausdrücklich sagt, nur auf terrestrische Gegenstände geprüft worden. Auzout, der schon 1663 Riesenfernröhre ohne Röhre, also ohne feste (starre) Verbindung zwischen dem Objectiv und dem Ocular, construirte, vollendete ein Objectiv, das bei 300 Fuß Focallänge eine 600malige Vergrößerung ertrug. *Arago* im *Annuaire* pour 1844 p. 381. Den nützlichsten Gebrauch von solchen, an Masten befestigten Objectiven machte Dominicus Cassini zwischen den Jahren 1671 und 1684 bei den auf einander folgenden Entdeckungen des 8ten, 5ten, 4ten und 3ten Saturnstrabanten. Er bediente sich der Objective, die Borelli, Campani und Hartsoeker geschliffen hatten. Die letzteren waren von 250 Fuß Brennweite. Die von Campani, welche des größten Rufes unter der Regierung Ludwigs XIV genossen, habe ich bei meinem vieljährigen Aufenthalte auf der Pariser Sternwarte mehrmals in Händen gehabt. Wenn man an die geringe Lichtstärke der Saturnstrabanten und an die Schwierigkeit solcher nur durch Stricke bewegten Vorrichtungen denkt, so kann man nicht genug bewundern die Geschicklichkeit, den Muth und die Ausdauer des Beobachters.

Die Vortheile, welche man damals allein glaubte durch riesenmäßige Längen erreichen zu können, leiteten, wie es so oft geschieht, große Geister zu excentrischen Hoffnungen. Auzout glaubte Hooke widerlegen zu müssen, der, um Thiere im Monde zu sehen, Fernröhre von einer Länge von 10000 Fuß, also fast von der Länge einer halben geographischen Meile, vorgeschlagen haben soll. *Delambre, Hist. de l'Astr. mod.* T. II. p. 594. Früher schon hatte der mystische, aber in optischen Dingen sehr erfahrene Capuciner-Mönch *Schyrle von Rheita* in seinem *Oculus Enoch et Eliae* (Antv. 1645) von der nahen Möglichkeit gesprochen sich 4000malige Vergrößerungen der Fernröhre zu schaffen, um genaue Bergkarten des Mondes zu liefern. Das Gefühl der praktischen Unbequemlichkeit von optischen Instrumenten mit mehr als hundertfüßiger Focallänge verschaffte allmälig durch Newton (nach dem Vorgange von Mersenne und James Gregory von Aberdeen) den kürzeren Reflexions-Instrumenten besonders in England Eingang. Bradley's und Pound's sorgfältige Vergleichung von 5füßigen Hadley'schen Spiegeltelescopen mit dem Refractor von Constantin Huygens, der 123 Fuß Brennweite hatte und dessen wir oben erwähnten, fiel ganz zum Vortheil der ersteren aus. Short's kostbare *Reflectoren* wurden nun überall verbreitet, bis John Dollond's glückliche praktische Lösung des Problems vom Achromatismus (1759), durch Leonhard Euler und Klingenstierna angeregt, den *Refractoren* wieder ein großes Uebergewicht verschaffte. Die, wie es scheint, unbestreitbaren Prioritätsrechte des geheimnißvollen Chester More Hall aus Essex (1729) wurden dem Publikum erst bekannt, als dem John Dollond das Patent für seine achromatischen Fernröhre verliehen wurde.

Der hier bezeichnete Sieg der Refractions-Instrumente war aber von nicht langer Dauer. Neue Oscillationen der Meinung wurden schon, 18 bis 20 Jahre nach der Bekanntmachung von John Dollond's Erfindung des Achromatismus mittelst Verbindung von Kron- und Flintglas, durch die gerechte Bewunderung angeregt, welche man in- und außerhalb Englands den unsterblichen Arbeiten eines Deutschen, William Herschel, zollte. Der Construction seiner zahlreichen 7füßigen und 20füßigen Telescope, auf welche Vergrößerungen von 2200 bis 6000 mal glücklich angewandt werden konnten, folgte die Construction seines 40füßigen Reflectors. Durch diesen wurden im August und September 1789 die beiden innersten Saturnstrabanten: der 2te (Enceladus); und bald darauf der erste, dem Ringe am nächsten liegende, Mimas, entdeckt. Die Entdeckung des Planeten Uranus (1781) gehört dem 7füßigen Telescop von Herschel; die so lichtschwachen Uranus-Trabanten sah er (1787) zuerst im 20füßigen Instrumente, zur front-view eingerichtet.*Struve, études d'Astr. stellaire* 1847 note 49 p. 24. Ich habe in dem Texte die Benennungen Herschel'scher Spiegeltelescope von 40, 20 und 7 englischen Fußen beibehalten, wenn ich auch sonst überall französisches Maaß anwende; ich thue dies hier nicht bloß, weil diese Benennungen bequemer sind, sondern hauptsächlich, weil sie durch die großen Arbeiten des Vaters und des Sohnes in England und zu Feldhausen am Vorgebirge der guten Hoffnung eine historische Weihe erhalten haben. Eine bis dahin noch nie erreichte Vollkommenheit, welche der große Mann seinen Spiegeltelescopen zu geben wußte, in denen das Licht nur einmal reflectirt wird, hat, bei einer ununterbrochenen Arbeit von mehr als 40 Jahren, zur wichtigsten Erweiterung aller Theile der physischen Astronomie, in den Planetenkreisen wie in der Welt der Nebelflecke und der Doppelsterne, geführt.

Auf eine lange Herrschaft der *Reflectoren* folgte wieder in dem ersten Fünftel des 19ten Jahrhunderts ein erfolgreicher Wetteifer in Anfertigung von achromatischen *Refractoren* und *Heliometern*, die durch Uhrwerke parallactisch bewegt werden. Zu Objectiven von außerordentlichen Größen lieferten in Deutschland das

Münchner Institut von Utzschneider und Fraunhofer, später von Merz und Mahler; in der Schweiz und Frankreich (für Lerebours und Cauchois) die Werkstätte von Guinand und Bontems ein homogenes, streifenloses Flintglas. Es genügt für den Zweck dieser historischen Uebersicht, hier beispielsweise zu nennen die unter Fraunhofer's Leitung gearbeiteten großen Refractoren der Dorpater und Berliner Sternwarte von 9 Pariser Zoll freier Oeffnung bei einer Focalweite von 13⅓ Fuß; die Refractoren von Merz und Mahler auf den Sternwarten von Pulkowa und Cambridge in den Vereinigten Staaten von Nordamerika, beide mit Objectiven von 14 Pariser Zoll und 21 Fuß Brennweite versehen. Das Heliometer der Königsberger Sternwarte, lange Zeit das größte, hat 6 Zoll Oeffnung und ist durch Bessel's unvergeßliche Arbeiten berühmt geworden. Die lichtvollen und kurzen dialytischen Refractoren, welche Plösl in Wien zuerst ausführte und deren Vortheile Rogers in England fast gleichzeitig erkannt hatte, verdienen in großen Dimensionen construirt zu werden.

In derselben Zeitepoche, deren Bestrebungen ich hier berühre, weil sie auf die Erweiterung *kosmischer Ansichten* einen so wesentlichen Einfluß ausgeübt, blieben die mechanischen Fortschritte in Vervollkommnung der *messenden* Instrumente (Zenith-Sectoren, Meridiankreise, Micrometer) gegen die *optischen* Fortschritte und die des *Zeitmaaßes* nicht zurück. Unter so vielen ausgezeichneten Namen der neueren Zeit erwähnen wir hier nur für Meßinstrumente: die von Ramsden, Troughton, Fortin, Reichenbach, Gambey, Ertel, Steinheil, Repsold, Pistor, Oertling . . . . .; für Chronometer und astronomische Pendeluhren: Mudge, Arnold, Emery, Earnshaw, Breguet, Jürgensen, Kessels, Winnerl, Tiede . . . . . In den schönen Arbeiten, welche wir William und John Herschel, South, Struve, Bessel und Dawes über Abstände und periodische Bewegung der Doppelsterne verdanken, offenbart sich vorzugsweise jene Gleichzeitigkeit der Vervollkommnung in scharfem Sehen und Messen. Struve's Classification der Doppelsterne liefert von denen, deren Abstand unter 1" ist, gegen 100; von denen, die zwischen 1" und 2" fallen, 336: alle mehrfach gemessen.

Seit wenigen Jahren haben zwei Männer, welche jedem industriellen Gewerbe fern stehen, der Earl of Rosse in Parsonstown (12 Meilen westlich von Dublin) und Herr Lassell zu Starfield bei Liverpool, aus edler Begeisterung für die Sternkunde, mit der aufopferndsten Freigebigkeit und unter eigener unmittelbaren Leitung, zwei *Reflectoren* zu Stande gebracht, welche auf's höchste die Erwartung der Astronomen spannen.Herr Airy hat neuerlichst die Fabrications-Methoden beider Telescope vergleichend beschrieben: den Guß der Spiegel und die Metallmischung, die Vorrichtung zum Poliren, die Mittel der Aufstellung; *monthly Notices of the Astr. Soc.* Vol. IX. 1849 p. 110–121. Von dem Effect des sechsfüßigen Metallspiegels des Lord Rosse heißt es dort (p. 120): "The Astronomer Royal (Mr. Airy) alluded to the impression made by the enormous light of the telescope: partly by the modifications produced in the appearances of nebulae already figured, partly by the great number of stars seen even at a distance from the Milky Way, and partly from the prodigious brilliancy of *Saturn*.

The account given by another astronomer of the appearance of *Jupiter* was, that it resembled a coachlamp in the telescope; and this well expresses the blaze of light which is seen in the instrument." Vergl. auch Sir John *Herschel, outl. of Astr.* § 870: "The sublimity of the spectacle afforded by the magnificent reflecting telescope constructed by Lord Rosse of some of the larger globular clusters of nebulae is declared by all, who have witnessed it, to be such as no words can express. This telescope has resolved or rendered resolvable multitudes of nebulae which had resisted all inferior powers.". Mit dem Telescope von Lassell, das nur 2 Fuß Oeffnung und 20 Fuß Brennweite hat, sind schon ein Trabant des Neptun und ein achter Trabant des Saturn entdeckt worden; auch wurden zwei Uranus-Trabanten wieder aufgefunden. Das neue Riesentelescop von Lord Rosse hat 5 Fuß 7 Zoll 7 Linien (6 engl. Fuß) Oeffnung und 4.6 Fuß 11 Zoll (50 engl. Fuß) Länge. Es steht im Meridian zwischen zwei Mauern, die von jeder Seite 12 Fuß von dem Tubus entfernt und 45 bis 52 Fuß hoch sind. Viele Nebelflecke, welche bisher kein Instrument auflösen konnte, sind durch dieses herrliche Telescop in Sternschwärme aufgelöst; die Gestalt anderer Nebelflecke ist in ihren wahren Umrissen nun zum ersten Mal erkannt worden. Eine wundersame Helligkeit (Lichtmasse) wird von dem Spiegel ausgegossen.

Morin, der mit Gascoigne (vor Picard und Auzout) zuerst das Fernrohr mit Meßinstrumenten verband, fiel gegen 1638 auf den Gedanken Gestirne bei hellem Tage telescopisch zu beobachten. „Nicht Tycho's große Arbeit über die Position der Fixsterne: indem dieser 1582, also 28 Jahre vor Erfindung der Fernröhre, Venus bei Tage mit der Sonne und bei Nacht mit den Sternen verglich; sondern", sagt Morin selbst, „der einfache Gedanke, daß, wie Venus, so auch Arcturus und andere Fixsterne, wenn man sie einmal vor Sonnenaufgang im Felde des Fernrohrs hat, nach Sonnenaufgang am Himmelsgewölbe verfolgt werden können: habe ihn zu einer Entdeckung geführt, welche für die Längen-Bestimmungen auf dem Meere wichtig werden möge. Niemand habe vor ihm die Fixsterne in Angesicht der Sonne auffinden können." Seit der Aufstellung großer Mittags-Fernröhre durch Römer (1691) wurden *Tagesbeobachtungen* der Gestirne häufig und fruchtbar, ja bisweilen selbst auf Messung von Doppelsternen mit Nutzen angewandt. Struve bemerkt*Struve, Mensurae micrometr.* p. XLIV., er habe in dem Dorpater Refractor mit Anwendung einer Vergrößerung von 320 mal die kleinsten Abstände überaus schwacher Doppelsterne bestimmt: bei so *hellem Crepuscularlichte*, daß man um Mitternacht bequem lesen konnte. Der Polarstern hat in nur 18" Entfernung einen Begleiter 9ter Größe; im Dorpater Refractor haben Struve und Wrangel diesen Begleiter *bei Tage* gesehen, eben so einmal Encke und Argelander.

Die Ursach der mächtigen Wirkung der Fernröhre zu einer Zeit, wo durch vielfache Reflexion das diffuse Licht"La *lumière atmosphérique diffuse* ne peut s'expliquer par le reflet des rayons solaires sur la surface de séparation des couches de différentes densités dont on suppose l'atmosphère composée. En effet supposons le Soleil placé à l'horizon, les surfaces de séparation dans la direction du zénith seraient horizontales, par conséquent la réflexion serait horizontale aussi et nous ne verrions aucune lumière au zénith. Dans la supposition des couches aucun rayon ne nous arriverait par voie d'une première réflexion. Ce ne seraient que les réflexions multiples qui pourraient agir. Donc pour expliquer la *lumière diffuse*, il faut se figurer l'atmosphère composée de molécules (sphériques par exemple) dont chacune donne une image du soleil à peu près comme les boules de verre que nous plaçons dans nos jardins. L'air pur est bleu, parce que d'après Newton les molécules de l'air ont l'*épaisseur* qui convient à la réflexion des rayons bleus. Il est donc naturel que les petites images du soleil que de tous côtés réfléchissent les molécules sphériques de l'air et qui sont la lumière diffuse, aient une teinte bleue; mais ce bleu n'est pas du bleu pur, c'est un blanc dans lequel le bleu prédomine. Lorsque le ciel n'est pas dans toute sa pureté et que l'air est mêlé de vapeurs visibles, la lumière diffuse reçoit beaucoup de blanc. Comme la lune est jaune, le bleu de l'air pendant la nuit est un peu verdâtre, c'est-à-dire mélangé de bleu et de jaune." (*Arago, Handschrift* von 1847.) der Atmosphäre hinderlich ist, hat mancherlei Zweifel erregt. Als optisches Problem interessirte sie auf das lebhafteste den der Wissenschaft so früh entrissenen Bessel. In seinem langen Briefwechsel mit mir kam er oft darauf zurück, und bekannte, keine ihn ganz befriedigende Lösung finden zu können. Ich darf auf den Dank meiner Leser rechnen, wenn ich in einer Anmerkung*D'un des effets des Lunettes sur la visibilité des étoiles. (Lettre de Mr. Arago à Mr. de Humboldt, en décembre 1847.)*

„L'oeil n'est doué que d'une sensibilité circonscrite, bornée. Quand la lumière qui frappe la rétine, n'a pas assez d'intensité, l'oeil ne sent rien. C'est par un manque d'intensité que beaucoup d'*étoiles*, même dans les nuits les plus profondes, échappent à nos observations. Les lunettes ont pour effet, *quant aux étoiles*, d'augmenter l'intensité de l'image. Le faisceau cylindrique de rayons parallèles venant d'une étoile, qui s'appuie sur la surface de la lentille objective et qui a cette surface circulaire pour base, se trouve considérablement resserré à la sortie de la lentille oculaire. Le diamètre du premier cylindre est au diamètre du second, comme la distance focale de l'objectif est à la distance focale de l'oculaire, ou bien comme le diamètre de l'objectif est au diamètre *de la portion d'oculaire*, qu'occupe le faisceau émergent. Les intensités de lumière dans les deux cylindres en question (dans les deux cylindres incident et émergent) doivent être entr' elles comme les étendues superficielles des bases. Ainsi la lumière émergente sera plus condensée, *plus intense*, que la lumière naturelle tombant sur l'objectif, dans le rapport de la surface de cet objectif à la surface circulaire de la base du faisceau émergent. Le faisceau *émergent, quand la lunette grossit*, étant plus étroit que le faisceau cylindrique qui tombe sur l'objectif, il est évident que la pupille, quelle que soit son ouverture, recueillera plus de rayons par l'intermédiaire de la lunette que sans elle. La lunette augmentera donc toujours l'intensité de la lumière *des étoiles*."

„Le cas *le plus favorable*, quant à l'effet des lunettes, est évidemment celui où l'oeil reçoit la totalité du faisceau émergent, le cas où ce faisceau a moins de diamètre que la pupille.

Alors *toute la lumière* que l'objectif rembrasse, concourt, par l'entremise du télescope, à la formation de l'image. À l'oeil nu, au contraire, *une portion* seule de cette même lumière est mise à profit: c'est la petite portion que la surface de la pupille découpe dans le faisceau incident naturel. L'intensité de l'image télescopique d'une *étoile* est donc à l'intensité de l'image à l'oeil nu, *comme la surface de l'objectif est à celle de la pupille.*"

„Ce qui précède, est relatif à la visibilité d'un seul point, d'une seule étoile. Venons à l'observation d'un objet ayant des dimensions angulaires sensibles, à l'observation d'une *planète.* Dans les cas les plus favorables, c'est-à-dire lorsque la pupille reçoit la totalité du pinceau émergent, l'intensité de l'image *de chaque point* de la planète se calculera par la proportion que nous venons de donner. La quantité *totale de lumière* concourant à former *l'ensemble* de l'image à l'oeil nu, sera donc aussi à la *quantité totale de lumière* qui forme l'image de la planète à l'aide d'une lunette, comme la surface de la pupille est à la surface de l'objectif. Les intensités comparatives, non plus de points isolés, mais des deux images d'une planète, qui se forment sur la rétine à l'oeil nu, et par l'intermédiaire d'une lunette, doivent évidemment *diminuer* proportionnellement aux *étendues superficielles* de ces deux images. Les dimensions *linéaires* des deux images sont entr' elles comme le diamètre de l'objectif est au diamètre du faisceau émergent. Le nombre de fois que la *surface* de l'image amplifiée surpasse la *surface* de l'image à l'oeil nu, s'obtiendra donc en divisant le carré du *diamètre* de l'*objectif* par le carré du *diametre du faisceau émergent*, ou bien la *surface de l'objectif par la surface de la base circulaire du faisceau émergent.*"

„Nous avons déjà obtenu le rapport des *quantités totales de lumière* qui engendrent les deux images *d'une planète*, en divisant la surface de l'objectif *par la surface de la pupille.* Ce nombre est *plus petit* que le quotient auquel on arrive en divisant la *surface de l'objectif* par la *surface du faisceau émergent*. Il en résulte, quant aux planètes: qu'une lunette fait moins gagner en intensité de lumière, qu'elle ne fait perdre en agrandissant *la surface* des images sur la rétine; l'intensité de ces images doit donc aller continuellement en s'affaiblissant à mesure que le pouvoir amplificatif de la lunette ou du télescope s'accroît."

„L'atmosphère peut être considérée comme une planète à dimensions indéfinies. La portion qu'on en verra dans une lunette, subira donc aussi la *loi* d'affaiblissement que nous venons d'indiquer. Le *rapport* entre l'intensité de la lumière d'une *planète* et le champ de lumière atmosphérique à travers lequel on la verra, sera le même à l'oeil nu et dans les lunettes de tous les grossissements, de toutes les dimensions. Les lunettes, *sous le rapport de l'intensité*, ne favorisent donc pas la visibilité *des planètes.*"

„Il n'en est point ainsi des *étoiles.* L'intensité de l'image d'une étoile est plus forte avec une lunette qu'à l'oeil nu; an contraire, le champ de la vision, uniformément éclairé dans les deux cas par la lumière atmosphérique, est plus clair à l'oeil nu que dans la lunette. Il y a donc deux raisons, sans sortir des considérations d'intensité, pour que dans une lunette l'image de l'étoile prédomine sur celle de l'atmosphère, notablement plus qu'à l'oeil nu."

„Cette prédominance doit aller graduellement en augmentant avec le grossissement. En effet, abstraction faite de certaine augmentation du diamètre de l'étoile, conséquence de divers effets de *diffraction* ou d'*interférence*, abstraction faite aussi d'une plus forte réflexion que la lumière subit sur les surfaces plus obliques des oculaires de très courts foyers, *l'intensité de la lumière de l'étoile est constante* tant que l'ouverture de l'objectif ne varie pas. Comme on l'a vu, la *clarté du champ* de la lunette, au contraire, *diminue sans cesse* à mesure que le pouvoir amplificatif s'accroît. Donc, toutes autres circonstances restant égales, une étoile sera d'autant plus visible, sa prédominance sur la lumière du champ du télescope sera d'autant plus tranchée qu'on fera usage d'un grossissement plus fort." (*Arago, Handschrift* von 1847). – Ich füge noch hinzu aus dem *Annuaire du Bureau des Long.* pour 1846 (notices scientif. par Mr. *Arago*) p. 381: „L'expérience a montré que, pour le commun des hommes, deux espaces éclairés et contigus ne se distinguent pas l'un de l'autre, à moins que leurs intensités comparatives ne présentent, au minimum, une différence de $^1/_{60}$. Quand une lunette est tournée vers le firmament, son champ semble uniformément éclairé: c'est qu'alors il existe, dans un plan passant par le foyer et perpendiculaire à l'axe de l'objectif, une *image indéfinie* de la région atmosphérique vers laquelle la lunette est dirigée. Supposons qu'un astre, c'est-à-dire un objet situé bien au delà de l'atmosphère, se trouve dans la direction de la lunette: son image ne sera visible qu'autant qu'elle augmentera de $^1/_{60}$, au moins, l'intensité de la portion de l'image focale *indéfinie* de l'atmosphère, sur laquelle sa propre image *limitée* ira se placer. Sans cela, le champ visuel continuera à *paraître* partout de la même intensité."

Arago's Ansichten einschalte, wie dieselben in einer der vielen Handschriften enthalten sind, welche nur bei meinem häufigen Aufenthalte in Paris zu benutzen erlaubt war. Nach der scharfsinnigen Erklärung meines vieljährigen Freundes erleichtern starke Vergrößerungen das Auffinden und Erkennen der *Fixsterne*, weil sie, ohne das Bild derselben merkbar auszudehnen, eine größere Menge des intensiven Lichtes der Pupille zuführen, aber dagegen nach einem anderen Gesetze auf den *Luftraum* wirken, von welchem sich der Fixstern abhebt. Das Fernrohr, indem es gleichsam die erleuchteten Theile der Luft, welche das Objectiv umfaßt, von einander entfernt, verdunkelt das Gesichtsfeld, vermindert die Intensität seiner Erleuchtung. Wir sehen aber nur durch den Unterschied des Lichtes des *Fixsternes* und des *Luftfeldes*: d. h. der Luftmasse, welche ihn im Fernrohr umgiebt. Ganz anders als der einfache Strahl des Fixsternbildes verhalten sich *Planetenscheiben*. Diese verlieren in dem vergrößernden Fernrohr durch Dilatation ihre Licht-Intensität eben so wie das Luftfeld (l'aire aérienne). Noch ist zu erwähnen, daß starke Vergrößerungen die scheinbare Schnelligkeit der Bewegung des Fixsterns wie die der Scheibe vermehren. Dieser Umstand kann in

Instrumenten, welche nicht durch Uhrwerk parallactisch der Himmelsbewegung folgen, das Erkennen der Gegenstände am Tage erleichtern. Andere und andere Punkte der Netzhaut werden gereizt. Sehr schwache Schatten, bemerkt Arago an einem anderen Orte, werden erst sichtbar, wenn man ihnen eine Bewegung geben kann.

Unter dem reinen Tropenhimmel, in der trockensten Jahreszeit, habe ich oft mit der schwachen Vergrößerung von 95 mal in einem Fernrohr von Dollond die blasse Jupitersscheibe auffinden können, wenn die Sonne schon 15° bis 18° hoch stand. Lichtschwäche des Jupiter und Saturn, bei Tage im großen Berliner Refractor gesehen und contrastirend mit dem ebenfalls reflectirten Lichte der der Sonne näheren Planeten, Venus und Merkur, hat mehrmals Dr. Galle überrascht. Jupiters-Bedeckungen sind mit starken Fernröhren bisweilen bei Tage (von Flaugergues 1792, von Struve 1820) beobachtet worden. Argelander sah (7 Dec. 1849) in einem 5füßigen Fraunhofer eine Viertelstunde nach Sonnenaufgang zu Bonn sehr deutlich 3 Jupiterstrabanten. Den 4ten konnte er nicht erkennen. Noch später sah der Gehülfe Herr Schmidt den Austritt sämmtlicher Trabanten, auch des 4ten, aus dem dunkeln Mondrande in dem 8füßigen Fernrohre des Heliometers. Die Bestimmung der Grenzen der telescopischen Sichtbarkeit kleiner Sterne bei Tageshelle unter verschiedenen Klimaten und auf verschiedenen Höhen über der Meeresfläche hat gleichzeitig ein optisches und ein meteorologisches Interesse.

Zu den merkwürdigen und in ihren Ursachen viel bestrittenen Erscheinungen im natürlichen wie im telescopischen Sehen gehört das nächtliche *Funkeln* (das Blinken, die Scintillation) der Sterne. Zweierlei ist nach Arago's Untersuchungen:

Des causes de la Scintillation des étoiles.

„Ce qu'il y a de plus remarquable dans le phénomène de la scintillation, c'est le changement de couleur. Ce changement est beaucoup plus fréquent que l'observation ordinaire l'indique. En effet, en agitant la lunette, on transforme l'image dans une ligne ou un cercle, et tous les points de cette ligne ou de ce cercle paraissent de couleurs différentes. C'est la résultante de la superposition de toutes ces images que l'on voit, lorsqu'on laisse la lunette immobile. Les rayons qui se réunissent au foyer d'une lentille, vibrent d'accord ou en désaccord, s'ajoutent ou se détruisent, suivant que les couches qu'ils ont traversées, ont telle ou telle réfringence. L'ensemble des rayons rouges peut se détruire *seul*, si ceux de droite et de gauche et ceux de haut et de bas ont traversé des milieux inégalement réfringents. Nous avons dit *seul*, parce que la différence de réfringence qui correspond à la destruction du rayon rouge, n'est pas la même que celle qui amène la destruction du rayon vert, et réciproquement. Maintenant si des rayons rouges sont détruits, ce qui reste, sera le blanc moins le rouge, c'est-à-dire du vert. Si le vert an contraire est détruit par *interférence*, l'image sera du blanc moins le vert, c'est-à-dire du rouge. Pour expliquer pourquoi les planètes à grand diamètre ne scintillent pas ou très peu, il faut se rappeler que le disque peut être considéré comme une aggrégation d'étoiles ou de petits points qui scintillent isolément; mais les images de différentes couleurs que chacun de ces points pris isolément donnerait, empiétant les unes sur les autres, formeraient du blanc. Lorsqu'on place un diaphragme ou un bouchon percé d'un trou sur l'objectif d'une lunette, les étoiles acquièrent un disque entouré d'une série d'anneaux lumineux. Si l'on enfonce l'oculaire, le disque de l'étoile augmente de diamètre, et il se produit dans son centre un trou obscur; si on l'enfonce davantage, un point lumineux se substitue au point noir. Un nouvel enfoncement donne naissance à un centre noir, etc. Prenons la lunette lorsque le centre de l'image est noir, et visons à une étoile qui ne scintille pas: le centre restera noir, comme il l'était auparavant. Si au contraire on dirige la lunette à une étoile qui scintille, on verra le centre de l'image lumineux et obscur par intermittence. Dans la position où le centre de l'image est occupé par un point lumineux, on verra ce point disparaître et renaître successivement. Cette disparition ou réapparition du point central est la preuve directe de l'*interférence* variable des rayons. Pour bien concevoir l'absence de lumière au centre de ces images dilatées, il faut se rappeler que les rayons régulièrement réfractés par l'objectif ne se réunissent et ne peuvent par conséquent *interférer* qu'au foyer: par conséquent les images dilatées que ces rayons peuvent produire, resteraient toujours pleines (sans trou). Si dans une certaine position de l'oculaire un trou se présente au centre de l'image, c'est que les rayons régulièrement réfractés *interfèrent* avec des rayons *diffractés* sur les bords du diaphragme circulaire. Le phénomène n'est pas constant, parce que les rayons qui interfèrent dans un certain moment, n'interfèrent pas un instant après, lorsqu'ils ont traversé des couches atmosphériques dont le pouvoir réfringent a varié. On trouve dans cette expérience la preuve manifeste du rôle que joue dans le phénomène de la scintillation l'inégale réfrangibilité des couches atmosphériques traversées par les rayons dont le faisceau est très étroit."

„Il résulte de ces considérations que l'explication des scintillations ne peut être rattachée qu'aux phénomènes des *interférences lumineuses*. Les rayons des étoiles, après avoir traversé une atmosphère où il existe des couches inégalement chaudes, inégalement denses, inégalement humides, vont se réunir au foyer d'une lentille, pour y former des images d'intensité et de couleurs perpétuellement changeantes, c'est-à-dire des images telles que la scintillation les présente. Il y a aussi scintillation hors du foyer des lunettes. Les explications proposées par Galilei, Scaliger, Kepler, Descartes, Hooke, Huygens, Newton et John Michell, que j'ai examinées dans un mémoire présenté à l'Institut en 1840 (*Comptes rendus* T. X. p. 83), sont inadmissibles. Thomas Young, auquel nous devons les premières lois des interférences, a cru inexplicable le phénomène de la scintillation. La fausseté de l'ancienne explication par des vapeurs qui voltigent et déplacent, est dejà prouvée par la circonstance que nous voyons la scintillation des yeux, ce qui supposerait un déplacement d'une minute. Les ondulations du bord du Soleil sont de 4" à 5" et peut-être des pièces qui *manquent*, donc encore effet de l'interférence des rayons." (*Auszüge aus Handschriften von Arago* 1847.)

in der Scintillation wesentlich zu unterscheiden: 1) Veränderung der Lichtstärke in plötzlicher Abnahme bis zum Verlöschen und Wieder-Auflodern, 2) Veränderung der Farbe. Beide Veränderungen sind in der Realität noch stärker, als sie dem bloßen Auge erscheinen; denn wenn einzelne Punkte der Netzhaut einmal angeregt sind, so bewahren sie den empfangenen Lichteindruck: so daß das Verschwinden des Sterns, seine Verdunkelung, sein Farbenwechsel nicht in ihrem ganzen, vollen Maaße von uns empfunden werden. Auffallender zeigt sich das Phänomen des Sternfunkelns im Fernrohr, sobald man dasselbe erschüttert. Es werden dann andere und andere Punkte der Netzhaut gereizt; es erscheinen farbige, oft unterbrochene Kreise. In einer Atmosphäre, die aus stets wechselnden Schichten von verschiedener Temperatur, Feuchtigkeit und Dichte zusammengesetzt ist, erklärt das *Princip der Interferenz*, wie nach einem augenblicklichen farbigen Auflodern ein eben so augenblickliches Verschwinden oder die plötzliche Verdunkelung des Gestirnes statt finden kann. Die Undulations-Theorie lehrt im allgemeinen, daß zwei Lichtstrahlen (zwei Wellensysteme), von Einer Lichtquelle (Einem Erschütterungs-Mittelpunkte) ausgehend, bei Ungleichheit des Weges sich zerstören; daß das Licht des einen Strahles, zu dem des anderen Strahles hinzugefügt, Dunkelheit hervorbringt. Wenn das Zurückbleiben des einen Wellensystemes gegen das andere eine *ungerade* Anzahl *halber Undulationen* beträgt, so streben beide Wellensysteme demselben Aether-Molecule zu gleicher Zeit gleiche, aber entgegengesetzte Geschwindigkeiten mitzutheilen: so daß die Wirkung ihrer Vereinigung die Ruhe des Aether-Molecules, also Finsterniß ist. In gewissen Fällen spielt die Refrangibilität der verschiedenen Luftschichten, welche die Lichtstrahlen durchschneiden, mehr als die verschiedene Länge des Weges, die Hauptrolle bei der Erscheinung.

Die Stärke der Scintillation ist unter den Fixsternen selbst auffallend verschieden; nicht von der Höhe ihres Standes und von ihrer scheinbaren Größe allein abhängig: sondern, wie es scheint, von der Natur ihres eigenen Lichtprocesses. Einige, z. B. Wega, zittern weniger als Arctur und Procyon. Der Mangel der Scintillation bei den Planeten mit größeren Scheiben ist der Compensation und ausgleichenden Farbenvermischung zuzuschreiben, welche die einzelnen Punkte der Scheibe geben. Es wird die Scheibe wie ein Aggregat von Sternen betrachtet, welche das fehlende, durch Interferenz vernichtete Licht gegenseitig ersetzen und die farbigen Strahlen zu weißem Lichte wiederum vereinigen. Bei Jupiter und Saturn bemerkt man deshalb am seltensten Spuren der Scintillation; wohl aber bei Merkur und Venus: da der scheinbare Durchmesser der Scheiben in den letztgenannten zwei Planeten bis 4",4 und 9",5 herabsinkt. Auch bei Mars kann zur Zeit der Conjunction sich der Durchmesser bis 3",3 vermindern. In den heiteren, kalten Winternächten der gemäßigten Zone vermehrt die Scintillation den prachtvollen Eindruck des gestirnten Himmels auch durch den Umstand, daß, indem wir Sterne 6ter bis 7ter Größe bald hier, bald dort aufglimmen sehen, wir, getäuscht, mehr leuchtende Punkte vermuthen und zu erkennen glauben, als das unbewaffnete

Auge wirklich unterscheidet. Daher das populäre Erstaunen über die wenigen Tausende von Sternen, welche genaue Sterncataloge als den bloßen Augen sichtbar angeben. Daß das *zitternde Licht* die Fixsterne von den Planeten unterscheide, war von früher Zeit den griechischen Astronomen bekannt; aber Aristoteles: nach der Ausströmungs- und Tangential-Theorie des Sehens, der er anhängt, schreibt das Zittern und Funkeln der Fixsterne, sonderbar genug, einer bloßen Anstrengung des Auges zu. „Die *eingehefteten* Sterne" (die Fixsterne), sagt er, „funkeln, die Planeten nicht: denn die Planeten sind nahe, so daß das Gesicht im Stande ist sie zu erreichen; bei den *feststehenden* aber (πρὸς δὲ τοὺς μένοντας) geräth das Auge wegen der Entfernung und Anstrengung in eine *zitternde* Bewegung.“

Zu Galilei's Zeiten, zwischen 1572 und 1604: in einer Epoche großer Himmelsbegebenheiten, da drei neue Sterne von mehr Glanz als Sterne erster Größe plötzlich erschienen und einer derselben im *Schwan* 21 Jahre leuchtend blieb, zog das Funkeln als das muthmaßliche Criterium eines nicht planetarischen Weltkörpers Kepler's Aufmerksamkeit besonders auf sich. Der damalige Zustand der Optik verhinderte freilich den um diese Wissenschaft so hoch verdienten Astronomen sich über die gewöhnlichen Ideen von bewegten Dünsten zu erheben. Auch unter den neu erschienenen Sternen, deren die chinesischen Annalen nach der großen Sammlung von Ma-tuan-lin erwähnen, wird bisweilen des sehr starken Funkelns gedacht.

Zwischen den Wendekreisen und ihnen nahe giebt bei gleichmäßigerer Mischung der Luftschichten die große Schwäche oder völlige Abwesenheit der Scintillation der Fixsterne, 12 bis 15 Grade über dem Horizont, dem Himmelsgewölbe einen eigenthümlichen Charakter von Ruhe und milderem Lichte. Ich habe in mehreren meiner Naturschilderungen der Tropenwelt dieses Charakters erwähnt: der auch schon dem Beobachtungsgeiste von La Condamine und Bouguer in den peruanischen Ebenen, wie dem von Garcin in Arabien, Indien und an den Küsten des persischen Meerbusens (bei Bender Abassi) nicht entgangen war.

Da der Anblick des gestirnten Himmels in der Jahreszeit perpetuirlich heiterer, ganz wolkenfreier Tropennächte für mich einen besonderen Reiz hatte, so bin ich bemüht gewesen in meinen Tagebüchern stets die Höhen über dem Horizonte aufzuzeichnen, in der das Funkeln der Sterne bei verschiedenen Hygrometerständen aufhörte. Cumana und der regenlose Theil des peruanischen Littorals der Südsee, wenn in letzterem die Zeit der Garua (des Nebels) noch nicht eingetreten war, eigneten sich vorzüglich zu solchen Beobachtungen. Nach Mittelzahlen scheinen die größeren Fixsterne meist nur unter 10° oder 12° Höhe über dem Horizont zu scintilliren. In größeren Höhen gießen sie aus ein milderes, planetarisches Licht. Am sichersten wird der Unterschied erkannt, wenn man dieselben Fixsterne in ihrem allmäligen Aufsteigen oder Niedersinken verfolgt und dabei die Höhenwinkel mißt oder (bei bekannter Ortsbreite und Zeit) berechnet. In einzelnen gleich heiteren und gleich windlosen Nächten erstreckte sich die

Region des Funkelns bis 20°, ja bis 25° Höhe; doch war zwischen diesen Verschiedenheiten der Höhe oder der Stärke der Scintillation und den Hygrometer- und Thermometerständen, welche in der *unteren*, uns allein zugänglichen *Region* der Luft beobachtet wurden, fast nie ein Zusammenhang zu entdecken. Ich sah in auf einander folgenden Nächten nach beträchtlicher Scintillation 60° bis 70° hoher Gestirne, bei 85° des Saussure'schen Haar-Hygrometers, die Scintillation bis 15° Höhe über dem Horizont völlig aufhören: und dabei doch die Luftfeuchtigkeit so ansehnlich vermehrt, daß das Hygrometer bis 93° fortschritt. Es ist nicht die Quantität der Wasserdämpfe, welche die Atmosphäre aufgelöst erhält; es ist die ungleiche Vertheilung der Dämpfe in den über einander liegenden Schichten und die, in den unteren Regionen nicht bemerkbaren, oberen Strömungen kalter und warmer Luft, welche das verwickelte Ausgleichungsspiel der *Interferenz* der Lichtstrahlen modificiren. Auch bei sehr dünnem gelbrothem Nebel, der kurz vor Erdstößen den Himmel färbte, vermehrte sich auffallend das Funkeln hochstehender Gestirne. Alle diese Bemerkungen beziehen sich auf die völlig heitere, wolken- und regenlose Jahreszeit der tropischen Zone 10° bis 12° nördlich und südlich vom Aequator. Die Lichtphänomene, welche beim Eintritt der Regenzeit während des Durchgangs der Sonne durch den Zenith erscheinen, hangen von sehr allgemein und kräftig, ja fast stürmisch wirkenden Ursachen ab. Die plötzliche Schwächung des Nordost-Passates, und die Unterbrechung regelmäßiger oberer Strömungen vom Aequator zu den Polen und unterer Strömungen von den Polen zum Aequator erzeugen Wolkenbildungen, täglich zu bestimmter Zeit wiederkehrende Gewitter und Regengüsse. Ich habe mehrere Jahre hinter einander bemerkt, wie an den Orten, an denen das Funkeln der Fixsterne überhaupt etwas seltenes ist, der Eintritt der Regenzeit viele Tage im voraus sich durch das zitternde Licht der Gestirne in großer Höhe über dem Horizont verkündigt. Wetterleuchten, einzelne Blitze am fernen Horizont ohne sichtbares Gewölk oder in schmalen, senkrecht aufsteigenden Wolkensäulen sind dann begleitende Erscheinungen. Ich habe diese charakteristischen Vorgänge, die physiognomischen Veränderungen der Himmelsluft, in mehreren meiner Schriften zu schildern versucht.

Ueber die *Geschwindigkeit des Lichtes*, über die Wahrscheinlichkeit, daß dasselbe eine gewisse Zeit zu seiner Fortpflanzung brauche, findet sich die älteste Ansicht bei Bacon von Verulam in dem zweiten Buche des *Novum Organum*. Er spricht von der Zeit, deren ein Lichtstrahl bedarf, die ungeheure Strecke des Weltraums zu durchlaufen; er wirft schon die Frage auf: ob die Sterne noch vorhanden sind, die wir gleichzeitig funkeln sehen? Von den Täuschungen sprechend, welche die Geschwindigkeiten des Schalles und des Lichts veranlassen, sagt *Bacon:* "atque hoc cum similibus nobis quandoque dubitationem peperit plane monstrosam; videlicet, utrum coeli sereni et stellati facies ad idem tempus cernatur, quando vere existit, an potius aliquanto post; et utrum non sit (quatenus ad visum coelestium) non minus tempus verum et tempus visum, quam locus verus et locus visus, qui notatur ab astronomis in parallaxibus. Adeo incredibile nobis videbatur, species sive radios corporum coelestium, per tam immensa spatia milliarium, subito deferri posse ad visum; sed potius debere eas in tempore aliquo notabili delabi. Verum illa dubitatio (quoad majus aliquod intervallum temporis inter tempus verum et visum) postea plane evanuit, reputantibus nobis....." *The Works* of Francis *Bacon* Vol. I. Lond. 1740 (*Novum Organum*) p. 371. Er nimmt dann, ganz nach Art der Alten, eine eben geäußerte wahre Ansicht wieder zurück. – Vergl. *Somerville, the Connexion of the Physical Sciences* p. 36. Man erstaunt diese glückliche Ahndung in einem Werke zu finden, dessen geistreicher Verfasser in mathematischem, astronomischem und physikalischem Wissen tief unter dem seiner Zeitgenossen stand. *Gemessen* wurden die Geschwindigkeit des *reflectirten* Sonnenlichtes durch Römer (November 1675) mittelst der Vergleichung von Verfinsterungs-Epochen der Jupiterstrabanten; die Geschwindigkeit des *directen* Lichtes der Fixsterne mittelst Bradley's großer Entdeckung der Aberration (Herbst 1727): des *sinnlichen* Beweises von der translatorischen Bewegung der Erde, d. i. von der Wahrheit des copernicanischen Systemes. In der neuesten Zeit ist eine dritte Methode der Messung durch Arago vorgeschlagen worden, die der Lichterscheinungen eines veränderlichen Sternes, z. B. des Algol im Perseus. Zu diesen astronomischen Methoden gesellt sich noch eine terrestrische Messung, welche mit Scharfsinn und Glück ganz neuerlich Herr Fizeau in der Nähe von Paris ausgeführt hat. Sie erinnert an einen frühen, zu keinem Resultate leitenden Versuch von Galilei mit zwei gegenseitig zu verdeckenden Laternen.

Aus Römer's ersten Beobachtungen der Jupiterstrabanten schätzten Horrebow und du Hamel den Lichtweg in Zeit von der Sonne zur Erde bei mittlerer Entfernung erst 14' 7", dann 11'; Cassini 14' 10"; Newton, was recht auffallend ist, der Wahrheit weit näher 7' 30". Delambre*Delambre, Histoire de l'Astronomie moderne* T. II. p. 653. fand, indem er bloß unter den Beobachtungen seiner Zeit die des ersten Trabanten in Rechnung nahm, 8' 13",2. Mit vielem Rechte hat Encke bemerkt, wie wichtig es wäre: in der sicheren Hoffnung, bei der jetzigen Vollkommenheit der Fernröhre übereinstimmendere Resultate zu erlangen, eine eigene Arbeit über die Verfinsterungen der Jupitertrabanten zur Ableitung der Lichtgeschwindigkeit zu unternehmen.

Aus Bradley's, von Rigaud in Oxford wieder aufgefundenen Aberrations-Beobachtungen folgen nach der Untersuchung von Dr. Busch*Reduction of Bradley's observations at Kew and Wansted* 1836 p. 22; *Schumacher's astr. Nachr.* Bd. XIII. 1836 No. 309. (Vergl. *miscellaneous Works and Correspondence* of the Rev. James *Bradley*, by Prof. *Rigaud*, Oxford 1832.) – Ueber die bisherigen Erklärungsversuche der Aberration nach der Undulations-Theorie des Lichts s. *Doppler* in den *Abhandl. der Kön. böhmischen Gesellschaft der Wiss.* 5te Folge Bd. III. S. 745–765. Ungemein merkwürdig ist für die Geschichte großer astronomischer Entdeckungen, daß Picard mehr als ein halbes Jahrhundert vor Bradley's eigentlicher Entdeckung und Erklärung der Ursach der Aberration, wahrscheinlich seit 1667, eine wiederkehrende Bewegung des Polarsternes von ohngefähr 20" bemerkt, welche „weder Wirkung der Parallaxe noch der Refraction sein könne und in entgegengesetzten Jahreszeiten sehr regelmäßig sei" (*Delambre, Hist. de l'Astr. moderne* T. II. p. 616). Picard war auf dem Wege die Geschwindigkeit des directen Lichts früher zu entdecken, als sein Schüler Römer die Geschwindigkeit des reflectirten Lichtes bekannt machte. in Königsberg für den Lichtweg von der Sonne zur Erde 8' 12",14; die Geschwindigkeit des Sternlichts 41994 geogr. Meilen in der Secunde, und die Aberrations-Constante 20",2116; aber nach neueren, achtzehn-monatlichen Aberrations-Beobachtungen von Struve am großen Passage-Instrument von Pulkowa*Schum. astr. Nachr.* Bd. XXI. 1844 No. 484; *Struve, études d'Astr. stellaire* p. 103 und 107. Wenn in dem *Annuaire* pour 1842 p. 287 die Geschwindigkeit des Lichts in der Secunde zu 308000 Kilometern oder 77000 lieues (also jede zu 4000 Metern) geschätzt wird, so steht diese Angabe der neuen Struvischen am nächsten. Sie giebt 41507 geogr. Meilen, die der Pulkowaer Sternwarte 41549. Ueber den Unterschied der Aberration des Polarsternes und seines Begleiters, und Struve's eigene neuere Zweifel s. *Mädler, Astronomie* 1849 S. 393. Ein noch größeres Resultat für den Lichtweg von der Sonne zur Erde giebt William Richardson: nämlich 8' 19",28: wozu die Geschwindigkeit von 41422 geogr. Meilen gehört. (*Mem. of the Astron. Soc.* Vol. IV. P. 1 p. 68.) muß die erste dieser Zahlen ansehnlich vergrößert werden. Das Resultat dieser großen Arbeit war: 8' 17",78; woraus bei der Aberrations-Constante von 20",4451 mit Encke's Verbesserung der Sonnen-Parallaxe im J. 1835 und der im *astronomischen Jahrbuch* für 1852 von ihm angegebenen Werthe des Erd-Halbmessers die Lichtgeschwindigkeit von 41549 geogr. Meilen folgt. Der wahrscheinliche Fehler in der Geschwindigkeit soll kaum noch 2 geogr. Meilen betragen. Dies Struvische Resultat ist von dem Delambrischen (8' 13",2), das von Bessel in den *Tab. Regiomont.* und bisher in dem Berliner astronomischen Jahrbuche angewandt worden ist, für die Zeit, welche der Lichtstrahl von der Sonne zur Erde braucht, um $^1/_{110}$ verschieden. Als völlig abgeschlossen ist die Discussion des Gegenstandes noch nicht zu betrachten. Die früher gehegte Vermuthung, daß die Lichtgeschwindigkeit des Polarsterns in Verhältniß von 133 zu 134 schwächer sei als die seines Begleiters, ist aber vielem Zweifel unterworfen geblieben.

Ein durch seine Kenntnisse wie durch seine große Feinheit im Experimentiren ausgezeichneter Physiker, Herr Fizeau, hat durch sinnreich construirte Vorrichtungen: in denen künstliches, sternartiges Licht von Sauerstoff und Wasserstoff durch einen Spiegel in 8633 Meter (26575 Par. Fuß) Entfernung, zwischen Suresne und la Butte Montmartre, an den Punkt zurückgesandt wird, von dem es ausgegangen; eine terrestrische Messung der Lichtgeschwindigkeit vollbracht. Eine mit 720 Zähnen versehene Scheibe, welche 12,6 Umläufe in der Secunde machte, verdeckte abwechselnd den Lichtstrahl oder ließ ihn frei durch zwischen den Zähnen des Randes. Aus der Angabe eines Zählers (compteur) glaubte man schließen zu können, daß das künstliche Licht 17266 Meter, d. i. den doppelten Weg zwischen den Stationen, in $^1/_{18000}$ einer Zeitsecunde zurücklegte: woraus sich eine Geschwindigkeit von 310788 Kilometern oder (da 1 geogr. Meile 7419 Meter ist) von 41882 geogr. Meilen in der Secunde ergiebt. Dies

Resultat käme demnach dem von Delambre (41903 Meilen) aus den Jupiterstrabanten geschlossenen am nächsten.

Directe Beobachtungen und sinnreiche Betrachtungen über die Abwesenheit aller Färbung während des Lichtwechsels der *veränderlichen* Sterne, auf die ich später zurückkommen werde, haben Arago zu dem Resultate geführt: daß nach der Undulations-Theorie die Lichtstrahlen, welche verschiedene Farbe, und also sehr verschiedenartige Länge und Schnelligkeit der Transversal-Schwingungen haben, sich in den himmlischen Räumen mit gleicher Geschwindigkeit bewegen. Deshalb ist aber doch im Inneren der verschiedenen Körper, durch welche die farbigen Strahlen gehen, ihre Fortpflanzungs-Geschwindigkeit und Brechung verschieden."D'après la théorie mathématique dans le système des ondes, les rayons de différentes couleurs, les rayons dont les ondulations sont inégales, doivent néanmoins se propager dans l'Éther avec la même vitesse. Il n'y a pas de différence à cet égard entre la propagation des ondes sonores, lesquelles se propagent dans l'air avec la même rapidité. Cette égalité de propagation des ondes sonores est bien établie expérimentalement par la similitude d'effet que produit une musique donnée à toutes distances du lieu où l'on l'exécute. La principale difficulté, je dirai l'unique difficulté qu'on eût élevée contre le système des ondes, consistait donc à expliquer, comment la vitesse de propagation des rayons de différentes couleurs dans des corps différents pouvait être dissemblable et servir à rendre compte de l'inégalité de réfraction de ces rayons ou de la dispersion. On a montré récemment que cette difficulté n'est pas insurmontable; qu'on peut constituer l'Éther dans les corps inégalement denses de manière que des rayons à ondulations dissemblables s'y *propagent* avec des vitesses inégales: reste à déterminer, si les conceptions des géomètres à cet égard sont conformes à la nature des choses. Voici les amplitudes des ondulations déduites expérimentalement d'une série de faits relatifs aux interférences:

		mm
violet	...	0,000423
jaune	...	0,000551
rouge	...	0,000620.

La vitesse de transmission des rayons de différentes couleurs dans les espaces célestes est la même dans le système des ondes et tout à fait indépendante de l'étendue ou de la vitesse des ondulations." *Arago, Handschr.* von 1849. Vergl. auch *Annuaire* pour 1842 p. 333–336. – Die Länge der Lichtwelle des Aethers und die Geschwindigkeit der Schwingungen bestimmen den Charakter der Farbenstrahlen. Zum Violett, dem am meisten refrangibeln Strahle, gehören 662; zum Roth, dem am wenigsten refrangibeln Strahle, (bei größter Wellenlänge) nur 451 Billionen Schwingungen in der Secunde.

Die Beobachtungen Arago's haben nämlich gelehrt, daß im Prisma die Brechung nicht durch die relative Geschwindigkeit des Lichtes gegen die Erde verändert wird. Alle Messungen gaben einstimmig als Resultat: daß das Licht von den Sternen, nach welchen die Erde sich hinbewegt, denselben Brechungs-Index darbietet als das Licht der Sterne, von welchen die Erde sich entfernt. In der Sprache der Emissions-Hypothese sagte der berühmte Beobachter: daß die Körper Strahlen von allen Geschwindigkeiten aussenden, daß aber unter diesen verschiedenen Geschwindigkeiten nur eine die Empfindung des Lichts anzuregen vermag. "J'ai prouvé, il y a bien des années, par des observations directes, que les rayons des étoiles vers lesquelles la Terre marche, et les rayons des étoiles dont la Terre s'éloigne, se réfractent exactement de la même quantité. Un tel résultat ne peut se concilier *avec la théorie de l'émission* qu'à l'aide d'une addition importante à faire à cette théorie: il faut admettre que les corps lumineux émettent des rayons de toutes les vitesses, et que les seuls rayons d'une vitesse déterminée sont visibles, qu'eux seuls produisent dans l'oeil la sensation de lumière. Dans la théorie de l'émission, le rouge, le jaune, le vert, le bleu, le violet solaires sont respectivement accompagnés de rayons pareils, mais obscurs par défaut ou par excès de vitesse. A plus de vitesse correspond une moindre réfraction, comme moins de vitesse entraîne une réfraction plus grande. Ainsi chaque rayon rouge visible est accompagné de rayons obscurs de la même nature, qui se réfractent les uns plus, les autres moins que lui: ainsi *il existe des rayons dans les stries noires* de la portion rouge du spectre; la même chose doit être admise des stries situées dans les portions jaunes, vertes, bleues et violettes." *Arago* in den *Comptes rendus de l'Acad. des Sciences* T. XVI. 1843 p. 404. (Vergl. auch T. VIII. 1839 p. 326 und *Poison, traité de Mécanique* 2de éd. 1833 T. I. § 168) Nach den Ansichten der Undulations-Theorie senden die Gestirne Wellen von unendlich verschiedenen transversalen Oscillations-Geschwindigkeiten aus.

Vergleicht man die Geschwindigkeit des Sonnen-, Sternen- und irdischen Lichtes, welche auch in den Brechungswinkeln des Prisma sich alle auf ganz gleiche Weise verhalten, mit der Geschwindigkeit des Lichtes der Reibungs-Electricität, so wird man geneigt nach den von Wheatstone mit bewundernswürdigem Scharfsinn angeordneten Versuchen die letztere auf das mindeste für schneller im Verhältniß wie 3 zu 2 zu halten. Nach dem schwächsten Resultate des Wheatstonischen optischen Dreh-Apparats legt das electrische Licht in der Secunde 288000 englische Meilen zurück oder (1 Statut-Meile, deren 69,12 auf den Grad gehen, zu 4954 Par. Fuß gerechnet) mehr als 62500 geographische Meilen. Rechnet man nun mit Struve für Sternenlicht in den Aberrations-Beobachtungen 41549, so erhält man den oben angegebenen Unterschied von 20951 geogr. Meilen als größere Schnelligkeit der Electricität.

Diese Angabe widerspricht *scheinbar* der schon von William Herschel aufgestellten Ansicht, nach der das Sonnen- und Fixsternlicht vielleicht die Wirkung eines electromagnetischen Processes, ein perpetuirliches Nordlicht sein soll. Ich sage *scheinbar*; denn es ist wohl nicht die Möglichkeit zu bestreiten, daß es in den leuchtenden Weltkörpern mehrere, sehr verschiedenartige, magneto-electrische Processe geben könne, in denen das Erzeugniß des Processes, das Licht, eine verschiedenartige Fortpflanzungs-Geschwindigkeit besäße. Zu dieser Vermuthung gesellt sich die *Unsicherheit* des numerischen Resultats in den Wheatstonischen Versuchen. Ihr Urheber selbst hält dasselbe für „nicht hinlänglich begründet und neuer Bestätigung bedürftig", um befriedigend mit den Aberrations- und Satelliten-Beobachtungen verglichen zu werden.

Neuere Versuche, welche Walker in den Vereinigten Staaten von Nordamerika über die Fortpflanzungs-Geschwindigkeit der Electricität bei Gelegenheit seiner telegraphischen Längen-Bestimmungen von Washington, Philadelphia, Neu-York und Cambridge machte, haben die Aufmerksamkeit der Physiker lebhaft auf sich gezogen. Nach Steinheil's Beschreibung dieser Versuche war die astronomische Uhr des Observatoriums in Philadelphia mit dem Schreib-Apparate von Morse auf der Telegraphenlinie in solche Verbindung gesetzt, daß sich auf den endlosen Papierstreifen des Apparats der Gang dieser Uhr durch Punkte selbst aufzeichnete. Der electrische Telegraph trägt jedes dieser Uhrzeichen augenblicklich nach den anderen Stationen, und giebt denselben durch ähnliche Punkte auf ihren fortrückenden Papierstreifen die Zeit von Philadelphia. Auf diese Weise können willkührliche Zeichen oder der Moment des Durchganges eines Sternes in gleicher Art von dem Beobachter der Station eingetragen werden, indem er bloß mit dem Finger drückend eine Klappe berührt. „Der wesentliche Vortheil dieser amerikanischen Methode besteht", wie Steinheil sich ausdrückt, „darin, daß sie die Zeitbestimmung unabhängig von der Verbindung der beiden Sinne, – Gesicht und Gehör –, gemacht hat: indem der Uhrgang sich selbst notirt und der Moment des Sterndurchganges (nach Walker's Behauptung bis auf den mittleren Fehler von dem 70ten Theil einer Secunde) bezeichnet wird. Eine constante Differenz der verglichenen Uhrzeichen von Philadelphia und Cambridge entspringt aus der Zeit, die der electrische Strom braucht, um zweimal den Schließungskreis zwischen beiden Stationen zu durchlaufen."

Messungen, welche auf Leitungswegen von 1050 englischen oder 242 geographischen Meilen Länge angestellt wurden, gaben aus 18 Bedingungs-Gleichungen die Fortpflanzungs-Geschwindigkeit des hydrogalvanischen Stromes nur zu 18700 englischen oder 4060 geographischen Meilen, d. h. funfzehnmal langsamer als der electrische Strom in Wheatstone's Drehscheiben. Da in den merkwürdigen Versuchen von Walker nicht *zwei Drähte* angewandt wurden, sondern die Hälfte der Leitung, wie man sich auszudrücken pflegt, durch den feuchten Erdboden geschah; so könnte hier die Vermuthung gerechtfertigt scheinen, daß die Fortpflanzungs-Geschwindigkeit der Electricität sowohl von der Natur als der Dimension S. *Poggendorff* in seinen *Annalen* Bd. LXXIII. 1848 S. 337 und *Pouillet* in *Comptes rendus* T. XXX. p. 501. des Mediums abhängig ist. Schlechte Leiter in der Voltaischen Kette erwärmen sich stärker als gute Leiter, und die electrischen Entladungen sind nach den neuesten Versuchen von Rieß*Rieß* in *Poggend. Ann.* Bd. 78. S. 433. – Ueber die Nichtleitung des zwischenliegenden Erdreichs s. die wichtigen Versuche von Guillemin sur le courant dans une pile isolée et sans communication entre les póles in den *Comptes rendus* T. XXIX. 1849 p. 521. „Quand on remplace un fil par la terre dans les télégraphes électriques, la terre sert plutôt de réservoir commun que de moyen d'union entre les deux extrémités du fil." ein sehr verschiedenartig complicirtes Phänomen. Die jetzt herrschenden Ansichten über das, was man „Verbindung durch Erdreich" zu nennen pflegt, sind der Ansicht von linearer Molecular-Leitung zwischen den beiden Drath-Enden und der Vermuthung von Leitungs-Hindernissen, von Anhäufung und Durchbruch in einem Strome entgegen: da das, was einst als Zwischenleitung in der Erde betrachtet wurde, einer Ausgleichung (Wiederherstellung) der electrischen Spannung allein angehören soll.

Wenn es gleich nach den jetzigen Grenzen der Genauigkeit in dieser Art von Beobachtungen wahrscheinlich ist, daß die *Aberrations-Constante* und demnach die Lichtgeschwindigkeit aller Fixsterne dieselbe ist; so ist doch auch mehrmals der *Möglichkeit* gedacht worden, daß es leuchtende Weltkörper gebe, deren Licht deshalb nicht bis zu uns gelangt, weil bei ihrer ungeheuren Masse die Gravitation die Lichttheilchen zur Umkehr nöthigt. Die Emissions-Theorie giebt solchen Phantasien eine wissenschaftliche Form. Ich erwähne hier derselben nur deshalb, weil später gewisser Eigenthümlichkeiten der Bewegung, welche dem Procyon zugeschrieben wurden und auf eine Störung durch dunkle Weltkörper zu leiten schienen, Erwähnung geschehen muß. Es ist der Zweck dieses Theils meines Werkes, das zu berühren, was zur Zeit seiner Ausarbeitung und seines Erscheinens die Wissenschaft nach verschiedenen Richtungen bewegt hat und so den individuellen Charakter einer Epoche in der siderischen wie in der tellurischen Sphäre bezeichnet.

Die *photometrischen* oder Helligkeits-Verhältnisse selbstleuchtender Gestirne, welche den Weltraum erfüllen, sind seit mehr als zweitausend Jahren ein Gegenstand wissenschaftlicher Beobachtung und Schätzung gewesen. Die Beschreibung des gestirnten Himmels umfaßte nicht bloß die Ortsbestimmungen, die Messung des Abstandes der leuchtenden Weltkörper von einander und von den Kreisen, welche sich auf den scheinbaren Sonnenlauf und die tägliche Bewegung des Himmelsgewölbes beziehen; sie berührte auch zugleich die relative Lichtstärke der Gestirne. Die Aufmerksamkeit der Menschen ist gewiß am frühesten auf den letzten Gegenstand geheftet gewesen; einzelne Sterne haben Namen erhalten, ehe man sie sich als mit anderen in Gruppen und Bildern verbunden dachte. Unter den wilden kleinen Völkerschaften, welche die dichten Waldgegenden des Oberen Orinoco und Atabapo bewohnen: an Orten, wo der undurchdringliche Baumwuchs mich gewöhnlich zwang zu

Breiten-Bestimmungen nur hoch culminirende Sterne zu beobachten; fand ich oft bei einzelnen Individuen, besonders bei Greisen, Benennungen für Canopus, Achernar, die Füße des Centauren und α des südlichen Kreuzes. Hätte das Verzeichniß der Sternbilder, welches wir unter dem Namen der *Catasterismen* des Eratosthenes besitzen, das hohe Alter, das man ihm so lange zugeschrieben (zwischen Autolycus von Pitane und Timocharis, also fast anderthalb Jahrhunderte vor Hipparch); so besäßen wir in der Astronomie der Griechen eine Grenze für die Zeit, wo die Fixsterne noch nicht nach relativen Größen gereiht waren. Es wird in den *Catasterismen* bei der Aufzählung der Gestirne, welche jedem einzelnen Sternbilde zukommen, oft der Zahl der in ihnen *leuchtendsten* und *größten*: oder der *dunkeln*, wenig erkennbaren, gedacht; aber keiner relativen Beziehung der Angaben von einem Sternbilde zum anderen. Die Catasterismen sind nach Bernhardy, Baehr und Letronne mehr als zwei Jahrhunderte neuer als der Catalog des Hipparchus: eine unfleißige Compilation; ein Excerpt aus dem, dem Julius Hyginus zugeschriebenen *Poeticum astronomicum*, wenn nicht aus dem Gedichte ErmhV des alten Eratosthenes. Jener Catalog des Hipparchus, welchen wir in der Form besitzen, die ihm im Almagest gegeben ist, enthält die erste und wichtige Bestimmung der *Größenclassen* (Helligkeits-Abstufungen) von 1022 Sternen: also ohngefähr von ¹/₅ aller am ganzen Himmel mit bloßen Augen sichtbaren Sterne zwischen 1ter und 6ter Größe, letztere mit eingeschlossen. Ob die Schätzungen von Hipparchus allein herrühren, ob sie nicht vielmehr theilweise den Beobachtungen des Timocharis oder Aristyllus angehören, welche von Hipparchus so oft benutzt wurden: bleibt ungewiß.

Diese Arbeit ist die wichtige Grundlage gewesen, auf welcher die Araber und das ganze Mittelalter fortgebauet; ja die bis in das 19te Jahrhundert übergegangene Gewohnheit, die Zahl der Sterne erster Größe auf 15 zu beschränken (Mädler zählt deren 18, Rüncker nach sorgfältigerer Erforschung des südlichen Himmels über 20), stammt aus der Classification des Almagest am Schluß der Sterntafel des achten Buches her. Ptolemäus, auf das natürliche Sehen angewiesen, nannte *dunkle* Sterne alle, welche schwächer als seine 6te Classe leuchten; von dieser Classe führt er sonderbarerweise nur 49 auf, fast gleichartig unter beide Hemisphären vertheilt. Erinnert man sich, daß das Verzeichniß ohngefähr den fünften Theil aller dem bloßen Auge sichtbaren Fixsterne aufführt, so hätte dasselbe, nach Argelander's Untersuchungen, 640 Sterne 6ter Größe geben sollen. Die Nebelsterne (νεφελοειδεῖς) des Ptolemäus und der *Catasterismen* des Pseudo-Eratosthenes sind meist kleine Sternschwärme, welche bei der reineren Luft des südlichen Himmels als Nebelflecke erscheinen. Ich gründe diese Vermuthung besonders auf die Angabe eines Nebels an der rechten Hand des Perseus. Galilei, der so wenig als die griechischen und arabischen Astronomen den dem bloßen Auge sichtbaren Nebelfleck der Andromeda kannte, sagt im *Nuncius sidereus* selbst, daß stellae nebulosae nichts anderes sind als Sternhaufen, die wie areolae sparsim per aethera fulgent. Das Wort *Größenordnung* (τῶν μεγάλων τάξις), obgleich auf den Glanz beschränkt, hat doch schon im 9ten Jahrhunderte zu Hypothesen über die Durchmesser der Sterne verschiedener Helligkeit geführt: als hinge die Intensität des Lichts nicht zugleich von der Entfernung, dem Volum, der Masse und der eigenthümlichen, den Lichtproceß begünstigenden, Beschaffenheit der Oberfläche eines Weltkörpers ab.

Zur Zeit der mongolischen Obergewalt, als im 15ten Jahrhundert unter dem Timuriden Ulugh Beig die Astronomie in Samarkand in größter Blüthe war, erhielten *photometrische* Bestimmungen dadurch einen Zuwachs, daß jede der 6 Classen der hipparchischen und ptolemäischen *Sterngrößen* in 3 Unterabtheilungen getheilt wurde; man unterschied *kleine, mittlere* und *große* Sterne der zweiten Größe: was an die Versuche zehntheiliger Abstufungen von Struve und Argelander erinnert. In den Tafeln von Ulugh Beig wird dieser photometrische Fortschritt, die genauere Bestimmung der Lichthelligkeiten, dem Abdurrahman Sufi zugeschrieben, welcher ein eigenes Werk „von der Kenntniß der *Fixen*" herausgegeben hatte und zuerst der einen (Magellanischen) Lichtwolke unter dem Namen des *Weißen Ochsen* erwähnte. Seit der Einführung des telescopischen Sehens und seiner allmäligen Vervollkommnung wurden die Schätzungen der Licht-Abstufung weit über die 6te Classe ausgedehnt. Das Bedürfniß, die im Schwan und im Ophiuchus neu erschienenen Sterne (der erstere blieb 21 Jahre lang leuchtend) in der Zunahme und Abnahme ihres Lichtes mit dem Glanze anderer Sterne zu vergleichen, reizte zu photometrischen Betrachtungen. Die sogenannten *dunklen* Sterne des Ptolemäus (*unter* der 6ten Größe) erhielten numerische Benennungen relativer Licht-Intensität. „Astronomen", sagt Sir John Herschel, „welche an den Gebrauch mächtiger, raumdurchdringender Fernröhre gewöhnt sind, verfolgen abwärts die Reihung der Lichtschwäche von der 8ten bis zur 16ten Größe." Aber bei so schwachem Lichtglanze sind die Benennungen der Größenclassen theilweise sehr unbestimmt: da Struve bisweilen zur 12ten bis 13ten Größe zählt, was John Herschel 18ter bis 20ter nennt.

Es ist hier nicht der Ort die sehr ungleichartigen Methoden zu prüfen, welche in anderthalb Jahrhunderten: von Auzout und Huygens bis Bouguer und Lambert; von William Herschel, Rumford und Wollaston bis Steinheil und John Herschel; zu Lichtmessungen angewandt worden sind. Es genügt nach dem Zweck dieses Werkes die Methoden übersichtlich zu nennen. Sie waren: Vergleichung mit den Schatten künstlicher Lichter, in Zahl und Entfernung verschieden; Diaphragmen; Plangläser von verschiedener Dicke und Farbe; künstliche Sterne, durch Reflex auf Glaskugeln gebildet; Nebeneinander-Stellung von zwei siebenfüßigen Telescopen, bei denen man fast in einer Secunde von einem zum anderen gelangen konnte; Reflexions-Instrumente, in welchen man zwei zu vergleichende Sterne zugleich sieht: nachdem das Fernrohr vorher so gestellt worden ist, daß der unmittelbar gesehene Stern zwei Bilder von gleicher Intensität gegeben hatDas ist die Anwendung des Spiegelsextanten zur Bestimmung der Lichtstärke der Sterne, dessen ich mich mehr noch als der Diaphragmen, die mir Borda empfohlen hatte, unter den Tropen bedient habe. Ich begann die Arbeit unter dem schönen Himmel von Cumana und setzte sie später in der südlichen Hemisphäre, unter weniger günstigen Verhältnissen, auf der Hochebene der Andes und an dem Südsee-Ufer bei Guayaquil bis 1803 fort. Ich hatte mir eine willkührliche Scale gebildet, in der ich Sirius als den glänzendsten aller Fixsterne = 100 setzte; die Sterne 1ter Größe zwischen 100 und 80, die 2ter Größe zwischen 80 und 60, die 3ter Größe zwischen 60 und 45, die 4ter zwischen 45 und 30, die 5ter zwischen 30 und 20. Ich musterte besonders die Sternbilder des Schiffes und des Kranichs, in denen ich seit La Caille's Zeit Veränderungen zu finden glaubte. Mir schien, nach sorgfältigen Combinationen der Schätzung und andere Sterne als Mittelstufen benutzend, *Sirius* so viel lichtstärker als *Canopus*, wie α *Centauri* lichtstärker ist als *Achernar*. Meine Zahlen können wegen der oben erwähnten Classification keinesweges *unmittelbar* mit denen verglichen werden, welche Sir John Herschel schon seit 1838 bekannt gemacht hat. (S. mein *Recueil d'Observ. astr.* Vol. I. p. LXXI und *Relat. hist. du Voy. aux Régions équin.* T. I. p. 518 und 624; auch *Lettre* de Mr. de *Humboldt* à Mr. *Schumacher* en Févr. 1839, in den *astr. Nachr.* No. 374.) In diesem Briefe heißt es: Mr. Arago, qui possède des moyens photométriques entièrement différents de ceux qui ont été publiés jusqu'ici, m'avait rassuré sur la partie des erreurs qui pouvaient provenir du changement d'inclinaison d'un miroir entamé sur la face intérieure. Il blâme d'ailleurs le principe de ma méthode et le regarde comme peu susceptible de perfectionnement, non seulement à cause de la différence des angles entre l'étoile vue directement et celle qui est amenée par réflexion, mais surtout parce que le résultat de la mesure d'intensité dépend de la partie de l'oeil qui se trouve en face de l'oculaire. Il y a erreur lorsque la pupille n'est pas très exactement à la hauteur de la limite inférieure de la portion non entamée du petit miroir.["]; Apparate mit einem vor dem Objectiv angebrachten Spiegel und mit Objectiv-Blendungen, deren Drehung auf einem Ringe gemessen wird; Fernröhre mit getheilten Objectiven, deren jede Hälfte das Sternlicht durch ein Prisma erhält; AstrometerVergl. *Steinheil, Elemente der Helligkeits-Messungen am Sternenhimmel* München 1836 (*Schum. astr. Nachr.* No. 609) und John *Herschel, results of Astronomical Observations made during the years 1834–1838, at the Cape of Good Hope* (Lond. 1847), p. 353–357. Mit dem Photometer von Steinheil hat Seidel 1846 die Licht-Quantitäten mehrerer Sterne erster Größe, welche in unseren nördlichen Breiten in hinreichender Höhe erscheinen, zu bestimmen versucht. Er setzt Wega = 1, und findet dann: Sirius 5,13; Rigel, dessen Glanz im Zunehmen sein soll, 1,30; Arcturus 0,84; Capella 0.83; Procyon 0,71; Spica 0,49; Atair 0,40; Aldebaran 0,36; Deneb 0,35; Regulus 0,34; Pollux 0,30. Beteigeuze fehlt, weil er veränderlich ist: wie sich besonders zwischen 1836 und 1839 (*outlines* p. 523) gezeigt hat., in welchen ein Prisma das Bild des Mondes oder des Jupiter reflectirt, und durch eine Linse in verschiedenen Entfernungen das Bild zu einem lichtvolleren oder lichtschwächeren Stern concentrirt wird. Der geistreiche Astronom, welcher in der neuesten Zeit in beiden Hemisphären sich am eifrigsten mit der numerischen Bestimmung der Lichtstärke beschäftigt hat, Sir John Herschel, gesteht doch nach vollbrachter Arbeit selbst, daß die praktische Anwendung genauer photometrischer Methoden noch immer als „ein Desideratum der Astronomie" betrachtet werden müsse, daß „die Lichtmessung in der Kindheit liege". Das zunehmende Interesse für die *veränderlichen* Sterne, und eine neue Himmelsbegebenheit: die außerordentliche Lichtzunahme eines Sternes im Schiffe Argo im Jahre 1837, haben das Bedürfniß sicherer Lichtbestimmungen jetzt mehr als je fühlen lassen.

Es ist wesentlich zu unterscheiden zwischen der bloßen Reihung der Gestirne nach ihrem Glanze, ohne numerische Schätzungen der Intensität des Lichtes (eine solche Reihung enthält Sir John Herschel's *wissenschaftliches Handbuch für Seefahrer*); und zwischen Classificationen mit zugefügten Zahlen, welche die Intensität unter der Form sogenannter Größen-Verhältnisse oder durch die gewagteren Angaben der Quantitäten des ausgestrahlten Lichtes ausdrücken. Die erste Zahlenreihe: auf Schätzungen mit dem bloßen Auge gegründet, aber durch sinnreiche Bearbeitung des Stoffes*Argelander, Durchmusterung des nördl. Himmels* zwischen 45° und 80° Decl. 1846 S. XXIV–XXVI; Sir John *Herschel, Astr. Observ. at the Cape of Good Hope* p. 327, 340 und 365. vervollkommnet, verdient unter den approximativen Methoden in dem gegenwärtigen so unvollkommenen Zustande der photometrischen Apparate wahrscheinlich den Vorzug: so sehr auch bei ihr durch die Individualität des Beobachters, die Heiterkeit der Luft, die verschiedene Höhe weit von einander entfernter und nur vermöge vieler Mittelglieder zu vergleichender Sterne, vor allem aber durch die ungleiche *Färbung* des Lichtes die Genauigkeit der Schätzungen gefährdet wird. Sehr glänzende Sterne erster Größe: Sirius und Canopus, α Centauri und Achernar, Deneb und Wega; sind schon, bei weißem Lichte, weit schwieriger durch Schätzung des bloßen Auges mit einander zu vergleichen als schwächere Sterne unter der 6ten und 7ten Größe. Die Schwierigkeit der Vergleichung nimmt bei Sternen sehr intensiven Lichtes aber noch zu, wenn gelbe Sterne: Procyon, Capella oder Atair, mit röthlichen: wie Aldebaran, Arctur und Beteigeuze, verglichen werden sollen.

Mittelst einer photometrischen Vergleichung des Mondes mit dem Doppelsterne α Centauri des südlichen Himmels, dem dritten aller Sterne an Lichtstärke, hat Sir John Herschel es versucht das Verhältniß zwischen der Intensität des Sonnenlichts und dem Lichte eines Sternes 1ter Größe zu bestimmen; es wurde dadurch (wie früher durch Wollaston) ein Wunsch erfüllt, den John Michell*Philos. Transact.* Vol. LVII. for the year 1767 p. 234. schon 1767 ausgesprochen hatte. Nach dem Mittel aus 11 Messungen, mit einem prismatischen Apparate veranstaltet, fand Sir John Herschel den Vollmond 27408mal heller als α Centauri. Nun ist nach Wollaston*Wollaston* in den *Philos. Transact.* for 1829 p. 27, *Herschel's outlines* p. 553. Wollaston's Vergleichung des Sonnen- und Mondlichts ist von 1799 und auf Schatten von Kerzenlicht gegründet, während daß in den Versuchen mit Sirius 1826 und 1827 von einer Glaskugel reflectirte Bilder angewandt wurden. Die früheren Angaben der Intensität der Sonne in Verhältniß zum Monde weichen sehr von dem hier gegebenen Resultate ab. Sie waren bei Michell und Euler aus theoretischen Gründen 450000 und 374000, bei Bouguer nach Messungen von Schatten der Kerzenlichte gar nur 300000. Lambert will, daß Venus in ihrer größten Lichtstärke 3000mal schwächer als der Vollmond sei. Nach Steinheil müßte die Sonne 3286500mal weiter entfernt werden, als sie es jetzt ist, um dem Erdbewohner wie Arctur zu erscheinen (*Struve, Stellarum compositarum Mensurae micrometricae* p. CLXIII); und Arctur hat nach John Herschel für uns nur die halbe Lichtstärke von Canopus (*Herschel, Observ. at the Cape* p. 34). Alle diese Intensitäts-Verhältnisse: besonders die wichtige Vergleichung der Lichtstärke von Sonne, Vollmond und dem nach Stellung zur reflectirenden Erde so verschiedenen, aschfarbigen Lichte unseres Trabanten; verdienen eine endliche, viel ernstere Untersuchung. die Sonne 801072mal lichtstärker als der Vollmond; es folgt also daraus, daß das Licht, welches uns die Sonne zusendet, sich zu dem Lichte, das wir von α Centauriempfangen, ohngefähr verhält wie 22000 Millionen zu 1. Es ist demnach sehr wahrscheinlich, wenn man nach seiner Parallaxe die Entfernung des Sternes in Anschlag bringt, daß dessen innere (absolute) Leuchtkraft die unserer Sonne $2^3/_{10}$ mal übersteigt. Die Helligkeit von Sirius hat Wollaston 20000 Millionen Male schwächer gefunden als die der Sonne. Nach dem, was man jetzt von der Parallaxe des Sirius zu wissen glaubt (0",230), überträfe aber seine wirkliche (absolute) Lichtstärke die der Sonne 63mal. Unsere Sonne gehörte also durch die Intensität ihrer Lichtprocesse zu den schwachen Fixsternen. Sir John Herschel schätzt die Lichtstärke des Sirius gleich dem Lichte von fast zweihundert Sternen 6ter Größe. Da es nach Analogie der schon eingesammelten Erfahrungen sehr wahrscheinlich ist, daß alle Weltkörper, wenn auch nur in sehr langen und ungemessenen Perioden, *veränderlich* sind im *Raume* wie in der *Lichtstärke;* so erscheint, bei der Abhängigkeit alles organischen Lebens von der Temperatur und Lichtstärke der Sonne, die Vervollkommnung der Photometrie wie ein großer und ernster Zweck wissenschaftlicher Untersuchung. Diese Vervollkommnung allein kann die Möglichkeit darbieten künftigen Geschlechtern numerische Bestimmungen zu hinterlassen über den Lichtzustand des Firmaments. Viele geognostische Erscheinungen, welche sich beziehen auf die thermische *Geschichte unseres Luftkreises,* auf ehemalige Verbreitung von Pflanzen- und Thierarten, werden dadurch erläutert werden. Auch waren solche Betrachtungen schon vor mehr als einem halben Jahrhunderte dem großen Forscher William Herschel nicht entgangen: welcher, ehe noch der enge Zusammenhang von Electricität und Magnetismus entdeckt war, die ewig leuchtenden Wolkenhüllen des Sonnenkörpers mit dem Polarlichte des Erdballes verglich.William *Herschel on the Nature of the Sun and Fixed Stars* in den *Philos. Transact.* for 1795 p. 62 und *on the Changes that happen to the Fixed Stars* in den *Philos. Transact.* for 1796 p. 186. Vergl. auch Sir John *Herschel, Observ. at the Cape* p. 350–352.

Das vielversprechendste Mittel directer Messung der Lichtstärke hat Arago in dem Complementar-Zustande der durch Transmission und Reflexion gesehenen Farbenringe erkannt. Ich gebe in einer Anmerkung *Extrait d'une Lettre de* Mr. *Arago* à Mr. de *Humboldt* (mai 1850).

a) Mesures photométriques.

„Il n'existe pas de Photomètre proprement dit, c'est-à-dire d'instrument donnant l'intensité d'une lumière isolée; le Photomètre de Leslie, à l'aide duquel il avait en l'audace de vouloir comparer la lumière de la lune à la lumière du soleil, par des actions calorifiques, est complètement défectueux. J'ai prouvé, en effet, que ce prétendu Photomètre monte quand on l'expose à la lumière du soleil, qu'il descend sous l'action de la lumière du feu ordinaire, et qu'il reste complètement stationnaire lorsqu'il reçoit la lumière d'une lampe d'Argand. Tout ce qu'on a pu faire jusqu'ici, c'est de comparer entr'elles deux lumières en présence, et cette comparaison n'est même à l'abri de toute objection que lorsqu'on ramène ces deux lumières à l'égalité par un affaiblissement graduel de la lumière la plus forte. C'est comme criterium de cette égalité que j'ai employé les anneaux colorés. Si on place l'une sur l'autre deux lentilles d'un long foyer, il se forme autour de leur point de contact des anneaux colorés tant par voie de réflexion que par voie de transmission. Les anneaux réfléchis sont complémentaires en couleur des anneaux transmis; ces deux séries d'anneaux se neutralisent mutuellement quand les deux lumières qui les forment et qui arrivent simultanément sur les deux lentilles, sont égales entr'elles."

„Dans le cas contraire on voit des traces ou d'anneaux réfléchis ou d'anneaux transmis, suivant que la lumière qui forme les premiers, est plus forte ou plus faible que la lumière à laquelle on doit les seconds. C'est dans ce sens seulement que les anneaux colorés jouent un rôle dans les mesures de la lumière auxquelles je me suis livré."

b) Cyanomètre.

„Mon cyanomètre est une extension de mon polariscope. Ce dernier instrument, comme tu sais, se compose d'un tube fermé à l'une de ses extrémités par une plaque de cristal de roche perpendiculaire à l'axe, de 5 millimètres d'épaisseur: et d'un prisme doué de la double réfraction, placé du côte de l'oeil. Parmi les couleurs variées que donne cet appareil, lorsque de la lumière polarisée le traverse, et qu'on fait tourner le prisme sur lui-même, se trouve par un heureux hasard la nuance du bleu de ciel. Cette couleur bleue fort affaiblie, c'est-à-dire très mélangée de blanc lorsque la lumière est presque neutre, augmente d'intensité – progressivement à mesure que les rayons qui pénètrent dans l'instrument, renferment une plus grande proportion de rayons polarisés."

„Supposons donc que le polariscope soit dirigé sur une feuille de papier blanc; qu'entre cette feuille et la lame de cristal de roche il existe une pile de plaques de verre susceptible de changer d'inclinaison, ce qui rendra la lumière éclairante du papier plus ou moins polarisée la couleur bleue fournie par l'instrument va en augmentant avec l'inclinaison de la pile, et l'on s'arrête lorsque cette couleur paraît la même que celle de la région de l'atmosphère dont on veut déterminer la teinte cyanométrique, et qu'on regarde à l'oeil nu immédiatement à côté de l'instrument. La mesure de cette teinte est donnée par l'inclinaison de la pile. Si cette dernière partie de l'instrument se compose du même nombre de plaques et d'une même espèce de verre, les observations faites dans divers lieux seront parfaitement comparables entr'elles."

mit den eigenen Worten meines Freundes die Angabe seiner *photometrischen Methode*, der er auch den optischen Grundsatz, auf welchem sein *Cyanometer* beruht, beigefügt hat.

Die sogenannten Größen-Verhältnisse der Fixsterne, welche jetzt unsere Cataloge und Sternkarten angeben, führen zum Theil als gleichzeitig auf, was bei den kosmischen Lichtveränderungen sehr verschiedenen Zeiten zugehört. Ein sicheres Kennzeichen solcher Lichtveränderungen ist aber nicht immer, wie lange angenommen worden ist, die Reihenfolge der Buchstaben, welche in der seit dem Anfang des 17ten Jahrhunderts so viel gebrauchten *Uranometria Bayeri* den Sternen beigefügt sind. Argelander hat glücklich erwiesen, daß man von dem alphabetischen Vorrange nicht auf die relative Helligkeit schließen kann, und daß Bayer in der Wahl der Buchstaben sich von der Gestalt und Richtung der Sternbilder habe leiten lassen.*Argelander de fide Uranometriae Bayeri 1842 p. 14–23*. „In eadem classe littera prior majorem splendorem nullo modo indicat" (§ 9). Durch Bayer ist demnach gar nicht erwiesen, daß Castor 1603 lichtstärker gewesen sei als Pollux.

Photometrische Reihung der Fixsterne.

Ich beschließe diesen zweiten Abschnitt mit einer Tafel, welche den *outlines of Astronomy* von Sir John *Herschel* pag. 645 und 646 entnommen ist. Ich verdanke die Zusammenstellung und lichtvolle Erläuterung derselben meinem gelehrten Freunde, Herrn Dr. *Galle*, und lasse einen Auszug seines an mich gerichteten Briefes (März 1850) hier folgen:

„Die Zahlen der photometric scale in den *outlines of Astronomy* sind Rechnungs-Resultate aus der vulgar scale, mittelst durchgängiger Addition von 0,41 erhalten. Zu diesen genaueren Größen-Bestimmungen der Sterne ist der Verf. durch beobachtete Reihenfolgen (sequences) ihrer Helligkeit und Verbindung dieser Beobachtungen mit den durchschnittlichen gewöhnlichen Größen-Angaben gelangt (*Capreise* p. 304–352), wobei insbesondere die Angaben des Catalogs der Astronomical Society vom Jahre 1827 zu Grunde gelegt sind (p. 305). Die eigentlichen photometrischen Messungen mehrerer Sterne mittelst des Astrometers (*Capreise* p. 353 flgd.) sind bei dieser Tafel nicht unmittelbar benutzt: sondern haben nur im allgemeinen gedient, um zu sehen, wie die gewöhnliche Scale (1, 2, 3te . . . Größe) sich zu den wirklichen Licht-Quantitäten der einzelnen Sterne verhält. Dabei hat sich denn das allerdings merkwürdige Resultat gefunden, daß unsere gewöhnlichen Sterngrößen (1, 2, 3 . . .) ungefähr so abnehmen, wie wenn man einen Stern erster Größe nach und nach in die Entfernungen 1, 2, 3 . . . brächte: wodurch seine Helligkeit nach photometrischem Gesetz die Werthe 1, $^1/_4$, $^1/_9$, $^1/_{16}$ . . . erlangen würde (*Capreise* p. 371, 372; *outlines* p. 521, 522); um aber die Uebereinstimmung noch größer zu machen, sind unsere bisherigen Sterngrößen nur um etwa eine halbe Größe (genauer 0,41) zu erhöhen: so daß ein Stern 2,0oter Größe künftig 2,41ter Größe genannt wird, ein Stern 2,5ter Größe künftig 2,91ter Größe u. s. w. Sir John Herschel schlägt daher diese „photometrische" (erhöhte) Scale zur Annahme vor (*Capreise* p. 372, *outl.* p. 522): welchem Vorschlage man wohl nur beistimmen kann. Denn einestheils ist der Unterschied von der gewöhnlichen Scale kaum merklich (would hardly be felt, *Capreise* p. 372); anderntheils kann die Tafel *outlines* p. 645 flgd. bis zur vierten Größe hinab als Grundlage bereits dienen; und die Größen-Bestimmung der Sterne nach dieser Regel – daß nämlich die Helligkeiten der Sterne 1, 2, 3, 4ter . . . Größe sich genau wie 1, $^1/_4$, $^1/_9$, $^1/_{16}$ . . . verhalten sollen: was sie näherungsweise schon jetzt thun – ist demnach zum Theil bereits ausführbar. Als Normalstern erster Größe für die photometric scale und als Einheit der Lichtmenge wendet Sir John Herschel α Centauri an (*outl.* p. 523, *Capreise* p. 372). Wenn man demnach die photometrische Größe eines Sterns quadrirt, hat man das umgekehrte Verhältniß seiner Lichtmenge zu der von α Centauri. So z. B. hat κ Orionis die photometrische Größe 3, enthält daher $^1/_9$ so viel Licht als α Centauri. Zugleich würde die Zahl 3 anzeigen, daß κ Orionis 3mal weiter von uns entfernt ist als α Centauri, wenn beide Sterne gleich große und gleich helle Körper sind. Bei der Wahl eines anderen Sterns, z. B. des 4fach helleren Sirius, als Einheit der die Entfernungen andeutenden photometrischen Größen würde sich die erwähnte Gesetzmäßigkeit nicht so einfach erkennen lassen. Auch ist es nicht ohne Interesse, daß von α Centauri die Entfernung mit Wahrscheinlichkeit bekannt und daß dieselbe von den bis jetzt untersuchten die kleinste ist. – Die mindere Zweckmäßigkeit anderer Scalen als der photometrischen (welche nach den Quadraten fortschreitet: 1, $^1/_4$, $^1/_9$, $^1/_{16}$ . . .) behandelt der Verfasser in den *outlines* p. 521. Er erwähnt daselbst geometrische Progressionen: z. B. 1, $^1/_2$, $^1/_4$, $^1/_8$ . . . oder 1, $^1/_3$, $^1/_9$, $^1/_{27}$ . . . . Nach Art einer arithmetischen Progression schreiten die von Ihnen in den Beobachtungen unter dem Aequator während Ihrer amerikanischen Expedition gewählten Abstufungen fort (*Recueil d'Observ. astron.* Vol. I. p. LXXI und *Schumacher, astron. Nachr.* No. 374). Alle diese Scalen schließen sich der vulgar scale weniger an als die photometrische (quadratische) Progression. – In der beigefügten Tafel sind die 190 Sterne der *outlines*, ohne Rücksicht auf südliche oder nördliche Declination, nur nach den Größen geordnet."

Verzeichniß von 190 Sternen erster bis dritter Größe, nach den Bestimmungen von Sir John Herschel geordnet, und mit genauerer Angabe sowohl der *gewöhnlichen* Größe als der von demselben vorgeschlagenen Eintheilung nach *photometrischer* Größe.

Sterne erster Größe

Stern	gew.	phot.	Stern	gew.	phot.
Sirius	0,08	0,49	α Orionis	1,0:	1,43
η Argus (Var.)	—	—	α Eridani	1,09	1,50
Canopus	0,29	0,70	Aldebaran	1,1:	1,5:
α Centauri	0,59	1,00	β Centauri	1,17	1,58
Arcturus	0,77	1,18	α Crucis	1,2	1,6
Rigel	0,82	1,23	Antares	1,2	1,6
Capella	1,0:	1,4:	α Aquilae	1,28	1,69
α Lyrae	1,0:	1,4:	Spica	1,38	1,79
Procyon	1,0:	1,4:			

Sterne zweiter Größe

Stern	gew.	phot.	Stern	gew.	phot.
Formalhaut	1,54	1,95	α Triang. austr.	2,23	2,64
β Crucis	1,57	1,98	ε Sagittarii	2,26	2,67
Pollux	1,6:	2,0:	β Tauri	2,28	2,69
Regulus	1,6:	2,0:	Polaris	2,28	2,69
α Gruis	1,66	2,07	ϑ Scorpii	2,29	2,70
γ Crucis	1,73	2,14	α Hydrae	2,30	2,71
ε Orionis	1,84	2,25	δ Canis	2,32	2,73
ε Canis	1,86	2,27	α Pavonis	2,33	2,74
λ Scorpii	1,87	2,28	γ Leonis	2,34	2,75
α Cygni	1,90	2,31	β Gruis	2,36	2,77
Castor	1,94	2,35	α Arietis	2,40	2,81
ε Ursae (Var.)	1,95	2,36	σ Sagittarii	2,41	2.82
α Ursae (Var.)	1,96	2,37	δ Argus	2,42	2,83
ζ Orionis	2,01	2,42	ζ Ursae	2,43	2,84
β Argus	2,03	2,44	β Andromedae	2,45	2,86
α Persei	2,07	2,48	β Ceti	2,46	2,87
γ Argus	2,08	2,49	λ Argus	2,46	2,87
ε Argus	2,18	2,59			

Stern	gew.	phot.	Stern	gew.	phot.
η Ursae (Var.)	2,18	2,59	β Aurigae	2,48	2,89
γ Orionis	2,18	2,59	γ Andromedae	2,50	2,91

Sterne dritter Größe

Stern	gew.	phot.	Stern	gew.	phot.
γ Cassiopeiae	2,52	2,93	β Herculis	3,18	3,59
α Andromedae	2 54	2,95	ι Centauri	3,20	3,61
ϑ Centauri	2,54	2,95	δ Capricorni	3,20	3,61
α Cassiopeiae	2,57	2,98	δ Corvi	3,22	3,63
β Canis	2,58	2,99	α Can. ven.	3,22	3,63
κ Orionis	2,59	3,00	β Ophiuchi	3,23	3,64
γ Geminorum	2,59	3,00	δ Cygni	3,24	3,65
δ Orionis	2,61	3,02	ε Persei	3,26	3,67
Algol (Var.)	2,62	3,03	η Tauri?	3,26	3,67
ε Pegasi	2,62	3,03	β Eridani	3,26	3,67
γ Draconis	2,62	3,03	ϑ Argus	3,26	3,67
β Leonis	2,63	3,04	β Hydri	3,27	3,68
α Ophiuchi	2,63	3,04	ζ Persei	3,27	3,68
β Cassiopeiae	2,63	3,04	ζ Herculis	3,28	3.69
γ Cygni	2,63	3,04	ε Corvi	3,28	3,69
α Pegasi	2,65	3,06	ι Aurigae	3,29	3,70
β Pegasi	2,65	3,06	γ Urs. min.	3,30	3,71
γ Centauri	2,68	3,09	η Pegasi	3,31	3,72
α Coronae	2,69	3,10	β Arae	3,31	3,72
γ Ursae	2,71	3,12	α Toucani	3,32	3,73
ε Scorpii	2,71	3,12	β Capricorni	3,32	3,73
ζ Argus	2,72	3,13	ρ Argus	3,32	3,73
β Ursae	2,77	3,18	ζ Aquilae	3,32	3,73
α Phoenicis	2,78	3.19	β Cygni	3,33	3,74
ι Argus	2,80	3,21	γ Persei	3,34	3,75
ε Bootis	2,80	3,21	μ Ursae	3,35	3,76
α Lupi	2,82	3,23	β Triang. bor.	3,35	3,76
ε Centauri	2,82	3,23	π Scorpii	3,35	3,76
η Canis	2,85	3,26	β Leporis	3,35	3,76
β Aquarii	2,85	3,26	γ Lupi	3,36	3,77
δ Scorpii	2,86	3,27	δ Persei	3,36	3,77
ε Cygni	2,88	3,29	φ Ursae	3,36	3,77
η Ophiuchi	2 89	3,30	ε Aurigae (Var.)	3,37	3,78
γ Corvi	2,90	3,31	υ Scorpii	3,37	3,78

α Cephei	2,90	3,31		ι Orionis	3,37	3,78
η Centauri	2,91	3,32		γ Lyncis	3,39	3,80
α Serpentis	2,92	3,33		ζ Draconis	3,40	3,81
δ Leonis	2,94	3,35		α Arae	3,40	3,81
κ Argus	2,94	3,35		π Sagittarii	3,40	3,81
β Corvi	2,95	3,36		π Herculis	3,41	3,82
β Scorpii	2,96	3,37		β Can. min.?	3,41	3,82
ζ Centauri	2,96	3,37		ζ Tauri	3,42	3,83
ζ Ophiuchi	2,97	3,38		δ Draconis	3,42	3,83
α Aquarii	2,97	3,38		μ Geminorum	3,42	3,83
π Argus	2,98	3,39		γ Bootis	3,43	3,84
γ Aquilae	2,98	3,39		ε Geminorum	3,43	3,84
δ Cassiopeiae	2,99	3,40		α Muscae	3,43	3,84
δ Centauri	2,99	3,40		α Hydri?	3,44	3 85
α Leporis	3,00	3,41		τ Scorpii	3,44	3,85
δ Ophiuchi	3,00	3,41		δ Herculis	3,44	3,85
ζ Sagittarii	3,01	3,42		δ Geminorum	3,44	3,85
η Bootis	3,01	3,42		q Orionis	3,45	3,86
η Draconis	3,02	3,43		β Cephei	3,45	3,86
π Ophiuchi	3,05	3,46		ϑ Ursae	3,45	3,86
β Draconis	3,06	3,47		ζ Hydrae	3,45	3.86
β Librae	3,07	3,48		γ Hydrae	3,46	3,87
γ Virginis	3,08	3,49		β Triang. austr.	3,46	3,87
μ Argus	3,08	3,49		ι Ursae	3,46	3,87
β Arietis	3,09	3,50		η Aurigae	3,46	3,87
γ Pegasi	3,11	3,52		γ Lyrae	3,47	3,88
δ Sagittarii	3,11	3,52		η Geminorum	3,48	3,89
α Librae	3,12	3,53		γ Cephei	3,48	3,89
λ Sagittarii	3,13	3,54		κ Ursae	3,49	3,90
β Lupi	3,14	3,55		ε Cassiopeiae	3,49	3,90
ε Virginis?	3,14	3,55		ϑ Aquilae	3 50	3,91
α Columbae	3,15	3,56		σ Scorpii	3,50	3,91
ϑ Aurigae	3,17	3,58		τ Argus	3.50	3,91

„Noch könnte auch folgende kleine Tafel der *Lichtmenge* von 17 Sternen erster Größe (wie solche aus den photometrischen Größen folgt) von einigem Interesse sein:

Sirius	4.165
η Argus	—
Canopus	2,041
α Centauri	1,000

Arcturus	0,718
Rigel	0,661
Capella	0,510
α Lyrae	0,510
Procyon	0,510
α Orionis	0,489
α Eridani	0,444
Aldebaran	0,444
β Centauri	0,401
α Crucis	0,391
Antares	0,391
α Aquilae	0,350
Spica	0,312

so wie die Lichtmenge derjenigen Sterne, die genau erster, zweiter, . . . sechster Größe sind:

Größe nach der gew. Scale	Lichtmenge
1,00	0,500
2,00	0,172
3,00	0,086
4,00	0,051
5,00	0,034
6,00	0,024

wobei die Lichtmenge von α Centauri durchgängig die Einheit bildet."

III.

Zahl, Vertheilung und Farbe der Fixsterne. – Sternhaufen (Sternschwärme). – Milchstraße, mit wenigen Nebelflecken gemengt.

Es ist schon in dem ersten Abschnitt dieser fragmentarischen Astrognosie an eine zuerst von Olbers angeregte Betrachtung erinnert worden. Wenn das ganze Himmelsgewölbe mit hinter einander liegenden, zahllosen Sternschichten, wie mit einem allverbreiteten Sternteppich, bedeckt wäre; so würde bei ungeschwächtem Lichte im Durchgange durch den Weltraum die Sonne nur durch ihre Flecke, der Mond als eine dunklere Scheibe, aber kein einzelnes Sternbild der allgemeinen Helligkeit wegen erkennbar sein. An einen in Hinsicht auf die Ursach der Erscheinung ganz entgegengesetzten, aber dem menschlichen Wissen gleich nachtheiligen Zustand des Himmelsgewölbes bin ich vorzugsweise in der peruanischen Ebene zwischen der Südsee-Küste und der Andeskette lebhaft erinnert worden. Ein dichter Nebel bedeckt dort mehrere Monate lang das Firmament. Man nennt diese Jahreszeit .el tiempo de la garua. Kein Planet, keiner der schönsten Sterne der südlichen Hemisphäre: nicht Canopus oder das Kreuz oder die Füße des Centauren, sind sichtbar. Man erräth oft kaum den Ort des Mondes. Ist zufällig bei Tage einmal der Umriß der Sonnenscheibe zu erkennen, so erscheint dieselbe strahlenlos wie durch gefärbte Blendgläser gesehen: gewöhnlich gelbroth, bisweilen weiß, am seltensten blaugrün. Der Schiffer, von den kalten Südströmungen des Meeres getrieben, verkennt dann die Küste: und segelt, aller Breiten-Beobachtungen entbehrend, bei den Häfen vorüber, in welche er einlaufen soll. Eine Inclinations-Nadel allein könnte ihn, bei der dortigen Richtung der magnetischen Curven, vor Irrthum bewahren: wie ich an einem anderen Orte gezeigt habe.

Bouguer und sein Mitarbeiter Don Jorge Juan haben lange vor mir über „Peru's unastronomischen Himmel" Klage geführt. Eine ernstere Betrachtung knüpft sich noch an diese lichtraubende, jeder electrischen Entladung unfähige, blitz- und donnerlose Dunstschicht an, über welche frei und unbewölkt die Cordilleren ihre Hochebenen und schneebedeckten Gipfel erheben. Nach dem, was uns die neuere Geologie über die *alte Geschichte* unseres Luftkreises vermuthen läßt, muß sein primitiver Zustand in Mischung und Dichte dem Durchgange des Lichts nicht günstig gewesen sein. Wenn man nun der vielfachen Process gedenkt, welche in der Urwelt die Scheidung des Festen, des Flüssigen und Gasförmigen um die Erdrinde mögen bewirkt haben; so kann man sich nicht des Gedankens erwehren, wie nahe die Menschheit der Gefahr gewesen ist, von einer undurchsichtigeren, manchen Gruppen der Vegetation wenig hinderlichen, aber die ganze Sternendecke verhüllenden Atmosphäre umgeben zu sein. Alle Kenntniß des Weltbaues wäre dann dem Forschungsgeiste entzogen geblieben. Außer uns schiene nichts Geschaffenes vorhanden zu sein als vielleicht Mond und Sonne. Wie ein isolirtes Dreigestirn, würden scheinbar Sonne, Mond und Erde allein den Weltraum füllen. Eines großartigen, ja des erhabensten Theils seiner Ideen über den Kosmos beraubt, würde der Mensch aller der Anregungen entbehren, die ihn zur Lösung wichtiger Probleme seit Jahrtausenden unablässig geleitet und einen so wohlthätigen Einfluß auf die glänzendsten Fortschritte in den höheren Kreisen mathematischer Gedankenentwickelung ausgeübt haben. Ehe zur *Aufzählung* dessen übergegangen wird, was bereits errungen worden ist; gedenkt man gern der Gefahr, der die geistige Ausbildung unseres Geschlechts entgangen ist, der physischen Hindernisse, welche dieselbe unabwendbar hätten beschränken können.

In der Betrachtung der *Zahl* der Weltkörper, welche die Himmelsräume füllen, sind drei Fragen zu unterscheiden: wie viel Fixsterne werden mit bloßen Augen gesehen? wie viele von diesen sind allmälig mit ihren Ortsbestimmungen (nach Länge und Breite, oder nach ihrer geraden Aufsteigung und Abweichung) in Verzeichnisse gebracht? welches ist die Zahl der Sterne von erster bis neunter und zehnter Größe, die durch Fernröhre am ganzen Himmel gesehen werden? Diese drei Fragen können, nach dem jetzt vorliegenden Material der Beobachtung, wenigstens annäherungsweise beantwortet werden. Anderer Art sind die bloßen Vermuthungen, welche, auf Stern-Aichungen einzelner Theile der Milchstraße gegründet, die theoretische Lösung der Frage berühren: wie viel Sterne würden durch Herschel's 20-füßiges Telescop am ganzen Himmel unterschieden werden? das Sternenlicht mit eingerechnet, von dem man glaubt, „daß es 2000 Jahre braucht, um zu uns zu gelangen".

Die numerischen Angaben, welche ich über diesen Gegenstand hier veröffentliche, gehören besonders in den Endresultaten meinem verehrten Freunde Argelander, Director der Sternwarte zu Bonn. Ich habe den Verfasser der „Durchmusterung des nördlichen Himmels" aufgefordert die bisherigen Ergebnisse der Sterncataloge von neuem aufmerksam zu prüfen. Die Sichtbarkeit der Sterne mit bloßen Augen erregt in der letzten Classe bei organischer Verschiedenheit der individuellen Schätzungen mancherlei Ungewißheit, weil Sterne 6 . 7ter Größe sich unter die 6ter Größe gemengt finden. Als Mittelzahl erhält man, durch vielfache Combinationen, 5000 bis 5800 für die dem unbewaffneten Auge am ganzen Himmel sichtbaren Sterne. Die Vertheilung der Fixsterne nach Verschiedenheit der Größen bestimmt Argelander, bis zur 9ten Größe hinabsteigend, ohngefähr in folgendem Verhältniß:

1te Gr.	2te Gr.	3te Gr.	4te Gr.	5te Gr.	6te Gr.	7te Gr.	8te Gr.	9te Gr.
20	65	190	425	1100	3200	13000	40000	142000

Die Zahl der dem unbewaffneten Auge deutlich erkennbaren Sternenmenge (über dem Horizont von Berlin 4022, über dem von Alexandrien 4638) scheint auf den ersten Blick auffallend gering. *Schubert* rechnet Sterne bis zur 6ten Größe am ganzen Himmel 7000 und für den Horizont von Paris über 5000; in der ganzen Sphäre bis zur 9ten Größe 70000 (*Astronomie* Th. III. S. 54). Alle diese Angaben sind beträchtlich zu hoch. Argelander findet von 1^m bis 8^m nur 58000. Wenn man den mittleren Mond-Halbmesser zu 15' 33",5 annimmt, so bedecken 195291 Vollmond-Flächen den ganzen Himmel. Bei der Annahme gleichmäßiger Vertheilung und der runden Zahl von 200000 Sternen aus den Classen 1ter bis 9ter Größe findet man demnach ohngefähr einen dieser Sterne für eine Vollmond-Fläche. Eben dies Resultat erklärt aber auch, wie unter einer bestimmten Breite der Mond nicht häufiger dem bloßen Auge sichtbare Sterne bedeckt. Wollte man die Vorausberechnung der Sternbedeckungen bis zur 9ten Größe ausdehnen, so würde durchschnittlich nach *Galle* alle 44' 30" eine Sternbedeckung eintreffen; denn in dieser Zeit bestreicht der Mond jedesmal eine neue Fläche am Himmel, die seiner eigenen Fläche gleich ist. Sonderbar, daß Plinius: der gewiß Hipparchs Sternverzeichniß kannte, und der es ein kühnes Unternehmen nennt, „daß Hipparch der Nachwelt den Himmel wie zur Erbschaft hinterlassen wollte", an dem schönen italischen Himmel nur erst 1600 sichtbare Sterne zählte! Er war jedoch in dieser Schätzung schon tief zu den Sternen fünfter Größe herabgestiegen, während ein halbes Jahrhundert später Ptolemäus nur 1025 Sterne bis zu der 6ten Classe verzeichnete.

Seitdem man die Fixsterne nicht mehr bloß nach den Sternbildern aufzählte, denen sie angehörten: sondern sie nach ihren Beziehungen auf die großen Kreise des Aequators oder der Ekliptik, also nach *Ortsbestimmungen*, in Verzeichnisse eingetragen hat; ist der Zuwachs dieser Verzeichnisse wie ihre Genauigkeit von den Fortschritten der Wissenschaft und der Vervollkommnung der Instrumente abhängig gewesen. Von Timocharis und Aristyllus (283 vor Chr.) ist kein Sterncatalog auf uns gekommen; aber wenn sie auch, wie Hipparch in seinem, im siebenten Buche des Almagest (cap. 3 pag. 15 Halma) citirten Fragmente „über die Jahreslänge" sich ausdrückt, ihre Beobachtungen sehr roh (πάνυ ὁλοσχερῶς) anstellten: so kann doch kein Zweifel sein, daß beide die Abweichung vieler Sterne bestimmten und daß diese Bestimmungen der Fixstern-Tafel Hipparchs um fast anderthalb Jahrhunderte vorhergingen. Hipparch soll bekanntlich (wir haben aber für diese Thatsache das alleinige Zeugniß des Plinius) durch die Erscheinung eines neuen Sternes zu Ortsbestimmungen und Durchmusterung des ganzen Firmaments angeregt worden sein. Ein solches Zeugniß ist mehrmals für den Nachhall einer spät erdichteten Sage erklärt worden. Es muß allerdings auffallen, daß Ptolemäus derselben gar nicht erwähnt; aber unläugbar ist es doch, daß die plötzliche Erscheinung eines hellleuchtenden Sternes in der Cassiopeja (November 1572) Tycho zu seiner großen Catalogisirung der Sterne veranlaßte. Nach einer scharfsinnigen Vermuthung von Sir John Herschel*Outlines* § 831; Édouard *Biot* sur les étoiles extraordinaires observées en Chine, in der *Connaissance des temps* pour 1846. könnte ein 134 Jahre vor unserer Zeitrechnung im Monat Julius (laut den chinesischen Annalen unter der Regierung von Wou-ti aus der Han-Dynastie) im Scorpion erschienener neuer Stern wohl der sein, dessen Plinius erwähnt hat. Seine Erscheinung fällt gerade 6 Jahre vor die Epoche, zu der (nach Ideler's Untersuchungen) Hipparch sein Sternverzeichniß anfertigte. Der den Wissenschaften so früh entrissene Eduard Biot hat diese Himmelsbegebenheit in der berühmten Sammlung des Ma-tuan-lin aufgefunden, welche alle Erscheinungen der Cometen und sonderbaren Sterne zwischen den Jahren 613 vor Chr. und 1222 nach Chr. enthält.

Das dreitheilige Lehrgedicht des Aratus*Aratus* hat das seltene Geschick gehabt, fast zugleich von *Ovidius* (*Amor.* I, 15) und vom Apostel Paulus zu Athen, in einer ernsteren, gegen die Epikuräer und Stoiker gerichteten Rede, gepriesen zu werden. Paulus (*Apostelgeschichte* cap. 17 v. 28) nennt zwar nicht den Namen selbst, erwähnt aber unverkennbar eines Verses aus dem *Aratus* (*Phaen.* v. 5) über die innige Gemeinschaft des Sterblichen mit der Gottheit.: dem wir die einzige Schrift des Hipparch verdanken, welche auf uns gekommen ist, fällt ohngefähr in die Zeit des Eratosthenes, des Timocharis und Aristyllus. Der astronomische, nicht meteorologische Theil des Gedichts gründet sich auf die Himmelsbeschreibung des cnidischen Eudoxus. Die Sterntafel des Hipparch selbst ist uns leider nicht erhalten; sie machte nach Ideler*Ideler,*

Untersuchungen über den Ursprung der Sternnamen S. XXX–XXXV. Von den Jahren unserer Zeitrechnung, an welche die Beobachtungen des Aristyllus wie die Sterntafeln des Hipparchus (128, nicht 140, vor Chr.) und Ptolemäus (138 nach Chr.) zu knüpfen sind, handelt auch *Baily* in den *Memoirs of the Astron. Soc.* Vol. XIII. 1743 p. 12 und 15. wahrscheinlich den wesentlichsten Bestandtheil seines von Suidas citirten Werkes über die *Anordnung des Fixsternhimmels und die Gestirne* aus, und enthielt 1080 Positionen für das Jahr 128 vor unserer Zeitrechnung. In Hipparch's Commentar zum Aratus sind alle Positionen, wahrscheinlich mehr durch die Aequatorial-Armille als durch das Astrolabium bestimmt, auf den Aequator nach *Rectascension* und *Abweichung* bezogen; in dem Sternverzeichniß des Ptolemäus, das man ganz dem Hipparchus nachgebildet glaubt und das mit 5 sogenannten Nebeln 1025 Sterne enthält, sind sie an die Ekliptik nach Angaben von *Längen* und *Breiten* geknüpft. Wenn man die Zahl der Fixsterne des Hipparch-Ptolemäischen Verzeichnisses (*Almagest* ed. Halma T. II. p. 83):

1te Gr.	2te Gr.	3te Gr.	4te Gr.	5te Gr.	6te Gr.
15	45	208	474	217	49

mit den oben gegebenen Zahlen von Argelander vergleicht, so zeigt sich neben der zu erwartenden Vernachlässigung von Sternen 5ter und 6ter Größe ein sonderbarer Reichthum in den Classen 3ter und 4ter. Die Unbestimmtheit in den Schätzungen der Lichtstärke in älterer und neuerer Zeit macht freilich jede unmittelbare Vergleichung unsicher.

Wenn das sogenannte Ptolemäische Fixstern-Verzeichniß nur den 4ten Theil der in Rhodus und Alexandrien dem bloßen Auge sichtbaren Sterne enthält, und wegen der fehlerhaften Präcessions-Reduction Positionen darbietet, als wären sie im Jahr 63 unserer Zeitrechnung bestimmt; so haben wir in den unmittelbar folgenden 16 Jahrhunderten nur drei für ihre Zeit vollständige und originelle Sterncataloge: den des Ulugh Beg (1437), des Tycho (1600) und des Hevelius (1660). Mitten unter den Verheerungen des Krieges und wilder Staatsumwälzungen gelangte in kurzen Zwischenräumen der Ruhe von der Mitte des 9ten bis zu der des 15ten Jahrhunderts, unter Arabern, Persern und Mongolen: von Al-Mamun, dem Sohn des großen Harun Al-Raschid, bis zu dem Timuriden Mohammed Taraghi Ulugh Beg, dem Sohne von Schah Rokh, die beobachtende Sternkunde zu einem nie gesehenen Flor. Die astronomischen Tafeln von Ebn-Junis (1007), zur Ehre des fatimitischen Chalifen Aziz Ben-Hakem Biamrilla die *Hakemitischen* genannt, bezeugen, wie die *ilkhanischen* Tafeln des Naßir-Eddin Tusi, des Erbauers der großen Sternwarte von Meragha unweit Tauris (1259), die fortgeschrittene Kenntniß der Planeten-Bewegungen, die Vervollkommnung der Meßinstrumente und die Vervielfältigung genauerer, von den Ptolemäischen abweichender Methoden. Neben der Klepsydra wurden nun auch schon Pendel-Oscillationen als Zeitmaaß gebraucht.

Die Araber haben das große Verdienst gehabt zu zeigen, wie durch Vergleichung der Tafeln mit den Beobachtungen jene allmälig verbessert werden können. Der Sterncatalog von Ulugh Beig, ursprünglich persisch geschrieben, ist: einen Theil der südlichen, unter 39° 52' Breite (?) nicht sichtbarenIn meinen Untersuchungen über den relativen Werth der astronomischen Ortsbestimmungen von Inner-Asien (*Asie centrale* T. III. p. 581–596) habe ich nach den verschiedenen arabischen und persischen Handschriften der Pariser Bibliothek die Breiten von Samarkand und Bokhara angegeben. Ich habe wahrscheinlich gemacht, daß die erstere größer als 39° 52' ist, während die meisten und besseren Handschriften von Ulugh Beig 39° 37', ja das *Kitab al-athual* von *Alfares* und der *Kanun* des *Albyruni* 40° haben. Ich glaube von neuem darauf aufmerksam machen zu müssen, wie wichtig es für die Geographie und für die Geschichte der Astronomie wäre endlich einmal die Position von Samarkand in Länge und Breite durch eine neue und glaubwürdige Beobachtung bestimmen zu lassen. Die Breite von Bokhara kennen wir durch Stern-Culminationen aus der Reise von Burnes. Sie gaben 39° 43' 41". Die Fehler der zwei schönen persischen und arabischen Handschriften (No. 164 und 2460) der Pariser Bibliothek sind also nur 7–8 Minuten; aber der immer in seinen Combinationen so glückliche Major Rennell hatte sich für Bokhara um 19' geirrt. (*Humboldt, Asie centrale* T. III. p. 592 und *Sédillot* in den *Prolégomènes d'Oloug-Beg* p. CXXIII–CXXV.), Ptolemäischen Sterne abgerechnet, im *Gymnasium* zu Samarkand nach Original-Beobachtungen angefertigt. Er enthält ebenfalls nur erst 1019 Stern-Positionen: die auf das Jahr 1437 reducirt sind. Ein späterer Commentar liefert 300 Sterne mehr, welche Abu-Bekri Altizini 1533 beobachtete. So gelangen wir durch Araber, Perser und Mongolen bis zu der großen Zeit des Copernicus, fast bis zu der von Tycho.

Die erweiterte Schifffahrt in den Meeren zwischen den Wendekreisen und in großen südlichen Breiten hat seit dem Anfang des 16ten Jahrhunderts auf die allmälig erweiterte Kenntniß des Firmaments mächtig, doch in geringerem Maaße wie die ein Jahrhundert spätere Anwendung der Fernröhre, gewirkt. Beide Mittel eröffneten neue, unbekannte Welträume. Was von der Pracht des südlichen Himmels zuerst von Amerigo Vespucci, dann von Magellan's und Elcano's Begleiter Pigafetta verbreitet wurde; wie die schwarzen Flecken (Kohlensäcke) von Vicente Yañez Pinzon und Acosta, wie die Magellanischen Wolken von Anghiera und Andrea Corsali beschrieben wurden: habe ich bereits an einem anderen Orte entwickelt. Die *beschauende* Astronomie ging auch hier der *messenden* voraus. Der Reichthum des Firmaments dem, wie allgemein bekannt, sternarmen Südpol nahe wurde dergestalt übertrieben, daß der geniale Polyhistor Cardanus dort 10000 helle Sterne angiebt, die von Vespucci mit bloßen Augen gesehen worden wären. Erst Friedrich Houtman und Petrus Theodori von Emden (der nach Olbers mit Dircksz Keyser Eine Person war) traten als ernste Beobachter auf. Sie maßen Sternabstände auf Java und Sumatra; und die südlichsten Sterne wurden nun in die

Himmelskarten von Bartsch, Hondius und Bayer, wie durch Kepler's Fleiß in den Rudolphinischen Sterncatalog von Tycho eingetragen.

Kaum ein halbes Jahrhundert nach Magellan's Erdumseglung beginnt Tycho's bewundernswürdige Arbeit über die Position der Fixsterne: an Genauigkeit alles übertreffend, was die praktische Astronomie bisher geleistet hatte, selbst die fleißigen Fixstern-Beobachtungen des Landgrafen Wilhelms IV zu Cassel. Tycho's Catalog, von Kepler bearbeitet und herausgegeben, enthält doch wieder nur 1000 Sterne: worunter höchstens ¼ sechster Größe. Dieses Verzeichniß und das weniger gebrauchte des Hevelius, mit 1564 Ortsbestimmungen für das Jahr 1660, sind die letzten, welche (wegen der eigensinnigen Abneigung des Danziger Astronomen gegen die Anwendung der Fernröhre zu Messungen) mit dem unbewaffneten Auge hergestellt wurden.

Diese Verbindung des Fernrohrs mit den Meßinstrumenten, das telescopische Sehen und Messen, bot endlich die Möglichkeit von Ortsbestimmung der Sterne unter der 6ten Größe (besonders zwischen der 7ten und 12ten) dar. Die Astronomen wurden nun erst dem eigentlichen Besitz der *Fixsternwelt* näher gebracht. Zählungen und Ortsbestimmungen der schwächeren, telescopischen Sterne haben aber nicht etwa bloß den Vortheil gewährt, durch Erweiterung des Horizonts der Beobachtung mehr von dem Inhalt des Weltraumes erkennbar zu machen; sie haben auch, was noch wichtiger ist, mittelbar einen wesentlichen Einfluß auf die Kenntniß des *Weltgebäudes* und seiner Gestaltung, auf die Entdeckung neuer Planeten, auf die schnellere Bestimmung ihrer Bahnen ausgeübt. Als Wilhelm Herschel den glücklichen Gedanken hatte gleichsam das Senkblei in die Tiefen des Himmels zu werfen und in seinen *Stern-Aichungen* die Sterne zu zählen, welche nach verschiedenen Abständen von der Milchstraße durch das Gesichtsfeld seines großen Telescopes gingen; wurde das Gesetz der mit der Nähe der Milchstraße zunehmenden Sternenmenge aufgefunden: und mit diesem Gesetz die Idee angeregt von der Existenz großer concentrischer, mit Millionen von Sternen erfüllter Ringe, welche die mehrfach getheilte Galaxis bilden. Die Kenntniß von der Zahl und gegenseitigen Lage der schwächsten Sterne erleichtert, wie Galle's schnelle und glückliche Auffindung des Neptun und die mehrerer der sogenannten kleinen Planeten bezeugen, die Entdeckung der planetarischen, ihren Ort wie zwischen festen Ufern verändernden Weltkörper. Ein anderer Umstand läßt noch deutlicher die Wichtigkeit sehr vollständiger Sternverzeichnisse erkennen. Ist der neue Planet einmal am Himmelsgewölbe entdeckt, so beschleunigt seine zweite Entdeckung in einem älteren Positions-Catalog die schwierige Berechnung der Bahn. Ein jetzt vermißter, aber als einst beobachtet verzeichneter Stern gewährt oft mehr, als, bei der Langsamkeit der Bewegung, viele folgende Jahre der sorgfältigsten Messungen würden darbieten können. So sind für Uranus der Stern No. 964 im Catalog von Tobias Mayer, für Neptun der Stern No. 26266 im Catalog von Lalande von großer Wichtigkeit gewesen. Uranus ist, ehe man ihn als Planeten erkannte, wie man jetzt weiß, 21mal beobachtet worden: 1mal, wie eben gesagt, von Tobias Mayer; 7mal von Flamsteed, 1mal von Bradley und 12mal von le

Monnier. Man kann sagen, daß die zunehmende Hoffnung künftiger Entdeckungen planetarischer Körper theils auf die Vollkommenheit der jetzigen Fernröhre (Hebe war bei der Entdeckung im Juli 1847 ein Stern 8.9ter Größe, dagegen im Mai 1849 nur 11ter Größe), theils und vielleicht mehr noch auf Vollständigkeit der Sternverzeichnisse und die Sorgfalt der Beobachter gegründet sei.

Seit dem Zeitpunkte, wo Morin und Gascoigne Fernröhre mit den messenden Instrumenten verbinden lehrten, war der erste Sterncatalog, welcher erschien, der der südlichen Sterne von Halley. Er war die Frucht eines kurzen Aufenthalts auf St. Helena in den Jahren 1677 und 1678; und enthielt, sonderbar genug, doch keine Bestimmung unter der 6ten Größe. Früher hatte allerdings schon Flamsteed die Arbeit seines großen Sternatlas unternommen, aber das Werk dieses berühmten Mannes erschien erst 1712. Ihm folgten: die Beobachtungen von Bradley (1750 bis 1762), welche auf die Entdeckung der Aberration und Nutation leiteten und von unserem Bessel durch seine *Fundamenta Astronomiae* (1818) gleichsam verherrlicht wurden; *Bessel, Fundamenta Astronomiae pro anno 1755, deducta ex observationibus viri incomparabilis James Bradley in Specula astronomica Grenovicensi, 1818.* (Vergl. auch *Bessel, Tabulae Regiomontanae reductionum observationum astronomicarum* ab anno 1750 usque ad annum 1850 computatae, 1830.) die Sterncataloge von La Caille, Tobias Mayer, Cagnoli, Piazzi, Zach, Pond, Taylor, Groombridge, Argelander, Airy, Brisbane und Rümker.

Wir verweilen hier nur bei den Arbeiten, welche größere MassenIch dränge hier in Eine Note die numerischen Angaben aus den Sternverzeichnissen zusammen, die minder große Massen, eine kleinere Zahl von Positionen enthalten. Es folgen die Namen der Beobachter mit Beisatz der Zahl der Ortsbestimmungen: *La Caille* (er beobachtete kaum 10 Monate 1751 und 1752, mit nur 8maliger Vergrößerung), 9766 südliche Sterne bis 7^m incl., reducirt auf das J. 1750 von Henderson; Tobias *Mayer* 998 Sterne für 1756; *Flamsteed* ursprünglich 2866, aber durch Baily's Sorgfalt mit 564 vermehrt (*Mem. of the Astr. Soc.* Vol. IV. p. 129–164); *Bradley* 3222, von Bessel auf das J. 1755 reducirt; *Pond* 1112; *Piazzi* 7646 Sterne, für 1800; *Groombridge* 4243, meist Circumpolar-Sterne, für 1810; Sir Thomas *Brisbane* und *Rümker* 7385 in den J. 1822–1828 in Neu-Holland beobachtete südliche Sterne; *Airy* 2156 Sterne, auf das J. 1845 reducirt; *Rümker* 12000, am Hamburger Horizont; *Argelander* (Cat. von Abo) 560; *Taylor* (Madras) 11015. Der *British Association Catalogue of Stars*, 1845 unter Baily's Aufsicht bearbeitet, enthält 8377 Sterne von Größe 1 bis 7½. Für die südlichsten Sterne besitzen wir noch die reichen Verzeichnisse von Henderson, Fallows, Maclear und Johnson auf St. Helena. und einen wichtigen Theil dessen liefern, was von Sternen 7ter bis 10ter Größe die Himmelsräume füllt. Der Catalog, welcher unter dem Namen von Jérôme de Lalande bekannt ist, sich aber allein auf Beobachtungen zwischen den Jahren 1789 und 1800 von seinem Neffen le Français de Lalande und von Burckhardt gründet, hat spät erst eine große Anerkennung erfahren. Er enthält nach der sorgfältigen Bearbeitung (1847), welche man Francis Baily und der British Association for the

Advancement of Science verdankt, 47390 Sterne: von denen viele 9ter und etwas unter der 9ten Größe sind. Harding, der Entdecker der Juno, hat über 50000 Sterne in 27 Blätter eingetragen. Die große Arbeit der Zonen-Beobachtung von Bessel, welche 75000 Beobachtungen umfaßt (in den Jahren 1825 bis 1833 zwischen -15° und +45° Abweichung), ist mit rühmlichster Sorgfalt von Argelander 1841 bis 1844 zu Bonn bis +80° Abw. fortgesetzt worden. Aus den Bessel'schen Zonen von -15° bis +15° Abw. hat auf Veranstaltung der Akademie zu St. Petersburg Weiße zu Krakau 31895 Sterne, unter denen allein 19738 von der 9ten Größe sind, auf das Jahr 1825 reducirt. Argelander's „Durchmusterung des nördlichen Himmels von +45° bis +80° Abw." enthält an 22000 wohlbestimmte Sternörter.

Des großen Werks der *Sternkarten der Berliner Akademie* glaube ich nicht würdiger erwähnen zu können, als indem ich über die Veranlassung dieses Unternehmens aus der gehaltvollen *Gedächtnißrede* auf Bessel Encke's eigene Worte hier einschalte: „An die Vervollständigung der Cataloge knüpft sich die Hoffnung, alle beweglichen Himmelskörper, die wegen ihrer Lichtschwäche dem Auge kaum unmittelbar die Veränderung ihres Ortes merklich werden lassen, durch sorgfältige Vergleichung der als feste Punkte verzeichneten Sterne mit dem jedesmaligen Anblick des Himmels, aufzufinden und auf diesem Wege die Kenntniß unseres *Sonnensystems* zu vollenden. So wie der vortreffliche Hardingische Atlas ein vervollständigtes Bild des gestirnten Himmels ist; wie Lalande's *Histoire céleste*, als Grundlage betrachtet, dieses Bild zu geben vermochte: so entwarf Bessel 1824, nachdem der erste Hauptabschnitt seiner Zonen-Beobachtungen vollendet war, den Plan, auf diese eine noch speciellere Darstellung des gestirnten Himmels zu gründen: die nicht bloß das Beobachtete wiedergeben, sondern mit Consequenz die Vollständigkeit erreichen sollte, welche jede neue Erscheinung unmittelbar wahrnehmen lassen würde. Die *Sternkarten der Berliner Akademie* der Wissenschaften, nach Bessel's Plane entworfen, haben, wenn sie auch noch nicht den ersten vorgesetzten Cyclus abschließen konnten, doch schon den Zweck der Auffindung der neuen Planeten auf das glänzendste erreicht: da sie hauptsächlich, wenn auch nicht ganz allein, bis jetzt (1850) sieben neue Planeten haben auffinden lassen." Von den 24 Blättern, welche den Theil des Himmels darstellen sollen, der sich 15° zu beiden Seiten des Aequators erstreckt, hat unsere Akademie bisher 16 herausgegeben. Sie enthalten möglichst alle Sterne bis zur 9ten und theilweise bis zur 10ten Größe.

Die ohngefähren Schätzungen, die man über die Zahl der Sterne gewagt, welche mit den jetzigen großen raumdurchdringenden Fernröhren am *ganzen Himmel* dem Menschen sichtbar sein konnten, mögen hier auch ihren Platz finden. Struve nimmt für das Herschel'sche 20füßige Spiegeltelescop, das bei den berühmten Stern-Aichungen (gauges, sweeps) angewandt wurde, mit 180maliger Vergrößerung: für die Zonen, welche zu beiden Seiten des Aequators 30° nördlich und südlich liegen, 5800000; für den ganzen Himmel 20374000 an. In einem noch mächtigeren Instrumente, in dem 40füßigen

Spiegeltelescop, hielt Sir William Herschel in der Milchstraße allein 18 Millionen für sichtbar.(S. 156.) Vergl. *Struve, études d'Astr. stellaire* 1847 p. 66 und 72 und *Mädler, Astronomie* 4te Aufl. 1849 S. 417.

Nach einer sorgfältigeren Betrachtung der nach Ortsbestimmung in Catalogen aufgeführten, sowohl dem unbewaffneten Auge sichtbaren als bloß telescopischen Fixsterne wenden wir uns nun zu der *Vertheilung* und Gruppirung derselben an der Himmelsdecke. Wir haben gesehen, wie bei der geringen und so überaus langsamen (scheinbaren und wirklichen) Ortsveränderung der einzelnen: theils durch die Präcession und den ungleichen Einfluß des Fortschreitens unseres Sonnensystems, theils durch die ihnen eigene Bewegung, sie als feste Marksteine im unermeßlichen Weltraum zu betrachten sind; als solche, welche alles zwischen ihnen mit größerer Schnelligkeit oder in anderen Richtungen Bewegte, also den telescopischen Cometen und Planeten Zugehörige, der aufmerksamen Beobachtung offenbaren. Das erste und Haupt-Interesse beim Anblick des Firmaments ist schon wegen der Vielheit und überwiegenden Masse der Weltkörper, die den Weltraum füllen, auf die *Fixsterne* gerichtet; von ihnen geht in Bewunderung des Firmaments die stärkere sinnliche Anregung aus. Die Bahn der *Wandelsterne* spricht mehr die grübelnde Vernunft an: der sie, den Entwickelungsgang astronomischer Gedankenverbindung beschleunigend, verwickelte Probleme darbietet.

Aus der Vielheit der an dem Himmelsgewölbe scheinbar, wie durch Zufall, vermengten großen und kleinen Gestirne sondern die rohesten Menschenstämme (wie mehrere jetzt sorgfältiger untersuchte Sprachen der sogenannten wilden Völker bezeugen) einzelne und fast überall dieselben Gruppen aus: in welchen helle Sterne durch ihre Nähe zu einander, durch ihre gegenseitige Stellung oder eine gewisse Isolirtheit den Blick auf sich ziehen. Solche Gruppen erregen die dunkle Ahndung von einer Beziehung der Theile auf einander; sie erhalten, als Ganze betrachtet, einzelne Namen, die: von Stamm zu Stamm verschieden, meist von organischen Erd-Erzeugnissen hergenommen, die öden, stillen Räume phantastisch beleben. So sind früh abgesondert worden das Siebengestirn (die Gluckhenne), die sieben Sterne des Großen Wagens (der Kleine Wagen später, und nur wegen der wiederholten Form), der Gürtel des Orion (Jacobsstab), Cassiopeja, der Schwan, der Scorpion, das südliche Kreuz (wegen des auffallenden Wechsels der Richtung vor und nach der Culmination), die südliche Krone, die Füße des Centauren (gleichsam die Zwillinge des südlichen Himmels) u. s. f.

Wo Steppen, Grasfluren oder Sandwüsten einen weiten Horizont darbieten, wird der mit den Jahreszeiten oder den Bedürfnissen des Hirtenlebens und Feldbaues wechselnde Auf- und Untergang der Constellationen ein Gegenstand fleißiger Beachtung und allmälig auch symbolisirender Ideenverbindung. Die *beschauende*, nicht messende Astronomie fängt nun an sich mehr zu entwickeln. Außer der täglichen, allen Himmelskörpern gemeinschaftlichen, Bewegung von Morgen gegen Abend wird bald erkannt, daß die Sonne eine eigene, weit langsamere, in entgegengesetzter Richtung habe. Die Sterne, die nach ihrem Untergange am Abendhimmel stehen, sinken mit jedem Tage tiefer zu ihr hinab und verlieren sich endlich ganz in ihre Strahlen während der Dämmerung; dagegen entfernen sich von der Sonne diejenigen Sterne, welche vor ihrem Aufgange am Morgenhimmel glänzen. Bei dem stets wechselnden Schauspiel des gestirnten Himmels zeigen sich immer andere und andere Constellationen. Mit einiger Aufmerksamkeit wird leicht erkannt, daß es dieselben sind, welche zuvor im Westen unsichtbar geworden waren; daß ohngefähr nach einem halben Jahre diejenigen Sterne, welche sich vorher in der Nähe der Sonne gezeigt hatten, ihr gegenüber stehen: untergehend bei ihrem Aufgange, aufgehend bei ihrem Untergange. Von Hesiod bis Eudoxus, von Eudoxus bis Aratus und Hipparch ist die Litteratur der Hellenen voll Anspielungen auf das Verschwinden der Sterne in den Sonnenstrahlen (den *heliacischen* oder *Spätuntergang*) wie auf das Sichtbar-Werden in der Morgendämmerung (den *heliacischen* oder *Frühaufgang*). Die genaue Beobachtung dieser Erscheinungen bot die frühesten Elemente der *Zeitkunde* dar: Elemente, nüchtern in Zahlen ausgedrückt; während gleichzeitig die Mythologie, bei heiterer oder düsterer Stimmung des Volkssinnes, fortfuhr mit unumschränkter Willkühr in den hohen Himmelsräumen zu walten.

Die primitive griechische Sphäre (ich folge hier wieder, wie in der *Geschichte der physischen Weltanschauung*, den Untersuchungen meines so früh dahingeschiedenen, geistreichen Freundes Letronne), die griechische Sphäre hat sich nach und nach mit Sternbildern gefüllt, ohne daß man sich dieselben anfangs in irgend einer Beziehung zu der Ekliptik dachte. So kennen schon Homer und Hesiodus verschiedene Sterngruppen und einzelne Sterne mit Namen bezeichnet: jener die *Bärinn* („die sonst der Himmelswagen genannt wird – und die *allein* niemals in Okeanos Bad sich hinabtaucht"), den *Bootes* und den *Hund des Orion;* dieser den *Sirius* und den *Arctur;* beide die *Plejaden,* die *Hyaden* und den *Orion.* Wenn Homer zweimal sagt, daß die Constellation der Bärinn *allein* sich nie in das Meer taucht; so folgt daraus bloß, daß zu seiner Zeit noch nicht in der griechischen Sphäre die Sternbilder des Drachen, des Cepheus und des Kleinen Bären, welche auch nicht untergehen, vorhanden waren. Es wird keinesweges die Kenntniß von der Existenz der einzelnen Sterne, welche jene drei Catasterismen bilden, geläugnet; nur ihre Reihung in Bilder. Eine lange, oft mißverstandene Stelle des Strabo (lib. I pag. 3 Casaub.) über Homer Il. XVIII, 485–489 beweist vorzugsweise, was hier wichtig ist, die allmälige Aufnahme von Bildern in die griechische Sphäre. „Mit Unrecht", sagt Strabo, „beschuldigt man Homer der Unwissenheit, als habe er nur Eine Bärinn statt zweier gekannt. Vermuthlich war die andere noch nicht *versternt;* sondern erst seitdem die Phönicier dieses Sternbild bezeichneten und zur Seefahrt benutzten, kam es auch zu den Hellenen." Alle Scholien zum Homer, Hygin und Diogenes aus Laerte schreiben die Einführung dem Thales zu. Der Pseudo-Eratosthenes hat den Kleinen Bären Φοινίκη (gleichsam das phönicische

Leitgestirn) genannt. Hundert Jahre später (Ol. 71) bereicherte Cleostratus von Tenedos die Sphäre mit dem Schützen: τοξότης, und dem Widder: κριός.

In diese Epoche erst, die der Gewaltherrschaft der Pisistratiden, fällt nach Letronne die Einführung des Thierkreises in die alte griechische Sphäre. Eudemus aus Rhodos, einer der ausgezeichnetsten Schüler des Stagiriten, Verfasser einer „Geschichte der Astronomie“, schreibt die Einführung des Thierkreis-*Gürtels* (ἡ τοῦ ζωδιακοῦ διάζωσις, auch ζῳΐδιος κύκλος) dem Oenopides von Chios, einem Zeitgenossen des Anaxagoras, zu. Die Idee von der Beziehung der Planeten und Fixsterne auf die *Sonnenbahn*, die Eintheilung der Ekliptik in zwölf gleiche Theile (Dodecatomerie) sind alt-chaldäisch: und höchst wahrscheinlich den Griechen aus Chaldäa selbst und nicht aus dem Nilthale, am frühesten im Anfang des 5ten oder im 6ten Jahrhunderte vor unserer Zeitrechnung, überkommen. Die Griechen schnitten nur aus den in ihrer primitiven Sphäre schon früher verzeichneten Sternbildern diejenigen aus, welche der Ekliptik am nächsten lagen und als *Thierkreis-Bilder* gebraucht werden konnten. Wäre mehr als der Begriff und die Zahl der Abtheilungen (Dodecatomerie) eines Thierkreises, wäre der Thierkreis selbst mit seinen Bildern einem fremden Volke von den Griechen entlehnt worden: so würden diese nicht ursprünglich sich mit 11 Bildern begnügt, nicht den Scorpion zu zwei Abtheilungen angewandt; nicht Zodiacal-Bilder erfunden haben, deren einige: wie Stier, Löwe, Fische und Jungfrau, mit ihren Umrissen 35° bis 48°; andere: wie Krebs, Widder und Steinbock, nur 19° bis 23° einnehmen; welche unbequem nördlich und südlich um die Ekliptik schwanken: bald weit getrennt; bald: wie Stier und Widder, Wassermann und Steinbock, eng gedrängt und fast in einander eingreifend. Diese Verhältnisse bezeugen, daß man früher gebildete Catasterismen zu Zodiacal-Zeichen stempelte.

Das Zeichen der Wage wurde nach Letronne's Vermuthung zu Hipparchs Zeiten, vielleicht durch ihn selbst, eingeführt. Eudoxus, Archimedes, Autolycus, und selbst Hipparch: in dem wenigen, was wir von ihm besitzen (eine einzige, wahrscheinlich von einem Copisten verfälschte StelleUeber die im Text erwähnte, von einem Copisten eingeschobene Stelle des Hipparch s. *Letronne, orig. du Zod.* 1840 p. 20. Schon 1812, als ich auch noch der Meinung von einer sehr alten Bekanntschaft der Griechen mit dem Zeichen der Wage zugethan war, habe ich in einer sorgfältigen Arbeit, die ich über alle Stellen des griechischen und römischen Alterthums geliefert, in welchen der Name der Wage als Zodiacal-Zeichens vorkommt, auf jene Stelle bei *Hipparch* (*Comment. in Aratum* lib. III cap. 2), in welcher von dem θηρίον die Rede ist, das der Centaur (an dem Vorderfuß) hält, wie auf die merkwürdige Stelle des Ptolemäus lib. IX cap. 7 (Halma T. II. p. 170) hingewiesen. In der letzteren wird die südliche Wage mit dem Beisatz κατὰ Χαλδαίους genannt und den Scorpions-Scheeren entgegengesetzt in einer Beobachtung, die gewiß nicht in Babylon, sondern von den in Syrien und Alexandrien zerstreuten astrologischen Chaldäern gemacht war. (*Vues des Cordillères et Monumens des peuples indigènes de l'Amérique* T. II. p. 380.) Buttmann wollte, was wenig wahrscheinlich ist, daß die χηλαὶ ursprünglich die beiden Schalen der Wage bedeutet

81

hätten und später durch ein Mißverständniß in die Scheeren eines Scorpions umgewandelt wurden. (Vergl. *Ideler, Untersuchungen über die astronomischen Beobachtungen der Alten* S. 374 und *über die Sternnamen* S. 174–177 mit *Carteron, recherches de Mr. Letronne* p. 113.) Auffallend bleibt es mir immer, bei der Analogie zwischen vielen Namen der 27 Mondhäuser und der Dodecatomerie des Thierkreises, daß unter den gewiß sehr alten indischen Nakschatras (Mondhäusern) sich ebenfalls das Zeichen der Wage befindet (*Vues des Cord.* T. II. p. 6–12). abgerechnet); erwähnen ihrer nie. Das neue Zeichen kommt erst bei Geminus und Varro, kaum ein halbes Jahrhundert vor unserer Zeitrechnung, vor; und da der Hang zur Astrologie bald mächtig in die römische Volkssitte einbrach, von August bis Antonin, so erhielten auch diejenigen Sternbilder, „die am himmlischen Sonnenwege lagen", eine erhöhte, phantastische Wichtigkeit. Der ersten Hälfte dieses Zeitraums römischer Weltherrschaft gehören die ägyptischen Thierkreis-Bilder in Dendera, Esne, dem Propylon von Panopolis und einiger Mumiendeckel an: wie Visconti und Testa schon zu einer Epoche behauptet haben, wo noch nicht alle Materialien für die Entscheidung der Frage gesammelt waren, und wilde Hypothesen herrschten über die Bedeutung jenes symbolischen Zodiacal-Zeichens und dessen Abhängigkeit von der Präcession der Nachtgleichen. Das hohe Alter, welches August Wilhelm von Schlegel den in Indien gefundenen Thierkreisen nach Stellen aus Manu's Gesetzbuch, aus Valmiki's Ramayana und ans Amarasinha's Wörterbuch beilegen wollte, ist nach Adolph Holtzmann's scharfsinnigen Untersuchungen sehr zweifelhaft geworden.

Die durch den Lauf der Jahrhunderte so zufällig entstandene, künstliche Gruppirung der Sterne zu Bildern, ihre oft unbequeme Größe und schwankenden Umrisse; die verworrene Bezeichnung der einzelnen Sterne in den Constellationen, mit Erschöpfung mehrerer Alphabete: wie in dem Schiffe Argo; das geschmacklose Vermischen mythischer Personen mit der nüchternen Prosa von physikalischen Instrumenten, chemischen Oefen und Pendeluhren am südlichen Himmel haben mehrmals zu Vorschlägen geleitet über neue, ganz bildlose Eintheilungen des Himmelsgewölbes. Für die südliche Hemisphäre: wo Scorpion, Schütze, Centaur, das Schiff und der Eridanus allein einen alten dichterischen Besitz haben, schien das Unternehmen weniger gewagt.

Der *Fixsternhimmel* (orbis inerrans des Appulejus), der uneigentliche Ausdruck *Fixsterne* (astra fixa des Manilius) erinnern, wie wir schon oben in der Einleitung zur Astrognosie. bemerkt, an die Verbindung, ja Verwechselung der Begriffe von Einheftung und absoluter Unbeweglichkeit (Fixität). Wenn Aristoteles die nicht wandernden Weltkörper (ἀπλανῆ ἄστρα) *eingeheftete* (ἐνδεδεμένα), wenn Ptolemäus sie *angewachsene* (προσπεφυκότες) nennt, so beziehen sich zunächst diese Benennungen auf die Vorstellung des Anaximenes von der krystallartigen Sphäre. Die scheinbare Bewegung aller Fixsterne von Osten nach Westen, während daß ihr Abstand unter einander sich gleich blieb, hatte diese Hypothese erzeugt. „Die Fixsterne (ἀπλανῆ ἄστρα) gehören der *oberen*, von uns entfernteren Region: in der sie wie Nägel an den

Krystallhimmel angeheftet sind; die Planeten (πλανώμενα oder πλανητά), welche eine entgegengesetzte Bewegung haben, gehören der *unteren*, näheren Region an."Wenn bei Manilius schon in der frühesten Zeit der Cäsaren stella fixa für infixa oder affixa gesagt wurde, so läßt sich annehmen, daß die Schule in Rom anfangs doch nur der ursprünglichen Bedeutung des Angeheftet-Seins anhing; aber da das Wort fixus auch die Bedeutung der Unbeweglichkeit einschloß, ja für synonym mit immotus und immobilis genommen werden konnte: so war es leicht, daß der Volksglaube oder vielmehr der Sprachgebrauch allmälig an eine stella fixa vorzugsweise die Idee der Unbeweglichkeit knüpfte, ohne der festen Sphäre zu gedenken, an die sie geheftet ist. So durfte Seneca die Fixsternwelt fixum et immobilem populum nennen.

Wenn wir auch nach Stobäus und dem Sammler der „Ansichten der Philosophen" die Benennung *Krystallhimmel* bis zur frühen Zeit des Anaximenes hinaufführen; so finden wir doch die Idee, welche der Benennung zum Grunde liegt, erst schärfer bei Empedocles entwickelt. Den Fixsternhimmel hält dieser für eine feste Masse, welche aus dem durch Feuer krystallartig starr gewordenen Aether gebildet wurde. Der Mond ist ihm ein durch die Kraft des Feuers *hagelartig geronnener* Körper, welcher sein Licht von der Sonne erhält. Der ursprüngliche Begriff des Durchsichtigen, Geronnenen, Erstarrten würde nach der Physik der AltenDaß das Feuer die Kraft habe erstarren zu machen (*Aristot. Probl.* XIV, 11), daß die Eisbildung selbst durch Wärme befördert wird: sind tief eingewurzelte Meinungen in der Physik der Alten, die auf einer spielenden Theorie der Gegensätze (antiperistasis), auf dunklen Begriffen der Polarität (auf einem Hervorrufen entgegengesetzter Qualitäten oder Zustände) beruhen. Hagel entsteht in um so größerer Masse, als die Luftschichten *erwärmter* sind (*Aristot. Meteor.* I, 12). Beim Winter-Fischfang an der Küste des Pontus wird *warmes* Wasser angewandt, damit in der Nähe des eingepflanzten Rohres das Eis sich vermehre (*Alex. Aphrodis.* fol. 86 und *Plut. de primo frigido* cap. 12). und ihren Begriffen vom Festwerden des Flüssigen nicht unmittelbar auf Kälte und Eis führen; aber die Verwandtschaft von κρύσταλλος mit κρύος und κρυσταίνω, wie die Vergleichung mit den durchscheinendsten aller Körper, veranlaßten die bestimmteren Behauptungen, daß das Himmelsgewölbe aus Eis oder aus Glas bestehe. So finden wir bei Lactantius: coelum aërem glaciatum esse, und vitreum coelum. Empedocles hat gewiß noch nicht an phönicisches Glas, wohl aber an Luft gedacht, die durch feurigen Aether in einen durchsichtigen festen Körper zusammengeronnen ist. Die Idee des Durchsichtigen war in der Vergleichung mit dem Eise, κρύσταλλος, das Vorherrschende; man dachte nicht an Ursprung des Eises durch Kälte, sondern zunächst nur an ein *durchsichtiges Verdichtetes*. Wenn der Dichter das Wort *Krystall* selbst brauchte, so bedient sich die Prose nur des Ausdrucks: *krystall-ähnlich*, κρυσταλλοειδής. Eben so bedeutet πάγος (von πήγνυσθαι, fest werden) ein Stück Eis: wobei bloß die Verdichtung in Betracht gezogen wird.

Durch die Kirchenväter: welche spielend 7 bis 10, wie Zwiebelhäute über einander gelagerte, *gläserne* Himmelsschichten annahmen, ist diese Ansicht des krystallenen

Gewölbes in das Mittelalter übergegangen; ja sie hat sich selbst in einigen Klöstern des südlichen Europa's erhalten: wo zu meinem Erstaunen ein ehrwürdiger Kirchenfürst mir, nach dem so viel Aufsehen erregenden Aërolithenfall bei Aigle, die Meinung äußerte: was wir mit einer vitrificirten Rinde bedeckte *Meteorsteine* nennten, wären nicht Theile des gefallenen Steines selbst, sondern ein Stück des durch den Stein zerschlagenen krystallenen Himmels. Kepler, zuerst durch die Betrachtung über die alle Planetenbahnen *durchschneidenden* Cometen veranlaßt, hat sich schon drittehalb Jahrhunderte früher gerühmt die 77 homocentrischen Sphären des berühmten Girolamo Fracastoro, wie alle älteren rückwirkenden Epicykeln zerstört zu haben. Wie so große Geister als Eudoxus, Menächmus, Aristoteles und Apollonius von Pergä sich die Möglichkeit des Mechanismus und der Bewegung starrer, in einander greifender, die Planeten führender Sphären gedacht haben; ob sie diese Systeme von Ringen nur als ideale Anschauungen, als Fictionen der Gedankenwelt betrachteten, nach denen schwierige Probleme des Planetenlaufs erklärt und annähernd berechnet werden könnten: sind Fragen, welche ich schon an einem anderen Orte berührt habe und welche für die Geschichte der Astronomie, wenn sie Entwickelungsperioden zu unterscheiden strebt, nicht ohne Wichtigkeit sind.

Ehe wir von der uralten, aber *künstlichen*, Zodiacal-Gruppirung der Fixsterne, wie man sich dieselben an feste Sphären angeheftet dachte, zu ihrer *natürlichen*, reellen Gruppirung und den schon erkannten Gesetzen relativer Vertheilung übergehen; müssen wir noch bei einigen sinnlichen Erscheinungen der einzelnen Weltkörper: ihren überdeckenden Strahlen, ihren scheinbaren, unwahren Durchmessern und der Verschiedenheit ihrer Farbe, verweilen. Von dem Einfluß der sogenannten *Sternschwänze*, welche der Zahl, Lage und Länge nach bei jedem Individuum verschieden sind, habe ich schon bei den Betrachtungen über die Unsichtbarkeit der Jupitersmonde gehandelt. Das *undeutliche* Sehen (la vue indistincte) hat vielfache organische Ursachen: welche von der Aberration der Sphäricität des Auges, von der Diffraction an den Rändern der Pupille oder an den Wimpern, und von der sich mehr oder weniger weit aus einem gereizten Punkte fortpflanzenden Irritabilität der Netzhaut abhangen. Ich sehe sehr regelmäßig acht Strahlen unter Winkeln von 45° bei Sternen 1ter bis 3ter Größe. Da nach Hassenfratz diese Strahlungen sich auf der Krystallinse kreuzende *Brennlinien* (caustiques) sind, so bewegen sie sich, je nachdem man den Kopf nach einer oder der anderen Seite neigt. *Hassenfratz sur les rayons divergens des Étoiles* in *Delamétherie, Journal de Physique* T. LXIX. 1809 p. 324. Einige meiner astronomischen Freunde sehen nach oben hin 3, höchstens 4 Strahlen, und nach unten gar keine. Merkwürdig hat es mir immer geschienen, daß die alten Aegypter den Sternen regelmäßig nur 5 Strahlen (also um je 72° entfernt) geben, so daß dies Sternzeichen nach Horapollo hieroglyphisch die Zahl 5 bedeuten soll.

Die *Sternschwänze* verschwinden, wenn man das Bild der strahlenden Sterne (ich habe oft Canopus wie Sirius auf diese Weise beobachtet) durch ein sehr kleines mit einer

Nadel in eine Karte gemachtes Loch empfängt. Eben so ist es bei dem telescopischen Sehen mit starker Vergrößerung: in welchem die Gestirne entweder als leuchtende Punkte von intensiverem Lichte oder auch wohl als überaus kleine Scheiben sich darstellen. Wenn gleich das schwächere Funkeln der Fixsterne unter den Wendekreisen einen gewissen Eindruck der Ruhe gewährt, so würde mir doch, bei unbewaffnetem Auge, eine völlige Abwesenheit aller Sternstrahlung das Himmelsgewölbe zu veröden scheinen. Sinnliche Täuschung, undeutliches Sehen vermehren vielleicht die Pracht der leuchtenden Himmelsdecke. Arago hat schon längst die Frage aufgeworfen: warum trotz der großen Lichtstärke der Fixsterne erster Größe man nicht diese, und doch den äußersten Rand der MondscheibeAuf spanischen Schiffen in der Südsee habe ich bei Matrosen den Glauben gefunden, daß man vor dem ersten Viertel das Alter des Mondes bestimmen könne, wenn man die Mondscheibe durch ein seidenes Gewebe betrachte und die Vervielfältigung der Bilder zähle; – ein Phänomen der *Diffraction* durch seine Spalten. am Horizonte beim Aufgehen erblicke?

Die vollkommensten optischen Werkzeuge, die stärksten Vergrößerungen geben den Fixsternen falsche Durchmesser (spurious disks, diamètres factices): welche nach Sir John Herschel's Bemerkung*Outliners* § 816. Arago hat den falschen Durchmesser des Aldebaran im Fernrohr von 4" bis 15" wachsen machen, indem er das Objectiv verengte. „bei gleicher Vergrößerung um so kleiner werden, als die Oeffnung des Fernrohrs wächst". Verfinsterungen der Sterne durch die Mondscheibe beweisen, wie Ein- und Austritt dergestalt augenblicklich sind, daß keine Fraction einer Zeitsecunde für die Dauer erkannt werden kann. Das oft beobachtete Phänomen des sogenannten Klebens des eintretenden Sternes auf der Mondscheibe ist ein Phänomen der Lichtbeugung, welches in keinem Zusammenhange mit der Frage über die Sterndurchmesser steht. Wir haben schon an einem anderen Orte erinnert, daß Sir William Herschel bei einer Vergrößerung von 6500mal den Durchmesser von Wega noch 0",36 fand. Das Bild des Arcturus wurde in einem dichten Nebel so verkleinert, daß die Scheibe noch unter 0",2 war. Auffallend ist es, wie wegen der Täuschung, welche die Sternstrahlung erregt, vor der Erfindung des telescopischen Sehens Kepler und Tycho dem Sirius Durchmesser von 4' und 2' 20" zuschrieben. Die abwechselnd *lichten* und *dunkeln* Ringe, welche die kleinen *falschen* Sternscheiben bei Vergrößerungen von zwei- bis dreihundertmal umgeben und die bei Anwendung von Diaphragmen verschiedener Gestalt *irisiren*, sind gleichzeitig die Folgen der *Interferenz* und der *Diffraction:* wie Arago's und Airy's Beobachtungen lehren. Die kleinsten Gegenstände, welche telescopisch noch deutlich als leuchtende Punkte gesehen werden (doppelte Doppelsterne, wie ε der Leier; der 5te und 6te Stern, den Struve im Jahr 1826 und Sir John Herschel im Jahr 1832 im Trapezium des großen Nebelfleckes des Orion entdeckt haben"Minute and very close companions, the severest tests which can be applied to a telescope"; *outlines* § 837. Vergl. auch Sir John *Herschel, Capreise* p. 29 und *Arago* im *Annuaire* pour 1834 p. 302–305. Unter den planetarischen Weltkörpern können zur Prüfung der Lichtstärke eines stark vergrößernden optischen Instruments dienen: der 1te und 4te, von Lassell und Otto Struve 1847 wieder gesehene Uranus-Trabant; die beiden innersten und der 7te Saturnstrabant (Mimas, Enceladus und Bond's Hyperion); der von Lassell aufgefundene Neptunsmond. Das Eindringen in die Tiefen der Himmelsräume veranlaßt Bacon in einer beredten Stelle zum Lobe Galilei's, dem er irrigerweise die Erfindung der Fernröhre zuschreibt, diese mit Schiffen zu vergleichen, welche die Menschen in einen unbekannten Ocean leiten, "ut propiora exercere possint cum coelestibus commercia"; *Works* of Francis *Bacon* 1740 Vol. I. *Novum Organon* p. 361., welches der vierfache Stern ϑ des Orion bildet), können zur Prüfung der Vollkommenheit und Lichtfülle optischer Instrumente, der Refractoren wie der Reflectoren, angewandt werden.

Eine *Farbenverschiedenheit* des eigenthümlichen Lichtes der Fixsterne wie des reflectirten Lichtes der Planeten ist von früher Zeit an erkannt; aber die Kenntniß dieses merkwürdigen Phänomens ist erst durch das telescopische Sehen, besonders seitdem man sich lebhaft mit den Doppelsternen beschäftigt hat, wundersam erweitert worden. Es ist hier nicht von dem Farbenwechsel die Rede, welcher, wie schon oben erinnert worden ist, das Funkeln auch in den weißesten Gestirnen begleitet; noch weniger von der vorübergehenden, meist röthlichen Färbung, welche nahe am Horizont wegen der Beschaffenheit des Mediums (der Luftschichten, durch die wir sehen) das Sternlicht erleidet: sondern von dem weißen oder farbigen Sternlichte, das als Folge eigenthümlicher Lichtprocesse und der ungleichen Constitution seiner Oberfläche jeder Weltkörper ausstrahlt. Die griechischen Astronomen kennen bloß rothe Sterne: während die neueren an der gestirnten Himmelsdecke, in den vom Licht durchströmten Gefilden, wie in den Blumenkronen der Phanerogamen und den Metall-Oxyden, fast alle Abstufungen des prismatischen Farbenbildes zwischen den Extremen der Brechbarkeit, den rothen und violetten Strahlen, telescopisch aufgefunden haben. Ptolemäus nennt in seinem Fixstern-Catalog 6 Sterne ὑπόκιῤῥοι *feuerröthlich*:

> Namque pedes subter rutilo eum lumine claret
Fervidus ille Canis stellarum luce refulgens;

allein rutilo cum lumine ist nicht *Übersetzung* des ποικίλος, sondern ein Zusatz des freien Uebersetzers." (Aus Briefen des Herrn Professor *Franz* an mich.) "Si en substituant *rutilus*", sagt *Arago* (*Annuaire* 1842 p. 351) "au terme grec d'Aratus, l'orateur romain renonce à dessein à la fidélité, il faut supposer que lui-même avait reconnu les propriétés rutilantes de la lumière de Sirius."

: nämlich Arcturus, Aldebaran, Pollux, Antares, α des Orion (die rechte Schulter) und Sirius. Cleomedes vergleicht sogar Antares im Scorpion mit der Röthe*Cleom. Cyclica Theoria* I, 11 p. 59. des Mars: der selbst bald πυῤῥὸς, bald πυροειδὴς genannt wird.

Der Wunsch, welchen ich lebhaft geäußert: der historischen Epoche, in welche das *Verschwinden der Röthe des Sirius* fällt, mit mehr Sicherheit auf die Spur zu kommen, ist theilweise durch den rühmlichen Fleiß eines jungen Gelehrten, der eine treffliche Kenntniß orientalischer Sprachen mit ausgezeichnetem mathematischen Wissen verbindet, Dr. Wöpcke, erfüllt worden. Der Uebersetzer und Commentator der wichtigen *Algebra des Omar Alkhayyami* schreibt mir (aus Paris, im August 1851): „Ich habe in Bezug auf Ihre im astronomischen Bande des Kosmos enthaltene Aufforderung die 4 hier befindlichen Manuscripte der Uranographie des Abdurrahman Al-Sufi nachgesehen; und gefunden, daß darin α Bootis, α Tauri, α Scorpii und α Orionis sämmtlich ausdrücklich *roth* genannt werden: Sirius dagegen nicht. Vielmehr lautet die auf diesen bezügliche Stelle in allen 4 Manuscripten übereinstimmend so: „der erste unter den Sternen desselben (des Großen Hundes) ist der große, glänzende an seinem Munde, welcher auf dem Astrolabium verzeichnet ist und Al-je-maanijah genannt wird.„ – Wird aus dieser Untersuchung und aus dem, was ich aus Alfragani angeführt, nicht wahrscheinlich, daß der Farbenwechsel zwischen Ptolemäus und die Araber fällt?

Von den 6 oben aufgezählten Sternen haben 5 noch zu unserer Zeit ein rothes oder röthliches Licht. Pollux wird noch als röthlich, aber Castor als grünlich aufgeführt. Sirius gewährt demnach das einzige Beispiel einer historisch erwiesenen Veränderung der Farbe, denn er hat gegenwärtig ein vollkommen weißes Licht. Eine große NaturrevolutionSir John *Herschel* im *Edinb. Review* Vol. 87 1848 p. 189 und in *Schum. astr. Nachr.* 1839 No. 372: "It seems much more likely that in Sirius a red colour should be the effect of a medium interfered, than that in the short space of 2000 years so vast a body should have actually undergone such a material change in its physical constitution. It may be supposed the existence of some sort of *cosmical cloudiness*, subject to internal movements, depending on causes of which we are ignorant." (Vergleiche *Arago* im *Annuaire* pour 1842 p. 350–353.) muß allerdings auf der Oberfläche oder in der Photosphäre eines solchen Fixsternes (einer fernen Sonne, wie schon Aristarch von Samos die Fixsterne würde genannt haben) vorgegangen sein, um den Proceß zu stören, vermöge dessen die weniger brechbaren rothen Strahlen durch Entziehung (Absorption) anderer Complementar-Strahlen (sei es in der Photosphäre des Sternes selbst, sei es in wandernden *kosmischen Gewölken*) vorherrschend wurden. Es wäre zu wünschen, da dieser Gegenstand bei den großen Fortschritten der neueren Optik ein lebhaftes Interesse auf sich gezogen hat, daß man die Epoche einer solchen *Naturbegebenheit*, des Verschwindens der Röthung des Sirius, durch Bestimmung gewisser *Zeitgrenzen*, auffinden könne. Zu Tycho's Zeit hatte Sirius gewiß schon weißes Licht; denn als man mit Verwunderung den neuen in der Cassiopeja 1572 erschienenen blendend weißen Stern im Monat März 1573 sich röthen und im Januar 1574 wieder weiß werden sah, wurde der rothe Stern mit Mars und Aldebaran, aber nicht mit Sirius verglichen. Vielleicht möchte es Sédillot oder anderen mit der arabischen und persischen Astronomie vertrauten Philologen [s. nebenstehenden Zusatz] glücken in den Zeitabständen von El-Batani (Albategnius) und El-Fergani (Alfraganus) bis Abdurrahman Sufi und Ebn-Junis (von 880 bis 1007), von Ebn-Junis bis Naßir-Eddin und Ulugh Beg (von 1007 bis 1437) irgend ein Zeugniß für die damalige Farbe des Sirius aufzufinden. El-Fergani (eigentlich Mohammed Ebn-Kethir El-Fergani), welcher schon in der Mitte des 10ten Jahrhunderts zu Rakka (Aracte) am Euphrat beobachtete, nennt als rothe Sterne (stellae ruffae sagt die alte lateinische Uebersetzung von 1590) wohl den Aldebaran und, räthselhaft genug, die jetzt gelbe, kaum röthlich gelbe Capella; nicht aber den Sirius. Allerdings würde es auffallend sein, wäre Sirius zu seiner Zeit schon nicht mehr roth gewesen, daß El-Fergani, der überall dem Ptolemäus folgt, die Farbenveränderung in einem so berühmten Stern nicht sollte bezeichnet haben. Negative Gründe sind allerdings selten beweisend; und auch bei Beteigeuze (α Orionis), der jetzt noch roth ist wie zu des Ptolemäus Zeiten, erwähnt El-Fergani in derselben Stelle der Farbe nicht.

Es ist längst anerkannt, daß unter allen hell leuchtenden Fixsternen des Himmels Sirius in chronologischer Hinsicht, wie in seiner historischen Anknüpfung an die früheste Entwickelung menschlicher Cultur im Nilthale, die erste und wichtigste Stelle einnimmt. Die Sothis-Periode und der heliacische Aufgang der Sothis (Sirius), über die Biot eine vortreffliche Arbeit geliefert hat, verlegt nach den neuesten Untersuchungen von Lepsius die vollständige Einrichtung des ägyptischen Calenders in jene uralte Epoche von fast 33 Jahrhunderten vor unserer Zeitrechnung: „in welcher nicht nur die Sommer-Sonnenwende und folglich der Anfang des Nil-Anschwellens auf den Tag des ersten Wassermonats (auf den ersten Pachon) fiel, sondern auch der heliacische Aufgang der Sothis". Die neuesten, bisher unveröffentlichten, etymologischen Versuche über Sothis und Sirius aus dem Koptischen, dem Zend, Sanskrit und Griechischen werde ich in eine Note.

Diesen Betrachtungen aus der ägyptischen Urzeit lasse ich die hellenischen, Zend- und Sanskrit-Etymologien folgen: „Σείρ, die *Sonne*", sagt Professor *Franz*, „ist ein altes Stammwort, nur mundartlich verschieden von ϑερ, ϑέρος, die *Hitze*, der *Sommer*: wobei die Veränderung des Vocallautes wie in τεῖρος und τέρος oder τέρας hervortritt. Zum Beweis der Richtigkeit der angegebenen Verhältnisse der Stammwörter σεὶρ und ϑερ, ϑέρος dient nicht nur die Anwendung von ϑερείτατος bei Aratus v. 149 (*Ideler, Sternnamen* S. 241); sondern auch der spätere Gebrauch der aus σεὶρ abgeleiteten Formen σειρὸς, σείριος, σειρινός, *heiß, brennend*. Es ist nämlich bezeichnend, daß σειρὰ oder σειρινὰ ἱμάτια eben so gesagt wird wie ϑερινὰ ἱμάτια leichte Sommerkleider. Ausgebreiteter aber sollte die Anwendung der Form σείριος werden, sie bildete das Beiwort aller Gestirne, welche Einfluß auf die Sommerhitze haben: daher nach der Ueberlieferung des Dichters Archilochus die Sonne σείριος ἀστὴρ hieß und Ibycus die Gestirne überhaupt σείρια, die leuchtenden, nennt. Daß in den Worten des Archilochus: πολλοὺς μὲν αὐτοῦ σείριος καταυανεῖ ὀξὺς ἐλλάμπων die Sonne wirklich gemeint ist, läßt sich nicht bezweifeln. Nach Hesychius und Suidas bedeutet allerdings Σείριος Sonne und Hundsstern zugleich; aber daß die Stelle des *Hesiodus* (*Opera et Dies* v. 417) wie Tzetzes und Proclus wollen, sich auf die Sonne und nicht auf den Hundsstern beziehe, ist mir eben so gewiß als dem neuen Herausgeber des Theon aus Smyrna, Herrn Martin. Von dem Adjectivum σείριος, welches sich als epitheton perpetuum des Hundssternes selbst festgesetzt hat, kommt das Verbum σειριᾶν, das durch *funkeln* übersetzt werden kann. Aratus v. 331 sagt vom Sirius: ὀξέα σειριάει, er funkelt scharf. Eine ganz andere Etymologie hat das allein stehende Wort Σειρήν, die Sirene; und Ihre Vermuthung, daß es wohl nur eine zufällige Klang-Aehnlichkeit mit dem Leuchtstern Sirius habe, ist vollkommen begründet. Ganz irrig ist die Meinung derer, welche nach *Theon Smyrnäus* (*liber de Astronomia* 1850 p. 202) Σειρήν von σειριάζειν (einer übrigens auch unbeglaubigten Form für σειριᾶν) ableiten. Während daß in σείριος die *Bewegung der Hitze und des Leuchtens* zum Ausdruck kommt, liegt dem Worte Σειρήν eine Wurzel zum Grunde, welche den fließenden Ton des Naturphänomens darstellt. Es ist mir nämlich wahrscheinlich, daß Σειρήν mit εἴρειν (*Plato, Cratyl.* 389 D τὸ γὰρ εἴρειν λέγειν ἐστί) zusammenhängt, dessen ursprünglich scharfer Hauch in den Zischlaut überging." (Aus Briefen des Prof. *Franz* an mich, Januar 1850.)

Das griechische Σείρ, die Sonne, laßt sich nach Bopp „leicht mit dem Sanskritworte svar vermitteln. das freilich nicht die Sonne, sondern den *Himmel* (als etwas *glänzendes*) bedeutet. Die gewöhnliche Sanskrit-Benennung der Sonne ist sûrya, eine Zusammenziehung von svârya, das nicht vorkommt. Die Wurzel svar bedeutet im allgemeinen *glänzen, leuchten.* Die zendische Benennung der Sonne ist hvare, mit h für s. Das griechische ϑερ, ϑέρος und ϑερμὸς kommt von dem Sanskritworte gharma (Nom. gharmas) Wärme, Hitze, her."

Der scharfsinnige Herausgeber des Rigveda, Max Müller, bemerkt, daß „der indische astronomische Name des Hundssternes vorzugsweise lubdhaka ist, welches *Jäger* bedeutet: eine Bezeichnung, die, wenn man an den nahen Orion denkt, auf eine uralte gemeinschaftliche arische Anschauung dieser Sterngruppe hinzuweisen scheint." Er ist übrigens am meisten geneigt „Σείριος von dem vedischen Worte sira (davon ein Adjectivum sairya) und der Wurzel sri, gehen, wandeln, abzuleiten: so daß die Sonne und der hellste der Sterne, Sirius, ursprünglich Wandelstern hießen." (Vergl. auch *Pott, etymologische Forschungen* 1833 S. 130.)

zusammendrängen: die nur denen willkommen sein kann, welche aus Liebe zur Geschichte der Astronomie in den Sprachen und ihrer Verwandtschaft Denkmäler des früheren Wissens erkennen.

Entschieden weiß sind gegenwärtig, außer Sirius: Wega, Deneb, Regulus und Spica; auch unter den kleinen Doppelsternen zählt Struve an 300 auf, in denen beide Sterne weiß sind. Gelbes und gelbliches Licht haben Procyon, Atair, der Polarstern und besonders β des Kleinen Bären. Von rothen und röthlichen großen Sternen haben wir schon Beteigeuze, Arcturus, Aldebaran, Antares und Pollux genannt. Rümker findet γ Crucis von schöner rother Farbe; und mein vieljähriger Freund, Capitän Bérard, ein vortrefflicher Beobachter, schrieb aus Madagascar 1847, daß er seit einigen Jahren auch α Crucis sich röthen sehe. Der durch Sir John Herschel's Beobachtungen berühmt gewordene Stern im Schiffe, η Argûs, dessen ich bald umständlicher erwähnen werde, verändert nicht bloß seine Lichtstärke, er verändert auch seine Farbe. Im Jahre 1843 fand in Calcutta Herr Mackay diesen Stern an Farbe dem Arcturus gleich, also röthlich gelbSir John *Herschel, Capreise* p. 34.; aber in Briefen aus Santiago de Chile vom Februar 1850 nennt ihn Lieutenant Gilliß von dunklerer Farbe als Mars. Sir John Herschel giebt am Schluß seiner *Capreise* ein Verzeichniß von 76 rubinfarbigen (ruby coloured) kleinen Sternen 7ter bis 9ter Größe. Einige erscheinen im Fernrohr wie Blutstropfen. Auch die Mehrzahl der *veränderlichen* Sterne wird als roth und röthlich beschrieben. *Mädler, Astronomie* S. 436. Ausnahmen machen: Algol am Kopf der Medusa, β Lyrae, ε Aurigae . . .; die ein *rein weißes* Licht haben. Mira Ceti, deren periodischer Lichtwechsel am frühesten erkannt worden ist, hat ein stark röthliches Licht; aber die Veränderlichkeit von Algol, β Lyrae . . . beweist, daß die rothe Farbe nicht eine nothwendige Bedingung der Lichtveränderung sei: wie denn auch mehrere rothe Sterne nicht zu den veränderlichen gehören. Die lichtschwächsten Sterne, in denen noch Farben zu unterscheiden sind, gehören nach Struve in die 9te und 10te Größe. Der blauen Sterne hat zuerst Mariotte 1686 in seinem *traité des couleurs* gedacht. Bläulich ist η der Leier. Ein kleiner Sternhaufen von 3½ Minute Durchmesser am südlichen Himmel besteht nach Dunlop bloß aus blauen Sternchen. Unter den Doppelsternen giebt es viele, in welchen der Hauptstern weiß und der Begleiter blau ist; einige, in denen Hauptstern und Begleiter beide ein blaues LichtStruve, *Stellae compos.* p. LXXXII. haben (so δ Serp. und 59 Androm.. Bisweilen sind, wie in dem, von Lacaille für einen Nebelfleck gehaltenen Sternschwarm bei κ des südlichen Kreuzes, über hundert vielfarbige (rothe, grüne, blaue und blaugrüne) Sternchen so zusammengedrängt, daß sie wie polychrome Edelgesteine (like a superb piece of fancy jewellerySir John *Herschel, Capreise* p. 17 und 102 (Nebulae and Clusters No. 3435).) in großen Fernröhren erscheinen.

Die Alten glaubten in der Stellung gewisser Sterne erster Größe eine merkwürdige symmetrische Anordnung zu erkennen. So war ihre Aufmerksamkeit vorzugsweise auf die sogenannten vier *königlichen Gestirne,* welche sich in der Sphäre gegenüber stehen: auf *Aldebaran* und *Antares, Regulus* und *Fomalhaut,* gerichtet. Wir finden dieser regelmäßigen Anordnung, die ich schon an einem anderen OrteHumboldt, *Vues des Cordillères et Monumens des peuples indigènes de l'Amérique* T. II. p. 55. behandelt, ausführlich bei einem späten römischen Schriftsteller, aus der constantinischen Zeit, dem Julius Firmicus Maternus*Julii Firmici Materni Astron.* libri VIII, Basil. 1551, lib. VI cap. 1 p. 150., erwähnt. Die Rectascensional-Unterschiede der *königlichen Sterne,* stellae regalers, sind: 11^h 57' und 12^h 49'. Die Wichtigkeit, welche man diesem Gegenstande beilegte, ist wahrscheinlich auf Ueberlieferungen aus dem Orient gegründet, welche unter den Cäsaren mit einer großen Vorliebe zur Astrologie in das römische Reich eindrangen. Eine dunkle Stelle des Hiob (9, 9), in welcher „den *Kammern des Südens*" der *Schenkel*, d. i. das *Nordgestirn* des Großen Bären (der berühmte *Stierschenkel* auf den astronomischen Darstellungen von Dendera und in dem ägyptischen *Todtenbuche*) entgegengesetzt wurde, scheint ebenfalls durch 4 Sternbilder die 4 Himmelsgegenden bezeichnen zu wollen.

Wenn dem Alterthum, ja dem späten Mittelalter ein großer und schöner Theil des südlichen Himmels jenseits der Gestirne von 53° südlicher Abweichung verhüllt geblieben war, so wurde die Kenntniß des Südhimmels ohngefähr hundert Jahre vor der Erfindung und Anwendung des Fernrohrs allmälig vervollständigt. Zur Zeit des Ptolemäus sah man am Horizont von Alexandrien: den Altar; die Füße des Centaur; das südliche Kreuz, zum Centaur gerechnet oder auch wohl *Ideler, Sternnamen* S. 295. zu Ehren des Augustus (nach Plinius) Caesaris Thronus genannt; endlich Canopus (Canobus) im Schiffe, den der Scholiast zum Germanicus *Matrianus Capella* verwandelt das Ptolemaeon in Ptolemaeus; beide Namen waren von den Schmeichlern am ägyptischen Königshofe ersonnen. Amerigo Vespucci glaubt drei Canopen gesehen zu haben, deren einer ganz dunkel (fosco) war; "Canopus ingens et niger", sagt die lateinische Uebersetzung: gewiß einer der schwarzen Kohlensäcke (*Humboldt. Examen crit. de la Géogr.* T. V. p. 227–229). In den oben angeführten *elem. Chronol. et Astron.* von *El-Fergaui* (p. 100) wird erzählt, daß die christlichen Pilgrime den Sohel der Araber (Canopus) den *Stern der heil. Catharina* zu nennen pflegen: weil sie die Freude haben ihn zu sehen und als Leitstern zu bewundern, wenn sie von Gaza nach dem Berg Sinai wandern. In einer schönen Episode des ältesten Heldengedichts der indischen Vorzeit, des Ramayana, werden die dem Südpol näheren Gestirne aus einem sonderbaren Grunde für *neuer geschaffen* erklärt denn die nördlicheren. Als nämlich die von Nordwesten in die Ganges-Länder eingewanderten brahmanischen Indier von dem 30ten Grade nördl. Breite an weiter in die Tropenländer vordrangen und dort die Urbewohner unterjochten, sahen sie, gegen Ceylon vorschreitend, ihnen unbekannte Gestirne am Horizonte aufsteigen. Nach alter Sitte vereinigten sie dieselben zu neuen Sternbildern. Eine kühne Dichtung ließ die *später erblickten* Gestirne *später erschaffen* werden durch die Wunderkraft des Visvamitra. Dieser bedrohte „die alten Götter, mit seiner sternreicheren südlichen Hemisphäre die nördliche zu überbieten." (A. W. von *Schlegel* in der *Zeitschrift für die Kunde des Morgenlandes* Bd. I. S. 240.) Wenn in dieser indischen Mythe das Erstaunen wandernder Völker über den Anblick neuer Himmelsgefilde sinnig bezeichnet wird (der berühmte spanische Dichter Garcilaso de la Vega sagt von den Reisenden: sie wechseln [gleichzeitig] Land und Sterne, mudan de pays y de estrellas); so wird man lebhaft an den Eindruck erinnert, welchen an einem bestimmten Punkte der Erde das Erscheinen (Aufsteigen am Horizont) bisher ungesehener großer Sterne: wie der in den Füßen des Centauren, im südlichen Kreuze, im Eridanus oder im Schiffe, und das völlige Verschwinden der lange heimathlichen auch in den rohesten Völkern erweckt haben muß. Die Fixsterne kommen zu uns und entfernen sich wieder durch das Vorrücken der Nachtgleichen. Wir haben an einem anderen Orte daran erinnert, daß das südliche Kreuz in unseren baltischen Ländern bereits 7° hoch am Horizonte leuchtete 2900 Jahre vor unserer Zeitrechnung: also zu einer Zeit, wo die großen Pyramiden Aegyptens schon ein halbes Jahrtausend standen. „Canopus kann dagegen nie in Berlin sichtbar gewesen sein, da seine Distanz vom Südpol der Ekliptik nur 14° beträgt. Sie müßte 1° mehr betragen, um nur die Grenze der Sichtbaren für unseren Horizont zu erreichen." das Ptolemaeon nennt. Im Catalog des Almagest ist auch der Stern erster Größe, der *letzte im Flusse Eridanus* (arabisch achir el-nahr) Achernar, aufgeführt: ob er gleich 9° unter dem Horizont war. Eine Nachricht von der Existenz dieses Sternes war also dem Ptolemäus aus südlicheren Schifffahrten im rothen Meere oder zwischen Ocelis und dem malabarischen Stapelplatze Muziris zugeführt worden. Die Vervollkommnung der Nautik führte längs der westlichen afrikanischen Küste allerdings schon 1484 Diego Cam in Begleitung von Martin Behaim, 1487 Bartholomäus Diaz, 1497 Gama auf der Fahrt nach Ostindien weit über den Aequator hinaus und in die antarctischen Gewässer bis 35° südlicher Breite; aber die erste specielle Beachtung der großen Gestirne und Nebelflecke, die Beschreibung der *Magellanischen Wolken* und der *Kohlensäcke*, ja der Ruf von den „Wundern des im Mittelmeere nicht gesehenen Himmels", gehört der Epoche von Vicente Yañez Pinzon, Amerigo Vespucci und Andrea Corsali zwischen 1500 und 1515 an. Sternabstände am südlichen Himmel wurden am Ende des 16ten Jahrhunderts und im Anfang des 17ten gemessen.

In der *Vertheilung* der Fixsterne an dem Himmelsgewölbe hat man erst angefangen gewisse *Gesetze relativer Verdichtung* zu erkennen, seitdem William Herschel im Jahr 1785 auf den glücklichen Gedanken verfiel die Zahl der Sterne in demselben Gesichtsfelde von 15′ Durchmesser in seinem 20füßigen Spiegeltelescop in verschiedenen Höhen und Richtungen zu schätzen. Dieser mühevollen Methode der *Aichungen* (franz. jauges, engl. process of gauging the heavens, star-gauges) ist in diesem Werke schon mehrmals gedacht worden. Das Gesichtsfeld umfaßte jedesmal nur $1/833000$ des ganzen Himmels; und solche Aichungen über die ganze Sphäre würden, nach einer Bemerkung von Struve, an 83 Jahre dauern. Man muß bei den Untersuchungen über die partielle Vertheilung der Gestirne besonders die Größenclasse, zu der sie photometrisch gehören, in Anschlag bringen. Wenn man bei den hellen Sternen der ersten 3 oder 4 Größenclassen stehen bleibt: so findet man diese im *ganzen* ziemlich gleichförmig *Outlines of Astronomy* § 785. vertheilt, doch örtlich in der südlichen Hemisphäre von ε des Orion bis α des Kreuzes vorzugsweise in eine prachtvolle Zone in der Richtung eines größten Kreises zusammengedrängt. Das so verschiedene Urtheil, welches von Reisenden über die relative Schönheit des südlichen und nördlichen Himmels gefällt wird, hängt, wie ich glaube, oft nur von dem Umstande ab, daß einige der Beobachter die südlichen Regionen zu einer Zeit besucht haben, in welcher der schönste Theil der Constellationen bei Tage culminirt. Durch die Aichungen beider Herschel an dem nördlichen und südlichen Himmelsgewölbe ergiebt sich, daß die Fixsterne von der 5ten und 6ten Ordnung herab bis unter die 10te und 15te Größe (besonders also die telescopischen) an Dichtigkeit regelmäßig zunehmen, je nachdem man sich den Ringen der *Milchstraße* (ὁ γαλαξίας κύκλος) nähert; daß es demnach Pole des Stern-Reichthums und Pole der Stern-Armuth giebt, letztere rechtwinklig der Haupt-Achse der Milchstraße. Die Dichte des Sternlichts ist am kleinsten in den Polen des *galactischen Kreises;* sie nimmt aber zu, erst langsam und dann schneller und schneller, von allen Seiten mit der *galactischen Polar-Distanz.*

Durch eine scharfsinnige und sorgfältige Behandlung der Resultate der vorhandenen Aichungen findet Struve, daß, im *Mittel,* im Inneren der Milchstraße 29,4mal (fast 30mal) so viel Sterne liegen als in den Regionen, welche die Pole der Milchstraße umgeben. Bei nördlichen galactischen Polar-Distanzen von 0°, 30°, 60°, 75° und 90° sind die Verhältnißzahlen der Sterne in einem Felde des Telescops von 15' Durchmesser: 4,15; 6,52; 17,68; 30,30 und 122,00. In der Vergleichung beider Zonen findet sich trotz großer Aehnlichkeit in dem Gesetze der Zunahme des Stern-Reichthums doch wieder ein absolutes *Uebergewicht* der Sternmenge auf Seiten des schöneren südlichen Himmels.

Als ich im Jahr 1843 den Ingenieur-Hauptmann Schwinck freundschaftlich aufforderte mir die Vertheilung der 12148 Sterne (1^m bis 7^m inclus.), welche er auf Bessel's Anregung in seine *Mappa coelestis* eingetragen, nach Rectascensions-Verschiedenheit mitzutheilen, fand er in 4 Gruppen:

Rectasc.	von	50°	–	140°	Zahl	der	Sterne	3147
"	"	140°	–	230°	"	"	"	2627
"	"	230°	–	320°	"	"	"	3523
"	"	320°	–	50°	"	"	"	2851

Diese Gruppen stimmen mit den noch genaueren Resultaten der *études stellaires* überein, nach denen von Sternen 1^m bis 9^m die Maxima in Rectasc. in 6^h 40' und 18^h 40', die Minima in 1^h 30' und 13^h 30' fallen. *Struve* p. 59. Schwinck findet in seinen Karten RA. 0°–90° Sterne 2858, RA. 90°–180° Sterne 3011, RA. 180°–270° Sterne 2688, RA. 270°–360° Sterne 3591: Summe 12148 Sterne bis 7^m.

Unter der zahllosen Menge von Sternen, welche an dem Himmel glänzen, sind wesentlich von einander zu unterscheiden, in Hinsicht auf die muthmaßliche *Gestaltung* des Weltbaues und auf die Lage oder *Tiefe* der Schichten geballter Materie: die einzeln, sporadisch zerstreuten Fixsterne; und diejenigen, welche man in abgesonderte, selbstständige Gruppen zusammengedrängt findet. Die letzteren sind *Sternhaufen* oder *Sternschwärme,* die oft viele Tausende von telescopischen Sternen in erkennbarer Beziehung zu einander enthalten und die dem unbewaffneten Auge bisweilen als runde Nebel, cometenartig leuchtend, erscheinen. Das sind die *nebligen Sterne* des Eratosthenes und Ptolemäus, die nebulosae der Alfonsinischen Tafeln von 1252 und die des Galilei, welche (wie es im *Nuncius sidereus* heißt) sicut areolae sparsim per aethera subfulgent.

Die Sternhaufen selbst liegen entweder wiederum vereinzelt am Himmel; oder eng und ungleich, wie schichtenweise, zusammengedrängt, in der *Milchstraße* und den beiden *Magellanischen Wolken*. Der größte und gewiß für die *Configuration* der Milchstraßen-Ringe bedeutsamste Reichthum von runden Sternhaufen (globular clusters) findet sich in einer Region des südlichen HimmelsJohn *Herschel, Capreise* § 105 p. 136. zwischen der Corona australis, dem Schützen, dem Schwanz des Scorpions und dem Altar (RA. 16^h 45–19^h). Aber nicht alle Sternhaufen in oder nahe der Milchstraße sind rund und kugelförmig; es giebt dort auch mehrere von unregelmäßigen Umrissen, wenig reich an Sternen und mit einem nicht sehr dichten Centrum. In vielen runden Sterngruppen sind die Sterne von gleicher Größe, in anderen sind sie sehr ungleich. In einigen seltenen Fällen zeigen sie einen schönen röthlichen Centralstern*Outlines* § 864– 869 pag. 591–596; *Mädler, Astronomie* S. 764. (RA. 2^h 10', N. Decl. 56° 21'). Wie solche Weltinseln mit allen darin wimmelnden Sonnen frei und ungestört rotiren können, ist ein schwieriges Problem der Dynamik. *Nebelflecke* und *Sternhaufen:* wenn auch von den ersteren jetzt sehr allgemein angenommen wird, daß sie ebenfalls aus sehr kleinen, aber noch ferneren Sternen bestehen; scheinen doch in ihrer *örtlichen* Vertheilung verschiedenen Gesetzen unterworfen. Die Erkenntniß dieser Gesetze wird vorzugsweise die Ahndungen über das, was man kühn den *Himmelsbau* zu nennen pflegt, modificiren. Auch ist die Beobachtung sehr merkwürdig, daß *runde* Nebelflecke sich bei gleicher Oeffnung und Vergrößerung des Fernrohrs leichter in Sternhaufen *auflösen* als *ovale*.

Von den wie in sich abgeschlossenen Systemen der *Sternhaufen* und *Sternschwärme* begnügen wir uns hier zu nennen:

die *Plejaden*, gewiß den rohesten Völkern am frühesten bekannt: das *Schifffahrts-Gestirn*, Pleias ἀπὸ τοῦ πλεῖν: wie der alte Scholiast des Aratus wohl richtiger etymologisirt als neuere Schriftsteller, die den Namen von der Fülle, von πλέος, herleiten: die Schifffahrt des Mittelmeers dauerte vom Mai bis Anfang November, vom Frühaufgange bis zum Frühuntergang der Plejaden;

die *Krippe* im Krebs: nach Plinius nubecula quam Praesepia vocant inter Asellos, ein νεφέλιον des Pseudo-Eratosthenes;

den Sternhaufen am Schwerdt-Handgriff des *Perseus*, von den griechischen Astronomen oft genannt;

das Haupthaar der *Berenice:* wie die drei vorigen dem bloßen Auge sichtbar;

Sternhaufen in der Nähe des *Arcturus* (No. 1663), telescopisch; RA. 13ʰ 34' 12", N. Decl. 29° 14'; mehr als tausend Sternchen 10–12ter Größe;

Sternhaufen zwischen η und ζ *Herculis:* in hellen Nächten dem bloßen Auge sichtbar; im Fernrohr ein prachtvoller Gegenstand (No. 1968), mit sonderbar strahlförmig auslaufendem Rande; RA. 16ʰ 35' 37", N. Decl. 36° 47'; von Halley 1714 zuerst beschrieben;

Sternhaufen bei ω des *Centauren:* von Halley schon 1677 beschrieben, dem bloßen Auge erscheinend wie ein cometenartiger runder Flecken, fast leuchtend als ein Stern 4ᵐ–5ᵐ; in mächtigen Fernröhren erscheint er aus zahllosen Sternchen 13ter bis 15ter Größe zusammengesetzt, welche sich gegen die Mitte verdichten; RA. 13ʰ 16' 38", südl. Decl. 46° 35'; in Sir John Herschel's Catalog der Sternhaufen des südlichen Himmels No. 3504, im Durchmesser 15' (*Capreise* p. 21 und 105, *outl. of Astro.* p. 595);

Sternhaufen bei κ des *südlichen Kreuzes* (No. 3435): zusammengesetzt aus vielfarbigen Sternchen 12–16ter Größe, welche auf eine Area von $^1/_{48}$ eines Quadratgrades vertheilt sind; nach Lacaille ein Nebelstern: aber durch Sir John Herschel so vollständig aufgelöst, daß gar kein Nebel übrig blieb; der Centralstern gesättigt roth (*Capreise* p. 17 und 102 Pl. I fig. 2);

Sternhaufen 47 *Toucani* Bode; No. 2322 des Catalogs von Sir John Herschel, eines der merkwürdigsten Objecte des südlichen Himmels. Es hat dasselbe auch mich einige Nächte cometenartig getäuscht, als ich zuerst nach Peru kam und es unter 12° südlicher Breite sich höher über den Horizont erheben sah. Die Sichtbarkeit für das unbewaffnete Auge ist um so größer, als der Sternhaufen des Toucan, von 15' bis 20' Durchmesser, zwar der kleinen Magellanischen Wolke nahe, aber auf einer ganz sternleeren Stelle steht. Er ist im Inneren blaß rosenroth, concentrisch mit einem weißen Rande umgeben, aus Sternchen (14ᵐ bis 16ᵐ) und zwar von gleicher Größe zusammengesetzt, alle Kennzeichen der Kugelform körperlich darbietend.

Sternhaufen am Gürtel der *Andromeda* bei ω dieser Constellation. Die Auflösung des berühmten Nebelflecks der Andromeda in Sternchen, von denen über 1500 erkannt worden sind, gehört zu den merkwürdigsten Entdeckungen in der beschauenden Astronomie unserer Zeit. Sie ist das Verdienst von George Bond*Bond* in den *Memoirs of the American Academy of Arts and Sciences,* new series Vol. III. p. 75., Gehülfen an der Sternwarte zu Cambridge in den Vereinigten Staaten (März 1848); und zeugt zugleich für die vortreffliche Lichtstärke des dort aufgestellten, mit einem Objectiv von 14 Pariser Zoll Durchmesser versehenen Refractors, da selbst ein Reflector von 18 Zoll Durchmesser des Spiegels „noch keine Spur von der Anwesenheit eines Sternes ahnden läßt".*Outlines* § 874 p. 601. Vielleicht ist der Sternhaufen in der Andromeda schon am Ende des zehnten Jahrhunderts als ein Nebel von ovaler Form aufgeführt worden; sicherer ist es aber, daß Simon Marius (Mayer aus Guntzenhausen: derselbe, der auch den Farbenwechsel bei der Scintillation bemerkte*Delambre, Histoire de l'Astronomie* *moderne* T. I. p. 697.) ihn am 15 Dec. 1612 als einen neuen, von Tycho nicht genannten, sternlosen, wundersamen Weltkörper erkannt und zuerst umständlich beschrieben hat. Ein halbes Jahrhundert später beschäftigte sich Boulliau, der Verfasser der *Astronomia philolaica*, mit demselben Gegenstande. Was diesem Sternhaufen, der 2°½ Länge und über 1° Breite hat, einen besonderen Charakter giebt, sind die zwei merkwürdigen, unter sich und der Längen-Axe parallelen, sehr schmalen schwarzen Streifen, welche rißartig das Ganze nach Bond's Untersuchung durchsetzen. Diese Gestaltung erinnert lebhaft an den sonderbaren Längenriß in einem unaufgelösten Nebel der südlichen Hemisphäre, No. 3501, welchen Sir John Herschel beschrieben und abgebildet hat (*Capreise* p. 20 und 105 Pl. IV fig. 2).

Ich habe dieser Auswahl merkwürdiger *Sternhaufen:* trotz der wichtigen Entdeckungen, welche wir dem Lord Rosse und seinem Riesen-Reflector zu verdanken haben, den großen Nebel im Gürtel des Orion noch nicht beigefügt, da es mir geeigneter zu sein scheint von den in demselben bereits *aufgelösten* Theilen in dem Abschnitt von den Nebelflecken zu handeln.

Die größte Anhäufung von *Sternhaufen*, keinesweges von Nebelflecken, findet sich in der *Milchstraße* der Araber), welche fast einen größten Kreis der Sphäre bildet und gegen den Aequator unter einem Winkel von 63° geneigt ist. Die *Pole der Milchstraße* liegen: RA. 12ʰ 47', nördl. Decl. 27° und RA. 0ʰ 47', südliche Decl. 27°; also als Nordpol nahe dem Haupthaar der Berenice, als Südpol zwischen Phönix und Wallfisch. Wenn alle *planetarischen* örtlichen Verhältnisse auf die *Ekliptik:* auf den größten Kreis, in welchem die Ebene der Sonnenbahn die Sphäre durchschneidet, bezogen werden; so finden gleich bequem viele örtliche Beziehungen der *Fixsterne* (z. B. die ihrer Anhäufung oder Gruppirung) auf den fast größten Kreis der *Milchstraße* statt. In diesem Sinne ist dieselbe für die siderische Welt, was die Ekliptik vorzugsweise für die Planetenwelt unseres Sonnensystems ist. Die Milchstraße schneidet den Aequator im Einhorn zwischen Procyon und Sirius: RA. 6ʰ 54' (für 1800), und in der linken Hand des Antinous: RA. 19ʰ 15'. Die Milchstraße theilt demnach die Himmelssphäre in zwei etwas ungleiche Hälften, deren Areale sich ohngefähr wie 8 : 9 verhalten. In der kleineren Hälfte liegt der Frühlingspunkt. Die Breite der Milchstraße ist in ihrem Laufe sehr veränderlich. Wo sie am schmalsten und zugleich mit am glänzendsten ist: zwischen dem Vordertheil des Schiffes und dem Kreuze, dem Südpol am nächsten, hat sie kaum 3 bis 4 Grad Breite; an anderen Punkten 16°, und getheilt zwischen dem Schlangenträger und Antinous*Struve, études d'Astr. stellaire* p. 41. bis 22°. William Herschel hat bemerkt, daß, nach seinen Stern-Aichungen zu urtheilen, die Milchstraße in vielen Regionen eine 6 bis 7 Grad größere Breite hat, als es uns der dem unbewaffneten Auge sichtbare Sternschimmer verkündigt.

Der Milchweiße der ganzen Zone hatte schon Huygens, welcher im Jahr 1656 seinen 23füßigen Refractor auf die Milchstraße richtete, den unauflöslichen Nebel abgesprochen. Sorgfältigere Anwendung von Spiegeltelescopen der größten Dimension und Lichtstärke hat später noch sicherer erwiesen, was schon Democritus und Manilius vom *alten Wege des Phaethon* vermutheten, daß der *milchige Lichtschimmer* allein den zusammengedrängten kleinen Sternschichten, nicht aber den sparsam eingemengten Nebelflecken zuzuschreiben sei. Dieser Lichtschimmer ist derselbe an Punkten, wo alles sich vollkommen in Sterne auflöst: und zwar in Sterne, *die sich auf einen schwarzen, ganz dunstfreien Grund projiciren.* Es ist im allgemeinen ein merkwürdiger Charakter der Milchstraße, daß kugelförmige Sternhaufen (globular clusters) und Nebelflecke von regelmäßiger ovaler Form in derselben gleich selten sind"*Globular clusters,* except in one region of small extent (between 16ʰ 45' and 19ʰ in RA.), and *nebulae of regular elliptic forms* are comparatively rare in the Milky Way, and are found congregated in the greatest abundance in a part of the heavens the most remote possible from that circle." *Outlines* p. 614 Schon Huygens war seit 1656 auf den Mangel alles Nebels und aller Nebelflecke in der Milchstraße aufmerksam. In derselben Stelle, in welcher er die erste Entdeckung und Abbildung des großen Nebelfleckes in dem Gürtel des Orion durch einen 28füßigen Refractor (1656) erwähnt, sagt er: viam lacteam perspicillis inspectam nullas habere nebulas; die Milchstraße sei wie alles, was man für Nebelsterne halte, ein großer Sternhaufen. Die Stelle ist abgedruckt in *Huigenii Opera varia* 1724 p. 540.: während beide in sehr großer Entfernung von der Milchstraße sich angehäuft finden; ja in den *Magellanischen Wolken* isolirte Sterne, kugelförmige Sternhaufen in allen Zuständen der Verdichtung, und Nebelflecke von bestimmt ovaler und von ganz unregelmäßiger Form mit einander gemengt sind. Eine merkwürdige Ausnahme von dieser Seltenheit kugelförmiger Sternhaufen in der Milchstraße bildet eine Region derselben zwischen RA. 16ʰ 45' und 18ʰ 44': zwischen dem Altar, der südlichen Krone, dem Kopf und Leibe des Schützen, und dem Schwanz des Scorpions. Zwischen ε und ϑ des letzteren liegt selbst einer der an dem südlichen Himmel so überaus seltenen ringförmigen Nebel. In dem Gesichtsfelde mächtiger Telescope (und man muß sich erinnern, daß nach Schätzungen von Sir William Herschel ein 20füßiges Instrument 900, ein 40füßiges 2800 Siriusweiten eindringt) erscheint die Milchstraße eben so verschiedenartig in ihrem *sideralen Inhalte*, als sie sich unregelmäßig und unbestimmt in ihren Umrissen und Grenzen dem unbewaffneten Auge darstellt. Wenn in einigen Strichen sie über weite Räume die größte Einförmigkeit des Lichts und der scheinbaren Größe der Sterne darbietet, so folgen in anderen Strichen die glänzendsten Fleckchen eng zusammengedrängter Lichtpunkte, durch dunklere, sternarme Zwischenräume körnig oder gar netzförmig unterbrochen; ja in einigen dieser Zwischenräume, ganz im Inneren der Galaxis, ist auch nicht der kleinste Stern (18ᵐ oder 20ᵐ) zu entdecken. Man kann sich des Gedankens nicht erwehren, daß man dort durch die ganze Sternschicht der Milchstraße wirklich durchsehe. Wenn Stern-Aichungen eben erst im telescopischen Gesichtsfelde (von 15' Durchmesser) nur 40 bis 50 Sterne als Mittelzahl gegeben haben, so folgen bald danebene Gesichtsfelder mit 400 bis 500. Sterne von höherer Ordnung treten oft im feinsten Sternendunste auf, während alle mittleren Ordnungen fehlen. Was wir Sterne der niedrigsten Ordnung nennen, mögen uns nicht immer nur wegen ihres ungeheuren Abstandes als solche erscheinen, sondern auch weil sie wirklich von geringerem Volum und geringerer Lichtentwickelung sind.

Um die Contraste der reicheren oder ärmeren Anhäufung von Sternen, des größten oder minderen Glanzes aufzufassen, muß man Regionen bezeichnen, die sehr weit von einander entfernt liegen. Das Maximum der Anhäufung und der herrlichste Glanz findet sich zwischen dem Vordertheil des Schiffes und dem Schützen; oder, genauer gesprochen, zwischen dem Altar, dem Schwanz des Scorpions, der Hand und dem Bogen des Schützen, und dem rechten Fuß des Schlangenträgers. „Keine Gegend der ganzen Himmelsdecke gewährt mehr Mannigfaltigkeit und Pracht durch Fülle und Art der Gruppirung."„No region of the heavens is fuller of objects, beautiful and remarkable in themselves, and rendered still more so by their mode of association and by the peculiar features assumed by the Miiky Way, which are without a parallel in any other part of its course." (*Capreise* p. 386.) Dieser so lebendige Ausspruch von Sir John Herschel stimmt ganz mit den Eindrücken überein, die ich selbst empfangen. Cap. *Jacob* (Bombay Engineers) sagt von der Licht-Intensität der Milchstraße in der Nähe des südlichen Kreuzes mit treffender Wahrheit: "such is the general blaze of starlight near the Cross from that part of the sky, that a person is immediately made aware of its having risen above the horizon, though he should not be at the time looking at the heavens, by the increase of general illumination of the atmosphere, resembling the effect of the young moon." S. Piazzi *Smyth on the Orbit of* α Cent. in den *Transact. of the Royal Soc. of Edinburgh* Vol. XVI. p. 445. Dieser südlichen Region kommt im Maximum am nächsten an unserem nördlichen Himmel die anmuthige und sternreiche Gegend im Adler und Schwan, wo die Milchstraße sich theilt. So wie die größte Schmalheit unter den Fuß des Kreuzes fällt, ist dagegen die Region des Minimums des Glanzes (der Verödung der Milchstraße) in der Gegend des Einhorns wie in der des Perseus.

Die Pracht der Milchstraße in der südlichen Hemisphäre wird noch durch den Umstand vermehrt, daß zwischen dem durch seine Veränderlichkeit so berühmt gewordenen Stern η Argûs und α Crucis unter den Parallelen von 59 und 60 Grad südlicher Breite, die merkwürdige *Zone sehr großer* und wahrscheinlich uns sehr naher *Gestirne:* zu welcher die Constellationen des Orion und des Großen Hundes, des Scorpions, des Centauren und des Kreuzes gehören; die Milchstraße unter einem Winkel von 20° schneidet. Ein größter Kreis, der durch ε Orionis und den Fuß des Kreuzes gelegt wird, bezeichnet die Richtung dieser merkwürdigen Zone. Die, man möchte sagen malerisch-landschaftliche Wirkung der Milchstraße wird in beiden Hemisphären durch ihre mehrfache Theilung erhöht. Sie bleibt ohngefähr ²/₅ ihres Zuges hindurch ungetheilt. In der großen Bifurcation trennen sich nach Sir John Herschel die Zweige bei α Centauri: nicht bei β Cent., wie unsere Sternkarten angeben, oder beim Altar, wie Ptolemäus will*Almagest* lib. VIII cap. 2 (T. II., p. 84und 90 Halma). Die Beschreibung des Ptolemäus ist in einzelnen Theilen vortrefflich, besonders verglichen mit der Behandlung der Milchstraße in *Aristot. Meteorol.* lib. I p. 29 und 34 nach Ideler's Ausgabe.; sie kommen wieder zusammen im Schwan.

Um den ganzen Verlauf und die Richtung der *Milchstraße* mit ihren Nebenzweigen im allgemeinen übersehen zu können, geben wir hier in gedrängter Kürze eine Uebersicht, die nach der Folge der Rectascensionen geordnet ist. Durch γ und ε Cassiopejae hindurchgehend, sendet die Milchstraße südlich einen Zweig nach ε Persei, welcher sich gegen die Plejaden und Hyaden verliert. Der Hauptstrom, hier sehr schwach, geht über die Hoedi (Böckchen) im Fuhrmann, die Füße der Zwillinge, die Hörner des Taurus, das Sommer-Solstitium der Ekliptik und die Keule des Orion nach 6^h 54' RA. (für 1800), den Aequator an dem Halse des Einhorns schneidend. Von hier an nimmt die Helligkeit beträchtlich zu. Am Hintertheil des Schiffes geht ein Zweig südlich ab bis γ Argûs, wo derselbe plötzlich abbricht. Der Hauptstrom setzt fort bis 33° südl. Decl., wo er, fächerförmig zertheilt (20° breit), ebenfalls abbricht: so daß in der Linie von nach λ Argûs sich eine weite Lücke in der Milchstraße zeigt. In ähnlicher Ausbreitung beginnt letztere nachher wieder, verengt sich aber an den Hinterfüßen des Centauren und vor dem Eintritte in das südliche Kreuz, wo sie ihren schmalsten Streifen von nur 3° oder 4° Breite bildet. Bald darauf dehnt sich der Lichtweg wieder zu einer hellen und breiten Masse aus, die β Centauri wie α und β Crucis einschließt und in deren Mitte der schwarze birnförmige Kohlensack liegt, dessen ich im 7ten Abschnitt näher erwähnen werde. In dieser merkwürdigen Region, etwas unterhalb des Kohlensackes, ist die Milchstraße dem Südpol am nächsten.

Bei α Centauri tritt die schon oben berührte Haupttheilung ein: eine Bifurcation, welche sich nach den älteren Ansichten bis zu dem Sternbild des Schwanes erhält. Zuerst, von α Centauri aus gerechnet, geht ein schmaler Zweig nördlich nach dem Wolf hinwärts, wo er sich verliert; dann zeigt sich eine Theilung beim Winkelmaaß (bei γ Normae). Der nördliche Zweig bildet unregelmäßige Formen bis in die Gegend des Fußes des Schlangenträgers, wo er ganz verschwindet; der südlichste Zweig wird jetzt der Hauptstrom, und geht durch den Altar und den Schwanz des Scorpions nach dem Bogen des Schützen, wo er in 276° Länge die Ekliptik durchschneidet. Weiter hin erkennt man ihn aber in unterbrochener, fleckiger Gestalt: fortlaufend durch den Adler, den Pfeil und den Fuchs bis zum Schwan. Hier beginnt eine sehr unregelmäßige Gegend: wo zwischen ε, α und γ Cygni eine breite, dunkle Leere sich zeigt, die Sir John Herschel mit dem Kohlensack im südlichen Kreuze vergleicht und die wie ein Centrum bildet, von welchem drei partielle Ströme ausgehen. Einer derselben, von größerer Lichtstärke, kann gleichsam rückwärts über β Cygni und s Aquilae verfolgt werden: jedoch ohne sich mit dem bereits oben erwähnten, bis zum Fuß des Ophiuchus gehenden, Zweige zu vereinigen. Ein beträchtlicher Ansatz der Milchstraße dehnt sich außerdem noch vom Kopfe des Cepheus, also in der Nähe der Cassiopea, von welcher Constellation an wir die

Schilderung der Milchstraße begonnen haben, nach dem Kleinen Bären und dem Nordpol hin aus.

Bei den außerordentlichen Fortschritten, welche durch Anwendung großer Telescope allmälig die Kenntniß von dem Stern-Inhalte und der Verschiedenheit der Licht-Concentration in einzelnen Theilen der Milchstraße gemacht hat, sind an die Stelle bloß *optischer* Projections-Ansichten mehr *physische* Gestaltungs-Ansichten getreten. Thomas WrightEinen Auszug aus dem so seltenen Werke des Thomas *Wright* von Durham (*Theory of the Universe*, London 1750) hat Morgan gegeben in dem *Philos. Magazine* Ser. III. No. 32 p. 241. Thomas Wright, auf dessen Bestrebungen Kant's und William Herschel's sinnreiche Speculationen über die Gestaltung unserer Sternschicht die Aufmerksamkeit der Astronomen seit dem Anfang dieses Jahrhunderts so bleibend geheftet haben, beobachtete selbst nur mit einem Reflector von 1 Fuß Focallänge. von Durham, Kant, Lambert und zuerst auch William Herschel waren geneigt die Gestalt der Milchstraße und die scheinbare Anhäufung der Sterne in derselben als eine Folge der abgeplatteten Gestalt und ungleichen Dimensionen der *Weltinsel* (Sternschicht) zu betrachten, in welche unser Sonnensystem eingeschlossen ist. Die Hypothese von der gleichen Größe und gleichartigen Vertheilung der Fixsterne ist neuerdings vielseitig erschüttert worden. Der kühne und geistreiche Erforscher des Himmels, William Herschel, hat sich in seinen letzten Arbeiten für die Annahme eines Ringes von Sternen entschieden, die er in seiner schönen Abhandlung vom Jahre 1784 bestritt. Die neuesten Beobachtungen haben die Hypothese von einem System von einander abstehender *concentrischer Ringe* begünstigt. Die Dicke dieser Sternringe scheint sehr ungleich; und die einzelnen Schichten, deren vereinten, stärkeren oder schwächeren, Lichtglanz wir empfangen, liegen gewiß in sehr verschiedenen Höhen, d. h. in verschiedenen Entfernungen von uns: aber die relative Helligkeit der einzelnen Sterne, die wir von 10ter bis 16ter Größe schätzen, kann nicht in der Art als maaßgebend für die Entfernung betrachtet werden, daß man befriedigend den Radius der Abstandssphäre numerischEncke in *Schumacher's astr. Nachr.* No. 622 (1847) S. 341–346. daraus bestimmen könnte.

In vielen Gegenden der Milchstraße genügt die raumdurchdringende Kraft der Instrumente ganze Sternwolken aufzulösen und die einzelnen Lichtpunkte auf die dunkle, sternlose Himmelsluft projicirt zu sehen. Wir blicken dann wirklich *durch* wie ins Freie. "It leads us", sagt Sir John Herschel, "irresistibly to the conclusion, that in these regions we see *fairly through* the starry stratum."*Outlines* p. 536. Auf der nächstfolgenden Seite heißt es über denselben Gegenstand: "In such cases it is equally impossible not to perceive that we are looking *through* a sheet of stars of no great thickness compared with the distance which separates them from us." In anderen Gegenden sieht man wie durch Oeffnungen und Spalten, sei es auf ferne Weltinseln oder weit auslaufende Zweige des Ring-Systems; in noch anderen ist die Milchstraße bisher *unergründlich* (fathomless, insondable) geblieben, selbst für das 40füßige

Telescop.*Struve, études stell.* p. 63. Bisweilen erreichen die größten Fernröhre einen solchen Raum der Himmelsluft, in welchem das Dasein einer in weiter Ferne aufglimmenden Sternschicht sich nur durch ein „getüpfeltes, gleichsam lichtgeflecktes" Ansehen verkündigt (by an uniform dotting or stippling of the field of view). S. in der *Capreise* p. 390 den Abschnitt: "on some indications of very remote telescopic branches of the Milky Way, or of an independent sidereal System, or Systems, bearing a resemblance to such branches." Untersuchungen über die ungleichartige Licht-Intensität der *Milchstraße* wie über die *Größenordnungen* der Sterne, welche von den *Polen der Milchstraße* zu ihr selbst hin an Menge regelmäßig zunehmen (die Zunahme wird vorzugsweise 30° auf jeder Seite der Milchstraße in Sternen unterhalb der 11ten Größe*Capreise* § 314, also in $^{16}/_{17}$ aller Sterne, bemerkt), haben den neuesten Erforscher der südlichen Himmelssphäre zu merkwürdigen Ansichten und wahrscheinlichen Resultaten über die Gestalt des galactischen Ring-Systems und über das geleitet, was man kühn die *Stelle der Sonne* in *der* Weltinsel nennt, welcher jenes Ring System angehört. Der Standort, den man der Sonne anweist, ist excentrisch: vermuthlich da, wo eine Nebenschicht sich von dem Hauptringe abzweigtSir William *Herschel* in den *Philos. Transact.* for 1785 p. 21; Sir John *Herschel, Capreise* § 293. (Vergl. auch *Struve, descr. de l'Observatoire de Poulkova* 1845 p. 267–271) in einer der verödeteren Regionen, die dem *südlichen Kreuze* näher liegt als dem entgegengesetzten Knoten der Milchstraße"I think", sagt Sir John *Herschel*, "it is impossible to view this splendid zone from α *Centauri* to the Cross without an impression amounting almost to conviction, that the milky way is not a mere stratum, but annular; or at least that our system is placed within one of the poorer or almost vacant parts of its general mass, and that eccentrically, so as to be much nearer to the region about the Cross than to that diametrically opposite to it." (*Mary Somerville on the Connexion of the Physical Sciences* 1846 p. 419.). „Die Tiefe, zu der unser Sonnensystem in das Stern-Stratum, welches die Milchstraße bildet, eingetaucht liegt, soll dazu (von der südlichen Grenz-Oberfläche an gerechnet) dem Abstande oder Lichtwege von Sternen der 9ten und 10ten, nicht der 11ten Größe gleich sein."*Capreise* § 315. Wo, der eigenthümlichen Natur gewisser Probleme nach, Messungen und unmittelbare sinnliche Wahrnehmungen fehlen: ruht nur wie ein Dämmerlicht auf Resultaten, zu welchen, ahndungsvoll getrieben, die geistige Anschauung sich erhebt.

IV.

Neu erschienene und verschwundene Sterne. – Veränderliche Sterne in gemessenen, wiederkehrenden Perioden. – Intensitäts-Veränderungen des Lichtes in Gestirnen, bei denen die Periodicität noch unerforscht ist.

Neue Sterne. – Das Erscheinen vorher nicht gesehener Sterne an der Himmelsdecke, besonders wenn es ein plötzliches Erscheinen von stark funkelnden Sternen erster Größe ist, hat von je her als eine *Begebenheit in den Welträumen* Erstaunen erregt. Es ist dies

Erstaunen um so größer, als eine solche Naturbegebenheit: ein auf einmal Sichtbar-Werden dessen, was vorher sich unserem Blicke entzog, aber deshalb doch als vorhanden gedacht wird, zu den allerseltensten Erscheinungen gehört. In den drei Jahrhunderten von 1500 bis 1800 sind 42 den Bewohnern der nördlichen Hemisphäre mit unbewaffnetem Auge sichtbare *Cometen* erschienen, also im Durchschnitt in hundert Jahren vierzehn, während für dieselben drei Jahrhunderte nur 8 neue Sterne beobachtet wurden. Die Seltenheit der letzteren wird noch auffallender, wenn man größere Perioden umfaßt. Von der in der Geschichte der Astronomie wichtigen Epoche der Vollendung der Alphonsinischen Tafeln an bis zum Zeitalter von William Herschel, von 1252 bis 1800, zählt man der *sichtbaren* Cometen ohngefähr 63, der neuen Sterne wieder nur 9; also für die Zeit, in welcher man in europäischen Culturländern auf eine ziemlich genaue Aufzählung rechnen kann, ergiebt sich das Verhältniß der neuen Sterne zu den ebenfalls mit bloßen Augen sichtbaren Cometen wie 1 zu 7. Wir werden bald zeigen, daß, wenn man die nach den Verzeichnissen des Ma-tuan-lin in China beobachteten neu erschienenen Sterne sorgfältig von den sich schweiflos bewegenden Cometen trennt und bis anderthalb Jahrhunderte vor unserer Zeitrechnung hinaufsteigt, in fast 2000 Jahren in allem kaum 20 bis 22 solcher *Erscheinungen* mit einiger Sicherheit aufgeführt werden können.

Ehe wir zu allgemeinen Betrachtungen übergehen, scheint es mir am geeignetsten, durch die Erzählung eines Augenzeugen, und bei einem einzelnen Beispiele verweilend, die Lebendigkeit des Eindrucks zu schildern, welchen der Anblick eines *neuen Sternes* hervorbringt. Als ich, sagt Tycho Brahe, von meinen Reisen in Deutschland nach den dänischen Inseln zurückkehrte, verweilte ich (ut aulicae vitae fastidium lenirem) in dem anmuthig gelegenen ehemaligen Kloster Herritzwadt bei meinem Onkel Steno Bille, und hatte die Gewohnheit erst am Abend mein chemisches Laboratorium zu verlassen. Da ich nun im Freien nach gewohnter Weise den Blick auf das mir wohlbekannte Himmelsgewölbe richtete, sah ich mit nicht zu beschreibendem Erstaunen nahe am Zenith in der Cassiopea einen strahlenden Fixstern von nie gesehener Größe. In der Aufregung glaubte ich meinen Sinnen nicht trauen zu können. Um mich zu überzeugen, daß es keine Täuschung sei, und um das Zeugniß Anderer einzusammeln, holte ich meine Arbeiter aus dem Laboratorium und befragte alle vorbeifahrenden Landleute, ob sie den plötzlich auflodernden Stern eben so sähen als ich. Später habe ich erfahren, daß in Deutschland Fuhrleute und „anderes gemeines Volk" die Astronomen erst auf die große Erscheinung am Himmel aufmerksam machten: „was dann (wie bei den nicht vorher angekündigten Cometen) die gewohnten Schmähungen auf gelehrte Männer erneuerte".

„Den neuen Stern", fährt Tycho fort, „fand ich ohne Schweif, von keinem Nebel umgeben, allen anderen Fixsternen völlig gleich, nur noch stärker funkelnd als Sterne erster Größe. Sein Lichtglanz übertraf den des Sirius, der Leier und des Jupiter. Man konnte ihn nur der Helligkeit der Venus gleich setzen, wenn sie der Erde am nächsten steht (wo dann nur ihr vierter Theil erleuchtet ist). Menschen, die mit scharfen Augen begabt sind, erkannten bei heiterer Luft den neuen Stern bei Tage selbst in der Mittagsstunde. Zur Nachtzeit, bei bedecktem Himmel, wenn alle anderen Sterne verschleiert waren, wurde er mehrmals durch Wolken von mäßiger Dicke (nubes non admodum densas) gesehen. Abstände von anderen nahen Sternen der Cassiopea, die ich im ganzen folgenden Jahre mit vieler Sorgfalt maß, überzeugten mich von seiner völligen Unbeweglichkeit. Bereits im December 1572 fing die Lichtstärke an abzunehmen, der Stern wurde dem Jupiter gleich; im Januar 1573 war er minder hell als Jupiter. Fortgesetzte photometrische Schätzungen gaben: für Februar und März Gleichheit mit Sternen erster Ordnung (stellarum affixarum primi honoris; denn Tycho scheint den Ausdruck des Manilius, stellae fixae, nie gebrauchen zu wollen); für April und Mai Lichtglanz von Sternen 2ter, für Julius und August 3ter, für October und November 4ter Größe. Gegen den Monat November war der neue Stern nicht heller als der 11te im unteren Theil der Stuhllehne der Cassiopea. Der Uebergang zur 5ten und 6ten Größe fand vom December 1573 bis Februar 1574 statt. Im folgenden Monat verschwand der neue Stern, nachdem er 17 Monate lang geleuchtet, spurlos für das bloße Auge." (Das Fernrohr wurde erst 37 Jahre später erfunden.)

Der allmälige Verlust der *Leuchtkraft* des Sternes war dazu überaus regelmäßig, ohne (wie bei η Argûs, einem freilich nicht *neu* zu nennenden Sterne, in unseren Tagen der Fall ist) durch mehrmalige Perioden des *Wieder-Aufloderns*, durch eine Wiedervermehrung der Lichtstärke, unterbrochen zu werden. Wie die Helligkeit, so veränderte sich auch die Farbe: was später zu vielen irrigen Schlüssen über die Geschwindigkeit farbiger Strahlen auf ihrem Wege durch die Welträume Anlaß gegeben hat. Bei seinem ersten Erscheinen, so lange er den Lichtglanz der Venus und des Jupiter hatte, war er 2 Monate lang weiß; dann ging er durch die gelbe Farbe in die rothe über. Im Frühjahr 1573 vergleicht ihn Tycho mit Mars, dann findet er ihn fast mit der rechten Schulter des Orion (mit Beteigeuze) vergleichbar. Am meisten glich seine Farbe der rothen Färbung des Aldebaran. Im Frühjahr 1573, besonders im Mai, kehrte die weißliche Farbe zurück (albedinem quandam sublividam induebat, qualis Saturni stellae subesse videtur). So blieb er im Januar 1574 fünfter Größe und weiß, doch mit einer mehr getrübten Weiße und im Verhältniß zur Lichtschwäche auffallend stark funkelnd, bis zum allmäligen völligen Verschwinden im Monat März 1574.

Die Umständlichkeit dieser Angaben beweist schon den Einfluß, welchen das Naturphänomen in einer für die Astronomie so glänzenden Epoche auf Anregung der wichtigsten Fragen ausüben mußte. Da (trotz der oben geschilderten allgemeinen Seltenheit der neuen Sterne) Erscheinungen derselben Art sich, zufällig in den kurzen Zeitraum von 32 Jahren zusammengedrängt, für europäische Astronomen dreimal wiederholten, so wurde die Anregung um so lebhafter. Man erkannte mehr und mehr die Wichtigkeit der Sterncataloge, um der Neuheit des auflodernden Gestirns gewiß zu sein; man discutirte die PeriodicitätCardanus in seinem Streite mit Tycho stieg bis zu dem *Stern der Magier* hinauf: welcher mit dem Stern von 1572 identisch sein sollte. Ideler glaubt nach seinen Conjunctions-Berechnungen des Saturn mit dem Jupiter und nach gleichen Vermuthungen, die Kepler bei dem Erscheinen des neuen Sterns im Schlangenträger von 1604 ausgesprochen: daß der *Stern der Weisen aus dem Morgenlande*, wegen der häufigen Verwechselung von ἀστὴρ und ἄστρον, nicht ein einzelner großer Stern, sondern eine merkwürdige *Gestirn-Stellung*, die große Annäherung zweier hellglänzenden Planeten zu weniger als einer Mondbreite, gewesen sei. (Vergl. *Tychonis Progymnasmata* p. 324–330 mit *Ideler, Handbuch der mathematischen und technischen Chronologie* Bd. II. S. 399–407.) (das Wiedererscheinen nach vielen Jahrhunderten): ja Tycho stellte kühn eine Theorie über die Bildungs- und Gestaltungs-Processe der Sterne aus kosmischem Nebel auf, welche viel Analogie mit der des großen William Herschel hat. Er glaubt, daß der dunstförmige, in seiner Verdichtung leuchtende Himmelsstoff sich zu Fixsternen balle: Caeli materiam tenuissimam, ubique nostro visui et Planetarum circuitibus perviam, in unum globum condensatam, stellam effingere. Dieser überall verbreitete Himmelsstoff habe schon eine gewisse Verdichtung in der Milchstraße, die in einem milden Silberlichte aufdämmere. Deshalb stehe der neue Stern, wie die, welche in den Jahren 945 und 1264 auflodern, am Rande der Milchstraße selbst (quo factum est quod nova stella in ipso Galaxiae margine constiterit); man glaube sogar noch die Stelle (die Oeffnung, hiatus) zu erkennen, wo der neblige Himmelsstoff der Milchstraße entzogen worden sei. *Progymn.* p. 324–330. Tycho gründet sich in seiner Theorie der neuen Sternbildung aus dem *kosmischen Nebel der Milchstraße* auch auf die merkwürdigen Stellen des Aristoteles über den Verkehr der Cometenschweife (der dunstförmigen Ausstrahlungen der Cometenkerne) mit dem Galaxias, deren ich schon oben erwähnte. Alles dies erinnert an den Uebergang des kosmischen Nebels in Sternschwärme, an die haufenbildende Kraft, an die Concentration zu einem Centralkern; an die Hypothesen über die stufenweise Entwickelung des Starren aus dem dunstförmig Flüssigen, welche im Anfange des 19ten Jahrhunderts zur Geltung kamen, jetzt aber, nach ewig wechselnden Schwankungen in der Gedankenwelt, vielfach neuem Zweifel unterworfen werden.

Zu den neu erschienenen *kurzzeitigen* Sternen (temporary stars) kann man mit ungleicher Gewißheit folgende rechnen, die ich nach den Epochen des ersten Aufloderns geordnet habe:

a.   134 vor Chr. im Scorpion,
b.   123 nach Chr. im Ophiuchus,
c.   173 im Centaur,
d.   369?
e.   386 im Schützen,
f.   389 im Adler,
g.   393 im Scorpion,

h.	827 ? im Scorpion,
i.	945 zwischen Cepheus und Cassiopea,
j.	1012 im Widder,
k.	1203 im Scorpion,
l.	1230 im Ophiuchus,
m.	1264 zwischen Cepheus und Cassiopea,
n.	1572 in der Cassiopea,
o.	1578,
p.	1584 im Scorpion,
q.	1600 im Schwan,
r.	1604 im Ophiuchus,
s.	1609,
t.	1670 im Fuchs,
u.	1848 im Ophiuchus.

Erläuterungen:

a.   Erste Erscheinung, Julius 134 vor dem Anfang unserer Zeitrechnung: aus chinesischen Verzeichnissen des Ma-tuan-lin, deren Bearbeitung wir dem Sprachgelehrten Eduard Biot verdanken (*Connaissance des temps* pour l'an 1846 p. 61); zwischen β und ρ des Scorpions. Unter den *außerordentlichen,* fremdartig aussehenden *Gestirnen* dieser Verzeichnisse, welche auch *Gast-Sterne* (étoiles hôtes, ke-sing, gleichsam Fremdlinge von sonderbarer Physiognomie) genannt und von den mit Schweifen versehenen Cometen durch die Beobachter selbst gesondert worden sind, finden sich allerdings unbewegliche neue *Sterne* mit einigen ungeschwänzten fortschreitenden Cometen vermischt: aber in der Angabe der Bewegung (*Ke-sing* von 1092, 1181 und 1458) und in der Nicht-Angabe der Bewegung, wie in dem gelegentlichen Zusatz: „der Ke-sing *löste sich auf"* (und verschwand), liegt ein wichtiges, wenn gleich nicht untrügliches Criterium. Auch ist wohl hier an das so schwache, nie funkelnde, mildstrahlende Licht des *Kopfs* aller geschweiften und ungeschweiften Cometen zu erinnern, während die Licht-Intensität der chinesischen sogenannten *außerordentlichen* (fremdartigen) Sterne mit der der Venus verglichen wird: was auf die Cometennatur überhaupt und insbesondere auf die der ungeschweiften Cometen gar nicht paßt. Der unter der alten Dynastie Han (134 vor Chr.) erschienene Stern könnte, wie Sir John Herschel bemerkt, der neue Stern des Hipparch sein, welcher nach der Aussage des Plinius ihn zu seinem Sternverzeichniß veranlaßt haben soll. Delambre nennt die Angabe zweimal eine Fabel, "une historiette" (*Hist. de l'Astr. anc.* T. I. p. 290 und *Hist. de l'Astr. mod.* T. I. p. 186). Da nach des Ptolemäus ausdrücklicher Aussage (*Almag.* VII, 2 p. 13 Halma) Hipparchs Verzeichniß an das Jahr 128 vor unserer Zeitrechnung geknüpft ist und Hipparch (wie ich schon an einem anderen Orte gesagt) in Rhodos und vielleicht auch in Alexandrien zwischen den J. 162 und 127 vor Chr. beobachtete, so steht der Conjectur nichts entgegen; es ist sehr denkbar, daß der große Astronom von Nicäa viel früher beobachtete, ehe er auf den Vorsatz geleitet wurde einen wirklichen Catalog anzufertigen. Des Plinius Ausdruck "suo aevo genita" bezieht sich auf die ganze Lebenszeit. Als der Tychonische Stern 1572 erschien, wurde viel über die Frage gestritten, ob Hipparchs Stern zu den neuen Sternen oder zu den Cometen ohne Schweif gerechnet werden sollte. Tycho war der ersten Meinung (*Progymn.* p. 319–325). Die Worte "ejusque *motu* ad dubitationem adductus" könnten allerdings auf einen schwach oder ungeschweiften Cometen leiten, aber die rhetorische Sprache des Plinius erlaubt jegliche Unbestimmtheit des Ausdrucks.

b.   Eine chinesische Angabe: im December 123 nach dem Anfang unserer Zeitrechnung, zwischen α Herc. und α Ophiuchi; Ed. Biot aus Ma-tuan-lin. (Auch unter Hadrian um das Jahr 130 soll ein neuer Stern erschienen sein.)

c.   Ein sonderbarer, sehr großer Stern: wieder aus dem Ma-tuan-lin, wie die nächstfolgenden drei. Es erschien derselbe am 10 Dec. 173 zwischen α und β des Centauren, und verschwand nach acht Monaten, als er *nach einander* die fünf Farben gezeigt. Eduard Biot sagt in seiner Uebersetzung successivement. Ein solcher Ausdruck würde fast auf eine Reihe von Färbungen wie im oben beschriebenen Tychonischen neuen Sterne leiten; aber Sir John Herschel hält ihn richtiger für die Bezeichnung eines farbigen Funkelns (*outlines* p. 540): wie Arago einen fast ähnlichen Ausdruck Kepler's, für den neuen Stern (1604) im Schlangenträger gebraucht, auf gleiche Weise deutet (*Annuaire* pour 1842 p. 347).

d.   Dauer des Leuchtens vom März bis August im Jahr 369.

e.   Zwischen λ und φ des Schützen. Im chinesischen Verzeichniß ist diesesmal noch ausdrücklich bemerkt, „wo der Stern *verblieb* (d. h. ohne Bewegung) von April bis Julius 386".

f.   Ein neuer Stern nahe bei α des Adlers, auflodernd mit der Helligkeit der Venus zur Zeit des Kaisers Honorius, im Jahr 389: wie Cuspinianus, der ihn selbst gesehen, erzählt. Er verschwand spurlos drei Wochen später. Andere Angaben setzen die Erscheinung in die Jahre 388 oder 398; Jacques *Cassini, élémens d'Astronomie* 1740 (Étoiles nouvelles) p. 59.

g.   März 393, wieder im Scorpion und zwar im Schwanze dieses Gestirns; aus Ma-tuan-lin's Verzeichniß.

h.   Das Jahr 827 ist zweifelhaft; sicherer ist die Epoche der ersten Hälfte des 9ten Jahrhunderts, in welcher unter der Regierung des Chalifen Al-Mamun die beiden berühmten arabischen Astronomen Haly und Giafar Ben-Mohammed Albumazar zu Babylon einen *neuen Stern* beobachteten, „dessen Licht dem des Mondes in seinen Vierteln geglichen" haben soll! Diese Naturbegebenheit fand wieder statt im Scorpion. Der Stern verschwand schon nach einem Zeitraum von vier Monaten.

i.   Die Erscheinung dieses Sternes, welcher unter dem Kaiser Otto dem Großen im Jahr 945 aufgestrahlt sein soll, wie die des Sternes von 1264, beruhen auf dem alleinigen Zeugniß des böhmischen Astronomen Cyprianus Leovitius: der seine Nachrichten aus einer handschriftlichen Chronik geschöpft zu haben versichert und der darauf aufmerksam macht, daß beide Erscheinungen (in den J. 945 und 1264) zwischen den Constellationen des Cepheus und der Cassiopea, der Milchstraße ganz nahe, eben da statt gefunden haben, wo 1572 der Tychonische Stern erschien. Tycho (*Progymn.* p. 331 und 709) vertheidigt die Glaubwürdigkeit des Cyprianus Leovitius gegen Pontanus und Camerarius, welche eine Verwechselung mit langgeschweiften Cometen vermutheten.

j.   Nach dem Zeugniß des Mönchs von St. Gallen Hepidannus (der im J. 1088 starb und dessen Annalen vom Jahre 709 bis 1044 nach Chr. gehen) wurde 1012 am südlichsten Himmel im Zeichen des *Widders* vom Ende des Monats Mai an drei Monate lang ein neuer Stern von ungewöhnlicher Größe und einem Glanze, der die Augen blendete (oculos verberans), gesehen. Er schien auf wunderbare Weise bald größer, bald kleiner; zuweilen sah man ihn auch gar nicht. "Nova stella apparuit insolitae magnitudinis, aspectu fulgurans, et oculos verberans non sine terrore. Quae mirum in modum aliquando contractior, aliquando diffusior, etiam extinguebatur interdum. Visa est autem per tres menses in intimis finibus Austri, ultra omnia signa quae videntur in coelo." (S. *Hepidanni Annales breves* in *Duchesne, Historiae Francorum Scriptores* T. III. 1641 p. 477; vergl. auch *Schnurrer, Chronik der Seuchen* Th. I. S. 201.) Der, von Duchesne und Goldast benutzten Handschrift, welche die Erscheinung unter das Jahr 1012 stellt, hat jedoch die neuere historische Kritik eine andere Handschrift vorgezogen, welche viele Abweichungen in den Jahrzahlen gegen jene, namentlich um 6 Jahre rückwärts, zeigt. Sie setzt die Erscheinung des Sternes in das J. 1006 (s. *Annales Sangallenses majores* in Pertz, *Monumenta Germaniae historica*, Scriptorum T. I 1826 p. 81). Auch die Autorschaft des Hepidannus ist durch die neuen Forschungen zweifelhaft geworden. Jenes sonderbare Phänomen der *Veränderlichkeit* nennt Chladni den *Brand* und die *Zerstörung* eines Fixsternes. Hind (*Notices of the Astron. Soc.* Vol. VIII. 1848 p. 156) vermuthet, daß der Stern des Hepidannus identisch sei mit einem neuen Stern, welchen Ma-tuan-lin als in China im Februar 1011 im Schützen zwischen σ und φ gesehen verzeichnet. Aber dann müßte sich Ma-tuan-lin nicht bloß in dem Jahr, sondern auch in der Angabe der Constellation geirrt haben, in welcher der Stern erschien.

k.   Ende Julius 1203 im Schwanz des Scorpions. Nach dem chinesischen Verzeichniß „ein neuer Stern von weiß-bläulicher Farbe ohne allen leuchtenden Nebel, dem Saturn ähnlich". (Eduard Biot in der *Connaissance des temps* pour 1846 p. 68.)

l.   Wieder eine chinesische Beobachtung aus Ma-tuan-lin: dessen astronomische Verzeichnisse, mit genauer Angabe der Position der Cometen und Fixsterne, bis 613 Jahre vor Chr., also bis zu den Zeiten des Thales und der Expedition des Coläus von

Samos, hinaufsteigen. Der neue Stern erschien Mitte Decembers 1230 zwischen Ophiuchus und der Schlange. Er *löste sich auf* Ende März 1231.

m.   Es ist der Stern, dessen Erscheinung der böhmische Astronom Cyprianus Leovitius gedenkt (s. oben bei dem 9ten Sterne im Jahr 945). Zu derselben Zeit (Julius 1264) erschien ein großer Comet, dessen Schweif den halben Himmel einnahm und welcher eben deshalb nicht mit einem zwischen Cepheus und Cassiopea neu auflodernden Sterne hat verwechselt werden können.

n.   Der Tychonische Stern vom 11 November 1572 im Thronsessel der Cassiopea; RA. 3° 26', Decl. 63° 3' (für 1800).

o.   Februar 1578, aus Ma-tuan-lin. Die Constellation ist nicht angegeben; aber die Intensität des Lichts und die Strahlung müssen außerordentlich gewesen sein, da das chinesische Verzeichniß den Beisatz darbietet: „ein Stern groß wie die Sonne"!

p.   Am 1 Julius 1584, unweit π des Scorpions; eine chinesische Beobachtung.

q.   Der Stern 34 Cygni nach Bayer. Wilhelm Janson, der ausgezeichnete Geograph, welcher eine Zeit lang mit Tycho beobachtet hatte, heftete zuerst seine Aufmerksamkeit auf den neuen Stern in der Brust des Schwans am Anfange des Halses, wie eine Inschrift seines Sternglobus bezeugt. Kepler, durch Reisen und Mangel von Instrumenten nach Tycho's Tode gehindert, fing erst zwei Jahre später an ihn zu beobachten, ja er erhielt erst damals (was um so mehr Verwunderung erregt, als der Stern 3ter Größe war) Nachricht von seiner Existenz. "Cum mense Majo anni 1602", sagt er, "primum litteris monerer de novo Cygni phaenomeno...." (*Kepler de Stella nova tertii honoris in Cygno* 1606, angehängt dem Werke *de Stella nova in Serpent.*, p. 152, 154, 164 und 167.) In Kepler's Abhandlung wird nirgends gesagt (wie man in neueren Schriften oft angeführt findet), daß der Stern im Schwan bei seinem ersten Erscheinen 1ter Größe gewesen sei. Kepler nennt ihn sogar parva Cygni stella und bezeichnet ihn überall als 3ter Ordnung. Er bestimmt seine Position in RA. 300° 46' Decl. 36° 52' (also für 1800: RA. 302° 36', Decl. +37° 27'). Der Stern nahm an Helligkeit besonders seit 1619 ab und verschwand 1621. Dominique Cassini (s. *Jacques Cassini, élémens d'Astr.* p. 69) sah ihn wiederum zu 3ter Größe gelangen 1655 und dann verschwinden; Hevel beobachtete ihn wieder im November 1665: anfangs sehr klein, dann größer, doch ohne je die 3te Größe wieder zu erreichen. Zwischen 1677 und 1682 war er schon nur noch 6ter Größe, und als solcher blieb er am Himmel. Sir John Herschel führt ihn auf in der Liste der *veränderlichen* Sterne, nicht so Argelander.

r.   Nächst dem Stern in der Cassiopea von 1572 ist der berühmteste geworden der *neue Stern* des Schlangenträgers von 1604 (RA. 259° 42' und südl. Decl. 21° 15' für 1800). An jeden derselben knüpft sich ein großer Name. Der Stern im rechten Fuß des Schlangenträgers wurde zuerst nicht von Kepler selbst, sondern von seinem Schüler, dem Böhmen Johann Brunowski, am 10 October 1604: „größer als alle Sterne erster Ordnung, größer als Jupiter und Saturn, doch weniger groß als Venus"; gesehen. Herlicius will ihn schon am 27 September beobachtet haben. Seine Helligkeit stand der des Tychonischen Sternes von 1572 nach, auch wurde er nicht wie dieser bei Tage erkannt; seine Scintillation war aber um vieles stärker und erregte besonders das Erstaunen aller Beobachter. Da das Funkeln immer mit Farbenzerstreuung verbunden ist, so wird viel von seinem farbigen, stets wechselnden Lichte gesprochen. Arago (*Annuaire* pour 1834 p. 299–301 und *Ann.* pour 1842 p. 345–347) hat schon darauf aufmerksam gemacht, daß der Kepler'sche Stern keinesweges, wie der Tychonische, nach langen Zwischenräumen eine andere: gelbe, rothe und dann wieder weiße, Färbung annahm. Kepler sagt bestimmt, daß sein Stern, sobald er sich über die Erddünste erhob, *weiß* war. Wenn er von den Farben der Iris spricht, so ist es, um das farbige Funkeln deutlich zu machen: "exemplo adamantis multanguli, qui Solis radios inter convertendum ad spectantium oculos variabili fulgore revibraret, colores Iridis (stella nova in Ophiucho) successive vibratu *continuo* reciprocabat." (*De nova Stella Serpent.* p. 5 und 125.) Im Anfang des Januars 1605 war der Stern noch heller als Antares, aber von geringerer Lichtstärke als Arcturus. Ende März desselben Jahres wird er als 3ter Größe beschrieben. Die Nähe der Sonne hinderte alle Beobachtungen 4 Monate lang. Zwischen Februar und März 1606 verschwand er spurlos. Die ungenauen Beobachtungen über die „großen Positions-Veränderungen des neuen Sterns" von Scipio Claramontius und dem Geographen Blaeu (Blaew) verdienen, wie schon Jacques Cassini (*élémens d'Astronomie* p. 65) bemerkt, kaum einer Erwähnung, da sie durch Kepler's sicherere Arbeit widerlegt sind. Die chinesischen Verzeichnisse von Ma-tuan-lin führen eine Erscheinung an, die mit dem Auflodern des neuen Sterns im Schlangenträger der Zeit und der Position nach einige Aehnlichkeit zeigt. Am 30 Sept. 1604 sah man in China unfern π des Scorpions einen rothgelben („kugelgroßen"?) Stern. Er leuchtete in *Südwest* bis November desselben Jahres, wo er unsichtbar wurde. Er erschien wieder den 14 Jan. 1605 in *Südost*, verdunkelte sich aber *ein wenig* im März 1606. (*Connaissance des temps* pour 1846 p. 59) Die Oertlichkeit π des Scorpions kann leicht mit dem Fuß des Schlangenträgers verwechselt werden; aber die Ausdrücke *Südwest* und *Südost*, das Wiedererscheinen, und der Umstand, daß kein endliches völliges Verschwinden angekündigt wird, lassen Zweifel über die Identität.

s.   Auch ein neuer Stern von ansehnlicher Größe, in Südwest gesehen, aus Ma-tuan-lin. Es fehlen alle nähere Bestimmungen.

t.   Der vom Carthäuser Anthelme am 20 Junius des Jahres 1670 am Kopfe des Fuchses (RA. 294° 27' Dec. 26° 47') ziemlich nahe bei β des Schwans entdeckte neue Stern. Er war bei seinem ersten Aufstrahlen nicht 1ter sondern nur 3ter Größe, und sank am 10 August schon bis zur 5ten Größe herab. Er verschwand nach 3 Monaten, zeigte sich aber wieder den 17 März 1671 und war in 4ter Größe. Dominique Cassini beobachtete ihn fleißig im April 1671 und fand seine Helligkeit sehr veränderlich. Der neue Stern sollte ohngefähr nach 10 Monaten zu demselben Glanze zurückkehren, aber man suchte ihn vergebens im Februar 1672. Er erschien erst den 29 März desselben

Jahres, doch nur in 6ter Größe, und wurde seitdem nie wieder gesehen.
(Jacques *Cassini, élémens d'Astr.* p. 69–71) Diese Erscheinungen trieben Dominique Cassini zum Aufsuchen vorher (von ihm!) nicht gesehener Sterne an. Er behauptet deren 14 aufgefunden zu haben, und zwar 4ter, 5ter und 6ter Größe (8 in der Cassiopea, 2 im Eridanus und 4 nahe dem Nordpole). Bei dem Mangel der Angaben einzelner Oertlichkeiten können sie: da sie ohnedies, wie die zwischen 1694 und 1709 von Maraldi aufgefundenen, mehr als zweifelhaft sind, hier nicht aufgeführt werden.
(Jacques *Cassini, élém. d'Astron.* p. 73–77; *Delambre, Hist. de l'Astr. mod.* T. II. p. 780.)
u.   Seit dem Erscheinen des neuen Sternes im Fuchse vergingen 178 Jahre, ohne daß ein ähnliches Phänomen sich dargeboten hätte: obgleich in diesem langen Zeitraume der Himmel am sorgfältigsten durchmustert wurde, bei fleißigerem Gebrauch von Fernröhren und bei Vergleichung mit genaueren Sterncatalogen. Erst am 28 April 1848 machte Hind auf der Privat-Sternwarte von Bishop (South Villa, Regent's Park) die wichtige Entdeckung eines neuen, röthlich gelben Sternes 5ter Größe in dem Schlangenträger: RA. 16^h 50' 59", südl. Decl. 12° 39' 16" für 1848. Bei keinem anderen neu erschienenen Stern ist die Neuheit der Erscheinung und die Unveränderlichkeit seiner Position mit mehr Genauigkeit erwiesen worden. Er ist jetzt (1850) kaum 11^m, und nach Lichtenberger's fleißiger Beobachtung wahrscheinlich dem Verschwinden nahe.
(*Notices of the Astr. Soc.* Vol. VIII. p. 146 und 155–158.)

Die vorliegende Zusammenstellung der seit 2000 Jahren neu erschienenen und wieder verschwundenen Sterne ist vielleicht etwas vollständiger als die, welche bisher gegeben worden sind. Sie berechtigt zu einigen allgemeinen Betrachtungen. Man unterscheidet dreierlei: *neue* Sterne, die plötzlich aufstrahlen und in mehr oder weniger langer Zeit verschwinden; Sterne, deren Helle einer periodischen, schon jetzt bestimmbaren *Veränderlichkeit* unterliegt; und Sterne, die, wie η Argûs, auf einmal einen ungewöhnlich wachsenden und unbestimmt wechselnden Lichtglanz zeigen. Alle drei Erscheinungen sind wahrscheinlich ihrer inneren Natur nach nahe mit einander verwandt. Der neue Stern im Schwan (1600), welcher nach dem völligen Verschwinden (freilich für das unbewaffnete Auge) wieder erschien und ein Stern 6ter Größe verblieb, leitet uns auf die Verwandtschaft der beiden ersten Arten von Himmelserscheinungen. Den berühmten Tychonischen Stern in der Cassiopea (1572) glaubte man schon in der Zeit, als er noch leuchtete, für identisch mit den neuen Sternen von 945 und 1264 halten zu dürfen. Die dreihundertjährige Periode, welche Goodricke vermuthete (die *partiellen* Abstände der, numerisch vielleicht nicht sehr sicheren Erscheinungen sind 319 und 308 Jahre!), wurde von Keill und Pigott auf 150 Jahre reducirt. Arago hat gezeigt, wie unwahrscheinlich es sei, daß Tycho's Stern (1572) unter die Zahl der periodisch *veränderlichen* gehöre. Nichts scheint bisher zu berechtigen *alle* neu erschienenen Sterne für veränderlich, und zwar in langen, uns wegen ihrer Länge unbekannt gebliebenen Perioden, zu halten. Ist z. B. das Selbstleuchten aller Sonnen des

Firmaments Folge eines electro-magnetischen Processes in ihren Photosphären; so kann man sich (ohne locale und temporäre *Verdichtungen* der *Himmelsluft* oder ein Dazwischentreten sogenannter *kosmischer Gewölke* anzunehmen) diesen Lichtproceß als mannigfaltig verschieden: einmalig oder periodisch, regelmäßig oder unregelmäßig wiederkehrend, denken. Die electrischen Lichtprocesse unseres Erdkörpers, als Gewitter im Luftkreise oder als Polar-Ausströmungen sich darstellend, zeigen neben vieler unregelmäßig scheinenden Veränderlichkeit doch oft ebenfalls eine gewisse von Jahreszeiten und *Tagesstunden* abhängige Periodicität. Dieselbe ist sogar oft mehrere Tage hinter einander, bei ganz heiterer Luft, in der Bildung kleines Gewölks an bestimmten Stellen des Himmels bemerkbar: wie die oft vereitelten Culminations-Beobachtungen von Sternen beweisen.

Eine besondere und zu beachtende Eigenthümlichkeit scheint nur der Umstand zu sein, daß fast alle mit einer ungeheuren Lichtstärke, als Sterne erster Größe und selbst stärker *funkelnd* wie diese, auflodern und daß man sie, wenigstens für das bloße Auge, nicht allmälig an Helligkeit zunehmen sieht. Kepler war auf dieses Criterium so aufmerksam, daß er das eitle Vorgeben des Antonius Laurentinus Politianus, den Stern im Schlangenträger (1604) früher als Brunowski gesehen zu haben, auch dadurch widerlegte, daß Laurentinus sagt: "apparuit nova Stella parva, et postea de die in diem crescendo apparuit lumine non multo inferior Venere, superior Jove." Fast ausnahmsweise erkennt man nur 3 Sterne, die nicht in erster Größe aufstrahlten: nämlich die Sterne 3ter Ordnung im Schwan (1600) und im Fuchse (1670), und Hind's neuen Stern 5ter Ordnung im Schlangenträger (1848).

Es ist sehr zu bedauern, daß seit Erfindung des Fernrohrs, wie schon oben bemerkt, in dem langen Zeitraume von 178 Jahren, nur 2 neue Sterne gesehen wurden: während daß bisweilen die Erscheinungen sich so zusammendrängten, daß am Ende des 4ten Jahrhunderts in 24 Jahren 4, im 13ten Jahrhundert in 61 Jahren 3; am Ende des 16ten und im Anfang des 17ten Jahrhunderts, in der Tycho-Kepler'schen Periode, in 37 Jahren 6 beobachtet wurden. Ich nehme in diesen Zahlenverhältnissen immer Rücksicht auf die chinesischen Beobachtungen *außerordentlicher* Sterne, deren größerer Theil nach dem Ausspruch der ausgezeichnetsten Astronomen Vertrauen verdient. Warum unter den in Europa gesehenen Sternen vielleicht der Kepler'sche im Schlangenträger (1604), nicht aber der Tychonische in der Cassiopea (1572) in Ma-tuan-lin's Verzeichnissen aufgeführt ist, weiß ich eben so wenig einzeln zu erklären, als warum im 16ten Jahrhundert z. B. über die große in China gesehene Lichterscheinung vom Februar 1578 von europäischen Beobachtern nichts berichtet wird. Der Unterschied der Länge (114°) könnte nur in wenigen Fällen die Unsichtbarkeit erklären. Wer je mit ähnlichen Untersuchungen beschäftigt gewesen ist, weiß, daß das Nicht-Anführen von politischen oder Natur-Begebenheiten, auf der Erde und am Himmel, nicht immer ein Beweis der Nicht-Existenz solcher Begebenheiten ist; und wenn man die drei verschiedenen chinesischen im Ma-tuan-lin enthaltenen Sternverzeichnisse mit einander vergleicht, so findet man auch

Cometen (z. B. die von 1385 und 1495) in dem einen Verzeichniß aufgeführt, welche in dem anderen fehlen.

Schon ältere Astronomen: Tycho und Kepler, haben, wie neuere: Sir John Herschel und Hind, darauf aufmerksam gemacht, daß bei weitem die Mehrzahl aller in Europa und China beschriebenen neuen Sterne (ich finde $^4/_5$) sich in der Nähe der Milchstraße oder in dieser selbst gezeigt haben. Ist, was den ringförmigen Sternschichten der Milchstraße ein so mildes Nebellicht giebt, wie mehr als wahrscheinlich ist, ein bloßes Aggregat telescopischer Sternchen; so fällt Tycho's oben erwähnte Hypothese von der Bildung neu auflodernder Fixsterne aus sich *ballendem* verdichteten dunstförmigen *Himmelsstoff* über den Haufen. Was in gedrängten Sternschichten und Sternschwärmen, falls sie um gewisse centrale Kerne rotiren, die Anziehungskräfte vermögen, ist hier nicht zu bestimmen und gehört in den mythischen Theil der Astrognosie. Unter 21 in der vorstehenden Liste aufgeführten neu erschienenen Sternen sind 5 (134, 393, 827, 1203, 1584) im Scorpion, 3 in der Cassiopea und dem Cepheus (945, 1264, 1572), 4 im Schlangenträger (123, 1230, 1604, 1848) aufgestrahlt; aber auch sehr fern von der Milchstraße ist einmal (1012) im *Widder* ein neuer Stern gesehen worden (der Stern des Mönchs von St. Gallen). Kepler selbst, der den von Fabricius 1596 am Halse des Wallfisches als auflodernd beschriebenen und im October desselben Jahres für ihn verschwundenen Stern für einen neuen hielt, giebt diese Position ebenfalls für einen Gegengrund an (*Kepler de Stella nova Serp.* p. 112). Darf man aus der Frequenz des Aufloderns in denselben Constellationen folgern, daß in gewissen Richtungen des Weltraums: z. B. in denen, in welchen wir die Sterne des Scorpions und der Cassiopea sehen, die Bedingungen des Aufstrahlens durch örtliche Verhältnisse besonders begünstigt werden? Liegen nach diesen Richtungen hin vorzugsweise solche Gestirne, welche zu explosiven, kurzzeitigen Lichtprocessen geeignet sind?

Die Dauer des Leuchtens neuer Sterne ist die kürzeste gewesen in den Jahren 389, 827 und 1012. In dem ersten der genannten Jahre war sie 3 Wochen; in dem zweiten 4, in dem dritten 3 Monate. Dagegen hat des Tycho Stern in der Cassiopea 17 Monate lang geleuchtet, Kepler's Stern im Schwan (1600) volle 21 Jahre bis zu seinem Verschwinden. Er erschien wieder 1655: und zwar, wie beim ersten Auflodern, in 3terGröße; um bis zu 6ter zu schwinden, ohne nach Argelander's Beobachtungen in die Classe periodisch veränderlicher Sterne zu treten.

Verschwundene Sterne. – Die Beachtung und Aufzählung der sogenannten verschwundenen Sterne ist von Wichtigkeit für das Aufsuchen der großen Zahl kleiner Planeten, die wahrscheinlicherweise zu unserem Sonnensystem gehören; aber trotz der Genauigkeit der neuen Positions-Verzeichnisse telescopischer Fixsterne und der neuen Sternkarten ist die Ueberzeugung der Gewißheit, daß ein Stern an dem Himmel wirklich seit einer bestimmten Epoche verschwunden ist, doch nur bei großer Sorgfalt zu erlangen. Beobachtungs-, Reductions- und Druckfehler entstellen oft die besten

Cataloge. Das Verschwinden der Weltkörper an den Orten, wo man sie ehemals bestimmt gesehen, kann so gut die Folge eigener Bewegung als eine solche Schwächung des Lichtprocesses auf der Oberfläche oder in der Photosphäre sein, daß die Lichtwellen unser Sehorgan nicht mehr hinlänglich anregen. Was wir nicht mehr sehen, ist darum nicht *untergegangen*. Die Idee der *Zerstörung*, des *Ausbrennens* von unsichtbar werdenden Sternen gehört der Tychonischen Zeit an. Auch Plinius fragt in der schönen Stelle über Hipparch: "stellae an obirent nascerenturve". Der ewige scheinbare Weltwechsel des Werdens und Vergehens ist nicht Vernichtung, sondern Uebergang der Stoffe in neue Formen; in Mischungen, die neue Processe bedingen. *Dunkele Weltkörper* können durch einen erneuerten Lichtproceß plötzlich wieder ausstrahlen.

Periodisch veränderliche Sterne. – Da an der Himmelsdecke sich alles bewegt, alles dem Raum und der Zeit nach veränderlich ist, so wird man durch Analogien zu der Vermuthung geleitet: daß, wie die Fixsterne insgesammt eine ihnen eigenthümliche, nicht etwa bloß scheinbare, Bewegung haben, eben so allgemein die Oberfläche oder die leuchtende Atmosphäre derselben Veränderungen erleiden, welche bei der größeren Zahl dieser Weltkörper in überaus langen und daher *ungemessenen*, vielleicht *unbestimmbaren*, Perioden wiederkehren; bei wenigen, ohne periodisch zu sein, wie durch eine plötzliche Revolution, auf bald längere, bald kürzere Zeit eintreten. Die letztere Classe von Erscheinungen, von der in unseren Tagen ein großer Stern im Schiffe ein merkwürdiges Beispiel darbietet, wird hier, wo nur von *veränderlichen Sternen in schon erforschten und gemessenen Perioden* die Rede ist, nicht behandelt. Es ist wichtig drei große siderale Naturphänomene, deren Zusammenhang noch nicht erkannt worden ist, von einander zu trennen: nämlich veränderliche Sterne von bekannter Periodicität, Auflodern von sogenannten *neuen* Sternen, und plötzliche Lichtveränderungen von längst bekannten, vormals in gleichförmiger Intensität leuchtenden Fixsternen. Wir verweilen zuerst ausschließlich bei der ersten Form der Veränderlichkeit: wovon das am frühesten genau *beobachtete* Beispiel (1638) durch Mira Ceti, einen Stern am Halse des Wallfisches, dargeboten ward. Der ostfriesische Pfarrer David Fabricius, der Vater des Entdeckers der Sonnenflecken, hatte allerdings schon 1596 den Stern am 13 August als einen 3ter Größe beobachtet und im October desselben Jahres verschwinden sehen. Den alternirend wiederkehrenden Lichtwechsel, die periodische Veränderlichkeit entdeckte erst 42 Jahre später ein Professor von Franeker, Johann Phocylides Holwarda. Dieser Entdeckung folgte in demselben Jahrhundert noch die zweier andrer veränderlicher Sterne: β Persei (1669), von Montanari; und χ Cygni (1687), von Kirch beschrieben.

Unregelmäßigkeiten, welche man in den Perioden bemerkte, und die vermehrte Zahl der Sterne derselben Classe haben seit dem Anfang des 19ten Jahrhunderts das Interesse für diese so complicirte Gruppe von Erscheinungen auf das lebhafteste angeregt. Bei der Schwierigkeit des Gegenstandes und bei meinem Streben, in diesem Werke die *numerischen Elemente* der Veränderlichkeit, als die wichtigste Frucht aller

Beobachtung, so darlegen zu können, wie sie in dem dermaligen Zustande der Wissenschaft erforscht sind: habe ich die freundliche Hülfe *des* Astronomen in Anspruch genommen, welcher sich unter unseren Zeitgenossen mit der angestrengtesten Thätigkeit und dem glänzendsten Erfolge dem Studium der periodisch veränderlichen Sterne gewidmet hat. Die Zweifel und Fragen, zu denen mich meine eigene Arbeit veranlaßte, habe ich meinem gütigen Freunde Argelander, Director der Sternwarte zu Bonn, vertrauensvoll vorgelegt; und seinen handschriftlichen Mitheilungen allein verdanke ich, was hier folgt und großentheils auf anderen Wegen noch nicht veröffentlicht worden ist.

Die Mehrzahl der veränderlichen Sterne ist allerdings roth oder röthlich, keinesweges aber sind es alle. So z. B. haben ein weißes Licht, außer β Persei (Algol am Medusenhaupte), auch β Lyrae und ε Aurigae. Etwas gelblich ist η Aquilae und in noch geringerem Grade ζ Geminorum. Die ältere Behauptung, daß einige veränderliche Sterne, besonders Mira Ceti, beim Abnehmen röther seien als beim Zunehmen der Helligkeit: scheint ungegründet. Ob in dem Doppelstern α Herculis: in welchem der große Stern von Sir William Herschel roth, von Struve gelb, der Begleiter dunkelblau genannt wird; dieser kleine Begleiter, zu 5^m bis 7^m geschätzt, selbst auch veränderlich ist: scheint sehr problematisch. Struve selbst sagt auch nur: suspicor minorem esse variabilem. Veränderlichkeit ist keinesweges an die rothe Farbe gebunden. Es giebt viele rothe Sterne, zum Theil sehr rothe, wie Arcturus und Aldebaran, an denen noch keine Veränderlichkeit bisher wahrgenommen worden ist. Dieselbe ist auch mehr als zweifelhaft in einem Stern des Cepheus (No. 7582 des Catalogs der britischen Association), welchen wegen seiner außerordentlichen Röthe William Herschel 1782 den *Granatstern* genannt hat.

Die Zahl der periodisch veränderlichen Sterne ist schon deshalb schwierig anzugeben, weil die bereits ermittelten Perioden von sehr ungleicher Unsicherheit sind. Die zwei veränderlichen Sterne des Pegasus, so wie α Hydrae, ε Aurigae, α Cassiopeae haben nicht die Sicherheit von Mira Ceti, Algol und δ Cephei. Bei der Aufzählung in einer Tabelle kommt es also darauf an, mit welchem Grade der Gewißheit man sich begnügen wolle. Argelander zählt, wie in seiner am Ende dieser Untersuchung abgedruckten Uebersichtstafel zu ersehen ist, der befriedigend bestimmten Perioden nur 24 auf.

Wie das Phänomen der Veränderlichkeit sich bei rothen und einigen weißen Sternen findet, so bieten es auch Sterne von den verschiedensten Größenordnungen dar: z. B. ein Stern 1^m, α Orionis; 2^m: Mira Ceti, α Hydrae, α Cassiopeae, β Pegasi; 2.3^m β Persei; 3.4^m η Aquilae und ν Lyrae. Es giebt aber zugleich auch, und in weit größerer Menge, veränderliche Sterne 6^m bis 9^m: wie die variabiles Coronae, Virginis, Cancri und Aquarii. Der Stern χ im Schwan hat ebenfalls im Maximum sehr große Schwankungen.

Daß die Perioden der veränderlichen Sterne sehr unregelmäßig sind, war längst bekannt; aber daß diese Veränderlichkeit in ihrer scheinbaren Unregelmäßigkeit bestimmten Gesetzen unterworfen ist, hat Argelander zuerst ergründet. Er hofft es in einer eigenen, größeren Abhandlung umständlicher erweisen zu können. Bei χ Cygni hält er jetzt zwei Perturbationen in der Periode: die eine von 100, die andere von 8½ Einzel-Perioden, für wahrscheinlicher als eine von 108. Ob solche Störungen in Veränderungen des Lichtprocesses, welcher in der Atmosphäre des Sterns vorgeht, gegründet sind; oder in der Umlaufszeit eines um die Fixsternsonne χ Cygni kreisenden, auf die Gestalt jener Photosphäre durch Anziehung wirkenden Planeten: bleibt freilich noch ungewiß. Die größten Unregelmäßigkeiten in der Veränderung der Intensität bietet sicherlich variabilis Scuti (des Sobieski'schen Schildes) dar: da dieser Stern bisweilen von 5.4^m bis zu 9^m herabsinkt, ja nach Pigott am Ende des vorigen Jahrhunderts einmal ganz verschwunden sein soll. Zu anderen Zeiten sind seine Schwankungen in der Helligkeit nur zwischen 6.5^m und 6^m gewesen. Im Maximum hat χ Cygni zwischen 6.7^m und 4^m, Mira zwischen 4^m und 2.1^m geschwankt. Dagegen zeigt δ Cephei eine *außerordentliche*, ja von allen Veränderlichen die *größte Regelmäßigkeit* in der Länge der Perioden: wie 87 zwischen dem 10 October 1840 und 8 Januar 1848 und noch später beobachtete Minima erwiesen haben. Bei ε Aurigae geht die von einem unermüdlichen Beobachter, Herrn Heis in Aachen, aufgefundene Veränderung der Lichthelle nur von 3.4^m bis 4.5^m.

Große Unterschiede der Helligkeit im Maximum zeigt Mira Ceti. Im Jahr 1779 z. B. war (6 Nov.) Mira nur wenig schwächer als Aldebaran gewesen, gar nicht selten heller als Sterne 2^m: während dieser veränderliche Stern zu anderen Zeiten nicht die Intensität (4^m) von δ Ceti erreichte. Seine mittlere Helligkeit ist gleich der von γ Ceti (3^m). Wenn man die Helligkeit der schwächsten dem unbewaffneten Auge sichtbaren Sterne mit 0, die des Aldebaran mit 50 bezeichnet, so hat Mira in ihrem Maximum zwischen 20 und 47 geschwankt. Ihre wahrscheinliche Helligkeit ist durch 30 auszudrücken; sie bleibt öfter unter dieser Grenze, als sie dieselbe übersteigt. Die Uebersteigungen sind aber, wenn sie eintreten, dem Grade nach bedeutender. Eine entschiedene Periode dieser Oscillationen ist noch nicht entdeckt, aber es giebt Andeutungen von einer 40jährigen und einer 160jährigen Periode.

Die Dauer der Periode der Lichtveränderung variirt nach Verschiedenheit der Sterne wie 1:250. Die kürzeste Periode bietet unstreitig β Persei dar, von 68 Stunden 49 Minuten; wenn sich nicht die des Polaris von weniger als 2 Tagen bestätigen sollte. Auf β Persei folgen zunächst δ Cephei (5 T. 8 St. 49 Min.), η Aquilae (7 T. 4 St. 14 Min.) und ζ Geminorum (10 T. 3 St. 35 Min.). Die längste Dauer der Lichtveränderung haben: 30 Hydrae Hevelii von 495 Tagen, χ Cygni von 406 T., variabilis Aquarii von 388 T., Serpentis S von 367 Tagen und Mira Ceti von 332 T. Bei mehreren *Veränderlichen* ist es ganz entschieden, daß sie geschwinder zu- als abnehmen; am auffallendsten zeigt sich diese Erscheinung bei δ Cephei. Andere brauchen gleiche Zeit zum Zu- und Abnehmen (z. B. β Lyrae). Bisweilen erkennt man sogar in diesem Verhältniß eine Verschiedenheit bei denselben Sternen, aber in verschiedenen Epochen ihrer Lichtprocesse. Mira Ceti nimmt in der Regel (wie δ Cephei) rascher zu als ab; doch ist bei Mira auch schon das Entgegengesetzte beobachtet worden.

Was *Perioden von Perioden* betrifft; so zeigen sich solche mit Bestimmtheit bei Algol, bei Mira Ceti, bei β Lyrae und mit vieler Wahrscheinlichkeit bei χ Cygni. Die Abnahme der Periode von Algol ist jetzt unbezweifelt. Goodricke hat dieselbe nicht gefunden; wohl aber Argelander, als er im Jahr 1842 über 100 sichere Beobachtungen vergleichen konnte, von denen die äußersten über 58 Jahre (7600 Perioden umfassend) von einander entfernt waren (*Schumacher's astron. Nachr.* No. 472 und 624). Die Abnahme der Dauer wird immer bemerkbarer.

-1987	..	2 T. 20 St. 48 M.	..	$59^s,416$ ... $\pm 0^s,316$
-1406				$58^s,737$ $\pm 0^s,094$
-825				$58^s,393$ $\pm 0^s,175$
+751				$58^s,454$ $\pm 0^s,039$
+2328				$58^s,193$ $\pm 0^s,096$
+3885				$57^s,971$ $\pm 0^s,045$
+5441				$55^s,182$ $\pm 0^s,348$

In dieser Tabelle haben die Zahlen folgende Bedeutung: nennt man die Epoche des Minimums 1, Januar 1800 null, die nächst vorhergehende -1, die nächst folgende +1 u. s. w.; so war die Dauer zwischen dem -1987 und -1986 genau 2 T. 20 St. 48 Min. 59,416 Sec., die Dauer zwischen +5441 und +5442 aber 2 T. 20 St. 48 Min. 55,182 Sec.: jenes entspricht dem Jahre 1784, dieses dem Jahre 1842.

Die hinter den ± Zeichen stehenden Zahlen sind die wahrscheinlichen Fehler. Daß die Abnahme immer rascher wird, zeigen sowohl die letzte Zahl als alle meine Beobachtungen seit 1847."

Für die Perioden des Maximums von Mira (das von Fabricius 1596 beobachtete Maximum der Helligkeit mit eingerechnet) hat Argelander eine *Formel*
aufgestellt, aus welcher alle Maxima sich so ergeben, daß der *wahrscheinliche Fehler*, bei einer langen Periode der Veränderlichkeit von 331 T. 8 St., im Mittel nicht 7 Tage übersteigt, während bei Annahme einer gleichförmigen Periode er 15 Tage sein würde.

Das doppelte Maximum und Minimum von β Lyrae in jeder fast 13tägigen Periode hat schon der Entdecker Goodricke (1784) sehr richtig erkannt; es ist aber durch die neuesten

Beobachtungen noch mehr außer Zweifel gesetzt worden. Merkwürdig ist es, daß der Stern in beiden Maximis dieselbe Helligkeit erlangt; aber in dem Haupt-Minimum wird er um eine halbe Größe schwächer als in dem anderen. Seit der Entdeckung der Veränderlichkeit von β Lyrae ist die *Periode in der Periode* wahrscheinlich immer länger geworden. Anfangs war die Veränderlichkeit rascher, dann wurde sie allmälig langsamer, und diese Zunahme der Langsamkeit fand ihre Grenze zwischen den Jahren 1840 und 1844. In dieser Zeit blieb die Dauer ohngefähr dieselbe, jetzt ist sie bestimmt wieder im Abnehmen begriffen. Etwas ähnliches wie das doppelte Maximum von β Lyrae zeigt sich bei δ Cephei; es ist in so fern eine Hinneigung zu einem zweiten Maximum, als die Lichtabnahme nicht gleichförmig fortschreitet: sondern, nachdem sie anfangs ziemlich rasch gewesen ist, nach einiger Zeit ein Stillstand oder wenigstens eine sehr unbedeutende Abnahme in der Helligkeit eintritt, bis die Abnahme auf einmal wieder rascher wird. Es ist als wenn bei einigen Sternen das Licht gehindert werde sich völlig zu einem zweiten Maximum zu erheben. In χ Cygni walten sehr wahrscheinlich, wie gesagt, zwei Perioden der Veränderlichkeit: eine größere von 100 und eine kleinere von 8½ Einzel-Perioden.

Die Frage, ob im ganzen mehr Regelmäßigkeit bei veränderlichen Sternen von sehr kurzen als von sehr langen Perioden herrsche, ist schwer zu beantworten. Die Abweichungen von einer gleichförmigen Periode können nur relativ genommen werden, d. h. in Theilen dieser Periode selbst. Um bei langen Perioden zu beginnen, müssen χ Cygni, Mira Ceti und 30 Hydrae zuerst betrachtet werden. Bei χ Cygni gehen die Abweichungen von der Periode (406,0634 T.), welche in der Voraussetzung einer gleichförmigen Veränderlichkeit am wahrscheinlichsten ist, bis auf 39,4 T. Wenn auch von diesen ein Theil den Beobachtungsfehlern zugeschrieben wird, so bleiben gewiß noch 29 bis 30 Tage, d. i. $\frac{1}{14}$ der ganzen Periode. Bei Mira Ceti, in einer Periode von 331,340 T., gehen die Abweichungen auf 55,5 T.; sie gehen so weit, selbst wenn man die Beobachtung von David Fabricius unberücksichtigt läßt. Beschränkt man die Schätzung wegen der Beobachtungsfehler auf 40 Tage; so erhält man $\frac{1}{8}$, also im Vergleich mit χ Cygni eine fast doppelt große Abweichung. Bei 30 Hydrae, welche eine Periode von 495 Tagen hat, ist dieselbe gewiß noch größer, vielleicht $\frac{1}{5}$. Die veränderlichen Sterne mit sehr kurzen Perioden sind erst seit wenigen Jahren (seit 1840 und noch später) anhaltend und mit gehöriger Genauigkeit beobachtet worden: so daß, auf sie angewandt, das hier behandelte Problem noch schwerer zu lösen ist. Es scheinen jedoch nach den bisherigen Erfahrungen weniger große Abweichungen sich darzubieten. Bei η Aquilae (Periode 7 T. 4 St.) sind sie nur auf $\frac{1}{16}$ oder $\frac{1}{17}$ der ganzen Periode, bei β Lyrae (Periode 12 T. 21 St.) auf $\frac{1}{27}$ oder $\frac{1}{30}$ gestiegen; aber diese Untersuchung ist bisher noch vielen Ungewißheiten unterworfen bei Vergleichung kurzer und langer Perioden. Von β Lyrae sind 1700 bis 1800 Perioden beobachtet, von Mira Ceti 279, von χ Cygni nur 145.

Die angeregte Frage: ob Sterne, die lange in regelmäßigen Perioden sich veränderlich gezeigt haben, aufhören es zu sein, scheint verneint werden zu müssen. So wie es unter den fortwährend veränderlichen Sternen solche giebt, welche zuweilen eine sehr starke, zuweilen eine sehr schwache Veränderlichkeit zeigen (z. B. variabilis Scuti); so scheint es auch andere zu geben, deren Veränderlichkeit zu gewissen Zeiten so gering ist, daß wir sie mit unseren beschränkten Mitteln nicht wahrzunehmen vermögen. Dahin gehört var. Coronae bor. (No. 5236 im Catalog der British Association), von Pigott als veränderlich erkannt und eine Zeit lang beobachtet. Im Winter 1795/6 ward der Stern völlig unsichtbar; später erschien er wieder, und seine Lichtveränderungen wurden von Koch beobachtet. Harding und Westphal fanden seine Helligkeit 1817 fast ganz constant, bis 1824 wieder Olbers seinen Lichtwechsel beobachten konnte. Die Constanz trat nun wieder ein und wurde vom August 1843 bis September 1845 von Argelander ergründet. Ende September fing eine neue Abnahme an. Im October war der Stern im Cometensucher nicht mehr sichtbar, erschien wieder im Februar 1846, und erreichte Anfangs Juni seine gewöhnliche 6te Größe. Er hat sie seitdem behalten: wenn man kleine und nicht sehr sichere Schwankungen abrechnet. Zu dieser räthselhaften Classe von Sternen gehört auch variabilis Aquarii und vielleicht Janson's und Kepler's Stern im Schwan von 1600, dessen wir bereits unter den neu erschienenen Sternen gedacht haben.

Tabelle über die veränderlichen Sterne
von Fr. Argelander

No.	Bezeichnung des Sterns	Dauer der Periode			Helligkeit im		Name des Entdeckers und Zeit der Entdeckung
					Maximum	Minim.	
		T.	St.	Min.	Größe	Größe	
1	o Ceti	331	20	—	4 bis 2.1		o Holwarda
2	β Persei	2	20	49	2.3		4 Montanari
3	γ Cygni	406	1	30	6.7 bis 4		o Gottfr. Kirch
4 v.	30 Hydrae He	49 5	—	—	5 bis 4		o Maraldi
5 M.	Leonis R, 420	31 2	1 8	—	5		o Koch

6	η Aquilae	7	4	14	3.4	5.4	E. Pigott
7	β Lyrae	12	21	45	3.4	4.5	Goodricke
8	δ Cephei	5	8	49	4.3	5.4	Goodricke
9	α Herculis	66	8	—	3	3.4	Wilh. Herschel
10	Coronae R	323	—	—	6	0	E. Pigott
11	Scuti R	71	17	—	6.5 bis 5.4	9 bis 6	E. Pigott
12	Virginis R	145	21	—	7 bis 6.7	0	Harding
13	Aquarii R	388	13	—	9 bis 6.7	0	Harding
14	Serpentis R	359	—	—	6.7	0	Harding
15	Serpentis S	367	5	—	8 bis 7.8	0	Harding
16	Cancri R	380	—	—	7	0	Schwerd
17	α Cassiopeae	79	3	—	2	3.2	Birt
18	α Orionis	196	0	—	1	1.2	John Herschel
19	α Hydrae	55	—	—	2	2.3	John Herschel
20	ε Aurigae		?		3.4	4.5	Heis

2/1	ζ Geminorum	10	3	3/5	4.3	5.4	Schmidt
2/2	β Pegasi	40	2/3	—	2	2.3	Schmidt
2/3	Pegasi R	35/0	—	—	8	0	Hind
2/4	Cancri S	?			7.8	0	Hind

Bemerkungen.

Die 0 in der Columne für das Minimum bedeutet, daß der Stern zur Zeit desselben schwächer als 10ter Größe ist. Um die kleineren veränderlichen Sterne, die meistens weder Namen noch sonstige Bezeichnungen haben, einfach und bequem angeben zu können, habe ich mir erlaubt ihnen Buchstaben beizulegen: und zwar, da die griechischen und kleinen lateinischen zum großen Theile schon von Bayer gebraucht worden sind, die des großen Alphabets.

Außer den in der Tabelle aufgeführten giebt es fast noch eben so viele Sterne, die der Veränderlichkeit verdächtig sind, indem sie von verschiedenen Beobachtern mit verschiedenen Größen angeführt werden. Da diese Schätzungen aber nur gelegentliche und nicht mit großer Schärfe ausgeführt waren, auch verschiedene Astronomen verschiedene Grundsätze beim Schätzen der Größen haben; so scheint es sicherer solche Fälle nicht zu berücksichtigen, bis derselbe Beobachter zu verschiedenen Zeiten entschiedene Veränderlichkeit gefunden hat. Bei allen in der Tafel angegebenen ist dies der Fall; und ihr periodischer Lichtwechsel ist sicher, auch wo die Periode selbst noch nicht hat bestimmt werden können. Die angegebenen Perioden beruhen zum größten Theil auf eigenen Untersuchungen sämmtlicher bekannt gewordener älterer und meiner über 10 Jahre umfassenden noch ungedruckten Beobachtungen. Ausnahmen werden in den folgenden Notizen über die einzelnen Sterne angegeben werden.

In diesen gelten die Positionen für 1850 und sind in gerader Aufsteigung und Abweichung ausgedrückt. Der oft gebrauchte Ausdruck Stufe bedeutet einen Unterschied in der Helligkeit, welcher sich noch sicher mit bloßen Augen erkennen läßt, oder für die mit unbewaffnetem Auge unsichtbaren Sterne durch einen Fraunhofer'schen Cometensucher von 24 Zoll Brennweite. Für die helleren Sterne über 6ter Größe beträgt eine Stufe ungefähr den 10ten Theil des Unterschiedes, um welchen die auf einander folgenden Größenclassen von einander verschieden sind; für die kleineren Sterne sind die gebräuchlichen Größenclassen bedeutend enger.

1) o *Ceti:* AR. 32° 57′, Decl. -3° 40′; auch wegen seines wunderbaren Lichtwechsels, der an diesem Sterne zuerst wahrgenommen wurde, *Mira* genannt. Schon in der zweiten Hälfte des 17ten Jahrhunderts erkannte man die Periodicität dieses Sterns, und Boulliaud bestimmte die Dauer der Periode auf 333 Tage; indeß fand man auch zugleich, daß diese Dauer bald länger, bald kürzer sei: so wie daß der Stern in seinem größten Lichte bald heller, bald schwächer erscheine. Dies hat nun die Folgezeit vollkommen bestätigt. Ob der Stern jemals ganz unsichtbar wird, ist noch nicht entschieden; man hat ihn zuweilen 11ter oder 12ter Größe zur Zeit des Minimums gesehn, zu anderen Zeiten mit 3- und 4füßigen Fernröhren nicht sehen können. So viel ist gewiß, daß er eine lange Zeit schwächer als 10ter Größe ist. Es sind aber überhaupt über dies Stadium nur wenige Beobachtungen vorhanden; die meisten beginnen erst, wenn er als 6ter Größe dem bloßen Auge sich zu zeigen anfängt. Von diesem Zeitpunkte nimmt der Stern nun anfangs rasch, dann langsamer, zuletzt kaum merklich an Helligkeit zu; dann wieder, erst langsam, nachher rascher, ab. Im Mittel dauert die Zeit der Lichtzunahme von der 6ten Größe an 50, die der Lichtabnahme bis zur genannten Helligkeit 69 Tage: so daß der Stern also ungefähr 4 Monate mit bloßen Augen sichtbar ist. Allein dies ist nur die mittlere Dauer der Sichtbarkeit; zuweilen hat sie sich auf 5 Monate gesteigert, während sie zu anderen Zeiten nur 3 Monate gewesen ist. Eben so ist auch die Dauer der Licht-Zu- und Abnahme großen Schwankungen unterworfen, und jene zuweilen langsamer als diese: wie im Jahre 1840, wo der Stern 62 Tage brauchte, um bis zur größten Helligkeit zu kommen, und in 49 Tagen von dieser bis zur Unsichtbarkeit mit bloßen Augen herabsank. Die kürzeste beobachtete Dauer des Wachsens fand im Jahre 1679 mit 30 Tagen statt; die längste, von 67 Tagen, ward im Jahre 1709 beobachtet. Die Lichtabnahme dauerte am längsten im Jahre 1839, nämlich 91 Tage; am kürzesten im Jahre 1660, nämlich nur 52 Tage. Zuweilen verändert der Stern zur Zeit seiner größten Helligkeit diese einen Monat lang kaum merklich, zu andern Zeiten läßt sich schon nach wenigen Tagen eine Veränderung deutlich wahrnehmen. Bei einigen Erscheinungen hat man, nachdem der Stern einige Wochen an Helligkeit abgenommen hatte, während mehrerer Tage einen Stillstand oder wenigstens eine kaum merkliche Lichtabnahme wahrgenommen: so im Jahre 1678 und 1847.

Die Helligkeit im Maximum ist, wie schon erwähnt, auch keinesweges immer dieselbe. Bezeichnet man die Helligkeit der schwächsten mit bloßen Augen sichtbaren Sterne mit 0, die des Aldebaran (α im Stier), eines Sterns 1ter Größe, mit 50: so hat die Helligkeit von Mira im Maximum zwischen 20 und 47 geschwankt, d. h. zwischen der Helligkeit der Sterne 4ter und 1ter bis 2ter Größe; die mittlere Helligkeit ist 28 oder die des Sterns γ Ceti. Aber fast noch unregelmäßiger hat sich die Dauer der Periode gezeigt; im Mittel beträgt dieselbe 331 Tage 20 Stunden, ihre Schwankungen aber steigen bis auf einen Monat: denn die kürzeste von Einem Maximum bis zum nächsten verflossene Zeit war nur 306 Tage, die längste dagegen 367 Tage. Und noch auffallender werden diese Unregelmäßigkeiten, wenn man die einzelnen Erscheinungen des größten Lichtes selbst mit denjenigen vergleicht, welche statt finden sollten, wenn man diese Maxima unter Annahme einer gleichförmigen Periode berechnet. Die Unterschiede zwischen Rechnung und Beobachtung steigen dann auf 50 Tage; und zwar zeigt es sich, daß diese Unterschiede mehrere Jahre hinter einander nahe von derselben Größe und nach derselben Seite hin sind. Dies deutet offenbar auf eine Störung in den Lichterscheinungen hin, welche eine sehr lange Periode hat. Die genauere Rechnung hat aber erwiesen, daß man mit Einer Störung nicht ausreicht, sondern mehrere annehmen muß, die freilich aus derselben Ursache herrühren können: und zwar eine, die nach 11; eine 2te, die nach 88; eine 3te, die nach 176; und eine 4te, die erst nach 264 Einzel-Perioden wiederkehrt. Danach entsteht die angeführte Sinus-Formel: mit welcher nun die einzelnen Maxima sehr nahe stimmen, obgleich immer noch Abweichungen vorhanden sind, die sich durch Beobachtungsfehler nicht erklären lassen.

2) β *Persei*, *Algol*; AR. 44° 36', Dec1. +40° 22'. Obgleich Geminiano Montanari schon im Jahre 1667 die Veränderlichkeit dieses Sterns bemerkt und Maraldi sie gleichfalls beobachtet hatte, fand doch erst Goodricke im Jahre 1782 die Regelmäßigkeit derselben. Der Grund hiervon ist wohl darin zu suchen, daß der Stern nicht wie die meisten übrigen veränderlichen allmälig an Helligkeit ab- und zunimmt, sondern während 2 Tagen 13 Stunden in der gleichen 2.3ten Größe glänzt, und nur 7 bis 8 Stunden lang sich in geringerer zeigt: wobei er bis zur 4ten Größe herabsinkt. Die Ab- und Zunahme der Helligkeit ist nicht ganz regelmäßig, sondern geht in der Nähe des Minimums rascher vor sich: woher sich auch der Zeitpunkt der geringsten Helligkeit auf 10 bis 15 Min. genau bestimmen läßt. Merkwürdig ist dabei, daß der Stern, nachdem er gegen eine Stunde an Licht zugenommen hat, etwa eben so lange fast in derselben Helligkeit bleibt, und dann erst wieder merklich wächst. Die Dauer der Periode wurde bisher für vollkommen gleichförmig gehalten; und Wurm konnte, indem er sie zu 2 Tagen 21 St. 48 Min. 58½ Sec. annahm, alle Beobachtungen gut darstellen. Eine genauere Berechnung, bei der ein fast doppelt so großer Zeitraum benutzt werden konnte, als der Wurm zu Gebote gestanden, hat aber gezeigt, daß die Periode allmälig kürzer wird. Sie war im Jahre 1784 2 T. 20 St. 48 Min. 59,4 Sec. und im Jahre 1842 nur 2 T. 20 St. 48 Min. 55,2 Sec. Aus den neuesten Beobachtungen wird es außerdem sehr wahrscheinlich, daß auch diese Abnahme der Periode jetzt schneller vor sich geht als früher: so daß also auch bei diesem Sterne mit der Zeit eine Sinus-Formel für die Störung der Periode sich ergeben wird. Diese gegenwärtige Verkürzung der Periode würde sich übrigens erklären lassen, wenn wir annehmen, daß Algol sich uns jedes Jahr etwa 500 Meilen mehr nähert, oder sich um so viel weniger von uns entfernt wie das vorhergehende: indem dann das Licht um so viel früher jedes Jahr zu uns gelangen muß, als die Abnahme der Periode fordert, nämlich ungefähr 12 Tausendtheile einer Secunde. Ist dies der wahre Grund, so muß natürlich mit der Zeit eine Sinus-Formel sich ergeben.

3) χ *Cygni*: AR. 296° 12', Dec1. +32° 32'. Auch dieser Stern zeigt nahe dieselben Unregelmäßigkeiten wie Mira; die Abweichungen der beobachteten Maxima von den

mit einer gleichförmigen Periode berechneten gehen bis auf 40 Tage, werden aber sehr verringert durch Einführung einer Störung von 8½ Einzel-Perioden und einer anderen von 100 solcher Perioden. Im Maximum erreicht der Stern im Mittel die Helligkeit von schwach 5ter Größe, oder eine hellere Stufe als der Stern 17 Cygni. Die Schwankungen sind aber auch hier sehr bedeutend, und sind von 13 Stufen unter der mittleren bis 10 Stufen über derselben beobachtet worden. Wenn der Stern jenes schwächste Maximum hatte, war er dem bloßen Auge ganz unsichtbar: wogegen er im Jahre 1847 volle 97 Tage ohne Fernglas gesehen werden konnte; seine mittlere Sichtbarkeit ist 52 Tage: wovon er im Mittel 20 Tage im Zunehmen und 32 im Abnehmen ist.

4) 30 *Hydrae Hevelii:* AR. 200° 23', Decl. -22° 30'. Von diesem Sterne, der wegen seiner Lage am Himmel nur kurze Zeit jedes Jahr zu sehen ist, läßt sich nur sagen, das sowohl seine Periode als auch seine Helligkeit im Maximum sehr großen Unregelmäßigkeiten unterworfen sind.

5) *Leonis R = 420 Mayeri;* AR. 144° 52', Decl. +12° 7'. Dieser Stern ist häufig mit den nahe bei ihm stehenden Sternen 18 und 19 Leonis verwechselt und deshalb sehr wenig beobachtet worden; indeß doch hinlänglich, um zu zeigen, daß die Periode ziemlich unregelmäßig ist. Auch scheint die Helligkeit im Maximum um einige Stufen zu schwanken.

6) η *Aquilae,* auch η *Antinoi* genannt; AR. 296° 12', Decl. +0° 37'. Die Periode dieses Sterns ist ziemlich gleichförmig 7 T. 4 St. 13 Min. 53 Sec.; aber doch zeigen die Beobachtungen, daß auch in ihr nach längeren Zeiträumen kleine Schwankungen vorkommen: die jedoch nur auf etwa 20 Secunden gehn. Der Lichtwechsel selbst geht so regelmäßig vor sich, daß bis jetzt noch keine Abweichungen sichtbar geworden sind, die nicht durch Beobachtungsfehler sich erklären ließen. Im Minimum ist der Stern eine Stufe schwächer als ι Aquilae; er nimmt dann erst langsam, darauf rascher, zuletzt wieder langsamer zu: und erreicht 2 T. 9 St. nach dem Minimum seine größte Helligkeit: in der er fast 3 Stufen heller wird als β, aber noch 2 Stufen schwächer bleibt als δ Aquilae. Vom Maximum sinkt die Helligkeit nicht so regelmäßig herab: indem sie, wenn der Stern die Helligkeit von β erreicht hat (1 T. 10 St. nach dem Maximum), sich langsamer verändert als vorher und nachher.

7) β *Lyrae:* AR. 281° 8', Decl. +33° 11'; ein merkwürdiger Stern dadurch, daß er zwei Maxima und zwei Minima hat. Wenn er im kleinsten Lichte, ⅓ Stufe schwächer als ζ Lyrae gewesen ist; steigt er in 3 T. 5 St. bis zu seinem ersten Maximum, in welchem er ¾ Stufen schwächer bleibt als γ Lyrae. Darauf sinkt er in 3 T. 3 St. zu seinem zweiten Maximum herab, in welchem seine Helligkeit die von ζ um 5 Stufen übertrifft. Nach weiteren 3 T. 2 St. erreicht er im zweiten Maximum wieder die Helligkeit des ersten, und sinkt nun in 3 T. 12 St. wieder zur geringsten Helligkeit hinab: so daß er in 12 T. 21 St. 46 Min. 40 Sec. seinen ganzen Lichtwechsel durchläuft. Diese Dauer der Periode gilt aber nur für die Jahre 1810 bis 1844; früher ist sie kürzer gewesen: im Jahre 1784 um 2½ Stunde,

1817 und 1818 um mehr als eine Stunde; und jetzt zeigt sich deutlich wieder eine Verkürzung derselben. Es ist also nicht zweifelhaft, daß auch bei diesem Sterne die Störung der Periode sich durch eine Sinus-Formel wird ausdrücken lassen.

8) δ *Cephei:* AR. 335° 54', Decl. +57° 39'; zeigt von allen bekannten Sternen in jeder Hinsicht die größte Regelmäßigkeit. Die Periode von 5 T. 8 St. 47 Min. 39½ Sec. stellt alle Beobachtungen von 1784 bis jetzt innerhalb der Beobachtungsfehler dar; und durch solche können auch die kleinen Verschiedenheiten erklärt werden, welche sich in dem Gange des Lichtwechsels zeigen. Der Stern ist im Minimum ¾ Stufen heller als ε, im Maximum gleich dem Sterne ι desselben Sternbildes; er braucht 1 T. 15 St., um von jenem zu diesem zu steigen: dagegen mehr als das Doppelte dieser Zeit, nämlich 3 T. 18 St., um wieder zum Minimum zurückzukommen; von dieser letzteren Zeit verändert er sich aber 8 Stunden lang fast gar nicht und einen ganzen Tag lang nur ganz unbedeutend.

9) α *Herculis:* AR. 256° 57', Decl. +14° 34'; ein sehr rother Doppelstern, dessen Lichtwechsel in jeder Hinsicht sehr unregelmäßig ist. Oft verändert er sein Licht Monate lang fast gar nicht, zu anderen Zeiten ist er im Maximum um 5 Stufen heller als im Minimum; daher ist auch die Periode noch sehr unsicher. Der Entdecker hatte sie zu 63 Tagen angenommen; ich anfänglich zu 95, bis eine sorgfältige Berechnung meiner sämmtlichen Beobachtungen während 7 Jahren mir jetzt die im Texte angesetzte Periode gegeben hat. Heis glaubt die Beobachtungen durch eine Periode von 184,9 Tagen mit 2 Maximis und 2 Minimis darstellen zu können.

10) *Coronae R:* AR. 235° 36', Decl. +28° 37'. Der Stern ist nur zeitweise veränderlich: die angegebene Periode ist von Koch berechnet worden aus seinen eigenen Beobachtungen, die leider verloren gegangen sind.

11) *Scuti R:* AR. 279° 52', Decl. -5° 51'. Die Helligkeits-Schwankungen dieses Sterns bewegen sich zuweilen nur innerhalb weniger Stufen, während er zu anderen Zeiten von der 5ten bis zur 9ten Größe hinabsinkt. Er ist noch zu wenig beobachtet worden, um zu entscheiden, ob in diesen Abwechselungen eine bestimmte Regel herrscht. Eben so ist auch die Dauer der Periode bedeutenden Schwankungen unterworfen.

12) *Virginis R:* AR. 187° 43', Decl. +7° 49'. Er hält seine Periode und Helligkeit im Maximum mit ziemlicher Regelmäßigkeit ein: doch kommen Abweichungen vor, die mir zu groß scheinen, um sie allein Beobachtungsfehlern zuschreiben zu können.

13) *Aquarii R:* AR. 354° 11', Decl. -16° 6'.

14) *Serpentis R:* AR. 235° 57', Decl. +15° 36'.

15) *Serpentis S:* AR. 228° 40', Decl. +14° 52'.

16) *Cancri R:* AR. 122° 6', Decl. +12° 9'.

Ueber diese vier Sterne, die nur höchst dürftig beobachtet sind, läßt sich wenig mehr sagen, als die Tabelle giebt.

17). α *Cassiopeae:* AR. 8° 0', Decl. +55° 43'. Der Stern ist sehr schwierig zu beobachten; der Unterschied zwischen Maximum und Minimum beträgt nur wenige Stufen, und ist außerdem eben so variabel als die Dauer der Periode. Aus diesem Umstande sind die sehr verschiedenen Angaben für dieselbe zu erklären. Die angegebene, welche die Beobachtungen von 1782 bis 1849 genügend darstellt, scheint mir die wahrscheinlichste zu sein.

18) α *Orionis:* AR. 86° 46', Decl. +7° 22' Auch dieses Sterns Lichtwechsel beträgt vom Minimum zum Maximum nur 4 Stufen; er nimmt während 91½ Tagen zu an Helligkeit, während 104½ ab: und zwar vom 20ten bis 70ten Tage nach dem Maximum ganz unmerklich. Zeitweise ist seine Veränderlichkeit noch geringer und kaum zu bemerken. Er ist sehr roth.

19) α *Hydrae:* AR. 140° 3', Decl. -8° 1'; ist von allen veränderlichen am schwierigsten zu beobachten, und die Periode noch ganz unsicher. Sir John Herschel giebt sie zu 29 bis 30 Tagen an.

20) ε *Aurigae:* AR. 72° 48', Decl. +43° 36'. Der Lichtwechsel dieses Sterns ist entweder sehr unregelmäßig, oder es finden während einer Periode von mehreren Jahren mehrere Maxima und Minima statt: was erst nach Verlauf vieler Jahre wird entschieden werden können.

21) ζ *Geminorum:* AR. 103° 48', Decl. +20° 47'. Dieser Stern hat bis jetzt einen ganz regelmäßigen Verlauf des Lichtwechsels gezeigt. Im Minimum hält seine Helligkeit die Mitte zwischen ω und υ desselben Sternbildes, im Maximum erreicht sie die von λ nicht völlig; der Stern braucht 4 T. 21 St. zum Hellerwerden und 5 T. 6 St. zum Abnehmen.

22) β *Pegasi:* AR. 344° 7', Decl. +27° 16'. Die Periode ist schon ziemlich gut bestimmt, über den Gang des Lichtwechsels läßt sich aber noch nichts sagen.

23) *Pegasi R:* AR. 344° 47', Decl. +9° 43'.

24) *Cancri S:* AR, 128° 50', Decl. +19° 34'.

Ueber beide Sterne ist noch nichts zu sagen.

Bonn, im August 1850.   *Fr. Argelander.*

Veränderung des Sternlichtes in unerforschter Periodicität. – Bei der wissenschaftlichen Ergründung wichtiger Naturerscheinungen im Kosmos, sei es in der tellurischen oder in der siderischen Sphäre, gebietet die Vorsicht, nicht allzu früh mit einander zu verketten, was noch in seinen nächsten Ursachen in Dunkel gehüllt ist. Deshalb unterscheiden wir gern: neu erschienene und wieder gänzlich verschwundene Sterne (in der Cassiopea 1572), neu erschienene und nicht wieder verschwundene (im Schwan 1600), veränderliche mit erforschten Perioden (Mira Ceti, Algol); Sterne, deren Licht-Intensität sich verändert, ohne daß in diesem Wechsel bisher eine Periodicität entdeckt worden ist (η Argûs). Es ist keineswegs unwahrscheinlich, aber auch nicht nothwendig, daß diese vier Arten der Erscheinungen ganz ähnliche Ursachen in der Photosphäre jener fernen Sonnen oder in der Natur ihrer Oberfläche haben.

Wie wir die Schilderung der *neuen Sterne* mit der ausgezeichnetsten dieser Classe von Himmelsbegebenheiten, mit der plötzlichen Erscheinung des Sterns von Tycho, begonnen haben; so beginnen wir, von denselben Gründen geleitet, die Darstellung der Veränderung des Sternlichts bei unerforschter Periodicität mit den noch heut zu Tage fortgehenden unperiodischen Helligkeits-Schwankungen von η Argûs. Dieser Stern liegt in der großen und prachtvollen Constellation des Schiffes, der „Freude des südlichen Himmels". Schon Halley, als er 1677 von seiner Reise nach der Insel St. Helena zurückkehrte, äußerte viele Zweifel über den Lichtwechsel der Sterne des Schiffes Argo, besonders am Schilde des Vordertheils und am Verdeck (ἀσπιδίσκη und κατάστρωμα), deren relative Größenordnung Ptolemäus angegeben hatte; aber bei der Ungewißheit der Stern-Positionen der Alten, bei den vielen Varianten der Handschriften des Almagest und den unsicheren Schätzungen der Lichtstärke konnten diese Zweifel zu keinen Resultaten führen. Halley hatte η Argûs 1677 4ter, Lacaille 1751 bereits 2ter Größe gefunden. Der Stern ging wieder zu seiner früheren schwächeren Intensität zurück: denn Burchell fand ihn während seines Aufenthalts im südlichen Afrika (1811 bis 1815) von der 4ten Größe. Fallows und Brisbane sahen ihn 1822 bis 1826 2ᵐ; Burchell, der sich damals (Febr. 1827) zu S. Paulo in Brasilien befand, 1ᵐ, ganz dem α Crucis gleich. Nach einem Jahre ging der Stern wieder zu 2ᵐ zurück. So fand ihn Burchell in der brasilianischen Stadt Goyaz am 29 Febr. 1828, so führen ihn Johnson und Taylor von 1829 bis 1833 in ihren Verzeichnissen auf. Auch Sir John Herschel schätzte ihn am Vorgebirge der guten Hoffnung von 1834 bis 1837 zwischen 2ᵐ und 1ᵐ.

Als nämlich am 16 December 1837 dieser berühmte Astronom eben sich zu photometrischen Messungen von einer Unzahl telescopischer Sterne 11ᵐ bis 16ᵐ rüstete, welche den herrlichen Nebelfleck um η Argûs füllen, erstaunte er diesen oft vorher beobachteten Stern zu einer solchen Intensität des Lichtes angewachsen zu finden, daß er fast dem Glanze von α Centauri gleich kam und alle andere Sterne erster Größe außer Canopus und Sirius an Glanz übertraf. Am 2 Januar 1838 hatte er dieses Mal das Maximum seiner Helligkeit erreicht. Er wurde bald schwächer als Arcturus, übertraf aber Mitte Aprils 1838 noch Aldebaran. Bis März 1843 erhielt er sich in der Abnahme, doch immer als Stern 1ᵐ; dann, besonders im April 1843, nahm wieder das Licht so zu, daß nach den Beobachtungen von Mackay in Calcutta und Maclear am Cap η Argûs glänzender als Canopus, ja fast dem Sirius gleich wurde. Diese hier bezeichnete Licht-Intensität hat der Stern fast noch bis zu dem Anfang des laufenden Jahres behalten. Ein ausgezeichneter Beobachter, Lieutenant Gilliß, der die astronomische Expedition befehligt, welche die Regierung der Vereinigten Staaten an die Küste von Chili geschickt hat, schreibt von Santiago im Februar 1850: „η Argûs mit seinem gelblich rothen Lichte, welches dunkler als das des Mars ist, kommt jetzt dem Canopus an Glanz am nächsten, und ist heller als das vereinigte Licht von α Centauri." Seit der Erscheinung im Schlangenträger 1604 ist kein Fixstern zu einer solchen Lichtstärke und in einer langen Dauer von nun schon 7 Jahren aufgestrahlt. In den 173 Jahren (von 1677 bis 1850), in welchen wir Nachricht von der Größenordnung des schönen Sterns im Schiffe haben, hat derselbe in der Vermehrung und Verminderung seiner Intensität 8 bis 9 Oscillationen gehabt. Es ist, als ein Antriebsmittel zur dauernden Aufmerksamkeit der Astronomen auf das Phänomen einer großen, aber unperiodischen Veränderlichkeit von η Argûs, ein glücklicher Zufall gewesen, daß die Erscheinung in die Epoche der rühmlichen fünfjährigen Cap-Expedition von Sir John Herschel gefallen ist.

Bei mehreren anderen, sowohl isolirten Fixsternen als von Struve beobachteten Doppelsternen (*Stellarum compos. Mensurae microm.* p. LXXI–LXXIII) sind ähnliche, noch nicht periodisch erkannte Lichtveränderungen bemerkt worden. Die Beispiele, die wir uns hier anzuführen begnügen, sind auf wirkliche, von demselben Astronomen zu verschiedenen Zeiten angestellte photometrische *Schätzungen* und *Messungen* gegründet: keinesweges aber auf die Buchstabenreihen in Bayer's Uranometrie. Argelander hat in der Abhandlung *de fide Uranometriae Bayerianae* 1842 p. 15 sehr überzeugend erwiesen, daß Bayer gar nicht den Grundsatz befolgt die hellen Sterne mit den früheren Buchstaben zu bezeichnen: sondern im Gegentheil in *derselben* Größenclasse die Buchstaben in Reihenfolge der *Lage* so vertheilte, daß er gewöhnlich vom Kopf der Figur in jeglichem Sternbilde zu den Füßen überging. Die Buchstabenreihe in Bayer's Uranometrie hat lange den Glauben an die Lichtveränderungen verbreitet von α Aquilae, von Castor der Zwillinge und Alphard der Wasserschlange.

Struve (1838) und Sir John Herschel sahen *Capella* an Licht zunehmen. Der Letztere findet die Capella jetzt um vieles heller als Wega, da er sie vorher immer für schwächer annahm. Eben so auch Galle und Heis in jetziger Vergleichung von Capella und Wega. Der Letztere findet Wega um 5 bis 6 Stufen, also mehr als eine halbe Größenclasse, schwächer.

Die Veränderungen in dem Lichte einiger Sterne in den Constellationen des Großen und Kleinen Bären verdienen besondere Aufmerksamkeit. „Der Stern η Urase majoris", sagt Sir John Herschel, „ist jetzt gewiß unter den 7 hellen Sternen des Großen Bären der vorleuchtendste, wenn 1837 noch ε unbestreitbar den ersten Rang einnahm." Diese Bemerkung hat mich veranlaßt Herrn Heis, der sich so warm und umsichtig mit der Veränderlichkeit des Sternlichts beschäftigt, zu befragen. „Aus dem Mittel der 1842 bis 1850 zu Aachen von mir angestellten Beobachtungen", schreibt Herr Heis, „ergab sich die Reihenfolge: 1) ε Ursae maj. oder Alioth, 2) α oder Dubhe, 3) η oder Benetnasch, 4) ζ oder Mizar, 5) β, 6) γ, 7) δ. In den Helligkeits-Unterschieden dieser 7 Sterne sind sich nahe gleich ε, α und η: so daß ein nicht ganz reiner Zustand der Luft die Reihenfolge unsicher machen kann; ζ ist entschieden schwächer als die drei genannten. Die beiden

Sterne β und γ, beide merklich schwächer als ζ, sind unter einander fast gleich; δ endlich, in älteren Karten von gleicher Größe mit β und γ angegeben, ist um mehr als eine Größenordnung schwächer als diese Sterne. Veränderlich ist bestimmt ε. Obgleich der Stern in der Regel heller als α ist, so habe ich ihn doch in 3 Jahren 5mal entschieden schwächer als α gesehen. Auch β Ursae maj. halte ich für veränderlich, ohne bestimmte Perioden angeben zu können. Sir John Herschel fand in den Jahren 1840 und 1841 β Ursae maj. viel heller als den Polarstern, während daß schon im Mai 1846 das Entgegengesetzte von ihm beobachtet wurde. Er vermuthet Veränderlichkeit in β. Ich habe seit 1843 der Regel nach Polaris schwächer als β Ursae maj. gefunden, aber von October 1843 bis Julius 1849 wurde nach meinen Verzeichnissen Polaris zu 14 Malen größer als β gesehen. Daß wenigstens die Farbe des letztgenannten Sterns nicht immer gleich röthlich ist, davon habe ich mich häufig zu überzeugen Gelegenheit gehabt; sie ist zuweilen mehr oder weniger gelb, zuweilen recht entschieden roth." Alle mühevolle Arbeiten über die relative Helligkeit der Gestirne werden dann erst an Sicherheit gewinnen, wenn die *Reihung* nach bloßer *Schätzung* endlich einmal durch *Messungs-Methoden*, welche auf die Fortschritte der neueren Optik gegründet sind, ersetzt werden kann. Die Möglichkeit ein solches Ziel zu erreichen darf von Astronomen und Physikern nicht bezweifelt werden.

Bei der wahrscheinlich großen physischen Aehnlichkeit der Lichtprocesse in allen selbstleuchtenden Gestirnen (in dem Centralkörper unseres Planetensystems und den *fernen Sonnen* oder Fixsternen) hat man längst mit Recht darauf hingewiesen, wie bedentungs- und ahndungsvoll der periodische oder unperiodische Lichtwechsel der Sterne ist für die Klimatologie im allgemeinen, für die *Geschichte* des Luftkreises: d. i. für die wechselnde Wärmemenge, welche unser Planet im Lauf der Jahrtausende von der Ausstrahlung der Sonne empfangen hat; für den Zustand des organischen Lebens und dessen Entwickelungsformen unter verschiedenen Breitengraden. Der veränderliche Stern am Halse des Wallfisches (Mira Ceti) geht von der 2ten Größe bis zur 11ten, ja bis zum Verschwinden herab; wir haben eben gesehen, daß η des Schiffes Argo von der 4ten Größe bis zur 1ten: und unter den Sternen dieser Ordnung bis zum Glanz von Canopus, fast bis zu dem von Sirius sich erhoben hat. Wenn je auch nur ein sehr geringer Theil der hier geschilderten Veränderungen in der Intensität der Licht- und Wärmestrahlung nach ab- oder aufsteigender Scala unsere Sonne angewandelt hat (und warum sollte sie von anderen Sonnen verschieden sein?); so kann eine solche Anwandlung, eine solche Schwächung oder Belebung der Lichtprocesse doch mächtigere, ja furchtbarere Folgen für unseren Planeten gehabt haben, als zur Erklärung aller geognostischen Verhältnisse und alter Erdrevolutionen erforderlich sind. William Herschel und Laplace haben zuerst diese Betrachtungen angeregt. Wenn ich hier bei denselben länger verweilt bin, so ist es nicht darum geschehen, weil ich in ihnen ausschließlich die Lösung der großen Probleme der Wärme-Veränderung auf unserem Erdkörper suche. Auch die primitive hohe Temperatur des Planeten, in seiner Bildung und der Verdichtung der sich ballenden Materie gegründet; die Wärmestrahlung der tiefen Erdschichten durch offene Klüfte und unausgefüllte Gangspalten, die Verstärkung electrischer Ströme, eine sehr verschiedene Vertheilung von Meer und Land *konnten* in den frühesten Epochen des Erdelebens die Wärme-Vertheilung unabhängig machen von der Breite, d. h. von der Stellung gegen einen Centralkörper. Kosmische Betrachtungen dürfen sich nicht einseitig auf astrognostische Verhältnisse beschränken.

V.

Eigene Bewegung der Fixsterne. – Problematische Existenz dunkler Weltkörper. – Parallaxe. – Gemessene Entfernung einiger Fixsterne. – Zweifel über die Annahme eines Centralkörpers für den ganzen Fixsternhimmel.

Neben den Veränderungen der Lichtstärke zeigt der Fixsternhimmel, als solcher und im Widerspruch mit seiner Benennung, auch Veränderungen durch die perpetuirlich fortschreitende Bewegung der einzelnen Fixsterne. Es ist schon früher daran erinnert worden, wie, ohne daß dadurch im allgemeinen das Gleichgewicht der Sternsysteme gestört werde, sich kein fester Punkt am ganzen Himmel befindet; wie von den hellen Sternen, welche die ältesten unter den griechischen Astronomen beobachtet haben, keiner seinen Platz im Weltraume unverändert behauptet hat. Die Ortsveränderung ist in zweitausend Jahren bei Arctur, bei μ der Cassiopea und bei einem Doppelstern im Schwan durch Anhäufung der jährlichen eigenen Bewegung auf 2½, 3½ und 6 Vollmond-Breiten angewachsen. Nach dreitausend Jahren werden etwa 20 Fixsterne ihren Ort um 1° und mehr verändert haben. Da nun die gemessenen eigenen Bewegungen der Fixsterne von $^1/_{20}$ bis $7,°7$ Secunden steigen (also im Verhältniß von wenigstens 1 : 154 verschieden sind), so bleiben auch der relative Abstand der Fixsterne unter einander und die Configuration der Constellationen in langen Perioden nicht dieselben. Das südliche Kreuz wird in der Gestalt, welche jetzt dies Sternbild zeigt, nicht immer am Himmel glänzen: da die 4 Sterne, welche es bilden, mit ungleicher Geschwindigkeit eines verschiedenen Weges wandeln. Wie viele Jahrtausende bis zur völligen Auflösung verfließen werden, ist nicht zu berechnen. In den Raumverhältnissen und in der Zeitdauer giebt es kein absolutes Großes und Kleines.

Will man unter einem allgemeinen Gesichtspunkt zusammenfassen, was an dem Himmel sich verändert und was im Lauf der Jahrhunderte den *physiognomischen Charakter* der Himmelsdecke, den Anblick des Firmaments an einem bestimmten Orte, modificirt; so muß man aufzählen als wirksame Ursachen solcher Veränderung: 1) das Vorrücken der Nachtgleichen und das Wanken der Erdachse: durch deren gemeinsame Wirkung neue Sterne am Horizont aufsteigen, andere unsichtbar werden; 2) die periodische und unperiodische Veränderung der Lichtstärke vieler Fixsterne; 3) das Auflodern neuer Sterne, von denen einige wenige am Himmel verblieben sind; 4) das

Kreisen telescopischer Doppelsterne um einen gemeinsamen Schwerpunkt. Zwischen diesen sich langsam und ungleich in Lichtstärke und Position verändernden sogenannten *Fixsternen* vollenden ihren schnelleren Lauf 20 Hauptplaneten, von denen fünf zusammen 20 Satelliten darbieten. Es bewegen sich also außer den ungezählten, gewiß auch rotirenden Fixsternen 40 bis jetzt (October 1850) aufgefundene planetarische Körper. Zur Zeit des Copernicus und des großen Vervollkommners der Beobachtungskunst Tycho waren nur 7 bekannt. Fast 200 berechnete Cometen: deren 5 *von kurzem Umlauf* und *innere*, d. h. zwischen den Bahnen der Hauptplaneten eingeschlossene, sind; hätten hier ebenfalls noch als planetarische Körper aufgeführt werden können. Sie beleben während ihres meist kurzen Erscheinens, wenn sie dem bloßen Auge sichtbar werden, nächst den eigentlichen Planeten und den neuen als Sterne erster Größe plötzlich auflodernden Weltkörpern, am anziehendsten das an sich schon reiche *Bild* des gestirnten Himmels: ich hätte fast gesagt dessen *landschaftlichen* Eindruck.

Die Kenntniß der eigenen Bewegung der Fixsterne hängt geschichtlich ganz mit den Fortschritten zusammen, welche die Beobachtungskunst durch Vervollkommnung der Werkzeuge und der Methoden gemacht hat. Das Auffinden dieser Bewegung wurde erst möglich, als man das Fernrohr mit getheilten Instrumenten verband; als von der Sicherheit einer Bogen-Minute, die zuerst mit großer Anstrengung Tycho auf der Insel Hveen seinen Beobachtungen zu geben vermochte, man allmälig zur Sicherheit von einer Secunde und von Theilen dieser Secunde herabstieg: oder durch eine lange Reihe von Jahren getrennte Resultate mit einander vergleichen konnte. Eine solche Vergleichung stellte Halley mit den Positionen des Sirius, Arcturus und Aldebaran an: wie sie Ptolemäus in seinen Hipparchischen Catalogus, also vor 1844 Jahren, eingetragen hatte. Er glaubte sich durch dieselbe berechtigt (1717) eine *eigene Bewegung* in den eben genannten drei Fixsternen zu verkündigen. Die große und verdiente Achtung, welche selbst noch lange nach den Beobachtungen von Flamsteed und Bradley den im *Triduum* von Römer enthaltenen Rectascensionen gespendet wurde, regte Tobias Mayer (1756), Maskelyne (1770) und Piazzi (1800) an, Römer's Beobachtungen mit den späteren zu vergleichen. Die eigene Bewegung der Sterne wurde dergestalt schon seit der Mitte des vorigen Jahrhunderts in ihrer Allgemeinheit anerkannt; aber die genaueren und numerischen Bestimmungen dieser Classe von Erscheinungen verdankte man erst 1783 der großen Arbeit von William Herschel, auf Flamsteed's Beobachtungen*Philos. Transact.* Vol. LXXIII. p. 138. gegründet, wie in noch weit höherem Grade Bessel's und Argelander's glücklicher Vergleichung von Bradley's Stern-Positionen für 1755 mit den neueren Catalogen.

Die Entdeckung der *eigenen Bewegung der Fixsterne* hat für die physische Astronomie eine um so höhere Wichtigkeit, als dieselbe zu der Kenntniß der Bewegung unseres eigenen *Sonnensystems* durch die sternerfüllten Welträume, ja zu der genauen Kenntniß der *Richtung* dieser Bewegung geleitet hat. Wir würden nie irgend etwas von dieser

Thatsache erfahren haben, wenn die eigene fortschreitende Bewegung der Fixsterne so gering wäre, daß sie allen unseren Messungen entginge. Das eifrige Bestreben, diese Bewegung in Quantität und Richtung, die *Parallaxe der Fixsterne* und ihre *Entfernung* zu ergründen, hat am meisten dazu beigetragen, durch Vervollkommnung der mit den optischen Instrumenten verbundenen Bogentheilungen und der micrometrischen Hülfsmittel, die Beobachtungskunst auf den Punkt zu erheben, zu dem sie sich: bei scharfsinniger Benutzung von großen Meridiankreisen, Refractoren und Heliometern (vorzugsweise seit dem Jahre 1830), emporgeschwungen hat.

Die Quantität der gemessenen eigenen Bewegung wechselt, wie wir schon im Eingange dieses Abschnitts bemerkt, von dem 20ten Theil einer Secunde bis zu fast 8". Die leuchtenderen Sterne haben großentheils dabei schwächere Bewegung als Sterne 5ter bis 6ter und 7ter Größe. Die 7 Sterne, welche eine ungewöhnlich große eigene Bewegung offenbart haben, sind: Arcturus 1^m (2",25), α Centauri 1^m (3",58) S. über α Centauri *Henderson* und *Maclear* in den *Memoirs of the Astron. Soc.* Vol. XI. p. 611 und Piazzi *Smyth* in den *Edinb. Transact.* Vol. XVI. p. 447. Die Eigenbewegung des Arcturus, 2",25 (*Baily* in denselben *Memoirs* Vol. V. p. 165), kann, als die eines sehr hellen Sternes, im Vergleich mit Aldebaran: 0",185 (*Mädler, Centralsonne* S. 11), und α Lyrae: 0",400, groß genannt werden. Unter den Sternen erster Größe macht α Centauri mit der sehr starken Eigenbewegung 3",58 eine sehr merkwürdige Ausnahme. Die eigene Bewegung des Doppelstern-Systems des Schwans beträgt nach Bessel (*Schumacher's astron. Nachr.* Bd. XVI. S. 93) 5",123., μ Cassiopeae 6^m (3",74), der Doppelstern δ des Eridanus 5.4^m (4",08); der Doppelstern 61 des Schwans 5.6^m (5",123), von Bessel 1812 durch Vergleichung mit Bradley's Beobachtungen erkannt; ein Stern auf der Grenze der Jagdhunde*Schumacher's astron. Nachr.* No. 455. und des Großen Bären, No. 1830 des Catalogs der Circumpolarsterne von Groombridge, 7^m (nach Argelander 6",974); ε Indi (7",74) nach d'Arrest*A. a. O.* No. 618 S. 276. D'Arrest gründet das Resultat auf Vergleichungen von Lacaille (1750) mit Brisbane (1825) und von Brisbane mit Taylor (1835). Der Stern 2151 Puppis des Schiffes hat Eigenbewegung 7",871 und ist 6^m (*Maclear* in *Mädler's Untersuchungen über die Fixstern-Systeme* Th. II. S. 5)., 2151 Puppis des Schiffes 6^m (7",871). Das arithmetische Mittel *Schum. astron. Nachr.* No. 661 S. 201. der einzelnen Eigenbewegungen der Fixsterne aus allen Zonen, in welche Mädler die Himmelskugel getheilt hat, würde kaum 0",102 übersteigen.

Eine wichtige Untersuchung über die „Veränderlichkeit der eigenen Bewegungen von Procyon und Sirius" hat Bessel, dem größten Astronomen unserer Zeit, im Jahr 1844, also kurz vor dem Beginnen seiner tödtlichen, schmerzhaften Krankheit, die Ueberzeugung aufgedrängt: „daß Sterne, deren veränderliche Bewegungen in den vervollkommnetsten Instrumenten bemerkbar werden, Theile von Systemen sind, welche, vergleichungsweise mit den großen Entfernungen der Sterne von einander, auf kleine Räume beschränkt sind." Dieser Glaube an die Existenz von Doppelsternen, deren einer ohne Licht ist, war in Bessel, wie meine lange Correspondenz mit ihm bezeugt, so fest, daß sie: bei dem großen Interesse, welches ohnedies jede Erweiterung der Kenntniß von der physischen Beschaffenheit des Fixsternhimmels erregt, die allgemeinste Aufmerksamkeit auf sich zog. „Der anziehende Körper", sagt der berühmte Beobachter, „muß entweder dem Fixsterne, welcher die merkliche Veränderung zeigt, oder der Sonne sehr nahe sein. Da nun aber ein anziehender Körper von beträchtlicher Masse in sehr kleiner Entfernung von der Sonne sich in den Bewegungen unseres Planetensystems nicht verrathen hat, so wird man auf seine *sehr kleine Entfernung von einem Sterne*, als auf die einzig statthafte Erklärung der im Laufe eines Jahrhunderts merklich werdenden Veränderung in der eigenen Bewegung des letzteren, zurückgewiesen." In einem Briefe an mich (Juli 1844) heißt es (ich hatte scherzend einige Besorgniß über die *Gespensterwelt* der dunklen Gestirne geäußert): „Allerdings beharre ich in dem Glauben, daß Procyon und Sirius wahre Doppelsterne sind, bestehend aus einem sichtbaren und einem unsichtbaren Sterne. Es ist kein Grund vorhanden das Leuchten für eine wesentliche Eigenschaft der Körper zu halten. Daß zahllose Sterne sichtbar sind, beweist offenbar nichts gegen das Dasein eben so zahlloser unsichtbarer. Die physische Schwierigkeit, die einer Veränderlichkeit in der eigenen Bewegung, wird befriedigend durch die Hypothese dunkler Sterne beseitigt. Man kann die einfache Voraussetzung nicht tadeln, daß eine Veränderung der Geschwindigkeit nur in Folge einer Kraft statt findet und daß die Kräfte nach den Newtonischen Gesetzen wirken."

Ein Jahr nach Bessel's Tode hat Fuß auf Struve's Veranlassung die Untersuchung über die Anomalien von Procyon und Sirius, theils durch neue Beobachtungen am Ertel'schen Meridian-Fernrohr zu Pulkowa, theils durch Reductionen und Vergleichung mit dem früher Beobachteten, erneuert. Das Resultat ist nach der Meinung von Struve und Fuß gegen die Bessel'sche Behauptung ausgefallen. Eine große Arbeit, die Peters in Königsberg eben vollendet hat, rechtfertigt die Bessel'schen Behauptungen; wie eine ähnliche von Schubert, dem Calculator am nordamerikanischen *Nautical Almanac*.

Der Glaube an die Existenz nicht leuchtender Sterne war schon im griechischen Alterthume und besonders in der frühesten christlichen Zeit verbreitet. Man nahm an, daß „zwischen den feurigen Sternen, die sich von den Dünsten nähren, sich noch einige andere erdartige Körper bewegen, welche uns unsichtbar bleiben"*Origenes in Gronov. Thesaur. T. X. p. 271.*. Das völlige Verlöschen der *neuen* Sterne, besonders der von Tycho und Kepler so sorgfältig beobachteten in der Cassiopea und im Schlangenträger, schien dieser Meinung eine festere Stütze zu geben. Weil damals vermuthet wurde, der erste dieser Sterne sei schon zweimal vorher und zwar in Abständen von ohngefähr 300 Jahren aufgelodert, so konnte die Idee der *Vernichtung* und völligen Auflösung keinen Beifall finden. Der unsterbliche Verfasser der *Mécanique céleste* gründet seine Ueberzeugung von dem Dasein nicht leuchtender Massen im Weltall auf dieselben Erscheinungen von 1572 und 1604. "Ces astres devenus invisibles après avoir surpassé l'éclat de Jupiter même, n'ont point changé de place durant leur apparition. (Der Lichtproceß hat bloß in ihnen aufgehört.) Il existe donc dans l'espace céleste des corps opaques aussi considérables et peut-être en aussi grands nombres que les étoiles." Eben so sagt Mädler in den *Untersuchungen über die Fixstern-SystemeMädler, Untersuch. über die Fixstern-Systeme* Th. II. (1848) S. 3 und dessen *Astronomie* S. 416.: „Ein dunkler Körper könnte Centralkörper sein; er könnte wie unsere Sonne in unmittelbarer Nähe nur von dunklen Körpern, wie unsere Planeten sind, umgeben sein. Die von Bessel angedeuteten Bewegungen von Sirius und Procyon nöthigen (?) sogar zu der Annahme, daß es Fälle giebt, wo leuchtende Körper die Satelliten dunkler Massen bilden." Es ist schon früher erinnert worden, daß solche Massen von einigen Anhängern der Emanations-Theorie für zugleich unsichtbar und doch lichtstrahlend gehalten werden: unsichtbar, wenn sie von so ungeheuren Dimensionen sind, daß die ausgesandten Lichtstrahlen (Licht-Moleculen), durch Anziehungskräfte zurückgehalten, eine gewisse Grenze nicht überschreiten können. *Laplace* in *Zach's allgem. geogr. Ephemeriden* Bd. IV. S. 1; *Mädler, Astronomie* S. 393. Giebt es, wie es wohl annehmbar ist, dunkle, unsichtbare Körper in den Welträumen: solche, in welchen der Proceß lichterzeugender Schwingungen nicht statt findet; so müssen diese dunklen Körper nicht in den Umfang unseres Planeten- und Cometen-Systems fallen oder doch nur von sehr geringer Masse sein, weil ihr Dasein sich uns nicht durch bemerkbare Störungen offenbart.

Die Untersuchung der *Bewegung der Fixsterne* in Quantität und Richtung (der *wahren* ihnen eigenen Bewegung wie der bloß *scheinbaren*, durch Veränderung des Orts der Beobachtung in der durchlaufenen Erdbahn hervorgebrachten), die Bestimmung der *Entfernung der Fixsterne* von der Sonne durch Ergründung ihrer *Parallaxen*, die Vermuthungen über den *Ort im Weltraum, nach dem hin unser Planetensystem sich bewegt:* sind drei Aufgaben der Astronomie, welche durch die Hülfsmittel der Beobachtung, deren man sich zu ihrer theilweisen Lösung glücklich bedient hat, in naher Verbindung mit einander stehen. Jede Vervollkommnung der Instrumente und der Methoden, die man zur Förderung einer dieser schwierigen und verwickelten Arbeiten angewandt hat, ist für die andere ersprießlich geworden. Ich ziehe vor mit den *Parallaxen* und der Bestimmung des Abstandes einiger Fixsterne zu beginnen, um das zu vervollständigen, was sich vorzugsweise auf unsere jetzige Kenntniß der isolirt stehenden Fixsterne bezieht.

Schon Galilei hat in dem Anfang des 17ten Jahrhunderts die Idee angeregt den, „gewiß überaus ungleichen, Abstand der Fixsterne von dem Sonnensysteme zu messen"; ja schon zuerst mit großem Scharfsinn das Mittel angegeben die *Parallaxe* aufzufinden: nicht durch die Bestimmung der Entfernung eines Sternes vom Scheitelpunkte oder dem Pole, sondern „durch sorgfältige Vergleichung eines Sternes mit einem anderen, sehr nahe stehenden". Es ist in sehr allgemeinen Ausdrücken die Angabe des micrometrischen Mittels, dessen sich später William Herschel (1781), Struve und Bessel bedient haben. "Perchè io non credo", sagt Galilei in dem dritten Gespräche (Giornata terza), "che tutte le stelle siano sparse in una sferica superficie *egualmente distanti da un centro;* ma stimo, che le loro lontananze da noi siano talmente varie, che alcune ve ne possano esser 2 e 3 volte più remote di alcune altre; talchè quando si trovasse col Telescopio *qualche picciolissima stella vicinissima ad alcuna delle maggiori,* e che però quella fusse altissima, *potrebbe accadere, che qualche sensibil mutazione succedesse tra di loro.*" Mit dem copernicanischen Weltsysteme war dazu noch gleichsam die *Forderung* gegeben, durch Messungen numerisch den Wechsel der Richtung nachzuweisen, welchen die halbjährige Ortsveränderung der Erde in ihrer Bahn um die Sonne in der Lage der Fixsterne hervorbringen müsse. Da die von Kepler so glücklich benutzten Tychonischen Winkel-Bestimmungen, wenn sie gleich bereits (wie schon einmal bemerkt) die Sicherheit von einer Bogen-Minute erreichten, noch keine parallactische Veränderung in der scheinbaren Position der Fixsterne zu erkennen gaben; so diente den Copernicanern lange als Rechtfertigung der beruhigende Glaube, daß der Durchmesser der Erdbahn (41⅓ Millionen geogr. Meilen) zu gering sei in Verhältniß der übergroßen Entfernung der Fixsterne.

Die Hoffnung der *Bemerkbarkeit* einer Parallaxe mußte demnach als abhängig erkannt werden von der Vervollkommnung der Seh- und Meßinstrumente und von der Möglichkeit sehr kleine Winkel mit Sicherheit zu bestimmen. So lange man nur einer Minute gewiß war, bezeugte *die nicht bemerkte Parallaxe* nur, daß die Fixsterne über 3438 Erdweiten (Halbmesser der Erdbahn, Abstand der Erde von der Sonne) entfernt sein müssen. Diese *untere* Grenze der Entfernungen stieg bei der Sicherheit einer Secunde in den Beobachtungen des großen Astronomen James Bradley bis 206265; sie stieg in der glänzenden Epoche Fraunhofer'scher Instrumente (bei unmittelbarer Messung von ohngefähr dem 10ten Theil einer Bogen-Secunde) bis 2062648 Erdweiten. Die Bestrebungen und so scharfsinnig ausgedachten Zenithal-Vorrichtungen von Newton's großem Zeitgenossen Robert Hooke (1669) führten nicht zum bezweckten Ziele. Picard, Horrebow, welcher Römer's gerettete Beobachtungen bearbeitete, und Flamsteed glaubten Parallaxen von mehreren Secunden gefunden zu haben, weil sie die *eigenen* Bewegungen der Sterne mit den wahren *parallactischen* Veränderungen verwechselten. Dagegen war der scharfsinnige John Michell (*Philos. Transact.* 1767 Vol. LVII. p. 234–264) der Meinung, daß die Parallaxen der nächsten Fixsterne geringer als 0",02 sein müßten und dabei nur „durch 12000malige Vergrößerung erkennbar" werden könnten. Bei der sehr verbreiteten Meinung, daß der vorzügliche Glanz eines Sterns immer eine geringere Entfernung andeuten müsse, wurden Sterne erster Größe: Wega, Aldebaran, Sirius und Procyon, der Gegenstand nicht glücklicher Beobachtungen von Calandrelli und dem verdienstvollen Piazzi (1805). Sie sind denen beizuzählen, welche (1815) Brinkley in Dublin veröffentlichte und die 10 Jahre später von Pond und besonders von Airy widerlegt wurden. Eine sichere, befriedigende Kenntniß von Parallaxen beginnt erst, auf micrometrische Abstands-Messungen gegründet, zwischen den Jahren 1832 und 1838.

Obgleich Peters in seiner wichtigen Arbeit über die Entfernung der Fixsterne (1846) die Zahl der schon aufgefundenen Parallaxen zu 33 angiebt, so beschränken wir uns hier auf die Angabe von 9, die ein größeres, doch aber sehr ungleiches Vertrauen verdienen und die wir nach dem ohngefähren Alter ihrer Bestimmungen aufführen:

Den ersten Platz verdient der durch Bessel so berühmt gewordene 61te Stern im Sternbilde des Schwans. Der Königsberger Astronom hat schon 1812 die große eigene Bewegung, aber erst 1838 die Parallaxe dieses Doppelsternes (unter 6ter Größe) durch Anwendung des Heliometers bestimmt. Meine Freunde Arago und Mathieu machten vom August 1812 bis November 1813 eine Reihe zahlreicher Beobachtungen, indem sie zur Auffindung der Parallaxe die Entfernung des Sterns 61 Cygni vom Scheitelpunkt maßen. Sie gelangten durch ihre Arbeit zu der sehr richtigen Vermuthung, daß die Parallaxe jenes Fixsterns geringer als eine halbe Secunde sei. Noch in den Jahren 1815 und 1816 war Bessel, wie er sich selbst ausdrückt, „zu keinem annehmbaren Resultate" gekommen*Bessel* veröffentlichte in *Schum. Jahrb.* für 1839 S. 39–49 und in den *astron. Nachr.* No. 366 das Resultat 0",3136 als eine erste Annäherung. Sein schließliches späteres Resultat war 0",3483 (*astr. Nachr.* No. 402 in Bd. XVII. S. 274). Peters fand durch eigene Beobachtung fast identisch 0",3490 (*Struve, Astr. stell.* p. 99). Die Aenderung, welche nach *Bessel's* Tode Prof. Peters mit der Bessel'schen Berechnung der durch das Königsberger Heliometer erhaltenen Winkelmessungen gemacht hat, beruht darauf, daß Bessel (*astr. Nachr.* Bd. XVII. S. 267) versprach den Einfluß der Temperatur auf die Resultate des Heliometers einer nochmaligen Untersuchung zu unterwerfen. Das hat er allerdings auch theilweise in dem 1ten Bande seiner *astronomischen Untersuchungen* gethan, er hat aber die Temperatur-Correction nicht auf Parallaxen-Beobachtungen angewandt. Diese Anwendung ist von Peters (*Ergänzungsheft* zu den *astr. Nachr.* 1849 S. 56) geschehen, und dieser ausgezeichnete Astronom findet durch die Temperatur-Correctionen 0",3744 statt 0",3483.. Erst die Beobachtungen von August 1837 bis October 1838 führten ihn durch Benutzung des 1829 aufgestellten großen Heliometers zu der Parallaxe von 0",3483: der ein *Abstand* von 592200 Erdweiten und ein *Lichtweg* von 9¼ Jahren entsprechen. Peters bestätigte (1842) diese Angabe, indem er 0",3490 fand, aber später das Bessel'sche Resultat durch Wärme-Correction in 0",3744 umwandelte.Diese 0",3744 geben nach Argelander: Abstand des Doppelsterns 61 Cygni von der Sonne 550900 mittlere Abstände der Erde von der Sonne oder 11394000 Millionen Meilen: eine Distanz, die das Licht in 3177 mittleren Tagen durchläuft. Durch die 3 auf einander folgenden Angaben der Bessel'schen Parallaxen: 0",3136; 0",3483 und 0",3744, ist uns (scheinbar) der berühmte Doppelstern allmälig näher gekommen, in Lichtwegen von 10, 9¼ und 8⁷/₁₀ Jahren.

Die Parallaxe des schönsten Doppelsternes am südlichen Himmel, α Centauri ist durch Beobachtungen am Vorgebirge der guten Hoffnung von Henderson 1832, von Maclear 1839 zu 0",9128 bestimmt worden.Sir John *Herschel, outlines of Astronomy* p. 545 und 551. *Mädler (Astronomie* S. 425) giebt für α Cent. statt 0",9128 die Parallaxe 0",9213. Er ist demnach der nächste aller bisher gemessenen Fixsterne, dreimal näher als 61 Cygni.

Die Parallaxe von α Lyrae ist lange der Gegenstand der Beobachtungen von Struve gewesen. Die früheren Beobachtungen (1836) gaben*Struve, Stell. compos. Mens. microm. p. CLXIX–CLXXII.* Airy hält die Parallaxe von α Lyrae, welche Peters schon bis 0",1 vermindert hat, für noch kleiner: d. h. für zu gering, um für unsere jetzigen Instrumente meßbar zu sein. (*Mem. of the Royal Astr. Soc.* Vol. X. p. 270.) zwischen 0",07 und 0",18: spätere 0",2613 und einen Abstand von 771400 Erdweiten mit einem Lichtweg von 12 Jahren;*Struve* über Micrometer-Messungen im großen Refractor der Dorpater Sternwarte (Oct. 1839) in *Schumacher 's astron. Nachrichten* No. 396 S. 178. aber Peters hat den Abstand dieses hellleuchtenden Sternes noch viel größer gefunden, da er die Parallaxe nur zu 0",103 angiebt. Dieses Resultat contrastirt mit einem anderen Stern 1ᵐ (α Centauri) und einem 6ᵐ (61 Cygni).

Die Parallaxe des Polarsterns ist von Peters nach vielen Vergleichungen in den Jahren 1818 bis 1838 zu 0",106 bestimmt worden: und um so befriedigender, als sich aus denselben Vergleichungen die Aberration 20",455 ergiebt.

Die Parallaxe von Arcturus ist nach Peters 0",127 (Rümker's frühere Beobachtungen am Hamburger Meridiankreise hatten sie um vieles größer gegeben). Die Parallaxe eines anderen Sternes erster Größe, Capella, ist noch geringer: nach Peters 0",046.

Der Stern 1830 des Catalogus von Groombridge, welcher nach Argelander unter allen bisher am Firmament beobachteten Sternen die größte eigene Bewegung zeigte, hat eine Parallaxe von 0",226: nach 48 von Peters in den Jahren 1842 und 1843 sehr genau beobachteten Zenithal-Distanzen. Faye hatte sie 5mal größer (1",08) geglaubt, größer als die Parallaxe von Centauri.A. a. O. p. 101.

Fixsterne	Parallaxen	wahrschein-liche Fehler	Namen der Beobachter
α Centauri	0",913	0",070	Henderson und Maclear
61 Cygni	0",3744	0",020	Bessel
Sirius	0",230		Henderson
1830 Groombridge	0",226	0",141	Peters
ι Ursae maj.	0",133	0",106	Peters
Arcturus	0",127	0",073	Peters
α Lyrae	0",207	0",038	Peters
Polaris	0",106	0",012	Peters

Capella	0",046	0",200	Peters

Die bisher erlangten Resultate ergeben gar nicht im allgemeinen, daß die hellsten Sterne zugleich die uns näheren sind. Wenn auch die Parallaxe von α Centauri die größte aller bis jetzt bekannten ist, so haben dagegen Wega der Leier, Arcturus und besonders Capella eine 3- bis 8mal kleinere Parallaxe als ein Stern 6ter Größe im Schwan. Auch die zwei Sterne, welche nach 2151 Puppis und ε Indi die schnellste eigene Bewegung zeigen: der eben genannte Stern des Schwans (Bewegung von 5",123 im Jahr) und No. 1830 von Groombridge, den man in Frankreich „Argelander's Stern" nennt (Bewegung 6",974); sind der Sonne 3- und 4mal so fern als α Centauri mit der eigenen Bewegung von 3",58. Volum, Masse, Intensität des Lichtprocesses, eigene Bewegung und Abstand von unserem Sonnensystem stehen gewiß in mannigfaltig verwickeltem Verhältnisse zu einander. Wenn es daher auch im allgemeinen wahrscheinlich sein mag, daß die hellsten Sterne die näheren sind; so kann es doch im einzelnen sehr entfernte kleine Sterne geben, deren Photosphäre und Oberfläche nach der Natur ihrer physischen Beschaffenheit einen sehr intensiven Lichtproceß unterhalten. Sterne, die wir ihres Glanzes wegen zur ersten Ordnung rechnen, können uns daher entfernter liegen als Sterne 4ter bis 6ter Größe. Steigen wir von der Betrachtung der großen Sternenschicht, von welcher unser Sonnensystem ein Theil ist, zu dem untergeordneten Particular-Systeme unserer Planetenwelt oder zu dem noch tieferen der Saturns- und Jupitersmonde stufenweise herab; so sehen wir auch die Centralkörper von Massen umgeben, in denen die Reihenfolge der Größe und der Intensität des reflectirten Lichtes von den Abständen gar nicht abzuhangen scheint. Die unmittelbare Verbindung, in welcher unsere noch so schwache Kenntniß der Parallaxen mit der Kenntniß der ganzen Gestaltung des Weltbaues steht, giebt den Betrachtungen, welche sich auf die Entfernung der Fixsterne beziehen, einen eigenen Reiz.

In der gedrängten Darlegung der Methode, durch die Geschwindigkeit des Lichts die Parallaxe von Doppelsternen zu finden, sollte es heißen: Die Zeit, welche zwischen den Zeitpunkten verfließt, wo der planetarische Nebenstern der Erde am nächsten ist und wo er ihr am fernsten steht, ist immer länger, wenn er von der größten Nähe zur größten Entfernung übergeht: als die umgekehrte, wenn er aus der größten Entfernung zur größten Nähe zurückkehrt.

Der menschliche Scharfsinn hat zu dieser Classe von Untersuchungen Hülfsmittel erdacht, welche von den gewöhnlichen ganz verschieden sind und, auf die *Geschwindigkeit des Lichts* gegründet, hier eine kurze Erwähnung verdienen. Der den physikalischen Wissenschaften so früh entrissene Savary hat gezeigt, wie die Aberration des Lichts bei Doppelsternen zur Bestimmung der Parallaxe benutzt werden könne. Wenn nämlich die Ebene der Bahn, welche der Nebenstern um den Centralkörper beschreibt, nicht auf der Gesichtslinie von der Erde zu dem Doppelstern senkrecht steht, sondern nahe in diese Gesichtslinie selbst fällt; so wird der Nebenstern in seinem Laufe ebenfalls nahe eine gerade Linie zu beschreiben scheinen, und die Punkte der der Erde zugekehrten Hälfte seiner Bahn werden alle dem Beobachter näher liegen als die entsprechenden Punkte der zweiten, von der Erde abgewandten Hälfte. Eine solche Theilung in zwei Hälften bringt nur für den Beobachter (nicht in der Wirklichkeit) eine ungleiche Geschwindigkeit hervor, in welcher der Nebenstern in seiner Bahn sich von ihm entfernt oder sich ihm nähert. Ist nun der Halbmesser jener Bahn so groß, daß das Licht mehrere Tage oder Wochen gebraucht, um ihn zu durchlaufen (s. nebenstehenden Zusatz); so wird die Zeit der halben Revolution in der abgewandten, entfernteren Seite größer ausfallen als die Zeit in der dem Beobachter zugekehrten Seite. Die Summe beider ungleichen Zahlen der Dauer bleibt der *wahren* Umlaufszeit gleich; denn die von der *Geschwindigkeit des Lichts* verursachten Ungleichheiten heben sich gegenseitig auf. Aus diesen Verhältnissen der Dauer nun lassen sich, nach Savary's sinnreicher Methode, wenn Tage und Theile der Tage in ein Längenmaaß verwandelt werden (3589 Millionen geogr. Meilen durchläuft das Licht in 24 Stunden), die absolute Größe des *Halbmessers der Bahn:* und durch die einfache Bestimmung des Winkels, unter welchem der Halbmesser sich dem Beobachter darbietet, die *Entfernung* des Centralkörpers und seine *Parallaxe* ableiten.

Wie die Bestimmung der Parallaxe uns über die Abstände einer geringen Zahl von Fixsternen und über die ihnen anzuweisende Stelle im Weltraume belehrt; so leitet die Kenntniß des Maaßes und der Richtung eigener Bewegung, d. h. der Veränderungen, welche die relative Lage selbstleuchtender Gestirne erfährt, auf zwei von einander abhängige Probleme: die der Bewegung des Sonnensystems. und der Lage des Schwerpunkts des ganzen Fixsternhimmels. Was sich bisher nur sehr unvollständig auf Zahlenverhältnisse zurückführen läßt, ist schon deshalb nicht geeignet den ursachlichen Zusammenhang mit Klarheit zu offenbaren. Von den beiden eben genannten Problemen hat nur das erste, besonders nach Argelander's trefflichen Untersuchungen, mit einem gewissen Grade befriedigender Bestimmtheit gelöst werden können; das zweite, mit vielem Scharfsinn von Mädler behandelt, entbehrt, bei dem Spiel so vieler sich ausgleichender Kräfte, nach dem eigenen Geständniß dieses Astronomen in der unternommenen Lösung, „aller Evidenz eines vollständigen, wissenschaftlich genügenden Beweises".

Wenn sorgfältig abgezogen wird, was dem Vorrücken der Nachtgleichen, Nutation der Erdachse, der Abirrung des Lichts und einer durch den Umlauf um die Sonne erzeugten parallactischen Veränderung angehört; so ist in der übrig bleibenden jährlichen Bewegung der Fixsterne noch immer zugleich das enthalten, was die Folge der *Translation des ganzen Sonnensystems im Weltraume* und die Folge der wirklichen Eigenbewegung der Fixsterne ist. In der herrlichen Arbeit Bradley's über die Nutation, in seiner großen Abhandlung vom Jahre 1748, findet sich die erste Ahndung der Translation des Sonnensystems und gewissermaßen auch die Angabe der vorzüglichsten

Beobachtungs-Methode. „Wenn man erkennt", heißt es dort, *„daß unser Planetensystem seinen Ort verändert im absoluten Raume,* so kann daraus in der Zeitfolge eine scheinbare Variation in der Angular-Distanz der Fixsterne sich ergeben. Da nun in diesem Falle die Position der uns näheren Gestirne mehr als die der entfernteren betheiligt ist; so werden die relativen Stellungen beider Classen von Gestirnen zu einander verändert scheinen, obgleich eigentlich alle unbewegt geblieben sind. Wenn dagegen unser Sonnensystem in Ruhe ist und einige Sterne sich wirklich bewegen, so werden sich auch ihre scheinbaren Positionen verändern: und zwar um so mehr, als die Bewegungen schneller sind, als die Sterne in einer günstigen Lage und in kleinerer Entfernung von der Erde sich befinden. Die Veränderung der relativen Position kann von einer so großen Zahl von Ursachen abhangen, daß vielleicht viele Jahrhunderte hingehen werden, ehe man das Gesetzliche erkennen wird."

Nachdem seit Bradley bald die bloße Möglichkeit, bald die größere oder geringere Wahrscheinlichkeit der Bewegung des Sonnensystems in den Schriften von Tobias Mayer, Lambert und Lalande erörtert worden war, hatte William Herschel das Verdienst zuerst die Meinung durch wirkliche Beobachtung (1783, 1805 und 1806) zu befestigen. Er fand, was durch viele spätere und genauere Arbeiten bestätigt und näher begrenzt worden ist: daß unser Sonnensystem sich nach einem Punkte hinbewegt, welcher nahe dem Sternbild des Hercules liegt, in RA. 260° 44' und nördlicher Decl. 26° 16' (auf 1800 reducirt). Argelander fand (aus Vergleichung von 319 Sternen und mit Beachtung von Lundahl's Untersuchungen) für 1800: RA. 257° 54',1, Decl. +28° 49',2; für 1850: RA. 258° 23',5, Decl. +28° 45',6; Otto Struve (aus 392 Sternen) für 1800: RA. 261° 26',9, Decl. +37° 35',5; für 1850: RA. 261° 52',6, Decl. 37° 33',0. Nach Gauß fällt die gesuchte Stelle in ein Viereck, dessen Endpunkte sind: RA. 258° 40', Decl. 30° 40'; 258° 42' +30° 57', 259° 13' +31° 9', 260° 4' 30° 32'. Es blieb noch übrig zu versuchen, welches Resultat man erhalten würde, wenn man allein solche Sterne der südlichen Hemisphäre anwendete, die in Europa nie über den Horizont kommen. Dieser Untersuchung hat Galloway einen besonderen Fleiß gewidmet. Er hat sehr neue Bestimmungen (1830) von Johnson auf St. Helena und von Henderson am Vorgebirge der guten Hoffnung mit alten Bestimmungen von Lacaille und Bradley (1750 und 1757) verglichen. Das Resultat*Galloway on the Motion of the Solar System,* in den *Philos. Transact.* 1847 p. 98. ist gewesen (für 1790) RA. 260° 0', Decl. 34° 23'; also für 1800 und 1850: 260° 5' 34° 22' und 260° 33' +34° 20'. Diese Uebereinstimmung mit den Resultaten aus den nördlichen Sternen ist überaus befriedigend.

Ist demnach die Richtung der fortschreitenden Bewegung unseres Sonnensystems innerhalb mäßiger Grenzen bestimmt worden, so entsteht sehr natürlich die Frage: ob die Fixsternwelt, gruppenweise vertheilt, nur aus neben einander bestehenden *Partial-Systemen* zusammengesetzt sei; oder ob eine allgemeine Beziehung, ein Kreisen aller selbstleuchtenden Himmelskörper (Sonnen) um einen, entweder mit *Masse ausgefüllten* oder *leeren, unausgefüllten Schwerpunkt* gedacht werden müsse. Wir treten

VI.

Die vielfachen oder Doppelsterne. – Ihre Zahl und ihr gegenseitiger Abstand. – Umlaufszeit von zwei Sonnen um einen gemeinschaftlichen Schwerpunkt.

Wenn man in den Betrachtungen über die Fixstern-Systeme von den geahndeten allgemeineren, höheren, zu den speciellen, niederen, herabsteigt; so gewinnt man einen festeren, zur unmittelbaren Beobachtung mehr geeigneten Boden. In den *vielfachen Sternen*, zu denen die *binären* oder *Doppelsterne* gehören, sind mehrere selbstleuchtende Weltkörper (Sonnen) durch gegenseitige Anziehung mit einander verbunden, und diese Anziehung ruft nothwendig Bewegungen in *geschlossenen* krummen Linien hervor. Ehe man durch wirkliche Beobachtung den Umlauf der Doppelsterne erkannte, waren solche Bewegungen in geschlossenen Curven nur in unserem planetenreichen Sonnensystem bekannt. Auf diese scheinbare Analogie wurden voreilig Schlüsse gegründet, die lange auf Irrwege leiten mußten. Da man mit dem Namen *Doppelstern* jedes Sternpaar bezeichnete, in welchem eine sehr große Nähe dem unbewaffneten Auge die Trennung der beiden Sterne nicht gestattet (wie in Castor, α Lyrae, β Orionis, α Centauri); so mußte diese Benennung sehr natürlich zwei Classen von Sternpaaren begreifen: solche, die durch ihre zufällige Stellung in Beziehung auf den Standpunkt des Beobachters einander genähert scheinen, aber ganz verschiedenen Abständen und Sternschichten zugehören; und solche, welche, einander näher gerückt, in gegenseitiger Abhängigkeit oder Attraction und Wechselwirkung zu einander stehen und demnach ein eigenes, *partielles Sternsystem* bilden. Die ersteren nennt man nach nun schon langer Gewohnheit *optische*, die zweite Classe *physische Doppelsterne*. Bei sehr großer Entfernung und bei Langsamkeit der elliptischen Bewegung können mehrere der letzteren mit den ersteren verwechselt werden. Alcor: mit dem die arabischen Astronomen sich viel beschäftigt haben, weil der kleine Stern bei sehr reiner Luft und scharfen Gesichtsorganen dem bloßen Auge sichtbar wird, bildet (um hier an einen sehr bekannten Gegenstand zu erinnern) mit ζ im Schwanz des Großen Bären im weitesten Sinne des Worts eine solche *optische* Verbindung ohne nähere physische Abhängigkeit. Von Schwierigkeit des Trennens, welche dem unbewaffneten Auge darbieten die sehr ungleiche Licht-Intensität nahe gelegener Sterne, der Einfluß der Ueberstrahlung und der *Sternschwänze*, wie die organischen Fehler, die das *undeutliche* Sehen hervorbringen.

Galilei, ohne die Doppelsterne zu einem besonderen Gegenstande seiner telescopischen Beobachtungen zu machen (woran ihn auch die große Schwäche seiner Vergrößerungen würde gehindert haben), erwähnt in einer berühmten, schon von Arago bezeichneten Stelle der Giornata terza seiner Gespräche den Gebrauch, welchen die Astronomen von *optischen* Doppelsternen (quando si trovasse nel telescopio qualche picciolissima stella, vicinissima ad alcuna delle maggiori) zur Auffindung einer *Fixstern-*

Parallaxe machen könnten. Bis in die Mitte des vorigen Jahrhunderts waren in den Sternverzeichnissen kaum 20 Doppelsterne aufgeführt: wenn man diejenigen ausschließt, welche weiter als 32″ von einander abstehen; jetzt, hundert Jahre später, sind (Dank sei es hauptsächlich den großen Arbeiten von Sir William Herschel, Sir John Herschel und Struve!) in beiden Hemisphären an 6000 aufgefunden. Zu den ältesten beschriebenen Doppelsternen gehören: ζ Ursae maj. (7 Sept. 1700 von Gottfried Kirch), α Centauri (1709 von Feuillée), γ Virginis (1718), α Geminorum (1719), 61 Cygni (1753, wie die beiden vorigen, von Bradley nach Distanz und Richtungswinkel beobachtet), p Ophiuchi, ζ Cancri...... Es vermehrten sich allmälig die aufgezählten Doppelsterne: von Flamsteed an, der sich eines Micrometers bediente, bis zum Sterncatalog von Tobias Mayer, welcher 1756 erschien. Zwei scharfsinnig ahndende und combinirende Denker, Lambert („Photometria" 1760; „kosmologische Briefe über die Einrichtung des Weltbaues" 1761) und John Michell (1767), beobachteten nicht selbst Doppelsterne, verbreiteten aber zuerst richtige Ansichten über die Attractions-Beziehungen der Sterne in partiellen *binären Systemen*. Lambert wagte wie Kepler die Vermuthung, daß die fernen Sonnen (Fixsterne) wie die unsrige von *dunkeln* Weltkörpern, Planeten und Cometen, umgeben seien; von den einander nahe stehenden Fixsternen aber glaubte *Arago* im *Annuaire* pour 1842 p. 400. er, so sehr er auch sonst zur Annahme dunkler Centralkörper geneigt scheint, „daß sie in einer nicht zu langen Zeit eine Revolution um ihren gemeinschaftlichen Schwerpunkt vollendeten". Michell, der von Kant's und Lambert's Ideen keine Kenntniß hatte, wandte zuerst und mit Scharfsinn die Wahrscheinlichkeits-Rechnung auf enge Sterngruppen: besonders auf vielfache Sterne, binäre und quaternäre, an; er zeigte, wie 500000 gegen 1 zu wetten sei, daß die Zusammenstellung von 6 Hauptsternen der Plejaden nicht vom Zufalle herrühre, daß vielmehr ihre Gruppirung in einer inneren Beziehung der Sterne gegen einander gegründet sein müsse. Er ist der Existenz von leuchtenden Sternen, die sich um einander bewegen, so gewiß, daß er diese partiellen Sternsysteme zu sinnreicher Lösung einiger astronomischen Aufgaben anzuwenden vorschlägt. John *Michell* a. a. O. p. 238: „If it should hereafter be found, that any of the stars have others revolving about them (for no satellites by a borrowed light *could possibly be visible*), we should then have the means of discovering......" Er läugnet in der ganzen Discussion, daß einer der zwei kreisenden Sterne ein dunkler, fremdes Licht reflectirender Planet sein könne, weil beide *uns* trotz der Ferne sichtbar werden. Er vergleicht die Dichtigkeit beider, von denen er den größeren den *Central star* nennt, mit der Dichtigkeit unserer *Sonne:* und bezieht das Wort Satellit nur auf die Idee des Kreisens, auf die einer wechselseitigen Bewegung; er spricht von der "greatest apparent elongation of those stars, that revolved about the others as satellites.". Ferner heißt es p. 243 und 249: „We may conclude with the highest probability (the odds against the contrary opinion being many million millions to one) that stars form a kind of system by mutual gravitation. It is highly probable in particular, and next to a certainty in general, that such double stars as appear to consist of two or more stars placed near together, are under the influence of some general law, such perhaps as gravity....." (Vergl. auch *Arago* im *Annuaire* 1834 p. 308, *Ann.* 1842 p. 400.) Den numerischen Resultaten der Wahrscheinlichkeits-Rechnung, welche Michell angiebt, muß man *einzeln* keine große Sicherheit zuschreiben: da die Voraussetzungen, daß es 230 Sterne am ganzen Himmel gebe, welche an Lichtstärke dem β Capricorni, und 1500, welche der Lichtstärke der 6 größeren Plejaden gleich seien, keine Richtigkeit haben. Die geistreiche cosmologische Abhandlung von John Michell endigt mit dem sehr gewagten Versuch einer Erklärung des Funkelns der Fixsterne durch eine Art von „Pulsation in materiellen Licht-Ausstößen": einer nicht glücklicheren als die, welche Simon Marius, einer der Entdecker der Jupiterstrabanten, am Ende seines *Mundus Jovialis* (1614) gegeben hatte. Michell hat aber das Verdienst, darauf aufmerksam gemacht zu haben (p. 263), daß das Funkeln immer mit Farbenveränderung verbunden ist: "besides their brightness there is in the twinkling of the fixed stars a change of colour."

Der Manheimer Astronom Christian Mayer hat das große Verdienst, auf dem sicheren Wege wirklicher Beobachtungen die Doppelsterne zuerst (1778) zu einem besonderen Ziele seiner Bestrebungen erhoben zu haben. Die unglücklich gewählte Benennung von *Fixstern-Trabanten* und die Beziehungen, welche er zwischen Sternen zu erkennen glaubte, die von Arcturus 2°½ bis 2° 55' abstehen, setzten ihn bitteren Angriffen seiner Zeitgenossen, und unter diesen dem Tadel des großen und scharfsinnigen Mathematikers Nicolaus Fuß, aus. Das Sichtbar-Werden dunkler planetarischer Körper in reflectirtem Lichte war bei so ungeheurer Entfernung allerdings unwahrscheinlich. Man achtete nicht auf die Resultate sorgfältig angestellter Beobachtungen, weil man die systematische Erklärung der Erscheinungen verwarf; und doch hatte Christian Mayer in einer Vertheidigungsschrift gegen den Pater Maximilian Hell, Director der kaiserlichen Sternwarte zu Wien, ausdrücklich erklärt: „daß die kleinen Sterne, welche den großen so nahe stehen, entweder erleuchtete, an sich dunkle Planeten; oder daß beide Weltkörper, der Hauptstern und sein Begleiter, zwei um einander kreisende, selbstleuchtende Sonnen seien." Das Wichtige von Christian Mayer's Arbeit ist lange nach seinem Tode von Struve und Mädler dankbar und öffentlich anerkannt worden. In seinen beiden Abhandlungen: *Vertheidigung neuer Beobachtungen von Fixsterntrabanten* (1778) und *Diss. de novis in coelo sidereo phaenomenis* (1779), sind 80 von ihm beobachtete Sternpaare beschrieben, unter denen 67 einen geringeren Abstand als 32" haben. Die meisten derselben sind von Christian Mayer neu entdeckt durch das vortreffliche achtfüßige Fernrohr des Manheimer Mauer-Quadranten; „manche gehören noch jetzt zu den schwierigsten Objecten, welche nur kräftige Instrumente darzustellen vermögen: wie ρ und 71 Herculis, ε 5 Lyrae und ω Piscium." Mayer maß freilich nur am Meridian-Instrumente (wie man aber noch lange nach ihm gethan) Abstände in Rectascension und Declination; und wies aus seinen wie aus den Beobachtungen früherer Astronomen Positions-Veränderungen nach, von deren numerischem Werthe er irrigerweise nicht abzog, was (in einzelnen Fällen) der eigenen Bewegung der Sterne angehörte.

Diesen schwachen, aber denkwürdigen Anfängen folgte Wilhelm Herschel's Riesenarbeit über die vielfachen Sterne. Sie umfaßt eine lange Periode von mehr als 25 Jahren. Denn wenn auch das erste Verzeichniß von Herschel's Doppelsternen vier Jahre später als Christian Mayer's Abhandlung über denselben Gegenstand veröffentlicht wurde; so reichen des Ersteren Beobachtungen doch bis 1779: ja, wenn man die Untersuchungen über das Trapezium im großen Nebelfleck des Orion hinzurechnet, bis 1776 hinauf. Fast alles, was wir heute von der vielfältigen Gestaltung der Doppelsterne wissen, wurzelt ursprünglich in Sir William Herschel's Arbeit. Er hat in den Catalogen von 1782, 1783 und 1804 nicht bloß 846, meist allein von ihm entdeckte, in Position und Distanz bestimmte Doppelsterne aufgestellt; sondern, was weit wichtiger als die Vermehrung der Anzahl ist, er hat seinen Scharfsinn und Beobachtungsgeist auch schon an allem dem geübt, was sich auf die Bahn, die vermuthete Umlaufszeit, auf Helligkeit, Farben-Contrast, und Classification nach Größe der gegenseitigen Abstände bezieht. Phantasiereich und doch immer mit großer Vorsicht fortschreitend, sprach er sich erst im Jahr 1794, indem er optische und physische Doppelsterne unterschied, vorläufig über die Natur der Beziehung des größeren Sterns zu seinem kleineren Begleiter aus. Den ganzen Zusammenhang der Erscheinungen entwickelte er erst neun Jahre später in dem 93ten Bande der *Philosophical Transactions*. Es wurde nun der Begriff von partiellen Sternsystemen festgesetzt, in denen mehrere Sonnen um ihren gemeinschaftlichen Schwerpunkt kreisen. Das mächtige Walten von Anziehungskräften, das in unserem Sonnensystem sich bis zum Neptun in 30 Erdweiten (622 Millionen geogr. Meilen) erstreckt, ja durch Anziehung der Sonne den großen Cometen von 1680 in der Entfernung von 28 Neptunsweiten (d. i. von 853 Erdweiten oder 17700 Millionen geogr. Meilen) zum Umkehren zwingt; offenbart sich auch in der Bewegung des Doppelsterns 61 des Schwans: welcher 18240 Neptunsweiten (550900 Erdweiten oder 11394000 Millionen geogr. Meilen), bei einer Parallaxe von 0",3744, von der Sonne entfernt ist. Wenn aber auch Sir William Herschel die Ursachen und den allgemeinen Zusammenhang der Erscheinungen in großer Klarheit erkannte; so waren doch in dem ersten Jahrzehent des 19ten Jahrhunderts die Positionswinkel, welche sich aus den eigenen Beobachtungen und aus den nicht sorgfältig genug benutzten älteren Sterncatalogen ergaben, an zu kurze und allzu nahe Epochen gebunden, als daß die einzelnen numerischen Verhältnisse der Umlaufzeiten oder Bahn-Elemente eine volle Sicherheit gewähren könnten. Sir John Herschel erinnert selbst an die so unsicheren Angaben der Umlaufszeiten von α Geminorum (334 Jahre statt nach Mädler, von γ Virginis (708 statt 169); und von γ Leonis (1424 des großen Catalogs von Struve): einem prachtvollen Sternpaar, goldfarben und röthlich grün (1200 Jahre).

Nach William Herschel haben mit bewundernswürdiger Thätigkeit, und durch vervollkommnete Instrumente (besonders durch Micrometer-Apparate) unterstützt, die eigentlichen specielleren Grundlagen eines so wichtigen Zweiges der Astronomie Struve der Vater (1813–1842) und Sir John Herschel (1819–1838) gelegt. Struve veröffentlichte sein erstes Dorpater Verzeichniß von Doppelsternen (796 an der Zahl) im Jahre 1820. Demselben folgte ein zweites 1824 mit 3112 Doppelsternen bis 9ter Größe in Abständen unterhalb 32", von welchen nur etwa ¹/₆ früher gesehen worden war. Um diese Arbeit zu vollbringen, wurden im großen Refractor von Fraunhofer an 120000 Fixsterne untersucht. Struve's drittes Verzeichniß vielfacher Sterne ist von 1837 und bildet das wichtige Werk: *Stellarum compositarum Mensurae micrometricae*. Es enthält, da mehrere, unsicher beobachtete Objecte mit Sorgfalt ausgeschlossen wurden, 2787 Doppelsterne..

Diese Zahl ist wiederum durch Sir John Herschel's Beharrlichkeit während seines vierjährigen, für die genaueste topographische Kenntniß des südlichen Himmels Epoche machenden Aufenthalts in Feldhausen am Vorgebirge der guten Hoffnung mit mehr als 2100, bis auf wenige Ausnahmen bisher unbeobachteten Doppelsternen bereichert worden.Sir John *Herschel, Astron. Observ. at the Cape of Good Hope* (*Capreise*) p. 165–303. Alle diese afrikanischen Beobachtungen sind durch ein 20füßiges Spiegeltelescop gemacht, auf 1830 reducirt, und angereiht den 6 Catalogen, welche, 3346 Doppelsterne enthaltend, Sir John Herschel der Astronomical Society zu London für den 6ten und 9ten Theil ihrer reichhaltigen *Memoirs* übergeben hat.A. a. O. p. 167 und 242. In diesen europäischen Verzeichnissen sind die 380 Doppelsterne aufgeführt, welche der eben genannte berühmte Astronom 1825 gemeinschaftlich mit Sir James South beobachtet hatte.

Wir sehen in dieser historischen Entwickelung, wie die Wissenschaft in einem halben Jahrhundert allmälig zu dem Schatz gründlicher Kenntniß von *partiellen*, besonders *binären Systemen* im Weltraum gelangt ist. Die Zahl der Doppelsterne (optische und physische zusammengenommen) kann gegenwärtig mit einiger Sicherheit auf 6000 geschätzt werden: wenn eingeschlossen sind die von Bessel durch das herrliche Fraunhofer'sche Heliometer beobachteten; die von Argelander*Argelander*: indem er eine große Zahl von Fixsternen zur sorgfältigsten Ergründung eigener Bewegung untersuchte. S. dessen Schrift: *DLX Stellarum fixarum positiones mediae ineunte anno 1830, ex observ. Aboae habitis* (Helsingforsiae 1825 [recte: 1835]). Auf 600 schlägt *Mädler* (*Astr.* S. 625) die Zahl der zu Pulkowa seit 1837 in der Nord-Hemisphäre des Himmels neu entdeckten vielfachen Sterne an. zu Åbo (1827–1835), von Encke und Galle zu Berlin (1836 und 1839), von Preuß und Otto Struve in Pulkowa (seit dem Catalogus von 1837), von Mädler in Dorpat und Mitchell in Cincinnati (Ohio) mit einem 17füßigen Münchner Refractor beobachteten. Wie viele von jenen 6000, für das bewaffnete Auge nahe an einander gerückten Sternen in *unmittelbarer Attractions-Beziehung* mit einander stehen, eigene Systeme bilden und sich in geschlossenen Bahnen bewegen, d. h. sogenannte *physische* (*kreisende*) Doppelsterne sind; ist eine wichtige, aber schwer zu beantwortende Frage. Der kreisenden *Begleiter* werden allmälig immer mehr entdeckt.

Außerordentliche Langsamkeit der Bewegung oder die Richtung der für unser Auge projicirten Bahnfläche, in welcher der sich bewegende Stern eine der Beobachtung ungünstige Position einnimmt, lassen uns lange *physische* Doppelsterne den *optischen*, nur genähert scheinenden, beizählen. Aber nicht bloß deutlich erkannte, meßbare Bewegung ist ein Criterium; schon die von Argelander und Bessel bei einer beträchtlichen Zahl von Sternpaaren erwiesene, ganz gleiche *Eigenbewegung* im großen Weltraume (ein *gemeinschaftliches* Fortschreiten, wie das unseres ganzen Sonnengebietes: also der Erde und des Mondes, des Jupiter, des Saturn, des Uranus, des Neptun, mit ihren Trabanten) zeugt für den Zusammenhang der Hauptsterne und ihrer Begleiter, für das Verhältniß in abgeschlossenen, partiellen Systemen. Mädler hat die interessante Bemerkung gemacht: daß, während bis 1836 man unter 2640 catalogisirten Doppelsternen nur 58 Sternpaare erkannte, in denen eine Stellungsverschiedenheit mit *Gewißheit* beobachtet wurde, und 105, in welchen dieselbe nur für mehr oder minder *wahrscheinlich* gehalten werden konnte; gegenwärtig das Verhältniß der physischen Doppelsterne zu den optischen so verändert sei zum Vortheil der ersteren, daß unter 6000 Sternpaaren man nach einer 1849 veröffentlichten Tabelle schon siebentehalb hundert kennt, in denen sich eine gegenseitige Positions-Veränderung nachweisen läßt. Das ältere Verhältniß gab $\frac{1}{16}$, das neueste bereits $\frac{1}{9}$ für die durch beobachtete Bewegung des Hauptsterns und den Begleiter sich als physische Doppelsterne offenbarenden Weltkörper.

Ueber die verhältnißmäßige räumliche Vertheilung der binären Sternsysteme: nicht bloß in den Himmelsräumen, sondern auch nur an dem *scheinbaren Himmelsgewölbe*, ist numerisch noch wenig ergründet. In der Richtung gewisser Sternbilder (der Andromeda, des Bootes, des Großen Bären, des Luchses und des Orions) sind in der nördlichen Hemisphäre die Doppelsterne am häufigsten. Für die südliche Hemisphäre macht Sir John Herschel das unerwartete Resultat bekannt, „daß in dem extratropicalen Theile dieser Hemisphäre die Zahl der vielfachen Sterne *um vieles geringer* ist als in dem correspondirenden nördlichen Theile". Und doch sind jene anmuthigen südlichen Regionen mit einem lichtvollen 20füßigen Spiegeltelescope, das Sterne 8ter Größe bis in Abständen von ¾ Secunden trennte, unter den günstigsten atmosphärischen Verhältnissen von dem geübtesten Beobachter durchforscht worden. John *Herschel, Capreise* p. 166.

Eine überaus merkwürdige Eigenthümlichkeit der vielfachen Sterne ist das Vorkommen contrastirender Farben unter denselben. Aus 600 helleren Doppelsternen sind in Beziehung auf Farbe von Struve in seinem großen 1837 erschienenen WerkeStruve, *Mensurae microm.* p. LXXVII–LXXXIV. folgende Resultate gezogen worden: Bei 375 Sternpaaren waren beide Theile, der Hauptstern und der Begleiter, von *derselben* und *gleich intensiver* Farbe. In 101 war nur ein Unterschied der gleichnamigen Farbe zu erkennen. Der Sternpaare mit ganz *verschiedenartigen Farben* waren 120, oder $\frac{1}{5}$ des Ganzen: während die *Einfarbigkeit* des Hauptsterns und des Begleiters sich auf $^4/_5$ der ganzen, sorgfältig untersuchten Masse erstreckte. Fast in der *Hälfte* jener 600 Doppelsterne waren Hauptstern und Begleiter weiß. Unter den verschiedenfarbigen sind Zusammensetzungen von Gelb und Blau (wie in ι Cancri), und Rothgelb und Grün (wie im ternären γ Andromedae) sehr häufig.

Arago hat zuerst (1825) darauf aufmerksam gemacht, daß die Verschiedenartigkeit der Farbe in dem binären Systeme hauptsächlich oder wenigstens in sehr vielen Fällen sich auf *Complementar-Farben* (auf die sich zu WeißZwei Gläser, welche Complementar-Farben darstellen, dienen dazu, wenn man dieselben auf einander legt, weiße Sonnenbilder zu geben. Mein Freund hat sich, während meines langen Aufenthalts auf der Pariser Sternwarte, dieses Mittels mit vielem Vortheil statt der Blendgläser bei Beobachtung von Sonnenfinsternissen und Sonnenflecken bedient. Man wählt: *Roth* mit *Grün*, *Gelb* mit *Blau*, *Grün* mit *Violett*. "Lorsqu' une lumière forte se trouve auprès d'une lumière faible, la dernière prend la teinte *complémentaire* de la première. C'est là le *contraste*: mais comme le rouge n'est presque jamais pur, on peut tout aussi bien dire que le rouge est complémentaire du bleu. Les couleurs voisines du Spectre solaire se substituent.". (*Arago, Handschrift* von 1847.) *ergänzenden*, sogenannten *subjectiven*) bezieht. Es ist eine bekannte optische Erscheinung, daß ein *schwaches weißes Licht grün* erscheint, wenn ein *starkes* (intensives) *rothes* Licht genähert wird; das *weiße* Licht wird *blau*, wenn das stärkere umgebende Licht *gelblich* ist. Arago hat aber mit Vorsicht daran erinnert, daß, wenn auch bisweilen die grüne oder blaue Färbung des Begleiters eine Folge des *Contrastes* ist, man doch im ganzen keinesweges das reelle Dasein grüner oder blauer Sterne läugnen könne.*Arago* in der *Connaissance des tems* pour l'an 1828 p. 299–300; in dem *Annuaire* pour 1834 p. 246–250, pour 1842 p. 347–350. „Les exceptions que je cite, prouvent que j'avais bien raison, en 1825, de n'introduire la notion physique du *contraste* dans la question des étoiles doubles qu'avec la plus grande réserve. Le bleu est la couleur réelle de certaines étoiles. Il résulte des observations recueillies jusqu' ici que le firmament est non seulement parsemé de soleils *rouges* et *jaunes*, comme le savaient les anciens, mais encore de soleils *bleus* et *verts*. C'est au temps et à des observations futures à nous apprendre si les étoiles vertes ou bleues ne sont pas des soleils déjà en voie de décroissance; si les différentes nuances de ces astres n'indiquent pas que la combustion s'y opère à différens degrés; si la teinte, avec excès des rayons les plus réfrangibles, que présente souvent la petite étoile, ne tiendrait pas à la force absorbante d'une atmosphère que développerait l'action de l'étoile, ordinairement beaucoup plus brillante, qu'elle accompagne." *Arago* im *Annuaire* pour 1834 p. 295–301.) Er giebt Beispiele, in denen ein hellleuchtender weißer Stern (1527 Leonis, 1768 Can. ven.) von einem kleinen blauen Stern begleitet ist; wo in einem Sternpaar (δ Serp.) beide, der Hauptstern und sein Begleiter, blau sind; *Struve* (*über Doppelsterne nach Dorpater Beobachtungen* 1837 S. 33–36 und *Mensurae microm.* p. LXXXIII) zählt 63 Sternpaare auf, in denen beide Sterne blau oder bläulich sind und bei denen also die Farbe nicht Folge des Contrastes sein kann. Wenn man gezwungen ist die Farben-Angaben desselben Sternpaares von verschiedenen Beobachtern mit einander zu vergleichen; so wird es besonders auffallend, wie oft der Begleiter eines rothen oder gelbrothen Hauptsternes von Einem Beobachter blau, von anderen grün genannt worden ist. er schlägt vor, um zu untersuchen, ob die contrastirende Färbung nur subjectiv sei, den Hauptstern im Fernrohr (sobald der Abstand es erlaubt) durch einen Faden oder ein Diaphragma zu verdecken. Gewöhnlich ist nur der kleinere Stern der blaue; anders ist es aber im Sternpaar 23 Orionis (696 des Cat. von Struve p. LXXX); in diesem ist der Hauptstern bläulich, der Begleiter rein weiß. Sind oftmals in den vielfachen Sternen die verschiedenfarbigen Sonnen von, uns unsichtbaren Planeten umgeben; so müssen letztere, verschiedenartig erleuchtet, ihre *weißen, blauen, rothen* und *grünen* Tage haben.

So wenig, wie wir schon oben gezeigt haben, die *periodische Veränderlichkeit* der Sterne nothwendig an die rothe oder röthliche Farbe derselben gebunden ist, eben so wenig ist Färbung im allgemeinen oder eine *contrastirende* Verschiedenheit der Farbentöne zwischen dem Hauptstern und dem Begleiter den *vielfachen* Sternen eigenthümlich. Zustände, weil wir sie häufig hervorgerufen finden, sind darum nicht die allgemein nothwendigen Bedingungen der Erscheinungen: sei es des periodischen Lichtwechsels, sei es des Kreisens in partiellen Systemen um einen gemeinschaftlichen Schwerpunkt. Eine sorgfältige Untersuchung der hellen Doppelsterne (Farbe ist noch bei Sternen 9ter Größe zu bestimmen) lehrt, daß außer dem reinen Weiß auch alle Farben des Sonnenspectrums in den Doppelsternen gefunden werden; daß aber der Hauptstern, wenn er nicht weiß ist, sich im allgemeinen dem rothen Extrem (dem der weniger refrangiblen Strahlen) nähert, der Begleiter dem violetten Extrem (der Grenze der am meisten refrangiblen Strahlen). Die röthlichen Sterne sind doppelt so häufig als die blauen und bläulichen, die weißen sind ohngefähr 2½mal so zahlreich als die rothen und röthlichen. Merkwürdig ist es auch, daß gewöhnlich ein großer Unterschied der Farbe mit einem bedeutenden Unterschied in der Helligkeit verbunden ist. In zwei Sternpaaren, die wegen ihrer großen Helligkeit in starken Fernröhren bequem bei Tage gemessen werden können: in ζ Bootis und γ Leonis besteht das erstere Paar aus 2 weißen Sternen 3^m und 4^m, das letztere aus einem Hauptstern 2^m und einem Begleiter von 3^m,5. Man nennt diesen den schönsten Doppelstern des nördlichen Himmels, während daß α Centauri und α Crucis am südlichen Himmel alle anderen Doppelsterne an Glanz übertreffen. Wie in ζ Bootis, bemerkt man in α Centauri und γ Virginis die seltene Zusammenstellung zweier großer Sterne von wenig ungleicher Lichtstärke.

Ueber das *Veränderliche der Helligkeit* in vielfachen Sternen, besonders über Veränderlichkeit der Begleiter, herrscht noch nicht einstimmige Gewißheit. Wir haben schon oben mehrmals der etwas unregelmäßigen Veränderlichkeit des Glanzes vom gelbrothen Hauptstern α Herculis erwähnt. Auch der von Struve (1831–1833) beobachtete Wechsel der Helligkeit der nahe gleichen und gelblichen Sterne (3^m), des Doppelsternes γ Virginis und Anon. 2718, deutet vielleicht auf eine sehr langsame Achsendrehung beider Sonnen. Ob in Doppelsternen je eine wirkliche *Farbenveränderung* vorgegangen sei (γ Leonis und γ Delphini?); ob in ihnen weißes Licht farbig wird, wie umgekehrt im isolirten Sirius farbiges Licht weiß geworden ist: bleibt noch unentschieden;A. a. O. S. 36. und wenn die bestrittenen Unterschiede sich nur auf schwache Farbentöne beziehen, so ist auf die organische Individualität der Beobachter und, wo nicht Refractoren angewandt werden, auf den oft röthenden Einfluß der *Metallspiegel* in den Telescopen Rücksicht zu nehmen.

Unter den mehrfachen Systemen finden sich: dreifache (ξ Librae, ζ Cancri, 12 Lyncis, 11 Monoc.); vierfache (102 und 2681 des Struvischen Catalogs, α Andromedae, ε Lyrae); eine sechsfache Verbindung in ϑ Orionis, dem berühmten Trapezium des großen Orion-Nebels: wahrscheinlich einem einigen physischen Attractions-System, weil die 5 kleineren Sterne ($6^m,3$; 7^m; 8^m; $11^m,3$ und 12^m) der Eigenbewegung des Hauptsternes ($4^m,7$) folgen. Veränderung in der gegenseitigen Stellung ist aber bisher nicht bemerkt worden. In 2 dreifachen Sternpaaren, ξ Librae und ζ Cancri, ist die Umlaufs-Bewegung beider Begleiter mit großer Sicherheit erkannt worden. Das letztere Paar besteht aus 3 an Helligkeit wenig verschiedenen Sternen 3ter Größe, und der nähere Begleiter scheint eine 10fach schnellere Bewegung als der entferntere zu haben.

Die Zahl der Doppelsterne, deren Bahn-Elemente sich haben berechnen lassen, wird gegenwärtig zu 14 bis 16 angegeben.Vergl. *Mädler, Untersuchungen über die Fixstern-Systeme* Th. I. S. 225–275, Th. II. S. 235–240; derselbe in der *Astronomie* S. 541; John *Herschel, outl. of Astr.* p. 573. Unter diesen hat ζ Herculis seit der Zeit der ersten Entdeckung schon zweimal seinen Umlauf vollendet, und während desselben (1802 und 1831) das Phänomen der scheinbaren Bedeckung eines Fixsterns durch einen anderen Fixstern dargeboten. Die frühesten Messungen und Berechnungen der Doppelstern-Bahnen verdankt man dem Fleiße von Savary (ξ Ursae maj.), Encke (70 Ophiuchi) und Sir John Herschel; ihnen sind später Bessel, Struve, Mädler, Hind, Smith und Capitän Jacob gefolgt. Savary's und Encke's Methoden fordern 4 vollständige, hinreichend weit von einander entfernte Beobachtungen. Die kürzesten Umlaufs-Perioden sind von 30, 42, 58 und 77 Jahren: also zwischen den planetarischen Umlaufszeiten des Saturn und Uranus; die längsten, mit einiger Sicherheit bestimmten, übersteigen 500 Jahre: d. i. sie sind ohngefähr gleich dem dreimaligen Umlauf von le Verrier's Neptun. Die Excentricität der elliptischen Doppelstern-Bahnen ist nach dem, was man bis jetzt erforscht hat, überaus beträchtlich: meist cometenartig von 0,62 (σ Coronae) bis 0,95 (α Centauri) anwachsend. Der am wenigsten excentrische innere Comet, der von Faye, hat die Excentricität 0,55: eine geringere als die Bahn der eben genannten zwei Doppelsterne. Auffallend geringere Excentricitäten bieten η Coronae (0,29) und Castor (0,22 oder 0,24) nach Mädler's und Hind's Berechnungen dar. In diesen Doppelsternen werden von den beiden Sonnen Ellipsen beschrieben, welche denen zweier der kleinen Hauptplaneten unseres Sonnensystems (den Bahnen der Pallas: 0,24; und Juno: 0,25) nahe kommen.

Wenn man mit Encke in einem binären System einen der beiden Sterne, den helleren, als ruhend betrachtet und demnach die Bewegung des Begleiters auf diesen bezieht; so ergiebt sich aus dem bisher Beobachteten, daß der Begleiter um den Hauptstern einen Kegelschnitt beschreibt, in dessen Brennpunkt sich der letztere befindet: eine Ellipse, in welcher der Radius vector des umlaufenden Weltkörpers in gleichen Zeiten gleiche Flächenräume zurücklegt. Genaue Messungen von Positionswinkeln und Abständen, zu Bahn-Bestimmungen geeignet, haben schon bei einer beträchtlichen Zahl von Doppelsternen gezeigt, daß der Begleiter sich um den als ruhend betrachteten Hauptstern, von denselben Gravitations-Kräften getrieben, bewegt, welche in unserem Sonnensystem walten. Diese feste, kaum erst seit einem Viertel-Jahrhundert errungene Ueberzeugung bezeichnet eine der großen Epochen in der Entwickelungsgeschichte des höheren kosmischen Naturwissens. Weltkörper, denen man nach altem Brauche den Namen der *Fixsterne* erhalten hat, ob sie gleich weder an die Himmelsdecke *angeheftet* noch *unbewegt* sind, hat man sich gegenseitig bedecken gesehen. Die Kenntniß von der Existenz partieller Systeme in sich selbst gegründeter Bewegung erweitert um so mehr den Blick, als diese Bewegungen wieder allgemeineren, die Himmelsräume belebenden, untergeordnet sind.

Bahn-Elemente von Doppelsternen.

(Siehe den unten angefügten Zusatz)

Name	halbe große Axe	Exzentri-cität	Umlaufszeit in Jahren	Berechner
1) ξ Ursae maj.	3",857	0,4164	58,262	Savary 1830
	3",278	0,3777	60,720	John Herschel Tabelle v. 1849
	2",295	0,4037	61,300	Mädler 1847
2) p Ophiuchi	4",328	0,4300	73,862	Encke 1832
3) ζ Herculis	1",208	0,4320	30,22	Mädler 1847
4) Castor	8",086	0,7582	252,66	John Herschel Tabelle v. 1849

	5",692	0,2194	519,77	Mädler 1847
	6",300	0,2405	632,27	Hind 1849
5) γ Virginis	3",580	0,8795	182,12	John Herschel Tabelle v. 1849
	3",863	0,8806	169,44	Mädler 1847
6) α Centauri	15",500	0,9500	77,00	Cap. Jacob 1848

Zusatz.

In der französischen Uebersetzung des astronomischen Bandes des Kosmos, welche zu meiner Freude wieder Herr H. *Faye* übernommen, hat dieser gelehrte Astronom die Abtheilung von den Doppelsternen sehr bereichert. Ich hatte mit Unrecht die wichtigen Arbeiten des Herrn Yvon Villarceau, welche schon im Laufe des Jahres 1849 in dem Institute verlesen waren, zu benutzen versäumt (s. *Connaissance des temps* pour l'an 1852 p. 3–128). Ich entlehne hier aus einer Tabelle der Bahn-Elemente von 8 Doppelsternen des Herrn Faye die 4 ersten Sterne, welche er für die am sichersten berechneten hält:

Bahn-Elemente von Doppelsternen.

Name und Größe der Doppelsterne	halbe große Axe	Excen-tricität	Umlaufzeit in Jahren	Namen der Berechner
ξ Ursae ma-joris (4. und 5. Gr.)	3",857 3,278 2,295 2,439	0,4164 0,3777 0,4037 0,4315	58,262 60,720 61,300 61,576	Savary 1830 J. Herschel 1849 Mädler 1847

152

				Y. Villarceau 1848
ρ Ophiuchi (4. und 6. Gr.)	4",32 8 / 4,966 / 4,8 . .	0,4300 / 0,4445 / 0,4781	73,862 / 92,338 / 92, . . .	Encke 1832 / Y. Villarceau 1849 / Mädler 1849
ζ Herculis (3. u. 6,5. Gr.)	1",208 / 1,254	0,4320 / 0,4482	30,22 / 36,357	Mädler 1847 / Y. Villarceau 1847
η Coronae (5,5 u. 6. Gr.)	0",902 / 1,012 / 1,111	0,2891 / 0,4744 / 0,4695	42,50 / 42,501 / 66,257	Mädler 1847 / Y. Villarceau 1847 / ders., 2te Lösung

Das Problem der Umlaufszeit von η Coronae giebt zwei Solutionen: von 42,5 und 66,3 Jahren; aber die neuesten Beobachtungen von Otto Struve geben dem zweiten Resultat den Vorzug. Herr Yvon Villarceau findet für die *halbe große Axe*, *Excentricität* und *Umlaufszeit* in Jahren:

γ Virginis	3",446	0,8699	153,787
ζ Cancri	0",934	0,3662	59,590
α Centauri	12",128	0,7187	78,486

Die Bedeckung eines *Fixsterns* durch einen anderen, welche ζ Herculis dargeboten hat, habe ich *scheinbar* genannt. Herr Faye zeigt, daß sie eine Folge der facticen Durchmesser der Sterne in unseren Fernröhren ist. – Die Parallaxe von 1830 Groombridge, welche ich dieses Bandes 0",226 angegeben, ist gefunden von Schlüter und Wichmann zu 0",182; von Otto Struve zu 0",034.

VII.

Die Nebelflecke. – Ob alle nur ferne und sehr dichte Sternhaufen sind? – Die beiden Magellanischen Wolken, in denen sich Nebelflecke mit vielen Sternschwärmen zusammengedrängt finden. – Die sogenannten schwarzen Flecken oder Kohlensäcke am südlichen Himmelsgewölbe.

Unter den uns sichtbaren, den Himmelsraum erfüllenden Weltkörpern giebt es neben denen, welche mit *Sternlicht* glänzen (selbstleuchtenden oder bloß planetarisch erleuchteten; isolirt stehenden, oder vielfach gepaarten und um einen gemeinschaftlichen Schwerpunkt kreisenden Sternen) auch Massen mit *milderem, mattem Nebelschimmer*. Bald als scharf begrenzte, scheibenförmige Lichtwölkchen auftretend, bald unförmlich und vielgestaltet über große Räume ergossen: scheinen diese auf den ersten Blick dem bewaffneten Auge ganz von den Weltkörpern verschieden, welche wir in den letzten vier Abschnitten der Astrognosie umständlich behandelt haben. Wie man geneigt ist aus der beobachteten, bisher unerklärten, Bewegung *gesehener* Weltkörper auf die Existenz ungesehener zu *schließen*; so haben Erfahrungen über die *Auflöslichkeit* einer beträchtlichen Zahl von Nebelflecken in der neuesten Zeit zu *Schlußfolgen* über die Nicht-Existenz aller Nebelflecke, ja alles kosmischen Nebels im Weltraume geleitet. Mögen jene wohlbegrenzten Nebelflecke eine selbstleuchtende dunstartige Materie; oder ferne, eng zusammengedrängte, rundliche *Sternhaufen* sein: immer bleiben sie für die Kenntniß der Anordnung des Weltgebäudes, dessen, was die Himmelsräume ausfüllt, von großer Wichtigkeit.

Die Zahl der örtlich in Rectascension und Declination bestimmten übersteigt schon 3600. Einige der unförmlich ausgedehnten haben die Breite von acht Mond-Durchmessern. Nach William Herschel's älterer Schätzung (1811) bedecken die Nebelflecke wenigstens $^1/_{270}$ des ganzen sichtbaren Firmaments. Durch Riesenfernröhre gesehen, führt ihre Betrachtung in Regionen, aus denen der Lichtstrahl nach nicht ganz unwahrscheinlicher Annahme Millionen von Jahren braucht, um zu uns zu gelangen: auf Abstände, zu deren Ausmessung die Dimensionen unserer näheren Fixsternschicht (Siriusweiten oder berechnete Entfernungen von den Doppelsternen des Schwans und des Centauren) kaum ausreichen. Sind die Nebelflecke elliptische oder kugelförmige Sterngruppen, so erinnern sie, durch ihre *Conglomeration* selbst, an ein räthselhaftes Spiel von Gravitations-Kräften, denen sie gehorchen. Sind es Dunstmassen mit einem oder mehreren Nebelkernen, so mahnen die verschiedenen Grade ihrer Verdichtung an die Möglichkeit eines Processes allmäliger Sternbildung aus ungeballter Materie. Kein anderes kosmisches Gebilde, kein anderer Gegenstand der mehr *beschauenden* als messenden Astronomie ist in gleichem Maaße geeignet die Einbildungskraft zu beschäftigen: nicht etwa bloß als symbolisirendes Bild räumlicher Unendlichkeit, sondern weil die Erforschung verschiedener Zustände des Seins und ihre geahndete Verknüpfung in zeitlicher Reihenfolge uns Einsicht in das *Werden* zu offenbaren verheißt.

Die historische Entwicklung unserer gegenwärtigen Kenntniß von den Nebelflecken lehrt, daß hier, wie fast überall in der Geschichte des Naturwissens, dieselben entgegengesetzten Meinungen, welche jetzt noch zahlreiche Anhänger haben, vor langer Zeit, doch mit schwächeren Gründen, vertheidigt wurden. Seit dem allgemeinen Gebrauch des Fernrohrs sehen wir Galilei, Dominicus Cassini und den scharfsinnigen John Michell alle Nebelflecke als ferne Sternhaufen betrachten: während Halley, Derham, Lacaille, Kant und Lambert die Existenz sternloser Nebelmassen behaupteten. Kepler (wie vor der Anwendung des telescopischen Sehens Tycho de Brahe) war ein eifriger Anhänger der Theorie der Sternbildung aus kosmischem Nebel, aus verdichtetem, zusammengeballtem Himmelsdunste. Er glaubte: "caeli materiam tenuissimam (der Nebel, welcher in der Milchstraße mit mildem Sternlicht leuchte), in unum globum condensatam, stellam effingere"; er gründete seine Meinung nicht auf den Verdichtungs-Proceß, der in begrenzten rundlichen Nebelflecken vorgehe (diese waren ihm unbekannt), sondern auf das plötzliche Auflodern neuer Sterne am Rande der Milchstraße.

Wie die Geschichte der *Doppelsterne*, so beginnt auch die der *Nebelflecke:* wenn man das Hauptaugenmerk auf die Zahl der aufgefundenen Objecte, auf die Gründlichkeit ihrer telescopischen Untersuchung und die Verallgemeinerung der Ansichten richtet, mit *William Herschel*. Bis zu ihm (Messier's verdienstvolle Bemühungen eingerechnet) waren in beiden Hemisphären nur 120 unaufgelöste Nebelflecke der Position nach bekannt; und im Jahr 1786 veröffentlichte bereits der große Astronom von Slough ein erstes Verzeichniß, das deren 1000 enthielt. Schon früher habe ich in diesem Werke umständlich erinnert, daß, was vom Hipparchus und Geminus, in den Catasterismen des Pseudo-Eratosthenes und im Almagest des Ptolemäus *Nebelsterne* (νεφελοειδεῖς) genannt wird, Sternhaufen sind, welche dem unbewaffneten Auge in Nebelschimmer erscheinen. Dieselbe Benennung, als Nebulosae latinisirt, ist in der Mitte des 13ten Jahrhunderts in die *Alphonsinischen Tafeln* übergegangen: wahrscheinlich durch den überwiegenden Einfluß des jüdischen Astronomen Isaac Aben Sid Hassan, Vorstehers der reichen Synagoge zu Toledo. Gedruckt erschienen die Alphonsinischen Tafeln erst 1483, und zwar zu Venedig.

Die erste Angabe eines wundersamen Aggregats von zahllosen *wirklichen Nebelflecken*, mit Sternschwärmen vermischt, finden wir bei einem arabischen

Astronomen aus der Mitte des zehnten Jahrhunderts, bei Abdurrahman Sufi aus dem persischen Irak. Der *weiße Ochse*, den er tief unter Canopus in milchigem Lichte glänzen sah, war zweifelsohne die Große *Magellanische Wolke:* welche bei einer scheinbaren Breite von fast 12 Mond-Durchmessern einen Himmelsraum von 42 Quadratgraden bedeckt, und deren europäische Reisende erst im Anfang des 16ten Jahrhunderts Erwähnung thun, wenn gleich schon zweihundert Jahre früher Normänner an der Westküste von Afrika bis Sierra Leone (8½° nördl. Br.) gelangt waren. Eine Nebelmasse von so großem Umfange, dem unbewaffneten Auge vollkommen sichtbar, hätte doch früher die Aufmerksamkeit auf sich ziehen sollen.

Der erste *isolirte* Nebelfleck, welcher als völlig sternlos und als *ein Gegenstand eigener Art* durch ein Fernrohr erkannt und beachtet wurde, war der, ebenfalls dem bloßen Auge sichtbare Nebelfleck bei ν der Andromeda. Simon Marius (Mayer ans Gunzenhausen in Franken): früher Musiker, dann Hof-Mathematicus eines Markgrafen von Culmbach; derselbe, welcher die Jupiterstrabanten neun Tage früher als Galilei gesehen: hat auch das Verdienst die erste und zwar eine sehr genaue Beschreibung eines Nebelfleckes gegeben zu haben. In der Vorrede seines *Mundus Jovialis* erzählt er, daß „am 15 December 1612 er einen Fixstern aufgefunden habe von einem Ansehen, wie ihm nie einer vorgekommen sei. Er stehe nahe bei dem 3ten und nördlichen Sterne im Gürtel der Andromeda; mit unbewaffnetem Auge gesehen, schiene er ihm ein bloßes Wölkchen, in dem Fernrohr finde er aber gar nichts sternartiges darin: wodurch sich diese Erscheinung von den Nebelsternen des Krebses und anderen nebligen Haufen unterscheide. Man erkenne nur einen weißlichen Schein, der heller im Centrum, schwächer gegen die Ränder hin sei. Bei einer Breite von ¼ Grad gleiche das Ganze einem in großer Ferne gesehenen Lichte, das (in einer Laterne) durch (halb durchsichtige) Scheiben von Horn gesehen werde (similis fere splendor apparet, si a longinquo candela ardens per cornu pellucidum de noctu cernatur)." Simon Marius fragt sich, ob dieser sonderbare Stern ein neu entstandener sei? er will nicht entscheiden: findet es aber recht auffallend, daß Tycho, welcher alle Sterne des Gürtels der Andromeda aufgezählt habe, nichts von dieser Nebulosa gesagt. In dem *Mundus Jovialis*, der erst 1614 erschien, ist also der Unterschied zwischen einem für die damaligen telescopischen Kräfte *unauflöslichen Nebelfleck* und einem *Sternhaufen* (engl. cluster, franz. amas d'étoiles) ausgesprochen, welchem die gegenseitige Annäherung vieler, dem bloßen Auge unsichtbaren, kleinen Sterne einen *Nebelschein* giebt. Trotz der großen Vervollkommnung optischer Werkzeuge ist fast drittehalb Jahrhunderte lang der Nebel der Andromeda, wie bei seiner Entdeckung, für vollkommen sternenleer gehalten worden: bis vor zwei Jahren jenseits des atlantischen Oceans von George Bond zu Cambridge (V. St.) 1500 kleine Sterne within the limits of the nebula erkannt worden sind. Ich habe, trotz des unaufgelösten Kerns, nicht angestanden ihn unter den Sternhaufen aufzuführen.

Es ist wohl nur einem sonderbaren Zufall zuzuschreiben, daß Galilei: der sich schon vor 1610, als der *Sydereus Nuntius* erschien, mehrfach mit der Constellation des Orion beschäftigte; später in seinem *Saggiatore*, da er längst die Entdeckung des sternlosen Nebels in der Andromeda aus dem *Mundus Jovialis* kennen konnte, keines anderen Nebels am Firmamente gedenkt als solcher, welche sich selbst in seinen schwachen optischen Instrumenten in *Sternhaufen* auflösten. Was er Nebulose del Orione e del Presepe nennt, sind ihm nichts als „Anhäufungen (coacervazioni) zahlloser kleiner Sterne" Er bildet ab nach einander unter den täuschenden Namen Nebulosae Capitis, Cinguli et Ensis Orionis Sternhaufen, in denen er sich freut in einem Raum von 1 oder 2 Graden 400 bisher unaufgezählte Sterne aufgefunden zu haben. Von *unaufgelöstem* Nebel ist bei ihm nie die Rede. Wie hat der große Nebelfleck im Schwerdte seiner Aufmerksamkeit entgehen, wie dieselbe nicht fesseln können? Aber wenn auch der geistreiche Forscher wahrscheinlich nie den unförmlichen Orions-Nebel oder die rundliche Scheibe eines sogenannten unauflöslichen Nebels gesehen hat, so waren doch seine allgemeinen Betrachtungen"In primo integram Orionis Constellationem pingere decreveram; vero, ab ingenti stellarum copia, temporis vero inopia obrutus, aggressionem hanc in aliam occasionem distuli. – Cum non tantum in Galaxia lacteus ille candor veluti albicantis nubis spectetur, sed *complures consimilis coloris areolae sparsim per aethera subfulgeant,* si in illarum quamlibet Specillum convertas, Stellarum constipatarum coetum offendes. Amplius (quod magis mirabile) Stellae, ab Astronomis singulis in hanc usque diem *Nebulosae* appellatae, Stellarum mirum in modum consitarum greges sunt: ex quarum radiorum commixtione, dum unaquaque ob exilitatem, seu maximam a nobis remotionem, oculorum aciem fugit, candor ille consurgit, qui densior pars caeli, Stellarum aut Solis radios retorquere valens, hucusque creditus est." *Opere di Galileo Galilei,* Padova 1744, T. II. p. 14–15; *Sydereus Nuncius* p. 13, 15 (no. 19–21) und 35 (no. 56). über die innere Natur der Nebelflecke denen sehr ähnlich, zu welchen gegenwärtig der größere Theil der Astronomen geneigt ist. So wenig als Galilei, hat auch Hevel in Danzig: ein ausgezeichneter, aber dem *telescopischen Sehen* beim Catalogisiren der Sterne wenig holder Beobachter, des großen Orions-Nebels in seinen Schriften erwähnt. Sein Sternverzeichniß enthält überhaupt kaum 16 in Position bestimmte Nebelflecke.

Endlich im Jahr 1656 entdeckte Huygens den durch Ausdehnung, Gestalt, die Zahl und die Berühmtheit seiner späteren Erforscher so wichtig gewordenen Nebelfleck im Schwerdt des Orion: und veranlaßte Picard sich fleißig (1676) mit demselben zu beschäftigen. Die ersten Nebelflecke der in Europa nicht sichtbaren Regionen des südlichen Himmels bestimmte, aber in überaus geringer Zahl, bei seinem Aufenthalte auf St. Helena (1677) Edmund Halley. Die lebhafte Vorliebe, welche der große Cassini (Johann Dominicus) für alle Theile der beschauenden Astronomie hatte, leitete ihn gegen das Ende des 17ten Jahrhunderts auf die sorgfältigere Erforschung der Nebel der Andromeda und des Orion. Er glaubte seit Huygens Veränderungen in dem letzteren, „ja Sterne in dem erstern erkannt zu haben, die man nicht mit schwachen Fernröhren sieht". Man hat Gründe die Behauptung der Gestalt-Veränderung für eine Täuschung zu halten, nicht ganz die Existenz von Sternen in dem Nebel der Andromeda seit den merkwürdigen Beobachtungen von George Bond. Cassini ahndete dazu aus theoretischen Gründen eine solche Auflösung: da er, in directem Widerspruch mit Halley und Derham, alle Nebelflecke für sehr ferne Sternschwärme hielt."Dans les deux nébuleuses d'Andromède et d'Orion", sagt Dominicus Cassini, "j'ai vu des étoiles qu'on n'aperçoit pas avec des lunettes communes. Nous ne savons pas si l'on ne pourroit pas avoir des lunettes assez grandes pour que toute la nébulosité pût se résoudre en de plus petites étoiles, comme il arrive à celles du Cancer et du Sagittaire.". *Delambre, Hist. de l'Astr. moderne* T. II. p. 700 und 744. Der matte, milde Lichtschimmer in der Andromeda, meint er, sei allerdings dem des Zodiacallichtes analog; aber auch dieses sei aus einer Unzahl dicht zusammengedrängter kleiner *planetarischer* Körper zusammengesetzt. Lacaille's Aufenthalt in der südlichen Hemisphäre (am Vorgebirge der guten Hoffnung, auf Ile de France und Bourbon, 1750 bis 1752) vermehrte so ansehnlich die Zahl der Nebelflecke, daß Struve mit Recht bemerkt, man habe durch dieses Reisenden Bemühungen damals mehr von der Nebelwelt des südlichen Firmaments als von der in Europa sichtbaren gewußt. Lacaille hat übrigens mit Glück versucht die Nebelflecke nach ihrer scheinbaren Gestaltung in Classen zu vertheilen; auch unternahm er zuerst, doch mit wenigem Erfolge, die schwierige Analyse des so heterogenen Inhalts der beiden Magellanischen Wolken (Nubecula major et minor). Wenn man von den anderen 42 isolirten Nebelflecken, welche Lacaille an dem südlichen Himmel beobachtete, 14 vollkommen, und selbst mit schwacher Vergrößerung, zu wahren Sternhaufen aufgelöste abzieht; so bleibt nur die Zahl von 28 übrig: während, mit mächtigeren Instrumenten wie mit größerer Uebung und Beobachtungsgabe ausgerüstet, es Sir John Herschel glückte unter derselben Zone, die Clusters ebenfalls ungerechnet, an 1500 Nebelflecke zu entdecken.

Entblößt von eigener Anschauung und Erfahrung, phantasirten, nach sehr ähnlichen Richtungen hinstrebend, ohne ursprünglich von einander zu wissen: Lambert (seit 1749), Kant (seit 1755) mit bewundernswürdigem Scharfsinn über Nebelflecke, abgesonderte Milchstraßen und sporadische, in den Himmelsräumen vereinzelte Nebel- und Sterninseln. Beide waren der Dunst-Theorie (nebular hypothesis) und einer perpetuirlichen Fortbildung in den Himmelsräumen, ja den Ideen der Stern-Erzeugung aus kosmischem Nebel zugethan. Der vielgereiste le Gentil (1760–1769) belebte lange vor seinen Reisen und den verfehlten Venus-Durchgängen das Studium der Nebelflecke durch eigene Beobachtung über die Constellationen der Andromeda, des Schützen und des Orion. Er bediente sich eines der im Besitze der Pariser Sternwarte befindlichen Objective von Campani, welches 34 Fuß Focallänge hat. Ganz den Ideen von Halley und Lacaille, Kant und Lambert widerstrebend: erklärte der geistreiche John Michell wieder (wie Galilei und Dominicus Cassini) alle Nebel für Sternhaufen, Aggregate von sehr kleinen oder sehr fernen telescopischen Sternen, deren Dasein bei Vervollkommnung der Instrumente gewiß einst würde erwiesen werden. Einen reichen Zuwachs: verglichen mit den langsamen Fortschritten, welche wir bisher geschildert, erhielt die Kenntniß der Nebelflecke durch den beharrlichen Fleiß von Messier. Sein Catalogus von 1771 enthielt, wenn man die älteren, von Lacaille und Méchain entdeckten Nebel abzieht, 66 bis dahin ungesehene. Es gelang seiner Anstrengung, auf dem ärmlich ausgerüsteten Observatoire de la Marine (Hôtel de Clugny) die Zahl der damals in beiden Hemisphären aufgezählten Nebelflecke zu verdoppeln.*Messier* in den *Mém. de l'Académie des Sciences* 1771 p. 435 und in der *Connoiss. des temps* pour 1783 et 1784. Das ganze Verzeichniß enthält 103 Objecte.

Auf diese schwachen Anfänge folgte die glänzende Epoche der Entdeckungen von William Herschel und seinem Sohne. Der Erstere begann schon 1779 eine regelmäßige Musterung des nebelreichen Himmels durch einen siebenfüßigen Reflector. Im Jahr 1787 war sein 40füßiges Riesentelescop vollendet; und in drei Catalogen*Philos. Transact.* Vol. LXXVI., LXXIX. und XCII.: welche 1786, 1789 und 1802 erschienen, lieferte er die Positionen von 2500 Nebeln und Sternhaufen. Bis 1785, ja fast bis 1791, scheint der große Beobachter mehr geneigt gewesen zu sein: wie Michell, Cassini und jetzt Lord Rosse, die ihm unauflöslichen Nebelflecke für sehr entfernt liegende Sternhaufen zu halten; aber eine längere Beschäftigung mit dem Gegenstande zwischen 1799 und 1802 leitete ihn, wie einst Halley und Lacaille, auf die Dunst-Theorie; ja, wie Tycho und Kepler, auf die Theorie der Sternbildung durch allmälige Verdichtung des kosmischen Nebels. Beide Ansichten sind indeß nicht nothwendig mit einander verbunden. Die von Sir William Herschel beobachteten Nebel und Sternhaufen hat sein Sohn, Sir John, von 1825 bis 1833 einer neuen Musterung unterworfen; er hat die älteren Verzeichnisse durch 500 neue Gegenstände bereichert, und in den *Philosophical Transactions* for 1833 (p. 365–481) einen vollständigen Catalogus von 2307 Nebulae and Clusters of stars veröffentlicht. Diese große Arbeit enthält alles, was in dem mittleren Europa am Himmel aufgefunden war; und schon in den unmittelbar folgenden 5 Jahren (1834 bis 1838) sehen wir Sir John Herschel am Vorgebirge der guten Hoffnung, mit einem 20füßigen Reflector ausgerüstet, den ganzen dort sichtbaren Himmel durchforschen, und zu jenen 2307 Nebeln und Sternhaufen ein Verzeichniß von 1708 Positionen hinzufügen!Die Zahlen, welche ich hier gebe, sind die aufgezählter Objecte von No. 1 bis 2307 im europäischen, *nördlichen Catalog* von 1833 und die von No. 2308 bis 4015 im afrikanischen, *südlichen Catalog* (*Capreise* p. 51–128). Von Dunlop's Catalogus südlicher Nebel und Sternhaufen (629 an der Zahl; zu Paramatta beobachtet durch einen 9füßigen, mit einem Spiegel von 9 Zoll Durchmesser versehenen Reflector*James Dunlop* in den *Philosophical Transactions* for 1828 p. 113–151. von 1825 bis1827) ist nur ⅓in Sir John Herschel's Arbeit übergegangen.

Eine dritte große Epoche in der Kenntniß jener räthselhaften Weltkörper hat mit der Construction des bewundernswürdigen funfzigfüßigen Telescops. des Earl of Rosse zu Parsonstown begonnen. Alles, was, in dem langen Schwanken der Meinungen, auf den verschiedenen Entwickelungsstufen kosmischer Anschauung zur Sprache gekommen war: wurde nun in dem Streit über die *Nebel-Hypothese* und die behauptete Nothwendigkeit sie gänzlich aufzugeben der Gegenstand lebhafter Discussionen. Aus den Berichten ausgezeichneter und mit den Nebelflecken lange vertrauter Astronomen, die ich habe sammeln können, erhellt, daß von einer großen Zahl der aus dem Catalogus von 1833 wie zufällig unter allen Classen ausgewählten, für unauflöslich gehaltenen Objecte fast alle (der Director der Sternwarte von Armagh, Dr. Robinson, giebt deren über 40 an) vollständig aufgelöst wurden. Auf gleiche Weise drückt sich Sir John Herschel, sowohl in der Eröffnungsrede der Versammlung der British Association zu Cambridge 1845 als in den *outlines of Astronomy* 1849, aus. „Der Reflector von Lord Rosse", sagt er, „hat aufgelöst oder als auflösbar gezeigt eine beträchtliche Anzahl (multitudes) von Nebeln, welche der raumdurchdringenden Kraft der schwächeren optischen Instrumente widerstanden hatten. Wenn es gleich Nebelflecke giebt, welche jenes mächtige Telescop von sechs englischen Fußen Oeffnung nur als Nebel, ohne alle Anzeige der Auflösung, darstellt; so kann man doch nach Schlüssen, die auf Analogien gegründet sind, vermuthen, daß in der Wirklichkeit kein Unterschied zwischen Nebeln und Sternhaufen vorhanden sei."*Report* of the fifteenth Meeting of the *British Association*, held at Cambridge in June 1845, p. XXXVI und *outlines of Astr.* p. 597 und 598. „By far the major part", sagt Sir John Herschel, "probably at least nine tenths of the nebulous contents of the heavens consist of nebulae of spherical or elliptical forms, presenting every variety of elongation and central condensation. Of these a *great number* have been resolved into distant stars (by the Reflector of the Earl of Rosse), and a vast multitude more have been found to present that mottled appearance, which renders it almost a matter of certainty that an increase of optical power would show them to be similarly composed. A not unnatural or unfair induction would therefore seem to be, that those which resist such resolution, do so only in consequence of the smallness and closeness of the stars of which they consist: that, in short, they are only optically and not physically nebulous. – Although nebulae do exist which even in this powerful telescope (of Lord Rosse) appear as nebulae, without any sign of resolution, it may very reasonably be doubted whether there be really any essential physical distinction between nebulae and clusters of stars."

Der Urheber des mächtigen optischen Apparates von Parsonstown: stets das Resultat wirklicher Beobachtungen von dem trennend, zu dem nur gegründete Hoffnung vorhanden ist, drückt sich selbst mit großer Vorsicht über den Orions-Nebel in einem Briefe an Professor Nichol zu GlasgowDr. *Nichol*, Professor der Astronomie zu Glasgow, hat diesen, aus Castle Parsonstown datirten Brief in seinen *thoughts of some important points relating to the System of the World* 1846 p. 55 bekannt gemacht: "In accordance with my promise of communicating to you the result of our examination of Orion, I think, I may safely say, that there can be little, if any doubt as to the resolvability of the Nebula. Since you left us, there was not a single night when, in absence of the moon, the air was fine enough to admit of our using more than half the magnifying power the speculum bears: still we could plainly see that all about the trapezium is a mass of stars; the rest of the nebula also abounding with stars and exhibiting the characteristics of resolvability strongly marked." aus (19 März 1846). „Nach unserer Untersuchung des berühmten Nebelfleckes", sagt er, „kann ich mit Gewißheit aussprechen, daß, wenn anders irgend einer, nur ein geringer Zweifel über die Auflösbarkeit bleibt. Wir konnten wegen der Luftbeschaffenheit nur die Hälfte der Vergrößerung anwenden, welche der Spiegel zu ertragen im Stande ist; und doch sahen wir, daß alles um das Trapezium umher eine Masse von Sternen bildet. Der übrige Theil des Nebels ist ebenfalls reich an Sternen und trägt ganz den Charakter der Auflösbarkeit." Auch später noch (1848) soll Lord Rosse nie eine schon erlangte völlige Auflösung des Orions-Nebels, sondern immer nur die nahe Hoffnung dazu, die gegründete Wahrscheinlichkeit den noch übrigen Nebel in Sterne aufzulösen, verkündet haben.

Wenn man trennt, in der neuerlichst so lebhaft angeregten Frage über die Nicht-Existenz einer selbstleuchtenden, dunstförmigen Materie im Weltall, was der Beobachtung und was inductiven Schlußformen angehört; so lehrt eine sehr einfache Betrachtung, daß durch wachsende Vervollkommnung der telescopischen Sehkraft allerdings die Zahl der Nebel beträchtlich vermindert, aber keinesweges durch diese Verminderung erschöpft werden könne. Unter Anwendung von Fernröhren wachsender Stärke wird jedes nachfolgende auflösen, was das vorhergehende unaufgelöst gelassen hat; zugleich aber auch wenigstens theilweise, wegen seiner zunehmenden raumdurchdringenden Kraft, die aufgelösten Nebel durch neue, vorher unerreichte, ersetzen. Auflösung des Alten und Entdeckung des Neuen, welches wieder eine Zunahme von optischer Stärke erheischt: würden demnach in endloser Reihe auf einander folgen. Sollte dem nicht so sein: so muß man sich nach meinem Bedünken entweder den gefüllten Weltraum begrenzt; oder die *Weltinseln*, zu deren einer wir gehören, dermaßen von einander entfernt denken, daß keines der noch zu erfindenden Fernröhre zu dem gegenüberliegenden Ufer hinüberreicht: und daß unsere letzten (äußersten) Nebel sich in Sternhaufen auflösen, welche sich wie Sterne der Milchstraße „auf schwarzen, ganz dunstfreien Grund projiciren". Ist aber wohl ein solcher Zustand des Weltbaues und zugleich der Vervollkommnung optischer Werkzeuge wahrscheinlich, bei dem am ganzen Firmament kein unaufgelöster Nebelfleck mehr aufzufinden wäre?

Die hypothetische Annahme eines selbstleuchtenden Fluidums, das, scharf begrenzt, in runden oder ovalen Nebelflecken auftritt; muß nicht verwechselt werden mit der ebenfalls hypothetischen Annahme eines nicht leuchtenden, den Weltraum füllenden, durch seine Wellenbewegung Licht, strahlende Wärme und Electro-Magnetismus erzeugenden Aethers. Die Ausströmungen der Cometenkerne, als Schweife oft ungeheure Räume einnehmend, verstreuen ihren uns unbekannten Stoff zwischen die Planetenbahnen des Sonnensystems, welche sie durchschneiden. Getrennt von dem leitenden Kerne, hört aber der Stoff auf uns bemerkbar zu leuchten. Schon Newton hielt für möglich, daß "vapores ex Sole et Stellis fixis et caudis Cometarum" sich der Erd-Atmosphäre beimischen könnten. In dem dunstartigen kreisenden, abgeplatteten Ringe des Zodiacalscheins hat noch kein Fernrohr etwas sternartiges entdeckt. Ob die Theilchen, aus welchen dieser Ring besteht und welche nach dynamischen Bedingungen von Einigen als um sich selbst rotirend, von Anderen als bloß um die Sonne kreisend gedacht werden, erleuchtet oder, wie mancher irdische Nebel, selbstleuchtend sind: bleibt unentschieden. Dominicus Cassini glaubte, daß sie kleine planetenartige Körper seien. Es ist wie ein Bedürfniß des sinnlichen Menschen, in allem Flüssigen discrete Molecular-Theile zu suchen, gleich den vollen oder hohlen Wolkenbläschen; und die Gradationen der Dichtigkeits-Abnahme in unserem Planetensysteme von Merkur bis Saturn und Neptun (von 1,12 bis 0,14: die Erde = 1 gesetzt) führen zu den Cometen, durch deren äußere Kernschichten noch ein schwacher Stern sichtbar wird; ja sie führen allmälig zu discreten, aber so undichten Theilen, daß ihre *Starrheit* in großen oder kleinen Dimensionen fast nur durch *Begrenztheit* charakterisirt werden könnte. Es sind gerade solche Betrachtungen über die Beschaffenheit des scheinbar dunstförmigen Thierkreislichtes, welche Cassini lange vor Entdeckung der sogenannten Kleinen Planeten zwischen Mars und Jupiter und vor den Muthmaßungen über Meteor-Asteroiden auf die Idee geleitet hatten, daß es Weltkörper von allen Dimensionen und allen Arten der Dichtigkeit gebe. Wir berühren hier fast unwillkührlich den alten *naturphilosophischen* Streit über das *primitiv Flüssige* und das *aus discreten Molecular-Theilen Zusammengesetzte:* was freilich deshalb der mathematischen Behandlung zugänglicher ist. Um so schneller kehren wir zu dem rein Objectiven der Erscheinung zurück.

In der Zahl von 3926 (2451 + 1475) Positionen, welche zugehören: a) dem Theil des Firmaments, welcher in *Slough* sichtbar ist und welchen wir hier der Kürze wegen den *nördlichen* Himmel nennen wollen (nach drei Verzeichnissen von Sir William Herschel von 1786 bis 1802 und der oben erwähnten großen Musterung des Sohnes in den *Philos. Transact.* von 1833); und b) dem Theile des *südlichen* Himmels, welcher am *Vorgebirge der guten Hoffnung* sichtbar ist, nach den afrikanischen Catalogen von Sir John Herschel: finden sich Nebelflecke und Sternhaufen (Nebulae and Clusters of stars) unter einander gemengt. So innig auch diese Gegenstände ihrer Natur nach mit einander verwandt sein mögen, habe ich sie doch, um einen bestimmten Zeitpunkt des schon Erkannten zu bezeichnen, in der Auszählung von einander gesondert. Ich finde in dem *nördlichen Catalog:* der *Nebelflecke* 2299, der *Sternhaufen* 152; im *südlichen* oder Cap-Catalog: der *Nebelflecke* 1239, der *Sternhaufen* 236. Es ergiebt sich demnach für die *Nebelflecke*, welche in jenen Verzeichnissen, als noch nicht in Sternhaufen aufgelöst, angegeben werden, am ganzen Firmament die Zahl von 3538. Es kann dieselbe wohl bis 4000 vermehrt werden: wenn man in Betrachtung zieht drei- bis vierhundert von Herschel dem Vater gesehene"There are between 300 and 400 Nebulae of Sir William Herschel's Catalogue still unobserved by me, for the most part very faint objects...."; heißt es in den *Cap-Beobachtungen* p. 134. und nicht wieder bestimmte; wie die von Dunlop in Paramatta mit einem neunzölligen Newton'schen Reflector beobachteten 629, von denen Sir John Herschel nur 206 seinem Verzeichniß angeeignet hat.A. a. O. § 7. (Vergl. *Dunlop's Catalogue of Nebulae and Clusters of the Southern Hemisphere* in den *Philos. Transact.* for 1828 p. 114–146.) Ein ähnliches Resultat haben neuerlichst auch Bond und Mädler veröffentlicht. Die Zahl der Nebelflecke scheint sich also zu der der *Doppelsterne* in dem jetzigen Zustande der Wissenschaft ohngefähr wie 2 : 3 zu verhalten; aber man darf nicht vergessen, daß unter der Benennung von Doppelsternen die bloß *optischen* mit begriffen sind, und daß man bisher nur erst in dem neunten, vielleicht gar nur im achten Theile Positions-Veränderungen erkannt hat.

Die oben gefundenen Zahlen: 2299 Nebelflecke neben 152 Sternhaufen in dem nördlichen, und nur 1239 Nebelflecke neben 236 Sternhaufen in dem südlichen Verzeichnisse, zeigen, bei der geringeren Anzahl von Nebelflecken in der südlichen Hemisphäre, dort ein Uebergewicht von *Sternhaufen*. Nimmt man an, daß alle Nebelflecke ihrer wahrscheinlichen Beschaffenheit nach auflösbar: nur *fernere* Sternhaufen, oder aus *kleineren* und weniger gedrängten, selbstleuchtenden Himmelskörpern zusammengesetzte *Sterngruppen* sind; so bezeichnet dieser scheinbare *Contrast*, auf dessen Wichtigkeit schon Sir John Herschel um so mehr aufmerksam gemacht hat, als von ihm in beiden Hemisphären Reflectoren von gleicher Stärke angewandt worden sind, auf das wenigste eine auffallende Verschiedenheit in der Natur und *Weltstellung* der Nebel: d. h. in Hinsicht der Richtungen, nach denen hin sie sich den Erdbewohnern am nördlichen oder südlichen Firmamente darbieten.

Dem eben genannten großen Beobachter verdanken wir auch die erste genaue Kenntniß und kosmische Uebersicht von der *Vertheilung der Nebel und Sterngruppen* an der ganzen Himmelsdecke. Er hat: um ihre Lage, ihre relative locale Anhäufung, die Wahrscheinlichkeit oder Unwahrscheinlichkeit ihrer Folge nach gewissen Gruppirungen und Zügen zu ergründen, viertehalbtausend Gegenstände graphisch in Fächer eingetragen, deren Seiten in der Declination 3°, in der Rectascension 15' messen. Die größte Anhäufung von Nebelflecken des ganzen Firmaments findet sich in der *nördlichen Hemisphäre.* Es ist dieselbe verbreitet: durch die beiden Löwen; den Körper, den Schweif und die Hinterfüße des Großen Bären; die Nase der Giraffe, den Schwanz des Drachen, die beiden Jagdhunde, das Haupthaar der Berenice (wo der Nordpol der MilchstraßeIn der großen Ausgabe [nicht der vorliegenden] des *Kosmos* Bd. III. S. 181 Zeile 6 von unten sind durch einen Druckfehler die Wörter *Südpol* und *Nordpol* mit einander verwechselt. liegt), den rechten Fuß des Bootes; und vor allem das Haupt, die Flügel und die Schulter der Jungfrau. Diese Zone, welche man die *Nebel-Region der Jungfrau* genannt hat, enthält, wie wir schon oben erwähnt haben, in einem Raume"In this *Region* of *Virgo*, occupying about one-eighth of the whole surface of the sphere, one-third of the entire nebulous contents of the heavens are congregated." *Outline* p. 596., welcher den achten Theil der Oberfläche der ganzen Himmelssphäre ausfüllt, ⅓ von der gesammten Nebelwelt. Sie überschreitet wenig den Aequator; nur von dem südlichen Flügel der Jungfrau dehnt sie sich aus bis zur Extremität der Großen Wasserschlange und zum Kopf des Centauren, ohne dessen Füße und das südliche Kreuz zu erreichen. Eine geringere Anhäufung von Nebeln an dem nördlichen Himmel ist die, welche sich weiter als die vorige in die südliche Hemisphäre erstreckt. Sir John Herschel nennt sie die *Nebel-Region der Fische.* Sie bildet eine Zone: von der Andromeda, die sie fast ganz erfüllt, gegen Brust und Flügel des Pegasus, gegen das Band, welches die Fische verbindet, den südlichen Pol der Milchstraße und Fomalhaut hin. Einen auffallenden Contrast mit diesen Anhäufungen macht der öde, *nebelarme Raum* um Perseus, Widder, Stier, Kopf und oberen Leib des Orion; um Fuhrmann, Hercules, Adler und das ganze Sternbild der Leier. Wenn man aus der in dem Werte über die Cap-Beobachtungen mitgetheilten Uebersicht aller Nebelflecke und Sternhaufen des *nördlichen Catalogs* (von Slough), nach einzelnen Stunden der Rectascension vertheilt, 6 Gruppen von je 4 Stunden zusammenzieht, so erhält man:

RA.	0^h	–	4^h	. . . .	311
	4	–	8	. . . .	179
	8	–	12	. . . .	606
	12	–	16	. . . .	850
	16	–	20	. . . .	121
	20	–	0	. . . .	239.

In der sorgfältigeren Scheidung nach nördlicher und südlicher Declination findet man, daß in den 6 Stunden Rectascension von 9^h – 15^h in der nördlichen Hemisphäre allein 1111 Nebelflecke und Sternhaufen zusammengehäuft sindIch gründe mich in diesen numerischen Angaben auf Summirung derjenigen Zahlen, welche die Projection des nördlichen Himmels (*Capreise* Pl. XI darbietet., nämlich:

von	9^h	–	10^h	. . . .	90
	10	–	11	. . . .	150
	11	–	12	. . . .	251
	12	–	13	. . . .	309
	13	–	14	. . . .	181

Das eigentliche nördliche Maximum liegt also zwischen 12ʰ und 13ʰ, dem nördlichen Pole der Milchstraße sehr nahe. Weiter hin zwischen 15ʰ und 16ʰ gegen den Hercules zu ist die Verminderung so plötzlich, daß auf die Zahl 130 unmittelbar 40 folgt.

In der südlichen Hemisphäre ist nicht bloß eine geringere Anzahl von Nebelflecken, sondern auch eine weit gleichförmigere Vertheilung erkannt worden. Nebelleere Räume wechseln dort häufig mit sporadischen Nebeln; eine eigentliche locale Anhäufung, und zwar eine noch gedrängtere als in der *Nebel-Region der Jungfrau* am nördlichen Himmel, findet man nur in der *Großen Magellanischen Wolke:* welche allein an 300 Nebelflecke enthält. Die Gegend zunächst den Polen ist in beiden Hemisphären *nebelarm,* und bis 15° Polar-Distanz ist sie um den südlichen Pol im Verhältniß von 7 zu 4 noch ärmer als um den nördlichen Pol. Der jetzige Nordpol hat einen kleinen Nebelfleck, welcher nur 5 Minuten von ihm entfernt liegt; ein ähnlicher, den Sir John Herschel mit Recht "Nebula Polarissima Australis" nennt (No. 3176 seines Cap-Catalogs; RA. 9ʰ 27' 56", N.P.D. 179° 34' 14"), steht noch 25 Minuten vom Südpole ab. Diese *Stern-Oedigkeit des Südpols,* der Mangel eines dem unbewaffneten Auge sichtbaren Polarsterns war schon der Gegenstand bitterer Klagen von Amerigo Vespucci und Vicente Yañez Pinzon, als sie am Ende des 15ten Jahrhunderts weit über den Aequator bis zum Vorgebirge San Augustin vordrangen; und als der Erstere sogar die irrige Meinung aussprach, daß die schöne Stelle des Dante: "Io mi volsi a man destra e posi mente.....", wie die vier Sterne "non viste mai fuor ch'alla prima gente", sich auf antarktische Polarsterne bezögen.

Wir haben bisher die Nebel in Hinsicht auf ihre *Zahl* und ihre *Vertheilung* an der Himmelsdecke,   an   dem,   was   wir   das *Firmament* nennen,   betrachtet: eine *scheinbare* Vertheilung, welche man nicht mit der wirklichen in den Welträumen verwechseln muß. Von dieser Untersuchung gehen wir nun zu der wundersamen Verschiedenheit   ihrer   individuellen *Gestaltung* über.   Diese   ist bald *regelmäßig* (*kugelförmig, elliptisch* in   verschiedenen Graden, *ringförmig, planetarisch,* oder gleich einer *Photosphäre* einen Stern umgebend); bald *unregelmäßig,* und so schwer zu classificiren wie die geballten Wassernebel unseres Luftkreises,   die *Wolken.* Als Normal-Gestalt der Nebelflecke am Firmament wird die *elliptische* (sphäroidische) genannt: die, bei derselben Stärke des Fernrohrs, wenn sie in die *kugelförmige* übergeht, sich am leichtesten in einen *Sternhaufen* verwandelt; wenn sie   dagegen   sehr   abgeplattet,   nach   einer   Dimension   verlängert und *scheibenförmig* erscheint, um so schwerer. Doch ist es, wie wir schon oben bei den Sternhaufen bemerkt haben, Herrn Bond in den Vereinigten Staaten von Nordamerika, durch die außerordentliche raumdurchdringende Kraft seines Refractors, geglückt den sehr länglich gestreckten, elliptischen Nebel der Andromeda, welcher nach Bouillaud schon vor Simon Marius 985 und 1428 beschrieben wurde und einen röthlichen Schimmer hat, gänzlich aufzulösen. In der Nachbarschaft dieses berühmten Nebelfleckes befindet sich der noch unaufgelöste, aber in Gestaltung sehr ähnliche, welchen meine, in hohem Alter dahingeschiedene, allgemein verehrte Freundinn, Miß Carolina Herschel, am 27 August 1783 entdeckte (*Philos. Transact.* 1833 No. 61 des Verzeichnisses der Nebelflecke, fig. 52). auflöslich wird. Allmälige *Uebergänge* der Gestalten vom Runden zum länglich Elliptischen und Pfriemförmigen (*Philos. Transact.* 1833 p. 494 Pl. IX fig. 19–24) sind mehrfach am Himmel aufzufinden. Die Verdichtung des milchigen Nebels ist stets gegen ein Centrum, bisweilen selbst nach mehreren Centralpunkten (*Kernen*) zugleich gerichtet. Nur in der Abtheilung der runden oder ovalen Nebel kennt man *Doppelnebel:* bei denen, da keine relative Bewegung unter den Individuen bemerkbar wird (weil sie fehlt oder außerordentlich langsam ist), das Criterium mangelt, durch welches eine gegenseitige Beziehung zu einander erwiesen werden kann, wie bei Sonderung der *physischen* von den bloß *optischen* Doppelsternen. (Abbildungen von Doppelnebeln findet man in den *Philos. Transact.* for the year 1833 fig, 68–71. Vergl. auch *Herschel, outlines of Astr.* § 878 *Observ. at the Cape of Good Hope* § 120.)

Ringförmige Nebel gehören zu den seltensten Erscheinungen. Man kennt deren in der nördlichen Hemisphäre jetzt nach Lord Rosse sieben. Der berühmteste der Nebelringe liegt zwischen β und γ Lyrae (No. 57 Messier, No. 3023 des Catalogs von Sir John Herschel): und ist 1779 von Darquier in Toulouse entdeckt, als der von Bode aufgefundene Comet in seine Nähe kam. Er ist fast von der scheinbaren Größe der Jupiterscheibe, und elliptisch im Verhältniß seiner Durchmesser wie 4 zu 5. Das Innere des Ringes ist keinesweges schwarz, sondern etwas erleuchtet. Schon Sir William Herschel hatte einige Sterne im Ringe erkannt, Lord Rosse und Bond haben ihn ganz aufgelöst. Vollkommen schwarz in der Höhlung des Ringes sind dagegen die schönen Nebelringe der südlichen Hemisphäre No. 3680 und 3686. Der letztere ist dazu nicht elliptisch, sondern vollkommen rund; *Capreise* p. 114 Pl. VI fig. 3 und 4; vergl. auch No. 2072 in den *Philos. Transact.* for 1833 p. 466. Lord Rosse's Abbildungen des Ringnebels in der Leier und der sonderbaren Crab-Nebula s. in *Nichol's thoughts on the System of the World* p. 21 Pl. IV und p. 22 Pl. I fig. 5. alle sind wahrscheinlich ringförmige Sternhaufen. Mit der zunehmenden Mächtigkeit optischer Mittel erscheinen übrigens im allgemeinen sowohl elliptische als ringförmige Nebelflecke in ihren Umrissen weniger abgeschlossen. In dem Riesenfernrohr des Lord Rosse zeigt sich sogar der Ring der Leier wie eine einfache Ellipse mit sonderbar divergirenden, fadenförmigen Nebel-Ansätzen. Besonders auffallend ist die Umformung eines für schwächere Fernröhre einfach *elliptischen* Nebelfleckes in Lord Rosse's Krebs-Nebel (Crab-Nebula).

Weniger selten als Ringnebel, aber doch nach Sir John Herschel nur 25 an Zahl, von denen fast ¾ in der südlichen Hemisphäre liegen, sind die sogenannten *planetarischen Nebelflecke:* welche zuerst Herschel der Vater entdeckt hat und welche zu den wundersamsten Erscheinungen des Himmels gehören. Sie haben die auffallendste Aehnlichkeit mit Planetenscheiben. Der größere Theil ist rund oder etwas oval; bald scharf begrenzt, bald verwaschen und dunstig an den Rändern. Die Scheiben vieler haben ein sehr gleichförmiges Licht, andere sind wie gesprenkelt oder schwach gefleckt (mottled or of a peculiar texture, as if curdled). Man sieht nie Spuren einer Verdichtung gegen das Centrum. Fünf planetarische Nebelflecke hat Lord Rosse als Ringnebel erkannt, mit 1 oder 2 Centralsternen. Der größte planetarische Nebelfleck liegt im Großen Bären (unfern β Ursae maj.) und wurde von Méchain 1781 entdeckt. Der Durchmesser der Scheibe ist 2' 40". Der planetarische Nebel im südlichen Kreuz (No. 3365, *Capreise* p. 100) hat bei einer Scheibe von kaum 12" Durchmesser doch die Helligkeit eines Sterns 6.7ter Größe. Sein Licht ist indigoblau; und eine solche bei Nebelflecken merkwürdige Färbung findet sich auch bei drei anderen Gegenständen derselben Form, in denen jedoch das Blau eine geringere Intensität hat. *Outlines* p. 603, *Capreise* § 47. Ein orangenrother Stern 8^m ist in der Nähe von No. 3365; aber der planetarische Nebel bleibt auch dann tief indigblau, wenn der rothe Stern nicht im Felde des Telescops ist. Die Färbung ist also nicht Folge des Contrastes. Die blaue Färbung einiger planetarischen Nebel spricht gar nicht gegen die Möglichkeit, daß sie aus kleinen Sternen zusammengesetzt seien; denn wir kennen blaue Sterne nicht bloß in beiden Theilen eines Doppelsternpaars: sondern auch ganz blaue Sternhaufen, oder solche, die mit rothen und gelben Sternchen vermischt sind.

Die Frage: ob die planetarischen Nebelflecke sehr ferne Nebelsterne sind, in denen der Unterschied zwischen einem erleuchtenden Centralsterne und der ihn umgebenden Dunsthülle für unser telescopisches Sehen verschwindet; habe ich schon in dem Anfange des Naturgemäldes berührt. Möchte durch Lord Rosse's Riesentelescop doch endlich die Natur so wunderbarer planetarischer Dunstscheiben erforscht werden! Wenn es schon so schwierig ist sich von den verwickelten *dynamischen Bedingungen* einen klaren Begriff zu machen, unter denen in einem kugelrunden oder sphäroidisch abgeplatteten Sternhaufen die rotirenden, zusammengedrängten und gegen das Centrum hin specifisch dichteren Sonnen (Fixsterne) ein System des Gleichgewichts bilden; so nimmt diese Schwierigkeit noch mehr in denjenigen kreisrunden, wohlumgrenzten, planetarischen Nebelscheiben zu, welche eine ganz gleichförmige, im Centrum gar nicht verstärkte Helligkeit zeigen. Ein solcher Zustand ist mit der Kugelform (mit dem Aggregat-Zustande vieler tausend Sternchen) weniger als mit der Idee einer gasförmigen Photosphäre zu vereinigen: die man in unserer Sonne mit einer dünnen, undurchsichtigen oder doch sehr schwach erleuchteten Dunstschicht bedeckt glaubt. Scheint das Licht in der planetarischen Nebelscheibe nur darum so gleichförmig verbreitet, weil wegen großer Ferne der Unterschied zwischen Centrum und Rand verschwindet?

Die vierte und letzte Formgattung der *regelmäßigen* Nebel sind William Herschel's *Nebelsterne* Nebulous Stars: d. i. wirkliche Sterne, mit einem milchigen Nebel umgeben, welcher sehr wahrscheinlich in Beziehung zu dem Centralsterne steht und von diesem abhängt. Ob der Nebel, welcher nach Lord Rosse und Dr. Stoney bei einigen ganz ringförmig erscheint (*Philos. Transact.* for 1850 Pl. XXXVIII fig. 15 und 16) selbstleuchtend ist und eine Photosphäre wie bei unserer Sonne bildet; ob er (was wohl weniger wahrscheinlich) von der Centralsonne bloß erleuchtet wird: darüber herrschen sehr verschiedenartige Meinungen. Derham und gewissermaßen auch Lacaille, welcher am Vorgebirge der guten Hoffnung viele Nebelsterne aufgefunden, glaubten, daß die Sterne weit vor den Nebeln stünden und sich auf diese projicirten. Mairan scheint zuerst (1731) die Ansicht ausgesprochen zu haben, daß die Nebelsterne von einer Licht-Atmosphäre umgeben seien, die ihnen angehöre. Man findet selbst größere Sterne (z. B. 7ter Größe, wie in No. 675 des Cat. von 1833), deren Photosphäre einen Durchmesser von 2 bis 3 Minuten hat.Andere Beispiele von Nebelsternen sind nur 8^m bis 9^m: wie No. 311 und 450 des Catalogs von 1833 fig. 1, mit Photosphären von 1' 30" (*outlines of Astr.* § 879).

Eine Classe von Nebelflecken, welche von der bisher beschriebenen, sogenannten *regelmäßigen* und immer wenigstens schwach begrenzten gänzlich abweicht, sind die großen Nebelmassen von *unregelmäßiger* Gestaltung. Sie zeichnen sich durch die verschiedenartigsten unsymmetrischen Formen mit unbestimmten Umrissen und verwaschenen Rändern aus. Es sind räthselhafte Naturerscheinungen sui generis, die hauptsächlich zu den Meinungen von der Existenz kosmischen *Gewölkes* und *selbstleuchtender Nebel*, welche in den Himmelsräumen zerstreut und dem *Substratum des Thierkreislichtes* ähnlich seien, Anlaß gegeben haben. Einen auffallenden Contrast bieten solche *irreguläre* Nebel dar, die mehrere Quadratgrade des Himmelsgewölbes bedecken: mit der kleinsten aller *regulären*, isolirten und ovalen Nebelscheiben, welche die Lichtstärke eines telescopischen Sterns 14ter Größe hat, und zwischen dem Altar und dem Paradiesvogel in der südlichen Hemisphäre liegt. Nicht zwei von den unsymmetrischen, diffusen Nebelmassen gleichen einander;Merkwürdige Formen der unregelmäßigen Nebel sind: die omega-artige (*Capreise* Pl. II fig. 1 No. 2008; auch untersucht und beschrieben von Lamont und einem hoffnungsvollen, der Wissenschaft zu früh entrissenen, nordamerikanischen Astronomen, Mr. Mason, in den *Mem. of the Amer. Philos. Soc.* Vol. VII. p.177); ein Nebel mit 6 bis 8 *Kernen* (*Capreise* P. 19 Pl. III fig. 4): die cometenartigen, büschelförmigen, in denen die Nebelstrahlen bisweilen wie von einem Stern 9^m ausgehen (Pl. VI fig. 18 No. 2534 und 3688); ein Silhouetten-Profil, büstenartig (Pl. IV fig. 4 No. 3075); eine Spaltöffnung, die einen fadenförmigen Nebel einschließt (No. 3501 Pl. IV fig. 2). *Outlines of Astronomy* § 883, *Capreise* § 121. aber, setzt nach vieljähriger Beobachtung Sir John Herschel hinzu, „was man in allen erkennt und was ihnen einen ganz eigenthümlichen Charakter giebt: ist, daß alle in oder sehr nahe den Rändern der Milchstraße liegen, ja als Ausläufer von ihr betrachtet werden können". Dagegen sind die regelmäßig gestalteten, meist wohlumgrenzten, kleinen Nebelflecke theils über den ganzen Himmel zerstreut, theils zusammengedrängt fern von der Milchstraße in eigenen Regionen: in der nördlichen Hemisphäre in den Regionen der *Jungfrau* und der *Fische*. Sehr entfernt von dem sichtbaren Rande der Milchstraße (volle 15 °) liegt allerdings die große irreguläre Nebelmasse im Schwerdt des Orion; doch aber gehört auch sie vielleicht der

Verlängerung *des* Zweiges der Milchstraße an, welcher von α und ε des Perseus sich gegen Aldebaran und die Hyaden zu verlieren scheint und dessen wir schon oben erwähnt haben. Die schönsten Sterne, welche der Constellation des Orion ihre alte Berühmtheit gegeben, werden ohnedies zu der *Zone sehr großer* und wahrscheinlich uns *naher Gestirne* gerechnet, deren verlängerte Richtung ein durch ε Orionis und α Crucis gelegter größter Kreis in der südlichen Milchstraße bezeichnet.

Eine früher weit verbreitete Meinung von einer *Milchstraße der Nebelflecke*, welche die *Milchstraße der Sterne* ohngefähr rechtwinklig schneide, ist durch neuere und genauere Beobachtungen über Verbreitung der symmetrischen Nebelflecke am Himmelsgewölbe keinesweges bestätigt worden. Es giebt allerdings, wie eben erinnert worden ist, sehr große Anhäufungen an dem *nördlichen Pole der Milchstraße*, auch eine ansehnliche Fülle bei den Fischen am südlichen Pole; aber eine Zone, welche diese Pole mit einander *verbände* und durch Nebelflecke bezeichnet würde, kann der vielen Unterbrechungen wegen nicht als ein größter Zirkel aufgefunden werden. William Herschel hatte 1784, am Schlusse der ersten Abhandlung über den Bau des Himmels, diese Ansicht auch nur mit der, den Zweifel nicht ausschließenden Vorsicht entwickelt, welche eines solchen Forschers würdig war.

Von den *unregelmäßigen* oder vielmehr unsymmetrischen Nebeln sind einige (im Schwerdt des Orion, bei η Argûs im Schützen und im Schwan) merkwürdig durch ihre außerordentliche Größe, andere (No. 27 und 51 des Verzeichnisses von Messier) durch ihre besondere Gestalt.

Was den *großen Nebelfleck im Schwerdte des Orion* betrifft: so ist schon früher bemerkt worden, daß Galilei, der sich so viel mit den Sternen zwischen dem Gürtel und dem Schwerdt des Orion beschäftigt, ja eine Karte dieser Gegend entworfen hat, nie desselben erwähnt. Was er Nebulosa Orionis nennt und neben Nebulosa Praesepe abbildet, erklärt er ausdrücklich für eine Anhäufung kleiner Sterne (stellarum constipatarum) *im Kopfe des Orion*. In der Zeichnung, die in dem *Sidereus Nuncius* § 20 von dem Gürtel bis zum Anfang des rechten Schenkels (α Orionis) reicht, erkenne ich über dem Stern ι den vielfachen Stern ϑ. Die Vergrößerungen, welche Galilei anwandte, erhoben sich von der achtmaligen nur zur dreißigmaligen. Da der Nebel im Schwerdte nicht isolirt steht, sondern in unvollkommenen Fernröhren oder bei trüber Luft eine Art Hof um den Stern ϑ bildet, so möchte dem großen Florentiner Beobachter deshalb seine individuelle Existenz und seine Gestaltung entgangen sein. Es war derselbe ohnedies wenig zur Annahme von Nebeln geneigt. Erst 14 Jahre nach Galilei's Tode, im Jahr 1656, entdeckte Huygens den großen Orions-Nebel: er gab eine rohe Abbildung desselben in dem *Systema Saturnium*, das 1659 erschien. „Als ich", sagt der große Mann, „durch einen Refractor von 23 Fuß Focallänge die veränderlichen Streifen des Jupiter, einen dunklen Centralgürtel im Mars und einige schwache Phasen des Planeten beobachtete; ist mir in den Fixsternen eine Erscheinung vorgekommen, welche meines

Wissens bisher noch von Niemand beobachtet worden ist und nur durch solche große Fernröhre genau erkannt werden kann, als ich anwende. Im Schwerdt des Orions werden von den Astronomen drei Sterne aufgezählt, die sehr nahe an einander liegen. Als ich nun zufällig im Jahr 1656 den mittleren dieser Sterne durch mein Fernrohr betrachtete, zeigten sich mir statt eines einzelnen Sternes zwölf, was (bei Fernröhren) allerdings nichts seltenes ist. Von diesen waren (wieder) drei fast einander berührend, und andere *vier* leuchteten wie durch einen Nebel: so daß der Raum um sie her, gestaltet, wie er in der beigefügten Figur gezeichnet ist, viel heller erschien als der übrige Himmel. Dieser war gerade sehr heiter und zeigte sich ganz schwarz; es war daher die Erscheinung, als gebe es hier eine Oeffnung (hiatus), eine Unterbrechung. Alles dies sah ich bis auf den heutigen Tag, mehrmals und in derselben Gestalt unverändert: also, daß dies Wunderwesen, was es auch sein möge, dort seinen Sitz wahrscheinlich für immer hat. Etwas ähnliches habe ich bei den übrigen Fixsternen nie gesehen." (Der 54 Jahre früher von Simon Marius beschriebene Nebelfleck der Andromeda war ihm also unbekannt oder hatte ihm wenig Interesse erregt.) „Was man sonst für Nebel hielt", setzt Huygens hinzu, „selbst die Milchstraße, durch Fernröhre betrachtet: zeigen nichts nebelartiges, und sind nichts anderes als eine in Haufen zusammengedrängte Vielzahl von Sternen." Die Lebhaftigkeit dieser ersten Beschreibung zeugt von der Frische und Größe des Eindrucks; aber welch ein Abstand von dieser ersten Abbildung aus der Mitte des 17ten Jahrhunderts und den, etwas weniger unvollkommenen von Picard, le Gentil und Messier bis zu den herrlichen Zeichnungen von Sir John Herschel (1837) und William Cranch Bond (1848), dem Director der Sternwarte zu Cambridge in den V. St. von Nordamerika!William Cranch *Bond* in den *Transactions of the American Academy of Arts and Sciences*, new Series Vol. III. p. 87–96.

Der erste unter den zwei zuletzt genannten Astronomen hat den großen Vorzug*Capreise* § 54–69 Pl. VIII; *outlines of Astr.* § 837 und 885 Pl. IV fig. 1. gehabt den Orions-Nebel seit 1834 am Vorgebirge der guten Hoffnung in einer Höhe von 60° und mit einem zwanzigfüßigen Reflector zu beobachten und seine frühereSir John *Herschel* in den *Memoirs of the Astron. Soc.* Vol. II. 1824 p. 487–495, Pl. VII und VIII. Die letzte Abbildung giebt die Nomenclatur der einzelnen Regionen des von so vielen Astronomen durchforschten Orions-Nebels. Abbildung von 1824–1826 noch zu vervollkommnen. In der Nähe von ϑ Orionis wurde die Position von 150 Sternen, meist 15ter bis 18ter Größe, bestimmt. Das berühmte Trapez, das nicht von Nebel umgeben ist, wird von vier Sternen 4^m, 6^m, 7^m und 8^m gebildet. Der 4te Stern ward (1666?) von Dominicus Cassini in Bologna*Delambre, Hist. de l'Astr. moderne* T. II. p. 700. Cassini rechnete die Erscheinung dieses vierten Sternes („aggiunta della quarta stella alle tre contigue) zu den Veränderungen, welche der Orions-Nebel in seiner Zeit erlitten habe. entdeckt, der 5te (γ' im Jahr 1826 von Struve; der 6te, welcher 13ter Größe ist (α'), im Jahr 1832 von Sir John Herschel. Der Director der Sternwarte des Collegio romano, de *Vico*, hat angekündigt, im Anfange des Jahres 1839 durch seinen großen Refractor von

Cauchoix innerhalb des Trapezes selbst noch drei andere Sterne aufgefunden zu haben. Sie sind von Herschel dem Sohne und von William Bond nicht gesehen worden. Der Theil des Nebels, welcher dem fast unnebligen Trapez am nächsten liegt und gleichsam den vorderen Theil des Kopfes, über dem Rachen, die Regio Huygeniana, bildet; ist fleckig, von körniger Textur, und durch das Riesentelescop des Earl of Rosse wie in dem großen Refractor von Cambridge in den Vereinigten Staaten von Nordamerika in Sternhaufen aufgelöst. Unter den genauen neuen Beobachtern haben auch Lamont in München, Cooper und Lassell in England viele Positionen kleiner Sterne bestimmt; der Erste hat eine 1200malige Vergrößerung angewandt. Von Veränderungen in dem relativen Glanze und den Umrissen des großen Orions-Nebels glaubte Sir William Herschel sich durch Vergleichung seiner eigenen, mit denselben Instrumenten angestellten Beobachtungen von 1783–1811 überzeugt zu haben. *Philos. Transact.* for the year 1811 Vol. CI. p. 324. Bouillaud und le Gentil hatten eben dies vom Nebel der Andromeda behauptet. Die gründlichen Untersuchungen von Herschel dem Sohne machen diese, für erwiesen gehaltenen, kosmischen Veränderungen auf das wenigste überaus zweifelhaft.

Großer Nebelfleck um η Argûs. – Es liegt derselbe in der, durch ihren prachtvollen Lichtglanz so ausgezeichneten Region der Milchstraße, welche sich von den Füßen des Centauren durch das südliche Kreuz nach dem mittleren Theile des Schiffes hinzieht. Das Licht, welches diese Region ausgießt, ist so außerordentlich, daß ein genauer, in der Tropenwelt von Indien heimischer Beobachter, der Capitän Jacob, ganz mit meiner vierjährigen Erfahrung übereinstimmend, bemerkt: man werde, ohne die Augen auf den Himmel zu richten, durch eine plötzliche Zunahme der Erleuchtung an den *Aufgang* des Kreuzes und der dasselbe begleitenden Zone erinnert."Such is the general blaze from that part of the sky", sagt der Capitän *Jacob* (Bombay Engineers) zu Punah, "that a person is immediately made aware of its having risen above the horizon, though he should not be at the time looking at the heavens, by the increase of general illumination of the atmosphere, resembling the effect of the young moon." *Transact. of the Royal Soc. of Edinburgh* Vol. XVI. 1849 Part 4. p. 445. Der Nebelfleck, in dessen Mitte der durch seine Intensitäts-Veränderungen so berühmt gewordene Stern η Argûs liegt, bedeckt über $^4/_7$ eines Quadratgrades der Himmelsdecke. Der Nebel selbst, in viele unförmliche Massen vertheilt, die von ungleicher Lichtstärke sind, zeigt nirgends das *gesprenkelte, körnige* Ansehen, welches die Auflösung ahnden läßt. Er umschließt ein sonderbar geformtes, *leeres*, mit einem sehr schwachen Lichtschein bedecktes, ausgeschweiftes Lemniscat-Oval. Eine schöne Abbildung der ganzen Erscheinung, die Frucht von zweimonatlichen Messungen, findet sich in den Cap-Beobachtungen von Sir John Herschel. Dieser hat in dem Nebelfleck von η Argûs nicht weniger als 1216 Positionen von Sternen, meist 14^m bis 16^m, bestimmt. Die Reihenfolge derselben erstreckt sich noch weit außerhalb des Nebels in die Milchstraße hinein, wo sie sich auf den schwärzesten Himmelsgrund projiciren und von ihm abheben. Sie stehen daher wohl in keiner

Beziehung zu dem Nebel selbst und liegen wahrscheinlich weit vor ihm. Die ganze benachbarte Gegend der Milchstraße ist übrigens so reich an Sternen (nicht Sternhaufen), daß zwischen RA. 9^h 50' und 11^h 34' durch den telescopischen Aich-Proceß (star-gauges) für einen jeden mittleren Quadratgrad 3138 Sterne gefunden worden sind. Diese Sternmenge steigt sogar bis 5093 in den Aichungen (sweeps) für RA. 11^h 24'; das sind für einen Quadratgrad Himmelsgewölbe mehr Sterne, als dem unbewaffneten Auge am Horizont von Paris oder Alexandrien Sterne 1ter bis 6ter Größe sichtbar werden.

Der Nebelfleck im Schützen. – Er ist von beträchtlicher Größe, wie aus vier einzelnen Massen zusammengesetzt (RA. 17^h 53', N.P.D. 114° 21'), deren eine wiederum dreitheilig ist. Alle sind durch nebelfreie Stellen unterbrochen, und das Ganze war schon von Messier unvollkommen gesehen.

Die Nebelflecke im Schwan: – mehrere irreguläre Massen, von denen eine einen sehr schmalen, getheilten Strang bildet, welcher durch den Doppelstern η Cygni geht. Den Zusammenhang der so ungleichen Nebelmassen durch ein sonderbares zellenartiges Gewebe hat zuerst Mason erkannt.Nebel im Schwan, theilweise RA. 20° 49', N. P. D. 58° 27' (*outlines* p. 891). Vergl. Catalog von 1833 No. 2092, Pl. XI fig. 34.

Der Nebelfleck im Fuchse: – von Messier unvollkommen gesehen, No. 27 seines Verzeichnisses; aufgefunden bei Gelegenheit der Beobachtung des Bode'schen Cometen von 1779. Die genaue Bestimmung der Position (RA. 19° 52', N.P.D. 67° 43') und die erste Abbildung sind von Sir John Herschel. Es erhielt der Nebelfleck, der eine nicht unregelmäßige Gestalt hat, zuerst den Namen Dumb-bell, bei Anwendung eines Reflectors mit 18zölliger Oeffnung (*Philos. Transact.* for 1833 No. 2060 fig. 26; *outlines* § 881). Die Aehnlichkeit mit den Dumb-bells (eisernen, bleigefüllten, lederüberzogenen Kolben, zu beiden Seiten kugelförmig endigend, deren man sich in England zur Stärkung der Muskeln gymnastisch bedient) ist in einem Reflector von Lord RosseVergl. die Abbildungen Pl. II fig. 2 mit Pl. V in den: *thoughts on some important points relating to the System of the World* 1846 (von Dr. *Nichol*, s. oben S. 358) p. 22. „Lord Rosse describes and figures this Nebula as resolved into numerous stars *with intermixed nebula*", sagt Sir John *Herschel* in den *outlines of Astronomy* p. 607. mit dreifüßiger Oeffnung verschwunden (s. dessen wichtige neueste Abbildung, *Philos. Transact.* for 1850 Pl. XXXVIII fig. 17). Die Auflösung in zahlreiche Sterne gelang ebenfalls, aber die Sterne blieben mit Nebel gemischt.

Der Spiral-Nebelfleck im nördl. Jagdhunde. – Er wurde von Messier aufgefunden am 13 October 1773 (bei Gelegenheit des von ihm entdeckten Cometen) am linken Ohre des Asterion, sehr nahe bei η (Benetnasch) am Schwanz des Großen Bären (No. 51 Messier, und No. 1622 des großen Verzeichnisses in den *Philos. Transact.* 1833 p. 496 fig. 25); eine der merkwürdigsten Erscheinungen am Firmamente, sowohl wegen der wundersamen Gestaltung des Nebels: als wegen der unerwarteten, *formumwandelnden* Wirkung, welche der 6füßige Spiegel des Lord Rosse auf ihn ausgeübt hat. In dem 18zölligen

Spiegeltelescop von Sir John Herschel zeigte sich der Nebelfleck kugelrund, von einem weit abstehenden Ringe umgeben: so daß er gleichsam ein Bild unserer Sternschicht und ihres Milchstraßen-Ringes darstellte. Das große Telescop von Parsonstown verwandelte aber im Frühjahr 1845 das Ganze in ein schneckenartig gewundenes Tau, in eine leuchtende *Spira:* deren Windungen uneben erscheinen und an beiden Extremen, im Centrum und auswärts, in dichte, körnige, kugelrunde Knoten auslaufen. Dr. Nichol hat eine Abbildung dieses Gegenstandes (dieselbe, welche Lord Rosse der Gelehrten-Versammlung in Cambridge 1845 vorlegte) bekannt gemacht. Die vollkommenste ist aber die von Mr. Johnstone Stoney, *Philos. Transact.* 1850 Part 1. Pl. XXXV fig. 1. Ganz ähnliche Spiralform haben No. 99 Messier, mit einem einzigen Central-Nucleus, und andere nördliche Nebel.

Es bleibt noch übrig ausführlicher, als es in dem allgemeinen Naturgemälde hat geschehen können, von einem Gegenstande zu reden, welcher in der Welt der Gestaltungen, die das gesammte Firmament darbietet, einzig ist, ja, wenn ich mich so ausdrücken darf, die *landschaftliche* Anmuth der südlichen Himmelsgefilde erhöht. Die beiden *Magellanischen Wolken:* welche wahrscheinlich zuerst von portugiesischen, dann von holländischen und dänischen Piloten *Cap-Wolken* genannt wurden, fesseln, wie ich aus eigener Erfahrung weiß, durch ihren Lichtglanz, ihre sie individualisirende Isolirtheit, ihr gemeinsames Kreisen um den Südpol, doch in ungleichen Abständen, auf das lebhafteste die Aufmerksamkeit des Reisenden. Daß diejenige Benennung, welche sich auf Magellan's Weltumseglung bezieht, nicht die ältere sei: wird durch die ausdrückliche Erwähnung und Beschreibung der kreisenden Lichtwolken von dem Florentiner Andrea Corsali in der Reise nach Cochin und von dem Secretär Ferdinands des Catholischen, Petrus Martyr de Anghiera, in seinem Werke *de rebus Oceanicis et Orbe novo* (Dec. I lib. IX p. 96) widerlegt. Die hier bezeichneten Angaben sind beide vom Jahr 1515: während Pigafetta, der Begleiter Magellan's, in seinem Reisejournale der nebbiette nicht eher als im Januar 1521 gedenkt, wo das Schiff Victoria aus der patagonischen Meerenge in die Südsee gelangte. Der sehr alte Name *Cap-Wolken* ist übrigens nicht durch die *Nähe* der, noch südlicheren Constellation des *Tafelberges* entstanden, da letztere erst von Lacaille eingeführt worden ist. Die Benennung könnte eher eine Beziehung haben auf den *wirklichen* Tafelberg und auf die, lange von den Seeleuten gefürchtete, sturmverkündende Erscheinung einer kleinen Wolke auf seinem Gipfel. Wir werden bald sehen, daß die beiden Nubeculae: in der südlichen Hemisphäre lange bemerkt, aber namenlos geblieben, mit Ausdehnung der Schifffahrt und zunehmender Belebtheit gewisser Handelsstraßen Benennungen erhielten, welche durch diese Handelsstraßen selbst veranlaßt wurden.

Die frequente Beschiffung des indischen Meeres, welches das östliche Afrika bespült, hat am frühesten, besonders seit der Zeit der Lagiden und der Monsun-Fahrten, Seefahrer mit den dem antarctischen Pole nahen Gestirnen bekannt gemacht. Bei den Arabern findet man, wie bereits oben erwähnt worden ist, schon in der Mitte des zehnten

Jahrhunderts einen Namen für die größere der *Magellanischen Wolken*. Sie ist, wie Ideler aufgefunden, identisch mit dem (weißen) *Ochsen*, el-bakar, des berühmten Astronomen, Derwisch Abdurrahman Sufi aus Raï, einer Stadt des persischen Irak. Es sagt derselbe in der *Anleitung zur Kenntniß des gestirnten Himmels*, die er am Hofe der Sultane aus der Dynastie der Buyiden anfertigte: „unter den Füßen des *Suhel* (es ist hier ausdrücklich der Suhel des *Ptolemäus*, also Canopus, gemeint: wenn gleich die arabischen Astronomen auch mehrere andere große Sterne des *Schiffes*, el-sefina, Suhel nannten) steht ein *weißer Fleck*, den man weder in Irak (in der Gegend von Bagdad) noch in Nedschd (Nedjed), dem nördlicheren und gebirgigeren Arabien, sieht: wohl aber in der südlichen Tehama zwischen Mekka und der Spitze von Yemen, längs der Küste des rothen Meeres." Die relative Position des *weißen Ochsen* zum Canopus ist hier für das unbewaffnete Auge genau genug angegeben; denn die Rectascension von Canopus ist 6^h 20', und der östliche Rand der Großen Magellanischen Wolke hat die Rectascension 6^h 0'. Die Sichtbarkeit der Nubecula major in nördlichen Breiten hat durch die Präcession seit dem 10ten Jahrhunderte sich nicht erheblich ändern können, indem dieselbe in den nächst verflossenen Jahrtausenden das Maximum ihrer Entfernung vom Norden erreichte. Wenn man die neue Ortsbestimmung der Großen Wolke von Sir John Herschel annimmt, so findet man, daß zur Zeit von Abdurrahman Sufi der Gegenstand bis 17° nördlicher Breite vollständig sichtbar war; gegenwärtig ist er es ohngefähr bis 18°. Die *südlichen Wolken* konnten also gesehen werden im ganzen südwestlichen Arabien, in dem Weihrauch-Lande von Hadhramaut, wie in Yemen, dem alten Cultursitze von Saba und der früh eingewanderten Joctaniden. Die südlichste Spitze von Arabien bei Aden, an der Straße von Bab-el-Mandeb, hat 12° 45', Loheia erst 15° 44' nördlicher Breite. Die Entstehung vieler *arabischer* Ansiedlungen an der Ostküste von Afrika zwischen den Wendekreisen, nördlich und südlich vom Aequator, trug natürlich auch zur specielleren Kenntniß der südlichen Gestirne bei.

Gebildetere europäische (vor allen catalanische und portugiesische) Piloten besuchten zuerst die *Westküste* Afrika's jenseits der Linie. Unbezweifelte Documente: die Weltkarte von Marino Sanuto Torsello aus dem Jahre 1306, das genuesische *Portulano Mediceo* (1351), das *Planisferio de la Palatina* (1417) und das *Mappamondo* di Fra *Mauro* Camaldolese (zwischen 1457 und 1459); beweisen, wie schon 178 Jahre vor der sogenannten ersten Entdeckung des Cabo tormentoso (Vorgebirge der guten Hoffnung), durch Bartholomäus Diaz im Monat Mai 1487, die triangulare Configuration der Süd-Extremität des afrikanischen Continents bekannt war. Die mit Gama's Expedition schnell zunehmende Wichtigkeit eines solchen Handelsweges ist wegen des gemeinsamen Zieles aller westafrikanischen Reisen die Veranlassung gewesen, daß den beiden südlichen Nebelwolken die Benennung *Cap-Wolken* von den Piloten, als sonderbarer, auf *Capreisen* gesehener Himmelserscheinungen, beigelegt wurde.

An der *Ostküste* von Amerika haben die fortgesetzten Bestrebungen, bis jenseits des Aequators, ja bis an die Südspitze des Continents, vorzudringen: von der Expedition des

Alonso de Hojeda, welchen Amerigo Vespucci begleitete (1499), bis zu der Expedition von Magellan mit Sebastian del Cano (1521) und von Garcia de Loaysa mit Francisco de Hoces (1525); die Aufmerksamkeit der Seefahrer ununterbrochen auf die südlichen Gestirne gerichtet. Nach den Tagebüchern, die wir besitzen, und nach den historischen Zeugnissen von Anghiera ist dies vorzugsweise geschehen bei der Reise von Amerigo Vespucci und Vincente Yañez Pinzon, auf welcher das Vorgebirge San Augustin (8° 20' südl. Br.) entdeckt wurde. Vespucci rühmt sich drei Canopen (einen dunklen, Canopo fosco, und zwei Canopi risplendenti) gesehen zu haben. Nach einem Versuche, welchen Ideler, der scharfsinnige Verfasser der Werke über die *Sternnamen* und die *Chronologie*, gemacht hat, Vespucci's sehr verworrene Beschreibung des südlichen Himmels in dem Briefe an Lorenzo Pierfrancesco de' Medici, von der Parthei der Popolani, zu erläutern: gebrauchte jener das Wort Canopus auf eine eben so unbestimmte Weise als die arabischen Astronomen das Wort *Suhel*. Ideler erweist: „der Canopo fosco nella via lattea sei nichts anderes als der schwarze Flecken oder *Große Kohlensack* im südlichen Kreuze gewesen; und die Position von drei Sternen, in denen man α, β und γ der Kleinen Wasserschlange (Hydrus) zu erkennen glaubt, mache es höchst wahrscheinlich, daß der Canopo risplendente di notabile grandezza (von beträchtlichem Umfange) die Nubecula major, wie der zweite risplendente die Nubecula minor sei.“ *Humboldt, Examen crit.* T. IV. p. 205, 295–229 und 235 (*Ideler, Sternnamen* S. 316). Es bleibt immer sehr auffallend, daß Vespucci diese am Firmament neu gesehenen Gegenstände nicht, wie alle anderen Beobachter beim ersten Anblicke gethan, mit *Wolken* verglichen habe. Man sollte glauben, eine solche Vergleichung biete sich unwiderstehlich dar. Petrus Martyr Anghiera, der mit allen Entdeckern persönlich bekannt war und dessen Briefe unter dem lebendigen Eindrucke ihrer Erzählungen geschrieben sind, schildert unverkennbar den milden, aber ungleichen Lichtglanz der Nubeculae. Er sagt: "Assecuti sunt Portugallenses alterius poli gradum quinquagesimum amplius, ubi punctum (polum?) circumeuntes *quasdam nubeculas* licet intueri, veluti in lactea via sparsos fulgores per universi coeli globum intra ejus spatii latitudinem." Der glänzende Ruf und die lange Dauer der Magellanischen Weltumseglung (vom August 1519 bis September 1522), der lange Aufenthalt einer zahlreichen Mannschaft unter dem südlichen Himmel verdunkelte die Erinnerung an alles früher beobachtete: und der Name *Magellanischer* Wolken verbreitete sich unter den schifffahrenden Nationen des Mittelmeeres.

Wir haben hier in einem einzelnen Beispiele gezeigt, wie die Erweiterung des *geographischen* Horizonts gegen Süden der beschauenden *Astronomie* ein neues Feld geöffnet hat. Den Piloten boten sich unter dem neuen Himmel besonders vier Gegenstände der Neugier dar: das Aufsuchen eines südlichen Polarsterns; die Gestalt des südlichen Kreuzes: das senkrechte Stellung hat, wenn es durch den Meridian des Beobachtungsortes geht; die Kohlensäcke und die kreisenden Lichtwolken. Wir lernen aus der in viele Sprachen übersetzten *Anweisung zur Schifffahrt* (*Arte de Navegar*, lib. V

175

cap. 11) von Pedro de Medina, zuerst herausgegeben 1545, daß schon in der ersten Hälfte des 16ten Jahrhunderts Meridianhöhen des Cruzero zu Bestimmung der Breite angewandt wurden. Auf das bloße Beschauen folgte also schnell das *Messen*. Die erste Arbeit über Stern-Positionen nahe am antarctischen Pole wurde durch Abstände von bekannten Tychonischen Sternen der Rudolphinischen Tafeln erlangt; sie gehört, wie ich schon früher bemerkt habe, dem Petrus Theodori aus Emden und dem Friedrich Houtman aus Holland, welcher um das Jahr 1594 in den indischen Meeren schiffte, an. Die Resultate ihrer Messungen wurden bald in die Sterncataloge und Himmelsgloben von Blaeuw (1601), Bayer (1603) und Paul Merula (1605) aufgenommen. Das sind die schwachen Anfänge zur Ergründung der Topographie des südlichen Himmels vor Halley (1677); vor den verdienstvollen astronomischen Bestrebungen der Jesuiten Jean de Fontaney, Richaud und Noël. Es bezeichnen in innigem Zusammenhange die Geschichte der Astronomie und die Geschichte der Erdkunde jene denkwürdigen Epochen, in denen (kaum erst seit drittehalbhundert Jahren) das *kosmische Bild* des Firmaments wie das Bild von den Umrissen der Continente *vervollständigt* werden konnten.

Die Magellanischen Wolken: von welchen die größere 42, die kleine 10 Quadratgrade des Himmelsgewölbes bedeckt, lassen dem bloßen Auge allerdings auf den ersten Anblick denselben Eindruck, welchen zwei glänzende Theile der Milchstraße von gleicher Größe machen würden, wenn sie isolirt ständen. Bei hellem Mondschein verschwindet indeß die kleine Wolke gänzlich, die große verliert nur beträchtlich von ihrem Lichte. Die Abbildung, welche Sir John Herschel gegeben hat, ist vortrefflich und stimmt genau mit meinen lebhaftesten peruanischen Erinnerungen überein. Der angestrengten Arbeit dieses Beobachters im Jahr 1837 am Vorgebirge der guten Hoffnung verdankt die Astronomie die erste genaue Analyse eines so wunderbaren Aggregats der verschiedenartigsten Elemente. Er fand einzelne zerstreute Sterne in großer Zahl; Sternschwärme und kugelförmige Sternhaufen: ovale reguläre und irreguläre Nebelflecke, mehr zusammengedrängt als in der Nebelzone der Jungfrau und des Haupthaars der Berenice. Die Nubeculae sind also eben wegen dieses complicirten *Aggregat-Zustandes* weder (wie nur zu oft geschehen) als außerordentlich große Nebelflecke, noch als sogenannte abgesonderte Theile der Milchstraße zu betrachten. In dieser gehören runde Sternhaufen und besonders ovale Nebelflecke zu den seltneren Erscheinungen: eine kleine Zone abgerechnet, welche zwischen dem Altar und dem Schwanz des Scorpions liegt.

Die Magellanischen Wolken hangen weder unter einander noch mit der Milchstraße durch einen erkennbaren Nebelduft zusammen. Die *kleine* liegt, außer der Nähe des Sternhaufens im Toucan, in einer Art von Sternwüste: die *große* in einem minder öden Himmelsraume. Der letzteren Bau und innere Gestaltung ist so verwickelt, daß in derselben Massen (wie No. 2878 des Herschel'schen Verzeichnisses) gefunden werden, welche den Aggregat-Zustand und das Bild der ganzen Wolke genau wiederholen. Des verdienstvollen Horner's Vermuthung, als seien die Wolken einst Theile der Milchstraße gewesen, in der man gleichsam ihre vormaligen Stellen erkenne; ist eine Mythe: und eben so ungegründet als die Behauptung, daß in ihnen seit Lacaille's Zeiten eine Fortbewegung, eine Veränderung der Position zu bemerken sei. Diese Position ist wegen Unbestimmtheit der Ränder in Fernröhren von kleinerer Oeffnung früher unrichtig angegeben worden; ja Sir John Herschel erwähnt, daß auf allen Himmelsgloben und Sternkarten die Kleine Wolke fast um eine Stunde in Rectascension falsch eingetragen wird. Nach ihm liegt Nubecula minor zwischen den Meridianen von 0^h 28' und 1^h 15', N.P.D. 162° und 165°; Nubecula major RA. 4^h 40'–6^h 0' und N.P.D. 156°–162°. Von Sternen, Nebelflecken und Clusters hat er in der letzteren nicht weniger als 919, in der ersteren 244 nach Geradaufsteigung und Abweichung verzeichnet. Um die drei Classen von Gegenständen zu trennen, habe ich in dem Verzeichniß gezählt:

in Nub. major	582	Sterne,	291	Nebelflecke,	46	Sternhaufen
in Nub. minor	200	"	37	"	7	"

Die geringere Zahl der Nebel in der Kleinen Wolke ist auffallend. Das Verhältniß derselben zu den Nebeln der Großen Wolke ist wie 1 : 8, während das Verhältniß der isolirten Sterne sich ohngefähr wie 1 : 3 ergiebt. Diese verzeichneten Sterne, fast 800 an der Zahl, sind meistentheils 7ter und 8ter Größe, einige 9ter bis 10ter. Mitten in der Großen Wolke liegt ein schon von Lacaille erwähnter Nebelfleck, 30 Doradûs Bode (No. 2941 von John Herschel); von einer Gestalt, welcher keine andere am Himmel gleich kommen soll. Es nimmt dieser Nebelfleck kaum $1/_{500}$ der Area der ganzen Wolke ein; und doch hat Sir John Herschel die Position von 105 Sternen 14ter bis 16ter Größe in diesem Raume bestimmt: Sternen, die sich auf den ganz unaufgelösten, gleichförmig schimmernden, nicht scheckigen Nebel projiciren.

Den Magellanischen Lichtwolken gegenüber kreisen um den Südpol in größerem Abstande die *Schwarzen Flecken:* welche früh, am Ende des 15ten und im Anfang des 16ten Jahrhunderts, die Aufmerksamkeit portugiesischer und spanischer Piloten auf sich gezogen haben. Sie sind wahrscheinlich, wie schon gesagt, unter den drei Canopen, deren Amerigo Vespucci in seiner dritten Reise erwähnt, der Canopo fosco. Die erste sichere Andeutung der Flecken finde ich in der 1ten Decade von *Anghiera's* Werke *de rebus Oceanicis* (Dec. I lib. IX, ed. 1533 p. 20, b). "Interrogati a me nautae qui Vicentium Agnem Pinzonum fuerant comitati (1499), an antarcticum viderint polum: stellam se nullam huic arcticae similem, quae discerni circa punctum (polum?) possit, cognovisse inquiunt. Stellarum tamen aliam, ajunt, se prospexisse faciem densamque quandam ab horizonte vaporosam caliginem, quae oculos fere obtenebraret." Das Wort stella wird hier wie ein himmlisches *Gebilde* genommen; und die Erzählenden mögen sich freilich wohl nicht sehr deutlich über eine caligo, welche die Augen *verfinstert*, ausgedrückt haben. Befriedigender spricht Pater Joseph Acosta aus Medina del Campo über die Schwarzen Flecken und die Ursach dieser Erscheinung. Er vergleicht sie in seiner *historia natural de las Indias* (lib. I cap. 2) in Hinsicht auf Farbe und Gestalt mit dem verfinsterten Theile der Mondscheibe. „So wie die Milchstraße", sagt er, „glänzender ist, weil sie aus dichterer Himmels-Materie besteht, und deshalb mehr Licht ausstrahlt; so sind die *schwarzen Flecken, die man in Europa nicht sieht,* ganz ohne Licht, weil sie eine Region des Himmels bilden, welche leer, d. h. aus sehr undichter und durchsichtiger Materie zusammengesetzt, ist." Wenn ein berühmter Astronom in dieser Beschreibung die *Sonnenflecken* erkannt hat; so ist dies nicht minder sonderbar, als daß der Missionar Richaud (1689) Acosta's manchas negras für die Magellanischen Lichtwolken hält.

Richaud spricht übrigens, wie die ältesten Piloten, von Kohlensäcken im *Plural;* er nennt deren zwei: den großen im Kreuz und einen anderen in der Karls-Eiche; der letztere wird in andren Beschreibungen gar wieder in zwei, von einander getrennte Flecken getheilt. Diese beschreiben Feuillée, in den ersten Jahren des 18ten Jahrhunderts, und Horner (in einem Briefe von 1804 aus Brasilien, an Olbers gerichtet) als unbestimmter und an den Rändern verwaschen. Ich habe während meines Aufenthalts in Peru von den Coal-bags der Karls-Eiche nie etwas befriedigendes auffinden können; und da ich geneigt war es der zu tiefen Stellung der Constellation zuzuschreiben, so wandte ich mich um Belehrung an Sir John Herschel und den Director der Hamburger Sternwarte, Herrn Rümker, welche in viel südlicheren Breiten als ich gewesen sind. Beide haben, trotz ihrer Bemühung, ebenfalls nichts aufgefunden, was in Bestimmtheit der Umrisse und Tiefe der Schwärze mit dem Coal-sack im Kreuze verglichen werden könnte. Sir John glaubt, daß man nicht von einer *Mehrheit* von Kohlensäcken reden müsse: wenn man nicht jede, auch nicht umgrenzte, dunklere Himmelsstelle (wie zwischen α Centauri und β und γ Trianguli*Capreise* Pl. XIII., zwischen η und ϑ Argûs; und besonders am nördlichen Himmel den leeren Raum in der Milchstraße zwischen ε, α und γ Cygni*Outlines of Astronomy* p. 531. dafür wolle gelten lassen.

Der dem unbewaffneten Auge auffallendste und am längsten bekannte *Schwarze Flecken* des südlichen Kreuzes liegt zur östlichen Seite dieser Constellation und hat eine birnförmige Gestalt, bei 8° Länge und 5° Breite. In diesem großen Raume befinden sich ein sichtbarer Stern 6ter bis 7ter Größe, dazu eine große Menge telescopischer Sterne 11ter bis 13ter Größe. Eine kleine Gruppe von 40 Sternen liegt ziemlich in der Mitte.*Capreise* p. 384, No. 3407 des Verzeichnisses der Nebel und Sternhaufen. (Vergl. *Dunlop* in den *Philos. Transact.* for 1828 p. 149 und No. 272 seines Catalogs.) *Sternleerheit* und *Contrast* neben dem prachtvollen Lichtglanze umher werden als Ursachen der merkwürdigen Schwärze dieses Raumes angegeben. Diese letztere Meinung hat sich seit La Caille allgemein erhalten. Sie ist vorzüglich durch die Stern-Aichungen (gauges and sweeps) um den Raum, wo die Milchstraße wie von einem schwarzen Gewölk bedeckt erscheint, bekräftigt. In dem coal-bag gaben die Aichungen (in gleicher Größe des Gesichtsfeldes) 7 bis 9 telescopische Sterne (nie völlige Leerheit, blank fields) wenn an den Rändern 120 bis 200 Sterne gezählt wurden. So lange ich in der südlichen Tropengegend war: unter dem sinnlichen Eindruck der

Himmelsdecke, die mich so lebhaft beschäftigte, schien mir, wohl mit Unrecht, die Erklärung durch den Contrast nicht befriedigend. William Herschel's Betrachtungen über ganz sternleere Räume im Scorpion und im Schlangenträger, die er *Oeffnungen in dem Himmel* (Openings in the heavens) nennt, leiteten mich auf die Idee: daß in solchen Regionen die hinter einander liegenden Sternschichten dünner oder gar unterbrochen seien, daß unsere optischen Instrumente die letzten Schichten nicht erreichen, „daß wir wie durch Röhren in den fernsten Weltraum blicken". Ich habe dieser *Oeffnungen* schon an einem Orte gedacht, und die Wirkungen der Perspective auf solche Unterbrechungen in den Sternschichten sind neuerlichst wieder ein Gegenstand ernster Betrachtung geworden.

Die äußersten und fernsten Schichten selbstleuchtender Weltkörper, der Abstand der Nebelflecke, alles, was wir in dem letzten der sieben siderischen oder astrognostischen Abschnitte dieses Werkes zusammengedrängt haben: erfüllen die Einbildungskraft und den ahndenden Sinn des Menschen mit Bildern von *Zeit* und *Raum*, welche seine Fassungskraft übersteigen. So bewundernswürdig die Vervollkommnungen der optischen Werkzeuge seit kaum sechzig Jahren gewesen sind: so ist man doch zugleich mit den Schwierigkeiten ihrer Construction genug vertraut geworden, um sich über die ungemessenen Fortschritte dieser Vervollkommnung nicht so kühnen, ja ausschweifenden Erwartungen hinzugeben, als die waren, welche den geistreichen Hooke in den Jahren 1663 bis 1665 ernsthaft beschäftigten. Mäßigung in den Erwartungen wird auch hier sicherer zum Ziele führen. Jedes der auf einander folgenden Menschengeschlechter hat sich des Größten und Erhabensten zu erfreuen gehabt, was es auf der Stufe, zu welcher die Kunst sich erhoben, als die Frucht freier Intelligenz erringen konnte. Ohne in bestimmten Zahlen auszusprechen, wie weit die den Weltraum durchdringende telescopische Kraft bereits reiche, ohne diesen Zahlen viel Glauben zu schenken: mahnt uns doch schon die Kenntniß von der Geschwindigkeit des Lichts, daß das Aufglimmen des fernsten Gestirns, der lichterzeugende Proceß auf seiner Oberfläche „das älteste sinnliche Zengniß von der Existenz der Materie ist".

β. Sonnengebiet.

Planeten und ihre Monde, Cometen, Ring des Thierkreislichtes und Schwärme von Meteor-Asteroiden.

Wenn wir in dem *uranologischen* Theile der *physischen Weltbeschreibung* von dem *Fixsternhimmel* zu unserem *Sonnen-* und *Planetensystem* herabsteigen, so gehen wir von dem Großen und Universellen zu dem relativ Kleinen und Besonderen über. Das *Gebiet der Sonne* ist das Gebiet eines einzelnen Fixsternes unter den Millionen derer, welche uns das Fernrohr an dem Firmamente offenbart; es ist der beschränkte Raum, in welchem sehr verschiedenartige Weltkörper, der unmittelbaren Anziehung

179

eines *Centralkörpers* gehorchend, in engeren oder weiteren Bahnen um diesen kreisen: sei es einzeln; oder wiederum von anderen ihnen ähnlichen, umgeben. Unter den Sternen, deren Anordnung wir in dem *siderischen* Theile der *Uranologie* zu behandeln versucht haben, zeigt allerdings auch eine Classe jener Millionen telescopischer Fixsterne, die Classe der *Doppelsterne, particuläre:* binäre oder vielfältiger zusammengesetzte, Systeme; aber trotz der Analogie ihrer treibenden Kräfte sind sie doch, ihrer Naturbeschaffenheit nach, von unserem *Sonnensysteme* verschieden. In ihnen bewegen sich *selbstleuchtende* Fixsterne um einen gemeinschaftlichen Schwerpunkt, der mit sichtbarer Materie nicht erfüllt ist; in dem Sonnensysteme kreisen *dunkle* Weltkörper um einen selbstleuchtenden Körper oder, um bestimmter zu reden, um einen gemeinsamen Schwerpunkt, welcher zu verschiedenen Zeiten innerhalb des Centralkörpers oder außerhalb desselben liegt. „Die große Ellipse, welche die Erde um die Sonne beschreibt, spiegelt sich ab in einer kleinen, ganz ähnlichen, in welcher der Mittelpunkt der Sonne um den gemeinschaftlichen Schwerpunkt der Erde und Sonne herumgeht." Ob die planetarischen Körper, zu denen die inneren wie die äußeren Cometen gerechnet werden müssen, außer dem Lichte, welches ihnen der Centralkörper giebt, nicht auch theilweise etwas eigenes Licht zu erzeugen fähig sind: bedarf hier, bei so allgemeinen Andeutungen, noch keiner besonderen Erwähnung.

Von der Existenz dunkler planetarischer Körper, welche um andere Fixsterne kreisen, haben wir bisher keine directen Beweise. Die Schwäche des reflectirten Lichtes würde solche Planeten, die schon (lange vor Lambert) Kepler um jeden Fixstern vermuthete, hindern uns je sichtbar zu werden. Wenn der nächste Fixstern, α Centauri, 226000 Erdweiten oder 7523 Neptunsweiten; ein sich sehr weit entfernender Comet, der von 1680, welchem man (freilich nach sehr unsicheren Fundamenten) einen Umlauf von 8800 Jahren zuschreibt, in. Aphel 28 Neptunsweiten von unserem Sonnenkörper absteht: so ist die Entfernung des Fixsterns α Centauri noch 270mal größer als unser Sonnengebiet bis zum Aphel jenes fernsten Cometen. Wir sehen das reflectirte Licht des Neptun in 30 Erdweiten. Würden, in künftig zu construirenden, mächtigeren Telescopen, noch drei folgende, hinter einander stehende, Planeten erkannt, etwa in der Ferne von 100 Erdweiten: so ist dies noch nicht der 8te Theil der Entfernung bis zum Aphel des genannten Cometen; noch nicht der 2200ste Theil der Entfernung, in welcher wir das reflectirte Licht eines etwa um α Centauri kreisenden Trabanten telescopisch empfangen sollten. Ist aber überhaupt die Annahme von Fixstern-Trabanten so unbedingt nothwendig? Wenn wir einen Blick werfen auf die *niederen* Particular-Systeme innerhalb unseres großen Planetensystems; so finden wir, trotz der Analogien, welche die von vielen Trabanten umkreisten Planeten darbieten können, auch andere Planeten: Merkur, Venus, Mars, die gar keinen Trabanten haben. Abstrahiren wir von dem bloß Möglichen und beschränken uns auf das wirklich Erforschte, so werden wir lebhaft von der Idee durchdrungen: daß das Sonnensystem, besonders in der großen Zusammensetzung, welche die letzten Jahrzehende uns enthüllt haben, das *reichste* Bild gewährt von den, leicht zu erkennenden, unmittelbaren *Beziehungen* vieler Weltkörper zu einem einzigen.

Der beschränktere Raum des *Planetensystems* gewährt gerade wegen dieser Beschränktheit für Sicherheit und Evidenz der Resultate in der messenden und rechnenden Astronomie unbestreitbare Vorzüge vor den Ergebnissen aus der Betrachtung des *Fixsternhimmels*. Vieles von diesen gehört nur der beschauenden Astronomie in dem Gebiete der Sternschwärme und Nebelgruppen: wie in der, auf so unsicheren Fundamenten beruhenden, photometrischen Reihung der Gestirne an. Der sicherste und glänzendste Theil der *Astrognosie* ist die, in unserer Zeit so überaus vervollkommnete und vermehrte Bestimmung der *Positionen* in RA. und Decl.: sei es von einzelnen Fixsternen; oder von Doppelsternen, Sternhaufen und Nebelflecken. Auch bieten schwierig, aber in höherem oder niederem Grade genau meßbare Verhältnisse dar: die eigene Bewegung der Sterne; die Elemente, nach denen ihre Parallaxe ergründet wird; die telescopischen Stern-Aichungen, welche auf die räumliche Vertheilung der Weltkörper leiten; die Perioden von veränderlichen Sternen und der langsame Umlauf der Doppelsterne. Was seiner Natur nach sich der eigentlichen Messung entzieht: wie die relative Lage und Gestaltung von Sternschichten oder Ringen von Sternen, die Anordnung des Weltbaues, die Wirkungen gewaltsam umändernder Naturgewalten im Auflodern oder Verlöschen sogenannter neuer Sterne; regt um so tiefer und lebendiger an, als es das anmuthige Nebelland der Phantasie berührt.

Wir enthalten uns vorsätzlich in den nächstfolgenden Blättern aller Betrachtungen über die Verbindung unseres Sonnensystems mit den Systemen der anderen Fixsterne; wir kommen nicht wieder zurück auf die Fragen von der Unterordnung und Gliederung der Systeme, die, man möchte sagen, aus intellectuellen Bedürfnissen sich uns aufdrängen; auf die Frage: ob unser Centralkörper, die Sonne, nicht selbst in planetarischer Abhängigkeit zu einem höheren Systeme stehe: vielleicht gar nicht einmal als Hauptplanet, sondern nur der Trabant eines Planeten, wie unsere Jupitersmonde. Beschränkt auf den mehr heimischen Boden, auf das *Sonnengebiet*, haben wir uns des Vorzugs zu erfreuen, daß: mit Ausnahme dessen, was sich auf die Deutung des Oberflächen-Ansehens oder gasförmiger Umhüllungen der kreisenden Weltkörper, den einfachen oder getheilten Schweif der Cometen, auf den Ring des Zodiacallichts oder das räthselhafte Erscheinen der Meteor-Asteroiden bezieht; fast alle Resultate der Beobachtung einer Zurückführung auf Zahlenverhältnisse fähig sind, alle sich als Folgerung aus streng zu prüfenden Voraussetzungen darbieten. Nicht die Prüfung dieser Voraussetzungen selbst gehört in den *Entwurf einer physischen Weltbeschreibung*, sondern die methodische Zusammenstellung *numerischer Resultate*. Sie sind das wichtige Erbtheil, welches, immerdar wachsend, ein Jahrhundert dem anderen überträgt. Eine Tabelle, die Zahlen-Elemente der Planeten (mittlere Entfernung von der Sonne, siderische Umlaufszeit, Excentricität der Bahn, Neigung gegen die Ekliptik, Durchmesser, Masse und Dichtigkeit) umfassend, bietet jetzt in einem überkleinen

Raume den Stand der geistigen Errungenschaft des Zeitalters dar. Man versetze sich einen Augenblick in das Alterthum zurück; man denke sich Philolaus den Pythagoreer, Lehrer des Plato, den Aristarch von Samos oder Hipparchus im Besitze eines solchen mit Zahlen gefüllten Blattes, oder einer graphischen Darstellung der Planetenbahnen, wie sie unsere abgekürztesten Lehrbücher darstellen: so läßt sich das bewundernde Erstaunen dieser Männer, Heroen des früheren, beschränkten Wissens, nur mit dem vergleichen, welches sich des Eratosthenes, des Strabo, des Claudius Ptolemäus bemächtigen würde, wenn diesen eine unserer Weltkarten (Mercator's Projection) von wenigen Zollen Höhe und Breite vorgelegt werden könnte.

Die Wiederkehr der Cometen in geschlossenen elliptischen Bahnen bezeichnet als Folge der Anziehungskraft des Centralkörpers die Grenze des Sonnengebiets. Da man aber ungewiß bleibt, ob nicht einst noch Cometen erscheinen werden, deren große Axe länger gefunden wird als die der schon erschienenen und berechneten Cometen; so geben diese in ihrem Aphel nur die Grenze, bis zu welcher das Sonnengebiet *zum wenigsten* reicht. Das Sonnengebiet wird demnach charakterisirt durch die sichtbaren und meßbaren Folgen eigener einwirkender *Centralkräfte*, durch die Weltkörper (Planeten und Cometen), welche in geschlossenen Bahnen um die Sonne kreisen und durch enge Bande an sie gefesselt bleiben. Die Anziehung, welche die Sonne jenseits dieser wiederkehrenden Weltkörper auf andere Sonnen (Fixsterne) in weiteren Räumen ausübt, gehört nicht in die Betrachtungen, die uns hier beschäftigen.

Das *Sonnengebiet* umfaßt nach dem Zustand unserer Kenntnisse am Schluß des halben neunzehnten Jahrhunderts, und wenn man die Planeten nach Abständen von dem Centralkörper ordnet:

22 **Hauptplaneten** (*Merkur, Venus, Erde, Mars;* Flora, Victoria, Vesta, Iris, Metis, Hebe, Parthenope, Irene, Asträa, Egeria, Juno, Ceres, Pallas, Hygiea; **Jupiter, Saturn, Uranus, Neptun**)

21 **Trabanten** (einen der Erde, 4 des Jupiter, 8 des Saturn, 6 des Uranus, 2 des Neptun);

197 **Cometen,** deren Bahn berechnet ist; darunter 6 *innere:* d. h. solche, deren Aphel von der äußersten Planetenbahn, der des Neptun, umschlossen ist; sodann mit vieler Wahrscheinlichkeit:

den **Ring des Thierkreislichtes,** vielleicht zwischen der Venus- und Marsbahn liegend; und nach der Meinung vieler Beobachter:

die **Schwärme der Meteor-Asteroiden,** welche die Erdbahn vorzugsweise in gewissen Punkten schneiden.

Bei der Aufzählung der 22 Hauptplaneten, von welchen nur 6 bis zum 13 März 1781 bekannt waren, sind die 14 *Kleinen Planeten* (bisweilen auch *Coplaneten* und *Asteroiden* genannt, und in unter einander verschlungenen

Bahnen zwischen Mars und Jupiter liegend) durch weiteren Druck von den 8 *größeren* Planeten unterschieden worden.

In der neueren Geschichte planetarischer Entdeckungen sind *Haupt-Epochen* gewesen: das Auffinden des Uranus, als des ersten Planeten jenseits der Saturnsbahn, von William Herschel zu Bath am 13 März 1781 erkannt durch *Scheibenform* und Bewegung; das Auffinden der Ceres, des ersten der Kleinen Planeten, am 1 Januar 1801 durch Piazzi zu Palermo; die Erkennung des ersten inneren Cometen durch Encke zu Gotha im August 1819; und die Verkündigung der Existenz des Neptun vermittelst planetarischer Störungs-Berechnungen durch le Verrier zu Paris im August 1846, wie die Entdeckung des Neptun durch Galle zu Berlin am 23 September 1846. Jede dieser wichtigen Entdeckungen hat nicht bloß die unmittelbare Erweiterung und Bereicherung unseres Sonnensystems zur Folge gehabt, sie hat auch zu zahlreichen ähnlichen Entdeckungen veranlaßt: zur Kenntniß von 5 andren inneren Cometen (durch Biela, Faye, de Vico, Brorsen und d'Arrest zwischen 1826 und 1851); wie von 13 Kleinen Planeten: unter denen von 1801 bis 1807 drei (Pallas, Juno und Vesta) und, nach einer Unterbrechung von vollen 38 Jahren, seit Hencke's glücklicher und auch beabsichtigter Entdeckung der Asträa am 8 December 1845, in schneller Folge durch Hencke, Hind, Graham und de Gasparis von 1845 bis Mitte 1851 neun aufgefunden worden sind. Die Aufmerksamkeit auf die Cometenwelt ist so gestiegen, daß in den letzten 11 Jahren die Bahnen von 33 neu entdeckten Cometen berechnet wurden: also nahe eben so viel als in den 40 vorhergehenden Jahren dieses Jahrhunderts.

I.

Die Sonne, als Centralkörper.

Die *Weltleuchte* (lucerna Mundi), welche in der Mitte thront, wie Copernicus die Sonne nennt, ist das allbelebende, pulsirende *Herz des Universums* nach Theon dem Smyrnäer; sie ist der Urquell des Lichtes und der strahlenden Wärme, der Erreger vieler irdischen electro-magnetischen Processe: ja des größeren Theils der organischen Lebensthätigkeit, besonders der vegetabilischen, auf unserem Planeten. Die Sonne bringt, wenn man ihre Kraftäußerungen in der größten Verallgemeinerung bezeichnen will, Veränderungen auf der Oberfläche der Erde hervor: theils durch Massen-Attraction, wie in der Ebbe und Fluth des Oceans, wenn man von der ganzen Wirkung den Theil abzieht, welche der Lunar-Anziehung gehört; theils durch licht- und wärmeerregende Wallungen (Transversal-Schwingungen) des Aethers, wie in der befruchtenden Vermischung der Luft- und Wasserhüllen des Planeten (bei dem Contact der Atmosphäre mit dem verdunstenden flüssigen Elemente im Meere, in Landseen und Flüssen). Sie wirkt in den durch Wärme-Unterschiede erregten atmosphärischen und oceanischen Strömungen: deren letztere seit Jahrtausenden fortfahren (doch in schwächerem Grade) Geröll-Schichten aufzuhäufen oder entblößend mit sich fortzureißen, und so die Oberfläche des angeschwemmten Landes umzuwandeln; sie wirkt in der Erzeugung und Unterhaltung der electro-magnetischen Thätigkeit der Erdrinde und der des Sauerstoff-Gehaltes der Atmosphäre: bald still und sanft chemische Ziehkräfte erzeugend, und das organische Leben mannigfach in der Endosmose der Zellen-Wandung, in dem Gewebe der Muskel- und Nervenfaser bestimmend; bald Lichtprocesse im Luftkreise (farbig flammendes Polarlicht, Donnerwetter, Orkane und Meersäulen) hervorrufend.

Haben wir hier versucht die solaren *Einflüsse*, in so fern sie sich nicht auf die Achsenstellung und Bahn unseres Weltkörpers beziehen, in Ein Gemälde zusammenzudrängen; so ist es, um durch Darstellung des Zusammenhanges großer und auf den ersten Blick heterogen scheinender Phänomene recht überzeugend zur Anschauung zu bringen: wie die physische Natur in dem *Buche vom Kosmos* als ein durch innere, oft sich ausgleichende Kräfte *bewegtes* und *belebtes* Ganzes zu schildern sei. Aber die Lichtwellen wirken nicht bloß zersetzend und wieder bindend auf die Körperwelt; sie rufen nicht bloß hervor aus der Erde die zarten Keime der Pflanzen, erzeugen den Grünstoff (Chlorophyll) in den Blättern und färben duftende Blüthen; sie wiederholen nicht bloß tausend- und aber tausendfach reflectirte Bilder der Sonne, im anmuthigen Spiel der Welle wie im bewegten Grashalm der Wiese: das Himmelslicht in den verschiedenen Abstufungen seiner Intensität und Dauer steht auch in geheimnißvollem Verkehr mit dem Inneren des Menschen, mit seiner geistigen Erregbarkeit, mit der trüben oder heiteren Stimmung des Gemüths: Caeli tristitiam discutit Sol et humani nubila animi serenat (*Plin. Hist. Nat.* II, 6).

Bei jedem der zu beschreibenden Weltkörper lasse ich die *numerischen Angaben* dem vorangehen, was hier, mit Ausnahme der Erde, von ihrer physischen Beschaffenheit wird beizubringen sein. Die Anordnung der Resultate in Zahlen ist ohngefähr dieselbe wie in der vortrefflichen „Uebersicht des Sonnensystems" von Hansen, doch mit numerischen Veränderungen und Zusätzen: da seit dem Jahre 1837, in dem Hansen schrieb, eilf Planeten und drei Trabanten entdeckt worden sind.

Die mittlere Entfernung des Centrums der Sonne von der Erde ist nach Encke's nachträglicher Correction der Sonnen-Parallaxe (*Abhandl. der Berl. Akad.* 1835 S. 309) 20682000 geogr. Meilen: deren 15 auf einen Grad des Erd-Aequators gehen, und deren jede nach Bessel's Untersuchung von zehn Gradmessungen genau 3807,23 Toisen oder $22843^{38}/_{100}$ Pariser Fuß zählt.

Das Licht braucht, um von der Sonne auf die Erde zu gelangen, d. i. um den Halbmesser der Erdbahn zu durchlaufen, nach den Aberrations-Beobachtungen von Struve 8' 17",78: weshalb der wahre Ort der Sonne dem scheinbaren um 20",445 voraus ist.

Der scheinbare Durchmesser der Sonne in der mittleren Entfernung derselben von der Erde ist 32' 1",8: also nur 54",8 größer als die Mondscheibe in mittlerer Entfernung von uns. Im Perihel, wenn wir im Winter der Sonne am nächsten sind, hat sich der scheinbare Sonnen-Durchmesser vergrößert bis 32' 34",6; im Aphel, wenn wir im Sommer von der Sonne am fernsten sind, ist der scheinbare Sonnen-Durchmesser verkleinert bis 31' 30",1.

Der wahre Durchmesser der Sonne ist 192700 geographische Meilen, oder mehr denn 112mal größer als der Durchmesser der Erde.

Die Sonnenmasse ist nach Encke's Berechnung der Pendelformel von Sabine das 359551fache der Erdmasse oder das 355499fache von Erde und Mond zusammen (vierte Abh. *über den Cometen von Pons* in den *Schriften der Berl. Akad.* 1842 S. 5); demnach ist die Dichtigkeit der Sonne nur ohngefähr ¼ (genauer 0,252) der Dichtigkeit der Erde.

Die Sonne hat an 600mal mehr Volum und nach Galle 738mal mehr Masse als alle Planeten zusammengenommen. Um gewissermaßen ein sinnliches Bild von der Größe des Sonnenkörpers zu entwerfen, hat man daran erinnert: daß, wenn man sich die Sonnenkugel ganz ausgehöhlt und die Erde im Centrum denkt, noch Raum für die Mondbahn sein würde, wenn auch die halbe Axe der Mondbahn um mehr als 40000 geographische Meilen verlängert würde.

Die Sonne dreht sich in 25½ Tagen um ihre Achse. Der Aequator ist um 7°½ gegen die Ekliptik geneigt. Nach Laugier's sehr sorgfältigen Beobachtungen (*Comptes rendus de l'Acad. des Sciences* T. XV. 1842 p. 941) ist die Rotations-Zeit 25$^{34}/_{100}$ Tage (oder 25^T 8St 9^M) und die Neigung des Aequators 7° 9'.

Die Vermuthungen, zu denen die neuere Astronomie allmälig über die physische Beschaffenheit der Oberfläche der Sonne gelangt ist, gründen sich auf lange und sorgfältige Beobachtung der Veränderungen, welche in der selbstleuchtenden Scheibe vorgehen. Die Reihenfolge und der Zusammenhang dieser Veränderungen (der Entstehung der Sonnenflecken, des Verhältnisses der Kernflecke von tiefer Schwärze zu den sie umgebenden aschgrauen Höfen oder Penumbren) hat auf die Annahme geleitet: daß der Sonnenkörper selbst fast ganz dunkel, aber in einer großen Entfernung von einer Lichthülle umgeben sei; daß in der Lichthülle durch Strömungen von unten nach oben trichterförmige Oeffnungen entstehen, und daß der schwarze Kern der Flecken ein Theil des dunklen Sonnenkörpers selbst sei, welcher durch jene Oeffnung sichtbar werde. Um diese Erklärung, die wir hier nur vorläufig in größter Allgemeinheit geben, für das Einzelne der Erscheinungen auf der Sonnen-Oberfläche befriedigender zu machen, werden in dem gegenwärtigen Zustand der Wissenschaft *drei Umhüllungen* der dunklen Sonnenkugel angenommen: zunächst eine innere, wolkenartige *Dunsthülle*; darüber die *Lichthülle* (Photosphäre); und über dieser (wie besonders die totale Sonnenfinsterniß vom 8 Juli 1842 erwiesen zu haben scheint) eine *äußere Wolkenhülle*, dunkel oder doch nur wenig erleuchtet.

Wie glückliche Ahndungen und Spiele der Phantasie (das griechische Alterthum ist voll von solchen, spät erfüllten Träumen), lange vor aller wirklichen Beobachtung, bisweilen den Keim richtiger Ansichten enthalten: so finden wir schon in der Mitte des 15ten Jahrhunderts in den Schriften des Cardinals Nicolaus von Cusa, im 2ten Buche *de ignorantia*, deutlich die Meinung ausgedrückt: daß der Sonnenkörper für sich nur „ein *erdhafter Kern* sei, der von einem *Lichtkreise* wie von einer feinen Hülle umgeben werde; daß in der Mitte (zwischen dem dunklen Kern und der Lichthülle?) sich ein Gemisch von wasserhaltigen Wolken und klarer Luft, gleich unserem Dunstkreise, befinde; daß das Vermögen ein die Vegetation auf der Erde belebendes Licht *auszustrahlen* nicht dem erdigen Kern des Sonnenkörpers, sondern der Lichthülle, welche mit demselben verbunden ist, zugehöre. Diese, in der Geschichte der Astronomie bisher so wenig beachtete Ansicht der physischen Beschaffenheit des Sonnenkörpers hat viel Aehnlichkeit mit den jetzt herrschenden Meinungen.

Die Sonnenflecken selbst, wie ich früher in den *Geschichts-Epochen der physischen Weltanschauung* entwickelt habe, sind nicht von Galilei, Scheiner oder Harriot: sondern von Johann Fabricius, dem Ostfriesen, zuerst gesehen und in gedruckten Schriften beschrieben worden. Sowohl der Entdecker als auch Galilei, wie dessen Brief an den Principe Cesi (vom 25 Mai 1612) beweist, wußten, daß die Flecken dem Sonnenkörper selbst angehören; aber 10 und 20 Jahre später behaupteten fast zugleich ein Canonicus von Sarlat, Jean Tarde, und ein belgischer Jesuit, daß die Sonnenflecken Durchgänge kleiner Planeten wären. Der Eine nannte sie Sidera Borbonia, der Andere Sidera Austriaca. Scheiner bediente sich zuerst bei Sonnen-Beobachtungen der: schon 70 Jahre früher von Apian (Bienewitz) im *Astronomicum Caesareum* vorgeschlagenen, auch von belgischen Piloten längst gebrauchten, blauen und grünen Blendgläser, deren Nicht-Gebrauch viel zu Galilei's Erblindung beigetragen hat.

Die bestimmteste Aeußerung über die Nothwendigkeit der Annahme einer dunklen Sonnenkugel, welche von einer Lichthülle (Photosphäre) umgeben sei, finde ich: durch wirkliche Beobachtung, nach Entdeckung der Sonnenflecken, hervorgerufen, zuerst bei dem großen Dominicus Cassini *Mémoires pour servir à l'Histoire des Sciences* par Mr. le Comte de *Cassini* 1810 p. 242; *Delambre, Hist. de l'Astr. mod.* T. II. p. 694. Obgleich Cassini schon 1671 und la Hire 1700 den Sonnenkörper für *dunkel* erklärt hatten, fährt man fort in schätzbaren astronomischen Lehrbüchern die erste Idee dieser Hypothese dem verdienstvollen Lalande zuzuschreiben. Lalande, in der Ausgabe seiner Astronomie von 1792 T. III. § 3240, wie in der ersten von 1764 T. II. § 2515, bleibt bloß der alten Meinung von la Hire getreu, der Meinung: que les taches sonst les éminences de la masse solide et opaque du Soleil, recouverte communément (en entier) par le fluide igné. Zwischen 1769 und 1774 hat Alexander Wilson die erste richtige Ansicht einer trichterförmigen Oeffnung in der Photosphäre gehabt. etwa um das Jahr 1671. Nach ihm ist die Sonnenscheibe, die wir sehen, „ein Licht-Ocean, welcher den festen und dunkelen

Kern der Sonne umgiebt; gewaltsame Bewegungen (Aufwallungen), die in der Lichthülle vorgehen, lassen uns von Zeit zu Zeit die Berggipfel jenes lichtlosen Sonnenkörpers sehen. Das sind die *schwarzen Kerne* im Centrum der Sonnenflecken." Die aschfarbenen Höfe (Penumbren), von welchen die Kerne umgeben sind, blieben damals noch unerklärt.

Eine sinnreiche und seitdem vielfach bestätigte Beobachtung, welche Alexander Wilson, der Astronom von Glasgow, an einem großen Sonnenflecken den 22 Nov. 1769 machte, leitete ihn auf die Erklärung der Höfe. Wilson entdeckte, daß, so wie ein Flecken sich gegen den Sonnenrand hinbewegt, die Penumbra nach der gegen das Centrum der Sonne gekehrten Seite in Vergleich mit der entgegengesetzten Seite allmälig schmaler und schmaler wird. Der Beobachter schloß sehr richtig aus diesen Dimensions-Verhältnissen im Jahr 1774, daß der Kern des Fleckens (der durch die trichterförmige Excavation in der Lichthülle sichtbar werdende Theil des dunklen Sonnenkörpers) tiefer liege als die Penumbra, und daß diese von den abhängigen Seitenwänden des Trichters gebildet werde. Diese Erklärungsweise beantwortete aber noch nicht die Frage, warum die Höfe am lichtesten nahe bei dem Kernflecken sind?

In seinen „Gedanken über die Natur der Sonne und die Entstehung ihrer Flecken" entwickelte, ohne Wilson's frühere Abhandlung zu kennen, unser Berliner Astronom Bode mit der ihm eigenthümlichen populären Klarheit ganz ähnliche Ideen. Er hat dazu das Verdienst gehabt die Erklärung der Penumbra dadurch zu erleichtern, daß er, fast wie in den Ahndungen des Cardinals Nicolaus von Cusa, zwischen der Photosphäre und dem dunklen Sonnenkörper noch eine wolkige Dunstschicht annahm. Diese Hypothese von zwei Schichten führt zu folgenden Schlüssen: Entsteht in weniger häufigen Fällen in der Photosphäre allein eine Oeffnung und nicht zugleich in der trüben unteren, von der Photosphäre sparsam erleuchteten Dunstschicht; so reflectirt diese ein sehr gemäßigtes Licht gegen den Erdbewohner: und es entsteht eine graue Penumbra, ein bloßer Hof ohne Kern. Erstreckt sich aber, bei stürmischen meteorologischen Processen an der Oberfläche des Sonnenkörpers, die Oeffnung durch beide Schichten (durch die Licht- und die Wolkenhülle) zugleich; so erscheint in der aschfarbigen Penumbra ein Kernflecken: „welcher mehr oder weniger Schwärze zeigt, je nachdem die Oeffnung in der Oberfläche des Sonnenkörpers sandiges oder felsiges Erdreich, oder Meere trifft". Der Hof, welcher den Kern umgiebt, ist wieder ein Theil der äußeren Oberfläche der Dunstschicht; und da diese wegen der Trichterform der ganzen Excavation weniger geöffnet ist als die Photosphäre: so erklärt der Weg der Lichtstrahlen, welche, zu beiden Seiten, an den Rändern der unterbrochenen Hüllen hinstreifen und zu dem Auge des Beobachters gelangen, die von Wilson zuerst aufgefundene Verschiedenheit in den gegenüberstehenden Breiten der Penumbra, je nachdem der Kernflecken sich von dem Centrum der Sonnenscheibe entfernt. Wenn, wie Laugier mehrmals bemerkt hat, sich der Hof über den schwarzen Kernflecken selbst hinzieht und dieser gänzlich verschwindet; so ist die Ursach davon die, daß nicht die Photosphäre, aber wohl die Dunstschicht unter derselben ihre Oeffnung geschlossen hat.

Ein Sonnenflecken, der im Jahr 1779 mit bloßen Augen sichtbar war, leitete glücklicherweise William Herschel's gleich geniale Beobachtungs- und Combinationsgabe auf den Gegenstand, welcher uns hier beschäftigt. Wir besitzen die Resultate seiner großen Arbeit, die das Einzelnste in einer sehr bestimmten, von ihm festgesetzten Nomenclatur behandelt, in zwei Jahrgängen der *Philosophical Transactions* von 1795 und 1801. Wie gewöhnlich, geht der große Mann auch hier wieder seinen eigenen Weg; er nennt bloß einmal Alexander Wilson. Das Allgemeine der Ansicht ist identisch mit der von Bode, seine Construction der Sichtbarkeit und Dimensionen des Kernes und der Penumbra (*Philos. Transact.* 1801 p. 270 und 318, Tab. XVIII fig. 2) gründet sich auf die Annahme einer Oeffnung in zwei Umhüllungen; aber zwischen der Dunsthülle und dem dunklen Sonnenkörper setzt er noch (p. 302) eine helle Luft-Atmosphäre (clear and transparent), in welcher die dunklen oder wenigstens nur durch Reflex schwach erleuchteten Wolken etwa 70 bis 80 geogr. Meilen hoch hangen. Eigentlich scheint William Herschel geneigt auch die Photosphäre nur als eine Schicht *unzusammenhangender* phosphorischer Wolken von sehr rauher (ungleicher) Oberfläche zu betrachten. „Ein elastisches Fluidum unbekannter Natur scheint ihm aus der Rinde oder von der Oberfläche des dunklen Sonnenkörpers aufzusteigen: und in den höchsten Regionen bei einer schwachen Wirkung nur kleine *Lichtporen;* bei heftiger, stürmischer Wirkung große Oeffnungen und mit ihnen Kernflecken, die von Höfen (shallows) umgeben sind, zu erzeugen.

Die: selten runden, fast immer eingerissen eckigen, durch einspringende Winkel charakterisirten, schwarzen *Kernflecken* sind oft von Höfen umgeben, welche dieselbe Figur in vergrößertem Maaßstabe wiederholen. Es ist kein Uebergang der Farbe des Kernfleckens in den Hof; oder des Hofes, welcher bisweilen fasrig ist, in die Photosphäre bemerkbar. Capocci und ein sehr fleißiger Beobachter, Pastorff (zu Buchholz in der Mark), haben die eckigen Formen der Kerne sehr genau abgebildet (*Schum. astr. Nachr.* No. 115 S. 316, No. 133 S. 291 und No. 144 S. 471). William Herschel und Schwabe sahen die Kernflecken durch glänzende Lichtadern, ja wie durch *Lichtbrücken* (luminous bridges) getheilt; Phänomene wolkenartiger Natur aus der zweiten, die Höfe erzeugenden Schicht. Solche sonderbaren Gestaltungen, wahrscheinlich Folgen aufsteigender Ströme; die tumultuarischen Entstehungen von Flecken, Sonnenfackeln, Furchen und hervorragenden Streifen (*Kämmen von Lichtwellen*) deuten nach dem Astronomen von Slough auf starke Licht-Entbindung; dagegen deutet nach ihm „Abwesenheit von Sonnenflecken und der sie begleitenden Erscheinungen auf Schwäche der Combustion, und daher minder wohlthätige Wirkung auf die Temperatur unseres Planeten und das Gedeihen der Vegetation." Durch diese Ahndungen wurde William Herschel zu dem Versuche geleitet, die *Abwesenheit von Sonnenflecken* in den Jahren 1676–1684 (nach Flamsteed), von 1686–1688 (nach Dominicus Cassini), von 1695–1700, von 1795–1800 mit den Kornpreisen und den Klagen über schlechte Erndten zu vergleichen. Leider! wird es aber immer an der Kenntniß numerischer Elemente fehlen, auf welche sich auch nur eine muthmaßliche Lösung eines solchen Problems gründen könnte: nicht etwa bloß, wie der immer so umsichtige Astronom selbst bemerkt, weil die Kornpreise in einem Theile von Europa nicht den Maaßstab für den Vegetations-Zustand des ganzen Continents abgeben können; sondern vorzüglich weil aus der Verminderung der mittleren Jahres-Temperatur, sollte sie auch ganz Europa umfassen, sich keinesweges auf eine geringere Quantität Wärme schließen läßt, welche in demselben Jahre der Erdkörper von der Sonne empfangen hat. Aus Dove's Untersuchungen über die nicht periodischen Temperatur-Aenderungen ergiebt sich, daß *Witterungs-Gegensätze* stets *seitlich* (zwischen fast gleichen Breitenkreisen) neben einander liegen. Unser Continent und der gemäßigte Theil von Nordamerika bilden in der Regel solch einen Gegensatz. Wenn wir hier strenge Winter erleiden, so sind sie dort milde, und umgekehrt: – Compensationen in der räumlichen Wärme-Vertheilung, welche da, wo nahe oceanische Verbindungen statt finden, wegen des unbestreitbaren Einflusses der mittleren Quantität der Sommerwärme auf den Vegetations-Cyclus und demnach auf das Gedeihen der Cerealien, von den wohlthätigsten Folgen für die Menschheit sind.

Wie William Herschel der Thätigkeit des Centralkörpers: dem Processe, dessen Folgen die Sonnenflecken sind, eine Zunahme der Wärme auf dem Erdkörper zuschrieb; so hatte fast drittehalb Jahrhunderte früher Batista Baliani in einem Briefe an Galilei die Sonnenflecken als erkältende Potenzen geschildert. Diesem Resultate würde sich auch nähern der Versuch, welchen der fleißige Astronom Gautier *Gautier, recherches relatives à l'influence que le nombre des taches solaires exerce sur les températures terrestres* in der *Bibliothèque Universelle de Genève*, nouv. Série T. LI. 1844 p. 327–335. in Genf gemacht hatte, vier Perioden von vielen und wenigen Flecken auf der Sonnenscheibe (von 1827–1843) mit den mittleren Temperaturen zu vergleichen, welche 33 europäische und 29 amerikanische Stationen ähnlicher Breiten darboten. Es offenbaren in dieser Vergleichung sich wieder, durch positive und negative Unterschiede ausgedrückt, die *Gegensätze* der einander gegenüberstehenden atlantischen Küsten. Die Endresultate geben aber für die erkältende Kraft, die hier den Sonnenflecken zugeschrieben wird, kaum 0°,42 Cent.: welche selbst für die bezeichneten Localitäten den Fehlern der Beobachtung und der Windrichtungen eben so gut als den Sonnenflecken zuzuschreiben sein können.

Es bleibt uns übrig noch von einer *dritten Umhüllung* der Sonne zu reden, deren wir schon oben erwähnt. Sie ist die äußerste von allen, bedeckt die Photosphäre (die selbstleuchtende Lichthülle), und ist wolkig und unvollkommen durchscheinend. Merkwürdige Phänomene: röthliche, berg- oder flammenartige Gestalten, welche während der totalen Sonnenfinsterniß vom 8 Juli 1842: wenn auch nicht zum ersten Male, doch viel deutlicher, und gleichzeitig von mehreren der geübtesten Beobachter

189

gesehen wurden; haben zu der Annahme einer solchen dritten Hülle geführt. Arago hat mit großem Scharfsinn, nach gründlicher Prüfung der einzelnen Beobachtungen, in einer eigenen Abhandlung die Motive aufgezählt, welche diese Annahme nothwendig machen. Er hat gleichzeitig erwiesen, daß seit 1706 in totalen oder ringförmigen Sonnenfinsternissen bereits 8mal ähnliche rothe randartige Hervorragungen beschrieben worden sind.A. a. O. p. 440–447. Am 8 Juli 1842 sah man, als die scheinbar größere Mondscheibe die Sonne ganz bedeckte, nicht bloß einen weißlichenDas ist der weißliche Schein, welcher auch in der Sonnenfinsterniß vom 15 Mai 1836 gesehen ward und von welchem schon damals der große Königsberger Astronom sehr richtig sagte: „daß, als die Mondscheibe die Sonne ganz verdeckte, noch ein leuchtender Ring der Sonnen-Atmosphäre übrig blieb". (*Bessel* in *Schumacher's astron. Nachrichten* No. 320.) Schein als Krone oder leuchtenden Kranz die Mondscheibe umgeben; man sah auch, wie auf ihrem Rande wurzelnd, zwei oder drei Erhöhungen: welche einige der Beobachter mit röthlichen, zackigen Bergen; andere mit gerötheten Eismassen; noch andere mit unbeweglichen, gezahnten, rothen Flammen verglichen. Arago, Laugier und Mauvais in Perpignan, Petit in Montpellier, Airy auf der Superga, Schumacher in Wien und viele andere Astronomen stimmten in den Hauptzügen der Endresultate, trotz der großen Verschiedenheit der angewandten Fernröhre, vollkommen mit einander überein. Die Erhöhungen erschienen nicht immer gleichzeitig; an einigen Orten werden sie sogar mit dem unbewaffneten Auge erkannt. Die Schätzung der Höhenwinkel fiel allerdings verschieden aus; die sicherste ist wohl die von Petit, dem Director der Sternwarte zu Toulouse. Sie war 1' 45"; und würde, wenn die Erhabenheiten wirkliche *Sonnenberge* wären, Höhen von 10000 geogr. Meilen geben: das ist fast siebenmal der Durchmesser der Erde, während dieser nur 112mal im Durchmesser der Sonne enthalten ist. Die Gesammtheit der discutirten Erscheinungen hat zu der sehr wahrscheinlichen Hypothese geführt: daß jene rothen Gestalten *Aufwallungen* in der dritten Hülle sind; *Wolkenmassen*, welche die Photosphäre erleuchtet und färbt. Arago, indem er diese Hypothese aufstellt, äußert zugleich die Vermuthung, daß das tiefe Dunkel des blauen Himmels: welches ich selbst auf den höchsten Cordilleren mit den, freilich noch bis jetzt so unvollkommenen Instrumenten gemessen, bequem Gelegenheit darbieten könne jene bergartigen Wolken des äußersten Dunstkreises der Sonne häufig zu beobachten."Tout ce qui affaiblira sensiblement l'intensité éclairante de la portion de l'atmosphère terrestre qui paraît entourer et toucher le contour circulaire du Soleil, pourra contribuer à rendre les proéminences rougeâtres visibles. Il est donc permis d'espérer qu'un astronome exercé, établi au sommet d'une très haute montagne, pourrait y observer régulièrement les *nuages de la troisième enveloppe solaire*, situés, en apparence, sur le contour de l'astre *ou un peu en dehors*; déterminer ce qu'ils ont de permanent et de variable, noter les périodes de disparition et de réapparition...." *Arago* a. a. O. p. 471.

Wenn man die Zone betrachtet, in welcher die Sonnenflecken am gewöhnlichsten gefunden werden (es beschreiben dieselben bloß am 8 Juni und 9 December gerade, und dazu unter sich und dem Sonnen-Aequator parallele, nicht concav oder convex gekrümmte Linien auf der Sonnenscheibe); so ist es gleich charakteristisch, daß sie selten in der Aequatorial-Gegend von 3° nördlicher bis 3° südlicher Breite gesehen werden, ja in der Polargegend gänzlich fehlen. Sie sind im ganzen am häufigsten zwischen 11° und 15° nördlich vom Aequator; und überhaupt in der nördlichen Hemisphäre häufiger oder, wie Sömmering will, dort ferner vom Aequator zu sehen als in der südlichen Hemisphäre (*outlines* § 393, *Capreise* p. 493). Schon Galilei bestimmte als äußerste Grenzen nördlicher und südlicher heliocentrischer Breite 29°. Sir John Herschel erweitert diese Grenzen bis 35°; eben so Schwabe (*Schum. astr. Nachr.* No. 473). Einzelne Flecken hat Laugier (*Comptes rendus* T. XV. p. 944) bis 41°, Schwabe bis 50° aufgefunden. Zu den größten Seltenheiten gehört ein Flecken, welchen la Hire unter 70° nördl. Breite beschreibt.

Die eben entwickelte Vertheilung der Flecken auf der Sonnenscheibe, ihre *Seltenheit unter dem Aequator selbst* und in der Polargegend, ihre Reihung parallel dem Aequator haben Sir John Herschel zu der Vermuthung veranlaßt: daß Hindernisse, welche die dritte, dunstförmige, äußerste Umhüllung an einigen Punkten der Entweichung der Wärme entgegensetzen kann, Strömungen in der Sonnen-Atmosphäre von den Polen zum Aequator erzeugen: denen ähnlich, welche auf der Erde, wegen der Geschwindigkeits-Verschiedenheit unter jedem der Parallelkreise, die Ursach der Passatwinde und der *Windstillen* nahe am Aequator sind. Einzelne Flecken zeigen sich so permanent, daß sie, wie der große von 1779, sechs volle Monate lang immer wiederkehren. Schwabe hat dieselbe Gruppe 1840 achtmal verfolgen können. Ein schwarzer Kernflecken, welcher in der, von mir so viel benutzten *Capreise* von Sir John Herschel abgebildet ist, wurde durch genaue Messung so groß gefunden, daß, wenn unser ganzer Erdball durch die Oeffnung der Photosphäre wäre geworfen worden, noch auf jeder Seite ein freier Raum von mehr als 230 geogr. Meilen übrig geblieben wäre. Sömmering macht darauf aufmerksam, daß es an der Sonne gewisse Meridian-Streifen giebt, in denen er viele Jahre lang nie einen Sonnenflecken hat entstehen sehen (*Thilo de Solis maculis a Soemmeringio observatis* 1828 p. 22). Die so verschiedenen Angaben der Umlaufszeit der Sonne sind keinesweges der Ungenauigkeit der Beobachtung allein zuzuschreiben; sie rühren von der Eigenschaft einiger Flecken her, selbst ihren Ort auf der Scheibe zu verändern. Laugier hat diesem Gegenstand eine specielle Untersuchung gewidmet: und Flecken beobachtet, welche *einzeln* Rotationen von 24^T,28 und 26^T,46 geben würden. Unsere Kenntniß von der wirklichen Rotationszeit der Sonne kann daher nur als das *Mittel* aus einer großen Zahl von beobachteten Flecken gelten, welche durch Permanenz der Gestaltung und durch Unveränderlichkeit des Abstandes von anderen, gleichzeitigen Flecken Sicherheit gewähren.

Obgleich für den, welcher unbewaffneten Auges mit Absicht die Sonnenscheibe durchspäht, viel öfter deutlich Sonnenflecken erkennbar werden, als man gewöhnlich glaubt; so findet man doch bei sorgfältiger Prüfung zwischen den Anfängen des 9ten und des 17ten Jahrhunderts kaum zwei bis drei Erscheinungen aufgezeichnet, welchen man Vertrauen schenken kann. Ich rechne dahin: aus den, zuerst einem Astronomen aus dem Benedictiner-Orden, später dem Eginhard zugeschriebenen Annalen der fränkischen Könige, den sogenannten achttägigen Aufenthalt des Merkur in der Sonnenscheibe im Jahr 807; den 91 Tage dauernden Durchgang der Venus durch die Sonne unter dem Chalifen Al-Motaßem im Jahr 840; die Signa in Sole im Jahr 1096 nach *Staindelii Chronicon*. Die Epochen von räthselhaften geschichtlichen Verdunkelungen der Sonne oder, wie man sich genauer ausdrücken sollte, von mehr oder weniger lange dauernder Verminderung der Tageshelle, haben mich seit Jahren, als meteorologische oder vielleicht kosmische Erscheinungen, zu speciellen Untersuchungen:

45   vor Chr. Geb.: bei dem Tode des Julius Cäsar, nach welchem ein ganzes Jahr lang die Sonne bleich und minder wärmend war: weshalb die Luft dick, kalt und trübe blieb und die Früchte nicht gediehen; *Plutarch* in *Jul. Caes.* cap. 87, *Dio Cass.* XLIV, *Virg. Georg.* I, 466.

33   nach Chr. Geb.: Todesjahr des Erlösers. „Von der sechsten Stunde an ward eine Finsterniß über das ganze Land bis zu der neunten Stunde" (Ev. *Matthäi* Cap. 27 v. 45). Nach dem Ev. *Lucä* Cap. 23 v. 45 "verlor die Sonne ihren Schein". Eusebius führt zur Erklärung und Bestätigung eine Sonnenfinsterniß der 202ten Olympiade an, deren ein Chronikenschreiber, Phlegon von Tralles, erwähnt hatte (*Ideler, Handbuch der mathem. Chronologie* Bd. II. S. 417). Wurm hat aber gezeigt, daß die dieser Olympiade zugehörige und in ganz Kleinasien sichtbare Sonnenfinsterniß schon am 24 Nov. des Jahres 29 nach Chr. Geb. statt hatte. Der Todestag fiel mit dem jüdischen Passahmahle zusammen (*Ideler* Bd. I. S. 515–520), am 14 Nisan; und das Passah wurde immer zur Zeit des *Vollmondes* gefeiert. Die Sonne kann daher nicht durch den Mond 3 Stunden lang verfinstert worden sein. Der Jesuit Scheiner glaubte die Abnahme des Lichts einem Zuge großer *Sonnenflecken* zuschreiben zu dürfen.

358   am 22 Aug. zweistündige Verfinsterung *vor* dem furchtbaren Erdbeben von Nicomedia, das auch viele andere Städte in Macedonien und am Pontus zerstörte. Die Dunkelheit dauerte 2 bis 3 Stunden: nec contigua vel adposita cernebantur. *Ammian. Marcell.* XVII, 7.

360:       In allen östlichen Provinzen des römischen Reichs (per Eoos tractus) war caligo a primo aurorae exortu adusque meridiem, *Ammian.*

Marcell. XX, 3; aber Sterne leuchteten: also wohl weder Aschenregen noch, bei der *langen Dauer* des Phänomens, Wirkung einer totalen Sonnenfinsterniß, der es der Geschichtsschreiber beimißt. "Cum lux coelestis operiretur, e mundi conspectu penitus luce abrepta, defecisse diutius solem pavidae mentes hominum aestimabant: primo attenuatum in lunae corniculantis effigiem, deinde in speciem auctum semenstrem, posteaque in integrum restitutum. Quod alias non evenit ita perspicue, nisi cum post inaequales cursus intermenstruum lunae ad idem revocatur." Die Beschreibung ist ganz die einer wirklichen Sonnenfinsterniß; aber die Dauer und caligo in allen östlichen Provinzen?

409, als Alarich vor Rom erschien: Verdunkelung so, daß Sterne bei Tage gesehen wurden; *Schnurrer, Chronik der Seuchen* Th. I. S. 113.

536: „Justinianus I Caesar imperavit annos triginta octo (527–565). Anno imperii nono deliquium lucis passus est Sol, quod annum integrum et duos amplius menses duravit, adeo ut parum admodum de luce ipsius appareret; dixeruntque homines Soli aliquid accidisse, quod nunquam ab eo recederet." Gregorius *Abu'l-Faragius, supplementum historiae Dynastiarum,* ed. Edw. Pocock 1663 p. 94. Ein Phänomen, dem von 1783 sehr ähnlich: für das man wohl einen Namen (*Höhenrauch*), aber in vielen Fallen keine befriedigende Erklärung hat.

567: „Justinus II annos 13 imperavit (565–578). Anno imperii ipsius secundo apparuit in coelo ignis flammans juxta polum arcticum qui annum integrum permansit; obtexeruntque tenebrae mundum ab hora diei nona noctem usque, adeo ut nemo quicquam videret; deciditque ex aëre quoddam pulveri minuto et cineri simile." *Abu'l-Farag.* l. c. p. 95. Erst ein Jahr lang wie ein perpetuirlicher Nordschein (ein magnetisches Gewitter), dann Finsterniß und fallender Passatstaub?

626, wieder nach *Abu'l-Faragius* (*hist. Dynastiarum* p. 94 und 99), acht Monate lang die halbe Sonnenscheibe verfinstert geblieben.

733: ein Jahr nachdem die Araber durch die Schlacht bei Tours über die Pyrenäen zurückgedrängt worden, ward die Sonne am 19 August auf eine schreckenerregende Weise verdunkelt; *Schnurrer, Chronik der Seuchen* Th. I. S. 164.

807 ein Sonnenfleck, welchen man für den Merkur hielt; *Reuber, vet. Script.* p. 58

840   vom 28 Mai bis 26 August (Assemani rechnet auffallenderweise Mai 839) der sogenannte Durchgang der Venus durch die Sonnenscheibe; (Der Chalif Al-Motaßem regierte von 834 bis 841, wo Harun el-Watek, der neunte Chalif, ihm folgte.)

934:      In der schätzbaren *Historia de Portugal* von *Faria y Sousa* 1730 p. 147 finde ich: "(En Portugal) se viò sin luz la tierra por dos meses. Avia el Sol perdido su resplandor." Dann öffnete sich der Himmel por fractura mit vielen Blitzen, und man hatte plötzlich den vollen Sonnenschein. 1091 am 21 September eine Verdunkelung der Sonne, welche 3 Stunden dauerte; nach der Verdunkelung blieb der Sonnenscheibe eine eigene Färbung. "Fuit eclipsis Solis 11. Kal. Octob. fere tres horas: Sol circa meridiem dire nigrescebat." Martin *Crusius, Annales Svevici*, Francof. 1494 T. I. p. 279; *Schnurrer* Th. I. S. 219.

1096   am 3 März Sonnenflecken, mit unbewaffnetem Auge erkannt: "Signum in sole apparuit V. Non. Marcii feria secunda incipientis quadragesimae." Joh. *Staindelii*, presbyteri Pataviensis, *Chronicon generale*, in *Oefelii rerum Boicarum Scriptores* T. I. 1763 p. 485

1206   am letzten Tage des Februars nach Joaquin de *Villalba* (*epidemiologia española* Madr. 1803 T. I. p. 30) vollkommene Dunkelheit während 6 Stunden: "el dia ultimo del mes de Febrero hubo un eclipse de sol que duró seis horas con tanta obscuridad como si fuera media noche. Siguiéron á este fenomeno abundantes y continuas lluvias." – Ein fast ähnliches Phänomen wird für Junius 1191 angeführt von *Schnurrer* Th. I. S. 258 und 265.

1241   fünf Monate nach der Mongolenschlacht bei Liegnitz: "obscuratus est Sol (in quibusdam locis?), et factae sunt tenebrae, ita ut stellae viderentur in coelo, circa festum S. Michaelis hora nona." *Chronicon Claustro-Neoburgense* (von Kloster-Neuburg bei Wien, die Jahre 218 nach Chr. bis 1348 enthaltend) in *Pez, Scriptores rerum Austriacarum*, Lips. 1721, T. I. p. 458.

1547   den 23, 24 und 25 April: also einen Tag vor und einen Tag nach der Schlacht bei Mühlberg, in welcher der Churfürst Johann Friedrich gefangen wurde. *Kepler* sagt in *Paralipom. ad Vitellium, quibus Astronomiae pars optica traditur*, 1604 p. 259: „refert Gemma, pater et filius, anno 1547 ante conflictum Caroli V cum Saxoniae Duce Solem per tres dies ceu sanguine perfusum comparuisse, ut etiam stellae pleraeque in meridie conspicerentur." (Eben so *Kepler de Stella nova in Serpantario* p. 113) Ueber die Ursach ist er sehr zweifelhaft: "Solis lumen ob causas quasdam sublimes hebetari.... vielleicht habe gewirkt materia cometica latius sparsa. Die Ursach könne nicht in unserer Atmosphäre gelegen haben, da man Sterne am Mittag gesehen." *Schnurrer* (*Chronik der Seuchen* Th. II. S. 93) will trotz der Sterne, daß es Höhenrauch gewesen sei, weil Kaiser Carl V vor der Schlacht sich beklagte: "semper se nebulae densitate infestari, quoties sibi cum hoste pugnandum sit" (*Lambert. Hortens. de bello german.* lib. VI p. 182)

veranlaßt. Da große Züge von Sonnenflecken (Hevelius beobachtete dergleichen am 20 Juli 1643, welche den dritten Theil der Scheibe bedeckten) immer von vielen *Sonnenfackeln* begleitet sind, so bin ich wenig geneigt jene Verdunkelungen: bei denen zum Theil Sterne, wie in totalen Sonnenfinsternissen, sichtbar wurden, den *Kernflecken* zuzuschreiben.

Die Abnahmen des Tageslichts, von welchen die Annalisten Kunde geben, können, glaube ich, schon ihrer vielstündigen Dauer wegen (nach du Séjour's Berechnung ist die längste mögliche Dauer einer *totalen* Verfinsterung der Sonne für den Aequator 7' 58", für die Breite von Paris nur 6' 10"), möglicherweise in drei ganz verschiedenen Ursachen gegründet sein: 1) in dem gestörten Proceß der Licht-Entbindung, gleichsam in einer minderen Intensität der Photosphäre; 2) in Hindernissen (größerer und dichterer Wolkenbildung), welche die äußerste, opake Dunsthülle: die, welche die Photosphäre umgiebt, der Licht- und Wärmestrahlung der Sonne entgegensetzt; 3) in der Verunreinigung unserer Atmosphäre: wie durch verdunkelnden, meist organischen, *Passatstaub*; durch *Tintenregen* oder mehrtägigen, von Macgowan beschriebenen, chinesischen *Sandregen*. Die zweite und dritte der genannten Ursachen erfordern keine Schwächung des, vielleicht electro-magnetischen Lichtprocesses (des perpetuirlichen PolarlichtesSchon *Horrebow* (*Clavis Astronomiae*, in s. *Operum mathematico-physicorum* T. I. Havn. 1740 p. 317) bedient sich desselben Ausdrucks. Das Sonnenlicht ist nach ihm „ein *perpetuirlich* im *Sonnen-Dunstkreise* vorgehendes *Nordlicht*, durch thätige *magnetische Kräfte* hervorgebracht" (s. *Hanow* in Joh. Dan. *Titius, gemeinnützige Abhandlungen über natürliche Dinge* 1768 S. 102).) in der Sonnen-Atmosphäre; die letzte Ursach schließt aber das Sichtbar-Werden von Sternen am Mittag aus, von dem so oft bei jenen räthselhaften, nicht umständlich genug beschriebenen Verfinsterungen die Rede ist.

Aber nicht bloß die Existenz der dritten und äußersten Umhüllung der Sonne, sondern die Vermuthungen über die ganze physische Constitution des Centralkörpers unseres Planetensystems werden bekräftigt durch Arago's Entdeckung der *chromatischen Polarisation*. „Ein Lichtstrahl, der viele Millionen Meilen weit aus den fernsten Himmelsräumen zu unserem Auge gelangt, verkündigt im *Polariscop* gleichsam von selbst, ob er reflectirt oder gebrochen sei; ob er von einem festen, von einem tropfbar-flüssigen oder von einem gasförmigen Körper emanirt: er verkündigt sogar den Grad seiner Intensität." Es ist wesentlich zu unterscheiden zwischen dem natürlichen Lichte:

wie es unmittelbar (direct) der Sonne, den Fixsternen oder Gasflammen entströmt und durch Reflexion von einer Glasplatte unter einem Winkel von 35° 25' polarisirt wird; und zwischen dem polarisirten Lichte, das als solches gewisse Substanzen (glühende, sowohl *feste* als *tropfbar-flüssige* Körper) von selbst ausstrahlen. Das polarisirte Licht, welches die eben genannten Classen von Körpern geben, kommt sehr wahrscheinlich aus ihrem Inneren. Indem es aus einem dichteren Körper in die dünnen umgebenden Luftschichten tritt, wird es an der Oberfläche gebrochen; und bei diesem Vorgange kehrt ein Theil des gebrochenen Strahls nach dem Inneren zurück und wird durch *Reflexion polarisirtes* Licht, während der andere Theil die Eigenschaften des durch *Refraction polarisirten* Lichtes darbietet. Das *chromatische Polariscop* unterscheidet beide durch die entgegengesetzte Stellung der farbigen Complementar-Bilder. Mittelst sorgfältiger Versuche, die über das Jahr 1820 hinausreichen, hat Arago erwiesen, daß ein glühender fester Körper (z. B. eine rothglühende eiserne Kugel) oder ein leuchtendes geschmolzenes, fließendes Metall in Strahlen, die in perpendiculärer Richtung ausströmen, bloß natürliches Licht geben: während die Lichtstrahlen, welche unter sehr kleinen Winkeln von den Rändern zu unserem Auge gelangen, polarisirt sind. Wurde nun dasselbe optische Werkzeug, durch welches man beide Lichtarten scharf von einander unterscheidet, das Polariscop, auf Gasflammen angewendet; so war keine Polarisation zu entdecken, sollten auch die Lichtstrahlen unter noch so kleinen Winkeln emaniren. Wenn gleich selbst in den gasförmigen Körpern das Licht im Inneren erzeugt wird: so scheint doch bei der so geringen Dichtigkeit der Gas-Schichten weder der längere Weg die sehr obliquen Lichtstrahlen an Zahl und Stärke zu schwächen; noch der Austritt an der Oberfläche, der Uebergang in ein anderes Medium, Polarisation durch Refraction zu erzeugen. Da nun die Sonne ebenfalls keine Spur von Polarisation zeigt, wenn man das Licht, welches in sehr obliquer Richtung unter bedeutend kleinen Winkeln von den Rändern ausströmt, im Polariscop untersucht; so folgt aus dieser wichtigen Vergleichung, daß das, was in der Sonne leuchtet, nicht aus dem festen Sonnenkörper, nicht aus etwas tropfbar-flüssigem, sondern aus einer *gasförmigen* selbstleuchtenden Umhüllung kommt. Wir haben hier eine materielle physische Analyse der Photosphäre.

Dasselbe Instrument hat aber auch zu dem Schlusse geführt, daß die Intensität des Lichtes in dem Centrum der Sonnenscheibe nicht größer als die der Ränder ist. Wenn die zwei complementaren Farbenbilder der Sonne, das rothe und blaue, so über einander geschoben werden, daß der Rand des einen Bildes auf das Centrum des anderen fällt; so entsteht ein vollkommenes Weiß. Wäre die Intensität des Lichts in den verschiedenen Theilen der Sonnenscheibe nicht dieselbe, wäre z. B. das Centrum der Sonne leuchtender als der Rand; so würde, bei dem theilweisen Decken der Bilder, in dem gemeinschaftlichen Segmente des blauen und rothen Discus nicht ein reines Weiß, sondern ein blasses Roth erscheinen: weil die blauen Strahlen nur vermögend wären einen Theil der häufigeren rothen Strahlen zu neutralisiren. Erinnern wir uns nun wieder, daß in der gasförmigen Photosphäre der Sonne: ganz im Gegensatz mit dem, was in festen oder tropfbar-flüssigen Körpern vorgeht, die Kleinheit der Winkel, unter welchen die Lichtstrahlen emaniren, nicht ihre Zahl an den Rändern vermindert; so würde, da derselbe Visionswinkel an den Rändern eine größere Menge leuchtender Punkte umfaßt als in der Mitte der Scheibe, nicht auf die *Compensation* zu rechnen sein, welche, wäre die Sonne eine leuchtende eiserne Kugel, also ein fester Körper, an den Rändern zwischen den entgegengesetzten Wirkungen der Kleinheit des Strahlungswinkels und des Umfassens einer größeren Zahl von Lichtpunkten unter demselben Visionswinkel statt fände. Die selbstleuchtende *gasförmige* Umhüllung, d. i. die uns sichtbare Sonnenscheibe, müßte sich also im Widerspruch mit den Anzeigen des Polariscops, welches den Rand und die Mitte von gleicher Intensität gefunden, leuchtender in dem Centrum als an dem Rande darstellen. Daß dem nicht so ist: wird der äußersten, trüben Dunsthülle zugeschrieben, welche die Photosphäre umgiebt, und das Licht vom Centrum minder dämpft als die auf langem Wege die Dunsthülle durchschneidenden Lichtstrahlen der Ränder.

„Des phénomènes de la Polarisation colorée donnent la certitude que le bord du soleil a la même intensité de lumière que le centre car en plaçant dans le Polariscope un segment du bord sur un segment du centre, j'obtiens (comme effet complémentaire du rouge et du bleu) un blanc pur. Dans un corps solide (dans une boule de fer chauffée an rouge) le même angle de vision embrasse une plus grande étendue au bord qu'au centre, selon la proportion du Cosinus de l'angle: mais dans la même proportion aussi le plus grand nombre de points matériels émettent une lumière plus faible *en raison de leur obliquité.* Le rapport de l'angle est naturellement le même pour une sphère gazeuse; mais l'obliquité ne produisant pas dans les gaz le même effet de diminution que dans les corps solides, le bord de la sphère gazeuse serait plus lumineux que le centre. Ce que nous appelons le disque lumineux du Soleil, est la Photosphère gazeuse, comme je l'ai prouvé par le manque absolu de traces de polarisation sur le bord du disque. Pour expliquer donc *l'égalité d'intensité* du bord et du centre indiquée par le Polariscope, il faut admettre une enveloppe extérieure qui diminue (éteint) moins la lumière qui vient du centre que les rayons qui viennent sur le long trajet du bord à l'oeil. Cette enveloppe extérieure forme la couronne blanchâtre dans les éclipses totales du Soleil. – La lumière qui émane des corps solides et liquides incandescens, est partiellement polarisée quand les rayons observés forment, avec la surface de sortie, un angle d'un petit nombre de degrés; mais il n'y a aucune trace sensible de polarisation lorsqu'on regarde de la même manière dans le Polariscope des gaz enflammés. Cette expérience démontre que la lumière solaire ne sort pas d'une masse solide ou liquide incandescente. La lumière ne s'engendre pas uniquement à la surface des corps; une portion naît dans leur substance même, cette substance fût-elle du platine. Ce n'est donc pas la décomposition de l'oxygène ambiant qui donne la lumière. L'émission de lumière polarisée par le fer liquide est un effet de réfraction au passage vers un moyen d'une moindre densité. Partout où il y a réfraction, il y a production d'un peu de lumière polarisée. Les gaz n'en donnent pas, parce que leurs couches n'ont pas assez de densité. – La lune suivie pendant le cours d'une lunaison entière offre des effets de polarisation, excepté à l'époque de la pleine lune et des jours qui en approchent beaucoup. La lumière solaire trouve, surtout dans les premiers et derniers quartiers, à la surface inégale (montagneuse) de notre Satellite des inclinaisons de plans convenables pour produire la polarisation par réflexion."

Bouguer und Laplace, Airy und Sir John Herschel sind den hier entwickelten Ansichten meines Freundes entgegen: sie halten die Intensität des Lichtes der Ränder für schwächer als die des Centrums; und der zuletzt genannte unter den berühmten Physikern und Astronomen erinnert: „daß, nach den Gesetzen des Gleichgewichts, diese äußere Dunsthülle eine mehr abgeplattete, sphäroidische Gestalt haben müsse als die darunter liegenden Hüllen; ja daß die größere Dicke, welche der Aequatorial-Gegend zukommt, einen Unterschied in der Quantität der Licht-Ausstrahlung hervorbringen möchte." Arago ist in diesem Augenblick mit Versuchen beschäftigt, durch die er nicht bloß seine eigenen Ansichten prüfen, sondern auch die Resultate der Beobachtung auf genaue numerische Verhältnisse zurückführen wird.

Die Vergleichung des Sonnenlichts mit den zwei intensivsten künstlichen Lichtern, welche man bisher auf der Erde hat hervorbringen können, giebt, nach dem noch so unvollkommenen Zustande der Photometrie, folgende numerische Resultate: In den scharfsinnigen Versuchen von Fizeau und Foucault war Drummond's Licht (hervorgebracht durch die Flamme der Oxyhydrogen-Lampe, auf Kreide gerichtet) zu dem der Sonnenscheibe wie 1 zu 146. Der leuchtende Strom, welcher in Davy's Experiment zwischen zwei Kohlenspitzen mittelst einer Bunsen'schen Säule erzeugt wird, verhielt sich bei 46 kleineren Platten zum Sonnenlichte wie 1 zu 4,2; bei Anwendung sehr großer Platten aber wie 1 zu 2,5; er war also noch nicht dreimal schwächer als Sonnenlicht. *Fizeau* und *Foucault, recherches sur l'intensité de la lumière émise par le charbon dans l'expérience de Davy* in den *Comptes rendus* T. XVIII. 1844 p. 753. – "The most intensely ignited solids (ignited quicklime in Lieutenant Drummond's oxyhydrogen lamp) appear only *as black spots* on the disc of the Sun when held between it and the eye." *Outl.* p. 236 . Wenn man heute noch nicht ohne Erstaunen vernimmt, daß Drummond's blendendes Licht, auf die Sonnenscheibe projicirt, einen schwarzen Flecken bildet; so erfreut man sich zwiefach der Genialität, mit der Galilei, schon 1612: durch eine Reihe von Schlüssen über die Kleinheit der Entfernung von der Sonne, in welcher die Scheibe der Venus am Himmelsgewölbe nicht mehr dem bloßen Auge sichtbar ist, zu dem Resultate gelangt war, daß der schwärzeste Kern der Sonnenflecken leuchtender sei als die hellsten Theile des Vollmondes.

William Herschel schätzte (die Intensität des ganzen Sonnenlichts zu 1000 gesetzt) die Höfe oder Penumbren der Sonnenflecken im Mittel zu 469 und den schwarzen Kernfleck selbst zu 7. Nach dieser, wohl nur sehr muthmaßlichen Angabe besäße, da man die

Sonne nach Bouguer für 300000mal lichtstärker als den Vollmond hält, ein schwarzer Kernfleck noch über 2000mal mehr Licht als der Vollmond. Der Grad der *Erleuchtung* der von uns gesehenen Kernflecken: d. i. des an sich dunklen Körpers der Sonne, erleuchtet durch Reflex von den Wänden der geöffneten Photosphäre, von der inneren, die Penumbren erzeugenden Dunsthülle, und durch das Licht der irdischen Luftschichten, durch die wir sehen; hat sich auch auf eine merkwürdige Weise bei einigen Durchgängen des Merkur offenbart. Mit dem Planeten verglichen, welcher uns alsdann die schwarze Nachtseite zuwendet, erschienen die nahen, dunkelsten Kernflecken in einem lichten Braungrau.*Mädler, Astronomie S. 81.*Ein vortrefflicher Beobachter, Hofrath Schwabe in Dessau, ist bei dem Merkur-Durchgange vom 5ten Mai 1832 auf diesen Unterschied der Schwärze zwischen Planet und Kernflecken besonders aufmerksam gewesen. Mir selbst ist leider bei dem Durchgang vom 9 November 1802, welchen ich in Peru beobachtete, da ich zu anhaltend mit Abständen von den Fäden beschäftigt war, die Vergleichung entgangen: obgleich die Merkurscheibe die nahen dunklen Sonnenflecken fast berührte. Daß die Sonnenflecken bemerkbar weniger Wärme ausstrahlen als die fleckenlosen Theile der Sonnenscheibe, ist schon 1815 in Amerika von dem Prof. Henry zu Princeton durch seine Versuche erwiesen worden. Das Bild der Sonne und eines großen Sonnenfleckens wurden auf einen Schirm projicirt und die Wärme-Unterschiede mittelst eines thermo-electrischen Apparats gemessen.

Sei es, daß die Wärmestrahlen sich von den Lichtstrahlen durch andere Längen der Transversal-Schwingungen des Aethers unterscheiden; oder, mit den Lichtstrahlen identisch, nur in einer gewissen Geschwindigkeit von Schwingungen, welche sehr hohe Temperaturen erzeugt, in unseren Organen die *Lichtempfindung* hervorbringen: so kann die Sonne doch, als Hauptquelle des Lichts und der Wärme, auf unserem Planeten: besonders in dessen gasartiger Umhüllung, im Luftkreise, magnetische Kräfte hervorrufen und beleben. Die frühe Kenntniß thermo-electrischer Erscheinungen in krystallisirten Körpern (Turmalin, Boracit, Topas) und Oersted's große Entdeckung (1820), nach welcher jeder von Electricität durchströmte Leiter während der Dauer des electrischen Stromes bestimmte Einwirkung auf die Magnetnadel hat; offenbarten factisch den Verkehr zwischen Wärme, Electricität und Magnetismus. Auf die Idee solcher Verwandtschaft gestützt, stellte der geistreiche Ampère, der allen Magnetismus electrischen Strömungen zuschrieb, welche in einer senkrecht auf die Achsen der Magnete gerichteten Ebene liegen, die Hypothese auf: daß der *Erd-Magnetismus* (die magnetische Ladung des Erdkörpers) durch electrische Strömungen erzeugt werde, welche den Planeten von Ost nach West umfließen; ja daß die stündlichen Variationen der magnetischen Declination deshalb Folge der mit dem Sonnenstand wechselnden Wärme, als des Erregers der Strömungen, sei. Die thermo-magnetischen Versuche von Seebeck, in welchen Temperatur-Differenzen in den Verbindungsstellen eines Kreises (von Wismuth und Kupfer oder anderen heterogenen Metallen) eine Ableitung der Magnetnadel verursachen, bestätigten Ampère's Ansichten.

Eine neue, wiederum glänzende Entdeckung Faraday's, deren nähere Erörterung fast mit dem Druck dieser Blätter zusammenfällt, wirft ein unerwartetes Licht über diesen wichtigen Gegenstand. Während frühere Arbeiten dieses großen Physikers lehrten, daß alle Gas-Arten *diamagnetisch:* d. h. sich ost-westlich stellend, wie Bismuth und Phosphor, seien, das Sauerstoffgas aber am schwächsten; wurde durch seine letzte Arbeit, deren Anfang bis 1847 hinaufreicht, erwiesen: daß Sauerstoffgas allein unter allen Gas-Arten sich *wie Eisen,* d. h. in nord-südlicher Achsenstellung, verhalte; ja daß das Sauerstoffgas durch Verdünnung und Erhöhung der Temperatur von seiner paramagnetischen Kraft verliere. Da die diamagnetische Thätigkeit der anderen Bestandtheile der Atmosphäre, des Stickgases und der Kohlensäure, weder durch ihre Ausdehnung noch durch Temperatur-Erhöhung modificirt wird; so ist nur die Hülle von Sauerstoff in Betrachtung zu ziehen, welche den ganzen Erdball „gleichsam wie eine große Kuppel von dünnem Eisenblech umgiebt und von ihm Magnetismus empfängt". Die Hälfte der Kuppel, welche der Sonne zugekehrt ist, wird weniger paramagnetisch sein als die entgegengesetzte; und da diese Hälften durch Rotation und Revolution um die Sonne sich immerfort in ihren Grenzen räumlich verändern, so ist Faraday geneigt aus diesen thermischen Verhältnissen einen Theil der Variationen des tellurischen Magnetismus auf der Oberfläche herzuleiten. Die durch Experimente begründete Assimilation einer einzigen Gas-Art, des *Sauerstoffs,* mit dem *Eisen* ist eine wichtige Entdeckung unserer Zeit; sie ist um so wichtiger, als der Sauerstoff wahrscheinlich fast die Hälfte aller ponderablen Stoffe in den uns zugänglichen Theilen der Erde bildet. Ohne die Annahme magnetischer Pole in dem Sonnenkörper oder eigener magnetischer Kräfte in den Sonnenstrahlen kann der Centralkörper als ein mächtiger Wärmequell magnetische Thätigkeit auf unserem Planeten erregen.

Die Versuche, welche man gemacht hat, durch vieljährige, an *einzelnen Orten* angestellte, meteorologische Beobachtungen zu erweisen, daß eine Seite der Sonne (z. B. die, welche am 1 Januar 1846 der Erde zugewandt war) eine stärkere wärmende Kraft als die entgegengesetzte; haben eben so wenig zu sichern Resultaten geführt als die sogenannten Beweise der Abnahme des Sonnen-Durchmessers, geschlossen aus den älteren Greenwicher Beobachtungen von Maskelyne. Fester begründet aber scheint die vom Hofrath *Schwabe* in Dessau auf bestimmte Zahlenverhältnisse reducirte Periodicität der Sonnenflecken. Keiner der jetzt lebenden Astronomen, die mit vortrefflichen Instrumenten ausgerüstet sind, hat diesem Gegenstand eine so anhaltende Aufmerksamkeit widmen können. Während des langen Zeitraums von 24 Jahren hat Schwabe oft über 300 Tage im Jahre die Sonnenscheibe durchforscht. Da seine Beobachtungen der Sonnenflecken von 1844 bis 1850 noch nicht veröffentlicht waren, so habe ich von seiner Freundschaft erlangt, daß er mir dieselben mitgetheilt: und zugleich auf eine Zahl von Fragen geantwortet hat, die ich ihm vorgelegt. Ich schließe den Abschnitt von der *physischen Constitution unseres*

Centralkörpers mit dem, womit jener Beobachter den astronomischen Theil meines Buches hat bereichern wollen.

„Die in der nachfolgenden Tabelle enthaltenen Zahlen lassen wohl keinen Zweifel übrig, daß wenigstens vom Jahre 1826 bis 1850 eine *Periode der Sonnenflecken* von ohngefähr 10 Jahren in der Art statt gefunden hat: daß ihr Maximum in die Jahre 1828, 1837 und 1848; ihr Minimum in die Jahre 1833 und 1843 gefallen ist. Ich habe keine Gelegenheit gehabt (sagt Schwabe) ältere Beobachtungen in einer fortlaufenden Reihe kennen zu lernen, stimme aber gern der Meinung bei, daß diese Periode selbst wieder veränderlich sein könne.“

Jahr	Gruppen	fleckenfreie Tage	Beobachtungs- tage
1826	118	22	277
1827	161	2	273
1828	225	0	282
1829	199	0	244
1830	190	1	217
1831	149	3	239
1832	84	49	270
1833	33	139	267
1834	51	120	273
1835	173	18	244
1836	272	0	200
1837	333	0	168
1838	282	0	202
1839	162	0	205
1840	152	3	263
1841	102	15	283
1842	68	64	307
1843	34	149	312
1844	52	111	321
1845	114	29	332
1846	157	1	314
1847	257	0	276
1848	330	0	278
1849	238	0	285
1850	186	2	308

„Große, mit unbewaffnetem Auge sichtbare Sonnenflecken beobachtete ich fast in allen den Jahren, in welchen das Minimum nicht statt fand; die größten erschienen 1828, 1829, 1831, 1836, 1837, 1838, 1839, 1847, 1848. Große Sonnenflecken nenne ich aber diejenigen, welche einen Durchmesser von mehr als 50" haben. Diese fangen dann erst an dem unbewaffneten, scharfsichtigen Auge sichtbar zu werden."

„Unbezweifelt stehen die Sonnenflecken in genauer Beziehung zu der Fackelbildung; ich sehe häufig sowohl nach dem Verschwinden der Flecken an demselben Orte *Fackeln* oder *Narben* entstehen, als auch in den Fackeln neue Sonnenflecken sich entwickeln. Jeder Flecken ist mit mehr oder weniger starkem *Lichtgewölk* umgeben. Ich glaube nicht, daß die Sonnenflecken irgend einen Einfluß auf die Temperatur des Jahres haben. Ich notire täglich dreimal den Barometer- und Thermometerstand; die hieraus jährlich gezogenen Mittelzahlen lassen bisher keinen bemerkbaren Zusammenhang ahnden zwischen Klima und Zahl der Flecken. Wenn sich aber auch in einzelnen Fällen scheinbar ein solcher Zusammenhang zeigte, so würde derselbe doch nur dann erst von Wichtigkeit werden, wenn die Resultate aus vielen anderen Theilen der Erde damit übereinstimmten. Sollten die Sonnenflecken irgend einen geringen Einfluß auf unsere Atmosphäre haben, so würde meine Tabelle vielleicht eher darauf hindeuten, daß die *fleckenreichen* Jahre *weniger heitere* Tage zählten als die fleckenarmen. (*Schumacher's astron. Nachr.* No. 638 S. 221.)"

„William Herschel nannte die helleren Lichtstreifen, welche sich nur gegen den Sonnenrand hin zeigen, *Fackeln;* Narben aber die aderartigen Stellen, welche bloß gegen die Mitte der Sonnenscheibe hin sichtbar werden (*astr. Nachr.* No. 350 S. 243). Ich glaube mich überzeugt zu haben, daß *Fackeln* und *Narben* aus demselben *geballten Lichtgewölk* herrühren: welches am Sonnenrande lichtvoller hervortritt; in der Mitte der Sonnenscheibe aber, weniger hell als die Oberfläche, in der Form von Narben erscheint. Ich ziehe vor, alle helleren Stellen auf der Sonne *Lichtgewölk* zu nennen, und dasselbe nach seiner Gestaltung in *geballtes* und *aderförmiges* einzutheilen. Dieses Lichtgewölk ist auf der Sonne unregelmäßig vertheilt, und giebt bisweilen der Scheibe bei seinem stärkeren Hervortreten ein *marmorirtes* Ansehen. Dasselbe ist oft am ganzen Sonnenrande, ja zuweilen bis zu den Polen, deutlich sichtbar; jedoch immer am kräftigsten in den eigentlichen beiden *Fleckenzonen:* selbst in Epochen, wo diese keine Flecken haben. Alsdann erinnern beide helle *Fleckenzonen der Sonne* lebhaft an die Streifen des Jupiter."

„*Furchen* sind die zwischen dem aderförmigen Lichtgewölk befindlichen matteren Stellen der allgemeinen Sonnen-Oberfläche: welche stets ein chagrin-artiges, griessandiges Ansehen hat; d. h. an Sand erinnert, der aus gleich großen Körnern besteht. Auf dieser chagrin-artigen Oberfläche sieht man zuweilen außerordentlich kleine mattgraue (nicht schwarze) Punkte (*Poren*), die wiederum mit äußerst feinen dunklen Aederchen durchzogen sind (*astr. Nachr.* No. 473 S. 286). Solche *Poren* bilden, wenn sie in Massen vorhanden sind, graue, nebelartige Stellen: ja die *Höfe* der Sonnenflecken. In diesen sieht man *Poren* und schwarze Punkte meist *strahlenförmig* sich vom *Kern* aus zum Umfange des Hofes verbreiten: woraus die so oft ganz übereinstimmende Gestalt des *Hofes* mit der des *Kernes* entsteht."

Die Bedeutung und der Zusammenhang so wechselnder Erscheinungen werden sich dann erst dem forschenden Physiker in ihrer ganzen Wichtigkeit darbieten, wenn einst unter der vielmonatlichen Heiterkeit des Tropenhimmels mit Hülfe mechanischer Uhrbewegung und photographischer Apparate eine ununterbrochene Reihe von Darstellungen der Sonnenflecken erlangt werden kann. Die in den gasförmigen Umhüllungen des dunklen Sonnenkörpers vorgehenden meteorologischen Processe bewirken die Erscheinungen, welche wir Sonnenflecken und geballte Lichtwolken nennen. Wahrscheinlich sind auch dort, wie in der Meteorologie unseres Planeten, die *Störungen* von so mannigfaltiger und verwickelter Art, in so allgemeinen und örtlichen Ursachen gegründet, daß nur durch eine lange und nach Vollständigkeit strebende Beobachtung ein Theil der noch dunkeln Probleme gelöst werden kann.

II.

Die Planeten.

Allgemeine *vergleichende* Betrachtungen über eine ganze Classe von Weltkörpern sollen hier der Beschreibung der einzelnen Weltkörper vorangehen. Es beziehen sich diese Betrachtungen auf die 22 *Hauptplaneten* und 21 *Monde* (*Trabanten* oder *Nebenplaneten*), welche bis jetzt entdeckt worden sind: nicht auf die *planetarischen Weltkörper* überhaupt, unter denen die Cometen von berechneten Bahnen schon zehnmal zahlreicher sind. Die Planeten haben im ganzen eine schwache Scintillation, weil sie von reflectirtem Sonnenlichte leuchten und ihr planetarisches Licht aus *Scheiben* emanirt. In dem aschfarbenen Lichte des Mondes, wie in dem rothen Lichte seiner verfinsterten Scheibe, welches besonders intensiv zwischen den Wendekreisen gesehen wird, erleidet das Sonnenlicht für den Beobachter auf der Erde eine zweimalige Aenderung seiner Richtung. Daß die Erde und andere Planeten, wie zumal einige merkwürdige Erscheinungen auf dem der Sonne nicht zugekehrten Theile der Venus beweisen, auch einer *eigenen*, schwachen Lichtentwickelung fähig seien; ist schon an einem anderen Orte erinnert worden.

Wir betrachten die Planeten nach ihrer *Zahl*, nach der *Zeitfolge* ihrer Entdeckung, nach ihrem *Volum*, unter sich oder mit ihren *Abständen* von der Sonne verglichen; nach ihren relativen *Dichtigkeiten*, *Massen*, *Rotations-Zeiten*, *Excentricitäten*, *Achsen-Neigungen*, und charakteristischer Verschiedenheit *diesseits* und *jenseits* der *Zone der Kleinen Planeten*. Bei diesen Gegenständen vergleichender Betrachtung ist es der Natur dieses Werkes angemessen einen besonderen Fleiß auf die Auswahl der *numerischen* Verhältnisse zu verwenden, welche zu der Epoche, in der diese Blätter erscheinen, für die genauesten, d. h. für die Resultate der neuesten und sichersten Forschungen, gehalten werden.

a. Hauptplaneten.

1. *Zahl und Epoche der Entdeckung.* – Von den sieben Weltkörpern, welche seit dem höchsten Alterthume durch ihre stets *veränderte* relative Entfernung unter einander von den, gleiche Stellung und gleiche Abstände scheinbar bewahrenden, funkelnden Sternen des Fixsternhimmels (Orbis inerrans) unterschieden worden sind, zeigen sich nur fünf: Merkur, Venus, Mars, Jupiter und Saturn, *sternartig*, quinque *stellae* errantes. Die Sonne und der Mond blieben, da sie große *Scheiben* bilden: auch wegen der größeren Wichtigkeit, die man in Folge religiöser Mythen an sie knüpfte, gleichsam von den übrigen abgesondert. So kannten nach Diodor (II, 30) die Chaldäer nur 5 Planeten; auch Plato, wo er im Timäus nur einmal der Planeten erwähnt, sagt ausdrücklich: „um die im Centrum des Kosmos ruhende Erde bewegen sich der Mond, die Sonne und *fünf andere Sterne*, welchen der Name *Planeten* beigelegt wird; das Ganze also in 7 Umgängen." Eben so werden in der alten pythagorischen Vorstellung vom Himmelsgebäude nach Philolaus unter den 10 göttlichen Körpern, welche um das Centralfeuer (den Weltheerd, ἑστία) kreisen, „unmittelbar unter dem Fixsternhimmel" die *fünf* Planeten genannt; ihnen folgten dann Sonne, Mond, Erde und die ἀντίχθων (die Gegenerde). Selbst Ptolemäus redet immer nur noch von 5 Planeten. Die Aufzählung der Reihen von 7 Planeten: wie sie Julius Firmicus unter die Decane vertheiltJul. *Firmicus Maternus, Astron.* libri VIII (ed. Pruckner, Vasil. 1551) lib. II cap. 4; aus der Zeit Constantins des Großen., wie sie der von mir an einem anderen OrteHumboldt, *Monumens des peuples indigènes de l'Amérique* T. II. p. 42–49. Ich habe schon damals, 1812, auf die Analogien des Thierkreises von Bianchini mit dem von Dendera aufmerksam gemacht. Vergl. *Letronne, observations critiques sur les repésentations zodiacales* p. 97 und *Lepsius, Chronologie der Aegypter* 1849 S. 80. untersuchte Thierkreis des Bianchini (wahrscheinlich aus dem dritten Jahrhundert nach Chr.) darstellt und sie ägyptische Monumente aus den Zeiten der Cäsaren enthalten; gehört nicht der alten Astronomie, sondern den späteren Epochen an, in welchen die astrologischen Träumereien sich überall verbreitet hattenLetronne *sur l'origine du Zodiaque grec* p. 29, *Lepsius* a. a. O. S. 83. Letronne bestreitet schon wegen der Zahl 7 den alt-chaldäischen Ursprung der *Planetenwoche*.. Daß der Mond in die Reihe der 7 Planeten gesetzt ward, muß uns nicht wundern, da von den Alten, wenn man eine denkwürdige Attractions-Ansicht des Anaxagoras ausnimmt, fast nie seiner näheren Abhängigkeit von der Erde gedacht wird. Dagegen sind nach einer Meinung über den Weltbau, welche Vitruvius und Martianus CapellaMartianus Mineus Felix *Capella de nuptiis philos. et Mercurii* lib. VIII, ed. Grotii 1599 p. 289: „Nam Venus Mercuriusque licet ortus occasusque quotidianos ostendant, tamen eorum circuli Terras omnino non ambiunt, sed circa Solem laxiore ambitu circulantur. Denique circulorum suorum centron in Sole constituunt, ita ut supra ipsum aliquando...." Da diese Stelle

überschrieben ist: Quod Tellus non sit centrum omnibus planetis; so konnte sie freilich, wie Gassendi behauptet, Einfluß auf die ersten Ansichten des Copernicus ausüben: mehr als die dem großen Geometer Apollonius von Perga zugeschriebenen Stellen. Doch sagt Copernicus auch nur: "minime comtemnendum arbitror, quod Martianus Capella scripsit, existimans quod Venus et Mercurius circumerrant Solem in medio existentem." Vergl. *Kosmos* Bd. II. S. 350 und 503 Anm. 917. anführen, ohne ihren Urheber zu nennen, Merkur und Venus, die wir untere Planeten nennen, Satelliten der, selbst um die Erde kreisenden Sonne. Ein solches System ist mit eben so wenig Grund ein *ägyptisches*Henri *Martin* in seinem Commentar zum Timäus (*études sur le Timée de Platon* T. II. p. 129–133) scheint mir sehr glücklich die Stelle des Macrobius über die ratio Chaldaeorum, welche den vortrefflichen *Ideler* (in *Wolff's* und *Buttmann's Museum der Alterthums-Wissenschaft* Bd. II. S. 443 und in seiner Abhandlung über *Eudoxus* S. 48) irre geführt hat, erläutert zu haben. *Macrobius* (in somn. Scipionis lib. I cap. 19, lib. II cap. 3; ed. 1694 pag. 64 und 90) weiß nichts von dem Systeme des Vitruvius und Martianus Capella, nach welchem Merkur und Venus Trabanten der Sonne sind, die sich aber selbst wie die anderen Planeten um die fest im Centrum stehende Erde bewegt. Er zählt bloß die Unterschiede auf in der Reihenfolge der Bahnen von Sonne, Venus, Merkur und Mond nach den Annahmen des Cicero. "Ciceroni", sagt er, Archimedes et Chaldaeorum ratio consentit, Plato Aegyptios secutus est.". Wenn Cicero in der beredten Schilderung des ganzen Planetensystems (*somn. Scip.* cap. 4) ausruft: "hunc (Solem) ut comites consequuntur Veneris alter, alter Mercurii cursus"; so deutet er nur auf die Nähe der Kreise der Sonne und jener 2 unteren Planeten, nachdem er vorher die 3 cursus des Saturn, Jupiter und Mars aufgezählt hatte: alle kreisend um die unbewegliche Erde. Die Kreisbahn eines Nebenplaneten kann nicht die Kreisbahn eines Hauptplaneten umschließen, und doch sagt Macrobius bestimmt: "Aegyptiorum ratio talis est: circulus, per quem Sol discurrit, a Mercurii circulo ut inferior ambitur, illum quoque superior circulus Veneris includit." Es sind alles sich parallel bleibende, einander gegenseitig umfangende Bahnen.zu nennen als mit den Ptolemäischen Epicykeln oder der Tychonischen Weltansicht zu verwechseln.

Die Namen, durch welche die *sternartigen* 5 Planeten bei den alten Völkern bezeichnet wurden, sind zweierlei Art: *Götternamen;* oder *bedeutsame* beschreibende, von physischen Eigenschaften hergenommene. Was ursprünglich davon den Chaldäern oder den Aegyptern angehöre, ist nach den Quellen, die bisher haben benutzt werden können, um so schwerer zu entscheiden: als die griechischen Schriftsteller uns nicht die ursprünglichen, bei anderen Völkern gebräuchlichen Namen, sondern nur in das Griechische übertragene, nach der Individualität ihrer Ansichten gemodelte Aequivalente darbieten. Was die Aegypter früher als die Chaldäer besessen, ob diese bloß als begabte Schüler*Lepsius, Chronologie der Aegypter* Th. I. S. 207.der Ersteren auftreten: berührt die wichtigen, aber dunklen Probleme der ersten Gesittung des Menschengeschlechts, der Anfänge wissenschaftlicher Gedankenentwickelung am Nil oder am Euphrat. Man kennt die ägyptischen Benennungen der 36 Decane; aber die ägyptischen Namen der Planeten sind uns, bis auf einen oder zwei, nicht erhalten.Der bei Vettius Valens und Cedrenus verstümmelte Name des Planeten Mars soll mit Wahrscheinlichkeit dem Namen Hertosch entsprechen, wie Seb dem Saturn. A. a. O. S. 90 und 93.

Auffallend ist es, daß Plato und Aristoteles sich nur der *göttlichen Namen* für die Planeten, die auch Diodor nennt, bedienen: während später z. B. in dem dem Aristoteles fälschlich zugeschriebenen Buche *de Mundo* schon ein Gemisch von beiden Arten der Benennungen, der göttlichen und der beschreibenden (expressiven), sich findet: φαίνων für Saturn, στίλβων für Merkur, πυρόεις für Mars.Die auffallendsten Unterschiede finden sich, wenn man vergleicht *Aristot. Metaphys.* XII cap. 8 pag. 1073 Bekker mit *Pseudo-Aristot. de Mundo* cap. 2 pag. 392. In dem letzteren Werke erscheinen schon die Planetennamen Phaethon, Pyrois, Hercules, Stilbon und Juno: was auf die Zeiten des Apulejus und der Antonine hindeutet, wo chaldäische Astrologie bereits über das ganze römische Reich verbreitet war und Benennungen verschiedener Völker mit einander gemengt waren (vergl. *Kosmos* Bd. II. S. 15 und 106 Anm. 461). Daß die Chaldäer zuerst die Planeten nach ihren babylonischen Göttern genannt haben und daß diese göttlichen Planetennamen so zu den Griechen übergegangen sind, spricht bestimmt aus Diodor von Sicilien. *Ideler* (*Eudoxus* S. 48) schreibt dagegen diese Benennungen den Aegyptern zu, und gründet sich auf die alte Existenz einer siebentägigen Planetenwoche am Nil (*Handbuch der Chronologie* Bd. I. S. 180): eine Hypothese, die *Lepsius* vollkommen widerlegt hat (*Chronol. der Aeg.* Th. I. S. 131). Ich will hier aus dem Eratosthenes, aus dem Verfasser der Epinomis (Philippus Opuntius?), aus Geminus, Plinius, Theon dem Smyrnäer, Cleomedes, Achilles Tatius, Julius Firmicus und Simplicius die Synonymie der fünf ältesten Planeten zusammentragen, wie sie uns hauptsächlich durch Vorliebe zu astrologischen Träumereien erhalten worden sind:

Saturn: φαίνων,   Nemesis,   auch   eine *Sonne* genannt   von   5 Autoren   (*Theon Smyrn.* p. 87 und 165 Martin);

Jupiter: φαέθων, Osiris;

Mars: πυρόεις, Hercules;

Venus: ἐωσφόρος, φωσφόρος, Lucifer; ἕσπερος, Vesper; Juno, Isis;

Merkur: στίλβων, Apollo.

Achilles *Tatius* (*isag. in Phaenom. Arati* cap. 17) findet es befremdend, daß „Aegypter wie Griechen den *lichtschwächsten* der Planeten (wohl nur weil er Heil bringt) den Glänzenden nennen." Nach Diodor bezieht sich der Name darauf, „daß Saturn der die Zukunft am meisten und klarsten verkündigende Planet war". (*Letronne sur l'origine du Zodiaque grec* p. 33 und im *Journal des Savants* 1836 p. 17; vergl. auch *Carteron, analyse de recherches zodiacales* p. 97.) Benennungen, die von einem Volke zum anderen als Aequivalente übergehen, hangen allerdings oft ihrem Ursprunge nach von nicht zu ergründenden Zufälligkeiten ab; doch ist hier wohl zu bemerken, daß sprachlich φαίνειν ein bloßes Scheinen: also ein matteres Leuchten mit continuirlichem, gleichmäßigem Lichte, ausdrückt; während στίλβειν ein unterbrochenes, lebhafter glänzendes, *funkelnderes* Licht voraussetzt. Die beschreibenden Benennungen: φαίνων für den *entfernteren* Saturn, στίλβων für den uns *näheren* Planeten Merkur, scheinen um so passender, als ich schon früher (*Kosmos* Bd. III. S. 84) daran erinnert habe, wie bei Tage im großen Refractor von Fraunhofer Saturn und Jupiter lichtschwach erscheinen in Vergleich mit dem funkelnden Merkur. Es ist daher, wie Prof. Franz bemerkt, eine Folge zunehmenden Glanzes angedeutet von Saturn (φαίνων) bis zu Jupiter, dem leuchtenden Lenker des Lichtwagens (φαέθων), bis zum farbig glühenden Mars (πυρόεις), bis zu der Venus (φωσφόρος) und dem Merkur (στίλβων).

Die mir bekannte indische Benennung des *langsam Wandelnden* ('sanaistschara) für *Saturn* hat mich veranlaßt meinen berühmten Freund *Bopp* zu befragen, ob überhaupt auch in den indischen Planetennamen, wie bei den Griechen und wahrscheinlich den Chaldäern, zwischen *Götternamen* und *beschreibenden* Namen zu unterscheiden sei. Ich theile hier mit, was ich diesem großen Sprachforscher verdanke, lasse aber die Planeten nach ihren wirklichen Abständen von der Sonne wie in der obigen Tabelle (beginnend vom größten Abstande) folgen, nicht wie sie im *Amarakoscha* (bei *Colebrooke* p. 17 und 18) gereiht sind. Es giebt nach Sanskrit-Benennung in der That unter 5 Namen 3 *beschreibende*: *Saturn, Mars* und *Venus*.

„*Saturn:* 'sanaistschara, von 'sanais, langsam, und tschara, gehend; auch 'sauri: eine Benennung des Wischnu (herstammend als Patronymicum von 'sûra, Großvater des Krischna), und 'sani. Der Planetenname 'sani-vâra für dies Saturni ist wurzelhaft verwandt mit dem Adverbium 'sanais, langsam. Die Benennungen der Wochentage nach Planeten scheint aber Amarasinha nicht zu kennen. Sie sind wohl späterer Einführung.“

„*Jupiter:* Vrihaspati; oder nach älterer, vedischer Schreibart, der Lassen folgt, Brihaspati: Herr des Wachsens; eine vedische Gottheit: von vrih (brih), wachsen, und pati, Herr.“

„*Mars:* angaraka (von angara, brennende Kohle); auch lohitânga, der Rothkörper: von lôhita, roth, und anga, Körper.“

„*Venus:* ein männlicher Planet, der 'sukra heißt, d. i. der glänzende. Eine andere Benennung dieses Planeten ist daitya guru: Lehrer, guru, der Titanen, Daityas.“

„*Merkur:* Budha, nicht zu verwechseln als Planetenname mit dem Religionsstifter Buddha; auch Rauhinêya, Sohn der Nymphe Rohinî, Gemahlinn des Mondes (soma): weshalb der Planet bisweilen saumya heißt, ein Patronymicum vom Sanskrit-Worte Mond. Die sprachliche Wurzel von budha, dem Planetennamen, und buddha, dem Heiligen, ist budh, wissen. Daß Wuotan (Wotan, Odin) im Zusammenhang mit Budha stehe, ist mir unwahrscheinlich. Die Vermuthung gründet sich wohl hauptsächlich auf die äußerliche Form-Aehnlichkeit und auf die Uebereinstimmung der Benennung des Wochentages, dies Mercurii, mit dem altsächsischen Wodanes dag und dem indischen Budha-vâra, d. i. Budha's Tag. Vâra bedeutet ursprünglich *Mal*: z. B. in bahuvârân, vielmal; später kommt es am Ende eines Compositums in der Bedeutung Tag vor. Den germanischen Wuotan leitet Jacob *Grimm* (*Deutsche Mythologie* S. 120) von dem Verbum watan, vuot (unserm *waten*) ab, welches bedeutet: meare, transmeare, cum impetu ferri, und buchstäblich dem lateinischen vadere entspreche. Wuotan, Odinn ist nach Jacob Grimm das allmächtige, alldurchdringende Wesen: qui omnia permeat, wie Lucan vom Jupiter sagt." Vergl. über den indischen Namen des Wochentages, über Budha und Buddha und die Wochentage überhaupt die Bemerkungen *meines Bruders* in seiner Schrift: *über die Verbindungen zwischen Java und Indien* (*Kawi-Sprache* Bd. I. S. 187–190).

Wenn dem Saturn, dem äußersten der damals bekannten Planeten, sonderbar genug: wie Stellen aus dem Commentar des Simplicius (p. 122) zum 8ten Aristotelischen Buche ^*de Coelo*, aus Hygin, Diodor und Theon dem Smyrnäer beweisen, die Benennung *Sonne* beigelegt ward; so war es gewiß nur seine Lage und die Länge seines Umlaufes, was ihn zum Herrscher der anderen Planeten erhob. Die *beschreibenden* Benennungen, so alt und chaldäisch sie zum Theil auch sein mögen, fanden sich bei griechischen und römischen Schriftstellern, doch erst recht häufig in der Zeit der Cäsaren. Ihre Verbreitung hängt mit dem Einfluß der Astrologie zusammen. Die Planetenzeichen sind, wenn man die Scheibe der Sonne und die Mondsichel auf ägyptischen Monumenten abrechnet, sehr neuen Ursprungs; nach Letronne's UntersuchungenVergl. Letronne *sur l'amulette de Jules César et les Signes planétaires* in der *Revue archéologique* Année III. 1846 p. 261. Salmasius sah in dem ältesten *Planetenzeichen* des Jupiter den Anfangsbuchstaben von Ζεύς, in dem des Mars eine Abkürzung des Beinamens θούριος. Die Sonnenscheibe wurde als Zeichen durch einen schief und triangular ausströmenden Strahlenbündel fast unkenntlich gemacht. Da die Erde, das philolaisch-pythagorische System etwa abgerechnet, nicht den Planeten beigezählt wurde, so hält Letronne das Planetenzeichen der *Erde* "für später als Copernicus in Gebrauch gekommen". – Die merkwürdige Stelle des Olympiodorus über die Weihung der Metalle an einzelne Planeten ist dem Proclus entlehnt und von Böckh aufgefunden worden (sie steht nach der Baseler Ausgabe p. 14, in der von Schneider p. 30). Vergl. für Olympiodorus: *Aristot. Meteorol.* ed.. Ideler T. II. p. 163. Auch das Scholion zum Pindar (*Isthm.*), in welchem die Metalle mit den Planeten verglichen werden, gehört der neuplatonischen Schule an; *Lobeck, Aglaophamus*, in Orph. T. II. p. 936. Planetenzeichen sind nach derselben Verwandtschaft der Ideen nach und nach Metallzeichen, ja einzeln (wie Mercurius für Quecksilber, argentum vivum und hydrargyrus des Plinius) *Metallnamen* geworden. In der kostbaren griechischen Manuscripten-Sammlung der Pariser Bibliothek befinden sich über die kabalistische sogenannte *heilige Kunst* zwei Handschriften: deren eine (No. 2250), ohne Planetenzeichen, die den Planeten geweihten Metalle aufführt; die andere aber (No. 2329), der Schrift nach aus dem 15ten Jahrhundert, (eine Art chemisches Wörterbuch) Namen der Metalle mit einer geringen Anzahl von Planetenzeichen verbindet (*Höfer, histoire de la Chimie* T. I. p. 250). In der Pariser Handschrift No. 2250 wird das *Quecksilber* dem *Merkur*, das Silber dem Monde zugeschrieben: wenn umgekehrt in No. 2329 dem *Monde* das *Quecksilber* und dem *Jupiter* das *Zinn* angehört. Letzteres Metall hat Olympiodorus dem Merkur beigelegt. So schwankend waren die mystischen Beziehungen der Weltkörper zu den *Metallkräften*.

Es ist hier der Ort auch der *Planetenstunden* und der *Planetentage* in der kleinen siebentägigen Periode (*Woche*) zu erwähnen: über deren Alter und Verbreitung unter ferne Völker erst in der neuesten Zeit richtigere Ansichten aufgestellt worden sind. Die Aegypter haben ursprünglich: wie *Lepsius* (*Chronologie der Aeg.* S. 132) erwiesen und Denkmäler bezeugen, welche bis in die ältesten Zeiten der großen Pyramidenbaue hinaufreichen, keine siebentägige: sondern *zehntägige*, der Woche ähnliche, *kleine Perioden* gehabt. Drei solcher Decaden bildeten einen der 12 Monate des Sonnenjahres. Wenn wir bei *Dio Cassius* (lib. XXXVII cap. 18) lesen: „daß der Gebrauch die Tage nach den sieben Planeten zu benennen zuerst bei den Aegyptern aufgekommen sei, und sich *vor nicht gar langer Zeit* von ihnen zu allen übrigen Völkern verbreitet habe: namentlich zu den Römern, bei denen er *nun schon* ganz einheimisch sei"; so muß man nicht vergessen, daß dieser Schriftsteller in der späten Zeit des Alexander Severus lebte, und es seit dem ersten Einbruche der orientalischen Astrologie unter den Cäsaren und bei dem frühen großen Verkehr so vieler Volksstämme in Alexandrien die Sitte des Abendlandes wurde, alles alt scheinende *ägyptisch* zu nennen. Am ursprünglichsten und verbreitetsten ist ohne Zweifel die siebentägige Woche bei den semitischen Völkern gewesen: nicht bloß bei den Hebräern, sondern selbst unter den arabischen Nomaden lange vor Mohammed. Ich habe einem gelehrten Forscher des semitischen Alterthums, dem orientalischen Reisenden, Prof. Tischendorf zu Leipzig, die Fragen vorgelegt: ob in den Schriften des Alten Bundes sich außer dem Sabbath Namen für die einzelnen Wochentage (andere als der 2te und 3te Tag des schebua) finden? ob nicht irgend wo im Neuen Testamente zu einer Zeit, wo fremde Bewohner von Palästina gewiß schon *planetarische Astrologie* trieben, eine Planeten-Benennung für einen Tag der 7tägigen Periode vorkomme? Die Antwort war: „Es fehlen nicht nur im Alten und Neuen Testamente alle Spuren für Wochentags-Benennung nach Planeten, sie fehlen auch in Mischna und Talmud. Man sagte auch nicht: der 2te oder 3te Tag des schebua, und zählte gewöhnlich die Tage des Monats; nannte auch den Tag *vor* dem Sabbath den 6ten Tag, ohne weiteren Zusatz. Das Wort Sabbath wurde auch geradezu auf die Woche übertragen (*Ideler, Handb. der Chronol.* Bd. I. S. 480); daher auch im Talmud für die einzelnen Wochentage: erster, zweiter, dritter des Sabbaths steht. Das Wort ἑβδομάς für schebua hat das N. T. nicht. Der Talmud, der freilich vom 2ten bis in das 5te Jahrhundert seiner Redaction nach reicht, hat beschreibende hebräische Namen für einzelne Planeten, für die *glänzende* Venus und den *rothen* Mars. Darunter ist besonders merkwürdig der Name Sabbatai (eigentlich *Sabbath*-Stern) für *Saturn:* wie unter den *pharisäischen Sternnamen*, welche Epiphanius aufzählt, für den Planeten Saturn der Name Hochab Sabbath gebraucht wird. Ist dies nicht von Einfluß darauf gewesen, daß der Sabbathtag zum Saturntage wurde, Saturni sacra dies des *Tibull* (*Eleg.* I, 3, 18)? Eine andere Stelle, des *Tacitus* (*Hist.* V, 4), erweitert den Kreis dieser Beziehungen auf Saturn als Planet und als eine traditionell-historische Person." Vergl. auch *Fürst, Kultur- und Litteraturgeschichte der Juden in Asien*, 1849 S. 40.

Die verschiedenen Lichtgestalten des Mondes haben gewiß früher die Aufmerksamkeit von Jäger- und Hirtenvölkern auf sich gezogen als astrologische Phantasien. Es ist daher wohl mit Ideler anzunehmen, daß die Woche aus der Länge synodischer Monate entstanden ist, deren vierter Theil im Mittel 7⅜ Tage beträgt; daß dagegen Beziehungen auf die Planetenreihen (die Folge ihrer Abstände von einander) sammt den Planetenstunden und -Tagen einer ganz andern Periode fortgeschrittener, theoretisirender Cultur angehören.

Ueber die Benennung der einzelnen *Wochentage nach Planeten* und über die *Reihung* und *Folge* der Planeten:

Saturn,
Jupiter,
Mars,
Sonne,
Venus,
Merkur und
Mond,

nach dem ältesten und am meisten verbreiteten Glauben (*Geminus, elem. Astr.* p. 4; *Cicero, somn. Scip.* cap. 4; *Firmicus* II, 4) zwischen der Fixstern-Sphäre und der fest stehenden Erde, als Centralkörper, sind drei Meinungen aufgestellt worden: eine entnommen aus *musikalischen Intervallen*; eine andere aus der *astrologischen* Benennung der *Planetenstunden*; eine dritte aus der Vertheilung von je drei Decanen, oder drei Planeten, welche die *Herren* (domini) dieser Decane sind, unter die 12 Zeichen des Thierkreises. Die beiden ersten Hypothesen finden sich in der merkwürdigen Stelle des Dio Cassius, in welcher er erläutern will (lib. XXXVII cap. 17), warum die Juden den Tag des Saturn (unseren Sonnabend) nach ihrem Gesetze feiern. „Wenn man", sagt er, „das musikalische Intervall, welches διὰ τεσσάρων, die Quarte, genannt wird, auf die 7 Planeten nach ihren Umlaufszeiten anwendet: und dem Saturn, dem äußersten von allen, die erste Stelle anweist; so trifft man zunächst auf den vierten (die Sonne), dann auf den siebenten (den Mond): und erhält so die Planeten in der

Ordnung, wie sie als Namen der Wochentage auf einander folgen." (Den Commentar zu dieser Stelle liefert *Vincent, sur les Manuscrits grecs relatifs à la Musique* 1847 p. 138; vergl. auch *Lobeck, Aglaophamus,* in Orph. p. 941–946.) Die zweite Erklärung des Dio Cassius ist von der periodischen Reihe der Planetenstunden hergenommen. „Wenn man", setzt er hinzu, „die Stunden des Tages und der Nacht von der ersten (Tagesstunde) zu zählen beginnt; diese dem Saturn, die folgende dem Jupiter, die dritte dem Mars, die vierte der Sonne, die fünfte der Venus, die sechste dem Merkur, die siebente dem Monde beilegt: nach der Ordnung, welche die Aegypter den Planeten anweisen, und immer wieder von vorn anfängt; so wird man, wenn man alle 24 Stunden durchgegangen ist, finden, daß die erste des folgenden Tages auf die Sonne, die erste des dritten auf den Mond: kurz die erste eines jeden Tages auf den Planeten trifft, nach welchem der Tag benannt wird." Eben so nennt Paulus Alexandrinus, ein astronomischer Mathematiker des vierten Jahrhunderts, den Regenten jedes Wochentages denjenigen Planeten, dessen Name auf die erste Tagesstunde fällt.

Diese Erklärungsweise von den Benennungen der Wochentage ist bisher sehr allgemein für die richtigere angesehen worden; aber Letronne: gestützt auf den im Louvre aufbewahrten, lange vernachlässigten Thierkreis des Bianchini, auf welchen ich selbst im Jahr 1812 die Archäologen wegen der merkwürdigen Verbindung eines griechischen und kirgisisch-tartarischen Thierkreises wiederum aufmerksam gemacht habe, hält eine dritte Erklärungsart, die Vertheilung von je drei Planeten auf ein Zeichen des Thierkreises, für die entsprechendste (*Letronne, observ. crit. et archéol. sur l'objet des représentations zodiacales* 1824 p. 97–99). Diese Planeten-Vertheilung unter die 36 Decane der Dodekatomerie ist ganz die, welche Julius Firmicus Maternus (II, 4) als "Signorum decani eorumque domini" beschreibt. Wenn man in jedem Zeichen den Planeten sondert, welcher der erste der drei ist, so erhält man die Folge der Planetentage in der Woche. (**Jungfrau:** *Sonne,* Venus, Merkur; **Wage:** *Mond,* Saturn, Jupiter; **Scorpion:** *Mars,* Sonne, Venus; **Schütze:** *Merkur . . . .* können hier als Beispiel dienen für die 4 ersten Wochentage: dies *Solis, Lunae, Martis, Mercurii*). Da nach Diodor die Chaldäer ursprünglich nur 5 Planeten (die sternartigen), nicht 7 zählten: so scheinen alle hier ausgeführte Combinationen, in denen mehr als 5 Planeten periodische Reihen bilden, wohl nicht eines altchaldäischen, sondern vielmehr sehr späten astrologischen Ursprungs zu sein (*Letronne sur l'origine du Zodiaque grec* 1840 p. 29).

Ueber die Concordanz der Reihung der Planeten als *Wochentage* mit ihrer Reihung und Vertheilung unter die *Decane* in dem Thierkreis von Bianchini wird es vielleicht einigen Lesern willkommen sein hier noch eine ganz kurze Erläuterung zu finden. Wenn man in der im Alterthum geltenden *Planeten-Ordnung* jedem Weltkörper einen Buchstaben giebt (*Saturn* a, *Jupiter* b, *Mars* c, *Sonne* d, *Venus* e, *Merkur* f, *Mond* g), und aus diesen 7 Gliedern die periodische Reihe

$$a\ b\ c\ d\ e\ f\ g,\ a\ b\ c\ d\ldots$$

bildet; so erhält man 1) durch Ueberspringung von zwei Gliedern, bei der Vertheilung unter die *Decane*, deren jeder 3 Planeten umfaßt (von welchen der *erste* jeglichen Zeichens im Thierkreise dem Wochentage seinen Namen giebt), die neue periodische Reihe

a d g c f b e, a d g c.....

das ist: dies Saturni, Solis, Lunae, Martis u. s. f.; 2) dieselbe neue Reihe

a d g c....

durch die von Dio Cassius angegebene Methode der 24 *Planetenstunden*, nach welcher die auf einander folgenden Wochentage ihren Namen von dem Planeten entlehnen. welcher die erste Tagesstunde beherrscht: so daß man also abwechselnd ein Glied der periodischen, 7gliedrigen Planetenreihe zu nehmen und 23 Glieder zu überspringen hat. Nun ist es bei einer periodischen Reihe gleichgültig, ob man eine gewisse Anzahl von Gliedern, oder diese Anzahl um irgend ein Multiplum der Gliederzahl der Periode (hier 7) vermehrt, überspringt. Ein Ueberspringen von 23 (= 3 · 7 + 2) Gliedern in der zweiten Methode, der der Planetenstunden, führt also zu demselben Resultate als die erste Methode der Decane, in welcher nur zwei Glieder übersprungen wurden.

Es ist schon oben (<u>Anm. 1493</u>) auf die merkwürdige Aehnlichkeit zwischen dem vierten Wochentage, dies Mercurii, dem indischen Budha-vâra und dem altsächsischen Wodânes-dag (Jacob *Grimm, Deutsche Mythologie* 1844 Bd. I. S. 114) hingewiesen worden. Die von William Jones behauptete Identität des Religionsstifters Buddha und des in nordischen Heldensagen wie in der nordischen Culturgeschichte berühmten Geschlechts von Odin oder Wuotan und Wotan wird vielleicht noch mehr an Interesse gewinnen, wenn man sich des Namens *Wotan:* einer halb mythischen, halb historischen Person, in einem Theil des Neuen Continents erinnert, über die ich viele Notizen in meinem Werke über Monumente und Mythen der Eingebornen von Amerika (*Vues des Cordillères et Monumens des peuples indigènes de l'Amérique* T. I. p. 208 und 382–384, T. II. p. 356) zusammengetragen habe. Dieser amerikanische Wotan ist nach den Traditionen der Eingeborenen von Chiapa und Soconusco Enkel des Mannes, welcher bei der großen Ueberschwemmung sich in einem Nachen rettete und das Menschengeschlecht erneuerte; er ließ große Bauwerke aufführen: während welcher (wie bei der mexicanischen Pyramide von Cholula) Sprachenverwirrung, Kampf und Zerstreuung der Volksstämme erfolgten. Sein Name ging auch (wie der Odins-Name im germanischen Norden) in das Calenderwesen der Eingeborenen von Chiapa über. Nach ihm wurde eine der fünftägigen Perioden genannt, deren 4 den Monat der Chiapaneken wie der Azteken bildeten. Während bei den Azteken die Namen und Zeichen der Tage von Thieren und Pflanzen hergenommen waren, bezeichneten die Eingeborenen von Chiapa (eigentlich Teochiapan) die Monatstage durch die Namen von 20 Anführern, welche, *aus dem Norden* kommend, sie so weit südlich geführt hatten. Die 4 heldenmüthigsten: *Wotan oder Wodan, Lambat, Been* und *Chinax*, eröffneten die kleinen Perioden fünftägiger Wochen, wie bei den Azteken die Symbole der vier Elemente. Wotan und die anderen Heerführer waren unstreitig aus dem Stamme der im siebenten Jahrhunderte einbrechenden Tolteken. Ixtlilxochitl (sein christlicher Name war Fernando de Alva), der erste Geschichtsschreiber seines (des aztekischen) Volkes, sagt bestimmt in den Handschriften, die er schon im Anfange des 16ten Jahrhunderts anfertigte, daß die Provinz Teochiapan und ganz Guatemala von einer Küste zur anderen von Tolteken bevölkert wurden; ja im Anfang der spanischen Eroberung lebte noch im Dorfe Teopixca eine Familie, welche sich rühmte von Wotan abzustammen. Der Bischof von Chiapa, Francisco Nuñez de la Vega, der in Guatemala einem Provincial-Concilium vorstand, hat in seinem *Preambulo de las Constituciones diocesanas* viel über die amerikanische Wotans-Sage gesammelt. Ob die Sage von dem ersten scandinavischen Odin (Odinn, Othinus) oder Wuotan, welcher von den Ufern des Don eingewandert sein soll, eine historische Grundlage habe, ist ebenfalls noch sehr unentschieden (Jacob *Grimm, Deutsche Mythologie* Bd. I S. 120–150). Die Identität des amerikanischen und scandinavischen Wotan, freilich nicht auf bloße Klangähnlichkeit gegründet, ist noch eben so zweifelhaft als die Identität von Wuotan (Odinn) und Buddha oder die der Namen des indischen Religionsstifters und des Planeten Budha.

Die Existenz einer siebentägigen peruanischen Woche, welche so oft als eine semitische Aehnlichkeit der Zeiteintheilung in beiden Continenten angeführt wird, beruht: wie schon der Pater *Acosta* (*Hist. natural y moral de las Indias* 1591 lib VI cap. 3), der bald nach der spanischen Eroberung Peru besuchte, bewiesen hat, auf einem bloßen Irrthum; und der Inca *Garcilaso de la Vega* berichtigt selbst seine frühere Angabe (Parte I. lib. II cap. 35), indem er deutlich sagt: daß in jedem der Monate, die nach dem Monde gerechnet wurden, 3 Festtage waren; und daß das Volk 8 Tage arbeiten solle, um am 9ten auszuruhen (P. I. lib. VI cap. 23). Die sogenannten peruanischen Wochen waren also von 9 Tagen. (S. meine *Vues des Cordillères* T. I. p. 341–343)

sollen sie sogar nicht älter als das zehnte Jahrhundert sein. Selbst auf Steinen mit gnostischen Inschriften findet man sie nicht. Späte Abschreiber haben sie aber gnostischen und alchymistischen Handschriften beigefügt, fast nie den ältesten Handschriften griechischer Astronomen: des Ptolemäus, des Theon oder des Cleomedes. Die frühesten Planetenzeichen: von denen einige (Jupiter und Mars), wie Salmasius mit gewohntem Scharfsinn gezeigt, aus Buchstaben entstanden sind, waren sehr von den unsrigen verschieden; die jetzige Form reicht kaum über das 15te Jahrhundert hinaus. Unbezweifelt ist es und durch eine dem Proclus (*ad Tim.* ed. Basil. p. 14) von Olympiodor entlehnte Stelle, wie auch durch ein spätes Scholion zum Pindar (*Isthm.* V, 2) erwiesen, daß die symbolisirende Gewohnheit, gewisse Metalle den Planeten zu weihen, schon neuplatonischen alexandrinischen Vorstellungen des 5ten Jahrhunderts zugehört. (Vergl. *Olympiod. Comment. in Aristot. Meteorol.* cap. 7, 3 in Ideler's Ausgabe der *Meteorol.* T. II. p. 163; auch T. I. p. 199 und 251.)

Wenn sich die Zahl der sichtbaren *Planeten* nach der frühesten Einschränkung der Benennung auf 5, später mit Hinzufügung der großen Scheiben der Sonne und des Mondes auf 7 belief; so herrschten doch auch schon im Alterthum Vermuthungen, daß außer diesen sichtbaren Planeten noch andere, lichtschwächere, ungesehene, vorhanden wären. Diese Meinung wird von Simplicius als eine aristotelische bezeichnet. „Es sei wahrscheinlich, daß solche dunkle Weltkörper, die sich um das gemeinsame Centrum bewegten, bisweilen Mondfinsternisse so gut als die Erde veranlassen." Artemidorus aus Ephesus, den Strabo oft als Geographen anführt, glaubte an unzählige solcher dunkeln kreisenden Weltkörper. Das alte *ideale* Wesen, die Gegenerde (ἀντίχθων) der Pythagoreer, gehört aber nicht in den Kreis dieser Ahndungen. Erde und Gegenerde haben eine parallele, concentrische Bewegung; und die Gegenerde: ersonnen, um der sich planetarisch in 24 Stunden um das Centralfeuer bewegenden Erde die Rotations-Bewegung zu ersparen, ist wohl nur die entgegengesetzte Halbkugel, die Antipoden-Hälfte unseres Planeten.*Böckh* im *Philolaos* S. 102 und 117.

Wenn man von den jetzt bekannten 43 Haupt- und Nebenplaneten, dem Sechsfachen von den dem Alterthum bekannten planetarischen Weltkörpern, chronologisch, nach der Zeitfolge ihrer Entdeckung, die 36 Gegenstände absondert, welche seit der Erfindung der Fernröhre erkannt worden sind; so erhält man für das 17te Jahrhundert *neun*, für das 18te Jahrhundert wieder *neun*, für das halbe 19te Jahrhundert *achtzehn* neu entdeckte.

Zeitfolge der planetarischen Entdeckungen
(Haupt und Nebenplaneten) seit der Erfindung des
Fernrohrs im Jahr 1608.

A. *Das siebzehnte Jahrhundert:*

vier Jupiterstrabanten: Simon Marius zu Ansbach 29 Dec. 1609, Galilei 7 Jan. 1610 zu Padua

Dreigestaltung des **Saturn:** Galilei Nov. 1610; Hevelius, Ansicht von 2 Seitenstäben 1656; Huygens, endliche Erkenntniß der wahren Gestalt des Ringes 17 Dec. 1657

der 6te Saturnstrabant (Titan): Huygens 25 März 1655

der 8te Saturnstrabant (der äußerste, Japetus): Domin. Cassini Oct. 1671

der 5te Saturnstrabant (Rhea): Cassini 23 Dec. 1672

der 3te und 4te Saturnstrabant (Tethys und Dione): Cassini Ende März 1684

B. *Das achtzehnte Jahrhundert:*

Uranus: William Herschel 13 März 1781 zu Bath

der 2te und 4te Uranustrabant: Will. Herschel 11 Jan. 1787

der 1te Saturnstrabant (Mimas): Will. Herschel 28 Aug. 1789

der 2te Saturnstrabant (Enceladus): Will. Herschel 17 Sept. 1789

der 1te Uranustrabant: Will. Herschel 18 Jan. 1790

der 5te Uranustrabant: Will. Herschel 9 Febr. 1790

der 6te Uranustrabant: Will. Herschel 28 Febr. 1794

der 3te Uranustrabant: Will. Herschel 26 März 1794

C. *Das neunzehnte Jahrhundert:*

Ceres*: Piazzi zu Palermo 1 Januar 1801

Pallas*: Olbers zu Bremen 28 März 1802

Juno*: Harding zu Lilienthal 1 Sept. 1804

Vesta*: Olbers zu Bremen 29 März 1807

(38 Jahre lang keine planetarische Entdeckung)

Asträa*: Hencke zu Driesen 8 Dec. 1845

Neptun: Galle zu Berlin 23 Sept. 1846

der 1te Neptunstrabant: W. Lassell zu Starfield bei Liverpool, Nov. 1846; Bond zu Cambridge (V. St.)

Hebe*: Hencke zu Driesen 1 Juli 1847

Iris*: Hind zu London 13 Aug. 1847

Flora*: Hind zu London 18 Oct. 1847

Metis*: Graham zu Markree-Castle 25 April 1848

der 7te Saturnstrabant (Hyperion): Bond in Cambridge (V. St.) 16–19 Sept. 1848, Lassell zu Liverpool 19–20 Sept. 1848

Hygiea*: de Gasparis zu Neapel 12 April 1849

Parthenope*: de Gasparis zu Neapel 11 Mai 1850

der 2te Neptunstrabant: Lassell zu Liverpool 14 Aug. 1850

Victoria*: Hind zu London 13 Sept. 1850

Egeria*: de Gasparis zu Neapel 2 Nov. 1850

Irene*: Hind zu London 19 Mai 1851 und de Gasparis zu Neapel 23 Mai 1851.

Es sind in dieser chronologischen UebersichtIn der *Geschichte der Entdeckungen* muß man die Epoche, in der eine Entdeckung gemacht wurde, von der ersten Veröffentlichung derselben unterscheiden. Durch Nichtachtung dieses Unterschiedes sind verschiedene und irrige Zahlen in astronomische Handbücher übergegangen. So z. B. hat Huygens den 6ten Saturnstrabanten, Titan, am 25 März 1655 entdeckt (*Hugenii Opera varia* 1724 p. 523) und die Entdeckung erst am 5 März 1656 (*Systema Saturnium* 1659 p. 2) veröffentlicht. Huygens, welcher seit dem Monat März 1655 sich ununterbrochen mit dem Saturn beschäftigte, genoß schon der vollen unzweifelhaften Ansicht des offenen Ringes am 17 December 1657 (*Syst. Sat.* p. 21), publicirte aber seine wissenschaftliche Erklärung aller Erscheinungen (Galilei hatte an jeder Seite des Planeten nur zwei abstehende, kreisrunde Scheiben zu sehen geglaubt) erst im Jahr 1659.die *Hauptplaneten* von   den *Nebenplaneten* oder *Trabanten* (Satelliten)   durch größere Lettern unterschieden. Ein Sternchen ist der Classe von Hauptplaneten beigefügt, welche eine eigene und sehr ausgedehnte Gruppe, gleichsam einen Ring von 33 Millionen geographischer Meilen Breite, zwischen Mars und Jupiter bilden; und gewöhnlich *Kleine   Planeten*,   auch wohl: *telescopische, Coplaneten, Asteroiden* oder *Planetoiden*,   genannt   werden.   Von diesen sind 4 in den ersten sieben Jahren dieses Jahrhunderts und 10 in den letztverflossenen sechs Jahren aufgefunden worden: was minder der Vorzüglichkeit der Fernröhre als dem Fleiß und Geschick der Suchenden, wie besonders den verbesserten und mit Fixsternen 9ter und 10ter Größe bereicherten Sternkarten zuzuschreiben ist. Man erkennt jetzt leichter das Bewegte zwischen dem Unbewegten (s. oben S. 155). Die Zahl der Hauptplaneten ist genau verdoppelt, seitdem der erste Band des Kosmos erschienenKosmos Bd. I. S. 95. Vergl. auch *Encke* in *Schumacher's astronomischen Nachrichten* Bd. XXVI. 1848 No. 622 S. 347.ist. So überschnell ist die Folge der Entdeckungen gewesen, die Erweiterung und Vervollkommnung der Topographie des Planetensystems.

2. *Vertheilung der Planeten in zwei Gruppen*. – Wenn man in dem Sonnengebiete die Region der Kleinen Planeten zwischen den Bahnen des Mars und des Jupiter, doch der ersteren im ganzen mehr genähert, als eine *scheidende Zone* räumlicher Abtheilung betrachtet, gleichsam als eine *mittlere Gruppe;* so bieten, wie schon früher bemerkt worden ist, die der Sonne näheren, *inneren* Planeten (Merkur, Venus, Erde und Mars) manche Aehnlichkeiten unter sich und Contraste mit den äußeren, der Sonne ferneren, jenseits der scheidenden Zone gelegenen Planeten (Jupiter, Saturn, Uranus und Neptun) dar. Die *mittlere* dieser drei Gruppen füllt kaum die Hälfte des Abstandes der Marsbahn von der Jupitersbahn aus. In dem Raume zwischen den zwei großen Hauptplaneten Mars und Jupiter ist der dem Mars nähere Theil bisher am reichsten gefüllt; denn wenn man in der Zone, welche die Asteroiden einnehmen, die äußersten, Flora und Hygiea, in Betrachtung zieht: so findet man, daß Jupiter mehr denn dreimal weiter von Hygiea absteht als Flora vom Mars. Diese *mittlere* Planetengruppe hat den abweichendsten

Charakter: durch ihre in einander verschlungenen, stark geneigten und excentrischen Bahnen; durch die beträchtliche Kleinheit ihrer Planeten. Die Neigung der Bahnen gegen die Ekliptik steigt bei Juno auf 13° 3', bei Hebe auf 14° 47', bei Egeria auf 16° 33', bei Pallas gar auf 34° 37': während sie in derselben *mittleren* Gruppe bei Asträa bis 5° 19', bei Parthenope bis 4° 37', bei Hygiea bis 3° 47' herabsinkt. Die sämmtlichen Bahnen der Kleinen Planeten mit Neigungen geringer als 7° sind, vom Großen zum Kleinen übergehend, die von Flora, Metis, Iris, Asträa, Parthenope und Hygiea. Keine dieser Bahn-Neigungen erreicht indeß an *Kleinheit* die von Venus, Saturn, Mars, Neptun, Jupiter und Uranus. Die Excentricitäten übertreffen theilweise noch die des Merkur (0,206); denn Juno, Pallas, Iris und Victoria haben 0,255; 0,239; 0,232 und 0,218: während Ceres (0,076), Egeria (0,086) und Vesta (0,089) weniger excentrische Bahnen haben als Mars (0,093), ohne jedoch die übrigen Planeten (Jupiter, Saturn, Uranus) in der angenäherteren Kreisförmigkeit zu erreichen. Der Durchmesser der telescopischen Planeten ist fast unmeßbar klein; und nach Beobachtungen von Lamont in München und Mädler im Dorpater Refractor ist es wahrscheinlich, daß der größte der Kleinen Planeten auf's höchste 145 geogr. Meilen im Durchmesser hat: das ist $1/_5$ des Merkur und $1/_{12}$ der Erde.

Nennen wir die 4 der Sonne näheren Planeten, zwischen dem Ringe der Asteroiden (der Kleinen Planeten) und dem Centralkörper gelegen, *innere Planeten;* so zeigen sie sich alle von mäßiger Größe, dichter, ziemlich gleich und dabei langsam um ihre Achsen rotirend (in fast 24stündiger Umdrehungszeit), minder abgeplattet und bis auf einen (die Erde) gänzlich mondlos. Dagegen sind die 4 *äußeren,* sonnenferneren Planeten, die zwischen dem Ringe der Asteroiden und den uns unbekannten Extremen des Sonnengebiets gelegenen: Jupiter, Saturn, Uranus und Neptun; mächtig größer, 5mal undichter, mehr als 2mal schneller in der Rotation um die Achse, stärker abgeplattet, und mondreicher im Verhältniß von 20 zu 1. Die *inneren Planeten* sind alle kleiner als die Erde (Merkur und Mars $2/_5$- und ½mal kleiner im Durchmesser), die äußeren Planeten sind dagegen 4,2 bis 11,2mal größer als die Erde. Die Dichtigkeit der Erde = 1 gesetzt, sind die Dichtigkeiten der Venus und des Mars bis auf weniger als $1/_{10}$ damit übereinstimmend; auch die Dichtigkeit des Merkur (nach Encke's aufgefundener Merkurs-Masse) ist nur wenig größer. Dagegen übersteigt keiner der *äußeren* Planeten die Dichtigkeit ¼; Saturn ist sogar nur $1/_7$, fast nur halb so undicht als die übrigen äußeren Planeten und als die Sonne. Die *äußeren* Planeten bieten dazu das *einzige* Phänomen des ganzen Sonnensystems, das Wunder eines seinen Hauptplaneten frei umschwebenden festen Ringes, dar; auch Atmosphären, welche durch die Eigenthümlichkeit ihrer Verdickungen sich unserem Auge als veränderliche, ja im Saturn bisweilen als unterbrochene *Streifen* darstellen.

Obgleich bei der wichtigen Vertheilung der Planeten in zwei Gruppen von *inneren* und *äußeren* Planeten *generelle* Eigenschaften der absoluten Größe, der Dichtigkeit, der Abplattung, der Geschwindigkeit in der Rotation, der Mondlosigkeit sich als abhängig von den Abständen, d. i. von ihren halben großen Bahn-Axen, zeigen; so ist diese Abhängigkeit in *jeder einzelnen dieser Gruppen* keinesweges zu behaupten. Wir kennen bisher, wie ich schon früher bemerkt, keine innere Nothwendigkeit, kein mechanisches Naturgesetz, das (wie das schöne Gesetz, welches die Quadrate der Umlaufszeiten an die Würfel der großen Axen bindet) die eben genannten Elemente für die Reihenfolge der *einzelnen* planetarischen Weltkörper jeder Gruppe in ihrer Abhängigkeit von den Abständen darstellte. Wenn auch der der Sonne nächste Planet, Merkur, *der dichteste*, ja 6- oder 8mal dichter als einzelne der äußeren Planeten: Jupiter, Saturn, Uranus und Neptun, ist; so zeigt sich doch die Reihenfolge bei Venus, Erde und Mars: oder bei Jupiter, Saturn und Uranus als sehr unregelmäßig. Die *absoluten Größen* sehen wir, wohl im allgemeinen, wie schon Kepler bemerkt (*Harmonice Mundi* V, 4 p. 194; *Kosmos* Bd. I. S. 389 [Anm. 38]), aber nicht *einzeln* betrachtet, mit den Abständen wachsen. Mars ist kleiner als die Erde, Uranus kleiner als Saturn, Saturn kleiner als Jupiter; und dieser folgt unmittelbar auf eine Schaar von Planeten, welche wegen ihrer Kleinheit fast unmeßbar sind. Die *Rotationszeit* nimmt im allgemeinen freilich mit der Sonnenferne zu; aber sie ist bei Mars wieder langsamer als bei der Erde, bei Saturn langsamer als bei Jupiter.

Die Welt der Gestaltungen, ich wiederhole es, kann in der Aufzählung räumlicher Verhältnisse nur geschildert werden als etwas Thatsächliches, als etwas Daseiendes (Wirkliches) in der Natur; nicht als Gegenstand intellectueller Schlußfolge, schon erkannter ursachlicher Verkettung. Kein allgemeines Gesetz ist hier für die Himmelsräume aufgefunden, so wenig als für die Erdräume in der Lage der Culminationspunkte der Bergketten oder in der Gestaltung der einzelnen Umrisse der Continente. Es sind *Thatsachen* der Natur, hervorgegangen aus dem Conflict vielfacher, unter uns unbekannt gebliebenen Bedingungen wirkender Wurf- und Anziehungskräfte. Wir treten hier mit gespannter und unbefriedigter Neugier in das dunkle Gebiet des *Werdens*. Es handelt sich hier, im eigentlichsten Sinne des so oft gemißbrauchten Wortes, um *Weltbegebenheiten*, um kosmische Vorgänge in für uns unmeßbaren Zeiträumen. Haben sich die Planeten aus kreisenden Ringen dunstförmiger Stoffe gebildet: so muß die Materie, als sie sich nach dem Vorherrschen einzelner Attractionspunkte zu ballen begann, eine unabsehbare Reihe von Zuständen durchlaufen sein, um bald einfache, bald verschlungene Bahnen; Planeten von so verschiedener Größe, Abplattung und Dichte, mondlose und mondreiche: ja in einen festen Ring verschmolzene Satelliten zu bilden. Die gegenwärtige Form der Dinge und die genaue numerische Bestimmung ihrer Verhältnisse hat uns bisher nicht zur Kenntniß der durchlaufenen Zustände führen können, nicht zu klarer Einsicht in die Bedingungen, unter denen sie entstanden sind. Diese Bedingungen dürfen aber darum nicht *zufällig* heißen: wie dem Menschen alles heißt, was er noch nicht genetisch zu erklären vermag.

3. *Absolute und scheinbare Größe; Gestaltung.* – Der Durchmesser des größten aller Planeten, Jupiters, ist 30mal so groß als der Durchmesser des kleinsten der sicher bestimmten Planeten, Merkurs; fast 11mal so groß als der Durchmesser der Erde. Beinahe in demselben Verhältniß steht Jupiter zur Sonne. Die Durchmesser beider sind nahe wie 1 zu 10. Man hat vielleicht irrig behauptet, der Größen-Abstand der Meteorsteine, die man geneigt ist für kleine planetarische Körper zu halten, zur Vesta: welche nach einer Messung von Mädler 66 geogr. Meilen im Durchmesser, also 80 Meilen weniger hat wie Pallas nach Lamont; sei nicht bedeutender als der Größen-Abstand der Vesta zur Sonne. Nach diesem Verhältnisse müßte es Meteorsteine von 517 Fußen im Durchmesser geben. Feuerkugeln haben, so lange sie scheibenartig erscheinen, allerdings bis 2600 Fuß Durchmesser.

Die Abhängigkeit der Abplattung von der Umdrehungs-Geschwindigkeit zeigt sich am auffallendsten in der Vergleichung der Erde als eines Planeten der *inneren* Gruppe (Rot. 23^h 56', Abpl. $1/_{299}$) mit den äußeren Planeten Jupiter (Rot. 9^h 55'; Abpl. nach Arago $1/_{17}$, nach John Herschel $1/_{15}$) und Saturn (Rot. 10^h 29', Abpl. $1/_{10}$). Aber Mars, dessen Rotation sogar noch 41 Minuten *langsamer* ist als die Rotation der Erde, hat, wenn man auch ein viel schwächeres Resultat als das von William Herschel annimmt, doch immer sehr wahrscheinlich eine viel *größere* Abplattung. Liegt der Grund dieser Anomalie, in so fern die Oberflächen-Gestalt des elliptischen Sphäroids der Umdrehungs-Geschwindigkeit entsprechen soll, in der Verschiedenheit des Gesetzes der zunehmenden Dichtigkeiten auf einander liegender Schichten gegen das Centrum hin? oder in dem Umstand, daß die flüssige Oberfläche einiger Planeten früher erhärtet ist, als sie die ihrer Rotations-Geschwindigkeit zugehörige Figur haben annehmen können? Von der Gestaltung der Abplattung unseres Planeten hangen, wie die theoretische Astronomie beweist, die wichtigen Erscheinungen des Zurückweichens der Aequinoctial-Punkte oder des scheinbaren Vorrückens der Gestirne (*Präcession*), die der *Nutation* (Schwankung der Erdachse) und der Veränderung der *Schiefe der Ekliptik* ab.

Die absolute Größe der Planeten und ihre Entfernung von der Erde bestimmen ihren scheinbaren Durchmesser. Der *absoluten* (wahren) *Größe* nach haben wir die Planeten, von den kleineren zu den größeren übergehend, also zu reihen:

die in ihren Bahnen verschlungenen, Kleinen Planeten, deren größte Pallas und Vesta zu sein scheinen;

Merkur,

Mars,

Venus,

Erde,

*

Neptun,

Uranus,

Saturn,

Jupiter.

In der mittleren Entfernung von der Erde hat Jupiter einen scheinbaren Aequatorial-Durchmesser von 38",4: wenn derselbe bei der, der Erde an Größe ohngefähr gleichen Venus, ebenfalls in mittlerer Entfernung, nur 16",9; bei Mars 5",8 ist. In der unteren Conjunction wächst aber der scheinbare Durchmesser der Scheibe der Venus bis 62", wenn der des Jupiter in der Opposition nur eine Vergrößerung bis 46" erreicht. Es ist hier nothwendig zu erinnern, daß der Ort in der Bahn der Venus, an welchem sie uns im hellsten Lichte erscheint, zwischen ihre untere Conjunction und ihre größte Digression von der Sonne fällt, weil da die schmale Lichtsichel wegen der größten Nähe zu der Erde das intensiveste Licht giebt. Im Mittel erscheint Venus am herrlichsten leuchtend, ja in Abwesenheit der Sonne Schatten werfend, wenn sie 40° östlich oder westlich von der Sonne entfernt ist; dann beträgt ihr scheinbarer Durchmesser nur an 40" und die größte Breite der beleuchteten Phase kaum 10".

Scheinbarer Durchmesser von 7 Planeten:

Merkur	in	mittlerer	Entfernung	6",7	(oscillirt von 4",4 bis 12")
Venus	"	"	"	16",9	(oscillirt von 9",5 bis 62")
Mars	"	"	"	5",8	(oscillirt von 3",3 bis 23")
Jupiter	"	"	"	38",4	(oscillirt von 30" bis 46")
Saturn	"	"	"	17",1	(oscillirt von 15" bis 20")
Uranus	"	"	"	3",9	
Neptun	"	"	"	2",7	

Das Volumen der Planeten im Verhältniß zur Erde ist bei

Merkur	wie	1	:	16,7
Venus	"	1	:	1,05
Erde	"	1	:	1
Mars	"	1	:	7,14

Jupiter	"	1414	:	1
Saturn	"	735	:	1
Uranus	"	82	:	1
Neptun	"	108	:	1

während das Volum der Sonne zu dem der Erde = 1407124 : 1 ist. Kleine Aenderungen der Messungen des Durchmessers vergrößern die Angaben der Volumina im Verhältniß des Cubus.

Die ihren Ort verändernden, den Anblick des gestirnten Himmels anmuthig belebenden Planeten wirken gleichzeitig auf uns durch die Größe ihrer Scheiben und ihre Nähe; durch Farbe des Lichts; durch Scintillation, die einigen Planeten in gewissen Lagen nicht ganz fremd ist; durch die Eigenthümlichkeit, mit der ihre verschiedenartigen Oberflächen das Sonnenlicht reflectiren. Ob eine schwache Lichtentwickelung in den Planeten selbst die Intensität und Beschaffenheit ihres Lichts modificire, ist ein noch zu lösendes Problem.

4. *Reihung der Planeten und ihre Abstände von der Sonne.* – Um das bisher entdeckte Planetensystem als ein Ganzes zu umfassen und in seinen *mittleren Abständen* von dem Centralkörper, der Sonne, darzustellen, liefern wir die nachfolgende Tabelle: in welcher, wie es immer in der Astronomie gebräuchlich gewesen, die mittlere Entfernung der Erde von der Sonne (20682000 geogr. Meilen) zur Einheit angenommen ist. Wir fügen später bei den einzelnen Planeten die größten und kleinsten Entfernungen von der Sonne im *Aphel* und *Perihel* hinzu: je nachdem der Planet in der Ellipse, deren Brennpunkt die Sonne einnimmt, sich in demjenigen Endpunkte der großen Axe (Apsidenlinie) befindet, welcher dem Brennpunkte am *fernsten* oder am *nächsten* ist. Unter der *mittleren* Entfernung von der Sonne, von welcher hier allein die Rede ist, wird das Mittel aus der größten und kleinsten Entfernung, oder die *halbe große Axe* der Planetenbahn, verstanden. Auch ist zu bemerken, daß die numerischen Data hier wie bisher, und so auch im Folgenden, größtentheils aus Hansen's sorgfältiger Zusammenstellung der Planeten-Elemente in *Schumacher's Jahrbuch* für 1837 entnommen sind. Wo die Data sich auf Zeit beziehen, gelten sie bei den ältern und *größeren* Planeten für das *Jahr 1800;* bei *Neptun* aber für *1851,* mit Benutzung des Berliner *astronomischen Jahrbuchs* von 1853. Die weiter unten folgende Zusammenstellung der *Kleinen* Planeten, deren Mittheilung ich der Freundschaft des Dr. *Galle* verdanke, bezieht sich durchgängig auf neuere Epochen.

Abstände der Planeten von der Sonne:

Merkur	0,38709
Venus	0,72333
Erde	1,00000
Mars	1,52369

Kleine Planeten:

Flora	2,202
Victoria	2,335
Vesta	2,362
Iris	2,385
Metis	2,386
Hebe	2,425
Parthenope	2,448
Irene	2,553
Asträa	2,577
Egeria	2,579
Juno	2,669
Ceres	2,768
Pallas	2,773
Hygiea	3,151
Jupiter	5,20277
Saturn	9,53885

Uranus	19,18239
Neptun	30,03628

Die einfache Beobachtung der sich von Saturn und Jupiter bis Mars und Venus schnell vermindernden Umlaufszeiten hatte: bei der Annahme, daß die Planeten an bewegliche Sphären geheftet seien, sehr früh auf Ahndungen über die *Abstände* dieser Sphären von einander geführt. Da unter den Griechen vor Aristarch von Samos und der Errichtung des alexandrinischen Museums von methodisch angestellten Beobachtungen und Messungen keine Spur zu finden ist; so entstand eine große Verschiedenheit in den Hypothesen über die *Reihung der Planeten* und ihre relativen *Abstände:* sei es, wie nach dem am meisten herrschenden Systeme, über die Abstände von der im Centrum ruhenden Erde; oder, wie bei den Pythagoreern, über die Abstände von dem *Heerd des Weltalls,* der *Hestia.* Man schwankte besonders in der Stellung der Sonne, d. h. in ihrer relativen Lage gegen die unteren Planeten und den Mond. Die Pythagoreer, denen *Zahl* die Quelle der Erkenntniß, die Wesenheit der Dinge war, wandten ihre Zahlentheorie, die alles verschmelzende Lehre der Zahlverhältnisse auf die geometrische Betrachtung der früh erkannten 5 regelmäßigen Körper, auf die musikalischen Intervalle der Töne, welche die Accorde bestimmen und verschiedene Klanggeschlechter bilden, ja auf den Weltenbau selbst an: ahndend, daß die bewegten, gleichsam schwingenden, Klangwellen erregenden Planeten nach den harmonischen Verhältnissen ihrer räumlichen Intervalle eine *Sphärenmusik* hervorrufen müßten. „Diese Musik", setzten sie hinzu, „würde dem menschlichen Ohre vernehmbar sein, wenn sie nicht, eben darum weil sie *perpetuirlich* ist und weil der Mensch von Kindheit auf daran gewöhnt ist, *überhört* würde." Der harmonische Theil der pythagorischen Zahlenlehre schloß sich so der figürlichen Darstellung des Kosmos an, ganz im Sinne des Platonischen Timäus; denn „die Kosmogonie ist dem Plato das Werk der von der Harmonie zu Stande gebrachten Vereinigung entgegengesetzter Urgründe" Er versucht sogar in einem anmuthigen Bilde die Welttöne zu versinnlichen, indem er auf jede der Planetensphären eine *Sirene* setzt, die, von den ernsten Töchtern der Nothwendigkeit, den drei *Mören,* unterstützt, die ewige Umkreisung der *Weltspindel* fördern. Eine solche Darstellung der Sirenen, an deren Stelle bisweilen als Himmelssängerinnen die Musen treten, ist uns in antiken Kunstdenkmälern, besonders in geschnittenen Steinen, mehrfach erhalten. Im christlichen Alterthume, wie im ganzen Mittelalter, von Basilius dem Großen an bis Thomas von Aquino und Petrus Alliacus, wird der *Harmonie der Sphären* noch immer, doch meist tadelnd, gedacht.S. die scharfsinnige Schrift des Prof. Ferdinand Piper: von der Harmonie der Sphären 1850 S. 12–18. Das vermeintliche Verhältniß von 7 Vocalen der altägyptischen Sprache zu den 7 Planeten; und Gustav Seyffarth's, schon durch Zoega's und Tölken's Untersuchungen widerlegte Auffassung von astrologischen vocalreichen Hymnen ägyptischer Priester: nach Stellen des Pseudo-Demetrius Phalereus (vielleicht Demetrius aus Alexandrien), einem Epigramme des Eusebius und einem gnostischen

Manuscripte in Leiden, ist von *Ideler* dem Sohne (*Hermapion* 1841 Pars I. p. 196–214) umständlich und mit kritischer Gelehrsamkeit behandelt worden. (Vergl. auch *Lobeck, Aglaophamus* T. II. p. 932.)

Am Ende des sechzehnten Jahrhunderts erwachten in dem phantasiereichen Kepler wieder alle pythagorischen und platonischen Weltansichten, gleichzeitig die geometrischen wie die musikalischen. Kepler baute, nach seinen naturphilosophischen Phantasien, das Planetensystem erst in dem *Mysterium cosmographicum* nach der Norm der 5 regulären Körper, welche zwischen die Planetensphären gelegt werden können, dann in der *Harmonice Mundi* nach den Intervallen der Töne auf. Ueber die allmälige Entwickelung der musikalischen Ideen von Kepler s. *Apelt's* Commentar der *Harmonices Mundi* in seiner Schrift: *Johann Keppler's Weltansicht* 1849 S. 76–116. (Vergl. auch *Delambre, Histoire de l'Astronomie moderne* T. I. p. 352–360.) Von der *Gesetzlichkeit* in den relativen Abständen der Planeten überzeugt, glaubte er das Problem durch eine glückliche Combination seiner früheren und späteren Ansichten gelöst zu haben. Auffallend genug ist es, daß Tycho de Brahe, den wir sonst immer so streng an die wirkliche Beobachtung gefesselt finden, schon vor Kepler die von Rothmann bestrittene Meinung geäußert hatte, daß die kreisenden Weltkörper die *Himmelsluft* (was wir jetzt das *widerstehende Mittel* nennen) zu erschüttern vermöchten, um Töne zu erzeugen. Die Analogien der Tonverhältnisse mit den Abständen der Planeten, denen Kepler so lange und so mühsam nachspürte, blieben aber, wie mir scheint, bei dem geistreichen Forscher ganz in dem Bereich der Abstractionen. Er freut sich, zu größerer Verherrlichung des Schöpfers, in den räumlichen Verhältnissen des Kosmos musikalische Zahlenverhältnisse entdeckt zu haben; er läßt, wie in dichterischer Begeisterung, „Venus zusammen mit der Erde in der Sonnenferne Dur, in der Sonnennähe *Moll* spielen: ja der höchste Ton des Jupiter und der der Venus müssen im Moll-Accord zusammentreffen". Trotz aller dieser so häufig gebrauchten, und doch nur symbolisirenden, Ausdrücke sagt Kepler bestimmt: "jam soni in coelo nulli existunt, nec tam turbulentus est motus, ut ex attritu *aurae coelestis* eliciatur stridor." (*Harmonice Mundi* lib. V cap. 4.) Der dünnen und heiteren Weltluft (aura coelestis) wird hier also wieder gedacht.

Die vergleichende Betrachtung der Planeten-Intervalle mit den regelmäßigen Körpern, welche diese Intervalle ausfüllen müssen, hatte Kepler ermuthigt seine Hypothesen selbst bis auf die Fixsternwelt auszudehnen. Was bei der Auffindung der Ceres und der anderen sogenannten *Kleinen Planeten* an die pythagorischen Combinationen Kepler's zuerst wieder lebhaft erinnert hat, ist dessen, fast vergessene Aeußerung gewesen über die wahrscheinliche *Existenz eines noch ungesehenen Planeten in der großen planetenlosen Kluft zwischen Mars und Jupiter.* („Motus semper distantiam pone sequi videtur; atque ubi magnus hiatus erat inter orbes, erat et inter motus.") „Ich bin kühner geworden", sagt er in der Einleitung zum *Mysterium cosmographicum*, „und setze zwischen Jupiter und Mars einen neuen Planeten, wie auch (eine Behauptung, die weniger glücklich war und lange unbeachtet blieb) einen anderen Planeten *zwischen Venus und Merkur;* man hat wahrscheinlich beide ihrer außerordentlichen Kleinheit wegen nicht gesehen." Später fand Kepler, daß er dieser neuen Planeten für sein Sonnensystem nach den Eigenschaften der 5 regelmäßigen Körper nicht bedürfe; es komme nur darauf an, den Abständen der alten Planeten eine *kleine Gewalt* anzuthun. („Non reperies novos et incognitos Planetas, ut paulo antea, interpositos, non ea mihi probatur audacia; sed illos veteres *parum admodum luxatos.*" *Myst. cosmogr.* p. 10.) Die geistigen Richtungen Kepler's waren den Pythagorischen und noch mehr den im Timäus ausgesprochenen Platonischen so analog, daß, so wie Plato (*Cratyl.* p. 409) in den sieben Planetensphären neben der Verschiedenheit der Töne auch die der Farben fand, Kepler ebenfalls (*Astron. opt.* cap. 6 pag. 261) eigene Versuche anstellte, um an einer verschieden erleuchteten Tafel die Farben der Planeten nachzuahmen. War doch der große, in seinen Vernunftschlüssen immer so strenge Newton ebenfalls noch geneigt, wie schon Prevost (*Mém. de l'Acad. de Berlin* pour 1802 p. 77 und 93) bemerkt, die Dimension der 7 Farben des Spectrums auf die diatonische Scale zu reduciren.

Die Hypothese von noch unbekannten Gliedern der Planetenreihe des Sonnensystems erinnert an die Meinung des hellenischen Alterthums: daß es weit mehr als 5 Planeten gebe; dies sei ja nur die Zahl der beobachteten, viele andere aber blieben ungesehen wegen der Schwäche ihres Lichtes und ihrer Stellung. Ein solcher Ausspruch ward besonders dem Artemidor aus Ephesus zugeschrieben. Ein anderer alt-hellenischer, vielleicht selbst ägyptischer Glaube scheint der gewesen zu sein: „daß die Himmelskörper, welche wir jetzt sehen, nicht alle von je her zugleich sichtbar waren". Mit einem solchen physischen oder vielmehr historischen Mythus hängt die sonderbare *Form* des Lobes eines hohen Alters zusammen, das einige Volksstämme sich selbst beilegten. So nannten sich *Proselenen* die vorhellenischen pelasgischen Bewohner Arkadiens: weil sie sich rühmten früher in ihr Land gekommen zu sein, als der Mond die Erde begleitete. *Vorhellenisch* und *vormondlich* waren synonym. Das Erscheinen eines Gestirns wurde als eine *Himmelsbegebenheit* geschildert, wie die Deucalionische Fluth eine *Erdbegebenheit* war. Apulejus dehnte die Fluth bis auf die gätulischen Gebirge des nördlichen Afrika's aus. Bei Apollonius Rhodius, der nach alexandrinischer Sitte gern alten Mustern nachahmte, heißt es von der frühen Ansiedelung der Aegypter im Nilthale: „noch kreisten nicht am Himmel *die Gestirne alle;* noch waren die Danaer nicht erschienen, nicht das Deucalionische Geschlecht."

„Wir beginnen mit einigen Hauptstellen, die bei den Alten von den Proselenen handeln. Stephanus von Byzanz (v. Ἀρκάς) nennt den Logographen Hippys aus Rhegium, einen Zeitgenossen von Darius und Xerxes, als den Ersten, der die Arkader προσελήνους genannt habe. Die Scholiasten ad *Apollon. Thod.* IV, 264 und ad *Aristoph.* Nub. 397 sagen übereinstimmend: Das hohe Alterthum der Arkader erhellet am meisten daraus, daß sie προσέληνοι hießen. Sie scheinen vor dem Monde da gewesen zu sein, wie denn auch Eudoxus und Theodorus sagen; Letzterer fügt hinzu, es sei kurz vor dem Kampfe des Hercules der Mond erschienen. In der Staatsverfassung der Tegeaten meldet Aristoteles: die Barbaren, welche Arkadien bewohnten, seien von den späteren Arkadern vertrieben worden, ehe der Mond erschien; darum sie auch προσέληνοι genannt worden. Andere sagen, Endymion habe die Umläufe des Mondes entdeckt; da er aber ein Arkader war, seien die Arkader nach ihm προσέληνοι genannt worden. Tadelnd spricht sich Lucian (*astrolog.* 26) aus. Nach ihm sagen aus Unverstand und aus Thorheit die Arkader, sie seien früher da gewesen als der Mond. In Schol. ad *Aeschyl.* Prom. 436 wird bemerkt: προσελούμενον heiße ὑβριζόμενον; woher denn auch die Arkader προσέληνοι genannt werden, weil sie übermüthig sind. Die Stellen des Ovidius über das vormondliche Dasein der Arkader sind allgemein bekannt. – In neuester Zeit ist sogar der Gedanke aufgetaucht: das ganze Alterthum habe sich von der Form προσέληνοι täuschen lassen; das Wort (eigentlich προέλληνοι) bedeute bloß *vorhellenisch*, da allerdings Arkadien ein pelasgisches Land sei."

„Wenn nun nachgewiesen werden kann", fährt Professor Franz fort, „daß ein anderes Volk seine Abstammung mit einem anderen Gestirn in Verbindung brachte, so wird man der Mühe überhoben zu täuschenden Etymologien seine Zuflucht zu nehmen. Diese Art des Nachweises ist aber in bester Form vorhanden. Der gelehrte Rhetor *Menander* (um das Jahr 270 nach Chr.) sagt wörtlich in seiner Schrift *de encomiis* (sect. II cap. 3 ed. Heeren), wie folgt: Als drittes Moment für das Loben des Gegenstandes gilt die Zeit; dies ist bei allem Aeltesten der Fall: wenn wir aussagen von einer Stadt oder von einem Lande, sie seien angebauet worden vor dem und dem Gestirn, oder mit den Gestirnen, vor der Ueberschwemmung oder nach der Ueberschwemmung; wie die Athener behaupten, sie seien mit der Sonne entstanden, die Arkader vor dem Monde, die Delpher gleich nach der Ueberschwemmung: denn dies sind Absätze und gleichsam Anfangspunkte in der Zeit."

„Also Delphi, dessen Zusammenhang mit der Deucalionischen Fluth auch sonst bezeugt ist (*Pausan.* X, 6), wird von Arkadien, Arkadien wird von Athen übertroffen. Ganz übereinstimmend hiermit drückt sich der, ältere Muster nachahmende *Apollonius Rhodius* IV, 261 aus, wo er sagt, Aegypten sei vor allen anderen Ländern bewohnt gewesen: „noch nicht kreisten am Himmel die Gestirne alle; noch waren die Danaer nicht da, nicht das Deucalionische Geschlecht; vorhanden waren nur die Arkader: die, von denen es heißt, daß sie vor dem Monde lebten, Eicheln essend auf den Bergen." Eben so sagt *Nonnus* XLI von dem syrischen Beroë, es sei vor der Sonne bewohnt gewesen."

„Eine solche Gewohnheit, aus Momenten der Welt-Construction Zeitbestimmungen zu entnehmen, ist ein Kind der Anschauungs-Periode, in welcher alle Gebilde noch mehr Lebendigkeit haben: und gehört zunächst der genealogischen Local-Poesie an. So ist es selbst nicht unwahrscheinlich, daß die durch einen arkadischen Dichter besungene Sage von dem Gigantenkampf in Arkadien, auf welche sich die oben angeführten Worte des alten Theodorus beziehen (den Einige für einen Samothracier halten und dessen Werk sehr umfangreich gewesen sein muß), Veranlassung zur Verbreitung des Epithetons προσέληνοι für die Arkader gegeben habe."

Ueber den Doppelnamen: "Arkades Pelasgoi" und den Gegensatz einer älteren und jüngeren Bevölkerung Arkadiens vergl. die vortreffliche Schrift: *„der Peloponnesos"* von Ernst *Curtius* 1851 S. 160 und 180. Auch im Neuen Continent finden wir, wie ich an einem anderen Orte gezeigt (s. meine *Kleinen Schriften* Bd. I. S. 115), auf der Hochebene von Bogota den Völkerstamm der Muyscas oder Mozcas, welcher in seinen historischen Mythen sich eines proselenischen Alters rühmte. Die Entstehung des Mondes hängt mit der Sage von einer großen Fluth zusammen, welche ein Weib, das den Wundermann Botschika begleitete, durch ihre Zauberkünste veranlaßt hatte. Botschika verjagte das Weib (Huythaca oder Schia genannt). Sie verließ die Erde und wurde der Mond: „welcher bis dahin den Muyscas noch nie geleuchtet hatte". Botschika, des Menschengeschlechts sich erbarmend, öffnete mit starker Hand eine steile Felswand bei Canoas, wo der Rio de Funzha sich jetzt im berufenen Wasserfall des Tequendama herabstürzt. Das mit Wasser gefüllte Thalbecken wurde dadurch trocken gelegt; – ein geognostischer Roman, der sich oft wiederholt: z. B. im geschlossenen Alpenthal von Kaschmir, wo der mächtige Entwässerer Kasyapa heißt.

Diese wichtige Stelle erläutert das Lob des pelasgischen Arkadien.

Ich schließe diese Betrachtungen über die Abstände und räumliche Reihung der Planeten mit einem Gesetz, welches eben nicht diesen Namen verdient: und das Lalande und Delambre ein *Zahlenspiel*, Andere ein mnemonisches Hülfsmittel nennen. Es hat dasselbe unseren verdienstvollen Bode viel beschäftigt, besonders zu der Zeit, als Piazzi die Ceres auffand: eine Entdeckung, die jedoch keinesweges durch jenes sogenannte Gesetz, sondern eher durch einen Druckfehler in Wollaston's Sternverzeichniß veranlaßt wurde. Wollte man die Entdeckung als die Erfüllung einer Voraussagung betrachten; so muß man nicht vergessen, daß letztere, wie wir schon oben erinnert haben, bis zu Kepler hinaufreicht, also mehr denn 1½ Jahrhunderte über Titius und Bode hinaus. Obgleich der Berliner Astronom in der 2ten Auflage seiner populären und überaus nützlichen „Anleitung zur Kenntniß des gestirnten Himmels" bereits sehr bestimmt erklärt hatte, „daß er das *Gesetz der Abstände* einer in Wittenberg durch Prof. *Titius* veranstalteten Uebersetzung von Bonnet's *contemplation de la Nature* entlehne"; so hat dasselbe doch meist seinen Namen und selten den von Titius geführt. In einer Note, welche der Letztere dem Capitel über das Weltgebäude hinzufügte, heißt es: „Wenn man die Abstände der Planeten untersucht, so findet man, daß fast alle in *der* Proportion von einander entfernt sind, wie ihre körperlichen Größen zunehmen. Gebet der Distanz von der Sonne bis zum Saturn 100 Theile; so ist Merkur 4 solcher Theile von der Sonne entfernt, Venus 4 + 3 = 7 derselben, die Erde 4 + 6 = 10, Mars 4 + 12 = 16. Aber von Mars bis zu Jupiter kommt eine Abweichung von dieser so genauen (!) Progression vor. Vom Mars folgt ein Raum von

4 + 24 = 28 solcher Theile, darin weder ein Hauptplanet noch ein Nebenplanet zur Zeit gesehen wird. Und der Bauherr sollte diesen Raum leer gelassen haben? Es ist nicht zu zweifeln, daß dieser Raum den bisher noch unentdeckten Trabanten des Mars zugehöre; oder daß vielleicht auch Jupiter noch Trabanten um sich habe, die bisher durch kein Fernrohr gesehen sind. Von dem uns (in seiner Erfüllung) unbekannten Raum erhebt sich Jupiters Wirkungskreis in 4 + 48 = 52. Dann folgt Saturn in 4 + 96 = 100 Theilen – ein bewundernswürdiges Verhältniß." – Titius war also geneigt den Raum zwischen Mars und Jupiter nicht mit einem, sondern mit mehreren Weltkörpern, wie es wirklich der Fall ist, auszufüllen; aber er vermuthete, daß dieselben eher Neben- als Hauptplaneten wären.

Wie der Uebersetzer und Commentator von Bonnet zu der Zahl 4 für die Merkurbahn gelangte, ist nirgends ausgesprochen. Er wählte sie vielleicht nur, um für den damals entferntesten Planeten Saturn, dessen Entfernung 9,5: also nahe = 10,0 ist, genau 100 zu haben; in Verbindung mit den leicht theilbaren Zahlen 96, 48, 24 u. s. f. Daß er die Reihenfolge bei den *näheren* Planeten beginnend aufgestellt habe, ist minder wahrscheinlich. Eine hinreichende Uebereinstimmung des, nicht von der Sonne, sondern vom Merkur anhebenden Gesetzes der *Verdoppelung* mit den wahren Planeten-Abständen konnte schon im vorigen Jahrhundert nicht behauptet werden, da letztere damals genau genug für diesen Zweck bekannt waren. In der Wirklichkeit nähern sich allerdings der Verdoppelung sehr die Abstände zwischen Jupiter, Saturn und Uranus; indeß hat sich seit der Entdeckung des Neptun, welcher dem Uranus viel zu nahe steht, das Mangelhafte der Progression in einer augenfälligen Weise zu erkennen gegeben.

Merkur	Venus	Erde	Mars	Kl. Plan.	Jupiter
$4/100$	$7/100$	$10/100$	$16/100$	$28/100$	$52/100$

nach der sogenannten Progression: 4, 4+3, 4+6, 4+12, 4+24, 4+48; so ergaben sich, wenn man die Entfernung des Saturn von der Sonne zu 197,3 Millionen geographischer Meilen anschlägt, in demselben Meilenmaaße von der Sonne:

Abstände nach Titius in geogr. Meilen		*wirkliche Abstände* in geogr. Meilen	
Merkur	7,9 Millionen	8,0	Millionen
Venus	13,8 "	15,0	"
Erde	19,7 "	20,7	"

Mars	31,5	"	31,5	"
Kl. Plan.	55,2	"	55,2	"
Jupiter	102,6	"	107,5	"
Saturn	197,3	"	197,3	"
Uranus	386,7	"	396,7	"
Neptun	765,5	"	621,2	"

Was man das Gesetz des Vicarius Wurm aus Leonberg nennt und bisweilen von dem Titius-Bode'schen Gesetze unterscheidet, ist eine bloße Correction, welche Wurm bei der Entfernung des Merkur von der Sonne und bei der Differenz der Merkur- und Venus-Abstände angebracht hat. Er setzt, der Wahrheit sich mehr nähernd, den ersteren zu 387, den zweiten zu 680, den Erd-Abstand zu 1000. *Wurm in Bode's astron. Jahrbuch* für das J. 1790 S. 168 und *Bode: von dem neuen zwischen Mars und Jupiter entdeckten achten Hauptplaneten des Sonnensystems* 1802 S. 45. Mit der numerischen Correction von Wurm heißt die Reihe nach Entfernungen von der Sonne:

Merkur	387 Theile		
Venus	387 +	293 =	680
Erde	387 +	2.293 =	973
Mars	387 +	4.293 =	1559
Kl. Plan.	387 +	8.293 =	2731
Jupiter	387 +	16.293 =	5075
Saturn	387 +	32.293 =	9763
Uranus	387 +	64.293 =	19139
Neptun	387 +	128.293 =	37891

Damit man den Grad der Genauigkeit dieser Resultate prüfen könne, folgen in der nächsten Tafel noch einmal die *wirklichen* mittleren Abstände der Planeten, wie man sie jetzt anerkennt, mit Beifügung der Zahlen, welche Kepler nach den Tychonischen Beobachtungen vor drittehalbhundert Jahren für die wahren hielt. Ich entlehne letztere der Schrift *Newton's de Mundi Systemate* (*Opuscula math., philos. et philol.* 1744 T. II. p. 11):

Planeten	wirkliche Abstände	Resultate von Kepler
Merkur	0,38709	0,38806
Venus	0,72333	0,72400
Erde	1,00000	1,00000
Mars	1,52369	1,52350
Juno	2,66870	. . . . .
Jupiter	5,20277	5,19650
Saturn	9,53885	9,51000
Uranus	19,18239	. . . . .
Neptun	30,03628	. . . . .

Gauß hat schon bei Gelegenheit der Entdeckung der Pallas durch Olbers in einem Briefe an Zach (Oct. 1802) das sogenannte *Gesetz der Abstände* treffend gerichtet. „Das von Titius angegebene", sagt er, „trifft bei den meisten Planeten, gegen die Natur aller Wahrheiten, die den Namen *Gesetz* verdienen, nur ganz beiläufig, und: was man noch nicht einmal bemerkt zu haben scheint, beim Merkur gar nicht zu. Es ist einleuchtend, daß die Reihe: 4, 4+3, 4+6, 4+12, 4+24, 4+48, 4+96, 4+192, womit die Abstände übereinstimmen sollten, gar nicht einmal eine continuirliche Reihe ist. Das Glied, welches vor 4+3 hergeht, muß ja nicht 4, d. i. 4+0: sondern 4+1½ sein. Also zwischen 4 und 4+3 sollten noch unendlich viele liegen; oder, wie Wurm es ausdrückt, für n=1 kommt aus $4+2^{n-2}.3$ nicht 4, sondern 5½. Es ist übrigens gar nicht zu tadeln, wenn man dergleichen ungefähre Uebereinstimmungen in der Natur aufsucht. Die größten Männer aller Zeiten haben solchem lusus ingenii nachgehangen."

5. *Massen der Planeten.* – Sie sind durch Satelliten, wo solche vorhanden sind, durch gegenseitige Störungen der Hauptplaneten unter einander oder durch Einwirkung eines Cometen von kurzem Umlauf ergründet worden. So wurde von Encke 1841 durch Störungen, welche sein Comet erleidet, die bis dahin unbekannte Masse des Merkur bestimmt. Für Venus bietet derselbe Comet für die Folge Aussicht der Massen-Verbesserung dar. Auf Jupiter werden die Störungen der Vesta angewandt. Die *Masse* der Sonne als Einheit genommen, sind (nach *Encke, vierte Abhandlung über*

den Cometen von Pons in den Schriften der Berliner Akademie der Wissenschaften für 1842 S. 5):

Merkur	$^1/_{4865751}$
Venus	$^1/_{401839}$
Erde	$^1/_{359551}$
(Erde und Mond zusammen	$^1/_{355499}$)
Mars	$^1/_{2680337}$
Jupiter mit seinen Trabanten	$^1/_{1047,879}$
Saturn	$^1/_{3501,6}$
Uranus	$^1/_{24605}$
Neptun	$^1/_{14446}$

Noch größer, jedoch der Wahrheit bemerkenswerth nahe: $^1/_{9322}$, ist die Masse, welche le Verrier vor der wirklichen Auffindung des Neptun durch Galle mit Hülfe seiner scharfsinnigen Berechnungen ermittelte. Die Reihung der Hauptplaneten, die Kleinen ungerechnet, ist demnach bei zunehmender *Masse* folgende:

Merkur, Mars, Venus, Erde, Uranus, Neptun, Saturn, Jupiter;

also, wie auch in Volum und Dichte, ganz verschieden von der Reihenfolge der Abstände vom Centralkörper.

6. *Dichtigkeit der Planeten.* – Die vorher erwähnten Volumina und Massen anwendend, erhält man für die Dichtigkeiten der Planeten (je nachdem man die des Erdkörpers oder die des Wassers gleich 1 setzt) folgende numerische Verhältnisse:

Planeten	Verhältniß zum Erdkörper	Verhältniß zur Dichtigkeit des Wassers
Merkur	1,234	6,71
Venus	0,940	5,11
Erde	1,000	5,44
Mars	0,958	5,21
Jupiter	0,243	1,32

Saturn	0,140	0,76
Uranus	0,178	0,97
Neptun	0,230	1,25

In der Vergleichung der planetarischen Dichtigkeiten mit Wasser dient zur Grundlage die Dichtigkeit des Erdkörpers. Reich's Versuche mit der Drehwage haben in Freiberg 5,4383 gegeben: sehr gleich den analogen Versuchen von Cavendish, welche nach der genaueren Berechnung von Francis Baily 5,448 gaben. Aus Baily's eigenen Versuchen folgte das Resultat 5,660. Man erkennt in der obigen Tabelle, daß Merkur nach Encke's Massen-Bestimmung den anderen Planeten von mittlerer Größe ziemlich nahe steht.

Die vorstehende Tabelle der Dichtigkeiten erinnert lebhaft an die mehrmals von mir berührte Eintheilung der Planeten in zwei Gruppen, welche durch die Zone der Kleinen Planeten von einander getrennt werden. Die Unterschiede der Dichtigkeit, welche Mars, Venus, die Erde und selbst Merkur darbieten: sind sehr gering; fast eben so sind unter sich ähnlich, aber 4- bis 7mal undichter als die vorige Gruppe, die sonnenferneren Planeten Jupiter, Neptun, Uranus und Saturn. Die Dichtigkeit der Sonne (0,252, die der Erde = 1,000 gesetzt: also im Verhältniß zum Wasser 1,37) ist um weniges größer als die Dichtigkeiten des Jupiter und Neptun. Der zunehmenden Dichte nach müssen demnach Planeten und Sonne folgendermaßen gereihet werden:

Saturn, Uranus, Neptun, Jupiter, Sonne, Venus, Mars, Erde, Merkur.

Obgleich die dichtesten Planeten, im ganzen genommen, die der Sonne näheren sind; so ist doch, wenn man die Planeten einzeln betrachtet, ihre Dichtigkeit keinesweges den Abständen proportional: wie Newton anzunehmen geneigt war *Newton de Mundi Systemate* in *Opusculis* T. II. p. 17: „Corpora Veneris et Mercurii majore Solis calore magis concocta et coagulata sunt. Planetae ulteriores, defectu caloris, carent substantiis illis metallicis et mineris ponderosis quibus Terra referta est. Densiora corpora quae Soli propiora: ea ratione constabit optime pondera Planetarum omnium esse inter se ut vires.".

7. Siderische Umlaufszeit und Achsendrehung. – Wir begnügen uns hier die *siderischen* oder *wahren* Umlaufszeiten der Planeten in Beziehung auf die Fixsterne oder einen festen Punkt des Himmels anzugeben. In der Zeit einer solchen Revolution legt ein Planet volle 360 Grade um die Sonne zurück. Die siderischen Revolutionen (Umläufe) sind sehr von den *tropischen* und *synodischen* zu unterscheiden: deren erstere sich auf die Rückkehr zur Frühlings-Nachtgleiche, letztere sich auf den Zeitunterschied zwischen zwei nächsten Conjunctionen oder Oppositionen beziehen.

Planeten	siderische Umlaufzeiten		Rotation			
Merkur	87^T	,96928	–			
Venus	224	,70078	–			
Erde	365	,25637	0^T	23^h	56'	4"
Mars	686	,97964	1^T	0^h	37'	20"
Jupiter	4332	,58480	0^T	9^h	55'	27"
Saturn	10759	,21981	0^T	10^h	29'	17"
Uranus	30686	,82051	–			
Neptun	60126	,7	–			

In einer anderen, mehr übersichtlichen Form sind die wahren Umlaufszeiten:

Merkur	87^T	23^h	15'	46"
Venus	224^T	16^h	49'	7"
Erde	365^T	6^h	9' 10"	,7496:

woraus gefolgert wird die tropische Umlaufzeit oder die Länge des Sonnenjahres zu 365^T,24222 oder 365^T 5^h 48' 47",8091; die Länge des Sonnenjahres wird wegen des Vorrückens der Nachtgleichen in 100 Jahren um 0",595 kürzer

Mars	1	Jahr	321^T	17^h	30'	41"
Jupiter	11	Jahre	314^T	20^h	2	7"
Saturn	29	Jahre	166^T	23^h	16	32"
Uranus	84	Jahre	5^T	19^h	41	36"
Neptun	164	Jahre	225^T	17^h	.	

Die Rotation ist bei den sehr großen äußeren Planeten, welche zugleich eine lange Umlaufzeit haben, am schnellsten; bei den kleineren inneren, der Sonne näheren, langsamer. Die Umlaufszeit der Asteroiden zwischen Mars und Jupiter ist sehr verschieden und wird bei der Herzählung der einzelnen Planeten erwähnt werden. Es ist hier hinlänglich ein vergleichendes Resultat anzuführen, und zu bemerken, daß unter den Kleinen Planeten sich die längste Umlaufszeit findet bei Hygiea, die kürzeste bei Flora.

8. *Neigung der Planetenbahnen und Rotations-Achsen.* – Nächst den Massen der Planeten gehören die Neigung und Excentricität ihrer Bahnen zu den wichtigsten Elementen, von welchen die *Störungen* abhangen. Die Vergleichung derselben in der Reihenfolge der inneren, kleinen mittleren, und äußeren Planeten (von Merkur bis Mars, von Flora bis Hygiea, von Jupiter bis Neptun) bietet mannigfaltige Aehnlichkeiten und Contraste dar, welche zu Betrachtungen über die Bildung dieser Weltkörper und ihre an lange Zeitperioden geknüpften Veränderungen leiten. Die in so verschiedenen elliptischen Bahnen kreisenden Planeten liegen auch alle in verschiednen Ebenen; sie werden, um eine numerische Vergleichung möglich zu machen, auf eine feste oder nach einem gegebenen Gesetze bewegliche *Fundamental-Ebene* bezogen. Als eine solche gilt am bequemsten die *Ekliptik* (die Bahn, welche die Erde wirklich durchläuft) oder der *Aequator* des Erdsphäroids. Wir fügen zu derselben Tabelle die Neigungen der Rotations-Achsen der Planeten gegen ihre eigene Bahn hinzu, so weit dieselben mit einiger Sicherheit ergründet sind:

Planeten	Neigung der Planetenbahnen gegen die Ekliptik	Neigung der Planetenbahnen gegen den Erd-Aequator	Neigung der Achsen der Planeten gegen ihre Bahnen
Merkur	7° 0' 5",9	28° 54' 8"	–
Venus	3° 23' 28",5	24° 33' 21"	–
Erde	0° 0' 0"	23° 27' 54",8	66° 23'
Mars	1° 51' 6",2	24° 44' 24"	61° 18'
Jupiter	1° 18' 51",6	23° 18' 28"	86° 45'
Saturn	2° 29' 35",9	22° 38' 44"	–

Uranus	0°	4 6'	2 8" 0	,	2 3°1'	4	2 4"	–
Neptun	1°	4 7'			2 2°1'	2		–

Die Kleinen Planeten sind hier ausgelassen, weil sie weiter unten als eine eigene, abgeschlossene Gruppe behandelt werden. Wenn man den sonnennahen Merkur ausnimmt, dessen Bahnneigung gegen die Ekliptik (7° 0' 5",9) der des Sonnen-Aequators (7° 30') sehr nahe kommt, so sieht man die Neigung der anderen sieben Planetenbahnen zwischen 0°¾ und 3½ Grad oscilliren. In der Stellung der Rotations-Achsen gegen die eigene Bahn ist es Jupiter, welcher sich dem Extreme der Perpendicularität am meisten nähert. Im Uranus dagegen fällt, nach der Neigung der Trabanten-Bahnen zu schließen, die Rotations-Achse fast mit der Ebene der Bahn des Planeten zusammen.

Da von der Größe der Neigung der Erdachse gegen die Ebene der Erdbahn, also von der Schiefe der Ekliptik (d. h. von dem Winkel, welchen die scheinbare Sonnenbahn in ihrem Durchschnittspunkte mit dem Aequator macht), die Vertheilung und Dauer der Jahreszeiten, die Sonnenhöhen unter verschiedenen Breiten und die Länge des Tages abhangen; so ist dieses Element von der äußersten Wichtigkeit für die *astronomischen Klimate:* d. h. für die Temperatur der Erde, in so fern dieselbe Function der erreichten Mittagshöhen der Sonne und der Dauer ihres Verweilens über dem Horizonte ist. Bei einer großen Schiefe der Ekliptik, oder wenn gar der Erd-Aequator auf der Erdbahn senkrecht stände, würde jeder Ort einmal im Jahr, selbst unter den Polen, die Sonne im Zenith, und längere oder kürzere Zeit nicht aufgehen sehen. Die Unterschiede von Sommer und Winter würden unter jeder Breite (wie die Tagesdauer) das Maximum des Gegensatzes erreichen. Die Klimate würden in jede Gegend der Erde im höchsten Grade zu denen gehören, welch man *extreme* nennt und die eine unabsehbar verwickelte Reihe schnell wechselnder Luftströmungen nur wenig zu mäßigen vermöchte. Wäre im umgekehrten Fall die Schiefe der Ekliptik null, fiele der Erd-Aequator mit der Ekliptik zusammen; so hörten an jedem Orte die Unterschiede der Jahreszeiten und Tageslängen auf, weil die Sonne sich ununterbrochen scheinbar im Aequator bewegen würde. Die Bewohner des Pols würden nie aufhören sie am Horizonte zu sehen. „Die mittlere Jahres-Temperatur eines jeden Punktes der Erdoberfläche würde auch die eines jeden einzelnen Tages sein." Man hat diesen Zustand den eines *ewigen Frühlings* genannt, doch wohl nur wegen der allgemein gleichen Länge der Tage und Nächte. Ein großer Theil der Gegenden, welche wir jetzt die gemäßigte Zone nennen, würden, da der Pflanzenwuchs jeder anregenden Sonnenwärme entbehren müßte, in das fast immer gleiche, eben nicht erfreuliche *Frühlings-Klima* versetzt sein, von welchem ich unter dem Aequator in der Andeskette, der ewigen Schneegrenze nahe, auf den öden Bergebenen (Paramos*Humboldt de distributione geographica Plantarum* p. 104 (*Ansichten der*

Natur Bd. I. S. 131–133).) zwischen 10000 und 12000 Fuß, viel gelitten. Die Tages-Temperatur der Luft oscillirt dort immerdar zwischen 4°½ und 9° Réaumur.

Das griechische Alterthum ist viel mit der Schiefe der Ekliptik beschäftigt gewesen: mit rohen Messungen, mit Muthmaßungen über ihre Veränderlichkeit, und dem Einfluß der Neigung der Erdachse auf Klimate und Ueppigkeit der organischen Entwickelung. Diese Speculationen gehörten vorzüglich dem Anaxagoras, der pythagorischen Schule und dem Oenopides von Chios an. Die Stellen, welche uns darüber aufklären sollen, sind dürftig und unbestimmt; doch geben sie zu erkennen, daß man sich die Entwickelung des organischen Lebens und die Entstehung der Thiere als gleichzeitig mit der Epoche dachte, in welcher die Erdachse sich zu neigen anfing: was auch die Bewohnbarkeit des Planeten in einzelnen Zonen veränderte. Nach Plutarch *de plac. Philos.* II, 8 glaubte Anaxagoras: „daß die Welt, nachdem sie entstanden und lebende Wesen aus ihrem Schooße hervorgebracht, sich von selbst gegen die Mittagsseite geneigt habe." In derselben Beziehung sagt Diogenes Laertius II, 9 von dem Klazomenier: „die Sterne hatten sich anfangs in kuppelartiger Lage fortgeschwungen, so daß der jedesmal erscheinende Pol *scheitelrecht* über der Erde stand; später aber hatten sie die schiefe Richtung angenommen." Die Entstehung der Schiefe der Ekliptik dachte man sich wie eine kosmische *Begebenheit*. Von einer fortschreitenden späteren Veränderung war keine Rede.

Die Schilderung der beiden extremen, also entgegengesetzten Zustände, denen sich die Planeten Uranus und Jupiter am meisten nähern, sind dazu geeignet an die Veränderungen zu erinnern, welche die *zunehmende* oder *abnehmende* Schiefe der Ekliptik in den meteorologischen Verhältnissen unseres Planeten und in der Entwickelung der organischen Lebensformen hervorbringen würde, wenn diese Zu- oder Abnahme nicht in *sehr enge Grenzen* eingeschlossen wären. Die Kenntniß dieser Grenzen: Gegenstand der großen Arbeiten von Leonhard Euler, Lagrange und Laplace, kann für die neuere Zeit eine der glänzendsten Errungenschaften der theoretischen Astronomie und der vervollkommneten höheren Analysis genannt werden. Diese Grenzen sind so enge, daß Laplace (*expos. du Système du Monde*, éd. 1824 p. 303) die Behauptung aufstellte, die Schiefe der Ekliptik oscillire nach beiden Seiten nur 1°½ um ihre mittlere Lage. Nach dieser Angabe würde uns die Tropenzone (der Wendekreis des Krebses: als ihr nördlichster, äußerster Saum) nur um eben so viel näher kommen. Es wäre also, wenn man die Wirkung so vieler anderer meteorologischer Perturbationen ausschließt, als würde Berlin von seiner jetzigen *isothermen Linie* allmälig auf die von Prag versetzt. Die Erhöhung der mittleren Jahres-Temperatur würde kaum mehr als einen Grad des hunderttheiligen Thermometers betragen. Biot nimmt zwar auch nur enge Grenzen in der alternirenden Veränderung der Schiefe der Ekliptik an, hält es aber für rathsamer sie nicht an bestimmte Zahlen zu fesseln. "La diminution lente et séculaire de l'obliquité de l'écliptique", sagt er, "offre des états alternatifs qui produisent une oscillation éternelle, comprise entre des limites fixes. La théorie n'a pas encore pu parvenir à déterminer ces limites; mais d'après la constitution du système planétaire, elle a démontré qu'elles existent et qu'elles sont *très peu étendues*. Ainsi, à ne considérer que le seul effet des causes constantes qui agissent actuellement sur le système du monde, on peut affirmer que le plan de l'écliptique *n'a jamais coincidé* et ne *coincidera jamais* avec le plan de l'équateur: phénomène qui, s'il arrivait, produirait sur la terre le (prétendu!) printemps perpétuel." *Biot, traité d'Astronomie physique*, 3ème éd. 1847 T. IV. p. 91.

Während die von Bradley entdeckte Nutation der Erdachse bloß von der Einwirkung der Sonne und des Erd-Satelliten auf die abgeplattete Gestalt unseres Planeten abhängt, ist das Zunehmen und Abnehmen der Schiefe der Ekliptik die Folge der veränderlichen Stellung aller Planeten. Gegenwärtig sind diese so vertheilt, daß ihre Gesammtwirkung auf die Erdbahn eine *Verminderung* der Schiefe der Ekliptik hervorbringt. Letztere beträgt jetzt nach Bessel jährlich 0",457. Nach dem Verlauf von vielen tausend Jahren wird die Lage der Planetenbahnen und ihrer Knoten (Durchschnittspunkte auf der Ekliptik) so verschieden sein, daß das Vorwärtsgehen der Aequinoctien in ein Rückwärtsgehen und demnach in eine Zunahme der Schiefe der Ekliptik wird verwandelt sein. Die Theorie lehrt, daß diese Zu- und Abnahme Perioden von sehr ungleicher Dauer ausfüllt. Die ältesten astronomischen Beobachtungen, welche uns mit genauen numerischen Angaben erhalten sind, reichen bis in das Jahr 1104 vor Christus hinauf und bezeugten das hohe Alter chinesischer Civilisation. Litterarische Monumente sind kaum hundert Jahre jünger, und eine geregelte historische Zeitrechnung reicht (nach Eduard Biot) bis 2700 Jahre vor Christus hinauf. Unter der Regentschaft des Tscheu-kung, Bruders des Wu-wang, wurden an einem 8füßigen Gnomon in der Stadt Lo-jang südlich vom gelben Flusse (die Stadt heißt jetzt Ho-nan-fu, in der Provinz Ho-nan) in einer Breite von 34° 46' die Mittagsschatten in zwei Solstitien gemessen. Sie gaben die Schiefe der Ekliptik zu 23° 54': also um 27' größer, als sie 1850 war. Die Beobachtungen von Pytheas und Eratosthenes zu Marseille und Alexandrien sind sechs und sieben Jahrhunderte jünger. Wir besitzen 4 Resultate über die Schiefe der Ekliptik vor unserer Zeitrechnung, und 7 nach derselben bis zu Ulugh Beg's Beobachtungen auf der Sternwarte zu Samarkand. Die Theorie von Laplace stimmt auf eine bewundernswürdige Weise, bald in plus, bald in minus, mit den Beobachtungen für einen Zeitraum von fast 3000 Jahren überein. Die uns überkommene Kenntniß von Tscheu-kung's Messung der Schattenlängen ist um so glücklicher, als die Schrift, welche ihrer erwähnt, man weiß nicht aus welcher Ursach, der großen vom Kaiser Schi-hoang-ti aus der Tsin-Dynastie im Jahr 246 vor Chr. anbefohlenen fanatischen Bücher-Zerstörung entgangen ist. Da der Anfang der 4ten ägyptischen Dynastie mit den pyramidenbauenden Königen Chufu, Schafra und Menkera nach den Untersuchungen von Lepsius 23 Jahrhunderte vor der Solstitial-Beobachtung zu Lo-jang fällt, so ist bei der hohen Bildungsstufe des ägyptischen Volkes und seiner frühen Calender-Einrichtung es wohl sehr wahrscheinlich, daß auch damals schon Schattenlängen im Nilthal gemessen wurden;

Kenntniß davon ist aber nicht auf uns gekommen. Selbst die Peruaner: obgleich weniger fortgeschritten in der Vervollkommnung des Calenderwesens und der Einschaltungen, als es die Mexicaner und die Muyscas (Bergbewohner von Neu-Granada) waren, hatten Gnomonen, von einem, auf sehr ebener Grundfläche eingezeichneten Kreise umgeben. Es standen dieselben sowohl im Inneren des großen Sonnentempels zu Cuzco als an vielen anderen Orten des Reichs; ja der Gnomon zu Quito, fast unter dem Aequator gelegen und bei den Aequinoctial-Festen mit Blumen bekränzt, wurde in größerer Ehre als die anderen gehalten.

9. *Excentricität der Planetenbahnen.* – Die Form der elliptischen Bahnen ist bestimmt durch die größere oder geringere Entfernung der beiden Brennpunkte vom Mittelpunkt der Ellipse. Diese Entfernung oder *Excentricität* der Planetenbahnen variirt, in Theilen der halben großen Axe der Bahnen ausgedrückt, von 0,006 (also der Kreisform sehr nahe) in Venus und von 0,076 in Ceres bis 0,205 in Merkur und 0,255 in Juno. Auf die am wenigsten excentrischen Bahnen der Venus und des Neptun folgen am nächsten: die Erde, deren Excentricität sich jetzt vermindert und zwar um 0,00004299 in 100 Jahren, während die kleine Axe sich vergrößert; Uranus, Jupiter, Saturn, Ceres, Egeria, Vesta und Mars. Die am meisten excentrischen Bahnen sind die der Juno (0,255), Pallas (0,239), Iris (0,232), Victoria (0,217), des Merkur (0,205) und der Hebe (0,202). Die Excentricitäten sind bei einigen Planeten im Wachsen: wie bei Merkur, Mars und Jupiter; bei anderen im Abnehmen: wie bei Venus, der Erde, Saturn und Uranus. Die nachfolgende Tabelle giebt die Excentricitäten der Großen Planeten nach Hansen für das Jahr 1800. Die Excentricitäten der 14 Kleinen Planeten sollen später nebst anderen Elementen ihrer Bahnen für die Mitte des 19ten Jahrhunderts geliefert werden.

Merkur	0,2056163
Venus	0,0068618
Erde	0,0167922
Mars	0,0932168
Jupiter	0,0481621
Saturn	0,0561505
Uranus	0,0466108
Neptun	0,00871946

Die *Bewegung der großen Axe* (*Apsidenlinie*) der Planetenbahnen, durch welche der Ort der Sonnennähe (des Perihels) verändert wird, ist eine Bewegung, die ohne Ende, der Zeit proportional, nach Einer Richtung fortschreitet. Sie ist eine Veränderung in der *Position* der Apsidenlinie, welche ihren Cyclus erst in mehr als hunderttausend Jahren vollendet; und wesentlich von den Veränderungen zu unterscheiden, welche die *Gestalt* der Bahnen, ihre Ellipticität, erleidet. Es ist die Frage aufgeworfen worden: ob der wachsende Werth dieser Elemente in der Folge von Jahrtausenden die Temperatur der Erde in Hinsicht auf *Quantität* und *Vertheilung* nach Tages- und Jahreszeiten beträchtlich modificiren könne? ob in diesen *astronomischen*, nach ewigen Gesetzen *regelmäßig* fortwirkenden Ursachen nicht ein Theil der Lösung des großen geologischen Problems der Vergrabung tropischer Pflanzen- und Thierformen in der jetzt kalten Zone gefunden werden könne? Dieselben mathematischen Gedankenverbindungen, welche zu den Besorgnissen über Position der Apsiden, über Form der elliptischen Planetenbahnen (je nachdem diese sich der Kreisform oder einer cometenartigen Excentricität nähern), über Neigung der Planeten-Achsen, Veränderung der Schiefe der Ekliptik, Einfluß der Präcession auf die Jahreslänge anregen; gewähren in ihrer höheren analytischen Entwickelung auch kosmische Motive der Beruhigung. Die *großen Axen* und die *Massen* sind constant. *Periodische Wiederkehr* hindert ein *maaßloses Anwachsen* gewisser Perturbationen. Die schon an sich so mäßigen Excentricitäten der mächtigsten zwei Planeten, des Jupiter und des Saturn, sind durch eine gegenseitige und dazu noch ausgleichende Wirkung wechselsweise im Zu- und Abnehmen begriffen: wie auch in bestimmte, meist enge Grenzen eingeschlossen.

Durch die Veränderung der *Position* der Apsidenlinie fällt allmälig der Punkt, in welchem die Erde der Sonne am nächsten ist, in ganz entgegengesetzte Jahreszeiten. Wenn gegenwärtig das Perihel in die ersten Tage des Jänners: wie die Sonnenferne (Aphel) sechs Monate später, in die ersten Tage des Julius, fällt; so kann durch das Fortschreiten (die Drehung) der Apsidenlinie oder großen Axe der Erdbahn das Maximum des Abstandes im Winter, das Minimum im Sommer eintreten: so daß im Januar die Erde der Sonne um 700000 geographische Meilen (d. i. ohngefähr $^1/_{30}$ des mittleren Abstandes der Erde von der Sonne) ferner stehen würde als im Sommer. Auf den ersten Anblick möchte man also glauben, daß das Eintreten der *Sonnennähe* in eine entgegengesetzte Jahreszeit (statt des Winters, wie jetzt der Fall ist, in den Sommer), große klimatische Veränderungen hervorbringen müsse; aber in der gemachten Voraussetzung wird die Sonne nicht mehr sieben Tage länger in der nördlichen Halbkugel verweilen; nicht mehr, wie jetzt, den Theil der Ekliptik vom Herbst-Aequinoctium bis zum Frühlings-Aequinoctium in einer Zeit durchlaufen, welche um eine Woche kürzer ist als diejenige, während welcher sie die andere Hälfte ihrer Bahn, vom Frühlings- zum Herbst-Aequinoctium, zurücklegt. Der Temperatur-Unterschied (und wir verweilen hier bloß bei den *astronomischen Klimaten*, mit Ausschluß aller physischen Betrachtungen über das Verhältniß des Festen zum Flüssigen auf der vielgestalteten Erdoberfläche), der Temperatur-Unterschied, welcher die befürchtete Folge der Drehung der Apsidenlinie sein soll, wird meist dadurch im ganzen verschwinden, daß der Punkt, in welchem unser Planet der Sonne am *nächsten* steht, immer zugleich der ist, durch den der Planet sich am *schnellsten* bewegt. Das schöne, zuerst von *Lambert* "Il s'ensuit (du théorème dû à Lambert) que la quantité de chaleur envoyée par le Soleil à la Terre est la même en allant de l'équinoxe du printems à l'équinoxe d'automne qu'en revenant de celui-ci au premier. Le tems plus long que le Soleil emploie dans le premier trajet, est exactement compensé par son éloignement aussi plus grand; et les quantités de chaleur qu'il envoie à la Terre, sont les mêmes pendant qu'il se trouve dans l'un ou l'autre hémisphère, boréal ou austral." Poisson *sur la stabilité du système planétaire* in der *Connaissance des tems* pour 1836 p. 54. aufgestellte Theorem: nach dem die Wärmemenge, welche die Erde in jedwedem Theile des Jahres von der Sonne empfängt, dem Winkel proportional ist, den in derselben Zeitdauer der radius vector der Sonne beschreibt; enthält gewissermaßen die beruhigende Auflösung des oben bezeichneten Problems.

Wie die veränderte Richtung der Apsidenlinie wenig Einfluß auf die Temperatur des Erdkörpers ausüben kann; so sind auch, nach Arago und Poisson *Arago* a. a. O. p. 200–204. L'excentricité", sagt *Poisson* (a. a. O. p. 38 und 52), "ayant toujours été et devant toujours demeurer très petite, l'influence des variations séculaires de la quantité de chaleur solaire reçue par la Terre sur la température moyenne paraît aussi devoir être très limitée. – On ne saurait admettre que l'excentricité de la Terre, qui est actuellement environ un soixantième, ait jamais été ou devienne jamais un quart, comme celle de Junon ou de Pallas.", die *Grenzen* der wahrscheinlichen Veränderungen der elliptischen Form der Erdbahn so eng beschränkt, daß sie die Klimate der einzelnen Zonen nur mäßig und dazu in langen Perioden sehr allmälig modificiren würden. Ist auch die Analyse, welche diese Grenze genau bestimmt, noch nicht ganz vollendet, so geht aus derselben doch wenigstens so viel hervor, daß die Excentricität der Erde nie in die der Juno, der Pallas und der Victoria übergehen werde.

10. *Lichtstärke der Sonne auf den Planeten.* – Wenn man die Lichtstärke auf der Erde = 1 setzt, so findet man für

Merkur	6,674
Venus	1,911
Mars	0,431
Pallas	0,130
Jupiter	0,036
Saturn	0,011
Uranus	0,003

Neptun	0,001

Als Folge sehr großer Excentricität haben Licht-Intensität:

Merkur	in dem	Perihel	10,58;	im	Aphel	4,59
Mars	"	"	0,52;	"	"	0,36
Juno	"	"	0,25;	"	"	0,09

während die Erde bei der geringen Excentricität ihrer Bahn im Perihel 1,034; im Aphel 0,967 hat. Wenn das Sonnenlicht auf Merkur 7mal intensiver als auf der Erde ist, so muß es auf Uranus 368mal schwächer sein. Der *Wärme-Verhältnisse* ist hier schon darum nicht Erwähnung geschehen, weil sie, als ein complicirtes Phänomen, von der besonderen Beschaffenheit der Planeten-Atmosphären, ihrer Höhe, ihrer Existenz oder Nicht-Existenz abhängig sind. Ich erinnere nur hier an die Vermuthungen von Sir John Herschel über die Temperatur der Mond-Oberfläche, „welche vielleicht den Siedepunkt des Wassers ansehnlich übertrifft".

b. Nebenplaneten.

Die *allgemeinen vergleichenden* Betrachtungen über die Nebenplaneten sind mit einiger Vollständigkeit schon im *Naturgemälde* geliefert worden. Damals (März 1845) waren nur 11 Haupt- und 18 Nebenplaneten bekannt. Von den Asteroiden, sogenannten *telescopischen* oder Kleinen Planeten waren bloß erst vier: Ceres, Pallas, Juno und Vesta, entdeckt. Gegenwärtig (August 1851) übertrifft die Zahl der *Hauptplaneten* die der *Trabanten*. Wir kennen von den ersteren 22, von den letzteren 21. Nach einer 38jährigen Unterbrechung planetarischer Entdeckungen, von 1807 bis December 1845, begann mit der Asträa von Hencke eine lange Folge von 10 neuentdeckten *Kleinen* Planeten. Von diesen hat Hencke zu Driesen zwei (Asträa und Hebe), Hind in London vier (Iris, Flora, Victoria und Irene), Graham zu Markree-Castle einen (Metis) und de Gasparis zu Neapel drei (Hygiea, Parthenope und Egeria) zuerst erkannt. Der äußerste aller Großen Planeten: der von le Verrier in Paris verkündigte, von Galle zu Berlin aufgefundene Neptun, folgte nach 10 Monaten der Asträa. Die Entdeckungen häufen sich jetzt mit solcher Schnelligkeit, daß die Topographie des Sonnengebietes nach Ablauf weniger Jahre eben so veraltet erscheint als statistische Länderbeschreibungen.

Von den jetzt bekannten 21 Satelliten gehören: einer der *Erde*, 4 dem *Jupiter*, 8 dem *Saturn* (der letztentdeckte unter diesen 8 ist dem Abstand nach der 7te, Hyperion; zugleich in zwei Welttheilen von Bond und Lassell entdeckt), 6 dem *Uranus* (von denen besonders der zweite und vierte am sichersten bestimmt sind), 2 dem *Neptun*.

Die um Hauptplaneten kreisenden Satelliten sind *untergeordnete Systeme*, in welchen die Hauptplaneten als Centralkörper auftreten: eigene Gebiete von sehr verschiedenen Dimensionen bildend, in denen sich im kleinen das große Sonnengebiet gleichsam wiederholt. Nach unseren Kenntnissen hat das Gebiet des Jupiter im Durchmesser 520000, das des Saturn 1050000 geogr. Meilen. Diese Analogien zwischen den untergeordneten Systemen und dem Sonnensysteme haben zu Galilei's Zeiten, in denen der Ausdruck einer kleinen *Jupiterswelt* (Mundus Jovialis) oft gebraucht wurde, viel zur schnelleren und allgemeineren Verbreitung des copernicanischen Weltsystems beigetragen. Sie mahnen an Wiederholung von Form und Stellung, welche das organische Naturleben in untergeordneten Sphären ebenfalls oft darbietet.

Die Vertheilung der Satelliten im Sonnengebiete ist so ungleich, daß, wenn im ganzen die mondlosen Hauptplaneten sich wie 3 zu 5 zu den von Monden begleiteten verhalten; die letzteren alle bis auf einen einzigen, die Erde, zu der *äußeren planetarischen Gruppe*, jenseits des Ringes der mit einander verschlungenen Asteroiden, gehören. Der einzige Satellit, welcher sich in der Gruppe der inneren Planeten zwischen der Sonne und den Asteroiden gebildet hat, der *Erdmond*, ist auffallend groß im Verhältniß seines Durchmessers zu dem seines Hauptplaneten. Dieses Verhältniß ist $^1/_{3,8}$: da doch der größte aller Saturnstrabanten (der 6te, Titan) vielleicht nur $^1/_{15,5}$ und der größte der Jupiterstrabanten, der 3te, $^1/_{25,8}$ des Durchmessers ihres Hauptplaneten sind. Man muß diese Betrachtung einer relativen Größe sehr von der der absoluten Größe unterscheiden. Der, relativ so große Erdmond (454 Meilen im Durchm.) ist absolut kleiner als alle vier Jupiterstrabanten (von 776, 664, 529 und 475 Meilen). Der 6te Saturnstrabant ist sehr wenig von der Größe des Mars (892 Meilen) verschieden. Wenn das Problem der telescopischen Sichtbarkeit von dem Durchmesser allein abhinge: und nicht gleichzeitig durch die Nähe der Scheibe des Hauptplaneten, durch die große Entfernung und die Beschaffenheit der lichtreflectirenden Oberfläche bedingt wäre; so würde man für die kleinsten der Nebenplaneten den 1ten und 2ten der Saturnstrabanten (Mimas und Enceladus) und die beiden mehrfach gesehenen Uranustrabanten zu halten haben; vorsichtiger ist es aber sie bloß als die kleinsten Lichtpunkte zu bezeichnen. Gewisser scheint es bis jetzt, daß unter den Kleinen Planeten überhaupt die kleinsten aller planetarischen Weltkörper (Haupt- und Nebenplaneten) zu suchen sind.S. *Mädler's* Versuch den Durchmesser der Vesta (66 geogr. Meilen?) bei 1000maliger Vergrößerung zu bestimmen: in seiner *Astronomie* S. 218.

Die Dichtigkeit der Satelliten ist keinesweges immer *geringer* als die ihres Hauptplaneten, wie dies der Fall ist beim Erdmonde (dessen Dichtigkeit nur 0,619 von der unserer Erde ist) und bei dem 4ten Jupiterstrabanten. Der dichteste dieser Trabanten-Gruppe, der 2te, ist auch *dichter* als Jupiter selbst: während der 3te und größte *gleiche* Dichtigkeit mit dem Hauptplaneten zu haben scheint. Auch die Massen nehmen gar nicht mit dem Abstande zu. Sind die Planeten aus kreisenden Ringen entstanden; so müssen eigene, uns vielleicht ewig unbekannt bleibende Ursachen größere und kleinere, dichtere oder undichtere Anhäufungen um einen Kern veranlaßt haben.

Die Bahnen der Nebenplaneten, die zu einer Gruppe gehören, haben sehr verschiedene Excentricitäten. Im Jupiters-Systeme sind die Bahnen der Trabanten 1 und 2 fast kreisförmig, während die Excentricitäten der Trabanten 3 und 4 auf 0,0013 und 0,0072 steigen. Im Saturns-Systeme ist die Bahn des dem Hauptplaneten nächsten Trabanten (Mimas) schon beträchtlich excentrischer als die Bahnen von Enceladus und des von Bessel so genau bestimmten Titan: welcher zuerst entdeckt wurde und der größte ist. Die Excentricität dieses 6ten Trabanten des Saturn ist nur 0,02922. Nach allen diesen Angaben, die zu den sichreren gehören, ist Mimas allein mehr excentrisch als der Erdmond (0,05484); letzterer hat die Eigenheit, daß seine Bahn um die Erde unter allen Satelliten die stärkste Excentricität im Vergleich mit der des Hauptplaneten zeigt. Mimas (0,068) kreist um Saturn (0,056), aber unser Mond (0,054) um die Erde, deren Excentricität nur 0,016 ist. Ueber die Abstände der Trabanten von den Hauptplaneten vergl. Die Entfernung des dem Saturn nächsten Trabanten (Mimas) wird gegenwärtig nicht mehr zu 20022 geogr. Meilen, sondern zu 25600 angeschlagen: woraus sich ein Abstand von dem Ringe des Saturn, diesen zu 6047 Meilen Breite und den Abstand des Ringes von der Oberfläche des Planeten zu 4594 Meilen gerechnet, von etwas über 7000 Meilen ergiebt. Auch in der Lage der Satelliten-Bahnen zeigen sich merkwürdige Anomalien neben einer gewissen Uebereinstimmung in dem Systeme des Jupiter, dessen Satelliten sich sehr nahe alle in der Ebene des Aequators des Hauptplaneten bewegen. In der Gruppe der Saturnstrabanten kreisen 7 meist in der Ebene des Ringes: während der äußerste 8te, Japetus, 12° 14' gegen die Ring-Ebene geneigt ist.

In diesen allgemeinen Betrachtungen über die Planetenkreise im Weltall sind wir von dem höheren, wahrscheinlich nicht höchsten, Systeme: von dem der Sonne, zu den untergeordneten Partial-Systemen des Jupiter, des Saturn, des Uranus, des Neptun herabgestiegen. Wie dem denkenden und zugleich phantasirenden Menschen ein Streben nach Verallgemeinerung der Ansichten angeboren ist, wie ihm ein unbefriedigtes kosmisches Ahnden in der translatorischen Bewegung unsres Sonnensystemes durch den Weltraum die Idee einer höheren Beziehung und Unterordnung darzubieten scheint; so ist auch der Möglichkeit gedacht worden, daß die Trabanten des Jupiter wieder Centralkörper für andere secundäre, wegen ihrer Kleinheit nicht gesehene Weltkörper sein könnten. Dann wären den einzelnen Gliedern der Partial-Systeme, deren Hauptsitz die Gruppe der äußeren Hauptplaneten ist, andere, ähnliche Partial-Systeme untergeordnet. Form-Wiederholungen in wiederkehrender Gliederung gefallen allerdings, auch als selbstgeschaffene Gebilde, dem ordnenden Geiste; aber jeder ernsteren Forschung bleibt es geboten den idealen Kosmos nicht mit dem wirklichen, das Mögliche nicht mit dem durch sichere Beobachtung Ergründeten zu vermengen.

Specielle Aufzählung der Planeten und ihrer Monde, als Theile des Sonnengebiets

Es ist, wie ich schon mehrmals erinnert, der besondere Zweck einer *physischen Weltbeschreibung*, alle wichtigen, in der Mitte des neunzehnten Jahrhunderts genau ergründeten, numerischen Resultate in dem *siderischen* wie in dem *tellurischen* Gebiete der Erscheinungen zusammenzustellen. Das Gestaltete und Bewegte wird hier als ein *Geschaffenes, Daseiendes, Gemessenes* geschildert. Die Gründe, auf welchen die erlangten numerischen Resultate beruhen; die cosmogonischen Vermuthungen, welche seit Jahrtausenden nach den wechselnden Zuständen des mechanischen und physikalischen Wissens über das *Werden* entstanden sind: gehören im strengeren Sinne des Worts nicht in den Bereich dieser empirischen Untersuchungen.

Sonne.

Was sowohl die Dimensionen als die dermaligen Ansichten über die physische Beschaffenheit des Centralkörpers betrifft, ist schon oben angegeben worden. Es bleibt hier nur übrig, nach den neuesten Beobachtungen noch einiges über die *rothen Gestalten* und *rothen Wolkenmassen* hinzuzufügen, deren besondere Erwähnung geschah. Die wichtigen Erscheinungen, welche die totale Sonnenfinsterniß vom 28 Juli 1851 im östlichen Europa dargeboten, haben die, schon von Arago 1842 angeregte Meinung: daß die rothen, berg- oder wolkenartigen *Hervorragungen* am Rande der verfinsterten Sonne zu der gasartigen äußersten Umhüllung des Centralkörpers gehören, noch mehr bekräftigt. Es sind diese Hervorragungen von dem westlichen Mondrande *aufgedeckt* worden, je nachdem in seiner Bewegung der Mond gegen Osten fortgerückt ist (*Annuaire du Bureau des Longitudes* pour 1842 p. 457); dagegen sind sie wieder verschwunden, wenn sie an der entgegenstehenden Seite durch den östlichen Mondrand *verdeckt* wurden.

Die Intensität des Lichts jener Rand-Erhebungen ist abermals so beträchtlich gewesen, daß man sie durch dünne Wolken verschleiert in Fernröhren, ja selbst mit bloßen Augen innerhalb der Corona hat erkennen können.

Die Gestalt der, meist rubin- oder pfirsichrothen Erhebungen hat sich (bei einigen derselben) während der Total-Finsterniß sichtbar schnell verändert; eine dieser Erhebungen ist an ihrem Gipfel gekrümmt erschienen: und hat, wie eine oben umgebogene Rauchsäule, vielen Beobachtern in der Nähe der Spitze ein frei schwebendes, abgesondertes *Gewölk* gezeigt. Die Höhe dieser Hervorragungen wurde meist 1' bis 2' geschätzt; an einem Punkte soll sie mehr betragen haben. Außer diesen zapfenartigen Erhebungen, deren man drei bis fünf gezählt, wurden auch carminrothe, langgestreckte, bandartige, wie auf dem Mondrande anliegende, oft gezähnte, niedrige Streifen gesehen.Vergl., was ein sehr geübter Beobachter, der Schiffscapitän Bérard, am 8 Juli 1842 in Toulon beobachtete. "Il vit une bande rouge très mince, dentelée irrégulièrement"; a. a. O. p. 416.

Man hat wieder deutlichst, besonders beim Austritt, den Theil des Mondrandes erkennen können, welcher sich nicht auf die Sonnenscheibe projicirte.

Eine Gruppe von Sonnenflecken war sichtbar, doch einige Minuten von dem Sonnenrande entfernt: da, wo die größte hakenförmige rothe Gibbosität entstand. Gegenüber, unweit der matten östlichen Hervorragung, war ebenfalls nahe am Rande ein Sonnenflecken. Diese trichterförmigen Vertiefungen können wegen des erwähnten Abstandes wohl nicht das Material zur rothen gasartigen Exhalation hergegeben haben; aber weil bei starker Vergrößerung die ganze Oberfläche der Sonne sichtbar Poren zeigt, so ist doch wohl die Vermuthung am wahrscheinlichsten: daß dieselbe Dampf- und Gas-Emanation, welche, von dem Sonnenkörper aufsteigend, die Trichter bildet, durch diese, welche uns als Sonnenflecken erscheinen, oder durch kleinere Poren sich ergießt und, erleuchtet, unserem Auge rothe, vielgestaltete Dampfsäulen und Wolken in der dritten Sonnen-Umhüllung darbietet.

Merkur.

Wenn man sich erinnert, wie viel seit den frühesten Zeiten die Aegypter sich mit dem Merkur (*Set – Horus*) und die Inder mit ihrem *Budha* beschäftigt haben; wie unter dem heiteren Himmel von West-Arabien der Sterndienst in dem Stamme der Asediten ausschließlich auf den Merkur gerichtet war; ja wie Ptolemäus im 9ten Buche des Almagest 14 Beobachtungen dieses Planeten benutzen konnte, die bis 261 Jahre vor unserer Zeitrechnung hinaufreichen und theilweise den Chaldäern gehören: so ist man allerdings verwundert, daß Copernicus, welcher das siebzigste Jahr erreicht hat, sich auf seinem Sterbebette beklagte, so viel er sich bemühet, den Merkur nie gesehen zu haben. Doch bezeichneten die Griechen mit Recht diesen Planeten wegen seines bisweilen so intensiven Lichts mit dem Namen des stark *funkelnden* (στίλβων). Er bietet Phasen (wechselnde Lichtgestalten) dar wie Venus, und erscheint uns auch wie diese als Morgen- und Abendstern.

Merkur ist in seiner mittleren Entfernung wenig über 8 Millionen geographischer Meilen von der Sonne entfernt, genau 0,3870938 Theile des mittleren Abstandes der Erde von der Sonne. Wegen der starken Excentricität seiner Bahn (0,2056163) wird die Entfernung des Merkur von der Sonne im Perihel 6¼, im Aphel 10 Millionen Meilen. Er vollführt seinen Umlauf um die Sonne in 87 mittleren Erdentagen und 23st 15' 46". Durch die, wenig sichere Beobachtung der Gestalt von dem südlichen Horn der Sichel und durch Auffindung eines dunkeln Streifens, welcher gegen Osten am schwärzesten war, haben Schröter und Harding die Rotation zu 24st 5' geschätzt.

Nach Bessel's Bestimmungen bei Gelegenheit des Merkur-Durchganges vom 5 Mai 1832 beträgt der wahre Durchmesser 671 geographische Meilen, d. i. 0,391 Theile des Erd-Durchmessers.

Die *Masse* des Merkur war von Lagrange nach sehr gewagten Voraussetzungen über die Reciprocität des Verhältnisses der Dichtigkeiten und Abstände bestimmt worden. Durch den *Enckischen Cometen* von kurzer Umlaufszeit wurde zuerst ein Mittel gegeben dieses wichtige Element zu verbessern. Die Masse des Planeten wird von Encke als $1/_{4865751}$ der Sonnenmasse oder etwa $1/_{13,7}$ der Erdmasse gesetzt. Laplace gab für die Masse des Merkur nach Lagrange $1/_{2025810}$ an, aber die wahre Masse ist nur etwa $5/_{12}$ von der Lagrange'schen. Es wird durch diese Verbesserung auch zugleich die vorige hypothetische Angabe von der schnellen Zunahme der Dichtigkeit mit Annäherung eines Planeten an die Sonne widerlegt. Wenn man mit Hansen den körperlichen Inhalt des Merkur zu $6/_{100}$ der Erde annimmt, so folgt daraus die *Dichtigkeit* des Merkur nur als 1,22. „Diese Bestimmungen", setzt mein Freund, der Urheber derselben, hinzu, „sind nur als erste Versuche zu betrachten: die sich indessen der Wahrheit weit mehr nähern als die Laplacische Annahme." Die Dichtigkeit des Merkur wurde vor 10 Jahren noch fast dreimal größer als die Dichte der Erde angenommen: zu 2,56 oder 2,94, wenn die Erde = 1,00.

Venus.

Die mittlere Entfernung derselben von der Sonne ist 0,7233317 in Theilen der Entfernung der Erde von der Sonne, d. i. 15 Millionen geogr. Meilen. Die siderische oder wahre Umlaufszeit der Venus ist 224 Tage 16st 49' 7". Kein Hauptplanet kommt der Erde so nahe als Venus: sie kann sich uns bis 5¼ Million Meilen nähern, aber auch von uns auf 36 Millionen Meilen entfernen; daher die große Veränderlichkeit des scheinbaren Durchmessers: welcher keinesweges allein die Stärke des Glanzes bestimmt"Der Ort der Venusbahn, in welchem der Planet uns in dem hellsten Lichte erscheinen kann, so daß er selbst mit unbewaffnetem Auge am Mittag zu sehen ist, liegt zwischen der unteren Conjunction und der größten Digression: nahe bei der letzten, nahe dem Abstande von 40° von der Sonne oder von dem Orte der unteren Conjunction. Im Mittel erscheint Venus in ihrem schönsten Lichte, 40° östlich und westlich von der Sonne entfernt, wenn ihr scheinbarer Durchmesser, welcher in der unteren Conjunction bis auf 66" anwachsen kann, nur etwa 40" hat, und wenn die größte Breite ihrer beleuchteten Phase kaum 10" mißt. Die Erdnähe giebt dann der schmalen Sichtsichel ein so intensives Licht, daß sie in der Abwesenheit der Sonne Schatten wirft." *Littrow, theoretische Astronomie* 1834 Th. II. S. 68. – Ob Copernicus die Nothwendigkeit einer künftigen Entdeckung von Venus-Phasen *vorherverkündigt* hat, wie in *Smith's Optics* Sect. 1050, und in vielen anderen Schriften wiederholt behauptet wird: ist neuerlichst durch Professor de Morgan's genauere Untersuchung von dem Werke *de Revolutionibus*, wie es auf uns gekommen, überaus zweifelhaft geworden. S. den Brief von Adams an Rev. R. Main vom 7 Sept. 1846 in *Rep. of the royal Astronomical Society* Vol. VII. No. 9 p. 142. Die Excentricität der Venusbahn ist nur 0,00686182: wie immer, in Theilen der halben großen Axe ausgedrückt. Der Durchmesser des Planeten beträgt 1694 geographische

Meilen; die Masse $1/_{401830}$, der körperliche Inhalt 0,957 und die Dichtigkeit 0,94 in Vergleichung zur Erde.

Von den, durch Kepler nach seinen Rudolphinischen Tafeln zuerst verkündigten *Durchgängen* der zwei *unteren* Planeten ist der der Venus, wegen Bestimmung der *Sonnen-Parallaxe* und daraus hergeleiteter Entfernung der Erde von der Sonne, von der größten Wichtigkeit für die Theorie des ganzen Planetensystems. Nach Encke's erschöpfender Untersuchung des Venus-Durchganges von 1769 ist die Parallaxe der Sonne 8",57116 (*Berliner Jahrbuch* für 1852 S. 323). Eine neue Arbeit über die Sonnen-Parallaxe ist auf den Vorschlag eines ausgezeichneten Mathematikers, des Prof. Gerling zu Marburg, auf Befehl der Regierung der Vereinigten Staaten von Nordamerika seit 1849 unternommen worden. Es soll die Parallaxe durch Beobachtungen der Venus in der Nähe des östlichen und westlichen Stillstandes, wie durch Micrometer-Messungen der Differenzen in Rectascension und Declination von wohlbestimmten Fixsternen, in *bedeutenden Längen-* und *Breiten-Unterschieden*, erlangt werden (*Schumacher's astron. Nachrichten* No. 599 S. 363 und No. 613 S. 193). Die astronomische Expedition unter Befehl des kenntnißvollen Lieutenants Gilliß hat sich nach Santiago de Chile begeben.

Die *Rotation* der Venus ist lange vielen Zweifeln unterworfen gewesen. Dominique Cassini 1669 und Jacques Cassini 1732 fanden sie 23st 20', während Bianchini in Rom 1726 die langsame Rotation von 24⅓ Tagen annahm. Genauere Beobachtungen von de Vico in den Jahren 1840 bis 1842 geben durch eine große Anzahl von Venusflecken im Mittel 23st 21' 21",93.

Diese Flecken, an der Grenze der Scheidung zwischen Licht und Schatten in der sichelförmigen Venus, erscheinen selten, sind schwach und meist veränderlich: so daß beide Herschel, Vater und Sohn, glauben, daß sie nicht der festen Oberfläche des Planeten, sondern wahrscheinlicher einer Venus-Atmosphäre angehören. Die veränderliche Gestalt der Hörner, besonders des südlichen, an der Sichel, ist von la Hire, Schröter und Mädler theils zu Schätzung der Höhe von Bergen, theils und vorzüglich zur Bestimmung der *Rotation* benutzt worden. Die Erscheinungen dieser Veränderlichkeit sind von der Art, daß sie nicht Berggipfel zur Erklärung erfordern von 5 geogr. Meilen (114000 Fuß), wie sie Schröter zu Lilienthal angab: sondern nur Höhen, wie sie unser Planet in beiden Continenten darbietet.Wilhelm *Beer* und *Mädler, Beiträge zur physischen Kenntniß der himmlischen Körper* S. 148. Der sogenannte Venusmond: den Fontana, Dominicus Cassini und Short wollen erkannt haben, für den Lambert Tafeln berechnete, und der in Crefeld (*Berliner Jahrbuch* 1778 S. 186) volle 3 Stunden nach dem Austritt der Venus in dem Mittelpunkt der Sonnenscheibe soll gesehen worden sein; gehört zu den astronomischen Mythen einer unkritischen Zeit. Bei dem Wenigen, das wir von dem Oberflächen-Ansehen und der physischen Beschaffenheit der sonnennahen Planeten, Merkur und Venus, wissen: bleibt auch die von Christian Mayer, William

HerschelPhilos. Transact. 1795 Vol. 86 p. 214. und Harding in dem dunklen Theile bisweilen beobachtete Erscheinung eines aschfarbenen Lichtes, ja eines eigenthümlichen Lichtprocesses überaus räthselhaft. Es ist bei so großer Ferne nicht wahrscheinlich, daß das reflectirte Erdlicht in der Venus, wie bei unserem Monde, eine aschfarbige Erleuchtung auf der Venus hervorbringe. In den Scheiben beider unteren Planeten, Merkur und Venus, ist bisher noch keine *Abplattung* bemerkt worden.

Erde.

Die mittlere Entfernung der Erde von der Sonne ist 12032mal größer als der Durchmesser der Erde: also 20682000 geogr. Meilen, ungewiß auf etwa 90000 Meilen (auf $1/_{230}$). Der siderische Umlauf der Erde um die Sonne ist $365^T 6^{st} 9' 10'',7496$. Die Excentricität der Erdbahn beträgt 0,01679226, die Masse $1/_{359551}$; die Dichtigkeit im Verhältniß zum Wasser 5,44. Bessel's Untersuchung von 10 Gradmessungen gab eine Erd-Abplattung von $1/_{299,153}$; die Länge einer geographischen Meile, deren 15 auf einen Grad des Aequators gehen, zu 3807,23 Toisen, und die Aequatorial- und Polar-Durchmesser zu 1718,9 und 1713,1 geogr. Meilen. Wir beschränken uns hier auf numerische Angaben von Gestalt und Bewegungen; alles, was sich auf die physische Beschaffenheit der Erde bezieht, bleibt dem letzten, tellurischen Theile des Kosmos vorbehalten.

Mond der Erde.

Mittlere Entfernung des Mondes von der Erde 51800 geogr. Meilen; siderische Umlaufszeit 27 Tage $7^{st} 43' 11'',5$; Excentricität der Mondbahn 0,0548442; Durchmesser des Mondes 454 geogr. Meilen, nahe ¼ des Erd-Durchmessers; körperlicher Inhalt $1/_{54}$ des körperlichen Inhalts der Erde; Masse des Mondes nach Lindenau $1/_{87,73}$ (nach Peters und Schidloffsky $1/_{81}$) der Masse der Erde; Dichtigkeit 0,619 (also fast $3/_5$) der Dichtigkeit der Erde. Der Mond hat keine wahrnehmbare Abplattung: aber eine äußerst geringe, durch die Theorie bestimmte, Verlängerung (Anschwellung) gegen den Erdkörper hin. Die Rotation des Mondes um seine Achse wird vollkommen genau (und das ist wahrscheinlich der Fall bei allen anderen Nebenplaneten) in derselben Zeit vollbracht, in welcher er um die Erde läuft.

Das von der Mondfläche reflectirte Sonnenlicht ist unter allen Zonen schwächer als *das* Sonnenlicht, welches ein weißes Gewölk bei Tage zurückwirft. Wenn man zu geographischen Längen-Bestimmungen oft Abstände des Mondes von der Sonne nehmen muß, ist es nicht selten schwer die Mondscheibe zwischen den licht-intensiveren Haufenwolken zu erkennen. Auf Berghöhen, die zwischen zwölf- und sechzehntausend Fuß hoch liegen: da, wo bei heiterer Bergluft nur federartiger Cirrus am Himmelsgewölbe zu sehen ist, wurde mir das Aufsuchen der Mondscheibe um vieles leichter, weil der Cirrus seiner lockeren Beschaffenheit nach weniger Sonnenlicht reflectirt und das Mondlicht auf seinem Wege durch dünne Luftschichten minder geschwächt ist. Das Verhältniß der Lichtstärke der Sonne zu der des Vollmondes verdient eine neue Untersuchung: da Bouguer's, überall angenommene Bestimmung ($^1/_{300000}$) so auffallend von der, freilich unwahrscheinlicheren, Wollaston's ($^1/_{800000}$) abweicht.

Das gelbe Mondlicht erscheint bei Tage weiß, weil die blauen Luftschichten, durch welche wir es sehen, die Complementar-Farbe zum Gelb darbieten. Nach den vielfachen Beobachtungen, die Arago mit seinem Polariscop angestellt, ist in dem Mondlichte *polarisirtes* Licht enthalten: am deutlichsten im ersten Viertel und in den grauen Mondflecken; z. B. in der großen, dunklen, bisweilen etwas grünlichen, Wallebene des sogenannten Mare Crisium. Solche Wallebenen sind meist mit Bergadern durchzogen, deren polyedrische Gestalt diejenigen Inclinations-Winkel der Flächen darbietet, welche zur Polarisation des reflectirten Sonnenlichts erforderlich sind. Der dunkle Farbenton der Umgegend scheint dazu durch Contrast die Erscheinung noch bemerkbarer zu machen. Was den leuchtenden Centralberg der Gruppe *Aristarch* betrifft, an dem man mehrmals thätigen Vulcanismus zu bemerken wähnte, so hat derselbe keine stärkere Polarisation des Lichts gezeigt als andere Mondtheile. In dem Vollmond wird keine Beimischung von polarisirtem Lichte bemerkt; aber während einer totalen Mondfinsterniß (31 Mai 1848) hat Arago in der roth gewordenen Mondscheibe (einem Phänomen, von dem wir weiter unten sprechen werden) unzweifelhafte Zeichen der Polarisation wahrgenommen (*Comptes rendus* T. XVIII. p. 1119).

Daß das Mondlicht *wärmeerzeugend* ist, gehört, wie so viele andere meines berühmten Freundes Melloni, zu den wichtigsten und überraschendsten Entdeckungen unseres Jahrhunderts. Nach vielen vergeblichen Versuchen, von la Hire an bis zu denen des scharfsinnigen Forbes, ist es Melloni geglückt, mittelst einer Linse (lentille à échelons) von drei Fuß Durchmesser, die für das meteorologische Institut am Vesuv-Kegel bestimmt war, bei verschiedenen Wechseln des Mondes die befriedigendsten Resultate der Temperatur-Erhöhung zu beobachten. Mosotti-Lavagna und Belli, Professoren der Universitäten Pisa und Pavia, waren Zeugen dieser Versuche: die nach Maaßgabe des Alters und der Höhe des Mondes verschieden ausfielen. Wie viel die Quantität der Temperatur-Erhöhung, welche Melloni's thermoscopische Säule erzeugte, in Bruchtheilen eines hundertheiligen Thermometergrades ausgedrückt, betrage: wurde damals (Sommer 1846) noch nicht ergründet.Lettre de Mr. *Melloni* à Mr. Arago *sur la puissance calorifique de la lumière de la Lune* in den *Comptes rendus* T. XXII. 1846 p. 541–544. Vergl. auch wegen der historischen Angaben den *Jahresbericht der physikalischen Gesellschaft zu Berlin* Bd. II. S. 272. – Merkwürdig genug hat es mir immer geschienen, daß von den frühesten Zeiten her, wo Wärme nur durch das Gefühl bestimmt wurde, der Mond zuerst die Idee erregt hat, daß Licht und Wärme getrennt gefunden werden könnten. Bei den Indern heißt im Sanskrit der Mond als König der Sterne der *kalte* ('sîtala, hima), auch der *kaltstrahlende* (himân'su), während die Sonne mit ihren *Strahlenhänden* ein *Schöpfer der Wärme* (nidâghakara) heißt. Die Flecken des Mondes, in denen westliche Völker ein Gesicht zu erkennen glauben, stellen nach indischer Ansicht ein Reh oder einen Hasen vor: daher die Sanskritnamen des Mondes *Rehträger* (mrigadhara) oder *Hasenträger* ('sa'sabhrit). *Schütz*, fünf Gesänge des *Bhatti-Kâvya* 1837 S. 19–23. – Bei den Griechen wird geklagt (Plutarch in dem Gespräche *de facie quae in orbe Lunae apparet, Moralia* ed. Wyttenbach T. IV. Oxon. 1797 p. 793): „daß das Sonnenlicht, von dem Monde reflectirt, alle Wärme verliere: so daß uns nur schwache Reste davon überkommen." In *Macrobius* (*comm. in somnium Scip.* I, 19 ed. Lud. Janus 1848 p. 105) heißt es: "Luna speculi instar lumen quo illustratur.... rursus emittit, nullum tamen ad nos perferentem sensum caloris: quia lucis radius, cum ad nos de origine sua, id est de Sole, pervenit, naturam secum ignis de quo nascitur devehit; cum vero in lunae corpus infunditur et inde resplendet, solam refundit claritatem, non calorem." (Eben so *Macrob. Saturnal.* lib. VII cap. 16, ed. Bip. T. II. p. 277.)

Das *aschgraue* Licht, in welchem ein Theil der Mondscheibe leuchtet, wenn einige Tage vor oder nach dem Neumonde sie nur eine schmale, von der Sonne erleuchtete Sichel darbietet, ist *Erdenlicht im Monde*, „der Wiederschein eines Wiederscheins". Je weniger der Mond für die Erde erleuchtet erscheint, desto mehr ist erleuchtend die Erde für den Mond. Unser Planet bescheint aber den Mond 13½mal stärker, als der Mond seinerseits ihn erleuchtet; und dieser Schein ist hell genug, um durch *abermalige* Reflexion von uns wahrgenommen zu werden. Das Fernrohr unterscheidet in dem *aschgrauen* Lichte die größeren Flecken, und einzelne hellglänzende Punkte, Berggipfel in den Mondlandschaften; ja selbst dann noch einen grauen Schimmer, wenn die Scheibe schon etwas über die Hälfte erleuchtet ist. Zwischen den Wendekreisen und aus den hohen Bergebenen von Quito und Mexico werden diese Erscheinungen besonders auffallend. Seit Lambert und Schröter ist die Meinung herrschend geworden, daß die so verschiedene Intensität des aschgrauen Lichtes des Mondes von dem stärkeren oder schwächeren Reflex des Sonnenlichts herrührt, das auf die Erdkugel fällt: je nachdem dasselbe von zusammenhangenden Continental-Massen voll Sandwüsten, Grassteppen, tropischer Waldung und öden Felsbodens; oder von großen oceanischen Flächen zurückgeworfen wird. Lambert hat in einem lichtvollen Cometensucher (14 Februar 1774) die merkwürdige Beobachtung einer Veränderung des aschfarbenen Mondlichtes in eine olivengrüne, etwas ins Gelbe spielende Farbe gemacht. „Der Mond, der damals senkrecht über dem atlantischen Meere stand, erhielt in seiner Nachtseite das grüne Erdenlicht, welches ihm bei wolkenfreiem Himmel die WaldgegendenS. *Lambert sur la lumière cendrée de la Lune* in den *Mém. de l'Acad. de Berlin* Année 1773 p. 46: "la Terre, vue des planètes, pourra paroître d'une lumière verdâtre, à peu près comme Mars nous paroît d'une couleur rougeâtre." Wir wollen darum nicht mit dem scharfsinnigen Manne die Vermuthung aufstellen, daß der Planet Mars mit einer rothen Vegetation, wie mit rosenrothen Gebüschen der Bougainvillea (*Humboldt, Ansichten der Natur* Bd. II. S. 334) bedeckt sei. – „Wenn in Mittel-Europa der Mond *kurz vor dem Neumonde* in den Morgenstunden am Osthimmel steht, so erhält er das Erdlicht hauptsächlich von den großen Plateau-Flächen Asiens und Afrika's. Steht der Mond aber *nach dem Neumonde* Abends in Westen, so kann er nur den Reflex von dem schmaleren amerikanischen Continent und hauptsächlich von dem weiten Oceane in geringerer Menge empfangen." Wilhelm *Beer* und *Mädler, der Mond nach seinen kosmischen Verhältnissen* § 106 S. 152. von Südamerika zusendeten."

Der meteorologische Zustand unserer Atmosphäre modificirt diese Intensitäten des Erdlichts, welches den zwiefachen Weg von der Erde zum Monde und vom Monde zu unserem Auge zurücklegen muß. „So werden wir", wie Arago *Séance de l'Àcadémie des Sciences* le 5 août 1833: „Mr. Arago signale la comparaison de l'intensité lumineuse de la portion de la lune que les rayons solaires éclairent directement, avec celle de la partie du même astre qui reçoit seulement les rayons réfléchis par la terre. Il croit d'après les expériences qu'il a déjà tentées à cet égard, qu'on pourra, avec des instrumens perfectionnés, saisir dans la *lumière cendrée* les différences de l'éclat plus ou moins nuageux de l'atmosphère de notre globe. Il n'est donc pas impossible, malgré tout ce qu'un pareil résultat exciterait de surprise an premier coup d'oeil, qu'un jour les météorologistes aillent puiser dans l'aspect de la lune des notions précieuses sur *l'état moyen* de diaphanité de l'atmosphère terrestre, dans les hémisphères qui successivement concourent à la production de la lumière cendrée." bemerkt, „wenn einst bessere photometrische Instrumente anzuwenden sind, in dem Monde gleichsam den *mittleren Zustand* der Diaphanität unserer Atmosphäre lesen können." Die erste richtige Erklärung von der Natur des aschfarbenen Lichts des Mondes schreibt Kepler (*ad Vitellionem Paralipomena, quibus Astronomiae pars optica traditur*, 1604 p. 254) seinem, von ihm hoch verehrten Lehrer Mästlin zu, welcher dieselbe 1596 in den zu Tübingen öffentlich vertheidigten Thesen vorgetragen hatte. Galilei sprach (*Sidereus Nuncius* p. 26) von dem reflectirten Erdlichte als von einer Sache, die er seit mehreren Jahren selbst aufgefunden; aber hundert Jahre vor Kepler und Galilei war die Erklärung des uns sichtbaren Erdlichts im Monde dem allesumfassenden Genie des *Leonardo da Vinci* nicht entgangen. Seine lange vergessenen Manuscripte lieferten den Beweis davon.

Bei den totalen Mondfinsternissen verschwindet der Mond in überaus seltenen Fällen gänzlich; so verschwand er nach Kepler's frühester Beobachtung *Kepler, Paralipomena vel Astronomiae pars optica* 1604 p. 297. am 9 December 1601: und in neuester Zeit, ohne selbst durch Fernröhre aufgefunden zu werden, am 10 Juni 1816 zu London. Ein eigener, nicht genugsam ergründeter Diaphanitäts-Zustand einzelner Schichten unserer Atmosphäre muß die Ursach dieser so seltenen als sonderbaren Erscheinung sein. Hevelius bemerkt ausdrücklich, daß in einer totalen Finsterniß (am 25 April 1642) der Himmel bei völlig heiterer Luft mit funkelnden Sternen bedeckt war: und doch in den verschiedensten Vergrößerungen, die er anwandte, die Mondscheibe spurlos verschwunden blieb. In anderen, ebenfalls sehr seltenen Fällen werden nur einzelne

Theile des Mondes schwach sichtbar. Gewöhnlich sieht man die Scheibe während einer totalen Verfinsterung roth, und zwar in allen Graden der Intensität der Farbe: ja, wenn der Mond weit von der Erde entfernt ist, bis in das Feuerrothe und Glühende übergehend. Während ich, vor einem halben Jahrhunderte (29 März 1801), vor Anker an der Insel Baru unfern Cartagena de Indias lag und eine Total-Finsterniß beobachtete, war es mir überaus auffallend, wie viel leuchtender die rothe Mondscheibe unter dem Tropenhimmel erscheint als in meinem nördlichen Vaterlande. Das ganze Phänomen ist bekanntlich eine Folge der Strahlenbrechung: da, wie Kepler sich sehr richtig ausdrückt (*Paralip., Astron. pars optica* p. 893), die Sonnenstrahlen bei ihrem Durchgange durch die Atmosphäre der Erde inflectirt(S. 500.) *Babinet* erklärt die Röthung für eine Folge der Diffraction in einer Notiz über den verschiedenen Antheil des weißen, blauen und rothen Lichtes, welches sich bei der Inflexion erzeugt; s. dessen Betrachtungen über die Total-Finsterniß des Mondes vom 19 März 1818 in *Moigno's Répertoire d'Optique moderne* 1850 T. IV. p. 1656. „La lumière diffractée qui pénètre dans l'ombre de la terre, prédomine toujours et même a été seule sensible. Elle est d'autant plus rouge ou orangée qu'elle se trouve plus près du centre de l'ombre géométrique; car ce sont les rayons les moins réfrangibles qui se propagent le plus abondamment par diffraction, à mesure qu'on s'éloigne de la propagation en ligne droite.“ Die Phänomene der Diffraction finden, nach den scharfsinnigen Untersuchungen von *Magnus* (bei Gelegenheit einer Discussion zwischen Airy und Faraday), auch im luftleeren Raume statt. Vergl. über die Erklärungen durch Diffraction im allgemeinen *Arago* im *Annuaire* pour 1846 p. 452–455. und in den Schattenkegel geworfen werden. Die geröthete oder glühende Scheibe ist übrigens nie gleichförmig farbig. Einige Stellen zeigen sich immer dunkler und dabei fortschreitend farbeändernd. Die Griechen hatten sich eine eigene, wundersame Theorie gebildet über die verschiedenen Farben, welche der verfinsterte Mond zeigen soll, je nachdem die Finsterniß zu anderen Stunden eintritt.(S.500.) *Plutarch* (*de facie in orbe Lunae*), *Moral.* ed. Wyttenb. T. IV. p. 780–783: „Die feurige, kohlenartig glimmende (ἀνθρακοειδής) Farbe des verfinsterten Mondes (um die Mitternachtsstunde) ist, wie die Mathematiker behaupten, schon des Wechsels wegen von Schwarz in Roth und Bläulich, keinesweges als eine der erdigen Oberfläche des Planeten eigenthümliche Beschaffenheit zu betrachten.“ Auch *Dio Cassius* (LX, 26; ed. Sturz T. III. p. 779): der sich ausführlich mit den Mondfinsternissen überhaupt, und mit merkwürdigen Edicten des Kaisers Claudius, welche die Dimension des verfinsterten Theiles vorherverkündigten, viel beschäftigt, macht auf die so verschiedene Färbung des Mondes während der Conjunction aufmerksam. „Groß“, sagt er (LXV, 11; T. IV. p. 185 Sturz), „ward die Verwirrung im Lager des Vitellius bei der in derselben Nacht eintretenden Finsterniß. Doch nicht sowohl die Finsterniß an sich, obgleich sie bei mangelnder Geistesruhe unglückbedeutend erscheinen kann: als vielmehr der Umstand, daß der Mond in blutrother, schwarzer und anderen traurigen Farben spielte; erfüllte die Seele mit bangen Besorgnissen.“

In dem langen Streite über die Wahrscheinlichkeit oder Unwahrscheinlichkeit einer atmosphärischen Umhüllung des Mondes haben genaue Occultations-Beobachtungen erwiesen, daß keine Strahlenbrechung am Mondrande statt hat, und daß sich demnach die Schröter'schen Annahmen(S. 500.) *Schröter, selenotopographische Fragmente* Th. I. 1791 S. 668, Th. II. 1802 S. 52. einer Mond-Atmosphäre und *Mond-Dämmerung* widerlegt finden. „Die Vergleichung der beiden Werthe des Mond-Halbmessers, welche man einerseits aus directer Messung, andererseits aus der Dauer des Verweilens vor einem Fixstern während der Bedeckung ableiten kann, lehrt: daß das Licht eines Fixsterns in dem Augenblick, in welchem letzterer den Mondrand berührt, *nicht für uns merklich* von seiner geradlinigen Bewegung abgelenkt wird. Wäre eine Strahlenbrechung am Rand des Mondes vorhanden, so müßte die zweite Bestimmung den Halbmesser um das Doppelte derselben kleiner ergeben als die erste; wogegen aber bei mehrfachen Versuchen beide Bestimmungen so nahe übereinkommen, daß man keinen entscheidenden Unterschied je hat auffinden können." Der Eintritt von Sternen, welcher sich besonders scharf am dunklen Rande beobachten läßt, erfolgt plötzlich und ohne allmälige Verminderung des Sternglanzes; eben so der Austritt oder das Wiedererscheinen. Bei den wenigen Ausnahmen, die angegeben werden, mag die Ursach in zufälligen Veränderungen unserer Atmosphäre gelegen haben.

Fehlt nun dem Erdmonde jede gasförmige Umhüllung, so steigen dort bei Mangel alles diffusen Lichtes die Gestirne an einem fast *schwarzen Taghimmel* empor; keine Luftwelle kann dort tragen den Schall, den Gesang und die Rede. Es ist der Mond für unsere Phantasie, die so gern anmaßend in das nicht zu Ergründende überschweift, eine lautlose Einöde.

Das bei Sternbedeckungen bisweilen bemerkte Phänomen des Verweilens (*Klebens*) des eintretenden Sternes an und in dem Rande des MondesSir John *Herschel* (*outlines* pag. 247) macht aufmerksam auf den Eintritt von solchen *Doppelsternen*, die wegen zu großer Nähe der Individuen, aus denen sie bestehen, nicht im Fernrohr getrennt werden können. kann wohl nicht als Folge der *Irradiation* betrachtet werden: welche bei der schmalen Mondsichel, wegen einer so verschiedenen Intensität des Lichtes im aschfarbenen und in dem von der Sonne unmittelbar erleuchteten Theile, diesen allerdings als jenen *umfassend* dem Auge erscheinen läßt. Arago hat bei einer totalen Mondfinsterniß einen Stern an der wenig leuchtenden rothen Mondscheibe während der Conjunction deutlichst kleben sehen. Ob überhaupt die hier berührte Erscheinung in der Empfindung und in physiologischen Ursachen*Plateau sur l'Irridation*, in den *Mém. de l'Acad. royale des Sciences et Belles-Lettres de Bruxelles* T. XI. p. 142, und Ergänzungsband zu *Poggendorff's Annalen* 1842 S. 79–128, 193–232 und 405–443. „Die wahrscheinliche Ursach der Irradiation ist ein durch das Licht erregter Reiz, welcher sich auf der Netzhaut ein wenig über den Umriß des Bildes fortpflanzt.", oder in der Aberration der Refrangibilität und Sphäricität des Auges*Arago* in den *Comptes rendus* T. VIII. 1839 p. 713 und 883. „Les phénomènes d'irradiation signalés par Mr. Plateau sont regardés par Mr. Arago comme les effets des aberrations de réfrangibilité et de sphéricité de l'oeil, combinés avec l'indistinction de la vision, conséquence des circonstances dans lesquelles les observateurs se sont placés. Des mesures exactes prises sur des disques noirs à fond blanc et des disques blancs à fond noir, qui étaient placés au Palais du Luxembourg, visibles à l'Observatoire, n'ont pas indiqué les effets de l'irradiation." gegründet sei, ist ein Gegenstand der Discussion zwischen Arago und Plateau geblieben. Die Fälle, in denen behauptet wird, daß man ein Verschwinden und Wiedererscheinen, und dann ein abermaliges Verschwinden bei einer Occultation gesehen habe, mögen wohl den Eintritt an einem zufällig durch Bergabfälle und tiefe Klüfte verunstalteten Mondrand bezeichnen.

Die großen Unterschiede des Licht-Reflexes in den einzelnen Regionen der erleuchteten Mondscheibe, und besonders der Mangel scharfer Abgrenzung in den Mondphasen an dem inneren Rande gegen den aschfarbenen Theil hin, erzeugten in der frühesten Zeit schon einige verständige Ansichten über die Unebenheiten der Oberfläche unseres Satelliten. Plutarch in der kleinen, aber sehr merkwürdigen Schrift *vom Gesicht im Monde* sagt ausdrücklich: daß man in den *Flecken* theils tiefe Klüfte und Thäler, theils Berggipfel ahnden könne, „welche lange Schatten wie der Athos werfen, der mit dem seinigen Lemnos erreicht". Verhältnissen in der Stellung des Mondes bei der Heiterkeit unserer Atmosphäre erkennbar: der Rücken des Hochlandes der *Apenninen*, die dunkle Wallebene *Grimaldi*, das abgeschlossene Mare Crisium, der von vielen Bergrücken und Kratern umdrängte *Tycho*. Zeugnisse für die Sichtbarkeit dieser vier Gegenstände s. in *Beer* und *Mädler, der Mond* S. 241, 338, 191 und 290. Es bedarf kaum einer Erinnerung, daß alles, was die Topographie der Mondfläche betrifft, aus dem vortrefflichen Werke meiner beiden Freunde entlehnt ist: von denen der erste, *Wilhelm Beer*, uns nur zu früh entrissen wurde. Zur leichteren Orientirung ist das schöne *Uebersichtsblatt* zu empfehlen, welches Mädler 1837: also 3 Jahre nach der großen, aus 4 Blättern bestehenden Mondkarte, herausgegeben hat. Nicht ohne Wahrscheinlichkeit ist behauptet worden, daß es besonders der Anblick der *Apenninen-Kette* gewesen sei, welcher die Griechen veranlaßt habe die Mondflecken für Berge zu halten: und dabei, wie eben bemerkt, des *Schattens* des Athos zu gedenken, welcher in den Solstitien die eherne Kuh auf Lemnos erreichte. Eine andere, sehr phantastische Meinung über die Mondflecken war die, von Plutarch bestrittene, des Agesianax: nach welcher die Mondscheibe, gleich einem Spiegel, die Gestalt und Umrisse unserer Continente und des *äußeren* (atlantischen) Meeres uns catoptrisch wiedergeben solle. Eine ganz ähnliche Meinung scheint in Vorder-Asien sich als Volksglaube noch erhalten zu haben.

Durch die sorgfältige Anwendung großer Fernröhre ist es allmälig gelungen eine auf wirkliche Beobachtungen gegründete Topographie des Mondes zu entwerfen; und da in der Opposition die halbe Seite des Erd-Satelliten sich ganz und auf einmal unseren Forschungen darstellt, so wissen wir von dem allgemeinen und bloß figürlichen

Zusammenhange der Berggruppen im Monde mehr als von der Orographie einer ganzen, das Innere von Afrika und Asien enthaltenden Erdhälfte. Der Regel nach sind die *dunkleren* Theile der Scheibe die flächeren und niederen; die *hellen*, viel Sonnenlicht reflectirenden Theile die höheren und gebirgigen. Kepler's alte Bezeichnung beider als *Meer* und *Land* ist aber längst aufgegeben; und es wurde schon von Hevel, trotz der ähnlichen durch ihn verbreiteten Nomenclatur, die Richtigkeit der Deutung und des Gegensatzes bezweifelt. Als mit der Anwesenheit von Wasserflächen streitend wird hauptsächlich der Umstand angeführt, daß in den sogenannten *Meeren des Mondes* die kleinsten Theile sich bei genauer Untersuchung und sehr verschiedener Beleuchtung als völlig *uneben*, als polyedrisch und eben deshalb viel *polarisirtes* Licht gebend erweisen. Arago hat gegen die Gründe, welche von den Unebenheiten hergenommen sind, erinnert: daß einige dieser Flächen trotz der Unebenheiten doch einem mit Wasser bedeckten, nicht allzu tiefen Meeresboden zugehören könnten: da auf unserem Planeten der unebene, *klippenvolle* Boden des Oceans, von einer großen Höhe herab gesehen, (wegen des Uebergewichts des aus der Tiefe aufsteigenden Lichtes über die Intensität desjenigen, welches die Oberfläche des Meeres zurückstrahlt) deutlich gesehen werde (*Annuaire du Bureau des Longit.* pour 1836 p. 339–343). In den bald erscheinenden Werken meines Freundes, seiner *Astronomie* und *Photometrie*, wird die wahrscheinliche Abwesenheit des Wassers auf unserem Satelliten aus anderen, hier nicht zu entwickelnden, optischen Gründen hergeleitet werden. Von den niederen *Ebenen* finden sich die *größeren* Flächen in dem nördlichen und östlichen Theile. Die meiste Ausdehnung (90000 geogr. Quadratmeilen) hat unter ihnen der, nicht scharf begrenzte Oceanus Procellarum. Mit dem Mare Imbrium (16000 Quadratmeilen), dem Mare Nubium und einigermaßen mit dem Mare Humorum in Verbindung stehend und inselförmige Berglandschaften (die *Riphäen, Kepler, Copernicus* und die *Karpathen*) umgebend: bildet dieser *östliche*, dunklere Theil der Mondscheibe den entschiedensten Gegensatz zu der lichtstrahlenderen *südwestlichen* Gegend, in welcher Berge an Berge gedrängt sind. In der nordwestlichen Region zeigen sich zwei mehr geschlossene und isolirte Becken, das Mare Crisium (3000 Quadratmeilen) und das Mare Tranquillitatis (5800 Q. M.).

Die Farbe dieser sogenannten *Meere* ist nicht bei allen die graue. Das Mare Crisium hat ein Grau mit Dunkelgrün vermischt, das Mare Serenitatis und Mare Humorum sind ebenfalls grün. Nahe bei dem *hercynischen* Gebirge zeigt dagegen die isolirte Umwallung *Lichtenberg* eine blaß-röthliche Farbe, eben so Palus Somnii. Ringflächen ohne Centralberge haben meist eine dunkel stahlgraue, ins Bläuliche spielende Farbe. Die Ursachen dieser so verschiedenen Farbentöne des felsigen Erdreichs oder anderer lockerer Stoffe, die es bedecken, sind überaus räthselhaft. So wie nördlich vom *Alpengebirge* eine große Wallebene, *Plato* (bei Hevel Lacus niger major genannt), und noch mehr *Grimaldi* in der Aequatorial-Gegend und *Endymion* am nordwestlichen Rande, die drei dunkelsten Stellen der ganzen Mondscheibe sind; so ist *Aristarch* mit seinen in der Nachtseite bisweilen fast sternartig leuchtenden Punkten die hellste und glänzendste derselben. Alle diese Abwechselungen von Schatten und Licht afficiren eine iodirte Platte, und werden in *Daguerreotypen* unter starker Vergrößerung mit wunderbarer Treue dargestellt. Ich besitze selbst ein solches *Mond-Lichtbild* von zwei Zoll Durchmesser, in welchem man die sogenannten *Meere* und Ringgebirge deutlich erkennt; es ist von einem ausgezeichneten Künstler, Herrn Whipple zu Boston, angefertigt.

Wenn nun schon in einigen der *Meere* (Crisium, Serenitatis und Humorum) die Kreisform auffallend ist; so wiederholt sich dieselbe noch mehr, ja fast allgemein, in dem gebirgigen Theile der Mondscheibe: besonders in der Gestaltung der ungeheuren Gebirgsmassen, welche die südliche Halbkugel (vom Pole bis gegen den Aequator hin, wo die Masse in eine Spitze ausläuft) erfüllen. Viele der ringförmigen Erhebungen und Wallebenen (die größten haben nach Lohrmann über tausend Quadratmeilen) bilden zusammenhangende *Reihen:* und zwar in der *Meridian-Richtung,* zwischen 5° und 40° südlicher Breite. Die nördliche Polargegend enthält vergleichungsweise nur in sehr geringem Maaße diese zusammengedrängten *Bergringe.* Sie bilden dagegen in dem westlichen Rande der nördlichen Halbkugel zwischen 20 und 50 Grad nördlicher Breite eine zusammenhangende Gruppe. Dem Nordpol selbst nahet sich bis auf wenige Grade das Mare Frigoris; und es bietet derselbe dadurch, wie der ganze ebene nordöstliche Raum, bloß einige isolirte ringförmige Berge (*Plato, Mairan, Aristarch, Copernicus* und *Kepler*) umschließend, einen großen Contrast mit dem ganz gebirgigen Südpol. An diesem glänzen hohe Gipfel, im eigentlichsten Sinne des Worts, ganze Lunationen hindurch *in ewigem Lichte;* es sind wahre *Lichtinseln,* die schon bei schwacher Vergrößerung erkannt werden.

Als Ausnahmen von diesem, auf dem Monde so allgemein herrschenden Typus kreis- und ringförmiger Gestaltung treten wirkliche *Gebirgsketten* fast in der Mitte der nördlichen Mondhälfte (*Apenninen, Caucasus* und *Alpen*) auf. Sie ziehen sich von Süden gegen Norden, in einen flachen Bogen etwas westlich gekrümmt, durch fast 32 Breitengrade. Zahllose Bergrücken und zum Theil überaus spitze Gipfel drängen sich hier zusammen. Wenige Ringgebirge oder kraterartige Vertiefungen (*Conon, Hadley, Calippus*) sind eingemengt, und das Ganze gleicht mehr der Gestaltung unserer Bergketten auf der Erde. Die *Mond-Alpen,* welche an Höhe dem *Caucasus* und den *Apenninen des Mondes* nachstehen, bieten ein wunderbar breites *Queerthal,* das die Kette von SO gegen NW durchschneidet, dar. Es ist von Gipfeln umgeben, welche die Höhe des Pics von Teneriffa übertreffen.

Die relative Höhe der Erhebungen im Verhältniß zu den Durchmessern des Mondes und der Erde giebt das merkwürdige Resultat: daß, da bei dem 4mal kleineren Satelliten die höchsten Gipfel nur 600 Toisen niedriger als die der Erde sind, die Mondberge $1/_{454}$, die Berge auf der Erde aber $1/_{1481}$ des planetarischen Durchmessers betragen. Höchster

Gipfel des Himalaya und (bisher!) der ganzen Erde, Kinchin-junga, nach Wangh's neuerer Messung 4406 Toisen oder 28178 englische Fuß (1,16 einer geogr. Meile); höchster Gipfel der Mondberge nach Mädler 3800 Toisen (genau eine geogr. Meile); Durchmesser des Mondes 454, der der Erde 1718 geogr. Meilen: woraus folgt für den Mond $^1/_{454}$, für die Erde $^1/_{1481}$. Unter den 1095 bereits gemessenen Höhenpunkten auf dem Monde finde ich 39 höher als den Montblanc (2462 Toisen) und 6 höher als 18000 Pariser Fuß. Die Messungen geschehen entweder durch Licht-Tangenten (durch Bestimmung des Abstandes der in der Nachtseite des Mondes als Lichtpunkte erleuchteten Berggipfel von der Lichtgrenze), oder durch Länge der Schatten. Der ersten Methode bediente sich schon Galilei, wie aus seinem Briefe an den Pater Grienberger über die Montuosità della Luna erhellt.

Nach Mädler's sorgfältigen Bergmessungen mittelst der Länge der Schatten sind die Culminationspunkte des Mondes in absteigender Folge am Südrande, dem Pole sehr nahe, *Dörfel* und *Leibnitz*, 3800 Toisen; das Ringgebirge *Newton*: wo ein Theil der tiefen Aushöhlung nie, weder von der Sonne noch von der Erdscheibe, beschienen wird, 3727 Toisen; *Casatus* östlich von *Newton* 3569 T., *Calippus* in der Caucasus-Kette 3190 T., die *Apenninen* zwischen 2800 und 3000 T. Es muß hier bemerkt werden, daß bei dem gänzlichen Mangel einer allgemeinen *Niveau-Linie* (der Ebene gleichen Abstandes von dem Centrum eines Weltkörpers, wie uns auf unserem Planeten die Meeresfläche darbietet) die absoluten Höhen nicht streng unter einander zu vergleichen sind, da die hier gegebenen 6 numerischen Resultate eigentlich nur Unterschiede der Gipfel von den nächsten sie umgebenden Ebenen oder Tiefpunkten ausdrücken. Auffallend ist es immer, daß Galilei die höchsten Mondgebirge ebenfalls "incirca miglia quatro", also ohngefähr 1 geogr. Meile (3800 T.), schätzte und sie nach dem Maaß seiner hypsometrischen Kenntnisse für höher hielt als alle Berge der Erde.

Eine überaus merkwürdige und räthselhafte Erscheinung, welche die Oberfläche unseres Satelliten darbietet, und welche nur optisch einen Licht-Reflex, nicht hypsometrisch eine Höhenverschiedenheit betrifft: sind die schmalen *Lichtstreifen*, die in schräger Beleuchtung verschwinden, im Vollmonde aber, ganz im Gegensatz mit den Mondflecken, als *Strahlen-Systeme* am sichtbarsten werden. Sie sind nicht Bergadern, werfen keinen Schatten, und laufen in gleicher Intensität des Lichtes aus den Ebenen bis zu Höhen von mehr als zwölftausend Fuß. Das ausgedehnteste dieser Strahlen-Systeme geht von *Tycho* aus: wo man mehr als hundert, meistens einige Meilen breite, Lichtstreifen unterscheiden kann. Aehnliche Systeme, welche den *Aristarch, Kepler, Copernicus* und die *Karpathen* umgeben, stehen fast alle in Zusammenhang unter einander. Es ist schwer, durch Analogien und Induction geleitet, zu ahnden, welche specielle Veränderung des Bodens diese leuchtenden, von gewissen Ringgebirgen ausgehenden, bandartigen, lichtvollen Strahlen veranlaßt.

Der mehrfach erwähnte, auf der Mondscheibe fast überall herrschende Typus kreisförmiger Gestaltung (in den *Wallebenen*, die oft *Centralberge* umschließen; in den großen *Ringgebirgen* und ihren Kratern: deren in *Bayer* 22, in *Albategnius* 33 an einander gedrängt gezählt werden) mußte einen tiefen Denker wie Robert Hooke früh schon veranlassen eine solche Form der *Reaction des Inneren* des Mondkörpers *gegen das Aeußere:* "der Wirkung unterirdischer Feuer und elastischer, durchbrechender Dämpfe, ja einer *Ebullition* in aufbrechenden Blasen" zuzuschreiben. Versuche mit verdickten siedenden Kalk-Auflösungen schienen ihm seine Ansicht zu bestätigen; und die Umwallungen mit ihren Centralbergen wurden damals schon mit „den Formen des Aetna, des Pics von Teneriffa, des Hekla und der von Gage beschriebenen Vulkane von Mexico" verglichen.

Den Galilei hatte, wie er selbst erzählt, eine ringförmige Wallebene des Mondes, wahrscheinlich ihrer Größe wegen, an die Gestaltung ganzer mit Bergen umgebener Länder erinnert. Ich habe eine Stelle aufgefunden, in der er jene ringförmigen Wallebenen des Mondes mit dem großen geschlossenen Becken von Böhmen vergleicht. Mehrere der Wallebenen sind in der That nicht viel kleiner; denn sie haben einen Durchmesser von 25 bis 30 geogr. Meilen. Dagegen überschreiten die eigentlichen *Ringgebirge* im Durchmesser kaum 2 bis 3 Meilen. *Conon* in den *Apenninen* hat deren 2; und ein Krater, welcher zu der leuchtenden Mondlandschaft des *Aristarch* gehört, soll in der Breite gar nur 400 Toisen Durchmesser darbieten: genau die Hälfte des von mir trigonometrisch gemessenen Kraters von Rucu-Pichincha im Hochlande von Quito.

Indem wir hier bei Vergleichungen mit uns wohlbekannten irdischen Naturerscheinungen und Größenverhältnissen verweilen, ist es nöthig zu bemerken, daß der größere Theil der *Wallebenen* und *Ringgebirge* des Mondes zunächst als *Erhebungs-Krater* ohne *fortdauernde* Eruptions-Erscheinungen im Sinne der Annahme von Leopold von Buch zu betrachten sind. Was wir nach europäischem Maaßstabe groß auf der Erde nennen: die Erhebungs-Krater von Rocca Monfina, Palma, Teneriffa und Santorin; verschwindet freilich gegen *Ptolemäus, Hipparch* und viele andere des Mondes. Palma giebt nur 3800, Santorin nach Cap. Graves neuer Messung 5200, Teneriffa höchstens 7600 Toisen Durchmesser: also nur $\frac{1}{8}$ oder $\frac{1}{6}$ der zwei eben genannten Erhebungs-Krater des Mondes. Die kleinen Krater des Pics von Teneriffa und Vesuvs (drei- bis vierhundert Fuß im Durchmesser) würden kaum durch Fernröhre gesehen werden können. Die *bei weitem größere Zahl* der Ringgebirge hat keinen Centralberg; und wo er sich findet, wird er als domförmig, oder flach (*Hevelius, Macrobius*), nicht als *Eruptions-Kegel mit Oeffnung*, beschrieben. Der brennenden Vulkane, die man in der Nachtseite des Mondes gesehen haben will (4 Mai 1783); der Lichterscheinungen im Plato, welche Bianchini (16 August 1725) und Short (22 April 1751) beobachteten: erwähnen wir hier nur in historischem Interesse, da die Quellen der Täuschung längst ergründet sind, und in dem lebhaften Reflex des Erdenlichts liegen, welches gewisse Theile der Oberfläche unseres Planeten auf die aschfarbene Nachtseite des Mondes werfen.A. a. O. S. 151; *Arago* im *Annuaire* pour 1842 p. 526. (Vergl. auch Immanuel *Kant, Schriften der physischen Geographie* 1839 S. 393–402.) Einer ähnlichen Täuschung wie die vermeintlichen uns sichtbaren vulkanischen Ausbrüche im Monde gehören an, nach neueren, gründlicheren Untersuchungen, die beobachteten temporären Veränderungen auf der Oberfläche des Mondes (Entstehung neuer Centralberge und Krater im Mare Crisium, in *Hevelius* und *Cleomedes*). S. *Schröter, selenotopogr. Fragm.* Th. I. S. 412–523, Th. II. S. 268–272. – Die Frage: welches die kleinsten Gegenstände seien, deren Höhe oder Ausdehnung bei dem jetzigen Zustande der angewandten Instrumente noch gemessen werden können? ist im allgemeinen schwer zu beantworten. Nach dem Berichte des Dr. Robinson über das herrliche Spiegeltelescop von Lord Rosse erkennt man darin mit großer Klarheit Ausdehnungen von 220 Fuß (80 bis 90 yards). Mädler rechnet, daß in seinen Beobachtungen noch Schatten von 3 Secunden meßbar waren: was, unter gewissen Voraussetzungen über die Lage eines Berges und die Höhe des Sonnenstandes, einer Berghöhe von 120 Fuß zugehören würde. Er macht aber zugleich darauf aufmerksam, daß der Schatten eine gehörige Breite haben müsse, um sichtbar und meßbar zu sein. Der Schatten der großen Pyramide des Cheops würde, nach den bekannten Dimensionen (Flächenausdehnungen) dieses Monuments, selbst im Anfangspunkte kaum $1/_9$ Secunde breit und also unsichtbar sein. (*Mädler* in *Schumacher's Jahrbuch* für 1841 S. 264.) Arago erinnert, daß mit einer Vergrößerung von 6000mal, die ohnedies nicht mit verhältnißmäßigem Erfolge auf den Mond anzuwenden wäre, die Mondberge uns ohngefähr eben so erscheinen würden als mit bloßem Auge der Montblanc vom Genfer See aus.

Man hat schon mehrmals und gewiß mit Recht darauf aufmerksam gemacht, daß bei dem Mangel von Wasser auf dem Monde (auch die *Rillen:* sehr schmale, meist geradlinige VertiefungenDie *Rillen* sind nicht häufig, höchstens 30 Meilen lang; bisweilen gegabelt (*Gassendi*), selten aderartig (*Triesnecker*); immer leuchtend; nicht queer über Gebirge hinlaufend, nur den ebneren Landschaften eigen; an den Endpunkten durch nichts ausgezeichnet, ohne breiter oder schmaler zu werden. *Beer* und *Mädler* S. 131, 225 und 249., sind keine Flüsse) wir uns die Oberfläche desselben ohngefähr so beschaffen vorstellen müssen, wie es die Erde in ihrem primitiven, ältesten Zustande gewesen ist: als dieselbe noch unbedeckt war von muschelreichen *Flözschichten*, wie von Gerölle und *Schuttland*, das durch die *fortschaffende Kraft* der Ebbe und Fluth oder der *Strömungen* verbreitet worden ist. Sonnen- und Erdfluthen fehlen natürlich da, wo das flüssige Element mangelt; kaum schwache Ueberdeckungen von zerstörten *Reibungs-Conglomeraten* sind denkbar. In unseren, aus Spaltöffnungen gehobenen Bergketten fängt man allmälig auch an partielle Gruppirungen von Höhen, gleichsam eiförmige Becken bildend, hier und da zu erkennen. Wie ganz anders würde uns die Erdoberfläche erscheinen, wenn dieselbe von den Flöz- und Tertiär-Formationen wie von dem Schuttlande entblößt wäre!

Der Mond *belebt* und verherrlicht, mehr als alle andere Planeten, durch Verschiedenheit seiner Phasen und durch den schnelleren Wechsel seiner relativen Stellung am Sternenhimmel, unter jeglicher Zone den Anblick des Firmaments; er leuchtet erfreuend dem Menschen und (vornehmlich in den Urwäldern der Tropenwelt) den Thieren des Waldes. Der Mond, durch die Anziehungskraft, die er gemeinschaftlich mit der Sonne ausübt, *bewegt* unsere *Oceane*, das Flüssige auf der Erde; verändert allmälig durch periodische Anschwellung der Oberfläche und die zerstörenden Wirkungen der Fluth den Umriß der Küsten; hindert oder begünstigt die Arbeit des Menschen; liefert den größten Theil des Materials, aus dem sich Sandsteine und Conglomerate bilden: welche dann wiederum von den abgerundeten, losen Geschieben des Schuttlandes bedeckt sind. *On the transporting power of Tides* s. Sir Henry de la *Beche, Geological Manual* 1833 p. 111. So fährt der Mond, als eine der *Quellen der Bewegung*, fort auf die *geognostischen* Verhältnisse unseres Planeten zu wirken. Der unbestreitbare. Die Hauptgewährsmänner sind: *Scheibler* (*Untersuch. über Einfluß des Mondes auf die Veränderungen in unserer Atmosphäre* 1830 S. 20), *Flaugergues* (zwanzigjährige Beobachtungen in Viviers; *Bibl. universelle*, Sciences et Arts T. XL. 1829 p. 265–283, und in *Kastner's Archiv für die ges. Naturlehre* Bd. XVII. 1829 S. 32–50) und *Eisenlohr* (*Poggend. Annalen der Physik* Bd. XXXV. 1835 S. 141–160 und 309–329). – Sir John Herschel hält es „für sehr wahrscheinlich, daß auf dem Monde eine sehr hohe Temperatur herrsche (weit über dem Siedepunkt des Wassers), da die *Oberfläche* 14 Tage lang ununterbrochen und ungemildert der Sonnenwirkung ausgesetzt sei. Der Mond müsse daher in der Opposition oder wenige Tage nachher in einem kleinen Maaße (in some small degree) eine Wärmequelle für die Erde werden; aber diese Wärme, von einem Körper ausströmend, der weit unter der Temperatur eines brennenden Körpers sei (below the temperature of ignition) könne nicht die Erdfläche erreichen: indem sie in den oberen Schichten unseres Luftkreises absorbirt und verbraucht werde, wo sie sichtbares Gewölk in durchsichtigen Dampf verwandle." Die Erscheinung der schnellen Wolkenzerstreuung durch den Vollmond bei nicht übermäßiger Wolkenbedeckung wird von Sir John Herschel „als eine meteorologische Thatsache" betrachtet, „die (setzt er hinzu) von Humboldt's eigener Erfahrung und dem sehr allgemeinen Glauben spanischer Seefahrer in den amerikanischen Tropenmeeren bekräftigt sei." S. *Report* of the 15th meeting of the *British Association for the advancement of Sciences* 1846, notices p. 5; und *outlines of Astronomy* p. 261. Einfluß des Satelliten auf *Luftdruck, wässrige Niederschläge* und *Wolkenzerstreuung* wird in dem letzten, rein tellurischen Theile des Kosmos behandelt werden.

Mars.

Durchmesser des Planeten nur 0,519 Theile des Erd-Durchmessers (trotz seines schon beträchtlicheren Abstandes von der Sonne) oder 892 geogr. Meilen. *Excentricität* der Bahn 0,0932168: unter den alten Planeten nächst dem Merkur die stärkste: und auch deshalb, wie durch Nähe zur Erde die geeignetste zu Kepler's großer Entdeckung der planetarischen elliptischen Bahnen. *Rotation* nach Mädler und Wilhelm Beer 24st 37' 23". *Siderische Umlaufszeit* um die Sonne 1 Jahr 321 Tage 1st 30' 41". Die *Neigung der Marsbahn* gegen den Erd-Aequator ist 24° 44' 24", die Masse $^1/_{2680337}$, die *Dichtigkeit* in Vergleich mit der der Erde 0,958. Wie die große Annäherung des Enckischen Cometen dazu benutzt worden ist die Masse des Merkur zu ergründen, so wird auch die Masse des Mars einst durch die Störungen berichtigt werden, welche der Comet von de Vico durch ihn erleiden kann.

Die *Abplattung* des Mars, die (sonderbar genug) der große Königsberger Astronom dauernd bezweifelte, ist zuerst von William Herschel (1784) anerkannt worden. Ueber die Quantität dieser Abplattung aber hat lange Ungewißheit geherrscht. Sie wurde angegeben von William Herschel zu $^1/_{16}$; nach Arago's genauerer Messung*Laplace, expos. du Syst. du Monde* p. 36. Schröter's sehr unvollkommene Messungen der Durchmesser der Planeten gaben dem Mars eine Abplattung von nur $^1/_{60}$. mit einem prismatischen Fernrohr von Rochon nur: zuerst (vor 1824) im Verhältniß von 189: 194, d. i. $^1/_{38,8}$; späterer Messung (1847) zu $^1/_{32}$; doch ist Arago geneigt die Abplattung noch für etwas *größer* zu halten.

Wenn das Studium der Mond-Oberfläche an viele *geognostische* Verhältnisse der Oberfläche unseres Planeten erinnert; so sind dagegen die Analogien, welche Mars mit der Erde darbietet, ganz *meteorologischer* Art. Außer den dunklen Flecken: von denen einige schwärzlich, andere, aber in sehr geringer Zahl, sogenannter Seen umgeben sind; erscheinen auf der Marsscheibe noch: sei es an den Polen, welche die Rotations-Achse bestimmt, sei es nahe dabei an den Kälte-Polen, abwechselnd *zwei weiße, schneeglänzende Flecken*. Es sind dieselben schon 1716 von Philipp Maraldi wahrgenommen; doch ihr Zusammenhang mit klimatischen Veränderungen auf dem Planeten ist erst von Herschel dem Vater in dem 74ten Bande der *Philosophical Transactions*, für 1784, beschrieben worden. Die weißen Flecken werden wechselsweise größer oder kleiner, je nachdem ein Pol sich seinem Winter oder seinem Sommer nähert. Arago hat in seinem Polariscop die Intensität des Lichtes dieser *Schnee-Zone* des Mars gemessen, und dieselbe zweimal größer als die Lichtstärke der übrigen Scheibe gefunden. In den *physikalisch-astronomischen Beiträgen* von *Mädler* und *Beer* sind vortreffliche graphische Darstellungen*Mädler* in *Schumacher's astronomischen Nachrichten* No. 192. der Nord- und Süd-Halbkugel des Mars enthalten; und diese merkwürdige, im ganzen Planetensystem *einzige* Erscheinung ist darin nach allen Veränderungen der Jahreszeiten und der kräftigen Wirkung des Polar-Sommers auf den wegschmelzenden Schnee durch Messungen ergründet worden. Sorgfältige zehnjährige Beobachtungen haben auch gelehrt, daß die dunklen Marsflecken auf dem Planeten selbst ihre Gestalt und relative Lage constant beibehalten. Die periodische Erzeugung von *Schneeflecken*, als meteorischen, von Temperatur-Wechsel abhängigen *Niederschlägen;* und einige optische Phänomene, welche die dunklen Flecken darbieten, sobald sie durch die Rotation des Planeten an den Rand der Scheibe gelangen: machen die Existenz einer Mars-Atmosphäre mehr als wahrscheinlich.

Die Kleinen Planeten.

Als der Druck des Abschnittes von den Kleinen Planeten schon geendigt war, ist uns erst im nördlichen Deutschlande die Kunde von der Entdeckung eines *funfzehnten* kleinen Planeten (*Eunomia*) gekommen. Er ist wiederum von Herrn de Gasparis und zwar am 19 Juli 1851 entdeckt worden. Die Elemente der Eunomia, berechnet von G. Rümker, sind:

Epoche der mittl. Länge   1851 Oct. 1,0 m. Greenw. Zeit

mittl. Länge	321°25'29"
Länge des Perihels	27 35 38
Länge des aufst. Knotens	293 52 55
Neigung	11 43 43
Excentricität	0,188402
halbe große Axe	2,64758
mittl. tägliche Bewegung	823,630
Umlaufszeit	1574 Tage.

Unter dem Namen einer *mittleren Gruppe*, welche gewissermaßen zwischen Mars und Jupiter eine *scheidende* Zone für die 4 *inneren* (Merkur, Venus, Erde, Mars) und die 4 *äußeren* Hauptplaneten (Jupiter, Saturn, Uranus, Neptun) unsres Sonnengebietes bildet, haben wir schon in den allgemeinen Betrachtungen über planetarische Körper die Gruppe der *Kleinen Planeten* (*Asteroiden, Planetoiden, Coplaneten, telescopischen* oder *Ultra-Zodiacal-Planeten*) bezeichnet. Es hat dieselbe den abweichendsten Charakter durch ihre in einander verschlungenen, stark geneigten und übermäßig excentrischen Bahnen; durch ihre außerordentliche Kleinheit: da der Durchmesser der Vesta selbst nicht den 4ten Theil des Durchmessers des Merkur zu erreichen scheint. Als der erste Band des *Kosmos* 1845 erschien, waren nur 4 der Kleinen Planeten: Ceres, Pallas, Juno und Vesta: entdeckt von Piazzi, Olbers und Harding (1 Jan. 1801 bis 29 März 1807), bekannt;

jetzt (im Juli 1851) ist die Zahl der Kleinen Planeten schon auf 14 angewachsen (s. nebenstehenden Zusatz, und über die vielen nachfolgenden einen Zus. in Bd. V]; sie sind der Zahl nach der dritte Theil aller gleichzeitig bekannten 43 planetarischen Körper, d. i. aller Haupt- und Nebenplaneten.

Wenn lange im Sonnengebiete die Aufmerksamkeit der Astronomen auf Vermehrung der Glieder *partieller Systeme* (der Monde, welche um Hauptplaneten kreisen), und auf die jenseits des Saturn und Uranus in den fernsten Regionen zu entdeckenden Planeten gerichtet war; so bietet jetzt seit dem zufälligen Auffinden der Ceres durch Piazzi und besonders seit dem beabsichtigten Auffinden der Asträa durch Hencke, wie seit der großen Vervollkommnung von *Sternkarten* (die der *Berliner Akademie* enthalten alle Sterne bis zur 9ten und theilweise bis zur 10ten Größe) ein uns näherer Weltraum das reichste, vielleicht unerschöpfliche Feld für astronomische Arbeitsamkeit dar. Es ist ein besonderes Verdienst des *astronomischen Jahrbuchs*, das in meiner Vaterstadt von Encke, dem Director der Berliner Sternwarte, unter Mitwirkung des Dr. Wolfers, herausgegeben wird, daß darin die Ephemeriden der anwachsenden Schaar von kleinen Planeten mit ganz besonderer Vollständigkeit behandelt werden. Bisher erscheint die der Marsbahn nähere Region allerdings am meisten gefüllt; aber schon die Breite dieser gemessenen Zone ist, „wenn man den Unterschied der Radien-Vectoren in der nächsten Sonnennähe (Victoria) und der weitesten Sonnenferne (Hygiea) ins Auge faßt, beträchtlicher als der Sonnen-Abstand des Mars".

Die Excentricitäten der Bahnen: von denen *Ceres*, Egeria und Vesta die kleinste; *Juno*, Pallas und Iris die größte haben: sind, wie die Neigung gegen die Ekliptik, welche von *Pallas* (34° 37') und Egeria (16° 33') bis *Hygiea* (3° 47') abnimmt, bereits oben berührt worden. Es folgt hier eingeschaltet die tabellarische Uebersicht der Elemente der Kleinen Planeten, die ich meinem Freunde, Herrn Dr. *Galle*, verdanke.

Elemente der 14 Kleinen Planeten, für die Zeiten ihrer Oppositionen in der Nähe des Jahres 1851

Flora	Victoria	Vesta	Iris	Metis	Hebe	Parthenope	Asträa	Egeria	Irene	Juno	Ceres	Pallas	Hygiea
1852 März 24	1850 Oct. 0	1851 Juni 9	1851 Oct. 1	1851 Febr. 8	1851 Juli 1 2	1851 Oct. 22,0	1851 Apr. 29,5	1852 Mz. 1 5,0	1851 Juli 1, 0	1851 Juni 1 1,5	1851 Dec. 30,0	1851 Nov. 5,0	1851 Sep. 28,5
174° 45'	42° 18,3'	56° 38'	8° 36'	26° 28,1'	11° 39,3'	7° 51,1'	97° 37,1'	162° 9,2'	34° 15,2'	76° 0,2'	05° 33,1'	2° 35,7'	356° 45'

32°51'	301°57'	250°32'	41°22'	71°7'	15°17'	317°5'	135°43'	118°17'	179°10'	54°20'	147°59'	121°23'	228°2'
110°21'	235°28'	103°22'	259°44'	68°29'	138°31'	124°59'	141°28'	43°18'	86°51'	170°55'	80°49'	172°45'	287°38'
5°53'	8°23'	7°8'	5°28'	5°36'	14°47'	4°37'	5°19'	16°33'	9°6'	13°3'	10°37'	34°37'	3°47'
1086",04	994",51	977",90	963",03	962",58	939",65	926",22	857",50	854",96	853",77	813",88	770",75	768",43	634",24
2,2018	2,3349	2,3612	2,3855	2,3862	2,4249	2,4483	2,5774	2,5825	2,5849	2,6687	2,7673	2,7729	3,1514
0,15679	0,21792	0,08892	0,23239	0,12229	0,20186	0,09789	0,18875	0,08627	0,16786	0,25586	0,07647	0,23956	0,10092
1193T	1303T	1325T	1346T	1346T	1379T	1399T	1511T	1516T	1518T	1592T	1681T	1687T	2043T

Es bedeutet: E Die Epoche der mittleren Länge in mittlerer Berliner Zeit, L die mittlere Länge in der Bahn, π die Länge des Perihels, Ω die Länge des aufsteigenden Knotens, i die Neigung gegen die Ekliptik, μ die mittlere tägliche siderische Bewegung, a die halbe große Achse, e die Excentricität, U die siderische Umlaufszeit in Tagen. – Die Längen beziehen sich auf das Aequinoctium der Epoche.

Das gegenseitige Verhalten der Asteroiden-Bahnen und die Aufzählung der einzelnen *Bahnpaare* ist der Gegenstand scharfsinniger Untersuchungen zuerst (1848) von Gould, ganz neuerlich von d'Arrest geworden. „Es scheint", sagt der Letztere, „am meisten für die innige Verbindung der ganzen Gruppe kleiner Planeten zu zeugen, daß, wenn man sich die Bahnen in ihren natürlichen Verhältnissen körperlich wie Reifen dargestellt denkt, sie alle dergestalt in einander hangen, daß man vermittelst einer beliebigen die ganze Gruppe herausheben könnte. Wäre Iris, welche Hind im August 1847 auffand, uns zufällig noch unbekannt, wie gewiß noch viele andere Weltkörper in jener Region es sind, so bestände die Gruppe aus zwei gesonderten Theilen: – ein

Ergebniß, das um so unerwarteter erscheinen muß, als die Zone weit ist, welche diese Bahnen im Sonnensysteme erfüllen."*D'Arrest* a. a. O. S. 30.

Wir können diesen wundersamen Planetenschwarm nicht verlassen, ohne in dieser fragmentarischen Aufzählung der einzelnen Glieder des Sonnengebietes der kühnen Ansicht eines vielbegabten, tiefforschenden Astronomen über den Ursprung der Asteroiden und ihrer einander durchschneidenden Bahnen zu erwähnen. Ein aus den Rechnungen von Gauß gezogenes Ergebniß, daß Ceres bei ihrem aufsteigenden Durchgang durch die Ebene der Pallasbahn diesem letzteren Planeten überaus nahe kommt, leitete *Olbers* auf die Vermuthung: „es könnten beide Planeten, Ceres und Pallas, Fragmente eines einzigen, durch irgend eine Naturkraft zerstörten, vormals die weite Lücke zwischen Mars und Jupiter ausfüllenden, großen Hauptplaneten sein; und man habe in derselben Region einen Zuwachs von ähnlichen Trümmern, die eine elliptische Bahn um die Sonne beschreiben, zu erwarten.*Zach, monatl. Corresp.* Bd. VI. S. 88.

Die Möglichkeit, die Epoche einer solchen *Weltbegebenheit*, welche zugleich die Epoche der Entstehung der Kleinen Planeten sein soll, durch Rechnung zu bestimmen: bleibt bei der Verwickelung, welche die jetzt schon bekannte große Zahl der „Trümmer", die Secular-Verrückungen der Apsiden und die Bewegung der Knotenlinien erzeugen, auch annäherungsweise mehr als zweifelhaft. Olbers bezeichnete die Gegend der Knotenlinie der Ceres- und Pallasbahn als entsprechend dem *nördlichen Flügel der Jungfrau* und dem Gestirne des *Wallfisches*. In letzterem wurde allerdings von Harding die *Juno*, kaum zwei Jahre nach der Entdeckung der Pallas: aber zufällig, bei Construction eines Sterncatalogs, gefunden; in ersterem: nach langem, fünfjährigem, durch die Hypothese geleiteten Suchen, von Olbers selbst die *Vesta*. Ob diese einzelnen Erfolge hinlänglich sind die Hypothese zu begründen, ist hier nicht der Ort zu entscheiden. Die Cometennebel, in die man anfangs die Kleinen Planeten gehüllt wähnte, sind bei Untersuchungen durch vollkommnere Instrumente verschwunden. Bedeutende Lichtveränderungen, denen die Kleinen Planeten ausgesetzt sein sollten, schrieb Olbers ihrer unregelmäßigen Figur, als „Bruchstücke eines einigen zerstörten Planeten"Herr Daniel Kirkwood (von der Pottsville Academy) hat geglaubt das Unternehmen wagen zu dürfen, den geplatzten Urplaneten nach Art der urweltlichen Thiere aus fragmentarischen Ueberresten wieder herzustellen. Er findet demselben einen Durchmesser größer als Mars (von mehr als 1080 geographischen Meilen), und die langsamste aller Rotationen eines Hauptplaneten: eine Tageslänge von 57½ Stunden. *Report of the British Association* 1850 p. XXXV., zu.

Jupiter.

Die mittlere Entfernung von der Sonne beträgt 5,202767 in Theilen des Erd-Abstandes vom Centralkörper. Der wahre mittlere *Durchmesser* dieses größten aller Planeten ist

19294 geogr. Meilen: also gleich 11,255 Erd-Durchmessern, ohngefähr um $^1/_5$ länger als der Durchmesser des ferneren Saturn. Siderischer *Umlauf* um die Sonne 11^J 314^T 20St 2' 7".

Die *Abplattung* des Jupiters ist nach den prismatischen Micrometer-Messungen von Arago, welche 1824 in die *exposition du Système du Monde* (p. 38) übergegangen sind, wie 167 : 177, also $^1/_{17,7}$; was sehr nahe mit der späteren Arbeit (1839) von Beer und Mädler übereinstimmt, welche die Abplattung zwischen $^1/_{18,7}$ und $^1/_{21,6}$ fanden. Hansen und Sir John Herschel ziehen $^1/_{14}$ vor. Die allerfrüheste Beobachtung der Abplattung von Dominique Cassini ist älter als das Jahr 1666, wie ich schon an einem anderen Orte in Erinnerung gebracht. Dieser Umstand hat eine besondre historische Wichtigkeit wegen des Einflusses, welchen nach Sir David Brewster's scharfsinniger Bemerkung die von Cassini erkannte Abplattung auf Newton's Ideen über die Figur der Erde ausgeübt hat. Die *Principia Philosophiae Naturalis* zeugen dafür; aber die Zeitepochen, in denen diese *Principia* und Cassini's Beobachtung über den Aequatorial- und Polar-Durchmesser des Jupiter erschienen, konnten chronologische Zweifel erregen.*Newton's* unsterbliches Werk *Philsophiae Naturalis Principia mathematica* erschien schon im Mai 1687, und die Schriften der Pariser Akademie enthalten die Anzeige von Cassini's Bestimmung der Abplattung ($^1/_{15}$) erst im Jahr 1691: so daß Newton, der allerdings die Pendel-Versuche zu Cayenne von Richer aus der 1679 gedruckten Reise kennen konnte, die Gestalt des Jupiter durch mündlichen Verkehr und die damals so regsame briefliche Correspondenz muß erfahren haben. Vergl. über dies alles und über des Huygens nur scheinbar frühe Kenntniß der Richer'schen Pendel-Beobachtungen.

Da die *Jupitersmasse*, nach der Sonnenmasse, das wichtigste Element für das ganze Planetensystem ist; so muß ihre genauere Bestimmung in neuerer Zeit durch Störungen der Juno und Vesta, wie durch Elongation der Jupiterstrabanten, besonders des 4ten nach Airy (1834), als eine der folgereichsten Vervollkommnungen der rechnenden Astronomie betrachtet werden. Die Masse des Jupiter ist vergrößert gegen früher, die des Merkur dagegen vermindert worden. Es ist die erstere sammt der Masse der vier Jupiterstrabanten $^1/_{1047,870}$, während sie Laplace noch zu $^1/_{1066,09}$ angab.Noch im Jahr 1824 (*Laplace* a. a. O. p. 207).

Die *Rotation* des Jupiter ist nach Airy 9St 55' 21",3 mittlerer Sonnenzeit. Dominique Cassini hatte dieselbe zuerst 1665 durch einen Flecken, welcher viele Jahre, ja bis 1691, immer von gleicher Farbe und in gleichem Umriß sichtbar war, zwischen 9^h 55' und 9^h 56' gefunden. Die meisten dieser Flecken sind von größerer Schwärze als die Streifen des Jupiter. Sie scheinen aber nicht der Oberfläche des Planeten selbst anzugehören: da sie bisweilen, besonders die den Polen näher liegenden, eine andere Rotationszeit als die der Aequatorial-Gegend gegeben haben. Nach einem sehr erfahrnen Beobachter, Heinrich Schwabe in Dessau, sind die dunklen, schärfer begrenzten Flecken mehrere Jahre hinter einander von den beiden den Aequator begrenzenden grauen Gürteln

(Streifen) bald dem südlichen, bald dem nördlichen ausschließend eigenthümlich gewesen. Der Proceß der Fleckenbildung ist also räumlich wechselnd. Bisweilen (ebenfalls nach Schwabe's Beobachtungen im November 1834) sind die Jupitersflecken bei einer 280maligen Vergrößerung in einem Fraunhofer'schen Fernrohr kleinen mit einem Hofe umgebenen *Kernflecken der Sonne* ähnlich. Ihre Schwärze ist aber dann doch geringer als die der Trabanten-Schatten. Der *Kern* ist wahrscheinlich ein Theil des Jupiterskörpers selbst; und wenn die atmosphärische Oeffnung über demselben Punkte stehen bleibt, so giebt die Bewegung des Fleckens die wahre Rotation. Sie theilen sich auch bisweilen wie Sonnenflecken, was schon Dominique Cassini im Jahr 1665 erkannte.

In der Aequatorial-Zone des Jupiter liegen zwei breite *Hauptstreifen* oder *Gürtel* von grauer oder graubrauner Farbe, welche gegen die Ränder blasser werden und endlich ganz verschwinden. Ihre Begrenzungen sind sehr ungleich und veränderlich; beide werden durch einen mittleren, ganz hellen Aequatorial-Streifen geschieden. Auch gegen die beiden Pole hin ist die ganze Oberfläche mit vielen schmaleren, blasseren, öfter unterbrochenen, selbst fein verzweigten, immer dem Aequator parallelen Streifen bedeckt. „Diese Erscheinungen", sagt Arago, „erklären sich am leichtesten, wenn man eine durch Wolkenschichten theilweise verdichtete Atmosphäre annimmt: in welcher jedoch die über dem Aequator ruhende Region, wahrscheinlich als Folge der Passatwinde, dunstleer und diaphan ist. Weil (wie schon William Herschel in einer Abhandlung annahm, welche im Jahr 1793 in dem 83ten Baude der *Philosophical Transactions* erschien) die Wolken-Oberfläche ein intensiveres Licht reflectirt als die Oberfläche des Planeten; so muß der Theil des Bodens, welchen wir durch die heitere Luft sehen, minderes Licht haben (dunkler erscheinen) als die, vieles Licht zurückstrahlenden Wolkenschichten. Deshalb wechseln graue (dunkele) und helle Streifen mit einander; die ersteren erscheinen, wenn unter kleinen Winkeln der Visions-Radius des Beobachters schief gegen den Rand des Jupiter gerichtet ist: durch eine größere, dickere Masse und mehr Licht reflectirende Luftschichten gesehen, um so weniger dunkel gefärbt, als sie sich vom Centrum des Planeten entfernen."

Satelliten des Jupiter.

Schon zu Galilei's glänzender Zeit ist die richtige Ansicht entstanden, daß das *untergeordnete Planetensystem* des Jupiter, vielen Verhältnissen des Raumes und der Zeit nach, ein Bild des Sonnensystems im kleinen darbiete. Diese, damals schnell verbreitete Ansicht, wie die bald darauf entdeckten Phasen der Venus (Februar 1610) haben viel dazu beigetragen dem copernicanischen Systeme allgemeineren Eingang zu verschaffen. Die Vierzahl der Trabanten des Jupiter ist die einzige Trabantenzahl der äußeren Hauptplaneten, welche (seit der Epoche der ersten Entdeckung durch Simon Marius, am 29 December 1609) in fast drittehalbhundert Jahren keine neuere Entdeckung vermehrt hat.

Die folgende Tabelle enthält nach Hansen die siderischen *Umlaufszeiten* der Satelliten des Jupiter, ihre mittlere *Entfernungen*, im Halbmesser des Hauptplaneten ausgedrückt, ihre *Durchmesser* in geographischen Meilen und ihre *Massen* als Theile der Jupitermasse:

Satelliten	Umlaufszeit	Entfernung vom Jupiter	Durchmesser in geogr. Meilen	Masse
1	1^T 18^{St} $28'$	6,049	529	0,0000173281
2	3^T 13^{St} $14'$	9,623	475	0,0000232355
3	7^T 3^{St} $43'$	15,350	776	0,0000884972
4	16^T 16^{St} $32'$	26,998	664	0,0000426591

Wenn $^1/_{1047,879}$ die Masse des Jupiter und der Trabanten ausdrückt, so ist die Masse des Hauptplaneten ohne die Trabanten, $^1/_{1048,059}$, nur um etwa $^1/_{6000}$ kleiner.

Die Vergleichungen der *Größen*, *Abstände* und *Excentricität* mit anderen Satelliten-Systemen sind bereits oben gegeben worden. Die *Licht-Intensität* der Jupiterstrabanten ist verschiedenartig und nicht ihrem Volum proportional: da der Regel nach der *dritte* und der *erste*, deren Größen-Verhältniß nach den Durchmessern wie 8 : 5 ist, am hellsten erscheinen. Der kleinste und dichteste von allen, der *zweite*, ist gewöhnlich heller als der größere, *vierte*: welchen man den *lichtschwächsten* zu nennen pflegt. Zufällige (temporäre) Schwankungen der Licht-Intensität, die auch bemerkt werden, sind bald Veränderungen der Oberfläche, bald Verdunkelungen in der Atmosphäre der Jupitersmonde zugeschrieben worden. Sie scheinen übrigens wohl alle ein intensiveres Licht als der Hauptplanet zu reflectiren. Wenn die Erde zwischen Jupiter und der Sonne steht: und die Satelliten also, sich von Osten nach Westen bewegend, scheinbar in den östlichen Rand des Jupiter eintreten; so verdecken sie uns in ihrer Bewegung nach und nach einzelne Theile der Scheibe des Hauptplaneten, und werden schon bei nicht starker Vergrößerung erkannt, indem sie sich *leuchtend abheben* von jener Scheibe. Die Sichtbarkeit des Satelliten wird um so schwieriger, je mehr er sich dem Centrum des Jupiter nähert. Aus dieser, früh bemerkten Erscheinung hat schon Pound, Newton's und Bradley's Freund, geschlossen, daß gegen den Rand hin die Jupitersscheibe weniger Licht habe als das Centrum. Arago glaubt, daß diese, von Messier wiederholte Behauptung Schwierigkeiten darbietet, welche erst durch neue und feinere Beobachtungen gelöst werden können. Jupiter ist ohne alle Satelliten gesehen worden von Molineux im November 1681, von Sir William Herschel am 23 Mai 1802, und zuletzt von Griesbach am 27 September 1843. Eine solche Nicht-Sichtbarkeit der Satelliten bezieht sich aber nur auf den Raum *außerhalb* der Jupitersscheibe; und steht nicht dem Theorem entgegen, daß alle vier Satelliten nie gleichzeitig *verfinstert* werden können.

Saturn.

Die siderische oder wahre *Umlaufszeit* des Saturn ist 29 Jahre 166 Tage 23 Stunden 16' 32". Sein mittlerer *Durchmesser* ist 15507 geogr. Meilen, gleich 9,022 Erd-Durchmessern. Die *Rotation*, aus den Beobachtungen einiger dunkler Flecken (knotenartiger Verdichtungen der Streifen) auf der Oberfläche geschlossen, ist 10st 29' 17". Einer so großen Geschwindigkeit der Umdrehung um die Achse entspricht die starke *Abplattung*. William Herschel bestimmte sie schon 1776 zu $^1/_{10,4}$; Bessel fand nach dreijährigen und mehr unter einander übereinstimmenden Beobachtungen in der mittleren Entfernung den Polar-Durchmesser zu 15",381; den Aequatorial-Durchmesser zu 17",053: also eine Abplattung*Laplace* (*exposition du Système du Monde* p. 43) schätzt die Abplattung $^1/_{11}$. Die sonderbare Abweichung des Saturn von der sphäroidalen Figur: nach welcher William Herschel durch eine Reihe mühevoller, und noch dazu mit sehr verschiedenen Fernröhren angestellter Beobachtungen die größte Axe des Planeten nicht im Aequator selbst, sondern in einem den Aequatorial-Durchmesser unter einem Winkel von ohngefähr 45° schneidenden Durchmesser fand; ist durch Bessel nicht bestätigt, sondern irrig befunden worden. von $^1/_{10,2}$. Der Körper des Planeten hat ebenfalls bandartige *Streifen:* die aber weniger sichtbar, wenn gleich etwas breiter als die des Jupiter sind. Der constanteste derselben ist ein grauer *Aequatorial-Streifen.* Auf diesen folgen mehrere andere, aber mit *wechselnden* Formen: was auf einen atmosphärischen Ursprung deutet. William Herschel hat sie nicht immer dem Saturnsringe parallel gefunden; sie reichen auch nicht bis zu den Polen hin. Die Gegend um die Pole zeigt, was sehr merkwürdig, einen Wechsel in der Licht-Reflexion, welcher von den Jahreszeiten auf dem Saturn abhängig ist. Die Polar-Region wird nämlich im Winter heller leuchtend: eine Erscheinung, welche an die wechselnde Schnee-Region des Mars erinnert und schon dem Scharfblick von William Herschel nicht entgangen war. Sei nun eine solche Zunahme der Licht-Intensität der temporären Entstehung von Eis und Schnee, oder einer außerordentlichen Anhäufung von Wolken zuzuschreiben: immer deutet sie auf Wirkungen von Temperatur-Veränderungen, auf eine Atmosphäre.

Die *Masse* des Saturn haben wir bereits oben zu $^1/_{3501,6}$ angegeben; sie läßt bei dem ungeheuren Volum des Planeten (sein Durchmesser ist $^4/_5$ des Durchmessers des Jupiter) auf eine sehr geringe und gegen die Oberfläche abnehmende Dichtigkeit schließen. Bei einer ganz *homogenen* Dichtigkeit ($^{76}/_{100}$ von der des Wassers) würde die Abplattung noch stärker sein.

In der Ebene seines Aequators umgeben den Planeten wenigstens zwei frei schwebende, in einer und derselben Ebene liegende, überaus dünne Ringe. Sie haben eine größere Intensität des Lichts als Saturn selbst, und der äußere Ring ist noch heller als der innere. Die Theilung des, von Huygens 1655 als eines einigen erkannten. Die Veröffentlichung der Entdeckung: oder vielmehr der vollständigen Erklärung aller Erscheinungen, welche Saturn und sein Ring darbieten, geschah erst vier Jahre später: im Jahr 1659, im *Systema Saturnium*. Ringes wurde wohl schon von Dominique Cassini 1675 gesehen, aber zuerst von William Herschel (1789-1792) genau beschrieben. Den äußeren Ring hat man seit Short mehrfach durch feinere Streifen abgetheilt gefunden, aber diese Linien oder Streifen sind nie sehr constant gewesen. Ganz neuerlich, in den letzten Monaten des Jahres 1850, haben Bond in Cambridge (V. St. von Amerika) durch den großen Refractor von Merz (mit 14zölligem Objective) am 11 November, Dawes bei Maidstone in England am 25 November, also nahe gleichzeitig, zwischen dem zweiten, bisher so genannten inneren Ringe und dem Hauptplaneten einen *dritten*, sehr matten und lichtschwachen, *dunkleren* Ring entdeckt. Er ist durch eine schwarze Linie von dem zweiten getrennt, und füllt den dritten Theil des Raumes aus, welchen man zwischen dem zweiten Ringe und dem Körper des Planeten bisher als leer angab und durch welchen Derham kleine Sterne will gesehen haben.

Die Dimensionen des getheilten Saturnsringes sind von Bessel und Struve bestimmt worden. Nach dem Letzteren erscheint uns der äußere Durchmesser des äußersten Ringes in der mittleren Entfernung des Saturn unter einem Winkel von 40",09, gleich 38300 geogr. Meilen; der innere Durchmesser desselben Ringes unter einem Winkel von 35",29, gleich 33700 geogr. Meilen. Für den äußeren Durchmesser des inneren (zweiten) Ringes erhält man 34",47; für den inneren Durchmesser desselben Ringes 26",67. Den Zwischenraum, welcher den letztgenannten Ring von der Oberfläche des Planeten trennt, setzt Struve zu 4",34. Die ganze Breite des ersten und zweiten Ringes ist 3700 Meilen; die Entfernung des Ringes von der Oberfläche des Saturn ohngefähr 5000 Meilen; die Kluft, welche den ersten Ring von dem zweiten trennt und welche der von Dominicus Cassini gesehene schwarze Theilungsstrich bezeichnet, nur 390 Meilen. Von der Dicke dieser Ringe glaubt man, daß sie nicht 20 Meilen übersteige. Die *Masse* der Ringe ist nach Bessel $\frac{1}{118}$ der Saturnsmasse. Sie bieten einzelne Erhöhungen und Ungleichheiten dar, durch welche man annäherungsweise ihre Umdrehungszeit (der des Planeten vollkommen gleich) hat beobachten können. Die Unregelmäßigkeiten der Form offenbaren sich bei dem *Verschwinden des Ringes*, wo gewöhnlich der eine Henkel früher als der andere unsichtbar wird.

Eine sehr merkwürdige Erscheinung ist die von Schwabe zu Dessau im Sept. 1827 entdeckte, *excentrische Lage des Saturn*. Der Saturnsring ist nicht concentrisch mit der Kugel selbst, sondern Saturn liegt im Ringe etwas westlich. Diese Beobachtung ist von Harding, StruveVergl. *Harding's kleine Ephemeriden* für 1835 S. 100 und *Struve* in *Schumacher's astronomischen Nachrichten* No. 139 S. 389., John Herschel und South (theilweise durch micrometrische Messungen) bestätigt worden. Kleine, periodisch scheinende Verschiedenheiten in der Quantität der Excentricität: die sich aus Reihen correspondirender Beobachtungen von Schwabe, Harding und de Vico in Rom ergeben, sind vielleicht in Oscillationen des Schwerpunkts des Ringes um den Mittelpunkt des Saturn gegründet. Auffallend ist, daß schon am Ende des 17ten Jahrhunderts ein Geistlicher, Gallet zu Avignon, ohne Erfolg versucht hatte die Astronomen seiner Zeit auf die excentrische Lage des Saturn aufmerksam zu machen. "Bei der so überaus geringen und nach der Oberfläche abnehmenden Dichtigkeit des Saturn (vielleicht kaum ³/₅ der Dichtigkeit des Wassers) ist es schwer sich eine Vorstellung von dem *Molecular-Zustande* oder der *materiellen* Beschaffenheit des Planetenkörpers zu machen; oder gar zu entscheiden, ob diese Beschaffenheit wirkliche *Flüssigkeit*, d. h. Verschiebbarkeit der kleinsten Theile, oder *Starrheit* (nach der so oft angeführten Analogie von Tannenholz, Bimsstein, Kork oder eines *erstarrten Flüssigen*, des Eises) voraussetze. Der Astronom der Krusenstern'schen Expedition, Horner, nennt den Saturnsring einen *Wolkenzug*; er will, daß die Berge des Saturn aus Dampfmassen und Dunstbläschen bestehen.*Horner* in *Gehler's neuem physikalischen Wörterbuch* Bd. VIII. 1836 S. 174. Die Conjectural-Astronomie treibt hier ein freies und erlaubtes Spiel. Ganz anderer Art sind die ernsten, auf Beobachtung und analytischen Calcul gegründeten Speculationen über die Möglichkeit der *Stabilität* des Saturnsringes von zwei ausgezeichneten amerikanischen Astronomen, Bond und Peirce. Beide stimmen für das Resultat der Flüssigkeit, wie für fortdauernde Veränderlichkeit in der Gestalt und Theilbarkeit des äußeren Ringes. Die Erhaltung des Ganzen ist von Peirce als von der Einwirkung und Stellung der Satelliten abhängig betrachtet worden: weil ohne diese Abhängigkeit, *auch bei Ungleichheiten im Ringe*, sich das Gleichgewicht nicht würde erhalten können.

Satelliten des Saturn.

Die fünf ältesten Saturnstrabanten wurden entdeckt zwischen den Jahren 1655 und 1684 (*Titan*, der 6te im Abstande, von Huygens; und 4 von Cassini, nämlich: *Japetus*, der äußerste aller; *Rhea*, *Tethys* und *Dione*). Aus die 5 ältesten Satelliten folgte 1789 die Entdeckung von zweien, dem Hauptplaneten am nächsten stehenden, *Mimas* und *Enceladus*, durch William Herschel. Der 7te Satellit, *Hyperion*, endlich, der vorletzte im Abstande, wurde von Bond zu Cambridge (Verein. St.) und von Lassell zu Liverpool im Sept. 1848 fast gleichzeitig aufgefunden. Ueber die relative Größe und Verhältnisse der Abstände in diesem Partial-Systeme ist schon früher verhandelt. Die *Umlaufszeiten* und mittleren Entfernungen, letztere in Theilen des Aequatorial-Halbmessers des Saturn ausgedrückt, sind nach den Beobachtungen, die Sir John Herschel am Vorgebirge der guten Hoffnung zwischen 1835 und 1837 angestellt, folgende:

Satelliten nach Zeit der Entdeckung	Satelliten nach Abständen	Umlaufszeit	mittlere Entfernung

f	1. Mimas	0^T	22St	37'	22",9	3,3607
g	2. Enceladus	1^T	8St	53'	6",7	4,1325
e	3. Tethys	1^T	21St	18'	25",7	5,3396
d	4. Dione	2^T	17St	41'	8",9	6,8398
c	5. Rhea	4^T	12St	25'	10",8	9,5528
a	6. Titan	15^T	22St	41'	25",2	22,1450
h	7. Hyperion	22^T	12St	?		28,0000 ?
b	8. Japetus	79^T	7St	53'	40",4	64,3500

Zwischen den ersten vier, dem Saturn nächsten Satelliten zeigt sich ein merkwürdiges Verhältniß der *Commensurabilität der Umlaufszeiten*. Die Periode des 3ten Satelliten (*Tethys*) ist das Doppelte von der des 1ten (*Mimas*), der 4te Satellit (*Dione*) hat die doppelte Umlaufszeit des 2ten (*Enceladus*). Die Genauigkeit geht bis auf $^1/_{800}$ der längeren Periode. Dieses, nicht beachtete Resultat ist mir bereits im November 1845 in Briefen von Sir John Herschel mitgetheilt worden. Die vier Trabanten des Jupiter zeigen eine gewisse Regelmäßigkeit in den Abständen: sie bieten ziemlich nahe die Reihe 3 . 6 . 12 dar. Der 2te ist vom 1ten in Halbmessern des Jupiter entfernt 3,6; der 3te vom 2ten 5,7; der 4te vom 3ten 11,6. Das sogenannte Gesetz von Titius haben dazu Fries und Challis in allen Satelliten-Systemen, selbst in dem des Uranus, nachzuweisen versucht.

Uranus.

Die anerkannte Existenz dieses Weltkörpers, die große Entdeckung von William Herschel, hat nicht bloß die Zahl der seit Jahrtausenden allein bekannten sechs Hauptplaneten zuerst vermehrt und den Durchmesser des planetarischen Sonnengebietes mehr als verdoppelt: sie hat auch durch die Störungen, welche Uranus aus lange unbekannter Ferne erlitt, nach 65 Jahren zu der Entdeckung des Neptun geleitet. Uranus wurde zufällig (13 März.1781) bei der Untersuchung einer kleinen Sterngruppe in den Zwillingen durch seine kleine Scheibe erkannt, welche unter Vergrößerungen von 460- und 932mal weit *mehr* zunahm, als es der Fall war bei anderen, daneben stehenden Sternen. Auch bemerkte der scharfsinnige, mit allen optischen Erscheinungen so vertraute Entdecker, daß die Licht-Intensität bei starker Vergrößerung in dem neuen Weltkörper beträchtlich *abnahm*, während sie bei den Fixsternen gleicher (6ter bis 7ter Größe) dieselbe blieb.

Herschel nannte den Uranus, als er seine Existenz anfangs verkündigte, einen *Cometen;* und erst die vereinten Arbeiten von Saron, Lexell, Laplace und Méchain, welche durch des verdienstvollen Bode's Auffindung (1784) älterer Beobachtungen des Gestirns von Tobias Mayer (1756) und Flamsteed (1690) ungemein erleichtert wurden, haben die elliptische Bahn des Uranus und seine ganz planetarischen Elemente bewundernswürdig schnell festgestellt. Die mittlere *Entfernung* des Uranus von der Sonne ist nach Hansen 19,18239 oder 396½ Million geogr. Meilen, seine siderische *Umlaufszeit* 84 Jahre 5^T 19St 41' 36", seine *Neigung* gegen die Ekliptik 0° 46' 28", der scheinbare *Durchmesser* in der mittleren Entfernung von der Erde 9",9. Seine *Masse*, welche die ersten Trabanten-Beobachtungen zu $1/_{17918}$ bestimmt hatten, ergiebt sich nach Lamont's Beobachtung nur zu $1/_{24605}$; danach fiele seine *Dichtigkeit* zwischen die des Jupiter und des Saturn. Eine Abplattung des Uranus wurde schon von Herschel, als derselbe Vergrößerungen von 800- bis 2400mal anwandte, vermuthet. Nach Mädler's Messungen in den Jahren 1842 und 1843 würde sie zwischen $1/_{10,7}$ und $1/_{9,9}$ zu fallen scheinen. Daß die anfangs vermutheten zwei Ringe des Uranus eine optische Täuschung waren, ist von dem, immer so vorsichtig und ausdauernd prüfenden Entdecker selbst erkannt worden.

Satelliten des Uranus.

Nach einer freundschaftlichen Mittheilung von Sir John Herschel (8 Nov. 1851) hat Herr Lassell am 24, 28, 30 Oct. und 2 Nov. des vorgenannten Jahres zwei Uranus-Satelliten deutlich beobachtet, die dem Hauptplaneten noch näher zu liegen scheinen als der erste Satellit von Sir William Herschel: welchem dieser eine Umlaufszeit von ungefähr 5 Tagen und 21 Stunden zuschreibt, welcher aber nicht erkannt wurde. Die Umlaufszeiten der beiden jetzt von Lassell gesehenen Uranus-Trabanten waren nahe an 4 und 2½ Tage.

„Uranus", sagt Herschel der Sohn, „ist von 4, wahrscheinlich von 5 oder 6 Satelliten umgeben." Es bieten dieselben eine große, bisher noch nirgends im Sonnensysteme aufgefundene Eigenthümlichkeit dar: die nämlich, daß, wenn alle Satelliten (der Erde, des Jupiter, des Saturn), wie auch alle Hauptplaneten sich von West nach Ost bewegen und, einige Asteroiden abgerechnet, nicht viel gegen die Ekliptik geneigt sind; die, fast ganz kreisförmige Bahn der Uranus-Trabanten unter einem Winkel von 78° 58', also nahe senkrecht, auf der Ekliptik steht, und die Trabanten selbst sich von *Ost* nach *West* bewegen. Bei den Satelliten des Uranus, wie bei denen des Saturn, sind wohl zu unterscheiden die *Reihung* und Nomenclatur der Zählung nach Maaßgabe der *Abstände* vom Hauptplaneten, und die *Reihung* nach Maaßgabe *der Epochen der Entdeckung.* [S. nebenstehenden Zusatz] Von den Uranus-Satelliten wurden zuerst durch William Herschel aufgefunden (1787) der 2te und 4te, dann (1790) der 1te und 5te, zuletzt (1794) der 6te und 3te. In den 56 Jahren, welche seit der letzten Entdeckung eines Uranus-Satelliten (des 3ten) verflossen sind, ist oft und mit Ungerechtigkeit an der Existenz von 6 Uranus-Trabanten gezweifelt worden; Beobachtungen der letzten 20 Jahre haben allmälig erwiesen, wie zuverlässig der große Entdecker von Slough auch in diesem Theile der planetarischen Astronomie gewesen ist. Es sind bisher *wiedergesehen* worden der 1te, 2te, 4te und 6te Satellit des Uranus. Vielleicht darf man auch den 3ten hinzusetzen, nach der Beobachtung Lassell's vom 6 Nov. 1848. Wegen der großen Oeffnung seines Spiegeltelescops und der dadurch erlangten Lichtfülle hielt Herschel der Vater, bei der Schärfe seines Gesichts, unter günstigen Luftverhältnissen schon eine Vergrößerung von 157mal für hinlänglich; der Sohn schreibt für diese so überaus kleinen Lichtscheiben (Lichtpunkte) im allgemeinen eine 300malige Vergrößerung vor. Der 2te und 4te Satellit sind am frühesten, sichersten und häufigsten wiedergesehen worden von Sir John Herschel in den Jahren 1828 bis 1834 in Europa und am Vorgebirge der guten Hoffnung, später von Lamont in München und Lassell in Liverpool. Der 1te Satellit des Uranus wurde von Lassell (14 Sept. bis 9 Nov. 1847) und von Otto Struve (8 Oct. bis 10 Dec. 1847), der äußerste (6te) von Lamont (1 Oct. 1837) aufgefunden. Noch gar nicht wiedergesehen scheint der 5te, nicht befriedigend genug der 3te Satellit. Die hier zusammengestellten Einzelheiten sind auch deshalb nicht ohne Wichtigkeit, weil sie von neuem zu der Vorsicht anregen sogenannten negativen Beweisen nicht zu viel zu trauen.

Neptun.

Das Verdienst, eine umgekehrte Störungs-Aufgabe (die: „aus den gegebenen Störungen eines bekannten Planeten die Elemente des unbekannten störenden herzuleiten") erfolgreich bearbeitet und veröffentlicht, ja durch eine kühne Vorherverkündigung die große Entdeckung des Neptun von *Galle* am 23 September 1846 veranlaßt zu haben; gehört der scharfsinnigen Combinationsgabe, der ausdauernden Arbeitsamkeit von *le Verrier.*Bernhard von *Lindenau, Beitrag zur Geschichte der Neptuns-Entdeckung*, im Ergänzungs-Heft zu *Schumacher's astron. Nachrichten* 1849 S. 17. Es ist, wie Encke sich ausdrückt, die glänzendste unter allen Planeten-Entdeckungen: weil rein theoretische Untersuchungen die Existenz und den Ort des neuen Planeten haben voraussagen lassen. Die so schnelle Auffindung selbst ist durch die vortreffliche akademische Berliner Sternkarte von *Bremiker* begünstigt worden.*Astronomische Nachrichten* No. 580.

Wenn unter den Abständen der *äußeren* Planeten von der Sonne der Abstand des Saturn (9,53) *fast* doppelt so groß als der des Jupiter (5,20), der Abstand des Uranus (19,18) aber *mehr* als das Doppelte von dem des Saturn ist; so fehlen dagegen dem *Neptun* (30,04) zur abermaligen (dritten) Verdoppelung der Abstände noch volle 10 Erdweiten, d. i. ein ganzes Drittel von seinem Sonnen-Abstande. Die *planetarische Grenze* ist *dermalen* 621 Millionen geographischer Meilen von dem Centralkörper entfernt; durch die Entdeckung des Neptun ist der Markstein unseres planetarischen Wissens um mehr als 223 Millionen Meilen (über 10,8 Abstände der Sonne von der Erde) weiter gerückt. Je nachdem man die Störungen erkennt, welche der jedesmalige letzte

Planet erleidet, werden so allmälig andere und andere Planeten entdeckt werden, bis diese wegen ihrer Entfernung aufhören unsren Fernröhren sichtbar zu sein.

Nach den neuesten Bestimmungen ist die *Umlaufszeit* des Neptun 60126,7 Tage oder 164 Jahre und 226 Tage, und seine *halbe große Axe* 30,03628. Die *Excentricität* seiner Bahn, nächst der der Venus die kleinste, ist 0,00871946; seine *Masse* $1/_{14446}$; sein *scheinbarer Durchmesser* nach Encke und Galle 2",70, nach Challis sogar 3",07: was die *Dichtigkeit* im Verhältniß zu der der Erde zu 0,230, also größer als die des Uranus (0,178), giebt.Das, sehr wichtige Element der *Masse* des Neptun ist allmälig gewachsen von $1/_{20897}$ nach Adams, $1/_{19840}$ nach Peirce, $1/_{19400}$ nach Bond und $1/_{18780}$ nach John Herschel, $1/_{15480}$ nach Lassell auf $1/_{14446}$ nach Otto und August Struve. Das letzte, Pulkowaer Resultat ist in den Text aufgenommen worden.

Dem Neptun wurde, bald nach der ersten Entdeckung durch Galle, von Lassell und Challis ein *Ring* zugeschrieben. Der Erstere hatte eine Vergrößerung von 567mal angewandt, und versucht die große Neigung des *Ringes* gegen die Ekliptik zu bestimmen; aber spätere Untersuchungen haben bei Neptun, wie lange vorher bei Uranus, den Glauben an einen Ring vernichtet.

Ich berühre aus Vorsicht kaum in diesem Werke die, allerdings früheren, aber unveröffentlichten und durch einen anerkannten Erfolg nicht gekrönten Arbeiten des so ausgezeichneten und scharfsinnigen englischen Geometers, Herrn J. C. Adams von St. John's College zu Cambridge. Die historischen Thatsachen, welche sich auf diese Arbeiten und auf le Verrier's und Galle's glückliche Entdeckung des neuen Planeten beziehn, sind in zwei Schriften: von dem Astronomer royal Airy und von Bernhard von Lindenau, umständlich, partheilos und nach sicheren Quellen entwickelt worden.

Da in der Geschichte der Entdeckung des Neptun oft von einem Antheil geredet worden ist, welchen der große Königsberger Astronom früh an der, schon von Alexis Bouvard (dem Verfasser der Uranustafeln) im Jahr 1834 geäußerten Hoffnung „von der Störung des Uranus durch einen uns noch unbekannten Planeten" genommen habe; so ist es vielleicht vielen Lesern des Kosmos angenehm, wenn ich hier einen Theil des Briefes veröffentliche, welchen *Bessel* mir unter dem 8 Mai 1840 (also zwei Jahre vor seinem Gespräche mit Sir John Herschel bei dem Besuche zu Collingwood) geschrieben hat: „Sie verlangen Nachricht von dem *Planeten jenseits des Uranus*. Ich könnte wohl auf Freunde in Königsberg verweisen, die aus Mißverständniß mehr davon zu wissen glauben als ich selbst. Ich hatte die Entwickelung des Zusammenhanges zwischen den *astronomischen Beobachtungen* und der *Astronomie* zum Gegenstande einer (am 28 Febr. 1840 gehaltenen) öffentlichen Vorlesung gewählt. Das Publikum weiß keinen Unterschied zwischen beiden; seine Ansicht war also zu berichtigen. Die Nachweisung der Entwickelung der astronomischen Kenntnisse aus den Beobachtungen führte natürlich auf die Bemerkung: daß wir noch keinesweges behaupten können, unsere Theorie erkläre alle Bewegungen der Planeten. Die Beweise davon gab der Uranus:

dessen *alte* Beobachtungen gar nicht in Elemente passen, welche sich an die *späteren* von 1783 bis 1820 anschließen. Ich glaube Ihnen schon einmal gesagt zu haben, daß ich viel hierüber gearbeitet habe; allein dadurch nicht weiter gekommen bin als zu der *Sicherheit*, daß die vorhandene Theorie, oder vielmehr ihre Anwendung auf das in *unserer Kenntniß* vorhandene Sonnensystem, nicht hinreicht das Räthsel des Uranus zu lösen. Indessen darf man es deshalb, meiner Meinung nach, nicht als unauflösbar betrachten. Zuerst müssen wir genau und vollständig wissen, was von dem Uranus beobachtet ist. Ich habe durch einen meiner jungen Zuhörer, Flemming, alle Beobachtungen reduciren und vergleichen lassen; und damit liegen mir nun die vorhandenen Thatsachen vollständig vor. So wie die alten Beobachtungen nicht in die Theorie passen, so passen die neueren noch weniger hinein; denn jetzt ist der Fehler schon wieder eine ganze Minute, und wächst jährlich um 7" bis 8": so daß er bald viel größer sein wird. Ich meinte daher, daß eine Zeit kommen werde, wo man die Auflösung des Räthsels: vielleicht in einem neuen Planeten, finden werde, dessen Elemente aus ihren Wirkungen auf den Uranus erkannt und durch die auf den Saturn bestätigt werden könnten. Daß diese Zeit *schon* vorhanden sei, bin ich weit entfernt gewesen zu sagen; allein *versuchen* werde ich jetzt, *wie weit* die vorhandenen Thatsachen führen können. Es ist dieses eine Arbeit, die mich seit so vielen Jahren begleitet und derentwegen ich so viele verschiedene Ansichten verfolgt habe, daß ihr Ende mich vorzüglich reizt und daher so bald als irgend möglich herbeigeführt werden wird. Ich habe großes Zutrauen zu Flemming: der in Danzig, wohin er berufen ist, dieselbe Reduction der Beobachtung, welche er jetzt für Uranus gemacht hat, für Saturn und Jupiter fortsetzen wird. Glücklich ist es, meiner Ansicht nach, daß er (für jetzt) kein Mittel der Beobachtung hat und zu keinen Vorlesungen verpflichtet ist. Es wird auch ihm wohl eine Zeit kommen, wo er Beobachtungen *eines bestimmten Zweckes wegen* anstellen muß; dann soll es ihm nicht mehr an den Mitteln dazu fehlen, so wenig ihm jetzt schon die Geschicklichkeit fehlt."

Geistige Bestrebungen, fast gleichzeitig auf dasselbe wichtige Ziel gerichtet, bieten in rühmlichem Wettkampfe ein um so lebhafteres Interesse dar, als sie durch die Wahl der angewandten Hülfsmittel den dermaligen glänzenden Zustand des höheren mathematischen Wissens bezeugen.

Satelliten des Neptun.

Wenn in den *äußeren* Planeten die Existenz eines *Ringes* bis jetzt sich nur ein einziges Mal darbietet: und seine Seltenheit vermuthen läßt, daß die Entstehung und Bildung einer materiellen losen Umgürtung von dem Zusammentreffen eigener, schwer zu erfüllender, Bedingnisse abhängt; so ist dagegen die Existenz von Satelliten, welche die *äußeren* Hauptplaneten (Jupiter, Saturn, Uranus) begleiten, eine um so allgemeinere Erscheinung. Lassell erkannte schon Anfangs August 1847 mit SicherheitDer erste Brief, in welchem Lassell die Entdeckung ankündigte, war vom 6 August 1847 (*Schumacher's astronomische Nachrichten* No. 611 S. 165). den ersten Neptunstrabanten in seinem großen 20füßigen Reflector mit 24zölliger Oeffnung. Otto StruveOtto *Struve* in den *astron. Nachr.* No. 629. Aus den Beobachtungen von Pulkowa berechnete August Struve in Dorpat die Bahn des ersten Neptunstrabanten. zu Pulkowa (11 September bis 20 December 1847) und Bond der Director der Sternwarte zu Cambridge in den Vereinigten Staaten von Nordamerika, (16 Sept. 1847) bestätigten Lassell's Entdeckung. Die Pulkowaer Beobachtungen gaben: die *Umlaufszeit* des Neptunstrabanten zu 5^T 21^{St} $7'$, die *Neigung der Bahn* gegen die Ekliptik zu 34° 7', die *Entfernung* vom Mittelpunkt des Hauptplaneten zu 54000 geographischen Meilen, die *Masse* zu $1/_{14506}$. Drei Jahre später (14 August 1850) entdeckte Lassell einen zweiten Neptunstrabanten, auf welchen er 628malige Vergrößerungen anwandte.*Schum. astron. Nachr.* No. 729 S. 143. Diese letzte Entdeckung ist, glaube ich, bisher noch nicht von andern Beobachtern bestätigt worden.

III.

Die Cometen.

Die Cometen: welche Xenocrates und Theon der Alexandriner *Lichtgewölke* nennen, die nach überkommenem altem chaldäischen Glauben Apollonius der Myndier „aus großer Ferne auf langer (geregelter) Bahn periodisch aufsteigen" läßt; bilden im Sonnengebiet, der Anziehungskraft des Centralkörpers unterworfen, doch eine eigene, abgesonderte Gruppe von Weltkörpern. Sie unterscheiden sich von den eigentlichen Planeten nicht bloß durch ihre Excentricität und, was noch wesentlicher ist, durch das *Durchschneiden* der Planetenkreise; sie bieten auch eine Veränderlichkeit der Gestaltung, eine Wandelbarkeit der Umrisse dar, welche bei einigen Individuen (z. B. an dem von Heinsius so genau beschriebenen Klinkenbergischen Cometen von 1744 und am Halley'schen Cometen in der letzten Erscheinung vom Jahre 1835) schon in wenigen Stunden bemerkbar geworden ist. Als noch nicht durch Encke unser Sonnensystem mit *inneren*, von den Planetenbahnen eingeschlossenen, *Cometen kurzer Umlaufszeit* bereichert worden war, leiteten dogmatische, auf falsche Analogien gegründete Träume über die mit dem Abstande von der Sonne gesetzlich zunehmende *Excentricität*, *Größe* und *Undichtigkeit* der Planeten auf die Ansicht: daß man jenseits des Saturn excentrische planetarische Weltkörper von ungeheurem Volum entdecken werde, „welche Mittelstufen zwischen Planeten und Cometen bilden: ja daß der letzte, äußerste Planet schon ein Comet genannt zu werden verdiene: weil er vielleicht die Bahn des ihm nächsten, vorletzten Planeten, des Saturn, durchschneide". Eine solche Ansicht der Verkettung der Gestalten im Weltbau, analog der oft gemißbrauchten Lehre von dem Uebergange in den organischen Wesen, theilte Immanuel Kant, einer der größten Geister des achtzehnten Jahrhunderts. Zu zwei Epochen, 26 und 91 Jahre nachdem die *Naturgeschichte des Himmels* von dem Königsberger Philosophen dem großen Friedrich zugeeignet ward, sind Uranus und Neptun von William Herschel und Galle aufgefunden worden; aber beide Planeten haben eine geringere Excentricität als Saturn: ja wenn die des letzteren 0,056 ist, so besitzt dagegen der äußerste aller uns jetzt bekannten Planeten, Neptun, die Excentricität 0,008, fast der der sonnennahen Venus (0,006) gleich. Uranus und Neptun zeigen dazu nichts von den verkündigten cometischen Eigenschaften.

Als in der uns näheren Zeit allmälig (seit 1819) fünf *innere Cometen* dem von Encke folgten, und gleichsam eine eigene Gruppe bildeten, deren halbe große Axe der von den *Kleinen Planeten* der Mehrzahl nach ähnlich ist; wurde die Frage aufgeworfen: ob die Gruppe der *inneren Cometen* nicht ursprünglich eben so einen einzigen Weltkörper bildete wie nach der Hypothese von Olbers die Kleinen Planeten; ob der große Comet sich nicht durch Einwirkung des Mars in mehrere getheilt habe, wie eine solche Theilung als Bipartition gleichsam unter den Augen der Beobachter im Jahr 1846 bei der letzten Wiederkehr des *inneren Cometen* von Biela vorgegangen ist. Gewisse Aehnlichkeiten der Elemente haben den Professor Stephen Alexander (von dem College of New-Jersey) zu Untersuchungen veranlaßt über die Möglichkeit eines gemeinsamen Ursprunges der *Asteroiden* zwischen Mars und Jupiter mit einigen oder gar allen Cometen. Auf die Gründe der Analogie, welche von den Nebelhüllen der Asteroiden hergenommen sind, muß nach allen genaueren neueren Beobachtungen Verzicht geleistet werden. Die Bahnen der Kleinen Planeten sind zwar auch einander nicht parallel, sie bieten in der Pallas allerdings die Erscheinung einer übergroßen Neigung der Bahn dar; aber bei allem Mangel des Parallelismus unter ihren eigenen Bahnen *durchschneiden sie doch nicht* cometenartig irgend eine der Bahnen der großen alten, d. h. früher entdeckten Planeten. Dieser, bei jeglicher Annahme einer primitiven Wurfrichtung und Wurfgeschwindigkeit überaus *wesentliche* Umstand scheint außer der Verschiedenheit in der physischen Constitution der *inneren Cometen* und der ganz dunstlosen *Kleinen Planeten* die Gleichheit der Entstehung beider Arten von Weltkörpern sehr unwahrscheinlich zu machen. Auch hat Laplace in seiner Theorie *planetarischer Genesis* aus um die Sonne kreisenden Dunstringen, in welchen sich die Materie um Kerne *ballt*, die Cometen ganz von Planeten trennen zu müssen geglaubt: "Dans l'hypothèse des zones de vapeurs et d'un noyau s'accroissant par la condensation de l'atmosphère qui renvironne, les comètes sont étrangères au système planétaire."*Laplace, exposition du Système du Monde* (éd. 1824) p. 414.

Wir haben bereits in dem *Naturgemälde* darauf aufmerksam gemacht, wie die Cometen bei der kleinsten *Masse* den größten *Raum* im Sonnengebiete ausfüllen; auch nach der *Zahl* der Individuen (die Wahrscheinlichkeits-Rechnung: gegründet auf gleichmäßige Vertheilung der *Bahnen*, *Grenzen*, der *Sonnennähe* und der Möglichkeit des *Unsichtbarbleibens*; führt auf die Existenz vieler Tausende von ihnen) übertreffen sie alle anderen planetarischen Weltkörper. Wir nehmen vorsichtig die Aërolithen oder *Meteor-Asteroiden* aus, da ihre Natur noch in großes Dunkel gehüllt bleibt. Man muß unter den Cometen die unterscheiden, deren Bahn von den Astronomen berechnet worden ist; und solche, von denen theils nur unvollständige Beobachtungen, theils bloße Andeutungen in den Chroniken vorhanden sind. Da nach Galle's letzter genauer

Aufzählung 178 bis zum Jahr 1847 berechnet wurden, so kann man mit den bloß angedeuteten wohl wieder als Totalzahl bei der Annahme von sechs- bis siebenhundert gesehenen Cometen beharren. Als der von Halley verkündigte Comet von 1682 im Jahr 1759 wieder erschien, hielt man es für etwas sehr auffallendes, daß in demselben Jahre 3 Cometen sichtbar wurden. Jetzt ist die Lebhaftigkeit der Erforschung des Himmelsgewölbes gleichzeitig an vielen Punkten der Erde so groß, daß 1819, 1825 und 1840 in jedem Jahr vier; 1826 fünf, ja 1846 *acht* erschienen und berechnet wurden.

An mit unbewaffnetem Auge gesehenen Cometen ist die letzte Zeit wiederum reicher als das Ende des vorigen Jahrhunderts gewesen; aber unter ihnen bleiben die von großem Glanze in Kopf und Schweif auch ihrer Seltenheit wegen immer eine merkwürdige Naturerscheinung. Es ist nicht ohne Interesse, aufzuzählen, wie viel dem bloßen Auge sichtbare Cometen in Europa während der letzten Jahrhunderte:

1500–1550
13 Com.

1550–1600
10 Com.

1600–1650
1607
1618
2 Com.

1650–1700
1652
1664
1665
1668
1672
1680
1682
1686
1689
1696
10 Com.

1700–1750
1702
1744
1748

1748
4 Com.

 1750–1800
 1759
 1766
 1769
 1781
4 Com.

 1800–1850
 1807
 1811
 1819
 1823
 1830
 1835
 1843
 1845
 1847
9 Com.

Als 23 im 16ten Jahrhundert (dem Zeitalter von Apianus, Girolamo Fracastoro, dem Landgrafen Wilhelm IV von Hessen, Mästlin und Tycho) erschienene, dem unbewaffneten Auge sichtbare Cometen sind hier aufgezählt worden: zehn von Pingré beschriebene, nämlich: 1500, 1505, 1506, 1512, 1514, 1516, 1518, 1521, 1522 und 1530; ferner die Cometen von 1531, 1532, 1533, 1556, 1558, 1569, 1577, 1580, 1582, 1585, 1590, 1593 und 1596.

sich gezeigt haben. Die reichste Epoche war das 16te Jahrhundert mit 23 solchen Cometen. Das 17te zählte 12, und zwar nur 2 in seiner ersten Hälfte. Im 18ten Jahrhundert erschienen bloß 8, aber 9 allein in den ersten 50 Jahren des 19ten Jahrhunderts. Unter diesen waren die schönsten die von 1807, 1811, 1819, 1835 und 1843. In früheren Zeiten sind mehrmals 30 bis 40 Jahre verflossen, ohne daß man ein einziges Mal solches Schauspiel genießen konnte. Die scheinbar cometenarmen Jahre mögen indessen doch reich an großen Cometen sein, deren Perihel jenseit der Bahnen des Jupiter und Saturn liegt. Der telescopischen Cometen werden jetzt im Durchschnitt in jedem Jahre wenigstens 2 bis 3 entdeckt. In drei *auf einander folgenden* Monaten hat (1840) Galle 3 neue Cometen, von 1764 bis 1798 Messier 12, von 1801 bis 1827 Pons 27 gefunden. So scheint sich Kepler's Ausspruch über die Menge der Cometen im Weltraum (ut pisces in Oceano) zu bewähren.

Von nicht geringer Wichtigkeit ist die so sorgfältig aufgezeichnete Liste der in China erschienenen Cometen, welche Eduard Biot aus der Sammlung von Ma-tuan-lin bekannt gemacht hat. Sie reicht bis über die Gründung der ionischen Schule des Thales und des lydischen Alyattes hinaus; und begreift in zwei Abschnitten den Ort der Cometen von 613 Jahren vor unserer Zeitrechnung bis 1222 nach derselben, und dann von 1222 bis 1614: die Periode, in welcher die Dynastie der Ming herrschte. Ich wiederhole hier daß, während man Cometen von der Mitte des 3ten bis Ende des 14ten Jahrhunderts nach ausschließlich chinesischen Beobachtungen hat berechnen müssen, die Berechnung des Halley'schen Cometen bei seinem Erscheinen im Jahr 1456 die erste Cometen-Berechnung war nach den ausschließlich europäischen Beobachtungen, und zwar nach denen des Regiomontanus. Diesen letzteren folgten abermals bei einem Wiedererscheinen des Halley'schen Cometen die sehr genauen des Apianus zu Ingolstadt im August des Jahres 1531. In die Zwischenzeit fällt (Mai 1500) ein durch afrikanische und brasilische Entdeckungsreisen berühmt gewordener, prachtvoll glänzender Comet: der in Italien Signor Astone, die *große* Asta genannt wurde. In den *chinesischen* Beobachtungen hat, durch Gleichheit der Elemente, Laugier*Laugier* in der *Connaissance des temps* pour l'an 1846 p. 99. Vergl. auch Édouard *Biot, recherches sur les anciennes apparitions chinoises de la Comète de Halley antérieures à l'année 1378 a. a. O. p. 70–84.* eine siebente Erscheinung des Halley'schen Cometen (die von 1378) erkannt: so wie auch der von GalleUeber den von Galle im März 1810 entdeckten Cometen s. *Schumacher's astr. Nachr.* Bd. XVII. S. 188. am 6 März entdeckte dritte Comet von 1810 mit dem von 1097 identisch zu sein scheint. Auch die Mexicaner knüpften in ihren Jahrbüchern Begebenheiten an Cometen und andere Himmels-Beobachtungen. Ich habe den Cometen von 1490, welchen ich in der mexicanischen Handschrift von le Tellier aufgefunden und in meinen *Monumens des peuples indigènes de l'Amérique* habe abbilden lassen, sonderbar genug, nur in dem chinesischen Cometen-Register als im December desselben Jahres beobachtet erkannt.S. meine *Vues des Cordillères* (éd. in folio) Pl. LV fig. 8, p. 281–282. Die Mexicaner hatten auch eine sehr richtige Ansicht von der Ursach der Sonnenfinsterniß. Dieselbe mexicanische Handschrift, wenigstens ein Viertel-Jahrhundert vor der Ankunft der Spanier angefertigt, bildet die Sonne ab, wie sie fast ganz von der Mondscheibe verdeckt wird und wie Sterne dabei sichtbar werden. Die Mexicaner hatten ihn in ihre Register eingetragen 28 Jahre früher als Cortes an den Küsten von Veracruz (Chalchiuhcuecan) zum ersten Male erschien.

Von der Gestaltung; der Form-, Licht- und Farben-Aenderung der Cometen; den Ausströmungen am Kopfe, welche zurückgebeugtDiese Entstehung des Schweifes am vorderen Theile des Cometenkopfes, welche Bessel so viel beschäftigt hat, war schon Newton's und Winthrop's Ansicht (vergl. *Newton, Principia* p. 511 und *Philos. Transact.* Vol. LVII. for the Year 1767 p. 140 fig. 5). Der Schweif, meint Newton, entwickele sich der Sonne nahe am stärksten und längsten: weil die *Himmelsluft* (was wir mit Encke das *widerstehende Mittel* nennen) dort am *dichtesten* sei, und die particulae caudae: stark erwärmt, von der dichteren Himmelsluft getragen, leichter aufsteigen. Winthrop glaubt, daß der Haupt-Effect erst etwas nach dem Perihel eintrete, weil nach dem von Newton festgestellten Gesetze (*Princ.* p. 424 und 466) überall (bei periodischer Wärme-Veränderung wie bei der Meeresfluth) die Maxima sich *verspäten*. den Schweif bilden: habe ich nach den Beobachtungen von Heinsius (1744), Bessel, Struve und Sir John Herschel umständlich im Naturgemälde) gehandelt. Außer dem prachtvollen Cometen von 1843: der in Chihuahua (Nordwest-Amerika) von Bowring von 9 Uhr Morgens bis Sonnenuntergang wie ein kleines weißes Gewölk, in Parma von Amici am vollen Mittag 1° 23' östlich von der Sonne gesehen werden konnte, ist auch in der neuesten Zeit der von Hind in der Gegend von Capella entdeckte erste Comet des Jahres 1847 am Tage des Perihels zu London nahe bei der Sonne sichtbar gewesen.

Zur Erläuterung dessen, was oben von der Bemerkung chinesischer Astronomen bei Gelegenheit ihrer Beobachtung des Cometen vom Monat März 837, zur Zeit der Dynastie Thang, gesagt worden ist: schalte ich hier, aus dem Ma-tuan-lin übersetzt, die wörtliche Angabe des Richtungs-Gesetzes des Schweifes ein. Es heißt dasselbe: „im allgemeinen ist bei einem Cometen, welcher östlich von der Sonne steht, der Schweif, von dem Kern an gerechnet, gegen Osten gerichtet; erscheint aber der Comet im Westen der Sonne, so dreht sich der Schweif gegen Westen." Fracastoro und Apianus sagten bestimmter und noch richtiger: „daß eine Linie in der Richtung der Achse des Schweifes, durch den Kopf des Cometen verlängert, das Centrum der Sonne trifft". Die Worte des Seneca (*Nat. Quaest.* VII, 20): „die Cometenschweife fliehen vor den Sonnenstrahlen", sind auch bezeichnend. Während unter den bis jetzt bekannten Planeten und Cometen sich in den, von der halben großen Axe abhangenden Umlaufszeiten die *kürzesten* zu den *längsten* bei den Planeten wie 1 : 683 verhalten, ergiebt sich bei den Cometen das Verhältniß wie 1 : 2670. Es ist Merkur (87^T,97) mit Neptun (60126^T,7), und der Comet von Encke (3,3 Jahre) mit dem von Gottfried Kirch zu Coburg, Newton und Halley beobachteten Cometen von 1680 (8814 Jahre) verglichen. Die Entfernung des unsrem Sonnensysteme nächsten Fixsternes (α Centauri) von dem, in einer vortrefflichen Abhandlung von Encke bestimmten Aphel (Punkt der Sonnenferne) des zuletzt genannten Cometen; die geringe Geschwindigkeit seines Laufs (10 Fuß in der Secunde) in diesem äußersten Theile seiner Bahn; die *größte Nähe*, in welche der Lexell-Burckhardt'sche Comet von 1770 der *Erde* (auf 6 Mondfernen), der Comet von 1680 (und noch mehr der von 1843) der *Sonne* gekommen sind: habe ich im *Kosmos* Band I & III bereits abgehandelt. Der zweite Comet des Jahres 1819, welcher in beträchtlicher Größe plötzlich in Europa aus den Sonnenstrahlen heraustrat, ist seinen Elementen zufolge am 26 Juni (leider ungesehen!) *vor der Sonnenscheibe* vorübergegangen. Eben dies muß der Fall gewesen sein mit dem Cometen von 1823: welcher außer dem gewöhnlichen, von der Sonne abgekehrten, auch einen anderen, der Sonne gerade zugewandten Schweif zeigte. Haben die Schweife beider Cometen eine beträchtliche Länge gehabt, so müssen dunstartige Theile derselben, wie gewiß öfters geschehen, sich mit unserer Atmosphäre gemischt haben. Es ist die Frage aufgeworfen worden: ob die wundersamen Nebel von 1783 und 1831, welche einen großen Theil unseres Continents bedeckten, Folge einer solchen Vermischung gewesen sind?

Während die Quantität der strahlenden Wärme, welche die Cometen von 1680 und 1843 in so großer Sonnennähe empfingen, mit der Focal-Temperatur eines 32zölligen Brennspiegels verglichen wird Sir John *Herschel, outlines* § 592.; will ein mir lange befreundeter, hochverdienter Astronom Bernhard von *Lindenau* in *Schumacher's astron. Nachrichten* No. 698 S. 25., daß „alle Cometen ohne festen Kern (wegen ihrer übermäßig geringen Dichtigkeit) keine Sonnenwärme, sondern nur die Temperatur des Weltraums haben". Erwägt man die vielen und auffallenden Analogien der Erscheinungen, welche nach Melloni und Forbes leuchtende und dunkle Wärmequellen darbieten; so scheint es schwer, bei dem dermaligen Zustande unserer physikalischen Gedankenverbindungen nicht in der Sonne selbst Processe anzunehmen, welche gleichzeitig durch Aetherschwingungen (Wellen verschiedener Länge) strahlendes Licht und strahlende Wärme erzeugen. Der angeblichen Verfinsterung des Mondes durch einen Cometen im Jahr 1454, welche der erste Uebersetzer des byzantinischen Schriftstellers Georg Phranza, der Jesuit Pontanus, in einer Münchner Handschrift glaubte aufgefunden zu haben, ist lange in vielen astronomischen Schriften gedacht worden. Dieser Durchgang eines Cometen zwischen Erde und Mond im Jahr 1454 ist eben so irrig als der von Lichtenberg behauptete des Cometen von 1770. Das Chronicon des Phranza ist vollständig zum erstenmal zu Wien 1796 erschienen, und es heißt ausdrücklich darin: daß im Weltjahr 6962, während daß sich eine Mondfinsterniß ereignete, ganz *auf die gewöhnliche Weise nach der Ordnung und der Kreisbahn der himmlischen Lichter* ein Comet, einem Nebel ähnlich, erschien *und dem Monde nahe kam*. Das Weltjahr (= 1450) ist irrig: da Phranza bestimmt sagt, die Mondfinsterniß und der Comet seien *nach* der Einnahme von Constantinopel (19 Mai 1453) gesehen worden, und eine Mondfinsterniß wirklich am 12 Mai 1454 eintraf.

Das Verhältniß des Lexell'schen Cometen zu den Jupitersmonden; die Störungen, die er durch sie erlitten, ohne auf ihre Umlaufszeiten einzuwirken: sind von le Verrier genauer untersucht worden. Messier entdeckte diesen merkwürdigen Cometen als einen schwachen Nebelfleck im Schützen am 14 Juni 1770; aber 8 Tage später leuchtete sein Kern schon als ein Stern *zweiter Größe*. Vor dem Perihel war kein Schweif sichtbar, nach demselben entwickelte sich derselbe durch geringe Ausströmungen kaum bis 1° Länge. Lexell fand seinem Cometen eine elliptische Bahn und die Umlaufszeit von 5,585 Jahren: was Burckhardt in seiner vortrefflichen Preisschrift von 1806 bestätigte. Nach Clausen hat er sich (den 1 Juli 1770) bis auf 363 Erd-Halbmesser (311000 geogr. Meilen oder 6 Mondfernen) der Erde genähert. Daß der Comet nicht früher (März 1776) und nicht später (October 1781) gesehen wurde, ist, nach Lexell's früherer Vermuthung, von Laplace in dem 4ten Bande der *Mécanique céleste* durch Störung von Seiten des

Jupiterssystems bei den Annäherungen in den beiden Jahren 1767 und 1779 analytisch dargethan worden. Le Verrier findet, daß nach einer Hypothese über die Bahn des Cometen derselbe 1779 durch die Kreise der Satelliten durchgegangen sei, nach einer anderen von dem 4ten Satelliten nach außen weit entfernt blieb.

Der Molecular-Zustand des so selten begrenzten Kopfes oder Kernes wie der des Schweifes der Cometen ist um so räthselhafter, als derselbe keine Strahlenbrechung veranlaßt, und als durch Arago's wichtige Entdeckung in dem Cometenlichte ein Antheil von *polarisirtem*, also von reflectirtem Sonnenlichte erwiesen wird. Wenn die kleinsten Sterne durch die dunstartigen Ausströmungen des Schweifes, ja fast durch das Centrum des Kernes selbst, oder wenigstens in größter Nähe des Centrums, in ungeschwächtem Glanze gesehen werden („per Cometem non aliter quam per nubem ulteriora cernuntur“): so zeigt dagegen die *Analyse* des Cometenlichtes in Arago's Versuchen, denen ich beigewohnt, daß die Dunsthüllen trotz ihrer Zartheit fremdes Licht zurückzuwerfen fähig sind; daß diese Weltkörper „eine *unvollkommene* Durchsichtigkeit haben, da das Licht nicht ungehindert durch sie durchgeht“. In einer so lockeren Nebelgruppe erregen die einzelnen Beispiele großer Licht-Intensität, wie in dem Cometen von 1843, oder des sternartigen Leuchtens eines Kernes um so mehr Verwunderung, als man eine alleinige Zurückwerfung des Sonnenlichts annimmt. Sollte aber in den Cometen nicht daneben auch ein eigener lichterzeugender Proceß vorgehen?

Die ausströmenden, verdunstenden Theile aus Millionen Meilen langen, besenartigen, gefächerten Schweifen verbreiten sich in den Weltraum; und bilden vielleicht, entweder selbst das *widerstandleistende*, hemmende Fluidum, welches die Bahn des Enckischen Cometen allmälig verengt: oder sie mischen sich mit dem alten *Weltenstoffe*, der sich nicht zu Himmelskörpern geballt, oder zu der Bildung des *Ringes* verdichtet hat, welcher uns als Thierkreislicht leuchtet. Wir sehen gleichsam vor unseren Augen materielle Theile verschwinden, und ahnden kaum, wo sie sich wiederum sammeln. So wahrscheinlich nun auch die *Verdichtung* einer den Weltraum füllenden gasartigen Flüssigkeit in der Nähe des Centralkörpers unsres Systemes ist; so kann bei den Cometen, deren Kern nach Valz sich in der Sonnennähe *verkleinert*, diese da verdichtete Flüssigkeit doch wohl nicht als auf eine blasenartige Dunsthülle drückend gedacht werden. Wenn bei den Ausströmungen der Cometen die Umrisse der lichtreflectirenden Dunsttheile gewöhnlich sehr unbestimmt sind; so ist es um so auffallender und für den Molecular-Zustand des Gestirns um so lehrreicher, daß bei einzelnen Individuen (z. B. bei dem Halley'schen Cometen Ende Januars 1836 am Cap der guten Hoffnung) eine Schärfe der Umrisse in dem parabolischen vorderen Theile des Körpers beobachtet worden ist, welche kaum eine unserer Haufenwolken uns je darbietet. Der berühmte Beobachter am Cap verglich den ungewohnten, von der Stärke gegenseitiger Anziehung der Theilchen zeugenden Anblick mit einem Alabaster-Gefäß, das von innen stark erleuchtet ist.

Seit dem Erscheinen des astronomischen Theils meines *Naturgemäldes* hat die Cometenwelt ein *Ereigniß* dargeboten, dessen bloße Möglichkeit man wohl vorher kaum geahndet hatte. Der Biela'sche Comet: ein *innerer*, von kurzer, 6³/₅jähriger Umlaufszeit; hat sich in zwei Cometen von ähnlicher Gestalt, doch ungleicher Dimension, beide mit Kopf und Schweif, getheilt. Sie haben sich, so lange man sie beobachten konnte, nicht wieder vereinigt, und sind gesondert fast parallel mit einander fortgeschritten. Am 19 December 1845 hatte Hind in dem ungetheilten Cometen schon eine Art Protuberanz gegen Norden bemerkt, aber am 21ten war noch (nach Encke's Beobachtung in Berlin) von einer Trennung nichts zu sehen. Die schon erfolgte Trennung wurde in Nordamerika zuerst am 29 Dec. 1845, in Europa erst um die Mitte und das Ende Januars 1846 erkannt. Der neue, kleinere Comet ging nördlich voran. Der Abstand beider war anfangs 3, später (20 Febr.) nach Otto Struve's interessanter Zeichnung 6 Minuten. Die Lichtstärke wechselte: so daß der allmälig wachsende Neben-Comet eine Zeit lang den Haupt-Cometen an Lichtstärke übertraf. Die Nebelhüllen, welche jeden der Kerne umgaben, hatten keine bestimmten Umrisse: die des größeren Cometen zeigte sogar gegen SSW eine lichtschwache Anschwellung; aber der Himmelsraum zwischen den beiden Cometen wurde in Pulkowa ganz nebelfrei gesehen"Le 19 février 1846 on aperçoit le fond noir du ciel qui sépare les deux comètes"; O. *Struve* im *Bulletin physico-mathémathique de l'Acad. des Sciences de St.-Pétersbourg* T. VI. No. 4.. Einige Tage später hat Lieut. Maury in Washington in einem neunzölligen Münchner Refractor Strahlen bemerkt, welche der größere, ältere Comet dem kleineren, neuen, zusandte: so daß wie eine brückenartige Verbindung eine Zeit lang entstand. Am 24 März war der kleinere Comet wegen zunehmender Lichtschwäche kaum noch zu erkennen. Man sah nur noch den größeren bis zum 16 bis 20 April, wo dann auch dieser verschwand. Ich habe diese wundersame Erscheinung in ihren EinzelheitenVergl. *outlines of Astronomy* § 580–583; *Galle* in *Olbers Cometenbahnen* S. 232. beschrieben, so weit dieselben haben beobachtet werden können. Leider ist der eigentliche Act der Trennung und der kurz vorhergehende Zustand des älteren Cometen der Beobachtung entgangen. Ist der abgetrennte Comet uns nur unsichtbar geworden wegen Entfernung und großer Lichtschwäche, oder hat er sich aufgelöst? Wird er als *Begleiter* wieder erkannt werden, und wird der Biela'sche Comet bei anderen Wieder-Erscheinungen ähnliche Anomalien darbieten?

Die Entstehung eines neuen planetarischen Weltkörpers durch *Theilung* regt natürlich die Frage an: ob in der Unzahl um die Sonne kreisender Cometen nicht mehrere durch einen ähnlichen Proceß entstanden sind oder noch täglich entstehen? ob sie durch Retardation, d. h. ungleiche Geschwindigkeit im Umlauf, und ungleiche Wirkung der Störungen nicht auf verschiedene Bahnen gerathen können? In einer, schon früher berührten Abhandlung von Stephen Alexander ist versucht worden, die *Genesis* der gesammten *inneren Cometen* durch die Annahme einer solchen, wohl nicht genugsam begründeten, Hypothese zu erklären. Auch im Alterthum scheinen ähnliche Vorgänge beobachtet, aber nicht hinlänglich beschrieben worden zu sein. Seneca führt nach einem, wie er freilich selbst sagt, unzuverlässigen Zeugen an, daß der Comet, welcher des Unterganges der Städte Helice und Bura beschuldigt ward, sich in zwei Theile schied. Er setzt spöttisch hinzu: warum hat Niemand zwei Cometen sich zu einem vereinigen sehen? Die chinesischen Astronomen reden von „drei gekuppelten Cometen", die im Jahr 896 erschienen und *zusammen* ihre Bahn durchliefen.

Unter der großen Zahl berechneter Cometen sind bisher acht bekannt, deren Umlaufszeit eine geringere Dauer als die Umlaufszeit des Neptun hat. Von diesen acht sind *sechs innere Cometen*, d. h. solche, deren *Sonnenferne* kleiner als ein Punkt in der Bahn des Neptun ist: nämlich die Cometen von *Encke* (Aphel 4,09), de *Vico* (5,02), *Brorsen* (5,64), *Faye* (5,93), *Biela* (6,19) und d'*Arrest* (6,44). Den Abstand der Erde von der Sonne = 1 gesetzt, haben die Bahnen aller dieser sechs *inneren Cometen* Aphele, die zwischen Hygiea (3,15) und einer Grenze liegen, welche fast um $1\frac{1}{4}$ Abstände der Erde von der Sonne jenseit Jupiter (5,20) liegt. Die zwei anderen Cometen, ebenfalls von geringerer Umlaufszeit als Neptun, sind der 74jährige *Comet von Olbers* und der 76jährige *Comet von Halley*. Diese beiden letzten waren bis zum Jahre 1819, in welchem Encke zuerst die Existenz eines *inneren* Cometen erkannte, unter den damals berechneten Cometen die von der kürzesten Umlaufszeit. Der Olbersche Comet von 1815 und der Halley'sche liegen nach der Entdeckung des Neptun in ihrer Sonnenferne nur 4 und $5^2/_5$ Abstände der Erde von der Sonne jenseits der Grenze, die sie als innere Cometen würde betrachten lassen. Wenn auch die Benennung: *innerer Comet* mit der Entdeckung *transneptunischer* Planeten Aenderungen erleiden kann, da die Grenze, die einen Weltkörper zu einem *inneren* Cometen macht, veränderlich ist; so hat sie doch vor der Benennung: *Cometen kurzer Dauer* den Vorzug, in jeder Epoche unseres Wissens von etwas bestimmtem abhängig zu sein. Die jetzt sicher berechneten 6 *inneren* Cometen variiren allerdings in der Umlaufszeit nur von 3,3 bis 7,4 Jahre; aber wenn die 16jährige Wiederkehr des von Peters am 26 Juni 1846 zu Neapel entdeckten Cometen (des 6ten Cometen des Jahrs 1846, mit einer halben großen Axe von 6,32) sich bestätigte, so ist vorherzusehen, daß sich allmälig in Hinsicht auf die Dauer der Umlaufszeit Zwischenglieder zwischen den Cometen von Faye und Olbers finden werden. Dann wird es in der Zukunft schwer sein eine Grenze für die *Kürze der Dauer* zu bestimmen. Hier folgt die Tabelle, in welcher Dr. *Galle* die Elemente der 6 *inneren* Cometen zusammengestellt hat.

Elemente der 6 inneren Cometen, welche genauer berechnet sind.

Encke	de Vico	Brorsen	d'Arrest	Biela	Faye

Durchgangszeit durch das Perih el {	1848 Nov. 26	1844 Sept. 2	1846 Febr. 25	1851 Juli 8	1846 Febr. 10	1843 Oct. 17
in mittlerer Pariser Zeit {	^{h} 5' 6"	1^h 3' 7"	^{h} ' "	6^h 7' 3"	3^h 1' 6"	^{h} 2' 6"
Länge des Perihels	57° 7' "	42° 0' 5"	16° 8' 5"	22° 9' 6"	09° ' 0"	9° 4' 9"
Länge des aufsteig. Knotens	34° 2' 2"	3° 9' 7"	02° 0' 8"	48° 7' 0"	45° 4' 9"	09° 9' 9"
Neigung gegen die Ekliptik	3° ' 6"	° 4' 0"	0° 5' 3"	3° 6' 2"	2° 4' 3"	1° 2' 1"
halbe große Axe	2,214814	3,102800	3,146494	3,461846	3,524522	3,811790
Perihel-Distanz	0,337032	1,186401	0,650103	1,173976	0,856448	1,692579
Aphel-Distanz	4,092595	5,019198	5,642884	5,749717	6,192596	5,931001
Excentricität	0,847828	0,617635	0,793388	0,660881	0,757003	0,555962
Umlaufszeit in Tagen	1204	1996	2039	2353	2417	2718
Umlaufszeit in Jahren	3,30	5,47	5,58	6,44	6,62	7,44
berechnet von	Encke, astr. Nachr. XXVII., S. 113	Brünnow, gekrönte Preisschrift, Amst. 1849	Brünnow, astr. Nachr. XXIX. S. 377	d'Arrest, astr. Nachr. XXXIII. S. 125	Plantamour, astr. Nachr. XXV. S. 117	le Verrier, astr. Nachr. XXIII. S. 196

Es folgt ans der hier gegebenen Uebersicht, daß seit der Erkennung des EnckischenDie kurze Umlaufszeit von 1204 Tagen wurde von Encke bei dem Wiedererscheinen seines Cometen im Jahr 1819 erkannt. S. die zuerst berechneten elliptischen Bahnen im *Berl. astron. Jahrbuch* für 1822 S. 193, und für die zur Erklärung der beschleunigten Umläufe angenommene Constante des *widerstehenden Mittels Encke's vierte Abhandl.* in den *Schriften der Berliner Akademie* aus dem J. 1844. (Vergl. *Arago* im *Annuaire* pour 1832 p. 181, in der *Lettre à Mr. Alexandre de Humboldt* 1840 p. 12; und *Galle* in *Olbers Cometenbahnen* S. 221.) Zur Geschichte des *Cometen von Encke* ist noch hier zu erinnern, daß derselbe, so weit die Kunde der Beobachtungen reicht, zuerst von Méchain den 17 Jan. 1786 an zwei Tagen gesehen wurde: dann von Miß Carolina Herschel den 7–27 Nov. 1795: darauf von Bouvard, Pons und Huth den 20 Oct. – 19 Nov. 1805; endlich, als zehnte Wiederkehr seit Méchain's Entdeckung im J. 1786, vom 26 Nov. 1818 bis 12 Jan. 1819 von Pons. Die *erste* von Encke *vorausberechnete* Wiederkehr wurde von Rümker zu Paramatta beobachtet. (*Galle* a. a. O. S. 215, 217, 221 und 222.) – Der *Biela'sche* oder, wie man auch sagt, der *Gambart-Biela'sche* innere Comet ist zuerst am 8 März 1772 von Montaigne, dann von Pons am 10 Nov. 1805, danach am 27 Febr. 1826 zu Josephstadt in Böhmen von Herrn von Biela und am 9 März zu Marseille von Gambart gesehen. Der frühere Wieder-Entdecker des Cometen von 1772 ist zweifelsohne Biela und nicht Gambart; dagegen aber hat der Letztere (*Arago* im *Annuaire* von 1832 p. 184 und in den *Comptes rendus* T. III. 1836 p. 415) früher als Biela, und fast zugleich mit Clausen, die elliptischen Elemente bestimmt. Die *erste vorausberechnete* Wiederkehr des Biela'schen Cometen ward im October und December 1832 von Henderson am Vorgebirge der guten Hoffnung beobachtet. Die schon erwähnte wundersame Verdoppelung des Biela'schen Cometen durch Theilung erfolgte bei seiner 11ten Wiederkehr seit 1772, am Ende des Jahres 1845. (S. *Galle* bei *Olbers* S. 214, 218, 224, 227 und 232.) Cometen als eines *inneren* im Jahr 1819 bis zur Entdeckung des inneren d'Arrest'schen Cometen kaum 32 Jahre verflossen sind. Elliptische Elemente für den letztgenannten hat auch Yvon Villarceau in *Schumacher's astron. Nachr.* No. 773 gegeben, und zugleich mit Valz einige Vermuthungen über Identität mit dem von la Hire beobachteten und von Douwes berechneten Cometen von 1678 aufgestellt. Zwei andere Cometen, scheinbar auch von *fünf-* bis *sechsjährigem* Umlauf, sind der 3te von 1819, von Pons entdeckt und von Encke berechnet; und der 4te von 1819, von Blanpain aufgefunden und nach Clausen identisch mit dem ersten von 1743. Beide können aber noch nicht neben denen aufgeführt werden, welche durch längere Dauer und Genauigkeit der Beobachtungen eine größere Sicherheit und Vollständigkeit der Elemente darbieten.

Die Neigung der *inneren* Cometenbahnen gegen die Ekliptik ist im ganzen klein, zwischen 3° und 13°; nur die des Brorsen'schen Cometen ist sehr beträchtlich, und erreicht 31°. Alle bisher entdeckten *inneren* Cometen haben, wie die Haupt- und Nebenplaneten des gesammten Sonnensystems, eine *directe* oder *rechtläufige* Bewegung (von West nach Ost in ihren Bahnen fortschreitend). Sir John Herschel hat auf die größere Seltenheit *rückläufiger* Bewegung bei Cometen *von geringer Neigung gegen die Ekliptik* aufmerksam gemacht. Diese entgegengesetzte Richtung der Bewegung, welche nur bei einer gewissen Classe planetarischer Körper vorkommt, ist in Hinsicht auf die sehr allgemein herrschende Meinung über die Entstehung der zu einem Systeme gehörenden Weltkörper und über primitive Stoß- und Wurfkraft von großer Wichtigkeit. Sie zeigt uns die *Cometenwelt*, wenn gleich auch in der weitesten Ferne, der Anziehung des Centralkörpers unterworfen, doch in größerer Individualität und Unabhängigkeit. Eine solche Betrachtung hat zu der Idee verleitet, die Cometen für älter als alle Planeten, gleichsam für Urformen der sich locker ballenden Materie im Weltraume, zu halten. Es fragt sich dabei unter dieser Voraussetzung: ob nicht trotz der ungeheuren Entfernung des nächsten Fixsterns, dessen Parallaxe wir kennen, vom Aphel des *Cometen von 1680* einige der Cometen, welche am Himmelsgewölbe erscheinen, nur *Durchwanderer* unsres Sonnensystemes sind, von einer Sonne zur anderen sich bewegend?

Ich lasse auf die Gruppe der Cometen, als mit vieler Wahrscheinlichkeit zum Sonnengebiete gehörig, den Ring des *Thierkreislichtes* folgen; und auf diesen die *Schwärme der Meteor-Asteroiden*, die bisweilen auf unsere Erde herabfallen und über deren Existenz als Körper im Weltraume noch keinesweges eine einstimmige Meinung herrscht. Da ich nach dem Vorgange von Chladni, Olbers, Laplace, Arago, John Herschel und Bessel die Aërolithen bestimmt für außerirdischen, kosmischen Ursprungs halte; so darf ich wohl am Schluß des Abschnitts über die Wandelsterne die zuversichtliche Erwartung aussprechen: daß durch fortgesetzte Genauigkeit in der Beobachtung der Aërolithen, Feuerkugeln und Sternschnuppen die entgegengesetzte Meinung eben so verschwinden werde, als die bis zu dem 16ten Jahrhundert allgemein verbreitete über den *meteorischen* Ursprung der Cometen es längst ist. Während diese Gestirne schon von der astrologischen Corporation der „Chaldäer in Babylon", von einem großen Theile der pythagorischen Schule und von Apollonius dem Myndier für, zu bestimmten Zeiten in langen planetarischen Bahnen wiederkehrende Weltkörper gehalten wurden; erklärten die mächtige antipythagorische Schule des Aristoteles und der von Seneca bestrittene Epigenes die Cometen für Erzeugnisse meteorischer Processe in unserem Luftkreise. Analoge Schwankungen zwischen kosmischen und tellurischen Hypothesen, zwischen dem Weltraume und der Atmosphäre führen endlich doch zu einer richtigen Ansicht der Naturerscheinungen zurück.

IV.

Ring des Thierkreislichtes.

In unsrem *formenreichen* Sonnensysteme sind Existenz, Ort und Gestaltung vieler einzelnen Glieder seit kaum drittehalbhundert Jahren und in langen Zwischenräumen der Zeit allmälig erkannt worden: zuerst die untergeordneten oder *Particular-Systeme*, in denen, dem Hauptsysteme der Sonne analog, geballte kleinere Weltkörper einen größeren umkreisen; dann concentrische *Ringe* um einen, und zwar den satellitenreichsten, der undichteren und äußeren Hauptplaneten: dann das Dasein und die wahrscheinliche materielle Ursach des milden, pyramidal gestalteten, dem unbewaffneten Auge sehr sichtbaren *Thierkreislichtes*; dann die sich gegenseitig schneidenden, zwischen den Gebieten zweier Hauptplaneten eingeschlossenen, außerhalb der Zodiacal-Zone liegenden Bahnen der sogenannten *Kleinen Planeten* oder *Asteroiden*; endlich die merkwürdige Gruppe von *inneren Cometen*, deren Aphele kleiner als die Aphele des Saturn, des Uranus oder des Neptun sind. In einer kosmischen Darstellung des Weltraumes ist es nöthig an eine *Verschiedenartigkeit* der Glieder des Sonnensystems zu erinnern, welche keinesweges Gleichartigkeit des *Ursprungs* und dauernde Abhängigkeit der bewegenden Kräfte ausschließt.

So groß auch noch das Dunkel ist, welches die materielle Ursach des Thierkreislichtes umhüllt; so scheint doch: bei der mathematischen Gewißheit, daß die Sonnen-Atmosphäre nicht weiter als bis zu $9/20$ des Merkur-Abstandes reichen könne, die von *Laplace, Schubert, Arago, Poisson* und *Biot* vertheidigte Meinung: nach der das Zodiacallicht aus einem dunstartigen, abgeplatteten, frei im Weltraum zwischen der Venus- und Marsbahn kreisenden Ringe ausstrahle, in dem gegenwärtigen sehr mangelhaften Zustande der Beobachtungen die befriedigendste zu sein. Die äußerste Grenze der Atmosphäre hat sich bei der Sonne wie im Saturn (einem untergeordneten Systeme) nur bis dahin ausdehnen können, wo die Attraction des allgemeinen oder partiellen Centralkörpers der Schwungkraft genau das Gleichgewicht hält; jenseits mußte die Atmosphäre nach der Tangente entweichen, und geballt als kugelförmige Planeten und Trabanten, oder nicht geballt zu Kugeln als feste und dunstförmige Ringe den Umlauf fortsetzen. Nach dieser Betrachtung tritt der *Ring des Zodiacallichts* in die Categorie planetarischer Formen, welche den allgemeinen Bildungsgesetzen unterworfen sind.

Bei den so geringen Fortschritten, welche auf dem Wege der Beobachtung dieser vernachlässigte Theil unserer astronomischen Kenntnisse macht, habe ich wenig zu dem zuzusetzen, was, fremder und eigener Erfahrung entnommen, ich früher in dem Naturgemälde entwickelt habe. Wenn 22 Jahre vor Dominique Cassini, dem man gemeinhin die erste Wahrnehmung des Zodiacallichtes zuschreibt, schon Childrey (Caplan des Lords Henry Somerset) in seiner 1661 erschienenen *Britannia Baconica* dasselbe als eine vorher unbeschriebene und von ihm mehrere Jahre lang im Februar und Anfang März gesehene Erscheinung der Aufmerksamkeit der Astronomen empfiehlt; so muß ich (nach einer Bemerkung von Olbers) auch eines Briefes von Rothmann an Tycho erwähnen, aus welchem hervorgeht, daß Tycho schon am Ende des 16ten Jahrhunderts den Zodiacalschein sah und für eine abnorme Frühjahrs-Abenddämmerung hielt. Die auffallend stärkere Licht-Intensität der Erscheinung in Spanien, an der Küste von Valencia und in den Ebenen Neu-Castiliens, hat mich zuerst, ehe ich Europa verließ, zu anhaltender Beobachtung angeregt. Die Stärke des Lichtes, man darf sagen der Erleuchtung, nahm überraschend zu, je mehr ich mich in Südamerika und in der Südsee dem Aequator näherte. In der ewig trocknen, heiteren Luft von Cumana, in den Grassteppen (Llanos) von Caracas, auf den Hochebenen von Quito und der mexicanischen Seen: besonders in Höhen von acht- bis zwölftausend Fuß, in denen ich länger verweilen konnte; übertraf der Glanz bisweilen den der schönsten Stellen der Milchstraße zwischen dem Vordertheile des Schiffes und dem Schützen, oder, um Theile *unserer* Hemisphäre zu nennen, zwischen dem Adler und Schwan.

Im ganzen aber hat mir der Glanz des Zodiacallichtes keinesweges merklich mit der *Höhe* des Standorts zu wachsen, sondern vielmehr *hauptsächlich* von der inneren Veränderlichkeit des Phänomens selbst, von der größeren oder geringeren Intensität des Lichtprocesses abzuhangen geschienen: wie meine Beobachtungen in der Südsee zeigen, in welchen sogar ein Gegenschein gleich dem bei dem Untergang der Sonne bemerkt ward. Ich sage: *hauptsächlich;* denn ich verneine nicht die Möglichkeit eines gleichzeitigen Einflusses der Luftbeschaffenheit (größeren und geringeren Diaphanität) der höchsten Schichten der Atmosphäre, während meine Instrumente in den unteren Schichten gar keine oder vielmehr günstige Hygrometer-Veränderungen andeuteten. Fortschritte in unserer Kenntniß des Thierkreislichtes sind vorzüglich aus der Tropengegend zu erwarten, wo die meteorologischen Processe die höchste Stufe der Gleichförmigkeit oder Regelmäßigkeit in der Periodicität der Veränderungen erreichen. Das Phänomen ist dort perpetuirlich; und eine sorgfältige Vergleichung der Beobachtungen an Punkten verschiedener Höhe und unter verschiedenen Localverhältnissen würde mit Anwendung der Wahrscheinlichkeits-Rechnung entscheiden, was man kosmischen Lichtprocessen, was bloßen meteorologischen Einflüssen zuschreiben soll.

Es ist mehrfach behauptet worden, daß in Europa in mehreren auf einander folgenden Jahren fast gar kein Thierkreislicht oder doch nur eine schwache Spur desselben gesehen worden sei. Sollte in solchen Jahren das Licht auch in der Aequinoctial-Zone verhältnißmäßig geschwächt erscheinen? Die Untersuchung müßte sich aber nicht auf die Gestaltung nach Angabe der Abstände von bekannten Sternen oder nach unmittelbaren Messungen beschränken. Die Intensität des Lichts, seine Gleichartigkeit oder seine etwanige Intermittenz (Zucken und Flammen), seine Analyse durch das Polariscop wären vorzugsweise zu erforschen. Bereits Arago (*Annuaire* pour 1836 p. 298) hat darauf hingedeutet, daß vergleichende Beobachtungen von Dominique Cassini vielleicht klar erweisen würden: "que la supposition des intermittences de la diaphanité atmosphérique ne saurait suffire à l'explication des variations signalées par cet Astronome".

Gleich nach den ersten Pariser Beobachtungen dieses großen Beobachters und seines Freundes Fatio de Duillier zeigte sich Liebe zu ähnlicher Arbeit bei indischen

Reisenden (Pater Noël, de Bèze und Duhalde); aber vereinzelte Berichte (meist nur schildernd die Freude über den ungewohnten Anblick) und zur gründlichen Discussion der Ursachen der Veränderlichkeit unbrauchbar. Nicht die schnellen Reisen auf den sogenannten Weltumseglungen, wie noch in neuerer Zeit die Bemühungen des thätigen Horner zeigen (*Zach, monatl. Corresp.* Bd. X. S: 337–340), können ernst zum Zwecke führen. Nur ein mehrjähriger permanenter Aufenthalt in einigen der Tropenländer kann die Probleme veränderter Gestaltung und Licht-Intensität lösen. Daher ist am meisten für den Gegenstand, welcher uns hier beschäftigt, wie für die gesammte Meteorologie von der endlichen Verbreitung wissenschaftlicher Cultur über die Aequinoctial-Welt des ehemaligen spanischen Amerika zu erwarten: da, wo große volkreiche Städte: Cuzco, la Paz, Potosi, zwischen 10700 und 12500 Fuß über dem Meere liegen. Die numerischen Resultate, zu denen Houzeau, auf eine freilich nur geringe Zahl vorhandener genauer Beobachtungen gestützt, hat gelangen können, machen es wahrscheinlich, daß die große Axe des Zodiacalschein-Ringes eben so wenig mit der Ebene des Sonnen-Aequators zusammenfällt, als die Dunstmasse des Ringes, deren Molecular-Zustand uns ganz unbekannt ist, die Erdbahn überschreitet.

V.

Sternschnuppen, Feuerkugeln und Meteorsteine.

Seit dem Frühjahr 1845, in dem ich das *Naturgemälde* oder die allgemeine Uebersicht kosmischer Erscheinungen herausgegeben, sind die früheren Resultate der Beobachtung von Aërolithenfällen und periodischen Sternschnuppenströmen mannigfaltig erweitert und berichtigt worden. Vieles wurde einer strengeren und sorgfältigeren Kritik unterworfen: besonders die, für das Ganze des räthselhaften Phänomens so wichtige Erörterung der *Radiation*, d. h. der Lage der Ausgangspunkte in den wiederkehrenden Epochen der Sternschnuppenschwärme. Auch ist die Zahl solcher Epochen, von welchen lange die *August-* und die *November-Periode* allein die Aufmerksamkeit auf sich zogen, durch neuere Beobachtungen vermehrt worden, deren Resultate einen hohen Grad der Wahrscheinlichkeit darbieten. Man ist durch die verdienstvollen Bemühungen: zuerst von Brandes, Benzenberg, Olbers und Bessel; später von Erman, Boguslawski, Quetelet, Feldt, Saigey, Eduard Heis und Julius Schmidt: zu genaueren correspondirenden Messungen übergegangen; und ein mehr verbreiteter mathematischer Sinn hat es schwieriger gemacht, durch Selbsttäuschung einem vorgefaßten Theorem unsichere Beobachtungen anzupassen.

Die Fortschritte in dem Studium der Feuermeteore werden um so schneller sein, als man unpartheiisch Thatsachen von Meinungen trennt, die Einzelheiten prüft: aber nicht als ungewiß und schlecht beobachtet alles verwirft, was man jetzt noch nicht zu erklären weiß. Am wichtigsten scheint mir Absonderung der *physischen* Verhältnisse von den, im ganzen sicherer zu ergründenden, *geometrischen* und *Zahlen*-Verhältnissen. Zu der letzteren Classe gehören: Höhe, Geschwindigkeit, Einheit oder Mehrfachheit der Ausgangspunkte bei erkannter Radiation; mittlere Zahl der Feuermeteore in *sporadischen* oder *periodischen* Erscheinungen, nach Frequenz auf dasselbe Zeitmaaß reducirt; Größe und Gestaltung, in Zusammenhang mit den Jahreszeiten oder mit den Abständen von der Mitte der Nacht betrachtet. Die Ergründung beider Arten von Verhältnissen, der *physischen* wie der *geometrischen*, wird allmälig zu einem und demselben Ziele: zu *genetischen* Betrachtungen über die innere Natur der Erscheinung, führen.

Ich habe schon früher darauf hingewiesen, daß wir im *ganzen* mit den Welträumen und dem, was sie erfüllt, nur in *Verkehr* stehen durch *licht*- und *wärmeerregende* Schwingungen: wie durch die geheimnißvollen Anziehungskräfte, welche ferne *Massen* (Weltkörper) nach der Quantität ihrer Körpertheilchen auf unseren Erdball, dessen Oceane und Luftumhüllung ausüben. Die Lichtschwingung, welche von dem kleinsten telescopischen Fixsterne, aus einem *auflöslichen* Nebelflecke ausgeht, und für die unser Auge empfänglich ist, bringt uns (wie es die sichere Kenntniß von der *Geschwindigkeit* und *Aberration* des Lichtes mathematisch darthut) ein *Zeugniß von dem ältesten Dasein der Materie.* Ein Licht-Eindruck aus den *Tiefen* der sterngefüllten *Himmelsräume* führt uns mittelst einer einfachen Gedankenverbindung über eine Myriade von Jahrhunderten in die *Tiefen* der *Vorzeit* zurück. Wenn auch die Licht-Eindrücke, welche Sternschnuppenströme, aërolithen-schleudernde Feuerkugeln oder ähnliche Feuermeteore geben, ganz verschiedener Natur sein mögen: wenn sie sich auch erst entzünden, indem sie in die Erd-Atmosphäre gelangen; so bietet doch der fallende Aërolith das einzige Schauspiel einer *materiellen* Berührung von etwas dar, *das unserem Planeten fremd ist.* Wir erstaunen, „metallische und erdige Massen, welche der Außenwelt, den himmlischen Räumen angehören: betasten, wiegen, chemisch zersetzen zu können"; in ihnen heimische Mineralien zu finden, die es wahrscheinlich machen, wie dies schon Newton vermuthete, daß Stoffe, welche zu einer Gruppe von Weltkörpern, zu einem Planetensysteme gehören, großentheils dieselben sind.

Die Kenntniß von den ältesten, chronologisch sicher bestimmten Aërolithenfällen verdanken wir dem Fleiß der alles registrirenden Chinesen. Solche Nachrichten steigen bis in das Jahr 644 vor unsrer Zeitrechnung hinauf: also bis zu den Zeiten des Tyrtäus und des zweiten messenischen Krieges der Spartaner, 176 Jahre vor dem Fall der ungeheuren Meteormasse bei Aegos Potamoi. Eduard Biot hat in Ma-tuan-lin, welcher Auszüge aus der astronomischen Section der ältesten Reichs-Annalen enthält, für die Epoche von der Mitte des 7ten Jahrhunderts vor Chr. bis 333 Jahre nach Chr. 16 Aërolithenfälle aufgefunden: während daß griechische und römische Schriftsteller für denselben Zeitraum nur 4 solche Erscheinungen anführen.

Merkwürdig ist es, daß die ionische Schule früh schon, übereinstimmend mit unsren jetzigen Meinungen, den *kosmischen* Ursprung der Meteorsteine annahm. Der

Eindruck, welchen eine so großartige Erscheinung als die bei Aegos Potamoi (an einem Punkte, welcher 62 Jahre später durch den, den peloponnesischen Krieg beendigenden Sieg des Lysander über die Athener noch berühmter ward) auf alle hellenische Völkerschaften machte, mußte auf die Richtung und Entwickelung der ionischen *Physiologie* einen entscheidenden und nicht genug beachteten Einfluß ausüben. Anaxagoras von Clazomenä war in dem reifen Alter von 32 Jahren, als jene Naturbegebenheit vorfiel. Nach ihm sind die Gestirne von der Erde durch die Gewalt des *Umschwunges* abgerissene Massen (*Plut. de plac. Philos.* III, 13). Der ganze Himmel, meint er, sei aus Steinen zusammengesetzt (*Plato de legibus* XII p. 967). Die steinartigen festen Körper werden durch den feurigen Aether in Gluth gesetzt, so daß sie das vom Aether ihnen mitgetheilte Licht zurückstrahlen. Tiefer als der Mond, und noch *zwischen ihm und der Erde*, bewegen sich, sagt Anaxagoras nach dem Theophrast (*Stob. Eclog. phys. lib.* I pag. 560), noch *andere dunkle Körper*, die auch Mondverfinsterungen hervorbringen können (*Diog. Laert.* II, 12; *Origenes, Philosophum.* cap. 8). Noch deutlicher, und gleichsam bewegter von dem Eindruck des großen Aërolithenfalles, drückt sich Diogenes von Apollonia: der, wenn er auch nicht ein Schüler des Anaximenes ist, doch wahrscheinlich einer Zeitepoche zwischen Anaxagoras und Democritus angehört, über den Weltbau aus. Nach ihm „bewegen sich", wie ich schon an einem Orte angeführt, „mit den sichtbaren Sternen auch *unsichtbare* (dunkle) Steinmassen, die deshalb unbenannt bleiben. Letztere fallen bisweilen auf die Erde herab und *verlöschen:* wie es geschehen ist mit dem *steinernen Stern*, welcher bei Aegos Potamoi gefallen ist." (*Stob. Eclog.* pag. 508)

Die „Meinung einiger Physiker" über Feuermeteore (Sternschnuppen und Aërolithen), welche Plutarch im Leben des Lysander (cap. 12) umständlich entwickelt, ist ganz die des cretensischen Diogenes. „Sternschnuppen", heißt es dort, „sind nicht Auswürfe und Abflüsse des ätherischen Feuers, welche, wenn sie in unseren Luftkreis kommen, nach der Entzündung erlöschen; sie sind vielmehr *Wurf* und *Fall* himmlischer Körper: dergestalt, daß sie *durch ein Nachlassen des Schwunges* herabgeschleudert werden."Die merkwürdige Stelle (*Plut. Lys.* cap. 12) lautet, wörtlich übersetzt, also: „Wahrscheinlich ist die Meinung Einiger, die gesagt haben: die Sternschnuppen seien nicht Abflüsse noch Verbreitungen des ätherischen Feuers, welches in der Luft verlösche gleich bei seiner Entzündung; noch auch Entflammung und Entbrennung von Luft, die sich in Menge abgelöst habe nach der oberen Region: sondern Wurf und Fall himmlischer Körper, welche: wie durch einen *Nachlaß des Schwunges* und eine ungeregelte Bewegung, durch einen Absprung, nicht bloß auf den bewohnten Raum der Erde geschleudert werden, sondern meistentheils außerhalb in das große Meer fallen; weshalb sie auch verborgen bleiben." Von dieser Ansicht des Weltbaues: von der Annahme *dunkler* Weltkörper, die auf unsere Erde herabfallen, finden wir nichts in den Lehren der *alten* ionischen Schule, von Thales und Hippo bis zum Empedocles.Ueber absolut *dunkle* Weltkörper oder solche, in denen der *Lichtproceß* (periodisch?) aufhört; über die Meinungen der Neueren

(Laplace und Bessel), und über die von Peters in Königsberg bestätigte Bessel'sche Beobachtung einer Veränderlichkeit in der *eigenen Bewegung* des Procyon. Der Eindruck der Naturbegebenheit in der 78ten Olympiade scheint die Idee des Falles dunkler Massen mächtig hervorgerufen zu haben. In dem späten Pseudo-Plutarch (*Plac.* II, 13) lesen wir bloß: daß der Milesier Thales „die Gestirne alle für *irdische* und *feurige* Körper (γεώδη καὶ ἔμπυρα)" hielt. Die Bestrebungen der *früheren* ionischen Physiologie waren gerichtet auf das Erspähen des Urgrundes der Dinge, des Entstehens durch Mischung, stufenweise Veränderung und Uebergänge der Stoffe in einander; auf die Processe des *Werdens* durch Erstarrung oder Verdünnung. Des *Umschwungs* der Hemisphäre, „welcher die Erde im Mittelpunkt festhält", gedenkt allerdings schon Empedocles als einer wirksam bewegenden kosmischen Kraft. Da in diesen ersten Anklängen physikalischer Theorien der Aether, die *Feuerluft*, ja das Feuer selbst die Expansivkraft der Wärme darstellt; so knüpfte sich an die hohe *Region des Aethers* die Idee des treibenden, von der Erde Felsstücke wegreißenden Umschwunges. Daher nennt Aristoteles (*Meteorol.* I, 339 Bekker) den Aether „den ewig im Lauf begriffenen Körper", gleichsam das nächste Substratum der Bewegung; und sucht etymologische Gründe für diese Behauptung. Deshalb finden wir in der Biographie des Lysander: „daß das Nachlassen der Schwungkraft den *Fall* himmlischer Körper verursacht"; wie auch an einem anderen Orte, wo Plutarch offenbar wieder auf Meinungen des Anaxagoras oder des Diogenes von Apollonia hindeutet (*de facie in orbe Lunae* pag. 923), er die Behauptung aufstellt: „daß der Mond, wenn seine Schwungkraft aufhörte, zur Erde fallen würde, wie der Stein in der Schleuder". So sehen wir in diesem Gleichniß nach der Annahme eines *centrifugalen* Umschwunges, welchen Empedocles in der (scheinbaren) Umdrehung der Himmelskugel erkannte, allmälig als idealen Gegensatz eine *Centripetalkraft* auftreten. Diese Kraft wird eigens und deutlicher bezeichnet von dem scharfsinnigsten aller Erklärer des Aristoteles, Simplicius (pag. 491, Bekker). Er will das *Nicht-Herabfallen* der Weltkörper dadurch erklären: „daß der Umschwung die Oberhand hat über die eigene *Fallkraft, den Zug nach unten*". Dies sind die ersten Ahndungen über wirkende Centralkräfte; und, gleichsam auch die *Trägheit* der Materie anerkennend, schreibt zuerst der Alexandriner Johannes Philoponus: Schüler des Ammonius Hermeä, wahrscheinlich auch aus dem 6ten Jahrhundert, „die Bewegung der kreisenden Planeten einem *primitiven Stoße*" zu, welchen er sinnig (*de creatione mundi* lib. I cap. 12) mit der Idee des „Falles, eines Strebens aller schweren und leichten Stoffe gegen die Erde", verbindet. So haben wir versucht zu zeigen, wie eine große Naturerscheinung und die früheste, rein *kosmische Erklärung* eines Aërolithenfalles wesentlich dazu beigetragen hat, im griechischen Alterthume stufenweise, aber freilich nicht durch mathematische Gedankenverbindung, die Keime von dem zu entwickeln, was, durch die Geistesarbeit der folgenden Jahrhunderte gefördert, zu den von Huygens entdeckten Gesetzen der Kreisbewegung führte.

Von den *geometrischen* Verhältnissen der periodischen (nicht sporadischen) Sternschnuppen beginnend, richten wir unsere Aufmerksamkeit vorzugsweise auf das, was neuere Beobachtungen über die *Radiation* oder die *Ausgangspunkte* der Meteore und über ihre *ganz planetarische* Geschwindigkeit offenbart haben. Beides, Radiation und Geschwindigkeit, charakterisirt sie mit einem hohen Grade der Wahrscheinlichkeit als leuchtende Körper, die sich als unabhängig von der Rotation der Erde zeigen und *von außen*, aus dem Weltraume, in unsere Atmosphäre gelangen. Die nordamerikanischen Beobachtungen der *November-Periode* bei den Sternschnuppenfällen von 1833, 1834 und 1837 hatten als *Ausgangspunkt* den Stern γ Leonis bezeichnen lassen; die Beobachtungen des *August-Phänomens* im Jahr 1839 Algol im Perseus, oder einen Punkt zwischen dem Perseus und dem Stier. Es waren diese Radiations-Centra ohngefähr die Sternbilder, gegen welche hin sich etwa in derselben Epoche die Erde bewegte. Saigey, der die amerikanischen Beobachtungen von 1833 einer sehr genauen Untersuchung unterworfen hat, bemerkt: daß die fixe Radiation aus dem Sternbild des Löwen eigentlich nur nach Mitternacht, in den letzten 3 bis 4 Stunden vor Anbruch des Tages, bemerkt worden ist; daß von 18 Beobachtern zwischen der Stadt Mexico und dem Huronen-See nur 10 denselben allgemeinen Ausgangspunkt der Meteore erkannten, welchen Denison Olmsted, Professor der Mathematik in New-Haven (Massachusetts), angab.

Die vortreffliche Schrift des Oberlehrers Eduard Heis zu Aachen, welche, zehn Jahre lang von ihm daselbst angestellte, sehr genaue Beobachtungen über periodische Sternschnuppen in gedrängter Kürze darbietet, enthält Resultate der *Radiations-Erscheinungen*, die um so wichtiger sind, als der Beobachter sie mit mathematischer Strenge discutirt hat. Nach ihm"Die *periodischen* Sternschnuppen und die Resultate der Erscheinungen, abgeleitet aus den während der letzten 10 Jahre zu Aachen angestellten Beobachtungen, von Eduard *Heis*" (1849) S. 7 und 26–30. „ist es eigenthümlich für die Sternschnuppen der *November-Periode*, daß die Bahnen mehr zerstreut sind als die der *August-Periode*. In jeder der beiden Perioden sind die Ausgangspunkte gleichzeitig *mehrfach* gewesen; keineswegs immer *von demselben Sternbilde* ausgehend, wie man seit dem Jahre 1833 voreilig anzunehmen geneigt war." Heis findet in den *August-Perioden* der Jahre 1839, 1841, 1842, 1843, 1844, 1847 und 1848 *neben dem Haupt-Ausgangspunkt des Algol im Perseus* noch zwei andere: im *Drachen* und im *Nordpol.*Die Angabe des Nordpols als Centrums der Radiation in der August-Periode gründet sich nur auf die Beobachtungen des einzigen Jahres 1839 (10 Aug.). Ein Reisender im Orient, Dr. Asahel Grant, meldet aus Mardin in Mesopotamien: „daß um Mitternacht der Himmel von Sternschnuppen, welche alle von der *Gegend des Polarsterns* ausgingen, wie gefurcht war". (*Heis* S. 28, nach einem Briefe Herrick's an Quetelet und Grant's Tagebuche.) „Um genaue Resultate über die Ausgangspunkte der Sternschnuppen-Bahnen in der *November-Periode* für die Jahre 1839, 1841, 1846 und 1847 zu ziehen, wurden für einen jeden der 4 Punkte (Perseus, Löwe, Cassiopeja und Drachenkopf) einzeln die zu demselben gehörigen Mittelbahnen auf eine

30zöllige Himmelskugel aufgezeichnet. und jedesmal die Lage des Punktes ermittelt, von welchem die meisten Bahnen ausgingen. Die Untersuchung ergab, daß von 407 *der Bahn nach* verzeichneten Sternschnuppen 171 aus dem *Perseus* nahe beim Sterne η im Medusenhaupte, 83 aus dem *Löwen*, 35 aus der *Cassiopeja* in der Nähe des veränderlichen Sternes α, 40 aus dem *Drachenkopfe*, volle 78 aber aus unbestimmten Punkten kamen. Die Zahl der aus dem Perseus ausstrahlenden Sternschnuppen betrug also fast *doppelt* so viel als die des Löwen."

Die Radiation aus dem Perseus hat sich demnach in *beiden* Perioden als ein sehr merkwürdiges Resultat erwiesen. Ein scharfsinniger, acht bis zehn Jahre mit den Meteor-Phänomenen beschäftigter Beobachter, Julius Schmidt, Adjunct an der Sternwarte zu Bonn, äußert sich über diesen Gegenstand mit großer Bestimmtheit in einem Briefe an mich (Juli 1851): „Abstrahire ich von den reichen Sternschnuppenfällen im November 1833 und 1834, so wie von einigen späteren der Art, wo der Punkt im Löwen ganze Schaaren von Meteoren aussandte; so bin ich gegenwärtig geneigt den *Perseus-Punkt* als denjenigen Convergenzpunkt zu betrachten, welcher nicht bloß im August, sondern *das ganze Jahr* hindurch die meisten Meteore liefert. Dieser Punkt liegt, wenn ich die aus 478 Beobachtungen von Heis ermittelten Werthe zum Grunde lege, in RA. 50°,3 und Decl. 51°,5 (gültig für 1844,6). Im November 1849 (7ten–14ten) sah ich ein paar hundert Sternschnuppen mehr, als ich seit 1841 je im November bemerkt hatte. Von diesen kamen im ganzen nur wenige aus dem Löwen, bei weitem die meisten gehörten dem Sternbild des Perseus an. Daraus folgt, wie mir scheint, daß das *große* November-Phänomen von 1799 und 1833 damals (1841) nicht erschienen ist. Auch glaubte Olbers an eine Periode von 34 Jahren für das Maximum der November-Erscheinung. Wenn man die Richtungen der Meteor-Bahnen in ihrer ganzen Complication und periodischen Wiederkehr betrachtet: so findet man, daß es gewisse *Radiationspunkte* giebt, die immer vertreten sind: andere, die nur sporadisch und wechselnd erscheinen."

Ob übrigens die verschiedenen Ausgangspunkte mit den Jahren sich ändern: was, wenn man *geschlossene Ringe* annimmt, eine Veränderung in der Lage der Ringe andeuten würde, in welchen die Meteore sich bewegen; läßt sich bis jetzt nicht mit Sicherheit aus den Beobachtungen bestimmen. Eine schöne Reihe solcher Beobachtungen von Houzeau (aus den Jahren 1839 bis 1842) scheint gegen eine progressive Veränderung zu zeugen. Daß man im griechischen und römischen Alterthum schon auf eine gewisse temporäre Gleichförmigkeit in der *Richtung* der am Himmelsgewölbe hinschießenden Sternschnuppen aufmerksam gewesen ist, hat sehr richtig Eduard Heis. Ich selbst habe lange, besonders während meines Aufenthaltes in Marseille zur Zeit der ägyptischen Expedition, an den Einfluß der Winde auf die Richtung der Sternschnuppen geglaubt. bemerkt. Jene Richtung wurde damals als Folge eines in den höheren Luftregionen bereits wehenden Windes betrachtet, und verkündigte den Schiffenden einen bald aus derselben Weltgegend eintretenden und herabsteigenden Luftstrom in der niedrigeren Region.

Wenn die *periodischen* Sternschnuppenströme sich von den *sporadischen* schon durch häufigen Parallelismus der Bahnen, strahlend aus einem oder mehreren Ausgangspunkten, unterscheiden; so ist ein zweites Criterium derselben das numerische: die Menge der einzelnen Meteore, auf ein bestimmtes Zeitmaaß zurückgeführt. Wir kommen hier auf die vielbestrittene Aufgabe der Unterscheidung eines außerordentlichen Sternschnuppenfalles von einem gewöhnlichen. Als Mittelzahl der Meteore, welche in dem Gesichtskreis einer Person an nicht außerordentlichen Tagen stündlich zu rechnen sind, gab von zwei vortrefflichen Beobachtern, Olbers und Quetelet, der eine 5 bis 6, der andere 8 Meteore an. Zur Erörterung dieser Frage, welche so wichtig als die Bestimmung der Bewegungsgesetze der Sternschnuppen in Hinsicht auf ihre Richtung ist, wird die Discussion einer sehr großen Anzahl von Beobachtungen erfordert. Ich habe mich deshalb mit Vertrauen an den schon oben genannten Beobachter, Herrn Julius *Schmidt* zu Bonn, gewandt, der, lange an astronomische Genauigkeit gewöhnt, mit der ihm eignen Lebendigkeit das Ganze des Meteor-Phänomens umfaßt: von welchem die Bildung der Aërolithen und ihr Herabstürzen zur Erde ihm nur eine einzelne, die seltenste, und darum nicht die wichtigste Phase zu sein scheint. Folgendes sind die Hauptresultate der erbetenen Mittheilungen.

„Als Mittelzahl von vielen Jahren der Beobachtung (zwischen 3 und 8 Jahren) ist für die Erscheinung *sporadischer* Sternschnuppen *ein Fall von 4 bis 5 in der Stunde* gefunden worden. Das ist der gewöhnliche Zustand, wenn nichts Periodisches eintritt. Die Mittelzahlen in den einzelnen Monaten geben *sporadisch* für die Stunde:

Januar 3,4; Februar –; März 4,9; April 2,4; Mai 3,9; Juni 5,3; Juli 4,5; August 5,3; September 4,7; October 4,5; November 5,3; December 4,0.

Bei den *periodischen* Meteorfällen kann man im Mittel in jeder Stunde *über 13 oder 15 erwarten.* Für eine einzelne Periode, die des August, den Strom des heil. Laurentius, ergaben sich vom Sporadischen zum Periodischen folgende allmälige Zunahmen im Mittel von 3 bis 8 Jahren der Beobachtung:

Zeit:		Zahl der Meteore in 1 Stunde:	Zahl der Jahre:
6	August	6	1
7	"	11	3
8	"	15	4
9	"	29	8
10	"	31	6

11	"	19	5
12	"	7	3

Das letzte Jahr, 1851, also ein einzelnes, gab für die Stunde, trotz des hellen Mondscheins:

am 7	August	3	Meteore
8	"	8	"
9	"	16	"
10	"	18	"
11	"	3	"
12	"	1	Meteor.

(Nach Heis wurden beobachtet am 10 August:

1839	in 1 Stunde	160	Meteore
1841		43	"
1848		50	"

In 10 Minuten fielen 1842 im August-Meteorstrome zur Zeit des Maximums 34 Sternschnuppen.) Alle diese Zahlen beziehen sich auf den Gesichtskreis Eines Beobachters. Seit dem Jahre 1838 sind die November-Fälle weniger glänzend. (Am 12 Nov. 1839 zählte jedoch Heis noch stündlich 22 bis 35 Meteore, eben so am 13 Nov. 1846 im Mittel 27 bis 33.) So verschieden ist der Reichthum in den periodischen Strömen der einzelnen Jahre: aber immer bleibt die Zahl der fallenden Meteore beträchtlich größer als in den gewöhnlichen Nächten: welche in der Stunde nur 4 bis 5 sporadische Fälle zeigen. Im Januar (vom 4ten an zu rechnen), im Februar und im März scheinen die Meteore überhaupt am seltensten zu sein."

„Obgleich die *August-* und die *November*-Periode mit Recht die berufensten sind, so hat man doch, seitdem die Sternschnuppen der Zahl und der parallelen Richtung nach mit größerer Genauigkeit beobachtet werden; noch fünf andere Perioden erkannt:

Januar: in den ersten Tagen, zwischen dem 1ten und 3ten; wohl etwas zweifelhaft.

April: 18te oder 20te? schon von Arago vermuthet.

Mai: 26te?

Juli: 26te bis30te; Quetelet. Maximum eigentlich zwischen 27 und 29 Juli. Die ältesten chinesischen Beobachtungen gaben dem, leider! früh hingeschiedenen Eduard Biot ein allgemeines Maximum zwischen 18 und 27 Juli.

August, aber vor dem Laurentius-Strome, besonders zwischen dem 2ten und 5ten des Monats. Man bemerkt vom 26 Juli bis 10 August meist keine regelmäßige Zunahme.

——— *Laurentius-Strom* selbst; Musschenbroek und Brandes. Entschiedenes Maximum am 10 August; seit vielen Jahren beobachtet. (Einer alten Tradition gemäß, welche in Thessalien in den Gebirgsgegenden um den Pelion verbreitet ist, öffnet sich während der Nacht des Festes der Transfiguration, am 6 August, der Himmel: und die Lichter, κανδήλια, erscheinen mitten in der Oeffnung; *Herrick* in *Silliman's Amer. Journal* Vol. 37. 1839 p. 338 und Quetelet in den *nouv. Mém. de l'Acad. de Bruxelles* T. XV. p. 9.)

October: der 19te und die Tage um den 26ten; Quetelet, Boguslawski in den „Arbeiten der schles. Gesellschaft für vaterl. Cultur" 1843 S. 178, und Heis S. 33. Letzterer stellt Beobachtungen vom 21 Oct. 1766, 18 Oct. 1838, 17 Oct. 1841, 24 Oct. 1845, 11–12 Oct. 1847 und 20–26 Oct. 1848 zusammen. (S. über drei *October-Phänomene* in den Jahren 902, 1202 und 1366 *Kosmos* Band I). Die Vermuthung von Boguslawski: daß die chinesischen Meteorschwärme vom 18–27 Juli und der Sternschnuppenfall vom 21 Oct. (a. St.) 1366 die, jetzt *vorgerückten* August- und November-Perioden seien, verliert nach den vielen neueren Erfahrungen von 1838–1848 viel von ihrem Gewicht.

November: 12te–14te, sehr selten der 8te oder 10te. (Der große Meteorfall von 1799 in Cumana vom 11–12 Nov., welchen Bonpland und ich beschrieben haben, gab in so fern Veranlassung, *an, zu bestimmten Tagen periodisch wiederkehrende Erscheinungen zu glauben*, als man bei dem ähnlichen großen Meteorfall von 1833(Nov. 12–13) sich der Erscheinung vom Jahre 1799 erinnerte.

December: 9te–12te; aber 1798 nach Brandes Beobachtung Dec. 6–7, Herrick in New-Haven 1838 Dec. 7–8, Heis 1847 Dec. 8 und 10.

Acht bis neun Epochen periodischer Meteorströme, von denen die letzteren 5 die sicherer bestimmten sind, werden hier dem Fleiß der Beobachter empfohlen. Die Ströme verschiedener Monate sind nicht allein unter einander verschieden, auch in verschiedenen Jahren wechseln auffallend die Reichhaltigkeit und der Glanz desselben Stromes."

„Die *obere* Grenze der *Höhe* der Sternschnuppen ist mit Genauigkeit nicht zu ermitteln, und Olbers hielt schon alle Höhen über 30 Meilen für wenig sicher bestimmt. Die *untere* Grenze, welche man vormals gewöhnlich auf 4 Meilen (über 91000 Fuß) setzte, ist sehr zu verringern. Einzelne steigen nach Messungen fast bis zu den Gipfeln des Chimborazo und Aconcagua, bis zu einer geographischen Meile über der Meeresfläche, herab. Dagegen bemerkt Heis, daß eine am 10 Juli 1837 gleichzeitig in Berlin und Breslau gesehene Sternschnuppe nach genauer Berechnung beim Aufleuchten 62 Meilen und beim Verschwinden 42 Meilen Höhe hatte; andere verschwanden in derselben Nacht in einer Höhe von 14 Meilen. Aus der älteren Arbeit von Brandes (1823) folgt, daß von 100 an zwei Standpunkten wohl gemessenen Sternschnuppen 4 eine Höhe hatten von nur 1–3 Meilen, 15 zwischen 3 und 6 M., 22 von 6–10 M., 35 (fast ⅓) von 10–15 M., 13 von 10–20 M.; und nur 11 (also kaum $^1/_{10}$) über 20 M., und zwar zwischen 45 und 60 Meilen. Aus 4000 in 9 Jahren gesammelten Beobachtungen ist in Hinsicht auf die *Farbe* der Sternschnuppen geschlossen worden: daß ⅔ weiß, $^1/_7$ gelb, $^1/_{17}$ gelbroth, und nur $^1/_{37}$ grün sind."

Olbers meldet: daß während des Meteorfalls in der Nacht vom 12 zum 13 November im Jahr 1838 in Bremen sich ein schönes Nordlicht zeigte, welches große Strecken am Himmel mit lebhaftem blutrothen Lichte färbte. Die durch diese Region hinschießenden Sternschnuppen bewahrten ungetrübt ihre weiße Farbe: woraus man schließen kann, daß die Nordlichtstrahlen weiter von der Oberfläche der Erde entfernt waren als die Sternschnuppen da, wo sie im Fallen unsichtbar wurden. (*Schum. astr. Nachr.* No. 372 S. 178.) Die relative *Geschwindigkeit* der Sternschnuppen ist bisher zu 4½ bis 9 geogr. Meilen in der Secunde geschätzt worden, während die Erde nur eine Translations-Geschwindigkeit von 4,1 Meilen hat. Correspondirende Beobachtungen von Julius Schmidt in Bonn und Heis in Aachen (1849) gaben in der That als Minimum für eine Sternschnuppe, welche 12 Meilen senkrecht über St. Goar stand und über den Laacher See hinwegschoß, nur 3½ Meile. Nach anderen Vergleichungen derselben Beobachter und Houzeau's in Mons wurde die Geschwindigkeit von 4 Sternschnuppen zwischen 11½ und 23¾ M. in der Secunde, also 2- bis 5mal so groß als die *planetarische* der Erde, gefunden. Dieses Resultat beweist wohl am kräftigsten den kosmischen Ursprung neben der Stetigkeit des einfachen oder mehrfachen Radiationspunktes: d. h. neben dem Umstand, daß periodische Sternschnuppen, unabhängig von der Rotation der Erde, in der Dauer mehrerer Stunden von demselben Sterne ausgehen, wenn auch dieser Stern nicht der ist, gegen welchen die Erde zu derselben Zeit sich bewegt. Im ganzen scheinen sich nach den vorhandenen Messungen Feuerkugeln langsamer als Sternschnuppen zu bewegen; aber immer bleibt es auffallend, daß, wenn die ersteren Meteorsteine fallen lassen, diese sich so wenig tief in den Erdboden einsenken. Die, 276 Pfund wiegende Masse von Ensisheim im Elsaß war (7 Nov. 1492) nur 3 Fuß, eben so tief der Aërolith von Braunau (14 Juli 1847) eingedrungen. Ich kenne nur zwei Meteorsteine, welche bis 6 und 18 Fuß den lockeren Boden aufgewühlt haben; so der Aërolith von Castrovillari in den Abruzzen (9 Febr. 1583) und der von Hradschina im Agramer Comitat (26 Mai 1751).

Ob je etwas aus den Sternschnuppen zur Erde gefallen, ist vielfach in entgegengesetztem Sinne erörtert worden. Die Strohdächer der Gemeinde Belmont (Departement de l'Ain, Arrondissement Belley), welche in der Nacht vom 13 Nov. 1835, also zu der Epoche des bekannten November-Phänomens, durch ein Meteor angezündet wurden: erhielten das Feuer, wie es scheint, nicht aus einer fallenden Sternschnuppe, sondern aus einer zerspringenden Feuerkugel, welche (problematisch gebliebene) Aërolithen soll haben fallen lassen, nach den Berichten von Millet d'Aubenton. Ein ähnlicher Brand, durch eine Feuerkugel veranlaßt, entstand den 22 März 1846 um 3 Uhr Nachmittags in der Commune de St. Paul bei Bagnère de Luchon. Nur der Steinfall in Angers (am 9 Juni 1822) wurde einer bei Poitiers gesehenen schönen Sternschnuppe beigemessen. Das, nicht vollständig genug beschriebene Phänomen verdient die größte Beachtung. Die Sternschnuppe glich ganz den sogenannten römischen Lichtern in der Feuerwerkerei. Sie ließ einen geradlinigen Strich zurück: nach oben sehr schmal, nach unten sehr breit; und von großem Glanze, der 10 bis 12 Minuten dauerte. Siebzehn Meilen nördlich von Poitiers fiel unter heftigen Detonationen ein Aërolith.

Verbrennt immer alles, was die Sternschnuppen enthalten, in den äußersten Schichten der Atmosphäre, deren strahlenbrechende Kraft die Dämmerungs-Erscheinungen darthun? Die, oben erwähnten, so verschiedenen Farben während des Verbrennungs-Processes lassen auf chemische, stoffartige Verschiedenheit schließen. Dazu sind die Formen jener Feuermeteore überaus wechselnd; einige bilden nur *phosphorische Linien*, von solcher Feinheit und Menge, daß Forster im Winter 1832 die Himmelsdecke dadurch wie von einem schwachen Schimmer erleuchtet sah. Viele Sternschnuppen bewegen sich bloß als leuchtende Punkte und lassen gar keinen Schweif zurück. Das Abbrennen bei schnellem oder langsamerem Verschwinden der Schweife, die gewöhnlich viele Meilen lang sind, ist um so merkwürdiger, als der brennende Schweif bisweilen sich krümmt, und sich wenig fortbewegt. Das stundenlange Leuchten des Schweifes einer längst verschwundenen Feuerkugel, welches Admiral Krusenstern und seine Begleiter auf ihrer Weltumseglung beobachteten, erinnert lebhaft an das *lange Leuchten* der Wolke, aus welcher der große Aërolith von Aegos Potamoi soll herabgefallen sein: nach der, freilich wohl nicht ganz glaubwürdigen Erzählung des Damachos.

Es giebt Sternschnuppen von sehr verschiedener Größe, bis zum scheinbaren Durchmesser des Jupiter oder der Venus anwachsend; auch hat man in dem Sternschnuppenfalle von Toulouse (10 April 1812) und bei einer am 23 August desselben Jahres in Utrecht beobachteten Feuerkugel diese wie aus einem leuchtenden *Punkte* sich bilden, *sternartig* aufschießen und dann erst zu einer mondgroßen Sphäre sich ausdehnen gesehen. Bei sehr reichen Meteorfällen, wie bei denen von 1799 und 1833, sind unbezweifelt viele Feuerkugeln mit Tausenden von Sternschnuppen gemengt gewesen; aber die *Identität* beider Arten von Feuermeteoren ist doch bisher keinesweges erwiesen. Verwandtschaft ist nicht Identität. Es bleibt noch vieles zu erforschen über die physischen Verhältnisse beider; über die vom Admiral Wrangel an den Küsten des Eismeeres bezeichnete Einwirkung der Sternschnuppen auf Entwickelung des *Polarlichtes;* und auf so viele unbestimmt beschriebene, aber darum nicht voreilig zu negirende Lichtprocesse, welche der Entstehung einiger Feuerkugeln vorhergegangen sind. Der größere Theil der Feuerkugeln erscheint *unbegleitet* von Sternschnuppen und zeigt keine Periodicität der Erscheinung. Was wir von den Sternschnuppen wissen in Hinsicht auf die Radiation aus bestimmten Punkten, ist für jetzt nur mit Vorsicht auf Feuerkugeln anzuwenden.

Meteorsteine fallen, doch am seltensten, bei ganz klarem Himmel, ohne daß sich vorher eine schwarze Meteorwolke erzeugt, ohne irgend ein gesehenes Lichtphänomen, aber mit furchtbarem Krachen: wie am 16 Sept. 1843 bei Klein-Wenden unweit Mühlhausen; oder sie fallen, und dies häufiger, geschleudert aus einem plötzlich sich bildenden dunkeln Gewölk, von Schallphänomenen begleitet, doch ohne Licht; endlich, und so wohl am häufigsten, zeigt sich der Meteorstein-Fall in nahem Zusammenhange mit glänzenden Feuerkugeln. Von diesem Zusammenhange liefern wohlbeschriebene und unzubezweifelnde Beispiele die Steinfälle von *Barbotan* (Dep. des Landes) den 24 Juli 1790: mit gleichzeitigem Erscheinen einer rothen Feuerkugel und eines *weißen* Meteorwölkchens, aus dem die Aërolithen fielen; der Steinfall von *Benares* in Hindostan (13 Dec. 1798), der von *Aigle* (Dep. de l'Orne) am 26 April 1803. Die letzte der hier genannten Erscheinungen, – unter allen diejenige, welche am sorgfältigsten (durch Biot) untersucht und beschrieben ist –, hat endlich: 23 Jahrhunderte nach dem großen thracischen Steinfall, und 300 Jahre nachdem ein Frate zu Crema durch einen Aërolithen erschlagen wurde, der endemischen Zweifelsucht der Akademien ein Ziel gesetzt. Eine große Feuerkugel, die sich von SO nach NW bewegte, wurde um 1 Uhr Nachmittags in Alençon, Falaise und Caen bei ganz reinem Himmel gesehen. Einige Augenblicke darauf hörte man bei Aigle (Dep. de l'Orne) in einem kleinen, dunkeln, fast unbewegten Wölkchen eine 5–6 Minuten dauernde Explosion, welcher 3 bis 4 Kanonenschüsse und ein Getöse wie von kleinem Gewehrfeuer und vielen Trommeln folgten. Bei jeder Explosion entfernten sich einige von den Dämpfen, aus denen das Wölkchen bestand. Keine Lichterscheinung war hier bemerkbar. Es fielen zugleich auf einer elliptischen Bodenfläche, deren große Axe von SO nach NW 1,2 Meile Länge hatte, viele Meteorsteine: von welchen der größte nur 17½ Pfund wog. Sie waren heiß, aber nicht rothglühendNeuerdings bei dem Aërolithenfall von Braunau (14 Juli 1847) waren die gefallenen Steinmassen nach 6 Stunden noch so heiß, daß man sie nicht, ohne sich zu verbrennen, berühren konnte. Von der Analogie, welche die scythische *Mythe vom heiligen Golde* mit einem Meteorfalle darbietet, habe ich bereits (*Asie centrale* T. I. p. 408) gehandelt. "Targitao filios fuisse tres, Leipoxain et Arpoxain, minimumque natu Colaxain. His regnantibus de coelo delapsa aurea instrumenta, aratrum et jugum et bipennem et phialam, decidisse in Scythicam terram. Et illorum natu maximum, qui primus conspexisset, propius accedentem capere ista voluisse; sed, eo accedente, aurum arsisse. Quo digresso, accessisse alterum, et itidem arsisse aurum. Hos igitur ardens aurum repudiasse; accedente vero natu minimo, fuisse exstinctum, huncque illud domum suam contulisse: qua re intellecta, fratres majores ultro universum regnum minimo natu tradidisse." (*Herodot* IV, 5 und 7 nach der Uebersetzung von Schweighäuser.) Ist aber vielleicht die *Mythe vom heiligen Golde* nur eine *ethnographische Mythe:* eine Anspielung auf drei Königssöhne, Stammväter von drei Stämmen der Scythen? eine Anspielung auf den Vorrang, welchen der Stamm des jüngsten Sohnes, der der Paralaten, erlangte? (*Brandstäter, Scytica, de aurea caterva* 1837 p. 69 und 81.), dampften sichtbar; und, was sehr auffallend ist, sie waren in den ersten Tagen nach dem Fall leichter zersprengbar als nachher. Ich habe absichtlich bei dieser Erscheinung länger verweilt, um sie mit einer vom 13 Sept. 1768 vergleichen zu können. Um 4½ Uhr nach Mittag wurde an dem eben genannten Tage bei dem Dorfe Luce (Dep. d'Eure et Loire) eine Meile westlich von Chartres, ein dunkles Gewölk gesehen, in dem man wie einen Kanonenschuß hörte: wobei zugleich ein Zischen in der Luft vernommen wurde, verursacht durch den Fall eines sich in einer Curve bewegenden schwarzen Steines. Der gefallene, halb in das Erdreich eingedrungene Stein wog 7½ Pfund, und war so heiß, daß man ihn nicht berühren konnte. Er wurde von Lavoisier, Fougeroux und Cadet sehr unvollkommen analysirt. Eine Lichterscheinung ward bei dem ganzen Ereigniß nicht wahrgenommen.

Sobald man anfing periodische Sternschnuppenfälle zu beobachten und also in bestimmten Nächten auf ihre Erscheinung zu harren, wurde bemerkt, daß die Häufigkeit der Meteore mit dem Abstande von Mitternacht zunahm, daß die meisten zwischen 2 und 5 Uhr Morgens fielen. Schon bei dem großen Meteorfall zu Cumana in der Nacht vom 11 zum 12 November 1799 hatte mein Reisebegleiter den größten Schwarm von Sternschnuppen zwischen 2½ und 4 Uhr gesehen. Ein sehr verdienstvoller Beobachter der Meteor-Phänomene, Coulvier-Gravier, hat im Mai 1845 dem Institut zu Paris eine wichtige Abhandlung *sur la variation horaire des étoiles filantes* übergeben. Es ist schwer die Ursach einer solchen *stündlichen Variation*, einen Einfluß des Abstandes von dem Mitternachtspunkt zu errathen. Wenn unter verschiedenen Meridianen die Sternschnuppen erst in einer bestimmten Frühstunde vorzugsweise sichtbar werden, so müßte man bei einem kosmischen Ursprunge annehmen, was doch wenig wahrscheinlich ist: daß diese Nacht- oder vielmehr Frühmorgen-Stunden vorzüglich zur *Entzündung* der Sternschnuppen geeignet seien, während in anderen Nachtstunden mehr Sternschnuppen vor Mitternacht unsichtbar vorüberziehen. Wir müssen noch lange mit Ausdauer Beobachtungen sammeln.

Die Hauptcharaktere der festen Massen, welche aus der Luft herabfallen, glaube ich nach ihrem chemischen Verhalten und dem in ihnen besonders von Gustav Rose erforschten körnigen Gewebe im *Kosmos* nach dem Standpunkt unseres Wissens im Jahr 1845 ziemlich vollständig abgehandelt zu haben. Die auf einander folgenden Arbeiten von Howard, Klaproth, Thénard, Vauquelin, Proust, Berzelius, Stromeyer, Laugier, Dufresnoy, Gustav und Heinrich Rose, Boussingault, Rammelsberg und Shepard haben ein reichhaltiges Material geliefert; und doch entgehen unserem Blicke ⅔ der gefallenen Steine, welche auf dem Meeresboden liegen. Wenn es auch augenfällig ist, wie unter allen Zonen, an den von einander entferntesten Punkten, die Aërolithen eine gewisse *physiognomische* Aehnlichkeit haben: in Grönland, Mexico und Südamerika; in Europa, Sibirien und Hindostan; so bieten dieselben doch bei näherer Untersuchung eine sehr große Verschiedenheit dar. Viele enthalten $^{96}/_{100}$ Eisen, andere (Siena) kaum $^{2}/_{100}$; fast alle haben einen dünnen schwarzen, glänzenden und dabei geäderten Ueberzug: bei einem (Chantonnay) fehlte die Rinde gänzlich. Das specifische Gewicht einiger Meteorsteine steigt bis 4,28: wenn der kohlenartige, aus zerreiblichen Lamellen bestehende Stein von Alais nur 1,94 zeigte. Einige (Juvenas) bilden ein doleritartiges Gewebe, in welchem krystallisirter Olivin, Augit und Anorthit einzeln zu erkennen sind; andere (die Masse von Pallas) zeigen bloß nickelhaltiges Eisen und Olivin, noch andre (nach den Stoffverhältnissen der Mischung zu urtheilen) Aggregate von Hornblende und Albit (Chateau-Renard) oder von Hornblende und Labrador (Blansko und Chantonnay).

Nach der allgemeinen Uebersicht der Resultate, welche ein scharfsinniger Chemiker, Prof. *Rammelsberg:* der sich in der neueren Zeit ununterbrochen, so thätig als glücklich, mit der Analyse der Aërolithen und ihrer Zusammensetzung aus einfachen Mineralien beschäftigt hat, aufstellt, „ist die Trennung der aus der Atmosphäre herabgefallenen Massen in *Meteoreisen* und *Meteorsteine* nicht in absoluter Schärfe zu nehmen. Man findet, obgleich selten, Meteoreisen mit eingemengten *Silicaten* (die von Heß wieder gewogene sibirische Masse, zu 1270 russischen Pfunden, mit Olivinkörnern), wie andererseits viele Meteorsteine *metallisches Eisen* enthalten.“

„A. Das *Meteoreisen:* dessen Fall nur wenige Male von Augenzeugen hat beobachtet werden können (Hradschina bei Agram 26 Mai 1751, Braunau 14 Juli 1847), während die meisten analogen Massen schon seit langer Zeit auf der Oberfläche der Erde ruhen; besitzt im allgemeinen sehr gleichartige physische und chemische Eigenschaften. Fast immer enthält es in feinerer oder gröberen Theilen *Schwefeleisen* eingemengt: welches jedoch weder Eisenkies noch Magnetkies, sondern ein Eisen-Sulphuret zu sein scheint. Die Hauptmasse eines solchen Meteoreisens ist auch kein reines metallisches Eisen, sondern wird durch eine *Legirung* von Eisen und *Nickel* gebildet: so daß mit Recht dieser constante Nickel-Gehalt (im Durchschnitt zu 10 p. C.; bald etwas mehr, bald etwas weniger) als ein vorzügliches Criterium für die *meteorische* Beschaffenheit der ganzen Masse gilt. Es ist nur eine *Legirung zweier isomorpher* Metalle, wohl keine Verbindung in bestimmten Verhältnissen. In geringer Menge finden sich beigemischt: Kobalt, Mangan, Magnesium, Zinn, Kupfer und Kohlenstoff. Der letztgenannte Stoff ist theilweise mechanisch beigemengt, als schwer verbrennlicher Graphit; theilweise chemisch verbunden mit Eisen, demnach analog vielem *Stabeisen.* Die Hauptmasse des Meteoreisens enthält auch stets eine eigenthümliche Verbindung von *Phosphor mit Eisen und Nickel:* welche beim Auflösen des Eisens in Chlorwasserstoff-Säure als silberweiße microscopische Krystallnadeln und Blättchen zurückbleiben.“

„B. Die eigentlichen *Meteorsteine* pflegt man, durch ihr äußeres Ansehen geleitet, in *zwei Classen* zu theilen. Die einen nämlich zeigen in einer scheinbar gleichartigen Grundmasse Körner und Flittern von *Meteoreisen*, welches dem Magnet folgt und ganz die Natur des für sich in größeren Massen aufgefundenen besitzt. Hierher gehören z. B. die Steine von Blansko, Lissa, Aigle, Ensisheim, Chantonnay, Klein-Wenden bei Nordhausen, Erxleben, Chateau-Renard und Utrecht. Die andere Classe ist frei von metallischen *Beimengungen* und stellt sich mehr als ein *krystallinisches* Gemenge verschiedener Mineral-Substanzen dar: wie z. B. die Steine von Juvenas, Lontalax und Stannern.“

„Seitdem Howard, Klaproth und Vauquelin die ersten chemischen Untersuchungen von Meteorsteinen angestellt haben, nahm man lange Zeit keine Rücksicht darauf, daß sie Gemenge einzelner Verbindungen sein könnten; sondern erforschte ihre Bestandtheile nur im ganzen, indem man sich begnügte den etwaigen Gehalt an metallischem Eisen mittelst des Magnets auszuziehen. Nachdem Mohs auf die Analogie einiger Aërolithen mit gewissen tellurischen Gesteinen aufmerksam gemacht hatte, versuchte Nordenskjöld zu beweisen, daß Olivin, Leucit und Magneteisen die Gemengtheile des Aëroliths von Lontalax in Finland seien; doch erst die schönen Beobachtungen von Gustav Rose haben es außer Zweifel gesetzt, daß der Stein von Juvenas aus Magnetkies, Augit und einem dem Labrador sehr ähnlichen Feldspath bestehe. Hierdurch geleitet, suchte Berzelius in einer größeren Arbeit (*Kongl. Vetenskaps-Academiens Handlingar* för 1834) auch durch chemische Methoden die mineralogische Natur der einzelnen Verbindungen in den Aërolithen von Blansko, Chantonnay und Alais auszumitteln. Der mit Glück von ihm vorgezeichnete Weg ist später vielfach befolgt worden.“

„α. Die erste und zahlreichere Classe von *Meteorsteinen*, die mit metallischem Eisen, enthält dasselbe bald fein eingesprengt, bald in größeren Massen: die sich bisweilen als ein zusammenhangendes Eisenskelett gestalten, und so den Uebergang zu jenen Meteor-Eisenmassen bilden, in welchen, wie in der sibirischen Masse von Pallas, die übrigen Stoffe zurücktreten. Wegen ihres beständigen *Olivin-Gehalts* sind sie reich an Talkerde. Der Olivin ist derjenige Gemengtheil dieser Meteorsteine, welcher bei ihrer Behandlung mit Säuren zerlegt wird. Gleich dem tellurischen ist er ein Silicat von Talkerde und Eisen-Oxydul. Derjenige Theil, welcher durch Säuren nicht angegriffen wird, ist ein Gemenge von Feldspath- und Augit-Substanz, deren Natur sich einzig und allein durch Rechnung aus ihrer Gesammtmischung (als Labrador, Hornblende, Augit oder Oligoklas) bestimmen läßt.“

„β. Die zweite, viel seltenere Classe von Meteorsteinen ist weniger untersucht. Sie enthalten theils Magneteisen, Olivin, und etwas Feldspath- und Augit-Substanz; theils bestehen sie bloß aus den beiden letzten einfachen Mineralien, und das Feldspath-Geschlecht ist dann durch Anorthit repräsentirt. *Chromeisen* (Chromoxyd-Eisenoxydul) findet sich in geringer Menge fast in allen Meteorsteinen; *Phosphorsäure* und *Titansäure*, welche Rammelsberg in dem so merkwürdigen Stein von Juvenas entdeckte, deuten vielleicht auf *Apatit* und *Titanit*."

„Von den *einfachen Stoffen* sind im allgemeinen bisher in den Meteorsteinen nachgewiesen worden: *Sauerstoff, Schwefel, Phosphor, Kohlenstoff, Kiesel, Aluminium, Magnesium, Calcium, Kalium, Natrium, Eisen, Nickel, Kobalt, Chrom, Mangan, Kupfer, Zinn* und *Titan;* also 18 Stoffe. Die *näheren* Bestandtheile sind: a) *metallische:* Nickeleisen, eine Verbindung von Phosphor mit Eisen und Nickel, Eisen-Sulphuret und Magnetkies; b) *oxydirte:* Magneteisen und Chromeisen; c) *Silicate:* Olivin, Anorthit, Labrador und Augit."

Es würde mir noch übrig bleiben: um hier die größtmögliche Menge wichtiger Thatsachen, abgesondert von hypothetischen Ahndungen, zu concentriren: die mannigfaltigen Analogien zu entwickeln, welche einige Meteorgesteine als *Gebirgsarten* mit älteren sogenannten Truppgesteinen (Doleriten, Dioriten und Melaphyren), mit Basalten und neueren Laven darbieten. Diese Analogien sind um so auffallender, als „die metallische Legirung von Nickel und Eisen, welche in gewissen meteorischen Massen constant enthalten ist", bisher noch nicht in tellurischen Mineralien entdeckt wurde. Derselbe ausgezeichnete Chemiker, dessen freundliche Mittheilungen ich in diesen letzten Blättern benutzt habe, verbreitet sich über diesen Gegenstand in einer eigenen Abhandlung, deren Resultate geeigneter in dem geologischen Theile des *Kosmos* erörtert werden.

Schlußworte.

Den *uranologischen* Theil der *physischen Weltbeschreibung* beschließend, glaube ich, in Rückblick auf das *Erstrebte* (ich sage nicht das *Geleistete*), nach der Ausführung eines so schwierigen Unternehmens von neuem daran erinnern zu müssen, daß diese Ausführung nur unter den Bedingungen hat geschehen können, welche in der *Einleitung* zum dritten Bande des *Kosmos* bezeichnet worden sind. Der Versuch einer solchen kosmischen Bearbeitung beschränkt sich auf die Darstellung der Himmelsräume und dessen, was sie von geballter oder ungeballter Materie erfüllt. Er unterscheidet sich daher, nach der Natur des unternommenen Werkes, wesentlich von den mehr umfassenden, ausgezeichneten *Lehrbüchern der Astronomie*, welche die verschiedenen Litteraturen zur jetzigen Zeit aufzuweisen haben. *Astronomie:* als *Wissenschaft* der Triumph mathematischer Gedankenverbindung, als das sichere Fundament der Gravitations-Lehre und die Vervollkommnung der höheren Analysis (eines geistigen Werkzeugs der Forschung) gegründet, behandelt *Bewegungs-Erscheinungen*, gemessen nach *Raum* und *Zeit;* Oertlichkeit (Position) der Weltkörper in ihrem gegenseitigen, sich stets verändernden Verhältniß zu einander; *Formenwechsel*, wie bei den *geschweiften* Cometen;

Lichtwechsel, ja *Auflodern* und gänzliches *Erlöschen* des *Lichtes* bei fernen Sonnen. Die Menge des im Weltall vorhandenen Stoffes bleibt immer dieselbe: aber nach dem, was in der tellurischen Sphäre von physischen Naturgesetzen bereits erforscht worden ist, sehen wir walten im ewigen *Kreislauf der Stoffe* den ewig unbefriedigten, in zahllosen und unnennbaren *Combinationen* auftretenden *Wechsel* derselben. Solche Kraftäußerung der Materie wird durch ihre, wenigstens scheinbar elementarische *Heterogeneität* hervorgerufen. *Bewegung* in *unmeßbaren Raumtheilen* erregend, complicirt die Heterogeneität der Stoffe alle Probleme des *irdischen* Naturprocesses.

Die *astronomischen* Probleme sind einfacherer Natur. Von den eben genannten Complicationen und ihrer Beziehung bis jetzt befreit, auf Betrachtung der *Quantität* der ponderablen Materie (*Massen*), auf *Licht* und *Wärme* erregende *Schwingungen* gerichtet: ist die *Himmels-Mechanik*, gerade wegen dieser Einfachheit, in welcher alles auf *Bewegung* zurückgeführt wird, der mathematischen Bearbeitung in allen ihren Theilen *zugänglich* geblieben. Dieser Vorzug giebt den Lehrbüchern der *theoretischen* Astronomie einen großen und ganz eigenthümlichen Reiz. Es reflectirt sich in ihnen, was die Geistesarbeit der letzten Jahrhunderte auf analytischen Wegen errungen hat: wie Gestaltung und Bahnen bestimmt; wie in den Bewegungs-Erscheinungen der Planeten nur kleine Schwankungen um einen *mittleren* Zustand des Gleichgewichts statt finden; wie das Planetensystem durch seine *innere* Einrichtung, durch *Ausgleichung* der *Störungen* sich Schutz und Dauer bereitet.

Die Untersuchung der *Mittel* zum Erfassen des Weltganzen, die *Erklärung* der verwickelten Himmelserscheinungen gehören nicht in den Plan dieses Werkes. Die physische Weltbeschreibung erzählt, was den Weltraum füllt und organisch belebt, in den beiden Sphären der uranologischen und tellurischen Verhältnisse. Sie weilt bei den aufgefundenen Naturgesetzen, und behandelt sie wie errungene Thatsachen, als unmittelbare Folgen empirischer Induction. Das Werk vom *Kosmos*, um in geeigneten Grenzen und in nicht übermäßiger Ausdehnung ausführbar zu werden, durfte nicht versuchen den Zusammenhang der Erscheinungen theoretisch zu begründen. In dieser Beschränkung des vorgesetzten Planes habe ich in dem astronomischen Bande des *Kosmos* desto mehr Fleiß auf die einzelnen Thatsachen und auf ihre Anordnung gewandt. Von der Betrachtung des Weltraums: seiner Temperatur, dem Maaße seiner Durchsichtigkeit, und dem widerstehenden (hemmenden) Medium, welches ihn füllt; bin ich auf das natürliche und telescopische Sehen, die Grenzen der Sichtbarkeit, die Geschwindigkeit des Lichts nach Verschiedenheit seiner Quellen, die unvollkommene Messung der Licht-Intensität, die neuen optischen Mittel directes und reflectirtes Licht von einander zu unterscheiden übergegangen. Dann folgen: der Fixsternhimmel; die numerische Angabe der an ihm selbstleuchtenden Sonnen, so weit ihre Position bestimmt ist; ihre wahrscheinliche Vertheilung; die veränderlichen Sterne, welche in wohlgemessenen Perioden wiederkehren; die eigene Bewegung der Fixsterne; die Annahme dunkler Weltkörper und ihr Einfluß auf Bewegung in Doppelsternen; die Nebelflecke, in so fern diese nicht ferne und sehr dichte Sternschwärme sind.

Der Uebergang von dem siderischen Theile der Uranologie, von dem Fixsternhimmel, zu unsrem Sonnensysteme ist nur der Uebergang vom Universellen zum Besonderen. In der Classe der Doppelsterne bewegen sich selbstleuchtende Weltkörper um einen gemeinschaftlichen Schwerpunkt; in unsrem Sonnen-Systeme, das aus sehr heterogenen Elementen zusammengesetzt ist, kreisen dunkle Weltkörper um einen selbstleuchtenden, oder vielmehr wieder um einen gemeinsamen Schwerpunkt, der zu verschiedenen Zeiten in und außerhalb des Centralkörpers liegt. Die einzelnen Glieder des Sonnengebietes sind ungleicher Natur; verschiedenartiger, als man Jahrhunderte lang zu glauben berechtigt war. Es sind: Haupt- und Nebenplaneten; unter den Hauptplaneten eine Gruppe, deren Bahnen einander durchschneiden; eine ungezählte Schaar von Cometen, der Ring des Thierkreislichtes, und mit vieler Wahrscheinlichkeit die periodischen Meteor-Asteroiden.

Es bleibt noch übrig, als thatsächliche Beziehungen die drei großen von Kepler entdeckten Gesetze der planetarischen Bewegung hier ausdrücklich anzuführen. *Erstes Gesetz:* jede Bahn eines planetarischen Körpers ist eine Ellipse, in deren einem Brennpunkt sich die Sonne befindet. *Zweites Gesetz:* in gleichen Zeiten beschreibt jeder planetarische Körper gleiche Sectoren um die Sonne. *Drittes Gesetz:* die Quadratzahlen der Umlaufszeiten zweier Planeten verhalten sich wie die Cubi der mittleren Entfernung. Das zweite Gesetz wird bisweilen das erste genannt, weil es früher aufgefunden ward. (*Kepler, Astronomia nova, seu Physica coelestis, tradita commentariis de motibus stellae Martis, ex observ. Tychonis Brahi elaborata,* 1609; vergl. cal. XL mit cap. LIX.) Die beiden ersten Gesetze würden Anwendung finden, wenn es auch nur einen einzigen planetarischen Körper gäbe; das dritte und wichtigste, welches *neun* Jahre später entdeckt ward, fesselt die Bewegung *zweier* Planeten an *Ein* Gesetz. (Das Manuscript der *Harmonice Mundi,* welche 1619 erschien, war bereits vollendet den 27 Mai 1618.)

Wenn im Anfang des 17ten Jahrhunderts die Gesetze der Planeten-Bewegung empirisch aufgefunden wurden; wenn Newton erst die Kraft enthüllte, von deren Wirkung Kepler's Gesetze als nothwendige Folgen zu betrachten sind: so hat das Ende des 18ten Jahrhunderts durch die neuen Wege, welche die vervollkommnete Infinitesimal-Rechnung zur Erforschung astronomischer Wahrheiten eröffnete, das Verdienst gehabt die *Stabilität des Planeten-Systems* darzuthun. Die Haupt-Elemente dieser Stabilität sind: die Unveränderlichkeit der großen Axen der Planetenbahnen: von Laplace (1773 und 1784), Lagrange und Poisson erwiesen; die lange periodische, in enge Grenzen eingeschlossene Aenderung der Excentricität zweier mächtiger sonnenferner Planeten, Jupiters und Saturns; die Vertheilung der Massen: da die des Jupiter selbst nur $1/_{1048}$ der Masse des alles beherrschenden Centralkörpers ist; endlich die Einrichtung:

daß nach dem ewigen Schöpfungsplane und der Natur ihrer Entstehung alle Planeten des Sonnensystems sich in Einer Richtung translatorisch und rotirend bewegen; daß es in Bahnen geschieht von geringer und sich wenig ändernder Ellipsität, in Ebenen von mäßigen Unterschieden der Inclination; daß die Umlaufszeiten der Planeten unter einander kein gemeinschaftliches Maaß haben. Solche Elemente der Stabilität, gleichsam der Erhaltung und Lebensdauer der Planeten, sind an die Bedingung gegenseitiger Wirkung in einem inneren abgeschlossenen Kreise geknüpft. Wird durch den Zutritt *eines von außen kommenden*, bisher zu dem Planetensystem nicht gehörigen Weltkörpers jene Bedingung aufgehoben (*Laplace, exposit. du Syst. du Monde* p. 309 und 391); so kann allerdings diese Störung, als Folge neuer Anziehungskräfte oder eines Stoßes, dem Bestehenden verderblich werden, bis endlich nach langem Conflicte sich ein anderes Gleichgewicht erzeuge. Die Ankunft eines Cometen auf hyperbolischer Bahn aus großer Ferne kann, wenn gleich Mangel an Masse durch eine ungeheure Geschwindigkeit ersetzt wird, doch mit Besorgniß nur eine Phantasie erfüllen, welche für die ernsten Tröstungen der Wahrscheinlichkeits-Rechnung nicht empfänglich ist. Es sind die reisenden Gewölke der *inneren Cometen* unsrem Sonnensysteme nicht gefahrbringender als die großen Bahn-Neigungen einiger der *Kleinen Planeten* zwischen Mars und Jupiter. Was als bloße Möglichkeit bezeichnet werden muß, liegt außerhalb des Gebietes einer *physischen Weltbeschreibung*. Die Wissenschaft soll nicht überschweifen in das Nebelland cosmologischer Träume.

CPSIA information can be obtained
at www.ICGtesting.com
Printed in the USA
LVHW060752251022
731487LV00010B/757